舞鶴作品集5

鬼兒與阿妖

舞鶴

如果我有女兒，我送她這本書
和一隻可以抱在胸前的黑貓咪

替鬼兒說話

鬼兒懶得說話。本來，肉體動作不用言語。

鬼兒活在世界之中，不要現實注意他們。

寫一本「鬼兒的書」，鬼兒不關心，不在乎，要不要多說一些話，是寫書的人的事。

我想替鬼兒多說一些話，作為「序之必要」。

鬼兒並非酷兒。在學理上，或可視為酷兒的一支，鬼兒存在酷兒的核心。酷兒在現今這個體制中有許多事要做，往往炫於外在，迷失本質。鬼兒只做核心之事，放棄其他。

鬼兒無心反對酷兒，酷兒所必備的理論／運動，酷兒在體制內外爭取什麼，鬼兒都不反對。

鬼兒放棄酷兒。

也請酷兒別把鬼兒納入「酷兒的版圖」。從歷史源流上，鬼兒出現早在酷兒千萬年，酷兒若要「泛××化」掌控鬼兒或作運動之用，鬼兒逼不得已向歷史借用獨門招式——自「肉體生命」消失。

鬼兒只有肉體生命。鬼兒的一生是為肉體的存有活一生。

人身上所有的大體或零件，哪一樣不屬肉體，所謂心靈是「肉體的心靈」，所謂精神或神經是「肉體的精神或神經」。

同志是否都願意改頭換面為「酷兒」或「阿妖」，是同志間時尚之事，鬼兒無意見。酷兒、阿妖聯合組織發起新世紀運動，鬼兒不看也不見。抓鬼兒當傭兵也沒有用，鬼兒是完全「不懂運動」的。

阿妖上書名，只因阿妖實在疼鬼兒，那種疼，不帶任何意識形態。

現實中，「阿妖／酷兒」是絕配。鬼兒不管「什麼配什麼」，阿妖也不在鬼兒前談酷兒，怕有一天「要酷了」那就可惜了鬼兒。

有外來的理論／運動灌頂，有本土的學院研究論述支持，同志升格為酷兒、阿妖，熱鬧一下世紀初的不知所措——熱鬧熱鬧就忘了身傍走過「儼然」或「癱然」一鬼兒。

每個大都市至少存有一個不可告人的「鬼兒窩」。我有幸如實生活幾年於鬼兒窩，體會「肉體具有完整生命」的意思。

所有我提及鬼兒處，當然包括妖兒，鬼兒、妖兒同在「肉體生命」中，且不論到達何等境地。

我寫這些文字，不為「記錄」鬼兒、妖兒或其他，因為一落文字都成虛構，尤其小說。

我為自己寫這本書，在餘生之年。

目次

鬼兒與阿妖

在「心魔」

我初次觀看鬼兒，是在一間叫「心魔」的吧間。

鬼兒癱在吧內凹拱形廳飾圈著的半圓沙發。

噴大菸吧，菸霧中看不清楚，幾肢頹然下落，無所傍依的，手腳吧。

內凹的外圍至少有七、八桌話語、動作熱絡的阿妖。

阿妖大多很炫，不僅髮雕的秈錐形，黑絲胸衣繃顯的特大乳白，裹著小屁的熱褲放肆出幾綴陰毛。

笑到歇底的妖嘶可以想像同步剎那有一綴淫水掛不住滴入股溝。

有披著大黑褂的鬼兒，有無袖T恤軟塌在身上的鬼兒，有個鬼兒一直咬著巨無霸一隻雪茄從唇角滾動到另端唇角。

看那些唇的牽動也可能有一句無一句，在有無之間凝著鬼味的微笑。

多少聽著妖言發妖吧。將近午夜沒見半個鬼兒大聲，插話或鬼嗥什麼，他們沉溺在妖言所到達不了的「境地」吧。

「昨晚玩我那新婆爽到爛了六條床單——」有個大T哄大粗嘎的嗓腔。

止靜了吧間2～3秒。靜寂間隙，我見遠處一個鬼兒頭埋在不知誰的大腿襠間，那理光到只剩腦後一長綴的馬尾動騷到不堪。

鬼兒〇阿

鬼兒初次「見」到我，是在好幾個星期後。

通常，他們坐到午夜〇時至1時，阿妖紛紛起身同時招呼鬼兒一起「阿屁」去。「阿屁」只是音似，妖言的特有語彙令文字也慌，沒有可以對眼的。大約在「阿飆」與「阿漂」之間，無個是字。

慣例他們走過我檯桌時，是沒有見到的，只因妖臀太擠難免擦到檯緣，讓我杯中的酒波或浪。

阿妖是屑也不屑看一眼的，鬼兒全然沒有意識到游魂一樣掠過。

雖然一個T盯緊一個婆，或二T盯三婆，或者一個大T盯五六個婆，但我從婆們「不屑的眼波」與之同擺的臀蕩，至少有三到五個婆是「什麼都可以接受的」。

一個眼珠盯著手捏雜誌的鬼兒，過我桌時可能「歪讀」到什麼曠世妖言腳一軟就坐到我的檯。

他沒有哼半聲更不用說抱歉，只在起身與我對眼的瞬間他認出了這是一個「孤獨的鬼兒」老大的。

他的迷魂眼當下瞪大成他唇的〇形，他想吐出隻言片語時，一個阿妖像抱起嬰兒一般把他攬了離開，還嗔一句：

「〇阿，你不怕被那老粗弄死嗎？」

難以碰觸的

「正在發妖中」的妖言，是說不準什麼的真的說不定就說準了。但妖言我是「老粗」可是發妖失中。

吧間的老板是老大T。我第一回上吧門時，堵上來兩個小T，老板凝我一眼說，「給一張小桌。」

在我們那個時代，妖言想不到發聲，發妖多半被送去瘋人院，沒有鬼兒只有「哥哥爸爸真偉大」的正常兒。

當然這些是表象。阿妖和鬼兒實在當時就存在有，只是被宇宙保護在一種「孤獨膜」中成長，青春就在膜中度過了「什麼也沒有發生」。

隨後就進入社會大染缸了。只有少數那孤獨的印記還留存下來，一種非常人的氣質，一種氛圍隨影著人，只有如今成長成老大T的一眼就「識別」了。

青春的鬼兒和阿妖不當真有個老鬼兒，他們大約當我是老大T特許的「畸人」，或者是「某種觀察家」。

鬼兒無心什麼「家」的。阿妖可就欲拒還迎，她們需要被「觀看」。看出「反——性現代」的可能，看出「妖蒂姊妹」和「妖言」在世紀末跨過世紀初的時髦存在，——是島國當代最重要的現象之一吧。

更需要有人來觀看她們彼此的發妖，這發妖可能類屬一種「真實的演出」。是真實沒錯，但是表演，一種演出。

如果「觀看」成就了媒體的一則報導，譬如「吧間的另類表演藝術」，阿妖就又攻佔了一席地。妖蒂姊妹跨出一小步，可是妖言世界的一大步。

我存在檯桌邊的重要性之于阿妖有甚於鬼兒。雖然分明注意力在鬼兒，實際不穿透無時無刻發妖的阿妖，就「碰觸」不到萎默的青春鬼兒。

難以碰觸的。何況，「你碰著了嗎？」

你碰著了你永遠碰觸不到的。

「心魔」老大T

每週三、五夜晚，「心魔」是開放給鬼兒和阿妖。其餘時日，開放給嚮往「心魔」的正常人或畸人。每週三、五我必要去觀看鬼兒，其餘我隨意逛入「心魔」。客人少的時候，尤其星期二的夜晚，老大T擺張椅子跟我對酒。老大T說二天給鬼兒、阿妖已經足夠，他們還有更「鬼妖」的正事要做，不讓花太多時間在這打口水。星期假日妖花、雜花都來，護花的當然也跟著來。特別有一群青春老粗的，佔了至少一桌半，聽說是來聞阿妖的臭香的，也學講「男人妖言」——自稱「龜頭兄弟」配對「姊妹妖蒂」。啤酒喝到小腿撐不住啤大肚。

「心魔不見得人人有，有心魔的多的是，」老大T假日特別有閒，她開放給學生打工包辦裏外。

「其他日子是為三、五作準備。」我若不來，老大T就一杯舌蘭坐在我的小檯桌，一杯又一杯。

「三、五是大日，」我笑說，「其他日子再熱鬧也只度小月。」

沒有什麼年代恐怖的

我對「心魔」的鬼兒一無所知，只三、五的夜晚鬼兒實實在在窩在內凹裏。妖言全無視我的存在，我在妖言淹沒的「寂靜」中觀看鬼兒。

「妖言的國度擴大得太快了，」老大T憂心，「要是再來個恐怖年代，心魔第一個被查封，」她老大T成就世紀初島國第一個思想犯經紀人。

我沒有感覺到什麼，我在長期的觀看其實凝注中，早已和鬼兒同其無心，同其頹蕩。

「不會吧，不會，」我喃喃著，「沒有什麼國度，什麼年代恐怖呀，查封是前朝遺事了，妳現代人不要理它就是。」老大T搶了我的舌蘭乾了，我要了另杯，「心魔永遠存在，人人愛妳心魔——思想的犯是犯了什麼，妳經紀一下不就了了嗎——」

「我經紀你個鬼大頭，」老大T送舌蘭來，「我看你是吃過小鬼兒的口唾啦！」

鬼兒的嘴液倒還沒嚐過論不到吃過，早年讀經書說，仙女的屁股流有一種瓊漿玉液的就是那樣的味道嗎？

初見雪阿妖

無數回阿妖的臀皮擦過檯桌讓我的舌蘭驚魂不定，無數回鬼兒五六或七八「走肉」般晃過我的舌蘭剎時止凍噤冰。

我想我是永遠坐在一杯舌蘭後觀看了，直到某一日我無力「走肉」入心魔。「觀看」是我在社會求生二十幾多年去污不掉的習慣。鬼兒是不觀看的，不觀看別人也不觀看自己。無心鬼兒活著不觀看任何。

有一種眼睛是看而不見，更無思維跟隨看的屁股。

料不到，有一夜內凹那裏傳出不屬妖言的正常語彙，「你不回去跟我們會被老惡吃掉！」「看你這鬼樣子骨頭都不夠人家吃。」「我帶你回去我床上的香水兩秒就薰你到睡——」

隨後有一隻瘦到有肉的小妖碎步奔到我的舌蘭前，那小腰彎到檯桌吱嘎響才知那腰小的蠻力，有肉是從光著臂膀到炫著乳坡才讓知道的。

「都是你！你打啥屁的主意啊？我好早就注意到你，你老大一把放什麼迷魂蟲勾我們○阿，今天不把你那蟲收回褲襠去還我們○阿清白來，我發誓拿整瓶舌蘭龍的灌到你的防空洞！」

雖然文字記載用語清楚，但耳膜實在趕不上發妖的速度。我只分明意識到陰蒂此刻都站著，妖的姊妹們長久以來第一次「正眼」竟有這個人的存在。

老大T在櫃台「歪看」著瞇笑。我無意識伸手招招什麼，意思要再一杯舌蘭好澆熄浮在舌蘭上兩顆小妖眼。

「雪阿妳看著○阿，」立時有個大T發出「中性的」口令，「我們走，還有要緊事──」她的大T小臀擦過檯桌時還丟下一句，「啥麼迷屁蟲阿養來迷自屁啊呸！」

雪阿發妖

妖臀走肉過後，真的清楚見內凹有個小鬼兒沒走，雪阿的早已去窩在他身傍比手畫妖說盡平生的話。

雪阿妖小腳蹬著高跟鞋，朝午夜與凌晨的灰色地帶走來特別清顯。

「〇阿咬定你老是他爸放的偵探，你老屁股坐過多少時日為的就是等待他媽醃漬好一種『收魂蟲』——今天你放了蟲是不是、是不是——有沒有良心啊！〇阿被你們弄到今天這樣還不夠呀，還放蟲來啃他不是人啊你是不是人呀

這段話還不到結束，只因舌蘭濺出了三分之二添上妖的口水，老大T看不過去換來新的一杯，口水舌蘭她老板就地喝了沒事。

「你是他爸的屁蟲，還是他媽的肉振器啊，哈我看，你是他媽他爸的總管兼總幹，

你沒事不會去偵探你的這個黨或那個黨總幹快要把這個島吃喝拉光了啦，只剩個水泥空殼的包皮——你不快去偵探黨國的包皮嗎？等到島都沉了還要我們供應你們包皮救生艇嗎啊的皮——包都不如的蛋——王——八。」

這種妖言我蠻能接受的，從迷魂到屁蟲到振棒到兼總幹到黨國包皮都輸了，島上的皮也將濕了，還虧妖蒂姊妹準備包皮救生艇以備我們皮包不如的蛋王八……老大T也聽得津津有味，平常的妖言也有蠻正經一千八百的就不如這急發妖的好聽。

只那鬼兒我觀看那〇阿不動的姿勢就曉得他一句也沒聽入去，是不愧鬼兒本色如此。

如果阿妖想掌控

「心魔」永不休歇，老大T在三點半打烊。

雪她妖堅持此時此刻就必要處理完結這事，否則壞了她雪妖在妖湖的名氣。

我不堅持什麼，「堅持」不屬鬼兒的語彙。即使舌蘭換蘭舌我也接受，談不上阿妖屬的堅持。

我說該問問那小鬼兒的意思，我不說意見——是意思。雪阿妖說不必，〇阿的意思她會懂，如果她想掌控鬼兒的身心她隨時就掌控。

都是熟客了。老大T帶著兩個小T離去，「心魔」交給我們了，臨去別忘拉下鐵門怕心的魔耐不住跑出去。

「雪妖，由妳掌控啦，」老大T老媚笑帶幽默。

卅坪有多的心魔一下子空蕩起來。阿妖雪的鎖上門，拉攏入門彩繪屏風，躲到櫃台弄東弄西。鬼兒哼起什麼歌，調子似乎沒有起伏，起伏沒有才能不停哼。

與雪妖談判妄想或妄想與雪妖判談

「你老的罪惡就是讓一個無辜的人恐懼，」雪阿給我中大杯舌蘭，她自己調大杯青春露酒，「我比其他姊妹敏感，天生的，後天讀書來的，我早三百年前就聞到了罪惡的臭餿味。」

這是靜冷下來的阿妖，使用的是近知識份子的語彙，可能不會太久，她自然就換上了標準知識份子或高級知識份子的辭彙與構句。眼瞼有生來的雀斑，不是亮眼的那種，但不必細看就可以感覺她「別有一番風味」。

並不是阿妖都另有風味一番的。

「〇阿患有一種準——被迫害妄想狂，你老這樣時時來盯他看，不怪〇阿妄想你是專叫來迫害他的人。」

「被迫害妄想狂」這種官方醫學辭彙，我們鬼兒是不承認、不使用的。我所以接受作為交談的語彙，是因為我濡過社會的大染缸，我的人生不得不使用染缸的會話。阿妖是帶著一種反抗的意識使用這個「被迫害妄想狂」，因的是為了溝通她認為像我的這般正常人，其實她並不認為鬼兒有什麼「妄想」，倒是那些說冠冕堂皇的正常話或演講雄偉語言的才是阿妖認知中的真正「被迫害妄想狂」的負面表現。

鬼兒的妄想是實在，實在是真正鬼兒不思不想，何來妄想。

「我們姊妹在這裏很快樂，◯阿他們就像我們的寶寶。你可以三、五以外夜晚來，不傷害◯阿，大家都很快樂。」

「可是，」我斟酌著用詞，希望不觸怒妖小妹，「我來純是為了看◯阿他們，另外我也喜歡看妳們發妖，妖言中頗多生命的創意。」

雪阿妖大口青春露夾帶一聲嘆息。

「你老我希望了解，我們妖的世界並不用你老來界定或肯定，我們早已在文字論述和動作演述中肯定我妖。」

「是，是，」我為這段話舌蘭了一口。

「你老別模糊了事物的焦點。今夜的焦點是請你甭再干擾我們的寶寶◯阿。——也請別再裝呆。」

「這事的焦點不在模糊，」我微笑，「或裝呆。」

言語逗動作

我表明，我愛凝看鬼兒，全因為我是趕不及時代列車的老鬼兒。我沒有鬼兒那麼幸運可以生活在純粹的鬼兒境地裏。我隨著一般在大染缸中歷煉我的人生。我結過三次婚，放棄了三次一般看來並沒有什麼不好的婚姻。

其實，並不用為鬼兒擔心什麼，放棄了生活而只是活著的人哪還會擔心被迫害。唯一的問題是這「放棄」在青春鬼兒是一時迷惑，還是已是一生一世的執著，不，不是執著，是自然。

「一生一世的青春的自然。」

雪阿妖以喝三杯青春露的時光消化我的話。

「妳不以為他被我吸引了嗎？」我舌尖攪著蘭水，「是迷惑在尋求自然。」

雪妖噴出一大口青春露，同時穆著臉瞪大眼睛。

「你想要我把〇阿交給你，讓你弄得精神分裂，再被掃進流浪漢收容所——」雪阿妖發狠到抖著聲腔，「你老以為言語可以迷惑言語，你用言語誆騙得了我嗎？」

「言語可能還不夠，但動作可以。」

雪阿妖及時灑我一臉一身青春露，表示一切尚在這個「動作」的掌控中。我初次覺知青春露這種酒，原來直貫小腹，在兩腿間漫開那種妖露的氣味來。

鬼兒的魅發妖的美

我站在對街的陰暗中，看雪妖半揹半拎著鬼兒進後座，她那妖的雪的身材肌膚真是活配了小車奧斯汀。我過街拉下鐵門，將破曉的清鮮中有遠方皇家淑女的氣息。我還是三、五去看鬼兒，看鬼兒無由自主，歪讀歪看的那種懶，散與自由。無所傍依又倚來依去的黏，與不黏。

我並不特別凝視〇阿。鬼兒七八才感覺出那種類聚又分殊、不期又類聚的美。雪阿妖大約同蒂姊妹們分析我是個「無能動作」的人。寒流一波一波的過，「心魔」相安無事。我觀看我的舌蘭，舌蘭觀看杯外的世界。

來聚發妖的愈來愈多，佔了內凹以外的三分之二。妖言的範疇上空下海出入人體，妖言的用辭朝相反的方向發展：俚俗而暴烈，典雅而學術。發妖的動作本身日漸一日掌控不了動作的發妖。

「嗨喝，」必得老大T看得眼瞳發腫，「這裏不是妖肉場！」所以只能開放三、五，其餘的讓阿妖另類休洩去。

有決議要求再開放星期一。老大T不答應，理由有二：一、動作遠比言語實際；二、經過星期假日的「動蕩」，星期一的妖言必定有氣無力，了無創意。

不常看到雪妖，或許我沒有特別注意。有一個星期假日，老大T來與我對坐舌蘭，有意無意聊來聊去完全不觸及她的過去。

「多時不見那輛奧斯汀，」老大T想多說什麼又打住，「聽說多虧奧斯汀忙著找新窩。」

我想問老大T：年輕時的戀人是否像雪妖。話到嘴邊又噤住。

青春露

有個霉雨五月的星期三，午夜剛過雪阿妖閃入來，在妖群中宣了什麼，阿妖鼓掌又掀裙，瞬間瞬間三角褲以大黑大紅最多。

雪妖吩咐個大T帶隊先去什麼場域；〇阿也跟在走肉的行列中經過檯桌前我感覺他全身肌肉痙攣似的僵硬。

「雪阿，喝什麼，」老大T喊著招呼，「今晚我請客。」

「我請青春露，」我暗地，也喊。

雪阿走向櫃台，走得端莊，短篷裙白篷篷的沒觸到我的檯桌緣。

「青春露，」雪阿抱歉一來就騙走了大家，老大T笑說她耳根可以清靜一下妖言，「其實是找到了一個可以群窩的大場地。」

老大T微笑。雪阿也低下頭，笑。

我想像場地大到可以群窩翻滾，那不就是「巨蛋台北」的模型嗎。「怎不去？」老大T關心問。

「我要解決他那老了，才去。」雪阿睨一眼過來。

「解決？——」老大T更關心了，「他得罪妳們什麼了嘛。這杯青春露還是他請的呢。」

「這是我和他的私事。誰要他請呢。」雪阿妖放大聲腔，「大姊，我替妳解決了他，免得常來礙妳。」

「不礙。不礙。」老大T心念一轉通了，「解決他去吧，告訴妳可不容易的，——誰解決誰都不容易豈是容易的——」

T與婆：標準與規範

「你的罪惡更重了，」雪阿妖慎重告訴我，「你老無心造成○阿迷戀你，無心更是罪不可赦！」

「怎會，」我猛吞了舌蘭，「他剛經過看都不看我。」

「你沒注意他那東披掛西披掛下只剩皮包骨了，虧你老還不懂戀人走過戀人的前面多像行屍走肉一般，尤其中毒深的。」

我勸雪阿先喝我的青春露：事情不會如想像嚴重。

「想像你個頭龜，我只看事實。」

想像你個頭龜：肯定是妖言新創的構句法，在島國的語言學上應可記一功。

「一句話，妳要我從心魔消失。」

雪妖搖搖頭，歪起青春笑。「過去不談哪，現在你走不了，你走到海角我走遍天涯也尋你回來。——你消失，○阿很快就消逝。」

我沉默，品著舌蘭。眼角餘光品著新進來一對T與婆，那T藍牛仔藍襯衫小平頭走路聳著肩像個小流氓那婆曳地大紅長裙繃墨綠肚兜齊肩長髮染成茶紅色。

「好標準啊，」我不禁嘆。

「標準個屌，」雪阿妖不屑一看，「屌還規範標準嗎。」

我從未思想過屌這個東西還有規範有標準。但顯然那T與婆在「流行變動日夜常新」的規範下，是屬許多有關的「流行論述」肯定清楚不過的了。

我「趨勢預測」在新世紀上半葉就可以學院論述出「人屌的標準與規範」，不足的院外的「田野」可以及時修正它。

「我可以救○阿。」我轉頭凝視心魔外的燈火，燈火上存有我們未知的星星無數。

「不過，今晚不談○阿。」

我倒半杯舌蘭入雪妖的青春露。

以物易物的形式，古來就從無消失過。思想的共振，經驗的溝通，感情的交流：「交換」永遠存在，只是多了媒介玩它「媒介的花樣」。自然，情慾可以交換情慾。

「今晚，我想知道妳的——歷程。」

青春肉慾

沒有任何情緒的反應。雪妖也轉頭凝視燈火之上的，存有比我們生命更久長的，我們不知道更不了解的星星。

「我的歷程可以說，」星星帶著水霧以「念」的速度濛了伊的眼眶，「不必以什麼作藉口，我要說就說，雖然幾乎我不說，人家見到我就是現在這樣的人，這個樣子，挺著腰脊妖到這裏，妖到那裏。」

「沒有理由，我想聽妳說妳的歷程。」其實我多少可以直覺入雪阿妖，早在眾妖姊妹之間。「我並不收集人生歷程。」

「我也不收集，」雪阿啜了一口，笑，「是垃圾了就隨時倒掉。」

雪阿的性感覺來得很早，月經來潮時她已意識到肌膚以及內裏的變化。瘦小骨架又不甚營養的童年，來潮時已是國一，隔年她就渴望著異性的肌肉以及肌裏。

「是個國三的大塊頭男生，專欺負小女生的，」雪阿淡淡說，「我小女生的身體偏就想要大塊頭壓，他粗大的手掌揉——可惜，揉壓都還不到癮，就忙著進入，忙著洩了，忙著完事。」

「也渴望對方的內裏嗎？」我輕輕問，怕困擾了她。

雪阿如我想像的敏感纖銳。「當然渴望內裏，青春嘛，自然把肌膚與內裏混溶在一起，真的——不是後來才知道的用心靈來包裝肉慾。」

早在青春初期，雪阿就尋求肉慾，並不包裝以心靈。

「我對第一次原本有期望，至少希望那是熱烈的，不就是開天闢地的——」雪阿一直保持著淡漠的語腔，只有在嘲諷轉成幽默時露出一種似「青春寂寞」的笑意。「我沒有失望，在那時我就明白我敢別人所不敢的未來，我的青春不要任何失望。」

雪阿成長於八〇年代中期，正是性解放隨著經濟起飛衝擊島國的年代。我很想刪除上述這一句。我相信，每一個時代不管外在環境如何，都存在極少數像雪阿這樣的女人。

這樣的女人無心外在其他，她生來嚐試並完整「肉體的歷程」。

只是歷程，不談使命，或命運。

「中學時代我已經累積了足夠的性經驗，足夠到對性事產生懷疑。」

青春男孩的性動作具有太多的同質性，也難怪大多青春女孩滿足於類似模式的墾掘與衝擊——她們還要讀書、逛街購物。

只有像雪阿的在青春中發出黑貓眼的綠光，穿透迷惑，看到未來更多的可能。

雪妖「性經」

高二升高三那年暑假，雪阿去一家鬧區西餐廳打工。西餐廳規定打工的男女必要穿著學校的制服。

「我是在釣年紀大的男人。」似乎，男人比男生有更多的可能性。

「我刻意穿寬鬆的制服，不像別人把制服改成縮小到包不住肉，」雪阿妖在青春的杯緣上直視我的眼睛，「包不住肉的很快自己脫到全肉十分熟至少七八分，大男人愛慢手剝開寬鬆包窩的童女蓓蕾……三四分熟勝過五六分。」

「妳怎麼假裝三四分，」我在老舌蘭杯上直視雪妖的眼睛，「童女蓓蕾經幾番風雨便忍不住脹開成女人。」

「這就是天份了，天生的本份，」雪妖貼到舌蘭杯緣，深深的笑，「本份蓓蕾天生一世就是蓓蕾。你不曾遇過六七十歲的老鶯在要緊處，在天生的本份上還是青春的蓓蕾嗎？」

我低下眼簾，也深深的笑著。

「今晚不談我自己，」我說。「大男人開發了另外的可能性嗎？」

幾乎沒有。只有更多的花招，更多的暴力，更多的變態。「大男人同小男人差不多，他們的致命傷在於念念不忘或終不能忘記，『屌的權威，帶決定性的。』」

我重複雪阿，「權威的屌，決定性的壞了一切，性事。」

作為肉體不隨意肌的屌，提升到抽象的決定性，還壞了一切性事，——我幾乎恍然了，會是舌蘭喝過量了嗎？

直到，雪阿提及一個年近中年「性無能的男人」。

魅的性無能

飽含情慾的性無能勝過不時勃起不時萎謝的。

「我先前不知這具肉體是性無能，」雪阿說那時她接受肉體的邀約而不是人，「他說只要靜靜看一會我的肉體，我突發奇想——我要他放任全肉體的性無能。」

這就是天生雪妖肉體的神來之筆了。轉無能到性魅，這是女人肉體的直覺之境了。因為無能，性就朝別的方面發展，表現出迥不一樣的方式。「那男人用了全身的器官，從頭髮到腳趾——舌尖和手指那就不用提了，而，最讓我受不了的是，全身的器官一分一吋全用在我的肉體上，從腳趾到頭髮。」

舌蘭牽引青春露的水霧又濛了雪妖眼睛。

「我第一次真正的高潮，是這個性無能男人的腳趾全心全意搞出來的，那個剎那我全身毛細孔都張開，汗水像溪水小瀑的流，他那也瘋開的肉體繼續撕磨、貼刺我無辜張著嘴巴的毛細孔，汗水暴雨厝簷的滴，有什麼東西自毛細孔飛出去，有什麼一直滲入來，直到我耗盡崩潰，同時飽滿豐盈。」

我的想像跟不上雪阿的話語，她話語中的每一段必要我花上一段時間才能拼貼細節完整想像。

沉默了好久，在舌蘭上我們盯著彼此的眼睛，雪妖在我眼瞳中審視著我的想像，我在雪阿的眼瞳中想像她話語中的映象。

「這男人的性無能改變了我，我第一次認真思考自己肉體真正要的是怎樣的性。」雪阿妖歪起一種笑，那笑「勾魂攝魄」只這一句成語可以形容，「那年我近十九歲，自己覺得已經是殘花敗柳了，想不到——」

同性的肉慾

想不到出生以來，她忽略另一半人類的存在，她的目光轉向同性，她的肌膚、她的肉體開始感覺同性，她傾聽女人的一句私語往往觸動到她的心靈。

「我性幻想女人。」在轉向的過渡期。

心魔早已打烊，老大T送走那對T婆後提早打烊，老大T知道我們有重要的對話，合適「心魔」。她還幫我們扭暗了燈光，拉攏屏風，鎖上門。

「從性幻想到行動，猶豫了一個秋天到春天，不，不能說是猶豫，是行動前的享受，享受每一個我注意到的女人。」

我去替雪阿調杯青春露，送上桌時她嗔說她也要舌蘭，「今夜，舌蘭才夠味——」我同意。雪阿乾了一杯，馬上要再一杯。

「我要說就說個夠，你不是要聽個夠嗎——」我同意。

「心魔」的午夜有宇宙的深邃，晦暗的所在都像噬人的黑洞。

「我初次遇到T，是驚異多於喜悅。」

雪阿妖的嗓腔變了，細聽像自內在有股熱氣吧，刮過舌掌。也許因為舌蘭的激情在攪動著自身，慢火燉的激情。也許，是話題轉換了，現在說話直接出自她「永恆的現在」，而非出自記憶灰燼的冷漠。

「和我幻想時，女體與女體的纏綿完全不同，」雪妖馬上修正「纏綿」其實不足以形容那樣的美好，「不過，讓我喜愛到害怕的是，T有一雙熟悉女體的魔手。」

T的生命專長全在於那魔手，「深入淺出」四個字說不盡那手的好處與能耐，就憑一雙手讓青春女體到達原本「青春不可能到達」的境地。

「——那不是按摩師捉龍的手嗎，」我也幫著想像。

我怕雪妖罵，比喻不倫或差得太多，馬上我補充說世紀末以來都市文明進化存在有一種專職的捉龍師，不比盲眼的按摩者守住傳統的規範，新時代的捉龍師講究手工精細無處忽略到直到捉出水來。

「哪有一絲絲毫的一樣，」雪阿是不會罵人直接的，即使譴責嚴厲到冒出絲絲「詭異」的香味又不像，香味不知自女人的哪裏，「那是專職再怎麼手工細，T是心靈帶動專業。」

專業和專職的天壤之別，我可以想像。

嚴聖的T

她也曾安於做好「婆」的角色，至少二年多吧，她的肉體屬於一個總穿霧色絨布襯衫的T，肉體恍惚到將要失掉之時她還察覺自己的心靈正貼近、貼近肉體。

壞在她雪婆也有一雙如T的小手，這小手從性幻想出發走好遠的路，有一天「我的小手也想摸摸現實」。

「真正的T是不准碰觸的。」雪妖沮惱又自豪，「我第一次碰到的就是個標準的T，足見我那時看來是個標準的婆。」

嚴聖的T，只看得上妖媚的婆。

「二年同睡，我的T從未脫下襯衫牛仔褲，」雪妖氣又笑，「我到現在不曉得我的愛人T穿著乳罩嗎，她的三角褲有我的三角褲可愛嗎？」

一個嚴裝的女人，雙手玩弄裸露的女體，「我常被弄得舌乾喉燥了，水從身體四處流光了，」那手還在玩。

「我求饒又求饒，每次，求饒到聲嘶發狂啦——」

她無需被碰觸，她沉浸在手的質感，手下肌膚的回應，她的手從掌控到玩弄女人的肉體到心靈，這是她唯一接受而滿足的性愛。

「我明白，」我說。

「我不明白當我伸手剝她的鈕子時，那本來溫柔的手用力刮掉我的手。」

「我明白，」我說。被碰觸了，她就永遠無法身心完全在眼前的女體。

「你明白什麼？」雪妖歪笑，是一種阿妖中有名的歪笑。「那一刮改變了一切。」

剩餘的時光便是戀人分別前「不甘心的鬥爭」。

雪阿的小手一再的試探，有幾回T在恍惚中料不到被摸到一襯衫之隔的奶頭，即時像一頭啃著獵物的猛獸猙起身來，嘴角眼角還留著犧牲的血濕。

「那是我第一次的愛，到現在我還承認，不管多遠多模糊了。」

「真正的愛會模糊嗎？」

「呆子，你以為過去的愛會因時光而常新嗎？」

愛人T是那種嚴聖的戀人的型，作不出任何的退讓，也完全不用肉體以外的溝通，譬如語言或文字。

「她的襯衫裏有啥麼祕密？——想了多年，這是我一直忘不了愛人T的原因吧。」可以比美一種「祕密的初戀愛人」。「那霧灰色，」我嚴端著臉說，「是我——就是到死放捨不了的祕密了。」

雪阿輕拍兩下我的手。我們對杯。舌蘭有一種祕密在於舌之不盡，猶如宇宙最初的潮水。

癡婆：從貓舌到豹爪

「我願意用我的一生，換取吻一回她的乳頭，她的心。」

「我也願意。」

「胡說，」雪阿妖笑罵，「你們男人噁不都迷乳大波的嗎。」我說不見得，但今晚不談男人我。「我吸過一個少女的胸，那奶頭，如平原冒出的箭筍。」

想想，鮮潔的平原，一雙對比勻稱的箭筍，質地是粉紅嫩的奶，那種美。——有一種大乳翹的可以相比，但這美不能勝出那美。

「奶頭有關的以後再說，可以說的不如平原箭筍少，」那當然雪阿了，「我還沒說夠我愛T。」

她是癡到非摸到、吻到不可的婆，恰好「挑」那不得了嚴正的愛人T。她倆常在吧間T們婆間閃來閃去，愛人T絕不讓她碰到襯衫毛，她帶一把小剪定要剪掉愛人的「祕密奶頭」襯衫包，就這，她立時在星光黑洞間揚名，——誰沒聽說過一個能癡的愛婆雪阿妖。

「那時我就喝舌蘭，」雪阿小聲說。「喝到摔來摔去，要把人家都摔壞了，就有兩個或三個大T來挾持我出去。」

可惜，在舌蘭醉迷中，她忘了太多當時的事。常去一個T們的大窩，和忠烈祠內的草地吧，也忘了最多幾隻手同時弄她玩她，「從貓舌到豹爪。」

我可以想像，但沒有實際體驗來支撐了解：暴力到最後最迷人的溫柔，沒有暴到瘀傷、見血，沒有一再被翻來掙去，肉體總是憋著等待、等待直到爆發迸瀑全生命力。

「我提過真正的高潮第一次嗎？」

我點頭。

「高潮是無止盡的，根本沒有什麼真正的高潮，有各式各樣奇形怪狀的——直到氣若游絲還在拚命向高潮——可能直到死，死也要高潮。」

「沒有什麼真正的……」我咀嚼著這句話，走馬燈似的在我的人生滄桑中尋求類比的人事或感覺。

「那麼，愛呢？」一直我直覺雪妖懂，所以我這麼呆問。

「有真愛，沒有真正的高潮。」

T的祕密：黑豹之必要

每回，她至少休養一個星期，在瘀痕處塗上胭脂，害怕到危顫顫的，尋向豹殘。

「後來根本見不到我的愛人T，她們在門外或對街便攔截我——你知道真正的痛快嗎？她們真正養了一隻黑豹，在大窩吧，大豹窩和大阿T，大阿T叫黑豹把豹鞭放到我內裏，豹的那東西帶著倒勾的刺，——你明白真正痛快的滋味嗎，有一個多月，我嘴腔和唇皮都是破洞和潰瘍，我只能喉頭啞啞的，醫生都不曉得該先看我的形而上還是形而下，」雪阿笑，「所以我今天這麼多話，所以現在我敢到處『歪』，所以我能真的痛快的笑。」

在我們島國都市情慾的妖窩真養著一隻黑豹嗎？我不願質疑。至今，島國的情慾論述沒有提過這回事。道具，不管是什麼質料的，都被發揮到爛極的地步——後現代的島國文明撿先進文明的垃圾理當如此。

島國的情慾真的曾經享受過一隻黑豹的痛快嗎？

或者一頭黑犀牛？

「憾恨的是我到底沒有真正摸到T。」

想是如此，大阿T發T飆時豈是雪阿小女子能動一根指頭的。

「我讀資訊——」

「不要資訊。摸到剝開看見才算。我想我會帶著幾個祕密同死，這『T的祕密』是其中一個。」

光想像「黑豹的痛快」就累了，我在舌蘭杯上轉著頭筋。

「也別那麼憾恨，我識得幾個T，哪天我幫你揭開T的祕密，想這麼重大的恨，T們也樂意幫忙。」

「你老別呆，」雪妖把短裙捲上兩捲，大約舌蘭止不了痛快黑豹不知覺間就被捲上了裙，「今天T阿已經沒有啥屁的祕密了，只有我保守的祕密是古董級的珍貴的祕密。」

雪妖比常人纖瘦，「啥屁」的發音還有青春期的少女的嫩澀，那上捲的裙幾乎全露出像吃乳酪雞堡成長的童女大腿。

鬼兒雪妖

所有的痛苦與磨難，都轉成今日的成熟與甜美。

我凝視眼前的雪妖，是一個懂得如何自適自處的幸福的婆，她的肉體到過平常人達不到的邊緣地帶，自她恍如童女的腿間源源散發一種「非常人」的氣息，一種遠離「正常」的媚香。

「就講到T阿，今夜，」雪妖拿起舌蘭，「我們等待天亮吧，」那挺成一種美麗弧度的腰背在檯桌間轉，失了重量似的癱向內凹沙發。

癱成一堆軟肉泥，癱成「什麼都不是」的模樣，像極鬼兒。

被暴烈的肉體痛快真實，在剎那間或一點一滴蝕毀了所謂「真愛」。真愛在現世是古董的珍品——所以，這一刻雪阿能癱成鬼兒的樣子，也只有在此一刻。

我要珍視，同時記憶「鬼兒的雪妖」嗎？

「我會睡著，」我聽見雪妖發出鬼兒的黏癱聲，她原有啞沉帶磁的嗓子癱不成腔被什麼黏成麥芽糖絲。「你說一件你的事，故事、事故都好，讓我聽到天亮。」

「黎明前某個陌生人的故事，」好久，詩意沒有襲上心頭。

「不陌生你，是我愛的老鬼難得，隨便你說個事自己的，我不當真殺死他爸的我恨天亮，鬼兒替我遮擋亮光每天只鬼兒最窩心……」

一則適合黎明鼠灰色調的故事。

可以作為我生命一景的不多也不少，我在內心早已替它們立下永恆的景雕，孤獨的時刻我自然回到某個景雕徘徊，徘徊流連但不輕易用言語說出。

雪白端莊的洋裝癱成落難的淑女，必要在微曦第一道光線前逃荒到「故事」中。舌蘭的熱讓淑女扯開了胸口，那胸口有一美麗凹線，不是乳肉攏成的，而是天生胸骨的塑形。裙襬滑到大腿根處，雪地一樣的綿布小褲沒有任何的妝點。是被豹烈勾殘過肉體，我感覺滑軟的肌膚下還散著暴烈的炙火，冷燼上沉啞著炙舌。

花癡：叢林的冷感熱帶的智慧

有一具女體，只是腰部與臀股之間，襲入我凝視中的心魔，在微青的天光中，嵌上，雪妖的肉體只在腰臀之間。

「曾經，有個女人，有張端莊好正的臉，是大報社的紅牌記者，滿腦子政治外交語言文字的頭腦，一如那樣端字號的臉，令人不自覺就忘了肩膀下骨與肉。」

「只有你老鬼沒忘。」我把椅背向前一大步，才聽得雪妖的黏絲語，絲黏但字字分明。

「我那時不是老鬼，也不現鬼兒像，——女人被我吸引聽說是因為我是漂亮又精壯的男人。」

雪妖沒回應。我喜歡她不回應。我容易在自語當中說出生命某時刻的真實，至少事實。

不怕沒有回應，生命。自我是自語最好的傾聽者。

「那女人被特派到熱帶國家三年，在酷熱中肉體冷感了三年，」說這話當時，我才詫異以她那邏輯嚴謹分析的頭腦，怎麼從來沒有分析過這熱中的冷感。

「碰到我女人就成了花癡，」我只說重點，省略的雪阿妖自會補充、想像到恰好。「我進入不到十秒就來了第一次高潮，我清楚感覺到第二次、第三次就在隨後的二、三分鐘內，那高潮的嘶吼聲，可以持續一個半小時多，完全叢林似，全沒意識到這叢林長在都市——」

是我平生遇到的床上花癡一下床就邏輯分明。當時，我全身被花癡耗在床上，似乎，下床從沒想過身旁是個極具「智慧的花癡」。

由性冷感到性花癡到數理邏輯：至今，我倒可以思考一下，其間必有不可告人的關係，也許可以提供「學院派阿妖」完成博士論文。

「快——說重點，要緊的。」顯然雪阿是學到鬼兒的祕訣了，在癱到一無是處中扒住那是處放了那無處，同時在有聽無聽間聽進那要緊的無沒聽到有。

「快，最緊要的，不然阿我雪妖就沒救了。」

盛世的姊妹

女人必要嘶吼將二個小時才崩潰，完全無聲中台北盆地下陷了二到三吋。幸好如是花癡是現代稀有人類珍品中的珍品，不愁新世紀台北再陷，鋼筋水泥湖。

「最要緊處在這女人全然崩潰後，」女人多不喜「鋼筋」和「湖」的意象攪在一起，「她拿個枕頭墊在臀下，不，是二個疊在一起……」

我從女人的嘶吼聲回過神來，凝神注視雪阿癱。女人的嘶吼聲譬如重搖滾聽著聽著就睡了。

也罷，省下「不好意思」的不說。不再想了也罷。這女人並沒有深入我的內在，雖然有多回嘶吼到類原始的時光，也許只憑嘶吼高潮並不能固著我的內在。

「欠缺一種朝露掛在貝葉的清新，——少了一種風過落葉無心的美。」

「只要說……事實……欠缺了什麼……」癱中永遠清明，鬼兒阿妖。

「女人要我隨意玩她的姊姊或妹妹，在她崩潰後的休歇中，她提說自己的妹妹特別好玩不輸姊姊。」

我感到雪阿癱動了一攤。但，我回溯想像珍珠姊姊的罌粟大貝葉，有圓洞內旋妹妹到黑虛無的美來托著，——那是盛世的景觀。

盛世的景觀，只要用心凝視，那是肉體自然雕成的人間極景——只存現前當下，沒有造作不管是攝影或繪畫或拓印，可以比美。

「盛世姊姊妹妹的風光，的滋味，」我想是那女人在我心魔說話，「你還記得，清楚？」

「盛世的風味，內在可能忘了，但肉體、眼瞳記得。」

雪癱在沙發上動了，一癱一癱，直到攤大字正對著我或只是我的眼瞳。洋裝癱扯上她的胸，她的半邊臉。

「重溫一個盛世的景觀，在日出之前，」天色慢慢滲入了青灰，雪妖的聲音慵啞到一種淫韻，「我讓你重見盛世的姊姊和妹妹。」

我沒有料到，但沒有絲毫猶豫，因為曙亮在催逼，因為多久了心魔未如此在肉體中舞蕩。

棉小褲在大腿中扳裂。雪妖養著一隻千層貝，貝葉上貼著風信子的花絮紫著層紋。

姊妹淑女

雪妖的腰臀懸空在沙發外，她不要手來扶撐，重心高低折轉全靠她雪白高跟的蹺。高跟蹺到腳尖時，便是妹妹的世界了。妹妹的水噪即時蓋過雪妖的吟呻，當然多虧姊姊的照顧，那千層貝葉早就潤著水。

「不讓盡興，今天，」雪妖顯然用心勁道全在姊妹間，「告訴我感覺，以後。」我趕在藍亮前射了精。雪妖瞬間吩咐射給妹妹。

雪阿趕在日出前躲入典雅奧斯汀離去，離去前雪白淑女站在車旁凝看我足足六秒鐘。

我替心魔收拾小小的殘局。隨後，我在鬼兒沙發上躺平，我追索留在雪阿內裏的餘緒。

沒有停留太多的時光，但我清楚感覺到雪阿的內裏，我攪動的，還有那內裏的痙攣。

是姊姊的痙攣緊著要我射精，即時進入妹妹時那內裏有來自更深、更勁、更密的掮綳嚙咬。

肉體是無心的嗎？是的，肉體是無心的。無心可以完整嗎？

無心才可能全然完整。

我想到黑豹的反刺反勾。怎樣才能真正的無心？

這是要回雪阿的話的

我不願比較兩個肉體的差異甚或優劣。肉體各有各的勝處，猶如花草有香無香都是一種氣味的香。

但我深深記得女人與雪妖的不同，在當時感覺，在其後思索追記。這是要回雪阿的話的。即使不回話，因為雪妖，女人和雪妖可能沉入我的內在，——雪妖帶著女人。

我仍然三、五去心魔。

雪阿要老大T搬我的小檯桌到內凹沙發旁，老大T沒有意見，入門過櫃台時她常拍拍我肩膀，帶一句，「何時跟你談談。」

○阿窩在檯桌旁，檯桌的高度蓋過他癱窩的頭，我將椅子後退兩步，好讓○阿可以自桌下凝見我。

雪阿一直沒有找我說話，她在阿妖中的發言顯然日益重要，有一天我發現在她發言過後，竟然由她指定哪個妖發言。

我意識到幾位大T對我不是那麼順眼，但雪妖在長篇論後或作短評後，會回一眼我和〇阿，同時嘴角微漾著笑。

〇阿同我沉默得多，我們習慣相互凝視，我看到一隻剛發角芽的公鹿在他眼瞳中拚命磨著那「公的」芽。我不去想他在我眼瞳中看見什麼。

我備了一本小筆記簿和筆，作為我們的交通。妖言實在太響了，而且內容有趣而前衛，不知不覺就吸引我去傾聽那些「危險玩著叛逆的語言」，但我謹記不參與。

阿妖之所以疼愛，是因為「夢幻鬼兒」。

如〇阿者，真的是阿妖的夢幻鬼兒嗎。鬼兒真的沒有意見阿妖的妖言嗎。妖言與實際如何。發妖中的阿妖之魅能達到怎樣「不可思議的境地」。等等，等等。

我無意去解讀或解構什麼。是我的筆記備忘，其中一部分鬼兒的囈語，漸漸理清了一部分的疑問，同時更模糊了一部分現象——。

也備忘了所有要回答雪阿的細微。

鬼兒構句法

「陰陽人，我是

○阿丟給我的第一個問題。

標準句法是「我是陰陽人」。鬼阿不會標準法。陰陽人和我之間隔著一個逗點，比如隔著一道鴻溝，容許足夠探討和論述的空間。

探討和論述留給學院、學者去做。我看了，即時回一句：「陽陰人，我也是

○阿笑，他拿給旁邊的鬼兒看，他們笑成一團。連妖言都停止了幾秒，阿妖好久沒見到鬼兒那樣笑。

「陽陰人，我們

鬼兒回傳一句，透過○阿。離去時，雪阿特別挨到小檯桌來，拿了筆記備忘看了好

一會。○阿說今晚想和我多呆一會心魔。

「○阿，跟我回去，——今晚不要。」雪妖微笑著說，眼神溜轉，但似乎沒有我這個人的存在。

○阿癱得更深，不回話。我想幫說什麼。

「今晚，小奧斯汀帶你回去，來○阿，」雪阿啞柔召喚著，○阿低頭不看我。

我癱到沙發，呼吸鬼兒與阿妖留下來的一種混香，帶點脂粉騷和汗餿的香。老大T送來一杯舌蘭，順便帶給我雪妖剛剛託轉的一句話：「臭男人自己是就好，不要說誰是陰陽人。」

老大T要我坐一會，等她忙完，她有些話告訴我。

「雪阿是個頂複雜的，」老大T帶大杯舌蘭來，也癱在沙發，「出入心魔的最難纏的是雪阿。」

「我看雪阿是自極度痛苦中過來的，——不失純真。」

「那純真每個人都可以感到、見到，那純真包藏心機。」

當年折騰她的那些大T已經年老失了勢，年輕的T被雪阿妖甩掉的一個又一個沒見哪個T會什麼激烈的手段，「雪妖有喜愛的人，」老大T睨我一眼，「不知是誰。」

「我只是個喜歡看鬼兒的臭男人，」我站起身，感謝老大T的關心。

「你不覺得過去那些日子非常美好？」老大T指的是我遠遠觀看的那段時光。

「啊，」我感嘆，「沒有比觀看而不涉入更美的了。」

「倒不在那些情感糾結，」臨出門時老大T說，「雪阿現今的危險在於她渾身的政治性。」

妖言的危險性兼及政治性

實在很煩在心魔的世界又碰到「政治性」。

政治曾經可怕，現今變得可厭。在一個街頭髮廊都在拚政治口水戰的年代，政治像保麗龍餐具一樣用過即丟，「政治性」卻像長駐土地空氣的毒廢料一般不時就在人心冒臭泡。其實，人心在隱形恐懼中等待「政治性病毒」豹變成「政治瘟疫」的那一天，在那一天之前打拚口水至少成為「政治性」的。

以為「政治性的」可以免疫「政治瘟疫」。

以為「宇宙中心論」星星便為著人這種東西而打轉。

老阿T是走過七〇年代心魔的女孩，那時幾個阿妖鬼兒自閉在心魔暢所幻想，之後心魔帶領肉體作各種魔幻實驗，「妖言跨不跨世紀都對我免疫，」細看老阿T的手足和氣味都不離心魔。

我想把老阿T的警言，用恰當的方式轉告雪阿。不過，再沒有與雪妖一夜長談的餘地，目今她是「妖言運動」第一線的領頭者，她來「心魔」只挨靠櫃台補喝一杯或兩杯青春露。

我蟄在鬼兒的內凹裏。半瞇半闔眼看每一張發妖的臉可能只有在這「發妖中」最動人的美麗。我無心也意識到妖言正朝著多元化及多層次發展，語言不僅激蕩阿妖自己，妖言藉文字也晃搖人心，她們有意跨越心魔的範籬去衝撞、顛覆「既成的體制」。

小鬼兒不關心自然聽沒有懂「妖言的激進性」。○阿傳給我一句備忘：「妖姊在發妖中丟了淫水。」只有鬼兒的瞇眼看得清楚妖言的淫水淌到腿彎。

我回傳給鬼兒：「體諒妖姊為了丟爽，請欣賞發妖中的姊兒臉直到自己褲襠濕。」

付帳時，我請老阿T不用擔心。

「妖言的危險性和政治性，令我們鬼兒二個剛剛洩了精。」

長句說不盡妖言的高潮

我在心魔的內凹，與鬼兒還有一段慵到懶到忘了世界的時光。

妖言好比交響樂曲目換來換去，都到不了鬼兒的包廂，有指揮、有發妖的各式動作，都過不了包廂的無形的霧玻璃。

隔霧觀花事不關己也算一種樂趣。備忘傳來：「我好怕，今晚她就用剛才的動作蹂躪我」

「撐一下，」我回傳，「享受那蹂躪，——享受。」

我注意到鬼兒多喝琴酒，妖姊們不要鬼兒喝醉不好玩，日久鬼兒會悄悄叮嚀送酒的小T加點威士忌不然酸葡萄也好。

我剛搬小檯桌到內凹的時候，流行琴酒加一點白蘭地混牙買加咖啡，我喝到皺眉頭時，〇阿適時傳來一句：

「黑豔屁股牙買加配金髮毛白蘭地適配濕黏戀的琴花

我初次恍悟，鬼兒的喝酒文化是一個長句說不盡的——。原來琴花能夠長久，是想像中的琴花眼前就有開的濕黏戀適配鬼兒永不永遠的現前想像。

有夜妖言發妖到前所未有的高潮，因由禮聘一位剛由阿妖先進國度短暫回來「觀察島國妖言現象 1999～2000」，先進的說了不少前——高潮和新科技高潮的實例，帶動本土妖言發到「駭又駭」的情境。

「不擔心我們，看妖姊越走越離了

「不會。」我肯定，「還有雪妖姊姊留下。」

「奧斯汀也留下嗎

「到時雪妖姊姊換大奧斯汀騎〇阿。」

鬼兒不愁未來時光，不想也不擔心阿妖姊妹的動向。實際，妖言朝著文字落實，必有運動刊物，必有站在人行道上舉旗兼賣刊物兼募款的——阿妖要做的「未來」可多呢，好在鬼兒不知寂寞。

鬼兒備忘文字

漸漸，只有幾個大阿妖常駐「心魔」，小妖不時瘋來談兩句抓了什麼文件瘋出去，——酒也沒叫。

「沒叫酒的，要酌收魔門費，」老大T開玩笑。

開店二十年了，足夠成就一本「魔門經」。我提議老大T寫本文，我寫一篇臭長的「魔門變遷史」作附錄。

「舌蘭。」老大T沒有反對，這就確知魔門經已在她的胸府之中。

這晚剛坐下，就有備忘傳來：「好久沒見——

「是，好久沒見啦。」我即時回傳，「她人車都在外面世界，外面的，我們不關心。」

「火山爆啦洪水流，我們還是在這

「這是一種金剛坐。」

顯然鬼兒不懂金剛什麼坐，會比鑽石鋼坐得厲害嗎？

我自說自解：「金剛有泰山的肌肉，他剛好坐在自己的屎糞上，火山洪水也動他不得，像我們鬼兒一樣。」

泰山的肌肉大家都想像，屎糞動他不得大家都懂，就我們鬼兒一樣這「一樣」鬼兒全似乎不懂又懂。

「不要泰山肌肉我們，天生就好

「對，」我頗得知己鬼兒，「泰山肌肉是復古新潮流，我們哪管它新舊潮流。」

「新潮流有時很炫，順路看看，看到仔細就忘了

「所有潮流，我們隨潮隨流，都過

「一身都是八寶衣，夏天脫兩件，冬天疊三件，什麼流水潮的能過我們

「光看妖姊姊的潮流就夠，外穿的出陳內包的就翻新，我們興起來天天出陳翻新，姊姊妖的都要來請我們裏外配

潮流引起鬼兒的回傳如此之多。不過這種情形日多，沒變的只在鬼兒仍然墮四肢，

癱個無上下，沉默到啞巴準的，不交流語言，只在筆記備忘文字這個形式。

「是有夠久沒見了——

「有夠久，」我也感嘆，「人在小奧斯汀跑馬路，會比窩心魔好嗎？」

乾掉我們幹掉你們

常來心魔的阿妖，少到十位上下。

我問老大T有比心魔更合適的聚處嗎，老大T笑笑，「也許有，也許沒有，新裝潢的這類店也多了二、三家吧，不過，」老大T環一眼內裏，「沒有比心魔更大的空間。」

有兩、三個鬼兒輪流生病。熟識的阿妖也會過來探問幾句。總有幾個阿妖留過午夜，走時鬼兒跟著妖屁股「走肉」——那情景淒涼了許多。

「躲在妖姊姊的大腿間出去的，我們，不必要不看一眼世界

「溫暖，陰暗，潮濕——窩

沒有妖姊顧著，鬼兒本能的亂調起酒來。葡萄紅配紹興黃。老白干混走路約翰。陳年大麴各五分陳年高粱。我懷念琴酒淡淡的醇香，清品可人，加配什麼多了幾層滋味，

又不失原始的琴醇。

「這才是原始的喝酒規矩，沒有規矩，後來是阿妖硬要我們墊她們的琴酒花

「這時才是我們的原貌，原來可以不要阿妖，我們

「備忘個屁，我們會說乾和幹

「乾掉我們幹掉你們

我的筆記無法寫清楚阿妖有更大的戰場，人行道是她們鬥爭的地方之一，要命的是鬼兒不會了解：怎麼妖姊姊的生命有了「偉大的目標」，有行動的指導與綱領，——什麼是時潮最新的「妖言運動」？

鬼兒爛醉到躲不進妖姊姊的大腿間。老大T打烊拉下鐵門再讓鬼兒歪癱門上。

「女人最無情的是，」老大T憤憤的，「狠心到腿間也不讓人暫窩，又不是長住。」

不識鬼兒窩

我只夠能力打理○阿。

鬼兒天性不愛人，「迷戀」就很嚴重，不是割腕就是跳樓，雪阿那夜在心魔慎重把○阿託了我。鬼兒中她最疼愛○阿，「只有你能救○阿。」

也許礙著我，○阿不跟鬼兒們亂配亂醉，他保持琴酒再加料，有時加的料太不配了我當作沒看見。

「不能只看你，還要看雪阿姊，我

「等待有一天。」

「不等待，我們

這夜，○阿醉到九分，站都站不起來。我直等到打烊，○阿還在九分中。我半攙半揹〇阿過櫃台時，老大T說，「感謝你照顧一個小鬼。」小T圍上來說〇阿就住在附近，很有名的，老大T吩咐其中一個帶我過去。

「心魔」幾步路彎過巷道盡頭就到〇阿的公寓，舊式四樓公寓。小T笑著說她們都曾到這裏窩過。

我揹〇阿上四樓，他大約不到四十公斤重。小T說沒有門鎖鑰匙，只有一個自家人都曉得的暗鎖。

小T幫我開了唯一的大紙籠燈，臨走前還吩咐巷道轉過彎就有便利商店。籠燈下，滿滿一片褥海。

我在門旁望著床墊組成的，床單亂疊不知幾層的，恍惚到處都是一團團的褥被，在「無數的」枕頭與靠墊之間。這褥海至少四十坪大，我把〇阿放倒在褥海的不知哪一處。餘地只留一長條走廊，包括廚房和浴廁——浴室至少十坪大到不知作什麼。我洗了浴，是冷水，沖掉舌蘭混琴酒的味道。冰箱有幾條波卡和礦泉水，蔬菜櫃擺好著各色水果。

沒有看〇阿一眼，不想聞那九分的渾味。我裸身在〇阿的上風處躺下來，就亮著籠燈，平生第一遭在大褥海中失眠。

窩大褥海，要嘛不要

小時候睡在日式房子的大通間，一直到離家求學，之後就窩在三坪到五坪的「屬於自己的空間裏」，如此一過三十年資本文明中產階級的空間，難怪這時睡在大通間的褥海竟似回到年少歲月。

我醒來時，還在籠燈暈光裏，有三個鬼兒正襟危坐圍著看我睡。我爬起身找衣褲，抱歉說，「裸身睡是多年的習慣了。」

「你搬來這裏好了，」〇阿發第一句話，「我看你睡這裏最好，最安穩，最夠你睡。」

另兩個鬼兒竟然帶害羞的笑，莫非我睡眼惺忪看花了。

「我睡這裏最好，最安穩，最夠我睡。」我回〇阿第一句話，「我搬來這裏好了。」

〇阿興奮地跳起來，兩個小鬼也亂嚷亂蹦。「〇阿，我有自己的窩，」我清楚的說。從來沒見過這種四十幾坪大褥海。

「誰都有窩，窩不重要，誰——」〇阿還是又說又跳，「誰和誰窩也不重要，要緊的是我要你來窩，我們——」

「不說我要或我不要，」我修正，「我們。」

〇阿仍在「窩誰——誰窩」的興奮中，兩個小鬼聽見了。

「我要，」其中一個說，嘴角帶著嘲意。

「我不要，」另一個說，那表情示意「我不要幹死我也不要」。

「這就是了。」我微笑，「我要同時我不要。這是真正的放棄。我要但我可以我不要，我不要同時我也可以我要。在放棄中自由——不然一輩子殉死了『放棄』。」

我曉得話說得太早，早於聽者的心靈和體驗。但有些話，必需在當頭說，有些言語不是口腔噤得住，因為是自內在湧出。

呆住了三個鬼兒。至少是正午了，雖然在籠燈下。

我掀掀近身的窗帘，墨綠絨布幔底下是一層純黑。我想到壽衣的黑。

放棄心靈，哪來心靈點心

雲阿送來便當。「最近我都送三個，不曉得你——來，」過卅歲的女人吧，長褲和襯衫都烘出她的骨肉瘦。

鬼兒的胃口都小，比雲阿姊吃得還少。「吃太多中午，」○阿解釋，「傷了午後的『正睡』。」

鬼兒都飯後一根菸，雲阿手指一上菸那姿態就是雲妖了。我必須抱歉說多年工作的地方禁菸，至今無福一根菸。

「哪有鬼兒不菸？」雲阿附和鬼兒，「菸是我們的心靈點心。」

真的，有時缺了點心，飯菜便哽在心瓣，血液流不到心靈，連說話都無能力更不用說心靈思想。

雲阿說些鬼兒窩的雜事讓我知道「沒有規則的規則」，不忍我眼睛看直了鬼兒各個菸倒褥被上，有個瘦到身突出被很長的兩、三下把鬼頭枕到雲阿的腿窩，我一路看下去一隻瘦腳搭在〇阿的背上。

雲阿把籠燈關小，白天只開三十燭光。「我午休時過來看看，」雲阿細手摩著腿窩的髮，頰腮，頸子到襯衫口開的胸骨，「幾年如一日，現在鬼窩最安靜，安靜一段時日也好，就算讓空間休息休息。」

我不想問盛時的鬼兒窩，會知道的以後自然知道。我問阿妖還來嗎？

「來呀，有時一大群，疼死膩死鬼兒。——女人比較實際，」雲阿笑起來那瘦到有型的肩鎖骨就又聳又曲，「像我，晚上回媽媽家吃飯，陪老爸看電視，到了十二點、一點睡不著，我就溜到鬼窩來，那時刻鬼兒眼睛最亮，最好玩。」

我揣想著，那正是多年來鬼兒「走肉」在阿妖裙襬之後的時刻。一定有不少阿妖就近去享受鬼兒最好玩的遊戲，最亮的眼神。

雲阿清理一下長廊，帶一垃圾袋出來。「我上下午班去，」她露一種寂寞又帶嘲意的笑。

「〇阿從不要像你這樣的人來——我喜歡你來，〇阿是直覺最準的，別人就直覺喜愛他——也許我今晚還來，看你還在不在。」

山氣上我床

正黃昏時，我離去鬼兒窩。我懷想雲阿移動鬼兒的頭顱離開腿窩時，那動作是多麼輕柔。

我多時沒有體會到這「多麼輕柔」的感覺了。我倚在背靠凝視熟睡中的鬼兒，特別是一直趴著睡的〇阿，在三十燭光的暈光下，我感覺到的應該是那輕柔的延續。

我不想在一夜、兩夜或一個星期之間看盡鬼兒窩。我在黃昏離去，想是避開可能來找鬼兒的小阿妖。

黃昏的天色剛好接續鬼窩的昏光。

我站在公寓前，舉頭仰望四圍的大廈，像是身處大廈之谷，谷底有一種安寧和巷道盆栽的花香。鬼兒有幸不必遷徙到都市的邊緣，在大廈中心的谷地有著「帶歷史風塵味」

的安樂窩，在鋼筋水泥之中不缺神祕的山水。

我回到可以右望大屯左眺淡水流域的小窩，有山氣隨夜色上床，我的床極簡，只有墊被和褥被。兩只枕頭，一只是抱在胸懷熟睡的。

攤大字讓山氣滲入肉體。我一念即過雪阿妖。像我這種早年就放棄一切，還守在放棄的所在奮鬥將三十年的男人，今天才有暮色中上床的餘裕。

雪妖之眼如何看出這在「事上磨了三十年」的放棄。我放棄「任何」。雪妖識出「那渾身放棄的男人」可以救鬼兒的放棄。我可以救可以不救鬼兒，我放棄我不放棄鬼兒。

那夜，曙光前，雪妖終於了解一種「放棄了的不放棄」。

她張開大腿的自由，我隨意進入姊姊妹妹的自由，全然在「放棄與不放棄之間」。

再念即過姊姊妹妹。三念到山氣。

妖言狂想……眞正可愛神經病，肉疼透

星期五深夜到心魔，鬼兒們卻朝我瞇一種微笑。老大T送舌蘭來，說雪阿剛來過，這杯雪妖請客。

「喜歡窩嗎，我們的

「不問喜歡媽的爸的或不喜歡，我們。」

筆記在鬼兒襠間傳來傳去備忘。〇阿有點失神。

「媽的爸的都喜歡，我們，可以嗎

「喜歡很好不喜歡。喜歡就肉疼透了才夠，不喜歡摸一手都不必。」

備忘又在鬼兒間轉了好久。今晚，有個躲在學院的老大妖出院發表「妖言狂想錄」，有三五六十多個小妖來捧場。

「不喜歡，喜歡都肉疼透，我們

「這樣很快就失去了鬼兒一生，鬼窩不收癩皮狗。不喜歡的肉疼透了它，喜歡的不讓摸一手屁股。」

這回，備忘轉到帶有鬼禚味。○阿也盯著看它好幾回。我看分明那老大妖就是沒人肯跟她同作「她的狂想」才能在寂寞中完成狂想錄。

現在是購買新書簽名時間，小妖屁股都成隊。老大T也買一冊，充作心魔圖書館藏。

「神經病的才搞不清楚作什麼，我們不是

「搞清楚做什麼，每件事，才是神經病。喜歡的搞，不喜歡也搞，是正常人生青春很快就不見。專搞不喜歡的，真正可愛神經病。」

阿妖人手一冊狂想錄就 bye-bye 了，鬼兒讓幾個阿妖過來肉疼幾回，才癱起身來「走肉」離開。

「你來嗎，」○阿帶點緊張，「說要帶筆記回去研究我們。」

「那就下回見了，」我捏一下○阿酒嫩的臉頰。「今晚別讓狂想蕩得太累了，○——阿。」

在鬼兒窩「辯正證反」

我挑個將近黃昏的時刻去看鬼兒。我帶了波卡一打、半打礦泉水、三個便當。黃昏是鬼兒一日中最清明的時候。

◯阿正嚼著波卡，一見我扭大籠燈到六十。大約昨夜有個小狂歡吧，靠墊歪著另五個鬼兒，褥海上飄著一種腥羶味。

◯阿大黑眼窩，無辜樣子嚼著波卡。顯然，沒有力氣說話。「梳洗一下的力氣還有吧，」我說，「盡了人事就好。礦泉水是喝的，別拿去洗烏腸。」

鬼兒偷偷笑。一個跟一個梳洗去。真的沒有對話聲。

「你來就好了，昨夜，」◯阿嚼第二包波卡，「妖姊姊發什麼瘋，還有人照錄辦事——」

「照錄——？」

「狂想錄啊！那老妖的一定是處女，好多根本辨不通。」

我哈哈笑。過來二個鬼兒。

「辦不通就罷，偏小妖不信老妖是處女，歪了多少力氣才打通一個小徑。」

「最虧人家都懶得幾幾乎睡了，又弄起來，要每個人過一遍她的新徑——這小妖學那小妖，弄到不知天亮了又黑，好在她們還在學校註個座位。」

吃便當補元氣，喝山泉礦水補精水。便當吃不到一半，「不習慣吃正餐，還有飯，我們，」○阿說明。

我給每個鬼兒丟一條波卡。大都連接都不接，「只有○阿波卡狂，」其中一位笑說，「出生吃波卡長大的。」

「我們吃午夜姊姊妖的點心就夠，」有一位安慰我。

「我的筆記呢，」我想趁今晚不去心魔，討論一下備忘。何況有六個鬼兒，可以開小座談會了。

「我愛筆記的氣味備忘我們，」○阿首先發言，一面咬著卡波。

「很好，我愛我們的氣味備忘在筆記，」我以幽默開始。

一個長得小妖般小女人味的鬼兒捧著備忘，翻來翻去讓大家等待他「有夠時間的研究」發言：

「昨晚我問學問第一妖姊姊，她說你用的是一種叫辯正證反的方法，容易就讓我們頭暈到著迷，結果『真實的意義』什麼都沒有——」

哇大家起鬨，小女人鬼兒說到小臉漲紅，起鬨關心之事是答應人家什麼才肯告訴這般金玉良言。

「我答應昨晚只陪她，」小鬼兒微噓。

「哇怪不得害我們大家這麼累——分配不均——分配不均——」

「你專舒服你的第一女人，整夜哪，女人自私我們鬼兒可不能自私，——看我們把你逐出鬼窩去！」

有五、六個妖兒，帶大小包葡萄點心來，就籠燈坐攤來。

我尋到筆記，抱歉就此告辭，〇阿攫著我腰帶死不放，大小鬼兒說，「筆記還沒討論呢。」

「下回吧，」我問〇阿抓我褲帶幹啥麼。

「你怕吃大葡萄嗎，」有個妖自頸子束到肚兜，綳到臀翹的緊身黑長褲，露一截有型有樣的小肚湖，「還是小葡萄你也忌吃？」

湖妖的小肚湖

葡萄點心有成串葡萄，葡萄起司派，葡萄大圓餅，配妖兒鮮搾的葡萄汁。

「你叫我湖阿好了，」然後環顧大家，「你們都清楚湖姊的小肚湖最魅是不是——」鬼兒妖兒都稱是。「小心，」〇阿咬耳朵，「最會坑人的。」

湖阿從〇〇七型大公事包，摸出一瓶、兩瓶大酒窖久年葡萄酒。看來湖阿是今晚的大姊頭了。

「公事包兩頭正好用酒瓶來撐，」大姊阿瞟我一眼，嫣然一笑。

有五個鬼兒六位妖兒正好在籠下圍成個同心圓，每妖夾個鬼兒，再沒有比這更完美的事了。「我窩還沒真正搬到這，」我這樣推託。

大家不許，只湖阿替我說，「他第一回見到我們，還是邊邊看，隔個距離呆會不會嚇到自己。」

我拿兩個靠墊歪在窗簾邊，有幾絲夜風輪流入來看熱鬧。有個鬼兒只吃派和葡萄。〇阿波卡配小葡萄。有個妖葡萄要加醋才夠味。另有兩妖向〇阿討波卡，波卡沾酒吃令她們想到小時饅頭沾豆漿。同心圓是「觀禮之初」的形式，不一刻鬼兒在妖間來來去去，妖兒說著、笑著東倒西歪。——我聽懂鬼妖談話不到一半，一因有不少「特殊語彙」聽不懂意思，二因談話內容不熟悉。

這無礙我觀看，同時在某種程度上溶入鬼妖狂歡。妖們笑得最粗，嘶妖時可是鬼兒最尖。在我葡萄微醺的眼中，鬼妖是群「中性人」、「陰陽」和諧溶在肉體，鬼兒紛紛退下長褲以去熱，妖兒剝開美麗的外衣或裙子時，沒見狂歡的人有「特異」的眼神。

只有觀看者還有特異的眼神，沒有解開裙裾的兩妖是為了遮掩腰肉環，鬼兒一律是黑色的名牌內褲，妖兒天生擁有各種花色，湖阿姣小的白絲褲配她的白色大胸兜。

湖阿笑到撐不住時往後倒下來，頭正在我的腳邊，順著光景我用「特異的眼神」觀看她線條不定的小肚湖，不時她挪屁股小肚湖就成長橢形，長橢有更多美麗顯明的線條起伏，我在出神的看中念頭只襲過一句：

「島國高山湖泊的光影魅人也是如此。」

遊戲鬼兒窩：亂到瘋倒

至少有兩妖同兩鬼兒藏在成山的褥被裏，粗話夾雜著嬉笑聲。湖阿說她還要喝酒，兩個鬼兒一個大妖趁湖阿語言未了相撲對上。

〇阿想扭暗燈光。「不用，」湖阿說，「礙了我酒。」

有妖兒是哪個我已觀不分明甩開褥被，直起上身，那胸前「波浪」兩字不足以形容「亂波瘋浪」。我得承認，在我平生的「波浪觀」中，得未曾有如是亂到瘋的。

籠燈下只剩〇阿波卡，肚兜湖阿和一位還攏著裙的妖兒，她咖啡鮮的胸衣緊綳著小小的奶。

有嬉笑粗話，有新實驗新不適的罵聲兼指示聲，「任何東西不要放正位，看——又歪到正位實驗個屁！」聽的人都笑，馬上有火車出軌的煞粗淫呻迸自某個妖兒的內裏。

平時說話輕聲細語的，最喜聽她猛煞不住出軌的呻粗。

平時露胸露背的，只嚶嚶的哼聲加上結尾的一串飾音。

現實夠了，如此多姿，只需無心細看細察，眼睛會教懂內在分明人事物的細微。人生值得走一遭，生命值得日日活，精采動人全在細微處。

湖阿特意背著我坐，一開始她就要我分明她肩背脊凹的線條，她湖阿不光靠小肚湖炫一生。我想葡萄酒是湖阿特製的美酒，向來喝葡萄我是越喝越清醒，今晚怎會看透人家的背凹入去是為了烘起上翹的臀。

「是不是來潮啦，」湖阿對著端坐的妖兒說，「看妳咖啡系列就曉得潮來喝咖啡，今晚妳來喝酒做啥麼？」

啡妖低下頭，沉吟了六、七秒，抬頭來紅了眼眶，「我想念大家。」

湖阿左手一把勾過對方，右手揉著啡妖的小奶，「別傷心，等下我吻妳個夠，讓妳全身疼著吻痕回去。」

湖阿吩咐〇阿吻啡妖，先從腿旁細細吻起。果然一系列咖啡色緊身內衣。

湖阿退屁股窩在我的靠墊上，歪著臉向窗隙呼吸夜氣。我目光固著小肚湖的起伏，那起伏隨著夜都市的節奏。

「我喜愛吻陌生人，」湖阿沒有別過頭來，她對著夜的都市喃喃自語：「我肉體渴望每一陌生男人的肏。」

肉慾眞實

我在她別過臉來的同時撕掉白絲褲，將屁股一托就坐入早已釀好淫汁的內裏，湖阿反手交叉扳住我的頸頭，屁股一下子坐實，一下子懸空左旋右軋——

我明白湖阿的性不止於這樣的，我叫過〇阿，要〇阿只專心做一事：咬嚙小陰桃。「不用吸的，」我叮嚀，「用齒緣找，細咬到緊再放細。」

湖阿是那種懂得累積到爆炸臨界點的女人，不到一分半吧，湖阿就爆炸了，帶著粗個大漢的吼聲衝向前，趴著搐攣——虧小鬼兒〇阿有甚深造詣，在那一衝一搐之際，還緊緊咬著肉葡萄不放，讓那搐攣持續到人世的盡頭。

是啡妖趴近來安慰剛走完盡頭的湖阿。啡妖的唇帶加壓一一撫平小肚湖的攣搐，吸吮乾淨腿間屁股的淫汁，待湖妖回過神來，一把扳過啡妖，擁得緊緊的吻……

這時，我才看清楚，亮光下兩個鬼兒糾纏著三個女妖，只能分辨細的肢體是鬼兒，旁邊兩個鬼兒廝咬著彼此那原本夾心餅乾的妖兒目今享受著「邊緣地帶的淫樂」。我記起某位女性評論家替「邊緣」委屈。邊緣不盡是苦，反而愛擠壓到邊緣才能感受最大的快樂——在此，我願意修正為「只有邊緣才能感受最大的淫樂。」

湖阿趴在啡妖的胸腹睡著了，那姣小的屁股翹和小肚湖是同一品質的。〇阿埋在我的小腹鑽、吮。「從沒有見這麼肌肉硬的小腹，」〇阿大約半恍惚了，「我一輩子在這小腹窩。」

裸的軀體在褥被的各樣花色中間顯得蒼白。慾力激狂後的無力顯得人是多麼脆弱。這蒼白與脆弱讓「正義的」覺得噁心，我一手撫著〇阿的密髮，感到對這脆弱與蒼白無比的疼愛。

湖阿的股間窩了淫汁，流過山川唇蒂，一滴一滴淌下來。我輕聲告訴〇阿舔乾淨那山川淫水不要吵醒湖阿姊。

也許〇阿滿口腔湖阿的淫汁讓我剎時射了精，精子與淫汁在喉嚨溶合融化，生命的細微再沒有比這樣完整的了。

「有更多細微的完整，」我悄聲向伏在小腹的〇阿說，「肉體何其複雜又何其美啊。」

惜愛湖阿

我自然疼惜湖阿的性慾——肉慾原始來鬼兒窩得到滿足。可能是暫時的滿足，也不失當下的美好與完整。

但我不懷想湖阿，自然就不會想念這個女人。有一夜，不是三、五，我在心魔見到湖阿和幾個陌生女孩。湖阿請我過去同坐。

「那晚你的手在哪裏？」她當面說，別的女孩只是笑。

「我的手？」

「照規矩，不，照自然，你應該扶著我的奶子——」

「啊，」我想了一會，才悟到，「當然扶著妳的腰呀，不，那時特別，我的雙手都在小肚湖，怕她湖浪太大肚子受不住呀。」

湖阿一臉慧黠相，「我不只小肚子有眼睛——你一雙手欠我就是。」

我說我記得這個欠。後來，我全記不起那晚湖阿穿什麼小肚湖裝。

老大T送舌蘭來跟我坐了一會。她說像湖阿是鬼兒窩派，同鬼兒一樣沒有危險性和政治性。像湖阿的，以前三、五也來，到阿妖群聚，妖言佔據心魔，湖阿她們就很少來了。

「妳喜愛湖阿或雪阿？」我直視老大T的眼睛。

「年輕時我會迷戀雪阿，迷戀一定不安，」老大T不經思索，直接回答，「現在我惜愛湖阿，惜愛有種沉靜。」

雖然不同方面，但我了解老大T有我同等的滄桑，她了解我的沉默，也了解我的直言直語。我歡喜老大T有「惜愛」這個真情，像湖阿那樣的女子，如果走「正常」的路，最可能富貴風光。我「惜愛」她有勇氣決心來到鬼兒窩。

湖阿是我到鬼兒窩的第一個女人，不，嚴重說錯了，是第一個肉體交媾的中性人、陰陽人。之後，我感受思想湖阿特別多，之後，我會在另一個凝視或觀看中忘記。

有一對情侶進心魔，男的短髮舊牛仔褲、襯衫口開到第三粒，女的一身露肩、臂、大腿的黑，那女的特別小鳥依人的樣子，那男的走路特別像學走路的男人。

足足凝視一刻鐘，我才斷定那男人是女孩，不在沒有唇上唇下毛，不在有喉結沒有，也不在她開洞的牛仔褲，膝蓋沒有一根膝毛，而是她大小動作模仿大男人的模樣。也在這凝視間，我忘了剛走的湖阿。多麼惜愛的。

成長鬼兒的「放棄」

到底，我沒搬去鬼兒窩。

在心魔內凹，鬼兒一致簽名備忘，請我去當「窩主」。有什麼特別原因，我不多想，也不問○阿。有個如我般的窩主，可以替他們多擔點外在，甚至內在。鬼兒就自由得多。

有時，也許，安全感是自由之一條件。

我只答應，我在，是窩主。我不在，鬼兒學習各個當窩主。

「不懂學習，我們

「向來不學習的，我們

我發覺我用錯了詞，我應該刪掉「學習」兩字：鬼兒各個當窩主——就找不出毛病。

「我也不學習，」我必得即問即答，才能建立備忘威信。

「我也不學習，學習得染污，不值得——我們不學習自然懂。」

大約各自想各自的一點經驗，自然給人生命自然叫人懂。我瞄見鬼兒對著備忘紛紛點頭。

「學習也算不學習也算學習，我們不學習學習，學習不學習我們，這樣學不學，不學學學，不久我們大家自然就會懂啦。」

這段話長又深，夠鬼兒研究到妖言完結。

我原本想以「鬼兒的語言」來成長鬼兒的心靈。

這「成長」的由來原是雪妖與我的默契，為了〇阿的生命未來，默契在曙光滲入心魔時達成。

成長〇阿，不免同時成長了〇阿窩的鬼兒。我不感覺「成長」是一種責任，真正的鬼兒沒有責任感。只是一個默契，成長了〇阿，順便成長了鬼兒也好。

鬼兒是何種人也，在我們正常與變態混的社會中，鬼兒的界定、標誌、宣言或口號是什麼。

夏夜，走在東區人潮汗漫的空氣中，辨識得出何者鬼兒嗎？
沒有界定標誌宣言或口號沒有夏夜或冬夜。
鬼兒的生命是「放棄」。

在放棄中成長

不管他之前的背景是什麼，不管他之後有什麼作為，來到鬼兒窩他的肉體同時心靈「在放棄中」。

放棄語言、文字就放棄對外在的溝通。對內的，鬼兒很快用手勢、肢體和肉體來溶化彼此，他們放棄所謂「心靈溝通」。

鬼兒放棄的最大外在是「現實」。現實體制內外的一切鬼兒不關心，當然不認知也不了解。是牛是馬當人民的頭家鬼兒不知道，偶爾聽說了自己也不說一夜就忘掉。現實最熱門的網路和股票「有關我啥屌、屁眼的嗎？」

鬼兒放棄的最大內在是「自我」。跟隨自我的兩大廢人「自尊」和「尊嚴」，鬼兒一併放棄掉。肚腹棄了自我，空間大了不知許多，鬼兒享受來去自我都不留的偌大空間。

但，如此「青春絕美的放棄」僅能維持十年至多十五年。

雪阿不知何時看出這個「長久但有限的維續」，在我觀看鬼兒的初時我就衷心了然這個「絕美的限制」。

○阿可能還有十年的時光，十年後他就不是「渾生命鬼兒氣味的」了，最可能他在接近「人生的崩潰」中放棄鬼兒窩，也許他可以當個窩主、房東兼打雜，努力收容幾個鬼兒，但實在鬼兒遠離他的生命了。

雪阿捨不得○阿有一日成為真正走肉行屍的。

我不忍鬼兒為「絕美的十年」放殺了未來。鬼兒不關心未來，未來不得不從鬼兒窩出來，卻早已「放棄現實與自我」的鬼兒會走上怎樣的未來。

我觀看了許多時光，才得接近鬼兒。我想親近鬼兒，想必是我「青春時期的同質性」在追索逝去的本來。「可以在放棄中成長」是我在觀看中的覺知，雪妖勾引我更進一步。

不應該說勾引，那是事前事後了無痕的自然，雪妖最後也許促成了什麼但並無她的機心，——該促成的已經促成了。

我攜著一本筆記放在內凹的小檯桌上，對著癱成肉泥團的鬼兒，那本筆記顯得多麼愚蠢。鬼兒不需要筆記，不要備忘任何。
但成長需要備忘。多虧帶了一本筆記。

漂的文字，爽的構句

我也放棄。我早就放棄。我在放棄中成長，同時在成長中放棄。

我不加思索以這樣的句法，回答鬼兒「放棄式的文字」。

簡短，不合文法，沒有開頭或結尾——飄零無根的文字，感覺別具一格的美感嗎。

「那妖幾乎咬斷，昨夜，我們　不能這樣幾乎

「沒有能或不能，我們，在幾乎前搶先咬下她的葡萄不管小或大

「也沒有暴力，暴是為了爽，我們

「不爽是暴所容許，太過不爽，招呼我們先讓她妖阿爽到暴

我慢慢熟悉了鬼兒的構句法，我勉力以鬼兒的語彙來回應。

「咬斷了也好，那妖會夾在胸口供人觀賞，這是屬當代最前衛的表演藝術，由妖兒

鬼兒合力演出我們。」

「能不能互相吃咬，搶先吃下她的小桃葡萄，就沒有幾乎，我們。」

「吃下沒有暴力還得吐出來，爽人到暴人家馬上還你爽到暴，暴來爽去，爽來暴去，我們。」

「暴是又痛又爽，到此為止，我們，合力讓她爽到暴，老天無眼也疼好心鬼兒，也要那妖子能耐得住。」

在這樣的構句中能「成長」鬼兒什麼呢?我也不能字字分明。好在，鬼兒當然也放棄「成長」。我們放任自然「成長」成長。長成鬼兒，妖阿，眼前便是。

射術男女各有不同

有一日，我剛正午，才到鬼兒窩。雲阿小口吃著便當，其餘放在褥上，鬼兒不知有幾個，至少四、五隻吧，各自窩著睡，有腳沒頭的。〇阿癱在靠背，闔著眼簾，有嚼沒嚼波卡，大約不好意思不陪雲阿姊姊吃午飯。

我把帶來的時節新鮮水果個個擺正冰箱，不然鬼兒連掀一掀塑膠袋這動作都放棄的。

在我目視水果正了冰箱沒有時，暗鎖一恰，先登登踏入來水色高跟鞋，肉做的純絲襪，水色的窄裙繃出更深水色三角褲的勒痕，水色的西式套裝故意明暗水色出深淺不一造形的胸罩。

沒有招呼睡的或醒的，她直接上墊傴下膝腰打了兩個小巴掌〇阿。

「幹嘛的人家——水阿姊，」波卡碎片掉下紛紛。

「我老公昨夜盡心不盡力弄了一晚，害我今早腄到現在。」雖是放低聲，但鬼窩正午格外安靜，一字一眼表白得仔細。

她拖著〇阿到邊角落，套裝完好躺下來只掀高窄裙，「咬大腿，呸你都忘了呀啊，」再一記巴掌的脆響聲，「用力咬，牙齒，再用力，左大腿也要，往上輕一點——再用力，牙齒咬死它，輕點重一些……」

我和雲阿危坐籠燈下，耳目倉惶。雲阿放下便當，趴過去要解開水色的胸釦，被巴掌揮了開去，雲阿趴回來拾起便當沒事的吃著。

被嚙咬的尖叫聲忘了其他人事物的存在，觀看之時我對那肉體的吶嘶一無反感，有片刻我感覺那嘶出自我的內裏。

瞬間〇阿自大腿窩抬頭，牙齒咬著外大腿肉，尷尬的向我們一笑。「要死了，快點——」我清楚是〇阿向我求救。

不到二十抽，女人便頭肩左右晃得褥海都成髮海，「死了，死了，死了……」一聲比一聲弱微，大約她在催咬的功夫費盡了力氣，高潮時全噤在肉體享受無聲，只剩結語「死了。」

死了也好。

女人沒看清楚令她「好死」的是誰，忙在角落上貼小袴落窄裙還前前後後順了衣裙，跪著把亂髮結成嚴整的髮髻。之後走過籠燈，沒有招呼誰，沒看一眼〇阿愣在唇間的卡波卡。

「可憐餓肚子趕來偷腥，」雲阿吃完半個便當，沒好氣大約摟了便當。

「老大射她營養夠她省了晚餐，」還好〇阿牙齒沒被大腿勒斷。

「才沒射，」我簡單說明，「射要有準備的時光，不管長短。她準備好了，基本上這是好女人自射自足。」

「女人也射呀？」

「當然。射術男女各有不同。」

可以不咬的

雲阿對深奧理論毫無興致。她把剩下的便當放入冰箱。我對她這「男女深奧」毫無興致頗感興趣，不過改日再談。

「哎一個同性戀回返異性戀的典型，」雲阿走前解釋為何人家的奶頭撥開她的手，不是說明她的舌尖正準備吸上去。「我是幫〇阿的忙，誰想她奶個頭。」

「她花了不少錢，我，」〇阿不是說明也不是解釋。

剛剛鬼窩「好死了」一個上班族女郎，沒有驚動沉睡中的鬼兒。肯定，黃昏時刻找冰箱便當的鬼兒也沒有想到雲阿。

我要〇阿在籠燈下坐。那咬勁似乎真實賣力讓他清醒許多。「剛才那水姊要你咬時，你心裏願還是不願？」我冷著聲腔問。

「誰願呀？我還陪雲阿姊咬著波卡呢。」

「不願，那你為什麼做？」

○阿凝了我一眼。「我花掉她不少錢，有一年多吧。」

「兩情相悅無關錢。你不想咬，為什麼咬得下去。」

「我早放棄了——」我替○阿加上「反抗」這兩個字。鬼兒放棄反抗什麼。

「再說你也見到，她很強勢。」○阿在「心魔」襲用了「強勢」這樣的字眼，心魔不時有展現她強勢的阿妖。

「因為這人很強勢，對『強勢』這種東西也許你怕也許你不怕，不過早先你就放棄了——包括放棄反抗什麼，所以不如咬了方便了事。」

○阿顯然迷惑於這種結合：語言加現實情境加「肉體」的先決條件。

「我也不曉得是不是怕，不是都說放棄了就不怕嗎？」我拿下他唇間的波卡，要他去咬粒冰箱中的蘋果，「——你說咬了方便可能是真的方便當時。」

「你可以不咬的，當時，」我大口喝礦泉水。

「我聽有鬼兒說有的男人喝什麼水都成精子水，」○阿咬一口蘋果。

「你可以不咬的，那女人能把你怎麼樣？」我不讓換話題。

「她會大吵大叫，那大腿會騷不住踹醒每一個人，最怕她騷到不禁恨了天下人，跑到陽台去跳樓鬧來條子——」

「不會，那種女人，」我打斷○阿，「她守住很多，她不是放棄了的那種人，你見她進來時小心不踏到人家，開大腿時先避到邊角較暗的地方——只有你這種人○阿哪天會大吵大鬧胡亂打人真跳樓啦。」

○阿猛咬了幾口蘋果，把果核甩向長廊廁間，躺下來背過身去。

「你不必咬她大腿的，」我來得及在○阿睏睡前，「她早該去化妝室自慰腫了整個早上，想想，咬她大腿肉時你『放棄』什麼？」

思想「鬼兒窩」

我在鬼兒窩不思不想。從觀看到與入到肉體的絞纏、變態、噁癖，其間沒有思想的餘隙。

我大概一時發了鬼兒癲，才會追問鬼兒「大腿咬事」。〇阿不當一回事也好，〇阿放在心上也好。這「追問」會是個契機，我直覺。

回到孤獨之窩，躺在孤獨之床上，在夜的青灰與山氣中，思想紛沓而來，碎片的印象讓它來了又去，激蕩的感覺追蹤來了讓他停駐一會隨它離去，但有些固著到放不開的思想，比如長久以來我不願面對的「鬼兒窩在都市之谷的存在」。

鬼兒窩以最原始部落的形式存在於工業化的都市之谷，讓延伸自獸慾的性慾、情慾有個「見不得人」的去處，自有文明以來，這個「見不得人的」幾乎是難以存在的，即如島國在五、六〇年代鬼兒窩很容易被冠上一個「反叛的不法團體」而消失，拜八〇年後的經濟掛帥與政治紛爭，鬼兒窩才得以存在見不得陽光的大廈之谷。——有幸跨過世紀。新的世紀可能不會重蹈舊世紀二、三〇年代的意識型態思潮之爭，四、五〇年代落實意識形態之爭的動亂，六、七、八〇年的反民主與民主鬥爭，「鬼兒窩」不可能存在這些動亂與鬥爭。——而，新的世紀，鬼兒窩存在的可能性如何，或者，鬼兒窩在新世紀的遠景如何？

文明即是對原始自然的反撲。期待新世紀的科技文明會智慧的反省原始，未免天真。正如科技，人性已走到複雜極致，看不到自然最初的原始情境。鬼兒窩在科技掛帥的現實體制中，能存留多久可能不是個人思想可以回答的問題。

好在鬼兒窩沒有「問題」。問題留在窩外解決，所以不時是哪個哪個鬼兒不見人影幾天，回來就好鬼兒不說也不問。

也許，有阿妖想佔有鬼兒。但沒有妖兒想佔有鬼兒窩，她們必需多少「放棄」，鬼兒窩才可能多少給予。

放棄更多，給予更多。

真有智慧，全然放棄，鬼兒窩即就全然給予男女太初的原始和自然。——就這樣，只是這樣，鬼兒窩的存在不必是思想上的問題。

同志大事誌：發行「妖言」「酷語」

有個週五，「心魔」格外熱鬧，來了不少新面孔的阿妖，檯桌擺進鬼兒的內凹緣，更新鮮的是阿妖群中來了十來個「孌帥的」男孩，幫擺桌的小T說都是「學院派來的」。

「兩組人馬合開慶功宴，」小T轉告老大T要鬼兒我們委屈些。

鬼兒還是癱在沙發，瞇眼沉默的看，四肢像吊傀儡般晃搖打到誰的什麼，也不見人吭聲。

「有人要人咬他大腿，他們，咬他可以嗎，現在

沒料到○阿首先發難，備忘傳到我桌上時又加了多條備忘。

「大腿有病的不多，不愁咬，我們　屁眼有病的多過大腿

「平生我沒過大腿，咬與舔比較上　口感和氣味比較上不同

「咬他那黑緊身的雄雞，他光會嘴巴耍話　讓他兩片唇腫到大妖陰唇大，我們

「不咬他大腿，看到他腿發抖　我們偏不咬

「直到腿汁都發淫了，滑倒大小雄雞雌的，才知道腿汁的厲害　我們

我一看，初初不知如何下筆。恰好，場中慶功宴開始，來的人複雜，想必是「運動又前進了一步」，我忙著觀看兼傾聽。

原來，經過紙上作業與街頭運動兩階段，業已實驗成功「同志雙方」。同志雙方多方禮讓，最後一人站在檯桌上，白花白裙：

「正式我宣佈今晚開始發行妖言！」

是雪阿！我看她運動豐腴了些，白衣露的肩胛間盈了肉鼓，想那肉鼓中間凹深下去一線直到線轉到臀後。

「正式我宣佈今晚開始發行酷語！」

是雄雞！站在檯桌上顯得高帥，長毛腿襯長黑髮，我瞄一眼鬼兒癱列都看呆了。

隨後是發行與簽名的光陰。趁此拜會彼此再三握手慶再見。麥克風更開放給妖言和酷語。有位自稱一年級的小小妖佔據麥克風一個半小時說盡了國中以來的發妖史。有位酷語系的男孩報告自四歲開始的自慰史，並示範各個時期的代表作。

兩位都具細微和創意，我隨腦錄下這發妖自慰史，晚年在褥被上專書寫「如何從自慰到發妖」，以前世紀後葉的經驗供世紀初葉的參考、實習。

「在咬與不咬之間，咬　我們，不咬。」

「在舔與不舔之間，舔　我們，不舔。」

「咬與舔並無不同，我們感覺口感和氣味不同。」

「陰唇大的嚼之不足我們舌之不盡陰唇小的。」

「腿抖，有腿自做工，有心在做工。咬與不咬，奈他何。」

「腿汁，預期很快就有腰汁，新名稱、新產品、新滋味吸引新人類我們。懂事後，我只喝淫汁。不久就有腋窩汁可比腿窩汁。」

我把備忘丟給鬼兒。想尋雪阿一談。

老大T遠遠招我過去，「雪阿交代留給你一本酷語、一本妖言，」老大T似乎累垮了，倒酒的手都不穩，「這杯是雪妖阿請你的，」老大T站著同我喝一杯，「等待吧，阿妖雪現今是名人了。」

我蹎出心魔，妖言插入褲帶，酷語丟入魔垃圾。

不知何去何從，我回去鬼兒窩同時回去孤獨之窩。

論述「性幻想」：以亂倫、同性戀、雜交爲場域

存在不必定涉及思想的問題，但「鬼兒窩」的存在確實涉及思想的問題。

我曾約略想過，「鬼兒窩」的最初形式存在太初的原始部落。——是我幾天前在孤獨之窩掠過的念頭，甚至不成其為一個「想法」。

在心魔，觀看過「兩派人馬」合辦的慶功宴後，有一種莫名的憂心，當夜我夢見運動的準軍靴一列列踩過鬼兒窩。

鬼兒不「運動」，也不抵抗「運動」。但我直覺必需在運動之前之際，作一番思想的功夫。思想抵禦不了「運動」，但，是思想在指導「運動」。

首先，我思索「鬼兒窩」的存在本身。

人類延續獸的性幾萬年不知，而獸的性模式是在可能的範疇內可以觀察思考的。待

到，人類「進化」有了思維，思維到了性上，人類的性就開始起了變化，再不是原先的性模式可以範圍的。直到，思維進一步有了「幻想」，人類的性逐漸脫離超越實際的性行為，幻想突破了原有的模式。

這樣簡明的人類性的演化，遺傳基因存在於潛意識也來幫了不少忙。「低等」生物不知亂倫為何物，高等動物防範亂倫到了「無情」的境地如猴、象、獅。人類本能進化到「對亂倫的恐懼」，反而催激原屬本能的幻想，對亂倫又充滿了「可怕的誘惑」。

「低等」生物不知「雜交」有何不可或不妥，多少生物成熟到「自然性交」時的景象，只有「亂世雄偉美麗的雜交」一圖可以比美，雜交後射了精子、洩了卵子便是偉大的休憩——死亡。這種「雜交的狂亂美麗」適合以人類的文字「低等」來形容嗎？

高等動物演化到只允許小規模的雜交，如一公多母制，人類到了一個世紀之前還大量模倣這「一公多母」。但，人類對經由幻想來的可能性「大規模雜交」驚駭到只能存在幻夢裏，在幻夢裏，人類時常上演「大規模雜交」的肉體大喜劇。

我不想批評「基因同性戀論」。低等動物異性繁多同性也從無智慧想到同性可以同性，高等動物猴、貓、狗在「禁制」的情況下不忍發情只好借同性肛門以宣洩，這種

「宣洩」在禁制結束後便消失，還是異性方便有趣、有味得多。唯，人類有性幻想之後經「思想偏執化」便非同性不能了——我也不否認「同性性行為的生理誘因」，但那絕非造物自然的本意，是人類的「性幻想的爽」延伸到「不一樣的肉體的爽」，而這爽基本上異性是無能為功的，是同性間的「肉體場域開發學」上的大發現。

在這星球上，只有人類有複雜精采的性。哈利路亞阿彌肚佛，人類歷史光此「性事」就沒有白費宇宙光陰。——又請注意我從沒有以「變態的」、「異常的」或「畸型的」來形容說明任何事物。

文明殺戮原始：體制踐踏鬼兒窩

人類有思想之後便有體制，體制具備各種名義，禁絕人類由恐懼到驚駭的「性幻想之遂行」當非難事。

歷史不見自有人倫以後，通姦男女便要坐木馬處宮刑。遠的不說，近的在島國史誌上也記明，體制以軍事行動殲滅一社平埔族西拉雅的「亂倫雜交行為」。二十世紀初葉，在軍隊同性戀行為一被察覺，「事出有多因」都不必問，槍斃大小男人了事。

如此，「鬼兒窩」難逃天地之間，前一文明人類可知的三、四千年之間，我懷疑「鬼兒窩有具體和長時的存在」，體制以「亂性可傾圮社稷」這樣的大帽子來封鬼兒窩，趕盡殺絕窩都沒有。

就島國的近現代史，只要體制一發瘋起來，島國大小洞穴無論城市深山「限期查封」，有鬥爭經驗的野人都無處可躲，何況只知被窩的鬼兒，唯一生路舢板舟出汪洋島國不管他生死只要不再上岸來。同時，體制經由制式教育，灌漿一般灌入島國人的腦子「反亂交」、「羞恥不正當性行為」。

鬼兒窩二十年來的存在，不說未來即使在當代仍是不確定，不穩定的。我預期將有「某種方式的反撲」，希望是陰雨綿綿而非夾風暴雨。

由姨婆的粗筒到阿妖的電玩

可能沒有「鬼兒窩」的集體存在，但仍有個人鬼兒的存活。

我曾在老家深閨的一個床頭櫃，翻見六個吧粗大不一的竹子筒，筒面磨得極細滑手不留，奇怪最粗大的兩個筒面整隻刻有凹凸不平的小坑小洞，那是我去世多年姨婆的房間。

「大概是作筆筒用的吧，」我拿去給小陽台曬太陽的姨公看，「你姨婆生前愛畫花鳥，每年都要擔竹筍來的鄉下親戚帶幾截竹筒。」

遺憾我沒有向姨公討筆筒，當時姨公已無事在乎只顧曬陽。那時已近十歲了我感覺那筒粗坑凸的「可疑」，直到十六、七歲我常在午夜削紅蘿蔔或玉薯黍條，自慰後夾在肛口股間甜蜜睡去之際，我才記起了姨婆的粗筒，了解了那「可疑」。

當代便利得多，有阿妖手提袋內帶來她適用的道具，塑膠、電動、金屬的，各種想像的造型都有，隔陣子道具便拋得褥被大海這裏那裏睡不安穩，雲阿和○阿會找一天收拾乾淨。

「看就知道會很舒服，」雲阿常把玩研究，被○阿一手搶過去棄掉。耽於個人自慰永遠無法形成集體的鬼兒窩。

鬼兒窩的「性自身」遠非自慰所能達及。道具只是鬼兒窩的玩意，多到帶展示的意味，其實鬼兒窩的主體永遠是人——鬼兒和妖兒。

那夜，雪阿妖與我的默契，不是允諾或承諾，而只是默契，那是「成長」鬼兒窩的鬼兒或妖兒，○阿是第一個嘗試「成長」的對象，期望「成長」更多的鬼兒與妖兒，來得及在當代的暴風雨中維護鬼兒窩。

這是奢望嗎？我不肯定也不否定。畢竟一句老話：時代已經不同了。

我必要加緊步驟，加緊「如何成長」本身的思考。成長得以鬼兒的方式，不能因成長變質了鬼兒或妖兒。

「成長」了夠多的鬼兒或妖兒，那麼即使「鬼兒窩」被摧毀，他們會重建。

俏

我歡喜看見湖阿。只有一個字「俏」足以形容湖阿：精緻的五官和肉體。

湖阿不常來，她來總是鬼兒窩最淡靜的時刻，是鬼兒剛清醒渾身癱著活力的黃昏已近暮晚，有時是阿妖正在搞運動的空檔，有時清晨她來坐在門旁撿視凌亂的被褥戰場，嘴角帶一種「浪子清早回家」的微笑，不自覺窩下來斜躺著，有情思深褥海。

湖阿是阿妖不是。她常帶二位不超過三位鑾喜鬧的女孩，不一會鬼兒窩就有年節喜樂的氣氛，不是狂歡似的氛圍，是一種「人慶祝喜愛的人活著」的溫馨歡樂。我私下叫她湖阿俏，後來在她特製的酒薰下叫出了口，「我小時就俏到現在，」她私下耳語說，鬼兒馬上聽成喊成湖妖嬈。

「湖阿俏，」有時我喊，「湖俏阿，」再怎麼吵她都會聽到。

除非真熱，湖阿不是那類一來就脫衣炫肉或內衣的阿妖。她和女伴笑說玩鬧到什麼時候褪了衣物都不知。明顯，湖阿喜愛女人的肉體，最常見她親暱女人的肩胛頸彎直到熱吻。

標準的阿妖同志不必到鬼兒窩來。湖阿在與女體玩纏的某個時刻，她要鬼兒加入用胳臂圍著她們，用大腿壓著她們，她停下來看女人撫愛鬼兒的肉體，從臉頰到私處，直到她忍不住順著女人的手愛咬對方。

同時愛咬女人和男人。人慶祝喜愛的人活著。

有個夜深，來的小妖散去，兩三個鬼兒也失了蹤影。湖阿這時來到，獨自一人，從髮髻俏到高跟。○阿和兩個鬼兒清理褥被間雜物，把酒瓶拿到冰箱角落。

「清個啥嘛，」湖阿俏笑，「等一下等不到明天還不是回到老樣。」

「湖姊嬈的，」有個大鬼兒開玩笑，「等一下順便把湖嬈清理掉！」

「要清我湖俏阿，等下輩子，」湖阿手旋一轉甩開不知誰的內褲，「這輩子我湖俏專來清理男人，女人也作一畚箕。」

湖阿從公事包兩側拎兩瓶酒出來。「妳下班到現在還沒回家啊，」我脫口問，同時覺到自己失了言，問了多餘的。湖阿不慌不忙倒了五、六杯酒，小鬼隨意，同我乾掉第一杯，「你都不知呀，回家的路有到地獄的遠。」

到鬼兒窩的路有到桃花源的近。

俏：人生有如是情境之美

鬼兒跑來跑去，端來小妖留下的點心，吃兩口又送回去。開幾罐啤酒或咖啡或咖哩粉、杏仁粉，幾人圍在一邊調酒試味。

籠燈下，湖阿同我對喝。看清楚白蕾絲到頸的絲質上衣，白花色鮮暗色底的長裙。長袖長裙不露一點肉。

沒有女伴笑鬧，湖阿沉靜端莊的倒酒喝酒。她只堅持替我倒酒，小酒杯一口乾掉「湖阿特調俏酒」。

喝湖阿的特調酒，我很快就有微醺之感，前幾次也相同，但我不在意。沉靜喝酒在鬼兒窩「難度甚高」，對酒可以專心對看端莊的俏臉，更是「甚深難得」。

只有乾杯之前之際，眼眸對眼眸。

「好一陣子了，我過褥海上到一座孤島。」我覺知開口必是內在之語，內在語言再怎樣狂嘶，它的本質是寧靜。「我不願再回到褥海，同樣的褥墊，同樣求生的人——」

湖阿的眼眸閃爍著什麼，先是像大海的波光，其後是鬼兒窩的暈晦。我拍拍湖阿的手，示意乾杯到此，以後慢慢喝。那暈晦的一絲光芒比海上波光更具不安、不定。

「我在孤島呼救，從無回應。」湖阿沒有轉開或低下臉，也不讓我迴開。她的眼眸牢牢吸吮住我的眼眸，「有什麼快要崩潰——」

我很內疚只能用「吸吮」這樣的文字來形容那樣的情境，——容我這樣說——，自少年懂事到現在維持自己不致崩潰，不到跳樓，不致上吊的，即是在很早的某年某月的某一天，我體會到了「人生有如是的情境之美」。

這情境無論大小，「美」完整自足，生命便值得活，人生值得過。

「乾杯是一時，酒要慢慢喝。」我端坐回應湖阿，「妳不只是鬼兒或妖兒，妳是同我一類的人，必然有一天會走到現實自我不兩立的懸崖。我們很早就放棄，但不同的是在懸崖之時我們已有選擇的能力。妳可以選擇回現實，現實有許多路，妳選擇妳承擔，現實的路並不難走——何況以妳湖阿俏。」

湖阿微微笑了，慢慢眼眸滿盈笑意。「我會背叛，選擇現實？」

「無關背叛，只是選擇。」我強調，「人可以無數次背叛自己，說背叛未免太『以人為是』了，選擇必要承擔，允許背叛再作選擇——」我艱難說出這一句，「給予自由——就是我所作的，」我指指周遭，我不願再多說，「最後要讓人自己意識到自由——」

「不只是褥海這樣那樣的自由，」湖阿接我一句。我由衷感謝她。

我們沉吟著，沉默著喝著酒。鬼兒已趴倒褥被上。

「你清楚我的內在嗎？」

「人不能完全了解別人的內在，我不清楚。」

「自我的路也走得疲了、厭了。現實容易對付，自我好難。」

「走得疲倦是不知道轉，路轉人轉。」我替湖阿倒一杯，請她慢慢品自己的酒。慢慢，品完湖阿的酒。「我想，」湖阿低頭，額頭頂著酒杯轉，「我現在想。」

「自我的空間比現實大上不知多少，怎會有走厭的時候。」

「我也想，」我要湖阿抬頭，直視她，「但不現在，我替妳想一條轉得通的路，妳準備好自己哪天來見我。」

我扶著端莊不失其俏的湖阿下樓，送她回去。車停在她家幾步路遠，我見她跟守衛打招呼，走入燈火明亮的前庭中。

回程時，我想湖阿的家至少她的臥房、她的床，和我的孤獨之窩一樣俏。

曼姊姊

鬼兒最愛玩曼姊姊。曼阿快四十歲了吧，她一來，小妖青春都失色。

曼姊姊疼鬼兒，那種疼，是肉體又超越肉體，又不離肉體。

曼姊姊之好玩，在於肉體每一細微都好玩，而且玩之不厭。

曼姊姊不厭玩，在鬼兒窩她玩盡了所有的招數，她還用柔到無骨的嗓子說，「不用愁哩的，新時代自有新花樣。」

我觀看曼阿，幾乎淪陷了鬼兒窩。我長時觀看，從沒有涉入。曼阿不在乎一雙觀看的眼睛，她早已習慣被無數雙眼睛以各種「情色層次」觀看。她從沒有要我涉入。

不知其人背景出身，不詳其遺傳的家族特色或情結，甚至不曉得其童年所受的創傷——小至被台階絆倒膝蓋，大至被親叔叔摸了私處，學院派便很難作批評，光從對象物本身如作品循理論作發揮，大多失之天馬行空的想像，是學院批評家的產物，與「其人」無關。

我看曼阿便遇到類似「學院的」困境，不得不我將觀看提升到「觀察」。察便有「訪察」、「察究」、「偷察」之意，意在先有動作便允許。

我察問鬼兒七、八完全不知曼姊姊的出處與來路，去路更不用說。〇阿嚼著波卡得意的說，「我察過曼姊每逢月陰和月圓午後四時半來玩過午夜——」

「察曼小姐作啥麼？」雲阿適時插一句，我明白她保留一句沒說：不要壞了鬼兒窩的規矩。

鬼兒窩內事發鬼兒窩內事了，窩內不管窩外事，窩外事不入窩內，這是自我保護防衛的消極手段，在舊時代滿管用，在保全與竊聽竊視發達的今天還能「視事」個屁！

雲阿走在摩天大樓之下，不遠處馬龍車水，紅燈綠燈准走准停不准走，她會想到鬼兒窩面臨「成長」與「永續經營」的時代性問題嗎？

我察曼小姐的事，月圓日便由曼姊姊的體內告知曼小姐知道。

月圓日是姊姊曼的大日，曼姊送來的禮物特別多，光波卡就夠〇阿狠吃到月陰。曼姊在黃昏之前躺下。小妖可以趁這日前來觀摩，〇阿負責事前登記控制人數。

曼姊直到月過正央，才舒出最後一口大氣，其時鬼兒全數癱在她身上這裏那裏，肢體累得動他不得，只剩兩片嘴唇還這裏那裏吸著曼姊。

小妖能熬過七點半到八點幾乎沒有，聽說比她們偷看的A片還「不堪」，〇阿認為小妖心智脆弱，被太多人工各種材料道具嚇跑，受不了又不能享用自己。

「比A片還不堪」表示遠比A片還具震撼力兼具不可忠議性，「鬼兒窩實錄」哪能拿那種爛片來比，小妖所見者窄有此反應怪不得小妖人家。

月偏斜西，曼阿沐浴完事，披一件黝到黑的浴袍，坐在籠燈下喝茶。〇阿早泡好茶，放好茶具，才癱在一旁睡了。

「鬼兒老，」我聽到柔中不帶骨的聲音喚誰，「鬼仙，一起來喝茶。」

由鬼兒老、老鬼兒到鬼仙，我欣然接受。曼阿浴袍只攏合下襬，黑袍自肩部披下只為了半隱那兩隻奶子，「是好看，」我嘆，「各值一杯茶，乾。」

曼姊姊的「肉體生命」

曼阿笑嘻嘻的乾。有一種好聞的味道，不是香，從奶子肉體源源過來。

「感謝妳的疼愛、周到，」我廢話，「沒有鬼兒被妳用癱，鬼兒也沒有攤壞了妳。」

「人家說您有智慧，」曼阿聞香帶笑，「你的智慧可能不夠了解肉體，更不會懂肉體本身與生命的神祕關係。」

我聽到冒冷汗。藉著換了熱茶，才把冷汗溫熱了些。

曼阿說她有個不情之請，月已斜西，她的月圓之夜已近尾聲。更關鍵的是，「我所說的大多在你的思想之外，」所以對話在目前是「不合適的形式」，她要求在之後的時間內委屈我傾聽，在下次月陰或月圓請我提問若我有問題。

我全無醉意，並非因為茶醒，在我長期的觀看中，我早感覺女人曼阿不同一般，她內在外在散發出一種「氣質」，那氣質不因「任何」而改變，人可以以各種方式溶入那氣質，在其中悠遊、享受。當她自一癱裸攤的肉體走出來時，那氣質冷冷發著靜謐的光芒，觀看的眼睛也會感到一種冷魅發自自己，因為所觀所覺。

幾年來，那「氣質」無任何變異，沒有增加一分，減少一分。

我以換茶間的沉默，答應了曼阿。我很抱歉我只能以六、七〇年代的辭彙「氣質」來摹寫曼阿，不因迷戀我生根於童少年時代的「非常氣質」，而是八、九〇年代以來的語彙「酷斃」、「蠻帥」、「波霸並美」、「好ㄅㄧㄤˋ」等等的無一可以形容、貼近曼阿。

不得不我以過時的文字、辭彙，形而上的形容來寫我所面對的「現象真實」。

「下回，請你談談您的觀照，您的了解。」那微笑真心真意，那嗓音可以定義「柔」這個字眼。

「肉體有它的自主性及完整性，當肉體沉淫它自己的時候，不知有啥雜物譬如心靈，肉體寬鬆自己讓「肉體生命」飽滿，容許以微妙或暴烈的方式，在肉體生命的深淵中自有寬闊的天地，容許任何想像的遊戲，在深淵的痛苦狂歡中，肉體完美了它的自身——

「人在深淵並非主人，而只是肉體的造物。我疼愛鬼兒妖兒，我引導或不引導，讓鬼兒容易深入肉體，在深淵中遊戲而不覺狂歡帶著痛苦。」

我感覺曼阿是與我同時代的人。我也默認，真實只需簡短的表白。我沉靜地敬曼阿一杯茶，曼阿沉靜回我一杯茶。

我原不擬送曼阿，我原擬在籠燈的暈光中凝視曼姊姊一向神祕的獨來獨往。曼阿要我送她到樓下，有些「鬼兒窩」外的事她想讓我知道。

「你以為鬼兒窩可以安穩度過這麼多年嗎？」在樓梯間，那嗓音的柔讓間壁都和煦了起來。「你以為阿妖瘋上樓頂又跳又唱隔鄰和樓下不抗議嗎？」曼阿放慢腳步，看著台階。她的柔嗓就是她的眼睛。「你曉得這是當年少見的六十坪公寓。」

「多年來，關照，加上客氣地請託關心——幸好我有位能幹的祕書。」一推開公寓舊門，就見一位清秀典雅的小姐站在巷道對口，即刻碎步過來扶著曼姊姊，問了聲什麼。

離公寓七、八步，小姐替曼姊姊開了車門，繞後自去開車，車燈亮是墨綠色賓士車。賓士車經過五秒，停在另邊一輛全黑的黑頭仔車跟上，駛出巷口。

——像偵探電影的情節，更像這本小說的事實。

放肉體無辜享受肉體

曼阿沒提何以是月陰和月圓。

○阿提過一次，幾年前吧，窩裏賴著兩個「哈草」的鬼兒，漸漸成了哈草人啥事不幹，毒發起來弄刀弄鎗嚇壞大家，更甭說小妖叫，有一深夜曼姊姊來請兩位哈草去兼吃宵夜，從此鬼兒窩沒有「哈毒」的。

鬼兒不管別人，別人不管鬼兒窩最好。但鬼兒窩在巷底多年，沒人說閒話，管區警察也從不上門。是別人把鬼兒當成世紀病毒一樣？鬼兒窩好比瘟疫特區？

如今曼阿特別向我示意是因為曼姊姊。我明瞭關照、請託的意思。曼阿不會因為我「察」她，就透露這些。她可以「反察」，曼姊姊甚至可以要鬼兒窩「放棄」我這個人。

在清晨的鬼兒窩，在曼姊姊自黃昏就漫瀾開來的那種氣味中，我思索曼阿所說的肉體生命。

這可能是曼阿的真正用意，她要我由觀照進而思索進而了解進而放棄。是的，放棄。放棄曼姊姊，放棄曼姊姊與鬼兒，放棄什麼「成長」，放棄試圖「永續的存在」。放棄，把握現在顧好現在不是妥當照顧多年了嗎，放棄「永續」的想法，——自然永續下去。

可能，我想得過了頭，我能確定的只是曼阿不是「肉體白痴享受派」，而這是我早就覺知道的。我想過了頭，可能包括「成長鬼兒」牽連到「鬼兒窩的永續存在」。太過於為未來著想，不妨回頭來認真想一想目今。實在，今夜我必需面對的重頭戲是「肉體氣質」，曼姊姊擔綱演出，錯過曼姊姊的「肉身說法」才真是不可原諒的逃避。

肉體有自身的自主性和完整性，不以強烈的方式，但它否定心靈的必要性，曼阿以自己的肉體體會「肉體自有它的深淵，深淵中的寬闊天地」，進入這深淵天地的人，暴烈等如微妙，痛苦等如狂歡，在無盡藏的遊戲中，肉體生命可以一再「完美」了自己。

這是妖魔邪說，是「萬法唯心論」最恐懼的「肉體自主純粹說」。

人是肉體的造物，人心人身都是肉體所造：人「回返」肉體，不是自然本分嗎？

之於曼阿，她選擇月圓、月陰的時刻，回返純粹的肉體，在肉體與肉體之間，不，在肉體溶入肉體之間，悠遊嬉戲，這個肉體的宇宙，不就是「鬼兒窩」存在的本然嗎？

讓心靈為現實的逼壓與痛苦而成長。

放肉體無辜只是享受肉體無缺完整。

碎碎了嘛人家

我加緊「成長」鬼兒。我在備忘中提醒他們不只「放棄」同時也要「不放棄」，在放棄與不放棄之間選擇。

在心魔，以前無意聽聽妖言，現今有意聆聽運動兩批人馬的理論錯綜交集，其中可能引發行動的燃爆點。

在鬼兒窩，成立一個祕密的「六人成長小組」，在小組中不僅挑明鬼兒的「放棄理論及其實踐」，簡報「運動」的情勢並作討論。

在孤獨之窩，在山氣寧靜中，我思索可能的六個人。

「這一切努力吧，」臨睡前我自語，「是為了曼姊姊的無辜肉體，是的，純粹肉體的生命。」

——隔日清晨，一入鬼兒窩，「老大阿，」〇阿拋過來一句話，「有重要事。」唇間含著波卡三分之一片吧睡癱了。

有兩個大妖攏圍著一個哭泣的小妖，籠燈只亮三十度光，大約〇阿體貼不忍小妖被鬼兒的攤樣「難看難受到破碎了心靈」。

酒茶水菸大妖都說，「沒那必要，」其實我記憶中還留存那兩大妖嗜菸的饞相——嗜菸到非「嗜吮什麼」不可的地步。

「小學妹從昨晚哭到現在，我們作姊姊的只想把話說明白。」

「不能白哭，」另一位補充，「凡事要有個交代。」

「是，是，」我去冰箱拿了兩瓶礦泉水，一瓶自己喝，一瓶放在小妖心窩前，「哭那麼久，水都流光了，喝點水——慢慢喝，免得脫水。」

我替小妖開了瓶蓋，小妖秀的小手就口喝了一口，兩大妖忙瞪眼神制止，小妖很可能看不到，真的秀到筋脈都清楚的小手又喝了一口。

大妖都是吃漢堡奶子運動蹺臀，頭髮是全鬼窩最短的，比男生平頭不知當年女生護齊耳髮的辛苦。小妖綠衫黑裙，不知是否沒逛過東區原宿街、新宿區，好在髮長蓋到綠衫前的學號或名字。

「這裏，你們破碎了我的心靈，」不愧穿綠衫的自己發難，還哭得真的傷心，「一星期我讀不下書，飯不下，一想到這裏，你們——」

我喝水安心，這秀小妖還肯重臨「碎心之地」，暗示或明示她還有「不放棄」之心，不會在「放棄」之中做出天怒人怨的事。

兩大妖都是T型連穿的衣褲也同式，T婆同型亮相大約是跨世紀的新潮流。「一定我們有什麼不對，不哭，多喝水——」我指定其一T或婆說明原委。

人有所不知原來綠衫軍一向走在時代潮流的尖端，尤其思想性的，她小妖認識大妖原來看T婆造型相同可能前衛果然是「道上有名的」，大妖帶小妖去「心魔」原想讓她見識T阿婆阿的規模，沒料到心魔鬼兒對綠衫起了慕愛心，偷偷把人帶回鬼兒窩，還強人家嫩的「看就看最時尚生毛」島國第一「查禁人民眼睛」的。

天也難料這一看看破了前衛閨女的心靈。「都破了，碎碎的，一切的一切。」

不愧綠衫黑裙女，結語這一句蠻漂亮的文藝腔，考慮請她來補習鬼兒，隨時出口文藝腔時尚流行很重要。像大妖補充一句，「一切處女心都被你們弄到破成碎水一切——」就很粗。

我淡淡問，「有人侵犯妳嗎？」我才不又弄又破又水的，「有人猥褻妳嗎？」

小妖猛搖頭，又喝口水。連我也知鬼兒窩一不哈毒二不欺負小妖，不是寫明或宣誓的窩中規矩，而是「當年曼姊姊叮嚀的」。

「那麼，是看到心碎了，」我學曼姊姊的柔聲，顯然帶大骨。

小妖點頭，又哭。「說說是什麼讓人碎碎的好嗎？」

「人的心靈怎會這樣，讓肉體齷齪到不能下飯！」

「我的心都為你們的肉體傷心一輩子都碎了！」小妖顯然不要大妖出口粗，連三句話自己搶著說：

「人家十八歲不到十七歲，一切的一切都碎碎了嘛！」

補心法第三

為了挽救肉體，要先一步挽救心靈。

心靈一切奮鬥，為了維護肉體的自由。

「心碎我來補，」小妖大妖都盯我，「我有三種補心法。」

「第一最好妳忘記有這個地方，妳從沒來過這裏，以妳的聰明伶俐，這個地方很快就從妳的地球消失，——當然妳沒來過這裏就沒看見什麼。」

大妖第一贊成這個方法，另大妖也跟著贊成：真正是兩大T或兩大婆。

「第二最好妳把看到的當作表演藝術，虧妳年少見識多，小劇場藝術妳一定懂，當晚妳看到的是屬於成人表演藝術的範疇，按規定成年人才能看的，——先被妳偷看到。」

小學妹說劇場藝術她很懂，表演藝術可能就是她將來要走的路，她很抱歉不小心闖入了成人劇場。

到此夠了，雙方都說到誠意，可以和解了。我接受小學妹的道歉，同時提議她不妨先修「心靈藝術」。我替小學妹感謝兩位大妖一路照顧，並請她倆一併忘了這鬼地方。

兩位大妖站起來告辭。小妖屁股離墊一半，問，「補心法第三呢？」

看來這小妖是新人類新希望了，不是光穿綠衫黑裙的，不然「碎碎的」那種文藝腔她也說不順口。

我請兩位大妖先離去，不用擔心什麼，「心魔」老大T是我好朋友，大白天不知夜的黑，大妖恭稱心魔老大是她們前輩的前輩，小妖也說巷口就有公車牌。

我開冰箱，曼姊姊給小妖一只小梨吃。多時，我沒凝看十七歲的少女吃梨的樣態了。讓我休息一下，讓她吃完水梨再說。

我拿出湖阿的小酒杯，把礦泉水倒成一杯一杯，不時與吃梨的少女對杯喝水。十七歲少女臉腮的嫩，是我青春無顏回頭的「永恆」。

「第三最好妳夜夜夜來，一個星期、半個月，最多一個月我替妳換好一對新眼睛。——附帶送妳一套新思維，超越心靈論肉體，等等。」

小妖紅了臉，低下頭，手指一定扯著裙子這裏那裏都不是。

小妖完全懂得我的話。誰說心靈不能了解肉體？——所以曼阿說了那些話。

暗鎖響了，雲阿帶便當來，「今天假日，提早來。」

「雲姊是我們的年輕媽媽，」我向小妖介紹，雲阿笑，不問什麼。

「一起吃便當好嗎？」我和雲阿都說，小妖呆了兩秒說好。

「他們不吃嗎？」小妖問訊四癱的鬼兒。

「他們要睡過午後哪，」雲阿用親暱的語氣說，「傍晚我再帶來。」

雲阿先挾魚肉堆給小妖，笑說自己是吃鍋邊素的。

「大學畢業到了現在，我一個人住，」雲阿先說自己，「這裏是我的家。」

「我一個人住宿校外，」小妖也不讓人擔心，「有幾個同學不同級班的合租一間公寓——不回去我事先交代好。」

雲阿、小妖邊吃便當便聊起來，很快就聽到笑聲。兩人說了一些日常事，一些小看法。我聽，沒有記。

「我會考慮，用心想，」闔起便當時小妖細聲說。雲阿去洗手檯。

「三種方法，心靈會真正喜歡哪一種？」小妖又問。

「依妳而定。」

做足「請水」唱和「牽曲」

鬼兒專治「性」的疑難雜症，鬼兒窩可以當作祕密的性治療中心。雖然我不喜歡如此的觀點。但鬼兒窩存在歷二十年而不衰是事實。

鬼兒像不預約時間、不收昂貴費用的性治療師，視對象立即問明或拿捏揣摸毛病何在，馬上對症下功夫，那模樣儼然專業治療師。

在鬼兒窩多年，幾乎沒有性的新鮮事。

最多在性對象上感到挫敗的男女，還必須知道門路，更必要鼓起勇氣，入到鬼兒窩，大多是「對象性愛模式的不適應」，需求「非正常性愛」的男女尤其青春猶在的其實不多。

光「性愛模式的不適症」，就什麼不適都有——人是最難以「弄適」自己的動物，好在鬼兒這方面經驗豐富，又有妖兒及時幫忙，治療的速度、成功率成正比。

女孩即使是阿妖，最不適對方不懂「請水」的必要事前動作，一為了呼應本土，我不以「前戲」、「後戲」這樣的外來翻譯語彙，我直接從「民俗動作」中出土「原有的寶貝人文資產」。

「請水」是我們島國夜祭中的首要之項，祭祀成就由「請水」開始。

男人橫柴入灶的現今已不多，多少受「現代文明性教育」的感化，懂得無水入乾灶之難，問題多在這是個「講究速度的時代」，男人無能耐性等待「灶土變水穴」，摸濕不見水就開始辦事，可以想見女孩水濕一些些正是容易受傷的時刻，初次受傷還有甜蜜的「含辛茹苦」來自慰心靈，很快再度受傷那就是千萬「入不得」的痛了。

火灶變水穴，是肉體奇觀，人生奇景之一。近在眼前，不懂欣賞——嗚呼哀哉。

「節奏不適配」也是主要症狀，吻唇三秒，迅速低身掠過奶頭兩三下，埋在小腹毛叢七、八秒，就正經上場，辦事節奏之快可比發飆的機車，女人還在暖身的最後階段，男人已到發飆的最後關頭。

「牽曲」是夜祭的主要場面，牽牽連連一曲直到天微亮。

做足「請水」，再「牽曲」牽到水浪洶湧一波又一波。

其間，「牽曲」的吟唱不斷如夜的淫呻，原始以來就屬「天籟」——不懂在夜靜中，靜心傾聽天籟之音，任內在體會自然的無比騷動，不僅愧對祖先，做人一生都白費。

鬼兒是「請水」好手，高手在三秒之內必見水穴。偶爾多年患肉體遲鈍症者來，鬼兒也不說破，請另個鬼手或妖兒來相幫，六、七隻手齊下加上「鬼兒專利的甜言蜜語」，要堅持遲鈍也難。

「牽曲」是鬼兒展現生命力的場域，平時只見鬼兒的頹癱，有幸在「牽曲」時自頹癱釋發相反一面的渾全生命。鬼兒也是以「場面」做足「牽曲」，場面看對象有小場面、大場面，小場面可能在歐美進口的A片見到，大場面的花招道具與熱烈沉醉只有在鬼兒窩看得到。

阿妖青春難耐輕易請到水，真正妖兒能耐融入吟呻唱和。

「嚎海」後享以清秀佳人

「夜祭」的尾聲以嚎海，呼喚到嚎的程度想見其過海的艱辛，同時對這「痛苦之海」的永遠思念。

在鬼兒窩能聆見長時「牽吟」已是難得，小妖不用說大多脫水攤到一邊去，即使出入鬼兒多時的妖兒也難耐連綴不斷的「抽牽」，牽吟聲愈到後來若有似無，最後以二、三聲大鬼兒的射嗥作結束。

只在月陰、月圓曼姊姊來時，牽吟由婉轉而燥烈，由單音節的呻哼到交錯亂沓的粗噁，臨終爆發一種多階和音的淫嚎，嚎透鬼兒窩以某種聲波響徹台北的夜空直達星星宇宙的海。

嚎海時心靈的傷慟與歡欣，可能嚎中的尪姨真實感受，錄音下來的只剩某種類型的裝飾音。

淫噭時肉體的崩裂與融合，可能噭中的曼阿真實感受，鬼兒窩不許錄下任何有色聲響曼姊姊叮嚀的，即使錄成CD可能都市人聽是交通巔峰時的噪音大混合，討海人聽是傳說中的深海鯊大合唱。

聽不入烈日下的「噭海」，生命完全不懂夜祭中的祖先訴說的生命本身最終的悲欣交集。

融不入籠燈下的「淫噭」，生命完全不懂肉體的極境——肉體的完整與自由。

經過人生的滄桑歷煉，還是「聽不入」、「融不入」，這樣的生命像蜉蟻一樣朝生夕死遺給天地精子或卵子。

「極境」不是給人人去到的，不必多說。陳義過高，寫的人自己也不明白。

鬼兒窩的比較實際的情況可能是：

每星期一回，來一位清秀佳人，穿一般的洋裝，完全不脂粉妝扮，看是二十五到三十歲，內衣褲極老式的棉質布四角型。

不一定什麼時候來，但一定不在鬼兒睏覺的時候，也一定會有幾個小妖在的時間，逗留一個半到二個小時，來去匆匆，好在進了鬼兒窩就全然放鬆。

似乎從遠方來的那種感覺。拎一個淺灰色的旅行包包，包包內主要用物有一柄老式剃鬍刀，一條紅色女用皮帶，一截童軍用的繩子。

她在籠燈下大開腿，讓鬼兒趴著，用剃刀刮乾淨陰毛，這剃陰毛的儀式，每週上演一次，時間不定，幸運的男女眼睛才得親眼見到自古存在如是的儀式。

總是鬼兒借她刮鬍皂泡，她包包從不帶這種男人東西。

總是讓人家看清楚任鬼兒怎麼吮咬的陰唇，還是童女十二、三的粉紅顏色，總是輪過三個鬼兒她粉嫩的小桃才第一次逼近高潮。

總讓人世看清楚高潮是怎樣逼近、顫抖、搐跳而後爆發。

總讓永遠不相信女人會射精的眼睛分明看見高潮的暴動中射出短而有勁的二注或三注在墊上。

有一夜是暴颱來得猛的風雨夜，颱暴聲叫清秀佳人射了四注。◯阿說是五注可以列入鬼窩記錄了。我肯定是四注。

都愛玩她高潮來後水粉嫩的陰唇，一種「純度高」淫水的黏滑。

鬼兒玩興過後，佳人就專玩小妖，鬼兒幫忙抓住至少二、三個小妖，任她用童軍繩綑住手腳，她全心全意捏著剃刀背刮小妖的敏感處。

特別鍾愛妖的腋肉及陰唇，尤其兩者都有亂草的。小妖若受不住惱羞到罵出口的，清秀佳人的皮帶毫不吝惜往妖臀抽下去，抽到女生恨又哭時她潛心剃刮陰唇肉上到腋肉的。

都擔心她捏反刀背了怎麼辦？在小妖的驚叫與哭詛中，清秀佳人從未失手過。

在放棄與不放棄間——放棄

我加緊作業，選定六人小組。既屬祕密，小說也不透露。六人三、五必到「心魔」，鬼兒、妖兒各三人，隨意散坐「心魔」中。每週一個傍晚時分聚會，不在鬼兒窩，臨時通知在某個交通方便處，有時在某個空間大出入方便的速食店，有時在留著日光氣味的公園邊走邊談。

必進一步談「放棄的意義與實際」，交換對「運動」的觀察。不時一談就到夜晚打烊時分，也常常半個小時多就散會。

不作任何有形的備忘。我叮嚀不提及「六人小組」。

島國至今也存在類此的「祕密小組或集團」，有組織有聚會，甚至有行動綱領，具有「某種使命感」，幾乎都屬「政治性」或「反體制性」。差別在，鬼兒、妖兒小組沒有特定的使命感，可能具有「肉體性」完全不具「政治性」，可能反「肉體心靈化」，完全不在乎「站在體制內或外」。

有個夜晚，近乎打烊才轉回鬼兒窩。我們聚會河堤，眺對岸通紅霓火，有位妖兒提出「不放棄的現實強勢可能泯無了鬼兒的本質」，我承認「不放棄」在現實中無比強勢，可是在鬼兒窩的內在「放棄」的本質具有同等的強勢。

「所以，沒有泯無。放棄不會泯無不放棄，相反也是。」

「與其永遠對抗，永久有個仇人在，」我微笑，「不如借用你剛提到的『相反』，相反相成，仇人變親家，就不必對抗『永遠』。」

「本質上，放棄能接受不放棄嗎？」

「沒有不能接受的，對抗本身其實蘊含『接受後的對抗』。接受『放棄』就是接受『不放棄』，永遠在放棄與不放棄之間——放棄。」

我同意，意識的認知很重要，但認知最好有事實作見證，這認知才可能確定成為「形態」。我笑說，在鬼兒窩，見證的機會很多，就看有無心思去認知。

我還未提出關於「放棄」的最後結論與作法，我期待在理論與理論之間，能放入充分的實例。光談理論，流於空泛，對我們這種人未免可笑。

——一入鬼兒窩，一眼見湖阿坐在最內裏我常盤坐觀看的窗帘邊。「湖阿俏，」我衷心歡喜，像見到一大部分青春的自己。

○阿送兩個小酒杯來。「湖阿姊今晚不理人，也不給酒。」

湖阿只微微牽了唇角。不是三、五夜，窩裏只三、四個妖兒帶兩個小妖。

湖阿拿一瓶叫○阿分大家喝，還是湖姊特製的「湖妖燒酒」。另瓶留我們兩人喝，我默默倒酒，舉杯，「乾了，」我說。

「慢慢喝，」湖阿笑了，睨一眼，低下眼睛，「你自己說的。」

湖阿真的俏，不是令人擔心隨時會碎的那種俏，而是結構勻稱細緻。

像是一件浴衣外穿，黑絲的、露肩背，下襬掩過腳踝。

湖阿要我移到角落靠墊，我靠角落一邊她另一邊，「這樣可以相看。」

「若不是想看你，」湖阿啜一口酒，我攏開掩了頸斜肩的長髮，「真無力氣走上這裏。」

從頸上方斜下肩背與肩胛的美麗線條。

如果生命能止于

酒到湖阿俏，很快就微醺。大約晚間談話用心就累了，現在歪在靠墊上只想看湖阿的這裏那裏。髮鬢呀，耳垂呀，鼻尖的弧度呀，上唇怎會自己合著下唇呢，唇上怎麼肉褶紋了嘛，多麼像腋臂間的褶紋——我不禁手尖捏那肉紋一下。

「有沒有想過我，你？」

湖阿正經的問話原不適合鬼兒窩，但現在這問話聲韻氣味都恰好。

「想死了妳何時來。」湖阿眼眸對著我不轉，我手到杯邊又煞住。

「你想我時有沒有看著我？」

我歡喜的笑。湖阿邀我對杯喝酒，眼眸仍然定著不轉。

「妳想我時有沒有看見我看著妳？」

「壞人——」湖阿笑，為那笑的俏我「甘願醉乎死」。

忘了我已不是青春的鬼兒，忘了湖阿的青春就是我的青春。

「我天天要崩潰，天天想念你。」

湖阿要斜靠到我的肩膀，我拿個靠墊加在她另邊，扶她過去靠懶著，這樣才能看到湖阿俏阿。俏阿懂得我意思。

「我餐餐吃不下，我媽叫不動，佣人請不動，連我祖母都生氣了，威脅要送我去灌的，我心裏說你要我吃我就吃，果然你就來了——」

「不准妳不吃，」我捏捏湖阿渾韌的肩膀，同時感到內在哪個地方動了一下。

「我餐餐吃，吃得更好，我才不管別人高不高興，我要吃得更俏，更俏更俏更俏，來給你看——俏！」

如果生命能止於這，看俏。如果人生能放棄其他，只看俏。

驀然我想起我曾在一個人要放棄時，答應她幫她不放棄——幫她明白永不放棄，然後她可以放棄任何。

這是唯一之路。其餘的都是迴路歧路，短暫逗留，之後向絕望跳樓。

我攬過湖阿，雙肘在黑袍前交叉，左右手各抓住一隻奶子，「你欠我的，」是滿到可以掌握的一雙胸乳，質地肌理著彈跳的韌。

感覺不到除了袍的黑絲，內裏還有什麼包紮或阻礙肌膚，手戀戀不忘小肚湖的曲線，那曲線由好幾條橫直圓彎的線條組合成手指的紋路，油然滑下毛聳的恥毛叢，禁不住手尖觸到了叢草中的第一個凹窩。

無需等待「請水」，一挺便直入內裏，自背後揉捏指掌的最愛。

我從肩胛俯望，是我見過翹成最好看的彎的奶子，如果時光停留，我不選擇永恆依偎在眼旁奶彎上。

湖阿向後仰靠，唇俯在我耳，發出「牽曲」初始的低吟。

挺到最深的某處，手在小肚湖悸顫上感知初次的高潮，在悸動的同時湖阿半咬半封住我的嘴唇，穿過嘴腔喉嚨讓高潮的原始牽吟在我內在迴唱流連。

我帶出姊姊滑又濃的水，一漣漣用手尖注入妹妹，妹妹還是處女地，好在姊姊有足夠濃度質量的水。湖阿迷亂的咬住我上唇下唇，咬的勁道強弱不定沒個節奏，失喪在牽吟的恍惚中。

挺入妹妹時，牽吟迸突了一長聲嘶，逐漸那嘶聲溶入吟唱裏，讓牽吟的聲韻有了變化，一種山海的粗曠滲入了原先的柔吟，更像野獸與家畜交媾的胡呻亂吟，完全挺入妹妹時湖阿完全封密了我的唇，牽吟在內裏衝撞，尋找一種人獸之間的諧音。

我挺直在妹妹的深處，妹妹的肉巒不知何時自己滲出水，並不全靠姊姊的流注。手掌同樣在小肚湖感知妹妹的初次高潮即要來到，先是妹妹自己的有力痙攣，隨後在姊姊妹妹間會合處急驟搐動，這搐動越過姊姊的水瀑，在小肚湖上抽緊放鬆，即時又抽緊——人獸之間的衝撞，把牽曲幾乎裂成破帛的撕粗，在高潮痙搐中，粗嘶成人獸間的殺戮，肉與骨裂的嚎吟，之後，之後在小肚湖抽緊又放鬆之間，內在靜定成血與淚合聲的吟唱。

許久。許久。「壞人——」湖阿唇黏著唇說。

也夠了，如此的人生最後

不放棄把放棄從自毀的懸崖救了回來。

堅持絕不放棄自然「成長」了更深的放棄。

有三個妖兒迅速的過來，趴在湖妖的腿間側。湖阿的牽曲早已攝住鬼兒窩多時，那牽曲攝人淫魂鬼兒、妖兒多時已忍不住。

剛過原始獸性高潮的肉體，很快被啃、嚙同時其中一位妖兒厲害的舌尖挑到高潮。湖阿臉藏在我的髮鬢，吟聲清楚告訴我她的肉慾享受，動盪已經平歇，牽曲現在是波濤嚇人後的吟哼委屈。

我要〇阿先過來，同時妖兒繼續享受一向最愛的小肚湖叢林或沼地，我一直仍挺在妹妹內裏深處，我要〇阿直接抽戳姊姊，幾乎在〇阿進入一秒、兩秒，湖妖就吟唱高潮，◯阿射精前，高潮又來了兩次。

另兩個鬼兒過來。高潮來得愈快，幾乎入前庭時，小肚湖已悸動，那悸動妹妹清楚分明。湖阿臉猶然藏在我的髮耳，牽吟如今是一種舒暢撒嬌。

第三個鬼兒射精時，我已記不清湖阿妖高潮了幾次，全因愈後來高潮來的愈快，一波乘一波，連湖阿自己也分不清恍惚盡在高潮，肉體永恆在混沌未知的高潮中。

我要湖阿在混沌中小睡一下，她只回了一句，要我挺在妹妹中。

我注意湖阿的呼吸，真的睡著了，真的太過於累了湖阿。我微微抽動妹妹那屁股的翹啊翹，湖阿的呼吸沒變，我輕輕讓屁股再翹呀翹嘛，湖阿真的睡熟了，也許有妹妹讓她安心，我放心凝視屁股翹又顫。

俏顫的臀。

肉體密合在俏顫的臀中，——什麼都多餘。

俏顫的臀。

俏阿離去時，天空的黑已在褪色。湖阿臉貼著窗，灰黑冷清的車外。我們沒有多談，沒有相看。馬路是黑色的生死海，生死愛恨由一線白色來界定——沒有意義的文字，完全。

下車前，湖阿倚窗轉過眼眸，那眼眸看入我的眼眸：已非從前的眼眸。那眼眸說，「壞人，我的愛。」不。「壞人，我的恨。」

那眼眸對視我足足有跨世紀的長，讓我了解那眸裏不是愛，不是恨，是比愛恨更深的，是生命。

我明白，這是那雙俏眼眸最後一次如此的凝眸對視。

也夠了，之于我，如此的人生最後。

初會酷兒

雪妖約我在心魔見面，星期二。老大T派傳話。

我沒有任何預期。我不認知雪阿有危險性，我不曾在心魔以外的地方跟雪阿單獨相處，至於心魔那一晚我們的關係是「自由」甚至談不上肉體。

至於雪妖的政治性，和我毫無瓜葛。鬼兒無政治性，也就無知政治的可怕。我自孤獨之窩生養的「自由」，令我自然遠避政治。

政治，是這世上少數我不想、不看、不談的「東西」。

雪妖帶雄雞「同志」來，我們三人坐一桌，連老大T也覺鮮。

「同志」原本是借用，是他們同性戀者多年來約定俗成的正名。稱呼「雪妖同志」和「雄雞同志」是恰如其分，毫無褒貶之意。

不過，稱呼尤其人的稱名，有它複雜的變遷史。一個原本意謂小癟三的稱名，可能二十年後翻身取代成為「正名」。在島國，「同志」仍然是大多數人認同的正名，但少數思想或行動前衛的人業已另名取代了它。

所以我喚雪阿為「阿妖」，稱名雄雞為「酷兒」，他們就很高興，並且心想這個傢伙也很上道知曉「同志」已經落伍啦。

我之所以在小說中遲遲不提及「酷兒」，因緣在其「酷」。酷兒當然是譯音，不管其本音的來源如何、發展如何，本質上與「鬼兒」差異何止雲和月。

我只替鬼兒發聲，管它什麼「酷兒」有社會替它發音。鬼兒自鬼兒。鬼兒窩不提「酷兒」，不說「好酷」這類語彙。——鬼兒說你「好鬼」其殊勝過「好酷」。

阿妖約見我可能止於「妖鬼」之事，酷兒同來絕不單純。

「這位是酷兒雄雞，」雪妖先介紹陌生人，「雄雞大哥大是酷兒組織與運動的領導人兼發言人，是T大的五年級生，為了搞運動志願犧牲一年留下來帶領酷兒大家。」

「大家都是酷兒。」雄雞大哥大沉著篤定，「趕不上思想的同志們一年計畫都要搞上酷兒的。」

「這位是鬼兒窩的負責人，——兼鬼兒代理人，」看來雪阿多時沒有接觸，已經陌生，「最近聽說又兼臨時指定發言人。」

雪妖令人尷尬，套我幾個「政治性」的頭銜，連她自己也不相信，厲害如大哥大者怎會相信。倒是雄雞作為發言人說了一句實在話：

「鬼兒窩在您老大指導之下年來成長很大。」

下一句馬上就要讓老大T聽到心魔也感冒了。

「年來我們酷兒組織成立，活動也多，當然多虧阿妖姊妹的合作，」雪妖皺一下眉頭，大哥大眼見四方沒看見，「近來我們計畫擴大組織與活動的規模——過去鬼兒沒參與大家都諒解，今後希望鬼兒沒事來酷兒中心幫忙，做做雜事也好。」

「酷兒的事干我們鬼兒啥屁的事？」老大我篤定沉著。只差沒翻桌子。怕掀到雪妖的雪白篷篷裙。

「說啥，」酷兒盯著阿妖看。大哥大假裝聽不清楚。

「我們鬼兒的事干酷兒你們的屁事。」我練習換句法，順便標點符號也改包裝。

「什麼嘛的毛話——」雄雞口出粗言，可不能怪我先「屁」，毛不能與屁對，天生就不能。

毛屁嚇雪妖到交換疊腿，膝蓋提得太高，碰響了桌底，「痛，哎好痛！」我忙彎腰過去幫雪妖揉膝蓋，看他大哥大掏出菸來抽。

「鬼兒本來就屬酷兒的勢力範圍，」這是菸支抽屁眼的話，「酷兒我們不收鬼兒，你們死哪裏去呀。」

「死」、「屬」音義一統，可以諒解。也可以諒解他大哥大說話的氣勢，之前在「心魔」的兩派運動大會上見慣了。只有抽屁眼的菸支不能接過來：

「鬼兒只管鬼兒，鬼兒就屬鬼兒，還沒聽說有要全句我們鬼兒的——阿妖剛幫你們酷兒穿上尿布，勢力範圍有尿布大嗎？」

雪妖聽到當場砸了青春露，就砸在中間偏酷兒一點，水都流向酷兒，來不及就濕了酷兒尿布。

鬼兒自鬼兒，酷兒自酷兒

老大T過來收拾桌面，朝我眨眨眼，一笑。

雪妖和雄雞換另個桌先交換意見，幾對T婆原先詫異有人敢砸心魔桌子，望見是雪妖和雄雞就縮頭回去。

阿妖質問酷兒，一、先前那個用辭「阿妖姊妹」是什麼意思，「我們不是討論過運動的方向朝『中性人』發展的嗎？」二、「你剛剛那個『乿』馬上給我換成『雞』，你還是雄雞心態呀啊？」真正是大男人沙文主義豬！

「虧妳是阿妖發言人，」大哥大一句撇掉，「怎能『質問』我酷兒發言人？同一陣線不能彼此質問，這妳懂不懂？」

「好，我只請問那句『阿妖姊妹』是啥意思？」

顯然長久以來，雪阿忙於「阿妖」，缺少調教，不然不致落到這個局面。你聽人家大哥大回一句：

「組織討論過的事就算數，我們都是中性人，所以『阿妖姊妹』和『阿妖兄弟』沒有兩樣意思，誰說都一樣，真正的人只有一種『中性人』。」

我知道雪阿秀氣不甘心「乿」就這樣提在她面前，剎時她沉默低頭是在思索如何提出「乿」反擊沙文主義雞。

可惜她忙她就忘了鬼兒窩，不像雲阿幾個妖兒再怎樣一生也忘不了、離不了鬼兒窩。雪阿妖若是浸淫過「鬼兒窩式甜言蜜語」，今天她什麼話都說得恰好又先人一步，絕不會被這酷五年級生欺。

「談事情要把握重點，小事放一邊。」雞大哥大訓小阿妖，「凡屬組織就分層級上下，有個規矩。今天我們是約見下級單位，想不到來個神經扭到的小主管，——哪有在下屁在上的，真是乿個屁！」

這乿又提上來，雪妖臉色都發青了。大哥大雞看不對勁，飛身向門邊走去，匆匆拋下一句，「妳先同小主管溝通妳們認識從前，我去門邊坐等，順便讀名著《酷兒發展史》。」

雪阿換到我檯桌來，我提議換一杯舌蘭。

「抱歉發了脾氣，」雪阿端莊的表情，纖美的五官，「好像我當年沒這麼壞脾氣，」雪阿微笑，那笑容帶出吸引男女的一種味道。

「就是妳不來鬼兒窩，」我半開玩笑，「妳來，就沒了脾氣這種東西。」

雪阿妖笑，嘆了一口氣。「本來今天是來邀請歡迎鬼兒加入我們的，想不到弄成這樣──」

我啜了一口舌蘭。「妳到過鬼兒窩，」我緩緩的說，字句清楚，「雖然妳不是鬼兒、妖兒，但以妳的聰慧，妳了解鬼兒的本質，妳選擇離開，妳明白自己無法接受那種本質，後來妳投入阿妖為阿妖的事忙，大約，妳忘了妳曾經了解的事。」雪阿一手攫過酒杯，一口乾掉我的舌蘭。

我起身到櫃台，向老大T要了兩杯舌蘭。我兩手各揑一隻酒杯，走向門邊，雄雞酷的陡地站起來，眼珠防備著我，書抓得緊緊的，看來《酷兒發展史》是蓄「史」待發的武器了。

「鬼兒不涉入任何，也不讓鬼兒以外的任何涉入。」T大的五年級生兼組織運動的領導人，會完完全全聽懂我的話。

「收回剛才那句話，鬼兒從來不屬於酷兒——後退一步滾出門去，這裏沒有你的事了，——回去好好想想這句話：鬼兒早就放棄了酷兒。」

好的交談是享受彼此

滾走酷兒，讓阿妖覺得不安。

「雄雞沒有這樣受挫過，怕他回去找酷兒發飆。」

「個人的發飆沒什麼，小心應付就好，組織的發飆可能就成災難，」我鼻子靠在杯緣，有陣陣舌蘭的麻香，「今天的酷兒只會自己關起門來發飆酷兒。」

我微微歪笑，雪阿哼了一聲也笑。

「酷兒的可愛，在公開關起門來發飆，等待有一天時機來到，開出門來公開發飆。」

「別逗我笑，」雪阿啜口酒，又聽到她那啞沙帶磁的嗓音。「不談酷了，今晚。好久沒好好看鬼兒，你就多講講鬼兒，現在的鬼兒。」

「現在的鬼兒同過去的鬼兒一樣沒志氣，不像別人家裏進化到阿妖和酷兒。」雪阿的鼻翼有了紋路，淡淡的，不笑的時候。

「現在鬼兒同過去的鬼兒不一樣，不僅沒有思想也沒有心靈。」雪阿端莊又稍厚大的唇，咧唇時有更多的褶紋，合唇時那些褶紋更深。

我們啜酒，同樣沒有說出口的四個字「只有肉體」。

「鬼兒與酷兒的源起不同，鬼兒有遠為長久的滄桑，」在心魔，有充分的餘裕和舒坦談鬼兒。「酷兒的內涵之中有部分就是鬼兒，我不願意明白說是否就是核心部分⋯⋯鬼兒珍守住這個內涵蘊養成為『本質』，早在有外來的『酷兒』之前，島國酷兒的『本質』是什麼還在『外來本土化』的討論之中。說鬼兒在酷兒的勢力範圍之內，不是酷兒自說酷話，就是社會習慣說一種『政治性』的話。」

「T與婆的源地本非外來，在我們的土地也經歷了長久的滄桑，」雪阿啜一口舌蘭，作為阿妖的代言人當然有遠見、有觀點、有批判。「我們社會的各個層面不是已然接受外來先進文明的影響嗎——由T婆到阿妖，由○與1到酷兒，同樣是一種先進思想的啟迪，經過消化轉化落實到本土運動的過程，由思想的引介到運動的實踐，是一段非常踏實的生活，具有『批判意義』的人生過程。憑良心說，我感謝阿妖擴大了T與婆的意涵，同樣酷兒擴大了○與1。」

交談是種享受，好的交談是享受彼此。

雪阿的談話都說到重點，沒有歪曲事實，也沒有「歪說」自己的心靈變化感受。我信任雪阿了解鬼兒的本質，也默認酷兒的一切還在「界定」、「定義」的階段。

「酷兒阿妖對我們『站出來』格外有股助力，以前不是沒有人『現身』，現在現身在這個社會已不是新鮮事，從前我們躲在角落慰安彼此，現今我們酷兒阿妖公然舉大旗『反體制』，清算體制內對任何弱勢的壓制。」

七〇年代末以來就熟悉了這類知識分子菁英的談話，談話有類同的構句和語彙。但眼見雪阿儼然是世紀初知識分子菁英，不是被豹T玩過的悲情癡婆，內心自有一分欣喜。

「我不反對酷兒何況妳阿妖。酷兒、阿妖運動成功也會替我們社會爭取到廣義的、更多的自由。所有的挑釁、露醜、潑糞都是它的策略而已，大家心知肚明可以忍受——連『體制』都接受這個反，巴不得收編這個『反』成為改革的宣傳之一，從這個角度看，『反體制』是屬『體制』的份內事，『反』只是策略運用手段之一，原本叛逆十足的『反』已不再有顛天覆地、翻雲覆海的意義。」

可能，阿妖受不了收編，我暗罵自己沒有改用比較好聽的辭彙。「邀請納受」就遠比收編動人耳朵得多，「請上寶位暫坐」、「請慢用這裏酒好菜好島國第一」光這兩個「動作」就收編了「語言」一切盡在不言中。

「很多人不喜歡酷兒現寶，對阿妖小小發妖，也心存偏見，」雪阿纖手一揮，挺一挺腰背，「路遠難走還是得走下去。」

還是，腰背挺直間有漂亮的弧線。

「喝酒，」顯然酷妖讓雪阿疲倦了，「還是說說鬼兒。」

「鬼兒不反這個，不反那個，」我用「兩不」下了一口舌蘭。

肉體音樂

「鬼兒不反也不接受，放棄同時不放棄。鬼兒活在肉體之中，在肉體的內在鬼兒追尋一種完整，完整的自由，」我幾乎說出了鬼兒的成長祕義，馬上我用兩句話來掩護。「有人類以來，鬼兒是屬無用之人。鬼兒不關心，不在乎肉體之外的外在。」

我想雪阿沒有注意到「鬼兒的內在追尋完整」這一段話，更別說聽懂它的意思。「我永遠無法成為鬼兒，不，一個妖兒——」

舌蘭加深她的倦意，雪阿想從「有意義的談話」中舒懶開來。

「我是——自由的，」雪阿耽於這句話，「我心靈必需屬於某個人……」

「我心靈必有所屬，愛人。」以這一句名言，當代的某代言人結束了有關「運動」的談話。

老大Ｔ遲了半個小時打烊，「因為好久沒見你和雪小姐說話了。」我謝老大Ｔ，抱歉話多不知時間，雪阿懶在椅座上，露一種帶澀嫩的男女都喜歡的笑。

老大Ｔ笑說，不如今夜心魔讓給你們兩位照顧。老大Ｔ想到從前。她問起珍奧斯汀。

「阿妖嫌奧斯汀太秀，沒有戰鬥力，要我休了她，不然大妖要動手改裝成奧斯汀女兵車。」雪阿懶懶笑說，「我換了一輛不起眼的愛快小跑車。」

「羅蜜歐？」老大Ｔ問。

「哪能羅蜜歐三個字提都不敢提，就說小跑車快跑就是。」

老大Ｔ讚雪阿不見老，也許在心魔燈光下。

「不想老，年年老，朋友，」雪阿笑豔，「事忙，又要照顧個人——像今晚說懶話的機會也掙到現在才有。」

「過幾年，」老大Ｔ離去時，認真笑說，「我留張檯桌專讓妳說懶話。」

老大Ｔ熄了前燈，拉下鐵門。大約世紀末以來，亂飆街道者多，人行道東占西占也不得走路的人自由。

「我們還是過鬼兒區去，」雪阿站起來，顛了二、三下，才穩住。

「心情不好才醉這樣，」一到鬼兒癱，雪阿就栽陷，閉起眼睛。

我兀自喝酒，在心魔檯桌間散步，讓雪阿養神平靜。

心魔關掉了平時放的「魔樂」，是一般的空白無聲了。無聲是無法忍受的最大聲唄，空白是令人要逃往何處的恐怖。

我翻看心魔的CD，多是新浪潮的合成心靈樂曲，一部分是合成自然界原音的新自然音樂。——既是魔必帶繁複的感官，缺少感官的樂曲來配，心如何達成魔。

下回與老大T對桌閒坐時，必要談到「如何是屬心魔的樂風」。

鬼兒窩放的音樂全屬感官風格的，樂風可能先悸動心靈，隨後激顫肉體。一待聽熟，音樂越過心靈，直接顫撼肉體，從肉體深處節奏起純粹肉體的慾。

在特別的時刻，比如曼姊姊來時，比如湖阿姊牽吟到攝心魂時，比如要一舉嚇壞來看熱鬧的小妖，鬼兒放一種「肉體音樂」是多年來鬼兒窩自己製作，那樂音直入肉體骨髓，不是落荒而逃就是肉體隨即陷溺。

我的文字只寫到「直入肉體骨髓」。曼姊姊叮嚀肉體音樂平時不可隨便蝕人骨頭。

「我事忙，又要照顧一個人，」蝕人但不到骨的慵噯，沙貼刮過河床，「要關我就關我，不問我一聲呀！」

「專照顧一個人最累，今夜放妳假，——讓一個人去等。」

「一個人等不到會尋死。」

「真捨不得，等一輩子，也捨不得，還是等。」

「你等過人家嗎？」

「當然。等到尋死前一秒。」

女體的絕美之于少年的眼瞳

我沒有忘記雪阿的人生告白。在孤獨之窩，深沉在內在的，陡然自然湧出來反芻，不是交談，也無批判，像老朋友的會面，孤獨與告白在山氣中默默品嚐著彼此。

「恨別T之後呢？」

雪阿沒有驚訝我的詢問，也無思疑何以隔了長久我還能接續。

「沒有恨。是一種空白的心情，離開。」

喔，是了，是那般暴烈的肉體的痛楚摧毀了愛同時恨。

「我漂蕩了一陣子，尋找可以疼愛的肉體，知道怎樣疼愛我肉體的人。漂蕩，而後遇見一個也漂蕩的女人。」

我邀雪阿舌了一口酒。

「是我疼愛的肉體，我多少教她怎樣疼愛我，不自覺這疼愛由肉體延伸到心靈，已痛感到離不開彼此。」

「是一種痛？」

「另一種形式的痛，疼到至極的痛。實際已不是分得清楚的T或婆，互為T婆吧，互相溶注自己身體的另一半——不過感覺上我是T，我疼愛她的肉體同時照顧她的心靈。」

「心靈照顧者，妳？」

「處處顧到她那緊緊抓住我心靈的心靈。她放任我的肉體。我必需常在外面忙這忙那，她下班後就守著我們兩人的窩，等我。隨我怎樣疼她，隨她怎樣玩弄我的身體。她相信，抓住心靈等於守住肉體，在她肉體絕不可能背叛心靈。」

「一個完美的情人。」

「接近完美，」雪阿笑開了喜悅，「帶著疼痛，貼近完美。」

雪阿俯著眼簾，那喜悅的笑紋維持了許久。

「談談你，說說你如何成為一個鬼兒，怎樣成就今日的鬼兒大師？」雪阿頑笑。

「不然，談談你和一個陌生人的故事，像上回那樣。」

我也沒有驚訝，雪阿沒有忘記「上回那樣的時光」。有的人生性善忘，有的人為了逃避故意忘記，更多的人在忙碌中，在老化中自然忘記。像雪阿這樣「勇敢或自然面對人生」的人，自會沉澱某些事入自己的內在，到死不忘記。

從沒有「鬼兒大師」，我因緣關心鬼兒進而為鬼兒做一些可能並不必要的事。

「如何自己成為一個鬼兒，到現在我沒有好好追憶、分析、思考過，」我沉靜的說，「也許等待哪一天吧，在我那個年代，鬼兒是隱昧隱晦的存在，真實，但還不到『一個現象』。」

「我喜愛鬼兒，天生的，也是一種疼。」雪阿側身讓小腿歇在沙發上，篷篷裙帶各種花朵來遮住。「我也喜歡你和陌生人所發生的事。」

和陌生人有事多是因緣際會，除非深刻的，進不了內在，辛苦追憶也無影蹤。

「我十二、三歲時，假日常騎一段遠路，穿過鬧區街市，到寂寞的海灘，摸過防風木麻黃林後，坐在波浪前看落日。

「那時，海灘分屬兩區，我常去的屬於『美軍海水浴場』半開放的，另一區海防部隊嚴格管制。我在海水浴場看過兩回外國女人，一回一個外國男人偕同一個女人，四十上下吧，黃昏前的光線將那女人的肉體、臂肩胸腹雕成出奇碩大又精實緊束的雕像，那是第一次女人的肉體帶給我的震撼多于驚奇，不輸那男人的肌肉浮沒起伏又不失其美。

「另一回，就在落日下海前，三個金髮的少女穿著比基尼緩緩走過波浪與我的眼瞳之間，我的眼睛離開落日緊緊跟隨少女的身姿，那比基尼襯托著的肩背臀腿的美，瞬間黃昏的海風都在少女『絕美』的肉體波浪間徘徊。

「我在那『絕美』流連了我整個少年時代的最初。那是個島國的女人還穿白色一排釦束胸束腹的年代。

「壯年女人雕像般肌肉的碩美，小衣少女隨風柔和消逝的絕美，兩者不能相較，同其美。後來的我的人生沒有離開過女人，尤其對女人肉體的真實迷戀，在每一處細微中見到感覺到完整的美。」

童貞與肉慾：由恐懼到暴力

我不分明何以向雪阿訴說這些，半個陌生人的雪阿我全然了解的雪阿。人很少有真正的告白與交談。即使在我和不同女人生活一起的時光，我也很少訴說自己，更少真實的交談。似乎，肉體與動作的表達已夠多，在生活中言語可有可無。離開女人或女人離開，並不因為肉體帶來問題，是思想與觀念裂大了生活的隙縫，語言在這隙縫中有了發展衍生釋放的空間，直到肉體選擇無聲的分離。

「我十六歲，高一升高二那年暑假，自維護漂亮的防風林木麻黃潛入另個海灘管制區。一線海浪堆積成的黃土色防波堤連綿美麗，土堤前散著各式各色貝殼。我忘了管制，醉迷在『乾淨』得漂亮與美麗之中。

「才五點多吧，落日要六點半才到海。我脫掉汗衫躺下來，連天空也藍得乾淨。

「我驚醒時，腰邊坐著一個男人，我忙著起身，他手勁按了一下我的小腹，『躺著舒服就好，』他簡單說，是海防隊的軍官，不用擔心什麼，這整片海灘『都是屬於我的』。

「他沒有回過頭來。我只看見草綠色短褲，黑到發亮的背和短髮後頸。他是向海作簡報嗎，『你們這片沙灘都是屬於我的。』

「只有浪濤的雄大和啵柔。每回我想起身，總迅速一隻手過來有勁摁著小腹，我很快想躺著舒服算了，那隻手很快放開。

「如今回想，我奇怪為什麼就那樣躺著過了幾乎一個小時，沉默著聽海的聲音。『甚至沒有聊天，』妳可能這樣想。但，那個年代，教育填鴨了許多莫須有的，現在我想一個十六歲的少年那樣聽話的躺著，其實是由於內心源源升起的恐懼。」

「恐懼。」雪阿邀我對杯，她也同意是恐懼。「我一生中最驚慌的時期，我為自己找了各種理由來釋脫，結果最後找到了恐懼。」

雪阿邀我再喝一杯，她去倒酒，要我「癱」到沙發上休息，「我在你臉上看見了恐懼，」雪阿強調，「真的！」

雪阿回來坐到椅上，對著我的「人癱」說：她上回只提到表面，沒有深入恐懼的內在，也許那時離恐懼不遠。

「現在，倒不想說。」雪阿逡巡一回周遭，「還是冷上背脊，」雪阿啜了酒，「太難了，我花了多少『生命』，才超脫了那個恐懼。」

「那男人右手壓制我胸膈，左手撕開我的卡其短褲。我斜頭臉看，落日正好到海，同時我十六年來的童貞落入男人的口中。

「全在幾秒之間，我的童貞急驟膨脹在男人口中落日下了海。

「我的童貞在幾秒之間射精，天色微暗，浪濤中沒聽見男人張口說過半句話。

「我必要重述，我生命第一次射精時那種舒服的暈眩，尤其在那男人嘴腔的溫暖中，同時舌尖的挑逗帶來緊跟射精後不斷的搐動。——那是『任何』不能替代，生死不願換，生死同在『暈眩』那時。」

我停了好一陣，閉上眼睛。我無能再回到十六歲那個海灘黃昏。

「男人玩了我好幾次，他雙肩壓住我大腿，」我舌在酒杯中，攪。「每次我要射了，他用一根中指按住某處，又按又輕揉，我止了射精，他再玩，直到又感到暈又無力又掙扎著射了精——」

雪阿小心將酒杯從我舌中拿開，隨即撲上來，也是兩、三秒之間的事，她撕開褲襠將聳炙的「不再童貞」放入口中。

差別只在，「不再童貞」不再即時射精。

「想念那男人，嗯？」雪阿語音模糊。

「想念你。」

雪阿上睨一眼，牙齒狠勁咬下去，再怎麼狠，我忍住痛。十六歲那時，是浪濤遮掩了我的呼喊，——我有呼喊嗎？今晚，心魔的空白無聲吸納了有無。

後來，她要我玩弄她的唇，嘴唇，用她的愛人不可能的方式，其實是她玩弄我，以各樣她無法玩弄愛人的方式，以各種角度、各種力道、各種嚙吮，她不要我用手或唇或其他方式碰觸她，她全心全意讓「陰莖代表肉體」玩弄她，嘴腔斷續發出如陰道淫水窩的噪騷，那淫水自唇邊涎淌下來濕了她的上衫，逐漸，喉嚨有一種被獸啃的悸悶，悸怖又悶噤的喉吟。

我明白雪阿這樣是不夠的，她停下來癱在那裏等待，嘴角帶著對未知的一種嘲意，「看能把我怎麼樣」或者「還不是一樣乏味」。

我搵入她的唇間，歪來歪去到狂亂的恣肆，就是不離開她的唇。起初她還啜縮唇頰來相助，漸漸，無止盡的亂狂令她的唇頰失去了自制，從唇起始抖顫，直上頰腮間不斷抖擻。

雪阿的喉嚨只發著一種「惡」聲，在嗚和惡之間，淫水上升到喉間雨中小溪一樣竄流下來澆著環腰的篷篷花。

我持續讓那抖擻下到肩膀，上身隨著顫動起來，在那抖擻到顛危的亂迷，即將崩頓萎弱之時，射了精。

當鬼兒碰上酷兒

我在一家巷道彎裏的「醇」咖啡，見鬼兒、妖兒兩位。兩位約見我，非我約見小組六人。午後四時的陽光還曬進醇咖啡，想見附近一大片不是校區就是眷區。

鬼兒、妖兒同時來到，妖兒說是她前不久發現這小醇在午後四時適合談話。鬼兒多不識路，巷道更無知鬼兒這一種人，還虧妖兒結伴鬼兒來。

妖兒說這些是舒緩緊張，鬼兒不說半句話，但看他直盯著陽光咖啡也是在舒緩緊張。

「咖啡香，趁熱喝，」我說。三人喝起咖啡，就在杯起杯落的片刻陽光消失了。

我一揚眼睫，示意鬼兒先說。這鬼兒是我六人選中的第一人，早在我去鬼兒窩之前他就窩在那裏，他是窩中老手不輕易出手，出手可以在最短的光陰內取悅男人或女人。只有曼姊姊來時，不要他靠近，直到曼姊姊不用叫，他自然知道貼近。

「多年來，我溶入鬼兒窩，鬼兒幾乎是我的生命。」鬼兒多窩在內裏，虧來的大小妖教會語彙和構句法，又每週兩次參與心魔的盛會，若讓鬼兒參加什麼學術國際交流會議，光看他台風「男女都罩」就忘了論什麼。

「鬼兒是完整自足的，我從不知鬼兒窩還需要別的什麼。我完全了解鬼兒『放棄』的精義，輕易就『放棄』了『未來』這種什麼時候來都絲毫不確定的東西，青春從頭到尾在鬼兒窩就值得了生命，出鬼兒窩的那天就算走到人生的盡頭——」

「了無遺憾。」我補充。

「是，了無遺憾。」

遺憾是他被選為「六人小組」的那一天，更兼他是小組六人中的祕密第一人，他必需力求表現，而「表現程式」原是他熟到爛的，可惜這回用在「差異層面」上，起初他不能適應，極想逃回鬼兒窩。

「幸好有天我在東區M堡一眼認識『酷哥』。」鬼兒一眼認出酷兒那是自然的，酷兒心靈雜質太多要認出鬼兒就難。酷哥帶鬼兒玩遍東區的物質世界，「肉體不必大看它，還不是當物質用，精神隨時交流中，物和人更在不斷交換中。」

酷兒貶低人的肉體原不用大驚小怪他們的肉體「用過就丟」，鬼兒的放棄實際是「丟後彼此緊緊抱著」，這兩種「丟」的快感不僅類型不同層次更有別，可惜，在M堡那類速食所在口角餘波勝過鬼窩裏「肉的餘溫」。

最讓鬼兒心生羨的是，酷兒不但玩世界還「玩自己給世界看」。「酷哥習慣當街蹲著掏出撒尿，女生又罵又笑，酷哥剪開牛仔褲後中間一線，走街時後面跟著多少男生鑑賞那時開時合的一線。」

鬼兒自守自足，一日之間就被「敢為天下先」的酷兒收編，這也不奇怪，原是青春對陌生與炫豔相反相成兩者同具熱情，壞在酷兒帶鬼兒同去見「陰莖兄弟」，當場舉行兄弟入會儀式：以別出心裁又具個人特色的方式弄聳每位老兄弟，隨後陰莖與陰莖之間彼此擊莖為盟，摩擦彼此為誓。

「我沒見過這麼一大票青春男孩相濡以沫的場面，一時呆了忘了我是鬼兒窩出來的老大，」第一人不好意思笑說，「更令我詫異的是人家的創意，」酷兒以陰莖沾沫加油彩即時在壁間作畫，不一會酷兒藝術家就同時揮毫完成島國編號第一〇一的壁畫。

莖成壁畫後，隨即酷兒飆車過什麼什麼特區的，等持槍的追出來他們已在夜市啃大香腸喝黑輪啦。「當夜我平生一見全島第一裸體海灘宣言大會，」有波浪的配樂，有浪淘沙吹癢人人的心，還有天空星星無數作伴。

「那鬼兒窩是無能相比了，」我在內心嘆息：波浪、沙淘、星夜這種自然美景「天地不仁」為酷兒所用。

「酷哥交給我一項任務：吊住重要的幾個阿妖，以任何手法聽到她們的口風信息，是為運動暖身之所必需。我答應負責兩個，還被酷兄酷弟笑：誰不知道你的出身，幾個隨你輪流吊——」

先傾聽，暫不作批判，讓對方得意之餘自覺理虧或情虧。

「你審視過酷兒這些行為嗎？你檢討過酷兒生活的內在與外在嗎？」我微笑淡淡說，「作為一名資深鬼兒，你反省過這一盤棋盤大局嗎？」

鬼兒第一人當場苛責自己竟被酷兒「搞得心醉神迷」，怪在酷兒眩人耳目的玩意多，一時「被玩心所誤」，其實——

「平常簡單的生活是我現在最想要的。」

當妖兒碰上阿妖

「我的問題遠比鬼哥簡單，」妖兒替我委屈，好容易鬼兒窩多年無事。

妖兒是小組選中第六人，鬼兒窩史剛過一年，學歷最高，有準博士的思考能力。

「我是以被震駭的方式當夜就陷身鬼兒窩的，」第六人可以不論她的語彙構句法，倒要小心內容可能處處陷阱。「我由欣賞進而認同鬼兒的肉體自由純粹論，直到今天這個理論雖趨成熟但在學術上還屬處女地質，存在極待挖掘的論述空間，我個人正準備發表第一篇〈鬼兒書寫〉——」

「鬼兒書寫，」多麼鮮新的論述辭彙，我必要替鬼兒本身打斷人家問清楚：

「論述是什麼意思呀鬼兒？」

「書寫鬼兒會不會寫到〇阿嚼波卡是口腔期退化症？」

「鬼兒書成之後會不會造成社會鬼兒化或鬼兒次文化？」

「書寫重要或論述重要／鬼兒重要或妖兒重要／可以考慮書寫鬼兒論述妖兒嗎？」

「書成論述之後建議擴大舉辦一個『鬼兒國際學術交流研討會』。」

「論述之必要：敦請曼姊姊現身說法，殊勝論述本身。」

準博士第六人一一筆記多時，抬起獲得寶貴資訊發亮的眼睛：

「鬼兒學術化的同時鬼兒窩提都不准提：這是本研究預設的學術前提。」

我補充最後一條。

「作為一名前——妖兒，」準博士第六人聲明，「我會尊重所有上述的擬議。」

我續杯咖啡，不然被學術化學變化弄得腦袋滿滿又呆呆的二種滿呆的感覺。兩位也續咖啡。

「多謝前輩指教，」為了報告「鬼兒成長報告」，她才鼓起勇氣在「心魔」散會時隨幾個阿妖回去，她表明博士論文擬作「當代阿妖現象研究」。

「還有個阿妖姊姊嘲笑我博士論文寫成時阿妖已成現象學了，所以現在我暫訂論文題目是：當代阿妖現象學派論述。」

當晚，阿妖邀準博士邊打麻將邊喝酒，是時潮流行的阿妖酒：梅酒加白干。喝到麻將都醉，就團團睡。

「當夜別的就不用說了，再說也比不上鬼兒窩。」

「有幾分之幾嗎？」我頗好奇。

「幾分是有，」準博士第六人臉紅了，「確實學術證據有幾分我倒沒有。」

「轉窩」的關鍵性在於隔天中午，阿妖帶回來新買的日常用品，分給她一個房間，床墊書桌書架原先就有，馬上有阿妖送來檯燈另床頭小燈，隨著另有阿妖送她洗臉皂附帶妖屬化妝品。

準博士解釋接受的原因主要是：「貼近研究對象差等於做學術田野」。

「小燈是什麼顏色？」我關心這個。

「小燈？」準阿妖愣了一下，「藍色，有一晚我才肯定是藍色。」

不錯，藍色的布魯斯。「不是大窩舖睡的嗎？」

「不是，不是，各有各的房間，各睡各的，誰愛跟誰睡的——床舖蠻大，至少夠三人睡的。」

我覺得鬼兒、妖兒同大窩睡自然就有一種原始的美，文明失落已久的。

「挪開飯桌、坐椅，大廳至少十幾坪可以擺大窩，——平時用不著，有時很必要。」

有新妖宴，吃什麼我不感興趣。宴後有新人發妖，這在心魔和鬼兒窩看多了，不想再聽看。「新窩睡得好嗎？」我慵慵的問。

「壞在規矩不能鎖門，不時學術搞累了，夜半不知幾點還費另番功夫。」

「不想念鬼兒窩，現在，以後？」

第六人瞄了第一人一眼。「說不想是廢話。我學習『克制自己』：不是說不懂克制難有所成嗎？我也用心去感覺阿妖，我發覺阿妖是努力在心靈與肉體間取得和諧，我最近發現自己與阿妖可能是「比較同質的」——當然，這個新發現是必要經過時間檢驗，取得實質證據的。」

我不反對前一妖兒與阿妖的「比較同質性」，也不反對前一鬼兒與酷兒的「比較陰莖性」。

「肉體」之路

我同意第一人與第六人退出六人小組，也准許他們「暫時」離開鬼兒窩。

在離開之際，我希望兩位真誠的提出對鬼兒窩的想法。

「還得感謝您老的啟發，」準博士阿妖先發言，「您說放棄也不放棄，要永遠在放棄與不放棄之間——放棄同時贏得自由，這論理引發我的思考，勉強從肉體的迷戀中拔出來。」

「不然就甜甜溺死在肉體中，永遠夠不到『自由』。」我替她說。「思考有這麼大的能力嗎？」

「有，從思考到思想，」阿妖真有準博士的架勢，「思想就漸漸脫離肉體，肉體後來變成只是生物性的、物質性的東西，思想任意飛翔其上，而最重要的，思想讓我認識有一個心靈在，心靈可以感受思想的美。」

「那就是小完整了。」我詠嘆。「但，心靈的屬性不是感覺的嗎，心靈主要的存在並不在感覺思想，不是嗎？」

阿妖語塞了，沉思一會，「這個層次，我還要多作思考。」

我微笑。「『思考將我從肉體中拔了出來』這個論述可能還容有極大的空間，如果把『思考』改為『心靈』，有關這個論述可能會是一場肉博戰。」

「我贊成，」新酷兒，前一鬼兒適時插話入來，「我可能最有資格論述所有『有關肉體的』，而相對肉體的抗爭是所有『有關心靈的』，我認同『肉體自由完整』多年後，現在我努力趨向認同『心靈自由完整』。」

我笑意更深。天色已暗，我邀兩位一起晚餐，兩位同說不，新妖說約好老妖吃麻辣討論一些麻辣事，新酷說約好老酷飆去吃涮狗肉商量一些癬皮灶事。

我去「心魔」。空腹喝烈酒越喝越清醒，不但適宜思考到思想，有可能最後躍過「思想論述」的場域，直達感覺入直覺的境地。

老大T問我吃晚飯沒？我大聲大氣回說：沒。

「最好連乾三杯，」老大T頭也沒抬。真的給我舌蘭三杯。

鬼兒第一人浸在肉體多年，只是肉體傀儡，因為在必要之時他無能不經思考即時說出一句「肉體真實」的話語，事實上多年來他從未真正面對肉體。更不用說一年妖兒經驗的學術人。

肉體根本不用思想，「思想肉體」是空論，只在學院有意義。

老大T過來跟我對桌坐，替我乾了一杯酒，看了我五秒，不問話，也沒說話。貼近，溶入肉體，憑感覺。這時有一歧路，——往往感覺慣性由心靈主導，實在是一段心靈經由感覺摸索肉體的過程，結果終屬「心靈」份內之事，若有所成就它的屬性歸之「心靈」。

肉體自身有完整的感覺系統，在這系統內早已發展自足所有可能的方式，真實即是讓肉體感覺肉體，放任感覺入直覺，肉體與肉體渾然成為整體，混沌又純粹，這是真正的「肉體生命」，完整自主，不依靠任何外物，若有依靠也屬遊戲，肉體可以遊戲任何，在完整自足中。

人的一生可以活在肉體生命，自主、完整、自由。

這是鬼兒的全世界，唯一真實的境地。

純純之戀〇阿

「我愛上一個人，」〇阿興奮的說，「一個完完全全正常的女孩。」

鬼兒不可能愛人，那種愛。〇阿說鬼兒不爭論，他只說事實。

「整天我只想著這個女孩，她的臉，她說話的方式，她的笑容……」

我建議〇阿來一回純純的「情感經驗」。點純情燭光，喝純情咖啡，上純情西餐廳，最多只能手牽手，「甜言蜜語」只到純情為止。

〇阿覺得新鮮又高興。他窩在鬼兒，從沒體會過「純純」。

「一個完全正常又正點的女孩喲，」〇阿炫大家。

我繼續四人小組的「成長之教」和對現實情勢的注意。

我修正我「成長之教」的方法。以前我太在理論的辯證上下功夫了，原希望鬼兒、妖兒在辯證之間有所悟解，這整套都在現實運作系統之內，我也原想讓鬼兒、妖兒出鬼兒窩，逐步深入了解現實的運作過程，而後有一天，在放棄與不放棄之間，作出自由的抉擇。

第一人與第六人離去後，我作了反方向的修正。鬼兒、妖兒在真實了解「肉體生命」的完整自由之前，任何現實的程式比如辯證模式都不適合，我要求他們更多時間留在鬼兒窩，以肉體真正面對肉體去感覺，不用思想，特別曼姊姊來的時光，必要用自己的肉體全生命去感覺肉體化身的曼姊姊。

對現實情勢，我只要四人作資訊上的認識，不直接涉入。在這方面，我多花時間，自由出入酷兒與阿妖之間。

了解同時固著「肉體的生命」，自由會以另一種方式自然來到。

有個星期三，鬼兒領著十來位阿妖到鬼兒窩，作另一種形式的「鬼兒發妖」。從心魔延續過來的亢奮轉換成尖叫或哎吟或「前所未有的」高潮來時的用獅吼。

在三十燭光下，我好久才發現○阿癱在冷清的一個角落，嚼著波卡，眼睛盯著鬼兒窩的「小場面」，但我分明他一直盯著鬼兒窩的「空無」。

我拿靠墊窩在○阿旁，看「鬼兒發妖」到「阿妖發鬼」，嘴角慣常歪一種「不具什麼意思」的微笑。我當然意識到什麼事，但要○阿自己來說。

「鬼才相信有什麼純純，」○阿波卡出第一句話。但，現實的青春是多麼珍惜、宣傳、講究「純純」。

「純純不到三天，就在喝咖啡的下午，她說她想做自己真想做的事，她已經滿十五歲了。」

○阿嚼了半包波卡，灌了水。

「我真心勸說，這種事不必急，再過一段純真的時光，品嚐『時間的甜蜜滋味』後，自然會做。」

我讚說「時間的甜蜜滋味」品嚐得好，不然虧了人生光陰一大半。

「她說人家都想要就要，想拿就拿，想做就做——有什麼不可以。」

「一個真正正常的女孩。」我品評。

「我就跟她上咖啡樓上賓館，半小時，不，二十分不到吧，就來了兩次就脫水擦痛啦。——奇怪，每一次來時，她都呼『我好愛』、『我好愛』。」

我噗笑。「是她好愛，不是好愛你。」○阿也傻笑。

我想起一個外遇的女人，性交時不斷呼著「愛」、「愛」、「愛」，後來我才懂得她是以愛的不斷力量來對抗對丈夫和上帝的背叛。當然，是那個純樸年代，才使用得上這「背叛」。

「問題是，」〇阿直起癱來，「我同她第二回上床，做到一半就厭了，不是討厭她，還是同樣一張討人喜歡的臉，同樣準備好要呼喊『我好愛』，——我的身體厭了她的身體。」

「是厭了肉體只是以那樣的形式接觸肉體，同時，肉體又不願以別的方式分享那肉體。」

「我當場很想回鬼兒窩嚼波卡，我想就做，有什麼不可以。」

「回來很久啦？」

「原計畫好愛好愛後一起去吃黃昏浪漫西餐，沒想到三十燭光波卡嚼到現在。」

「不愧鬼兒〇阿！」

中古世紀來的女人

我看見一個陌生的女人站在門邊，可能站在那裏有一會了，被鬼妖歡暢的場面嚇到退縮。好在，凡進鬼兒門來的，即使第一遭，心裏早準備多時。

女人大約三十五歲，歲月留給她還不到最後的青春。有一種滄桑，不是來自風塵或忙碌的工作，可能，是長時間心靈掙扎的斑痕纍纍。

心靈的斑痕，時間逐月逐年令顏色深了，自有一種滄桑。

我請女人上鬼兒窩來，籠燈下坐。周遭的鬼兒、阿妖遊戲已盡尾勁，阿妖累壞了還得回自己的床去睡或去盯電腦，鬼兒除非另有妖兒在就是自由時間了。

緊身的紫色改良旗袍，旗袍領嚴嚴束在頸上。女人出身南部大家族，曾是有名望的書香世家，戰後轉投資黨營事業。

我請女人喝杯酒，女人沉吟一下，才說好。我補充：「葡萄酒，進口公賣的。」

已經跨世紀了，她還把「黨營事業」說得那麼順口。

世家後代的女兒，才有認知與能力學藝術，還遠赴藝術之都去學習貴族的藝術教養。女人熟習音樂、美術、舞蹈、古典。

婚後離開娘家到台北，不二年替大家族生了一個大孫，就夠了，作為一個女人，現實沒有需要她做的。

「生活並不空虛，在這都市有許多文藝活動可以排遣生活。我還辦了一個淑女會，每週三午後連到晚宴，來的都是可以交談的女人，可以談到事物的深處。心靈並不空虛，多年來。」

我說我大約可以了解那樣的生活，我母親的娘家就是那樣的大家族，孩子各有傭人照顧，閒時抱著喜愛的弟弟去造景榕樹下看雀鳥。

「我外祖家的人都寫得一手好字，我娘也是——如果書法可以算藝術的話。」

「當然是藝術。」女人巧笑。

至少三十歲後，幾年來，肉體的空虛逐漸困擾她的心靈。「我丈夫常出差國外，——但不是這原因。」她真切感到肉體而自己要求更多、更深。

「我用許多方法來排遣，終究還是成為一種掙扎。一種無人可以傾訴，一個人獨自面對的痛苦掙扎。」

「我見過我娘獨自面對死亡。」我邀女人喝酒，酒一入喉，女人臉就紅了。

「我沒有任何壞習慣，」似乎女人解釋說，「不菸不酒不打麻將甚至不吃零食，沒事不出門，不逛街不是購物狂，」女人俯首微笑，「我到三十歲謹守著十六、七歲的家規教養，點滴沒有改變。」

我凝注女人的神情變化，還有一雙纖細修長的手，舉手表意時不動的上肩：我在記憶中追尋那個時代女人的教養——止於實際，沒有想到是為了什麼或其他。

「我曾認真想過外遇，但我做不到，事先我從傳說和資訊也明白那樣『一般模式』的外遇，不能真正消解我的掙扎。」

女人說：消解掙扎，心靈的。女人不說：滿足我的肉體。

她排除可能「毀了家」的方式，也不想找專職只為金錢的。「我不想有個固定的情人，那可能毀了家，男人癡狂起來像怪獸，電視、電影都這麼說。只為金錢專職的，我一想就噁心，我不是變態的或人格分裂的。我到這裏來，是經過思考理智分析過的。」

不曉得有沒有經過電腦分析。我嚴格注意「鬼兒窩」是否上了網路，大約妖兒無意，阿妖不好意思，至今沒有，不然我夜半三更也去毀了它網址。——或加全套最新式的保全系統。

想到「新世紀島國網路化」就煩，我自己乾了酒，倒酒，幾乎忘了舊世家大閨女。

「好難。」我微笑嘆息，邀女人喝酒。

「打探到這裏也好難，」女人啜酒微笑，「打探後，我還真懷疑在我們這種『政治陰陽家化』、『色情儒家化』的社會能存在有這種窩嗎？我再花了好多暗裏功夫打探窩裏的詳情，『妖兒』這個稱呼，好誘惑我，終於，今晚不顧一切我——」

「有點失望是不是？」我環顧周遭，沒事的鬼兒隨處趴著睡了，只剩邊邊兩個妖兒腿纏一個鬼兒說著悄悄話。

「失望？您未免太客氣了，」女人頑皮的嘲笑著，「我剛在門旁至少站了半個小時，我眼睛看到的比我事先想像的『過分』不止三倍五倍，我恨現在的年輕人怎麼這樣放得開，我更恨我如果那般過分早就羞死掉。」

「不止年輕人。妳看那邊妖兒都三十幾了。是妳活在中古世紀。」

「真看過了這許多，現在我開始懷疑，我該不該再來，我有沒有能力那樣做，我真做得下那樣嗎，——我適合這裏嗎？」

「酒，要慢慢喝。」我請女人再怎樣的酒，也請試著慢慢品。

不得了才男才女

我不知道現前當下我該為這女人做什麼？

我自認也讀過一點書，但從不知我們島國「政治陰陽家化」、「色情儒家化」。假如以妖兒的方式，我判斷女人「受不了」三分之一，說不定四分之一不到就「死了」。從此再見，說不定三兩天後就「再受不了打探」這回事而跳樓。我猜想她住樓高至少十二層，她住居十七樓。

妖女發出淫聲，一粗一細。女人沒有回頭，只猛喝了兩口酒，憋著，再嚥下去，之後盯著我。

「如果我不夠誠意，我隨手安排妳鬼兒窩一般的模式，妳會在驚駭中又痛又快享受一段時光，」我醉了嗎，我何時隨便出口誠意這兩個字，何時我在陌生人面前隨口下她人生的判斷，「一年半載吧，不超過一年，妳會從十七樓臥房跳下來，隔天我找遍報紙地方版都找不到妳的消息，只有一張傳真照片躺著黑睡衣的妳……」

「三十歲那個夏天，我開始學習放棄教養，從那夏天我裸體睡到現在。」女人也醉了吧，她告訴陌生人穿不穿什麼睡作啥麼，「我住三十七樓，樓高五十六。」

「如果我誠意，」我當然醉了，「誠意我就醉了，不然我憑空攬事找自麻煩作啥麼，「我這幾天，替妳好好想『究竟什麼程式適合如此特殊的女人』，這個程式必需能長久的，不是一般過時就爛的——」

「請問設計這個程式要花多少時間？」女人口齒問得清晰。

「我先睡覺，有妖女淫聲作背景配樂必有好覺睡。」我平時沉靜絕不發飆，只有單獨面對這般當代古典世家女人時我能耐不了不發飆。「下次妳不管什麼時候來，程式設計好包妳滿意，——妳幸運我的誠意。」

還記得問她需不需要派人送她回去。還記得她說有車在樓下等，她出門必備兩個，不，三個保鏢，兩輛車，不，三輛車，其中一輛可能是電腦監視車。

「既有車有保的鏢就不急不擔心，」我斜躺下來，要女人坐近來，「睡前我告訴妳一個故事，妳幫我喝完這杯酒。少年時，我在外婆家讀到一本《府城世家》，當時我最喜歡、最欣羨的是一對府城才男才女，才女是會作詩的，剛放了腳、禁了煙的官府查到才男才女公然相對側身吸鴉片，府城因此事大大出了名——才名『府』其實！」

女人果真乾了兩杯酒。「我那時十六不過十七歲，心裏想不得了的才男兼才女，把生命跟聲名都豁了出去呀！——」

我的「肉體生命」

不期然隔天直到曼阿來時我才知是月陰之日。曼姊姊的事，有幾個鬼兒、妖兒替她打點，全不用我費心費力。在我來鬼兒窩之前，曼姊姊的到來便是窩裏的歡慶日，是每個月兩回的大節慶。

我初到鬼兒窩時，無任何存心，只隨意觀看同時隨意「放棄」觀看。我初次注意到曼阿而不是曼姊姊，由於她入門後走路舉止之間的風姿，全然不屬於鬼兒窩又全然象徵了鬼兒窩，之後妖兒、鬼兒圍攏著她。

我內心存著有個神祕的曼阿，只止如此而已我沒有多想那「神祕」，那時我在心魔蟄的時光遠比到鬼兒窩看一看的夜晚多。我在孤獨之窩，曾想及雪阿，和湖阿吧，沒有任何繫聯可以想到曼阿。

在我的「放棄」中，放棄任何節慶是很早的事。我略知鬼兒窩也有特別的節慶，但我自然避開，我聽了多次「節慶全看一人曼姊姊」，但我放棄曼姊姊。

我從不相信月圓或月陰有何景象，都是平凡無聊實在的每一天，如果事先我知道這一天是月圓或月陰，我一定自心魔直接回我孤獨之窩。

現在，我確信我初次凝視曼阿之時她也「看見」了我。

在我初見曼阿之後，許久許久，偶然一個黃昏我去鬼兒窩，一入門便感受節慶的氣氛，我才憬然這是一個月圓之夜，就在我想退出門的瞬間，自鬼兒、妖兒之間我「碰觸」曼姊姊的眼神。

是那眼神讓我無由自主的留下來。從黃昏到午夜，我觀看了完整的一場「屬於曼姊姊的肉體祭儀」。祭儀這個用辭是我後來使用的，在我幾年間看了每一回曼姊姊的「肉體之禮」後。

鬼兒根本不在乎傳統，無心念及傳統的哪一家。但當我書寫到曼姊姊的肉體歷程時，我自然使用了「禮」這個字眼，禮牽連到凡俗的宗廟禮拜，而祭儀我寧願它是始自太初原始部落的「祭儀」。

我初次觀看時，我自認自己已深入認知肉體的種種，但我完全無知於「肉體有她完整自足的生命」。我看曼姊姊在鬼兒、妖兒之間，只凝見了曼姊姊獨特的氣質，那氣質讓所有肉體的動作「提升到一個很高的精神層次」，而不僅限於肉體，那時我以理知、以認識、以經驗作這樣的禮讚。

當我為鬼兒窩的「現實存有」和「永續發展」困惑之時，我有意，但真誠說是由於一種「無由自主」，我在每個月陰、月圓夜留在鬼兒窩，凝神觀看肉體之中的曼姊姊，這觀看漸漸轉成一種「感覺」，感覺眾多肉體之間曼姊姊的肉體。

之後，至少過了一年多吧，曼阿第一次找我泡茶。泡茶是曼姊姊在鬼兒窩的最後一個「動作」，我提及過在泡茶的肩臂手肘之間散發著一種「肉體的甜蜜沉靜」。泡茶平常一個人泡茶，除非她要某個人靠近，不然沒有誰會去打擾曼姊姊浸淫於喜悅寧靜的肉體。

就在第一次泡茶，曼阿以一貫極柔的腔調，向我說了簡短但嚴肅的幾句話。曼姊姊提及肉體生命及其內涵，我在語言的層面上接受了曼姊姊所擁有的「肉體生命」，而後我也不曾提出任何問題曼姊姊當時答應的。

我一向以自己的「生命力」解決有關「內在」的問題，從年少懂事開始。我以自己的全生命去感覺曼姊姊的肉體生命，直到直覺在某一回讓我憬悟到真正溶入曼姊姊肉體生命的不靠感覺，而要以我自身的肉體，完整的以肉體才能在某一天、某一刻真實消失在肉體生命的完整之中。

我必要以這麼多「敘述」文字來闡明曼姊姊，由於「肉體生命」是鬼兒窩存在的核心，「完整的肉體生命」是鬼兒、妖兒活著的全部，無所依靠，同時無所欠缺。

這天，自黃昏到午夜，我的肉體再一回經歷曼姊姊肉體生命的生死到重生，我試著以「文字」這個有限的媒介多少把握這場生死重生的肉體歷程。曼姊姊漫步過來泡茶，帶著生死重逢肉體痛苦盡歡的氣息。

曼姊姊泡好茶，她抬眼簾凝視窗帘邊暗晦中的我。同樣無由自主，我接受曼姊姊的邀請。這夜，曼姊姊浴後披一件白袍，那露出的乳坡的凝脂白勝過袍子的雪白。

「感覺您有事要託我。」

曼阿同我對喝一杯茶。

從前我可以長時凝視曼阿的眼眸，如今凝視自然從眼眸散開，我凝注著一個渾然完整的肉體。

「大鬼兒走了也好。」那聲腔的柔來自內在，帶一種韌。不止是我從前聽見的柔到無骨。

「你為鬼兒窩繼續進行一些事也好，——現實存毀不擔心。」

我替曼阿換茶泡茶，我願啞默，只聽那柔韌的嗓音。

「只有你能恰當的因應雪阿，」曼阿舉茶在唇間，微笑。

我也舉茶到唇間，微笑。隨後，我聽到我自己的聲音：

「我託一個女人給曼姊姊。」

紫阿安心

曼阿沒有回話，只啜茶，凝看著我。

我也啜茶，沉默，凝看著茶。我想曼阿並不要「說明」這個女人。

我換茶、泡茶，「肉體」曼阿還是凝看著我。

我把茶壺舉到爐上的瞬間，眼光掠過門的方向，似乎有個女人直亭亭立在那裏。

眼光轉回定在那個女人，好一會離不開。曼阿跟著偏頭凝看女子一會。

「不請人家上來喝茶嗎，」曼阿靜靜笑。

我遲疑了兩秒，才招手。「要去請的，」曼阿起身走向門邊，那一身紫衣的女人。

我又遲疑了兩秒吧，才起身。曼阿已把女人帶到籠燈旁。

「紫阿，坐呀，」我自然喚出口，她一身披肩到腳的紫衣。「這位是曼姊姊。」

「第二回來是嗎，」曼阿跟女人對杯。

「昨夜才來過，」女人紅了臉，「實在不好意思，又感覺非來不可。」

「何以非來不可，」曼阿要女人坐近身邊來。恍惚曼阿的聲音更柔了，莫非曼姊姊累了。

「從黃昏，就有一種感覺，今晚非來不可，拚命壓不下來，愈夜了愈強烈——」

「是這位大哥吩咐？」

我只管啜茶、換茶、泡茶。我說話只會壞了曼阿的說話。

「不是。感謝這位大哥昨晚照顧，還答應替我設計一個好程式，沒說定要我哪天來。」

女人只對曼阿，其實忘了我的存在。

其實我觀看得仔細，自曼阿偏頭凝看見女人的瞬間，一直到坐近說話的現在，曼阿的眼睛沒有離開女人。女人就沒有那麼靜定，無法長久回凝曼阿，有時眼睛定在茶杯，有時定在自己衣襬。

「那麼是妳自己非來不可了。」曼阿微微的笑，請女人喝茶，「妳來看到了什麼，或感覺到了什麼嗎？」

「我來，入門好久，站著，只看到曼姊姊——真好看的腰背肩膀，感覺曼姊姊整個人，感覺從來沒有真正看過一個人，——整體的，完整的。」

「現在妳坐在這裏，安心嗎？」

「安心。」女人凝看曼阿，自然要她這時只管凝看。

「坐在曼姊姊身旁，我安心，」女人認真說，「但又怕隨時被趕出去。」

「為什麼會被趕出去？」

「我這種人不適合，這位大哥就說我這種女人原不適合這裏。」推到我身上。我說過這樣的話嗎？

「妳感覺曼姊姊在這裏適不適合，此時——現在？」

「這裏很合適曼姊姊。我入門來就只看到曼姊姊。」

曼阿要我換最後一杯茶。「以後妳叫我姊姊，不跟別人一樣叫曼姊姊。」

喝茶時，「我就叫妳紫阿，」曼阿笑，握握紫阿的手。「下回妳月圓那晚來，紫阿，紫色很適合妳，」曼阿又笑，「相信黑色、花色、白色都合適妳。」

曼阿離去時，要我再照應一會紫阿，就讓她回去。「教她學會泡好茶，就不用累姊姊自己動手，」我玩笑，「臨時也不用叫我。」

我真的教紫阿泡茶，第一泡就盪了她手。「姊姊真迷人，」紫阿吭吭手。

「比妳迷人嗎？」我問。

剛剛我感覺一位是肉體生命本身的迷人氣質，另一位是世家藝術教養出來的成熟肉體的迷人。

「當然姊姊迷人。我是撐出來的一點好看，姊姊不穿什麼都比我迷人。」

紫阿說了「真話」，雖然她自己並不明白。——以後她自會分明。

「我只放心妳跟曼姊姊學，」我強調，「只跟在姊姊身邊，其餘事都不用妳做。」

「好。」紫阿用力說了一聲：好。

「記得注意陰曆。姊姊只在月圓和月陰兩夜來，妳也只在這兩夜來——其他我不多說，一來不重要，二來以後妳自己懂得。」

紫阿行禮感謝。「先別感謝我，」我看入紫阿的眼睛說：

「先感謝自己，好好對待自己，好好感覺自己，——想想，這麼多年來，只有妳一人能叫姊姊。」

在孤獨窩感覺鬼兒窩

鬼兒放棄心靈，鬼兒放棄肉體，鬼兒放棄生命。

只有極少數的鬼兒，在這一無所有的廢墟中重生，回復了日常，同一般人一樣作著日常的工作，但鬼兒的內在已有不同的本質和自由，自己沉默不說，社會也沒有察覺到「有這種人」的存在。

重生的鬼兒，處在放棄與不放棄之間，處在肉體與心靈之間，處在生命與沒有生命之間，有一種本能的直覺與自由，他們知道何時選擇何者。

鬼兒窩的鬼兒與妖兒，多存在「放棄」中溶入的階段，——未死就不可能重生，在「努力放棄」的多年之後精疲力竭，離開鬼兒窩另一個努力溶入社會。

只有曼姊姊的肉體成就了鬼兒窩。我未見她初來時的肉體，但我相信天生曼阿的肉體勝過其他，我初見曼姊姊時的那種肉體氣質，實在那肉體早已泯無心靈，「肉體生命」在那時已經完整，只是我觀看而只看到表面，感覺渾沌純粹的肉體帶來的困惑，我以心靈覺知而囿在「心靈系統」內。

待到我直覺感知有「肉體生命完整自足自由」後，我才完全肯定了鬼兒窩，這肯定讓我不再多慮，不再憂心，不再「存毀重壓著自己」。同時，我放慢了「成長鬼兒」，以肉體感知加一點譬例的形式，要鬼兒、妖兒了解「實存著肉體生命」，未免太遙遠與愚蠢了。

鬼兒可以放棄心靈同時放棄肉體嗎。鬼兒、妖兒緊緊攫住肉體，同時又對心靈覺得莫名的歉咎——如何讓他們放任肉體，不涉其他，用肉體本能去感覺肉體，深入到「天地渾然只有肉體」的境地，這是零度成功率的跳躍。

在我融入了曼阿的肉體生命的同時，我才了然原來我自己也有一個完整的肉體生命：它的歷程、點滴都有自足的意思，從前我以為曖昧猥褻的性經驗，在孤獨之窩的夜晚，我一一追憶出來，讓它在山氣中洗滌，我面對把玩而且有了重生的喜悅。

如今，我真心感謝十六歲時海灘那個陌生男人，他讓我在敏感的少年時，體會到精子一再噴離肉體時的那種「幾乎等同生命，活著，全然帶著神祕」的感覺，我還記得我腳軟無力扶著一根根木麻黃走出海灘時掌肉用力抓撐著木麻黃樹皮的觸覺。

我真心感謝自己的左手中指毫無思慮直入一個處女的內裏，那中指感覺清楚陰道肉巒上的點點肉乳突密密麻麻如星星無數，——我當時感知自然造物如是精緻巧構，我注視著那個初識不久的女孩，感覺不到任何「猥褻」。

願意以任何，換取手指——我的肉體生命停留在那星星肉巒的時光。

我真心感謝，我真正猥褻過一個男孩，在一個深夜無人的市場攤上，我隨手拿起棄在地上的一截紅蘿蔔，玩弄男孩的屁股，我不願推託那時我喝了酒，內心潛藏隨時爆發的暴力，那蘿蔔紅逐漸沒入屁股，男孩壓抑著一種半男半女青春的呻吟聲。是猥褻，是在夜半突然穿越時空淫燒我肉體到炙痛的呻吟。

我真心感謝我身在鬼兒窩。鬼兒窩豐富了我的肉體，幾年後，自然完整了我的肉體生命。

並不是人人想到鬼兒窩就到得鬼兒窩。永遠不必擔心鬼兒窩會擠破肉體，像迎神賽會、足球狂迷那樣。島國戰後走向資本主義之路，資本發達以後社會的核心是權力和金錢，肉體是兩者的附屬品。

附屬品而已，肉體在這個社會永遠不會成為「主流」，成為「生命本身」。

鬼兒窩的簡樸實在吸引不了權力和金錢。權力金錢需要許多包裝美飾，還必要先帶著面具。換個角度，權力金錢實際上也應付不了鬼兒窩，很快的在鬼兒、妖兒之間陽痿或陰萎了「權力金錢撐支的肉體」。

也不用擔心平常人會走入鬼兒窩。鬼兒既不反猥褻觀，當然不反對道德觀，更不反對色情道德觀。

平常人生最怕空虛，空虛合適擁有。擁有權力與金錢畢竟屬於少數人類，多數人類經營比較小規模的擁有。譬如擁有一家中藥店便可傳之三代，擁有一個女人便可至少擁有一個以上「屬於自己的孩子」，要男女做什麼事影響到平常人生的擁有，他們即使覺得「非常嚮往」也不值得。

鬼兒窩值不值得平常人，鬼兒放棄這種問題。從社會的角度，平常人生值不上鬼兒窩。

雲阿那樣的妖兒最實在，在平常人生討生活，「生命永遠」留在鬼兒窩，有她的滿足喜悅但不到歡騰，那滿足均勻分散在血脈，是最常在的鬼窩人。我和雲阿淡淡接受彼此，我自然就吃起她帶來的便當，我從不追問雲阿的「肉體覺受」到何等的地步。

雲阿疼〇阿：〇阿疼雲阿。

我真心感謝，插入任何男人的屁股，感受他某種真實生命的顫慄。

我同樣感謝，在某回夜車途中，左手掌濕了鄰座陌生女孩的裙子透濕椅座，天色微亮時，女孩倚在我耳傍說了一句：「我一生都給了你。」她坐在如沼的蓮花池中。

——寫鬼兒窩，應集中在曼姊姊。但直指核心言語俱失，便無魅力，文字只合宜繞著圈子來寫，總會無聲無息就到曼姊姊的肉體。

又，書寫本應正經，只因讀文字的人士多屬正經人。小說容許書寫俗爛之事，只因我們社會多爛俗——不管多麼標高或貶低小說的「意義與價值」，小說總是社會的產物。

純情滄桑老大T

除了月圓、月陰，我照例在暮色時分到心魔。

老大T先給我簡餐附一杯檸檬。之後，才上酒。

我習慣地簡餐，不挑什麼菜色，吃個乾淨，盤子不留一個飯粒：這點最討老大T歡心。監著我喝了檸檬，她才收拾餐具。

簡餐是給我這種人方便的，老大T每晚只做三十份，還分多種菜色，我至今搞不完全，老大T端什麼來就吃什麼，但好像常不一樣。

「心魔是賣酒的，果汁將就給心中無魔的，簡餐你不來我就多吃你那份。」

「不會心中無魔，可能還在胚胎時期，心魔不急。」

老大T噗笑。「一個月至少兩晚我多吃你那份，沒胖，倒是健康許多。」

老大T站挺有我一般高，想當年一定很帥。如果注意，她認真的時候，眉宇間還有一種帥氣，讓人覺得蠻英挺的這個女人。

這蠻長一陣子，除了三、五夜，我喝過舌蘭就走，大約九點多吧，多是去「坐鎮」鬼兒窩。

老大T知道有幾年了我在鬼兒窩。她從未過去看一看，也從未詢問，——她不是妖兒，也非今日的阿妖。她是六〇年代末七〇年代初的癡情標準T。

吃簡餐時，我想著「四人小組」的事，隔天是星期五了，我的筆記備忘「成長」到怎樣的語彙。

老大T坐到我對面來，盯著我簡餐，很少這樣，這時刻她在準備料理的忙碌中。那盯，我看了一眼，是真的盯著餐中某樣菜，只不過無論盯多久她都不知道那是什麼菜。

「請妳一杯舌蘭，」收拾餐桌時，我說。

「我不恨自己，心還沒死，才有話說。」老大T乾了舌蘭。

「心死的人不會開一家心魔，難得多少年了。」我吩咐經過的小T。「再請妳一杯舌蘭。」

「今晚你請我多少杯我都喝，我請你多少杯你也得喝。」

不會一杯舌蘭就醉了吧，怎麼說起醉話來，多少歲月光陰，老大T不曾與我「交談」什麼，最多清閒時坐下來與我檯桌對坐，靜靜喝酒。

小T送酒來，順便問什麼事。「今晚我不管事，」老大T說得清楚，「有什麼事妳們三人商量解決。」運動起興之後，又請了一位新小T，為了三、五的酷兒、阿妖。

「進進出出這麼多年，我看只有你懂得我的話，——我們是同時代的人。」老大T又乾杯。我吩咐小T沒酒送酒，但要老大T「酒，慢慢喝。」

「那時，多癡啊，愛一個人可以愛到死。」

「歌也一樣，愛上一首歌，唱它一輩子。」我啜口酒，微笑那種「癡愛」。

「我十八歲，高三，第一次離家，參加什麼夏令營，第一眼就愛上了大我二歲的女生，愛上了我陌生的『性感撩人』，回家拚命寫信，填志願時只填她讀的那一家大學。」

我沒問什麼，但心中咀嚼著那句「愛上了陌生的性感撩人」。在那個純樸封閉的年代，一個大學女生肉體的性感氣質竟然撼動少女的心靈。

不對，正確的書寫是「撼動了少女的肉體乃至心靈」。

「我那時高高瘦瘦的，很有靈氣的那一種，」老大T啜酒，有笑意，唇角。「她升大三，要我搬去同住，她要養胖我——好對得起社會國家。」

「是性感活潑又幽默體貼的那種女生，」我猜。

「完全說對。我迷不是她性感，是她的全部，我眼睛離不開她，」老大T又啜口酒，「她說我有點憂鬱，我說是天生麼，她說一定治好我的『憂鬱開心症』。」

我笑。「妳眼睛帶憂鬱，是因為看她太久了。妳一天比一天憂鬱，是妳天天想觸摸她。」

「沒有，沒有，哪敢，」老大T瞪大眼睛，眉宇間就有一種英氣。「我愛她愛到怕她離開我，我哪敢做什麼——」

「她有男朋友？」

「一直沒有。我也奇怪，大概那時營養不好男生弱弱小小，不夠她吃。」

我們都笑。我回想那個年代，沒有男女朋友的多的是。可是，我多想了一些：那個年代，「近乎」沒有同志。

「我上大學還長高，更高又瘦，愛打籃球。常常，打完球或打到一半，陪性感公主散步，別人都看見假男生陪公主散步，——有一天，我打球扭了足踝，關節腳板都腫了起來，走路一蹠一拐的痛——」

我啜酒傾聽。「我們睡的上下舖，那時，我睡上舖，當然。那晚，我辛苦要爬梯上去，公主躺在下舖說了一句：來與我同睡罷，腳好再上舖。我心開始怦怦跳，公主叫我熄燈只亮小燈，我站在床旁有好幾十秒吧，公主也一直沒再說話，無法再僵下去就一身襯衫牛仔褲鑽進下舖。」

「那年代，」我有點恍惚，並不真確自己說什麼，「只有小紅燈，紅色的怎樣的身體都被染成火騷的紅。」

最嫩最柔最無辜

但，老大T青春的手摸到的是熟透青春的奶子。

「我一躺下，手就被捏住，拉過去放在一隻比我手掌還大還軟的奶子，不久我就曉得人家學姊睡覺只穿一件小三角褲，在那個年代，」老大T不自覺吧，她舉杯的手微顫著，「我手掌就離不開那隻奶子了，後來人家吩咐我捏捏看另隻奶子，還是比我掌心大，還更軟更嫩……」

公主眼睛一直閉著，她正在享受一種不被現實允准的肉體享受，也許心靈的「叛逆感」同步性地加深了肉體的感受。「從一開始，她沒睜開眼睛看我一眼。」

老大T說那晚是她的「人生第一次」，到現在她記得細節，她肯定臨終閉上眼睛時想的也是這般細節。

「乾杯。」我邀老大T乾杯，因為多數人類臨死前沒有什麼值得的可想。

「她邀我的手幫忙脫掉三角褲，我碰到她陰毛的那刻我手都發抖了，我在陰毛叢間抖了不久，就被拿捏往下，我先沾到了水，滿手指的水，隨後我被帶領到人世間最嫩最柔最無辜之處。」

「有的形容是如玉的門，有形容是如花的貝，有形容是祕密花園入口的山水，」我刻意用言語阻擋了想像，不然老大T受不住回憶，我受不住傾聽，「有說是神祕火焰的花蕊，——最嫩最柔但為啥麼是無辜？」

「被最柔最嫩所保護的不是最無辜嗎？觸摸那嫩那柔我還可以在她哀吟下克制自己，但一想到那無辜正盈滿著淚水，我一生的心都化了，」老大T雙掌掩住臉：「真的我的一生都化了我再沒有我自己，心早在那時就化在那無辜淚水窪了。」

我要她喝了舌蘭。起身到櫃台，我恍惚看見門面的燈下山水，帶回來兩杯新的。

「我的手、掌還有其他，是為她而生的。」老大T停頓了一會，讓這句話有天地來見證。「她喜歡我，處處找我、要我，是我第一晚就給了她高潮，她高潮的模樣還令我驚駭，女人怎麼可能失心失魂到那又亂又瘋的樣子。」

我微笑，啜了一口酒。

「很快，因為幾乎每晚，每個午後，我熟悉她肉體的全部，看得見看不見的我的肉體都感覺得到。我知道怎樣讓她慢慢享受，知道怎樣讓閃電幾秒間就來到了高潮。」

「當初，妳是迷上她的肉體。」我講了一句鬼兒話。

「我那時高三，身材高瘦知道什麼是肉體，」老大T認真看了我一會，「現在，我承認當時是她的肉體吸引了我的肉體。」

「妳迷戀她的肉體，就愛上她的人。」

「那時，這分得清楚嗎？——也許，現在那些新人類可以。但那時，迷戀愛人的肉體和愛上這個人是同一回事。我想，我看，現在是分得開，而且可能分得清楚，」老大T在心魔看多了，「但要我現在選擇，我選擇從前那時。」

「我早就不一定了，」我在心底告訴自己。

「後來，近二年，她跟我在一起，裸著全身的時候多，我襯衫永遠不脫，最多脫掉長褲，她沒摸過我的瘦腿，我也不讓她摸我見骨無肉的大腿，我急著讓她高漲起性慾，我甚至覺得我這一生唯一要做的事，唯一的專長便是『玩弄愛人的肉體』了。」

「我初到心魔，初見妳就看出這是一位高手。」

老大T黯著臉，不要我開這種玩笑。

「那是我的唯一，我沒有作啥麼選擇，唯一就是唯一。我也不知是什麼原因，臨畢業前三個月多，她忽然說要搬離，而且說搬就搬，我想我是愛癱了，呆著不能動作就看著她搬走，當時我也忘了哭。」

「是什麼原因？」我想不外現實的因素，很少純因內在肉體的因素。

「我到現在還不知。我一入大學就黏上她，幾乎沒有朋友，後來我跟蹤到她，也只會僵直站在她新居的門口，她出來了特意離我幾步經過，我從來沒有想到衝過去做什麼。我想過至少我可以問但那時沒問是明白問也沒用。」

「現在的T會在吧間賞婆一個耳光，表示咱T不要這個爛婆子。」

「幾年前，心魔也有這種T，我當場要當婆的回T一個耳光，我還明白告知這種T以後不要再來心魔。」

「也有婆和婆撕扯來撕扯去，T在一邊哈菸看戲的。」我嘆。

「我這T沒那風光，人家何時夜裏搬走了都不知道，我猜是清晨，我守了一夜到凌晨，累到傷心欲絕回去死在舖上。」老大T要我乾杯，「就這樣消失了一生的『唯一』。」

鬼兒是「走肉」老大T說她是「走骨」了十年，白天找個小編輯、小校對殺自己，晚上回去家裏住，爸媽縱容她十年沒笑過。十年後爸死了，媽給她一筆錢，縱容她開了一家店名叫「心魔」。

「真的能夠一生『唯一』？」我慎重的問。

「是『唯一』。」老大T慎重的答。沉默一會，她自嘲地笑，「一直都有所謂機會，但我沒再動心，我不恨但我真恨這『唯一』，失去了她我人生就垮了。」

時已過午夜，難得老大T幾年來與我作回「交談」，我說我要回去孤獨窩，「我要好好品味那個又高又瘦又性感的少女，」我衷心微笑。

老大T送我到門口，燈光下全黑的緊身裝，更顯得她的英挺。

「昨晚，有個女人到心魔來，說她就是當年愛我的那個人，」老大T真摯的微笑，魚尾紋托出一雙黑白分明的「純粹的眼睛」。「我請她自己坐。愛我的人和我愛的人早已消逝了，永遠只剩下『唯一』。」

永遠只剩下「唯一」

「我愛那個又高又瘦又性感的少女。」經過櫃台時，我向老大T說。

「我知道。」老大T笑得好開心，「擾了你一夜沒睡好是不是？」

我去內凹的檯桌坐。鬼兒來來去去還是癱滿一排沙發。「昨夜有事，」○阿說：

「兩件事，一大一小。」

「大事先說小事，」我逗○阿，「小事先說大事。」

「好，先說小事，」○阿那神情只差沒有波卡在唇。「昨晚八、九點吧，有兩個自稱酷兒的尋上門，指名要你談事，說你不在，就又說先看看場地也好，我覺得不是規矩，鬼兒場地怎能隨便給酷兒看到，就連幾個鬼兒把兩人擋在門邊。他們說無惡意，主要找你談事。」

「怎麼知道暗鎖的？」

「是一位小阿妖帶來。我要他們離開，鬼兒窩不談事的，有事到別處去。」

「好。你幫我想想暗鎖的事，這事若有問題馬上就要解決。——大事呢？」

「哦，大事可真大，酒湖阿昨夜來鬧窩，快八點了吧，本來還跟大家玩得好好的，後來等不到你回來，就縮到你老仙座上去哭，又罵起來，也不清楚罵什麼，後來鬧起來，把被子又撕又丟，棉花都挑出來，又跳又酒又笑，又大聲哭起來，丟靠墊，把個籠燈打得歪東歪西……」

「喝酒了嗎，她？沒人勸她呀？」

「酒只喝她特製的，她哭起來也俏，鬧起來更俏，誰敢惹她？」

「好。湖阿的事歸我，以後不再發生。酷兒的事我盡快處理，以後不准酷兒進鬼兒窩，說是我替曼姊姊叮嚀的。」

○阿傻笑，一副有事無事的樣子。少有人知道鬼兒窩是○阿房地，他這個人不炫也不說。但，有事了他當無事做，還是會做好。

「明天我要雲阿姊留點時間，一起把棉被整理好。」

「留一件破的作樣品，」我拍拍○阿的頭，「待我留給湖阿好看個頭！」

「湖姊姊連頭都俏得好看。」〇阿怕我真發脾氣。

「別擔心。我讓她頭尾都好看。」

八點到十一點是酷兒、阿妖聯誼時間。聯誼內容通常是演講和座談。

酷兒、阿妖到，少則七、八十人，多就超過百二十人，占了心魔中場延及周圍的空間。見久就不奇怪，阿妖總有酷兒兩倍的多，主宰聯誼的也是阿妖。

小阿妖逐桌發送今晚聯誼內容。演講題目：「打響酷兒、阿妖，同志放棄同志」，演講人：情慾專家名教授。座談內容：1.心魔意向指數調查；2.決定「同志」的存廢；3.討論「酷兒」、「阿妖」可能衍生的問題。主持人：酷妖聯合陣線輪值理事名嘴作家。

有備忘傳到，「放棄這個詞是借用，我們

「考慮申請『放棄』專利，我們

「備忘：申請單位『鬼兒一同』，申請對象：心魔

我即時回覆：「鬼兒放棄申請任何，包括『專利』。心魔不管這種屁事。」

酷兒、阿妖逐漸滿場，今晚星期五，可能小眾媒體也會到，幸好媒體不識鬼兒。

又有備忘到。「同志放棄同志引發革命，鬼兒放棄鬼兒引發反革命

「酷兒放棄同志為了阿妖，阿妖放棄同志為了酷兒，可憐我們

「鬼兒、妖兒聯合陣線，輸人不輸陣，我們

「來了不少新阿妖，鬼兒窩午夜場，今夜我們

「鬼兒有沒有座談的權力？談鬼兒嚇嚇酷兒，逗逗阿妖

在演講前的酷妖官方名人互介之際，我回答鬼兒提問這些：

「鬼兒不管同志的事，鬼兒放棄鬼兒會引發『反放棄』——放棄就是反放棄。」

「酷兒和阿妖實在是兩回事，不會為了彼此怎樣。我們本來就可憐，人活著有誰不可憐，要誰可憐誰。」

「鬼兒聯合妖兒是有天地就有的事，不必等到現在再弄個什麼『陣線』。我們不和人拚人拚陣，不在乎輸贏這類小鳥事。」

「三、五午夜場開放給新阿妖介紹鬼兒窩，別擾了別人家。」

「鬼兒放棄權力，有座就坐無座坐地，鬼兒放棄『談論』尤其不談鬼兒之事。若有談或論的生理需要，請在鬼兒窩會有適當的人可以『交談』不止談論。談論的本質可能自己很偉大但實際多是白花嘴沫。」

趁鬼兒研究備忘，演講偷偷開始，讓鬼兒聽得半句內容，之所以我不得不用點「意

志」聽演講什麼。

演講者是學院派來的專家，在各種術語間反覆引證，要點在：同志是舊世紀「報廢」了的辭彙，酷兒、阿妖是新世紀時值世紀初的「當今語彙」，無論聲韻及造型都遠超過舊時代舊同志。

無奈座談會一開始就搶先一個女同志為「同志之愛」辯護到心聲淚影的地步，更無奈有幾乎成打的女同志不顧程序一直吶喊著「同志之愛」，主持人不愧名嘴，終於在女同志「唇唇黏黏」鑽出空隙，馬上出口一句名言「阿妖之愛就是同志之愛的永續經營」，有酷兒代表支持「酷兒之愛也不外建基在同志之愛上擴大規模變新花樣」。

鬼兒中有屬「四人小組」的，詳實記錄下這回「酷妖聯合陣線的理論與行動綱領」，當然他肚皮藏著一只小錄音機的。快有垃圾山高的酷妖檔案，分批隨意暫厝在床墊下，怪不得越來越有鬼妖讚床墊波浪起伏無定增加快感不知多少。

○阿暗地告訴我，「鬼窩之床」比他戀愛中的水晶床，「還要爽！」

我私下告知雲阿，床墊下會陸續進來「祕密資料」，隨她心意高低厚薄擺著就好，「只有我知妳知！」

「豔異」的風味

我擔心湖阿。

隨在阿妖、鬼兒屁股後，踱回鬼兒窩。阿妖在同志時代就有個默契：不請不帶同志男的上鬼兒窩。這回事還曾在同志窩裏引起「窩內風波」，後來以「意識形態不同，玩不起來」作結。理論與實際兼具就相安無事。

我入門就看見內裏暗處亮著俏唇上一雙鳳眼俏的眼睛。我去冰箱拿礦泉水和酒杯時，在走廊上碰到○阿的鬼臉。

圍著籠燈熱滾滾。鬼兒、妖兒會帶阿妖大小玩遊戲，這時刻遊戲多屬純遊戲性質，「不可欺負小妖。」曼姊姊的叮嚀不會被忘記。

湖阿披一身紅，俏唇上也塗一種「豔異」牌的紅。

俏眼珠一直凝著我，好在我不會平白長毛。我拿了倚在靠墊紅酒瓶，送給籠燈下小妖喝，「俏姊姊的私釀酒。」回去盤坐在俏阿的眼珠前。

湖阿倚在我平時癱的靠墊位置，凝盯我的那樣子差點覺得就是我自己，「學我幹嘛，」我搖搖頭開酒、倒酒，心裏自嘲的笑，「學我這廢人幹嘛？」

湖阿只瞪我，什麼都不動，當然不肯喝酒了，我自己乾了第一杯「俏酒」，再看湖阿怎麼看都是俏，那俏異的紅唇也只是俏沒有生氣的那種「嘟」。

據說，「豔異牌」是某個女人發明申請她專利的，這女人品牌的東西都是私釀的，像口紅，塗上哪張唇不豔也異，人就漸知有名牌「豔異」。但，跑遍島國南北，就尋不到「豔異」在哪裏。唯，俏阿什麼都知道。風味在處女閨秀混主義新女性之間。

「酒，要慢慢喝，」我啜第二杯。湖阿眼珠沒動。我想可不可能她看到的是自己，自己瞪著自己，恨：生下這個人作啥麼？

我在孤獨之窩，有時發起狠來，蟄在內在瞪著自己，往往好恨好恨不知恨什麼，就不自覺把手中喝的咖啡杯拋出去，隨腳一踢翻了書桌，罵人寫什麼作什麼，又把整個書架翻下來，又去拿盆栽一個一個丟貓咪，好在貓咪每夜對戰乒乓至少一個小時，輕易躲過一時盆栽。

我怕自己瞪自己越恨自己，不移轉注意恐怕一出手就傷了自己，就指著靠牆擺得方正一床褥被，棉花絮絮散在一片一片撕的被面。

俏的那眼珠還是凝著我。我猜剛不久前她已經仔細看過自己昨夜的傑作了。壞在我左手指著傑作放不下來。右手啜酒、倒酒，左手就是沒有可以放下來的藉口或理由。

壞在我左手又累又氣得抖微起來的剎那，湖阿悄地掠過來躺在傑作上，腳藏在靠牆的墊裏，端正著臉，眼珠還是斜瞪著「她自己」。

我即時壓到她身上，免得俏的眼珠瞪到斜，——人世都不捨。果然，斜眼修正到正眼的瞪，——天地都舒了一口氣。

我雙肘撐著以免壓壞人家，又可以讓人家瞪個夠。淚珠自眼眶淌下傑作的同時我感覺落肩紅長裙與傑作間只存在「肉體純粹」。

淚水水瀑布的流，濕了傑作：淫水在腿股間小溪一樣的流，透過裙底也濕了傑作。

我鑽入紅裙，瞬間挺入最深的內裏。不辜負人家淫水的好意，也免人家淚瞎了眼睛。湖阿睜開淚眼，無數委屈歉咎與傾訴盡在一雙俏眼中。

高潮暴起自最深處，襲上蓬草間，痙搐著小肚湖：湖阿仰起上身來緊緊抱著，痛哭嘶聲，又狂亂的吻著。

「豔異」的風味要在這時刻才得其真，其正而無羈。

湖阿最疼

「我要親手補好這被子，」湖阿啜酒，不笑也俏微笑不一樣的俏。

「之前，要先風乾。」我笑說。湖阿俯下身去細看，臉紅了。

「這麼濕，」手指一摸過，「風乾可惜，補了更可惜。」

「我請雲阿補好再洗。」我最愛湖阿的酒，一下子醺了，醇又俏。

「讓我帶回去好嘛，我自己看怎麼做，」湖阿認真看著我。「我帶另條新的來。」

那認真的俏，我最疼。

小妖的遊戲在午夜前結束。鬼兒、妖兒有的出門，留下來的糾纏在一起作睡前的聊天。鬼兒、妖兒很會帶遊戲，又有來熟的阿妖配合，像剛剛一開始他們就把小妖的注意力從內裏暗處引開。

○阿已經睡著。我有私事時，○阿總是在眾人與我之間監著，我曉得他是防著他人打擾我。幸虧，我在鬼兒窩少有私事。

「我聽你的話，我嚐試轉到一條新的路上去，」湖阿細聲說。

我舉杯邀她喝酒，示意她不用多說什麼，我了解。

「我還是要說到你心坎，我才放心。」湖阿啜酒，酒在唇間、舌間、喉間，我都愛看、細看。「新的路沒有你我走不下去，」我倒酒，湖阿俏著蒼白的臉，還說謝。

手掌貼著那蒼白，要那蒼白轉嫩白，帶微微的紅潤。湖阿的小手貼上來，手尖在掌背來回著，那來回舒緩無心自如：她放了心。

「讓我每天看你一次。」

「好。」

俏阿要我吻她，什麼地方都可以，她什麼都讓。我吻她的眼眸，——這雙眼眸不離開我，天天。

我打包好湖阿的傑作，不，我們兩人的。送湖阿回去，下車時湖阿放開我的手同時說，「以後我不再去鬼兒窩好嘛——」

「好。」

我沒有絲毫猶豫。我看著湖阿抱著傑作走入大樓明亮處，她轉過身來，在傑作上笑著一種俏。

我回去孤獨之窩，坐在山氣中，什麼都不想，湖阿自在我身傍這裏那裏夜色的青灰中。

我鑽進滿是山氣的褥被，入睡。湖阿也跟著鑽進來，她脫下紅衣裙蓋在我身上，要我掌心掩著她的小肚湖。

眠夢中，我分明感覺，小肚湖裏漾著一顆心，夜裏也活潑蹦跳的。

午後二時半，我在孤獨之窩附近的小公園，與湖阿相見。

「紅衣裙留在我床上了。」湖阿不曉得意思，今天她一身俏得緊的墨綠，高跟鞋也墨綠。

孤獨之窩的後山坡有幾家舊時代風格的旅棧，木質風帶溫泉的。「先疼小肚湖好嗎，」我靜靜說。

「好。」湖阿笑，眉眼都俏。「你要去哪裏，要怎樣，都隨你。」

我教湖阿車子轉來轉去，到家舊式木質風格又有大庭園的。湖阿先要，「我等不及洗溫泉嘛，先要你疼。」躺在床上可以望見庭園林葉編織了的天空。

有寬鬆的時間與空間，有俏得緊的小肚湖和腰臀，有張俏臉嵌著一雙凝泛著發熱的眼眸，有安定的感覺，有可以隨心所欲的肉體，有一再「小死」之後的恍惚柔舒，風過林葉，隨後肉體與肉體繼續親密交談。

我帶湖阿去家常小館吃家常山菜，飯後泡茶，湖阿懂得泡茶，細微處常見她拿捏之俏。

「俏阿，」我喚，湖阿凝眸，「哥哥最疼。」

「哥哥，」湖阿叫得好甜，「俏阿最疼。」

激進，不如考據回歸「性原始」

我到心魔，已過了約定時間近一個小時。「鬼兒老大到底不同凡人，」有個酷兒笑著彼此握手，語帶嘲意。

我表歉意，當然沒有任何理由。實在，捨不得離開湖阿，或者，如湖阿所說，「不說離開，自然再見。」

酷兒來了四人，表示他們的慎重，其中沒有那位雄雞。我約了四人小組中一名鬼兒。酷兒介紹自己，兩位搞理論，兩位搞運動。我介紹鬼兒，「他是十項全能，專長政治與色情。」

今晚來的酷兒頗有風度與禮貌，我暗地提高戒心，語氣盡量轉嘲諷為幽默，「專長色情，不開玩笑，」我拍拍鬼兒肩膀，「『色情』文本篇分理論與實際。」

酷兒四位都點純正普洱茶，我還是舌蘭一杯，鬼兒嗜喝可口可樂。

酷兒建議先建立理論。我沒意見。「理論先破後立容易，」鬼兒可樂可口，「先立再破有時破他媽不了。」

我臨時提議：有酷兒在場，「破他媽」不如改為「破他爸」。無聲異議通過。

酷兒理論家一主力攻擊，二補充彈藥。責任歸屬區隔分明。

酷兒理論其一，激進發展「性倫理」的可能性。

其二，重建「人的本質」，重新界定「人際關係」。

其三，反社會、國族這類既定，陳舊的組織，酷兒期望由於人類新的互動，自然衍生新的「組合關係」。

光看酷兒理論就非常翹他屁股，是理論給「體制」中翹屁股階層看的，屁股常下翹的中下階層人士可能勞動之餘看它三遍也不懂其一。

酷兒理論家二擺酷，「請給個說法，」他再作必要說明補充。

「給個說法」是時新的政治辭彙，不然就「討個說法」，大政客把政治玩成兒戲或閨房戲語，雙方都不覺「變態」，——可見本來就一般天性變態的「政治人」一不小心就來去「變態語」。

「給個屁——」所以鬼兒替我補充出氣，「不要連『給個屁』都泛政治化啦。」

這時，酷兒大家才悟到是借用了人家的「政治辭彙」。理論家一誠懇的說，「因為酷兒還未發展出自己的辭彙，有時不免借用或誤用，請不必太在意。」

鬼兒沒有理論家更無運動家。日常理論作運動用，運動作理論用，現在要分殊清楚，真鬼兒大頭。好在鬼兒默契自在，即時由老大主講，小鬼助講。

鬼兒說法給的有四：

1.酷兒理論用的是學院派新舊雜陳的構句與辭彙，混的彆扭處是男用或女用的三角褲搞它不清。但酷兒既已承認「新酷辭彙」還在發展中，這點可以略過。

2.「激進發展」是搞錯了方向，應先踏實田野作「考據回歸」。鬼兒來源太初，酷兒雖標榜是西方「廢退」盤過來「用進」的，但考酷兒的前身「同志」同樣源起太初，太初以來，鬼兒、同志路線不同，互有重疊，鬼兒早就比同志更具豐富的內涵，但「性的可能」歷歲月開發大概也無新的可能性了。

準此，文明新人類用不著辛苦求新，懶一點往古董性愛經求教就夠用一人一輩子，況且求「新」考其實是舊貨，太初人類以來使用到爛了。

又，鬼兒放棄「倫理」，「這兩個字不屑鬼兒玩弄，」小鬼助講。

3.鬼兒放棄任何重建，鬼兒放棄任何界定。如何重建人這個東西，如何界定這個東西人的關係，鬼兒不參與任何。成果如何，鬼兒接受同時不接受。

4.鬼兒生活其中，並無概念「其中」。職是之豬，社會、國族這類東西由酷兒歸檔就好。鬼兒不反任何互動，新舊一起來說不定又鮮又醇，百味更雜陳組合起來關係也不難。

酷兒理論家遺憾，「今晚雙方只停留在『各自表述』的階段，期待再有機會作『實質的，什麼都可以談。』」同時，理論家一盛讚：

「鬼兒兄弟的『太初論』、『無新性可能性論』無疑的衝擊了我們酷兒理論。尤其，這個『無新性』理論必須酷兒本身論述清楚。謝謝。」

理論家二補充：

「鬼兒使用的理論辭彙及構句法，特具『異質性』，值得酷兒研究是否值得吸收其精，成就『酷兒辭彙』。」

我代表鬼兒感謝酷兒的「理論盛情」。中場休息。大家尿去。

鬼兒會談酷兒。總結一句：肉體的可怕在于肉體

換舌蘭時，我感覺老大T心事重重，連調酒大法都施展不開。「小愛人呀，」我喚。老大T微笑二秒，又面無表情像胸板。

「你瞧！不定時來坐在那兒。恨不得我把她關了！」

「關她到哪去呀，」我也訝異。

「吃定我在心魔，想來看就來啦，——明天看我把心魔關了。」

我扶著舌蘭，走近去看人家老愛人：濃妝得掩不住肉感無聲襲人感官的女人，光那肉奶和肉臀就可以贖回多少青春，我看那屁股一翹，小愛人的骨頭，就飛到哪裏去。

「太可怕了，」我舌了心魔，踱過去吩咐老大T，「千萬不要動她，記著別貼在她屁股後，總之死活不理她！」小愛人狠狠點個頭。

現時有事，也無辦法實在：人家一身保養兮兮的好肉端正正坐在那裏，誰能拿人家哪裏怎麼樣？

「太可怕了，」我一路喃唸，「太可怕了——」「是可怕，」鬼兒接，「你看運動家拍屁股準備上場囉。」

酷兒運動家一有「理論不如運動」的酷一股勁，想來「理論指導運動」瘋的時期眨眼就是近百年前的事了。

其一，打破原有的倫理禁忌，實際拓展新的性行為倫理。

其二，意識形態宣傳：延續一個紙箱上演講的傳統，辦大小型座談研討，籌劃國際酷兒大會。

其三，從「反體制」出發，以表演藝術形式進而新人實驗新的互動，總結互動產生的可能「關係組合」。

鬼兒給的純說話如下有三：

1.同意酷兒目前運動的重點在：打破原有的禁忌，規範在「性禁忌」所及的範圍內，越位太遠易遭反彈。請刪掉「倫理」兩字不倫不類。至於拓展「新性」請參閱前頁鬼兒說法第二。

2.「性宣傳」就可以丟掉意識形態，首先意識形態太多了沒人再忍受得了「性——」，再者實在沒有人懂得什麼意識形態這種進口不付關稅的東西了。又，紙箱不是我們的傳統，傳統我們是市場磚頭一塊站上去就開講。人的口沫，接吻之餘，就是要座談用的。酷兒大會可以朝島國國際性嘉年華會的方向辦，先電腦列印出可以募款的單位。

3.鬼兒不反所以從不出發。表演藝術作為運動之用再一次彰顯了藝術作為人間世象牙塔之大用哉。也乎。新人新實驗可能互動到休克，必備一緊急救護箱。——鬼兒從不總結，這個世界到底要總結個屁，到處。

助講有一：

有關「反體制」，在「運動文本」前半已經批過。批屁之事不重覆。

運動家不愧走路過來的，坐不穩屁股急著反駁：

反駁一，鬼兒窩在象牙塔，哪知運動艱辛困苦。光打破「必用保險套」運動，就被「愛滋」追著打。同志也好、酷兒也好，「必不用保險套」。酷兒爽要爽到真肉見真肉。

反駁二，管它是啥意思「意識形態」討人喜歡，灌「性」在宣傳之上，首先學院派的老處女、老怨女就不來，同時真的就有怨女的丈夫散頭披髮跑來砸宣傳，別看他五、六十有幾了教授拿「分數」那樣無足輕重的就砸了幾十年學生。不過，「島國性嘉年」很有創意。

反駁三，誰不出發酷兒照樣出發。表演藝術只是流行樣板，利用一下。真功夫下在新人新實驗，多謝鬼兒兄弟提醒，酷兒運動即時宣佈成立緊急性救護大隊。

反駁四，「反體制」諸事大體大重大，不過先回去研究前「文本」再作駁答。

鬼兒代表雙雙無力聲明：放棄鬼兒辯護權、駁答權、再發言權。

酷兒交頭接耳有一會，推運動家作講評，理論家作總結。

馬上，或上馬，鬼兒推大鬼放棄總結，推小鬼放棄講評。鬼兒先散會離去，請酷兒兄弟不吝繼續講評完畢不了總結。

無奈，酷兒排開擋住什麼。「是不是要來餘興節目：射尿比遠？」鬼兒笑問。

酷兒代表發話：「今晚，務必視察運動場地之一——鬼兒窩。」

手掌幾乎要捏破舌蘭。虧，小鬼兒明說：

「鬼兒窩正在改裝台式大澡堂，工程浩大到一半，等吉日開張時再請各位蒞臨指教共洗大堂澡。」

酷兒詳問改裝諸事，我請小鬼兒聊為說明：澡堂之為用，是要捐給財團法人國家療養院作殘障老人水療池。

我去癱在鬼兒沙發。「太可怕了，」我向左右不在的鬼兒說，「這種酷的會議。」老大T走過來，遠遠就說，「剛剛走人了，」皺起眉心，「好像只能坐到十點多一點點！」又自言自語轉回去，「一定趕十點半回到哪裏去——」牙癢癢的恨聲。

我幾乎把手中舌蘭一拋。

肉體之可怕在於肉體，隨便就生個「心靈寶寶」讓自己抱。

最疼湖阿

鬼兒無親人。童年時兄妹雖多，唯娘一人是親人。青春期初，世俗便教育每個人意識到「亂倫的禁忌」。之後，便沒有親人。

湖阿在小公園接了我，我要她在小山道中左轉右轉，每回換一家還中意的旅棧。有時旅棧客房竟飄來梅花香，有時一進房間便嗅到霉味。

我們不在乎這些，肉體很快便忘了外在之境。

湖阿每天帶瓶酒來，只做一瓶，她就多加了材料及下的功夫。我們在互相進入之前對喝一杯，湖阿依我，乾杯或淺啜。

湖阿最愛我挺在內裏深處，她使內在肉體的勁感覺、享受，內裏的悸縮，小肚湖的搐痙同時愈妖俏的吟聲，讓我肉體知道何時動作，湖阿便在剎那間失喪了自己，在肉體的深淵中禁不住顫慄。

有時，一見湖阿就曉得伊肉體即將發癲。這日，便是伊的癲狂之日了。湖阿會用各種方式同時要求更多的方式，讓伊最後迷失在高潮的爛沼中。癲狂之日，我多次清楚湖阿肉體中的獸，——是一隻俏得很的獸。

湖阿有時累了，舒服過後即小睡了。先是，小睡時要我胸貼伊背，手來回輕輕撫著伊的肩窩、乳坡直到小肚湖。後來有一回，我還挺在伊的妹妹裏，高潮欲死要活後就睡熟，醒來她直說——這覺睡得特別，不只是甜，還有一種「生命的充實」。

之後，無論多久的小睡，湖阿要我挺在妹妹裏。

「我當時就知道孤獨窩出來的才挺得夠，」湖阿媚羞帶俏。我微笑。

我待伊睡熟，輕輕玩弄妹妹，俏阿睡得更甜。

相見時間提早到一時半。湖阿說她等了整個早上，難為伊等到中午。

往往黃昏才從客棧出來，兩人散步晚餐去，只要長得可愛的店家，湖阿都牽著我的手，笑著俏，「快來嘛，哥哥。」

我並不想知曉湖阿的背景。在鬼兒窩裏，多年來我從不探聽個人。生命的滄桑讓我明白：肉體相契的當下，是人間的最好。——此外多餘，不談不論。

但在茶飯間，湖阿自然說一些自己的事，我就自然傾聽。湖阿先提及她母親，是一位潔癖到非常的人。「妳不覺得自己骨子內也有一種潔癖嗎？」湖阿不理我。

客人坐過的椅墊，必要佣人用濕布擦過三次至少。有工人，例如修水電的來，走過的地方都注意到，工人走後馬上要佣人用拖把磨到大理石失了顏色。有親戚人家來，睡過客房，親戚走後床單被套全拆掉全洗全換新，「只差沒漂白床墊。」

「父母親原是一對璧人，男的俊，女的豔，」湖阿的形容帶一種傷逝。父親是公營事業的主管，換了幾次還是主管，現在民營企業化了，就改稱董事長。就有一次，深夜父親竟然喝了八九分醉回來，回來就貼著母親的臀推入房。

「那年我國二吧，懂一點，不懂得更多——」不久我就聽見母親問一句：「這濊穢的味道哪裏沾來的？」一直只問這一句，那厲聲幾乎撕裂了女兒的胸口、小腹，那問句淒厲到天亮，「我覺得內裏的心肺腸子都被刮出來了。」

沒有聽見父親半句回話，隔天請假和母親關在房裏悶聲。多年後，女兒才知道，那天父親大聲大氣說明濊穢味道的來處，母親只冷冷回一句：「以後別碰我。」

母親的潔癖就到了非常，每天從醒來就開始拭洗每一樣傢俱用品。「我中學時每天衣服必換新洗的，不論冬夏，我內褲的三角處不能有不明的黏液，不明的顏色，不然必要鬧上大半天，最常罵一句：『隨你爸去污死好啦！』」

「我雖怨母親，但我更恨父親的自在自如，」湖阿恨時鼻子便有「帶恨」的俏，「高中時我就見父親有至少四個、五個女人，其中二個是我親眼見到的，今天想是我爸故意帶我去見的——不知道他是想用什麼方式來平衡對我的教育。」

「至少他讓妳見女人可以有不同的生活方式，」我說，「至少他做得到要女人見自己長大的女兒。」

「我當時想，那是自私，回去關起房門悶哭了一個晚上。」

「是男人的自私自大，」我微笑，「也可能不是自私，根本沒想到自大。」

母親的潔癖看緊著女兒，她要女兒學會「完全」的潔癖，「這樣活著才安全，不受任何外面細菌的侵襲。

「我高三開始逃學。母親叫佣人開車送我、接我，我就直接從課堂逃學，不久就發覺白天可以混的地方少，有趣的人白天都在補睡覺。

「後來，我趁晚上十點後，溜出後門——夜半有趣得多，世界寬廣多了，到後來我早上都忘了回去。我媽自己開著車在台北亂闖亂找，像隻瘋母狗——她不知，那時她女兒也是瘋母狗。

「我沒讀大學，母親不讓讀，原因單純：不可離開家居的堡壘。連續四年，都請教授什麼的一年好幾個來教我『古典』。只准教『古典』。」

我沒問「古典」何謂。

「那四年，我白天讀古典，晚上讀現代搖滾。——後來，也忘了是如何，不知不覺滾到鬼兒窩。」

那日暮，我陪湖阿回家。「母親中風，有佣人陪著照顧。

「現在，我回家看過母親，就累了，我沐浴完，早早就上床——你奇怪吧，多年來我不看電視的。」

「不奇怪，我也不看電視，有時連報紙也不——多年來，除非必要。」

「我早早就醒，每天都聽見清晨鳥叫，就有一種喜悅在內裏，跳——」

「跳？」

「真的，喜悅會跳，就像你手掌放在我小肚湖。」

到湖阿家大樓外，湖阿不開門鎖不讓我下車，「哥哥，我離不開。」

我在樹影斑駁的霓虹亮光中，見一顆淚珠滾下伊的臉頰。

「妳再送我回去，」我揑緊伊的大腿。

「好呀，好呀，」湖阿渾身少女的俏。

「每天早上，我彈鋼琴給母親聽，九點半開始讀古典。醒來還沒下床就盼著中午快快來呀，快快來呀。」

「俏阿，」我微笑，「哥哥最疼。」

原創同時顛覆雪阿

我到鬼兒窩，已過黃昏好久。最近，我不注意時間，只感覺正午時分了，近黃昏了吧，暮色的胭脂什麼時候褪淡該去問問觀音山了。

雲阿今晚來找○阿，兩人窩在一起嚼波卡，難得雲阿穿得很露，結實的大片肩胛和臂膀的線條流動，不是平日中午送便當來的雲阿。

「好漂亮的人！」我讚雲阿。這時，彷彿○阿才看到我。

「雪阿姊來過，約你心魔見。」

「幾時來的？」我問。

「——忘啦。」雲阿打了○阿一下，我說沒關係。

星期六，今晚心魔必有不少來觀光的人，必要互訴很多觀光的經驗兼論品評標準如何。在心魔，週末只宜人看人——看是否有「非常人」的人在，談事並不適宜。

不過，也無妨，雪阿來談事，想來不離那般事。很快解決就好。

遠遠見雪阿坐在內凹的檯桌，面對空無一人的沙發。傳說，那沙發在特定的日子是一群「類痲瘋」的人坐過的，所以才會癱廢成那樣，所以即使心魔再來客人，也不會想去坐沙發。

我走到內凹拱門，雪阿都沒回頭探看，只一直盯著杯中青春。

「心魔開門就來了。鬼兒窩的人說你最近都晚到，但必定會到。」

我看雪阿還好，只是眼窩陷了一大圈，不是睡眠不足就是性愛過度。

「最近睡得好嗎？」

「睡不好，白天外頭忙，晚上回去網路忙。又要照顧人家或人家要照顧，怎麼睡好。我看我跟老大T租心魔三天，關起門來在這沙發睡大覺。」

「有事？」我輕聲問。

「等你二個半小時，怎會沒事。」

「我請妳喝一杯什麼，再談事好嗎？」

「舌蘭。」

我自去櫃台端兩杯舌蘭。老大T瞥見我，嘴角露一抹笑，詭暧的。

「你沒幫過我的忙，」雪阿指尖敲敲我手背，「這事定要你幫忙。」有個阿妖組織的新人，已是大二學生，原本在阿妖群中是資淺的，還要理論與運動來「成長」她的，上回聚會時突然宣言要以「徹底顛覆傳統與現代性文化的方式」獻上她的處女祭。

組織經過多次高層討論，有半數認為太躁進，有半數認為值得突破。當事人說明她已滿二十歲，她自國中十三、四歲時就刻意保護「傳統的貞節」，同時拒不放手「現代性文化的誘惑」。她覺得她現在已經成熟到有能力自己決定怎樣度過「處女第一次」這個人生關口。

「這問題本身單純，」我說，「複雜的可能是方式。」

組織的集體智慧，加上當事人「可接受性極高的意志」，「我們要以最原創，」雪阿啜一口舌蘭，用力吞下去，「最顛覆的方式公開處女祭。」

「公開？」我毫不詫異，「那就要媒體了。」

後現代以後的文明人，似乎有個趨勢，把「現代化時期」還保留的最後一點隱私，公開以媒體的方式，自以為「榮」或「樂」，聚眾以為風氣。

我只說出現象，不作褒貶。如果談褒貶，就必要拉回很久以前，自有文明以來，凡「本質上」應屬公開的「實際上」拚命遮掩它，比如人類的身體，凡「實際上」可以公開的藉口「本質上」不宜同樣拚命遮掩它，比如人類的性。

路上常見狗徛狗，本質上和人徛人差不多，實際上卻不禁也不遮掩。扯到狗徛狗就離媒體太遠了，人徛人尤其公開的媒體一定追趕碰跳。

「有能力運用媒體是很好的構想，」我稱讚。「那，原創的部分呢？」

「整個處女祭的道具或用具只要一根管，」雪阿很興奮，「這是我多少夜一面照顧人一面想像呈現的：一根管。」

同志時代道具中一根管多的有的是。我有點納悶。

「我們透過媒體公開向政府要求一根核能放射管——截斷的也可以，夠長就好！」

「這真正具有原創性，」我大嘆阿妖可畏，「再加上媒體公開原創戳入處女，那種顛覆性或對性的顛覆，不必想就感覺得不是冒汗就是畏冷。」

我乾了舌蘭，再喊一杯。請雪阿：「酒，要慢慢喝。」

「奮鬥多年，終於尋找到原創性兼具顛覆性。」

「是不容易。」人生令我明白這兩者在生命中真正不容易。

「我們阿妖早就看出你獨有的智慧，」雪阿真高興，「組織清楚我跟你的關係，派我先來跟你溝通一些細節，很快會列入正式的節目單送給媒體宣傳。」

「到底我可以幫什麼忙？」我自己這下子鑾茫然，「妳們清楚妳我啥麼關係呀？妳們那麼大的組織怎麼不考慮酷兒大組幫忙？」

雪阿惜我被問題壓得茫茫然，可別醺過去。她先就問題為我釋疑，「大家都很清楚多年來你跟我的關係，不過，我們雖然關係密切，卻是一種自由的關係。組織明白有關係可以更自由的談事情。」

有關係而自由。是一種自由的，關係。這我坦白承認。

「處女祭可說是開台以來第一次，適宜由新世紀、新成立的阿妖組織主辦，婦女人權聯合陣線協辦，酷兒掛名贊助單位。我偷偷告訴你，酷兒最會有樣學樣，不久就會出現『酷兒祭』。」

處女祭是否開台甚至開島第一次，我沒研究。酷兒祭這種新辭彙的祭，當然要新世紀初史上才列得有。但在人類祭台史上，處男、處女祭不知看厭多少世代人類了。

「核能放射管拿得到嗎？」我很懷疑，「官方最會塗螢光劑在棒棒上。」

「從取材到運送到安放都有大量媒體監著，我們也自備全錄。」

「不考慮它的輻射量嗎？」

「一切在『零安全』的狀況下，」雪阿很有信心這種現實計畫之事，畢竟她「奔波」現實中幾年來只見了二次面，這是第三回。「取材原處沒錯，不過原處在輻射近乎零的地方，」雪阿眨眨眼，「官方口頭再三保證，組織考慮要求書面的『全程安全性』。」

我一聽「零安全」就有尿。順便去櫃台換舌蘭。

美麗不過「舌蘭加淫汁」

早年就放棄我。一生努力作個無用的人。因緣際會出個阿妖組織拱我成就島上開台以來第一大事。

我在櫃台喝了一杯。又要一杯。都是小T來應。顯然老大T躲我。戀迷中人迷糊。躲我什麼。什麼看在眼內就夠。何勞一問。

多年老馬回頭吃草，是好是壞，人生哪有一定？

何勞問一句：「會拉肚子嗎？」

小T來說：快到打烊。每一回，跟雪阿談事，就聽不見心魔人潮洶湧魔語造作。我吩咐小T轉知老大T，今晚心魔讓雪阿照料，難得我讓心魔照料。

雪阿邀我啜酒，「難得跟你談成事了，這麼多年來。」

頗覺難得我也。我想回鬼兒窩去睡。亂在鬼兒、妖兒中，睡：生命有幸如是，人生自成一景。

雪阿不愧組織發言人，要我再確認一遍「答應承辦之事」。

我邊啜舌蘭邊「回溯」曾經一度答應之事。結果，我發現我既沒有答應任何「具體的事實」，也沒答應做任何「具體的動作」。

但，我確實同意雪阿所計畫的事實和動作，且但，計畫還在口水和書面之間，今晚實際至今是我「想像」雪阿列舉的計畫，不無同意之感，但不過，想像不可能私生答應。

「想像不可能私生答應。」這可能成為世紀初名言，我回應雪阿名言當代這一句。

雪阿嬌嬌的笑，舉酒杯到唇間，來回「揣摩」著。我忘了提，今晚雪阿一身緊絲綢的白，梳高髮髻，露出頸肩的纖柔，卻添三分成熟的風韻。

「平生我僅見你一個聰明到油滑到一副無辜的樣子，」雪阿媚媚的笑，那種媚我早有戒心「男女都包」。

「你答應拿那截核射管子，」雪阿殺入這樁緊要事。

「我是贊美妳小姐還身具原創兼有能耐顛覆任何——」

「贊美勝過同意百倍，等同答應是你自己也會原創更顛覆人家到不堪，」雪阿一雙眼睛亮晶晶，黯下眼簾，又是亮晶晶不知點了什麼「晶淚瑩瑩」，「連我你也敢欺負！」我猛灌舌蘭。這恍惚不是「敢不敢」的問題。我大聲叫老大T換大杯來。

來了小T，說「老闆姊姊現在過十二點就走，好像趕十二點半前回去。」

「啊，」我幾乎跳腳起跳，「心魔至少夜半三點半，這是多年來不變的心魔時間，——也好，妳們打烊，我來替T老大陪心魔至少三點半。」

「你答應拿管子公開戳破『處女神話』。」

「我是贊賞以『異質的方式』了結最後的處女情結，透過媒體昭告世人不止島國，人類的智慧花在科技可惜，多花點科技的智慧，發現或發明這『異質的方式』，才是真正回歸人類肉體乃至心靈的福祉。」

「贊賞的極致就是行動，」阿妖發言人肯定。「事後一定要組織通過聘你為阿妖顧問。你就是那最恰當的不二人選，異質的。想不到經你一點，顛覆『島國科技化』竟有可能性，最近的未來就列它入行動綱領。」

「島國人文科技化還可接受，我恨死了『家家有電腦』。」我大口喝大杯，「妳們阿妖打打電腦我不反對，電腦打屁、電腦做愛到電腦約會做什麼都可以接受，但電腦自己要記得：這是過渡階段。」

「所以你答應作『世紀初異質處女祭』的男主角，」雪阿笑喘起來，奶子竟會顫，虧那絲綢的韌，不然奶子顫到我大杯了。

「我想吃奶加舌蘭。」

「別亂說話，我告到阿妖去，看你還做人。」

「我不做人，我做老鬼兒——我不吃奶加舌蘭會死掉。」

「你答應的事記得嗎？再一次確認。」

「吃不到奶，舌蘭都無味——我剛發現舌蘭是為奶子而生的。」

「你拿著官方的管子，以你獨特的異質，戳破公開的處女膜，」我初發現雪阿有藝術家的氣質，「呀呵媒體都是為這一刻而生的，阿妖也是酷兒！」

「阿妖也是酷兒」這一句就內涵有藝術思不可議的深度。

雪阿剝開肩下排釦，原來是復古緊身，緊到她纖手辛苦掏出一隻奶子，在心魔的光影下，散發出被多少舌齒吮咬的魅。

「多少阿妖想我這奶子。」我相信。但我奶子要配舌蘭。

雪阿說還不簡單：先喝舌蘭，再讓舌蘭嚐奶子。

「說的也是，」我照做。初嚐奶頭，舌蘭就知已離青春純情已經好遠了。

「舌蘭還想知道混淫水的味道嗎？」雪阿有成就，很亢奮。

請勿懷疑或「恕不接受」這樣纖美的阿妖說出的美麗言語，要知道這在她一生不過幾回。

舌蘭加淫汁生命真有說不出的滋味。

我倚著童女樣的大腿，在蓬草的陰毛間品嚐生命另一番滋味。

「我呆，」雪阿嘆，「從來沒想到自己身上的水可以調什麼——」

紫阿的月圓初夜

月圓之夜，我去觀看、溶入曼阿之會紫阿。

曼阿初始就熱吻紫阿的私密。

輕吻觸摸紫阿肉體的細微。

在紫阿的呻吟聲變粗嗓調後，曼阿才以唇回應紫阿的熱吻。

曼阿讓開，凝視著紫阿的肉體，在每一處停留。同時，鬼兒已等待多時，在曼姊姊讓開的瞬間，立即挺入紫阿的內裏——在寂靜的鬼兒窩，紫阿迸一聲裂嘶，幾秒後響開來紫阿的水淫瀾沼聲。

妖兒手舌並用挑逗奶頭、腋窩、腿彎以及其他細微處。曼姊姊引發的肉體激顫持續，紫阿高潮來了又去又來。

鬼兒換了二個，曼姊姊示意夠了。紫阿的肉體在一種無由自主的恍惚抖顫，曼阿親手撫掌紫阿肉體的任何，那手看似隨意，但紫阿隨著手到處，高聲吟妖剎那又陷入急驟的喘息。

顫抖的肉體挺起脊背來，挺得更高，重重摔下來。

紫阿的淫聲滲著一絲哭饒。曼姊最後獨自以她獨特的柔韌，親吻紫阿手腳細微，之後停留在眼眸，之後停留在微微搐動的嘴唇，最後在蓬草的陰唇間流連。

——這是曼阿親自主持的第一課。

仔細觀看，一個原本近乎無知的肉體，可以拓展到肉體自身受不了自己的境地。在淫水爛沼聲中，自然開始溶入。在肉體持續抖顫到恍惚時，完全溶入了紫阿的肉體。

我回到孤獨之窩。山氣中，有曼阿混融紫阿的香。

一種肉體的異香，不似平常女人的體味，更無脂粉的味道。

可以短暫品味，但不會長留。在山氣中消失了曼阿同紫阿。

紫阿還有遙遠的肉體之路，但也不一定，曼阿願意教她一人，必然識出紫阿的肉體有獨特的智慧。一般人看她只覺得和曼姊姊一樣有非常人的氣質。

「姊姊。」那一聲姊姊多甜蜜，來自肉體的內在真實。

生命的奇妙，在於紫阿三十五歲這年喚著「姊姊」、「姊姊」。

如果，能傾聽出這一聲「姊姊」的內涵，一種肉體呼吸著的柔情蜜意。我少年至今，最常無意中哼出一段歌詞：聽那海洋的呼吸，充滿了柔情蜜意。

人生不值得活嗎？為什麼一把刀插向愛人同志，隨後猛然插向自己。

說是只有以死才能殉最激烈、最美麗的。可是，市場人生也是美麗的。

說是只有以死才能擊敗可能的變遷。可是，親眼看看變遷中的愛啊，悲傷痛苦就是喜悅狂歡。

只有孤獨是不變的，星星宇宙在變遷中，孤獨隨變遷而孤獨。

或是，畏怯肉體的變遷嗎？必要在青春時，不給肉體任何未來嗎？

在鬼兒窩多年，只見曼阿一人完成了「肉體生命」。「肉體生命」不在變遷之中，但曼阿必要完整的傳承給紫阿，紫阿之後呢——不然，幾代人類可能不知「肉體生命」這回事。

「肉體生命」不會滅絕，但可能暫時消失。人類之中沒有鬼兒、妖兒，那麼，人類只懂得忙碌著人造作出來的事物。生命多可惜。

多可惜生命枉費了肉體。

不現身的現身

我全然明白鬼兒不宜現身，尤其在現代媒體之前。

我並沒有真心答應什麼，是雪阿真心要求，我做不到「回絕」雪阿。

並不是因為肉體關係，我與雪阿都明白，那關係是自由的。何況就鬼兒的肉體感覺，那樣的關係「不僅自由，而且單純」。

我分明是我「惜」雪阿。從初見雪阿，就覺得這女孩雖年輕，天生與我有相似之處。雪阿是妖兒但愛人，她投入阿妖事業來逃避自身的「妖兒」。

現實可恨在於永遠敷衍理想。但，可惡的莫過於，現實在事前運用「影響力」把理想設計成「其實不過一場鬧劇」。

「世紀初處女祭」選在島國最大的紀念堂中庭舉行，它對政治上及性現代的顛覆意義非常明顯，經媒體報導阿妖組織從此攻佔了灘頭，人人都曉得何謂「阿妖」。

作為鬼兒，我放棄現身，同時我放棄「不現身」。我，在現身與不現身之間，自由選擇。這是我一再要鬼兒「成長」到達的自由。若不擁有自由的能力，鬼兒唯一的路是一條絕路。

我自由選擇放棄中的不放棄，不現身的現身。

阿妖組織發動阿妖至少來了百多人，酷兒也熱情贊助五、六十人。電視媒體來了兩家，倒是八卦雜誌來了三家。

見到雪阿時，見她眼眶紅紅的顯然哭過。我猜她和組織爭吵過，組織中心擠了好多人，爭著說自己寶貴意見的人太多。

「打電話給電視台，幾乎統一口徑推說不拍街頭小劇場——」

典禮準時。發言人雪阿宣佈「世紀初異質處女祭」反核科技、反性現代運動開始。

我上中庭中央，接過阿妖組織主席手中的幅射管。電力公司早先送過來一截保證「零度」的核幅管子。

有電視鏡頭及全錄閃過光。酷兒鼓掌阿妖。

處女主角被幾位大妖抬著到中庭，處女全身只剩紅色小可愛內褲。這時鏡頭閃閃，還要求各種角度，雪阿指揮調度處女小可愛。

自紀念堂廊階趕下來一小隊國家警察，帶隊那人兀自拿起麥克風就唸：遵照國家法律，目前為止法律尚可容忍，超過一條小褲，即便違反了法律的尊嚴，必要以現行犯處理——

阿妖先鼓噪，酷兒才開罵。酷兒、阿妖罵的辭彙非常前衛，超新潮流，實在國家警察聽不懂，法律也不知道是否犯了「在公開場合公開不當語言」。

八卦雜誌記者跑來跑去，先擬音寫下，再確認辭彙意涵。新一期八卦它可來個大標題「酷妖語彙絕地大放送」。

顯然，阿妖組織中心開臨時會。好在，鏡頭都對只剩小可愛的處女極感興趣，有八卦全錄近距離「處女的乳暈上的乳頭」。

我看雪阿有點迷茫，呆站著，手中拿著麥克風僵在唇邊，好久沒有半句話。那處女顯然豁出去了，緊閉著眼睛，不管外在世界幹到何等程序，遭遇程序上的問題。

有兩個人要訪問我，一個文字記者吧，另一個扛著全錄。鬼兒不受訪。我介紹兩人過去訪問主持人雪阿。

「紅色小可愛，處女的乳頭，」我聽到雪阿的聲音借麥克風傳過來，「先這兩樣就顛覆了我們國家。」

我同意。處女乳暈的粉紅和乳頭的巧嫩，那種純美，腐敗到臭頭的國家那有臉面對假裝顛倒覆在地底算了。

處女膜破剎那的音波

我把「處女破瓜道具」插在後腰帶，坐在紀念堂台階等候。雪阿的「二反」可以利用這空檔想一想，日後再有機會一定先撇開別的告訴她。

前一反「反核科技」不如修正為「反核反科技」。「反核」就讓組織與反對運動掛勾，可謂買得便宜。反科技本意是重人文，人文教育是百年大計，為科技犧牲人文在這世紀初，可以預想到世紀末島國仍無人文氣息，仍是豬吃槽嘈嘈叫。

二反「性現代化」，很多人搞不懂現代化不是最合現代的嗎，虧雪阿不愧妖兒本質，四個字又牽涉到性一下子讓人性不禁問「那要怎麼化的性」，這就近乎達到廣告追求的最驚慄效果。其實二反是反「國家標準了現代性文化」。

像酷兒一反「國家標準了同志文化」，以「拒用保險套」口號簡明又聳動人心，不愧酷兒本土化轉型成功了一半。

想像酷兒繼之再反「國家標準之同志一對一」，提出「一就是無限」眩人頭腦，再打出「一對無限綽綽有餘」，那酷兒就響大名了。凡人誰不想私有綽綽的能耐，看威而剛打入島國的態勢——

我坐的台階後，正是組織中心司令台，當初一定是紀念堂禮遇新時代還搞不大懂的「阿妖」、「酷兒」。保證在紀念堂內裏的那人還是搞不懂當今。

組織正在協調對立的兩派。

贊成「到此為止」派，提出曠世名言「象徵勝于實質」，而且「象徵的本質」就是容易被現實接受，越過了現實的接受度等同自慰——「自己爽就好！」有酷兒喊，——同時又不存在現行犯，對組織錄在國家安全檔案的文字或影像都極具正面意義。

我私下嘆：以阿妖組織思想之高超，用辭之嚴整——新世紀恐怕不久就屬阿妖或酷兒。

反對派千萬不要「到此為止」，止了便無異被社會現實「同質化」，即使媒體播出片段，一定以綜藝表演被處理、被接受，假使再進一步，警察會同媒體鏡頭必要處理現行犯，情勢完全改觀，即使是以小則社會新聞方式也不得不提及現行犯的犯行及背後教唆的組織，「處女性」又是媒體的焦點所在有可能搞成獨家大新聞，那組織和阿妖不論處女與否都「發」啦！

細讀我以較多的篇幅描寫「反派」，就可以判定作者贊成哪一派——這是屬「快速掠過文本」的訣竅。

酷兒統一襠處：只要阿妖決定，酷兒挺到底阿妖。

麥克風不夠兩派輪流，有大妖扯高嗓子論述不止一個小時。

我看那處女，裹張被單，孤單倚在紀念柱，真想走過去安慰她，「等下不會太痛，挑選我就因為我是這方面幾十年專長。」

直到，我聽見雪阿的聲音雖小而纖柔，但她說的內容決定了行動，「我們阿妖未來必成就以阿妖為主題的曠世巨作，請各位靜思一下曠世巨著的引言：『拋淚水！灑淫水！』『灑淫水——拋淚水——灑淫水——！』」

果然，沒有人再發言。組織爭論如林，行動如風，充滿速食風格。

處女兩三下間被抬起時，竟哭了，只有我看清楚她的淚珠是臨刑前「處女的精露」。

我重新站到中庭，處女也來就位，大家都等警察率隊來好脫下三角褲小可愛。不料，國家級的公務員遲遲不來處理公務，急壞了媒體鏡頭。

雪阿率幾名大妖去請，回來雪阿微笑臉色白蒼，幾名大妖搶著說，「上級及時來電有事化無事，不要中了敵方宣傳的詭計。」

處女祭正式開始時，已近黃昏，前來支援的阿妖、酷兒同志鴉烏烏占了紀念堂。小可愛很快脫下，國家幅射管子很快戳破處女——

事先清場離開二十公尺外，所幸沒有外人看清楚什麼，鏡頭媒體以長鏡頭加閃光不斷閃射，配合雪阿說明典禮進行到何地步。

雪阿在日暮的人群中謝了又謝我，又附我耳朵說「不愧老手專業」，又塞給我一個紅包。隨後被大群阿妖擁著回去組織大窟吃麻辣火鍋兼開檢討會議並看晚間新聞。

我耳膜一直詫異一事，恍惚沒聽到處女任何痛聲。莫非被都市的噪音遮掩了。可是當時我在大腿間，離「現場」最近，又雪阿事先要求當場靜肅「因為即將破了——」。這事也不能怪管子，國家管子有一定的規格，鐵定比一般酷兒的「粗大」。

有可能，被抬來抬去間，處女膜在小可愛裏磨破了。

也有可能，新世紀的處女膜，電腦設定在有無之間。

是有可能，無痛聲但那剎那宇宙存有「破膜聲」，只怪人類的耳細胞接收不到「膜破」的音波。

更有可能，歸功鬼兒的技巧——這是當然廢話。

愛人，會在浪蕩中重逢

月陰之夜，我是去看紫阿。

一個人掙扎在「心靈與肉體之間」，觀看肉體緩慢的吮嚙著心靈，心靈無力浮沉在肉體無間的激盪中，——是人生的奇景，尤其是紫阿。

月圓初夜，曼阿主動的展現肉體由滿足趨向完整之道。是初夜，不可能到達完整，紫阿在半途已失喪自己在肉體的滿足中。

這夜，曼阿一開始要紫阿面對並親吻伊的私蜜。由紫阿主動可以細察看見紫阿心靈的猶豫，在某些細微處顯得遲疑，雖然只是一瞬間，但心靈實在存在於肉體之上。

完全放鬆的曼阿，要高潮並不容易，曼阿讓紫阿在私密之處摸索，曼阿肉體輕微的回應讓紫阿體會任何細微的摸索都有其意思，享受這摸索本身就是一個接一個小小的完整。

「就這裏，」突然，曼阿柔聲但明晰的告訴紫阿，「用牙齒，半咬半吮，感覺在輕重之間，」隨後，曼阿溫柔的舒嘆盈滿了鬼兒窩。

紫阿唇舌手指腳趾全身肉體並用，搜索曼阿細微的敏感處，曼阿輕柔的呤呻，像一首搖籃邊的安眠曲，又讓我想起山間小溪的流聲。

陡然，曼阿聳起上身，微顫著渴求紫阿的唇。兩張蜜黏的唇，內裏舌與舌的激戰，曼阿不時挑開那蜜黏，使勁咬嚙紫阿上下唇，嚙咬的勁愈來愈快速，紫阿頭向後仰已在無力的恍惚中。

鬼兒明白紫阿現在需要什麼，自後臀進入，配合曼姊姊嚙咬的節奏，由快速到狂亂。

禁不住亂狂，紫阿崩然趴倒曼阿肉體上。曼姊姊溫柔緩慢地撫著紫阿。妖兒上來舔紫阿肉體的細微。

紫阿開始抽搐，那抽搐不知從肉體何處開始，但顯然有個發動抽搐的核心。曼姊姊撫著那抽搐，閉起眼睛來感覺那抽搐。

會是在自己的肉體中抽搐嗎？曼阿。紫阿的抽搐強烈到成為一種聳蕩。會是在自己的肉體中，聳蕩嗎？

到了第三個鬼兒，曼姊姊示意夠了。那聳蕩一直持續著，曼阿仔細摩挲著紫阿的頭髮、臉頰、肩背……直到紫阿靜緩下來。

紫阿維持半趴的姿勢，曼姊姊舔淨伊兩股間的精液淫濕，才要紫阿躺下來，曼姊姊側身抱緊紫阿熱吻她的唇。

——曼姊姊放任紫阿在鬼兒、妖兒的圍寵中，「輕點，專注在肉體，」她叮嚀，「別欺負或弄傷了紫姊姊。」曼阿自去沐浴。

○阿和雲阿已擺好了茶具，茶壺有沸水的滾燙聲。

雲阿今晚也來，大約不願錯過曼阿、紫阿姊妹吧。

曼阿今晚也穿紫袍，紫袍攏不住的乳坡自暗晦處看得更明晰動人，那似乎「動人永遠」的乳坡，這時刻我相信有一種「永遠」。

曼阿泡好第一泡茶，小聲吩咐○阿什麼，「曼姊姊請你過去喝茶，」○阿過來說。

黑袍、白袍、紫袍，……無論外在變化如何，肉體同樣的美。曼阿是要如此示意紫阿。

肉體之教，原是不言之教。

「暫時離開鬼兒窩，」曼阿拿給我一杯茶。

我沒有回答。注視著茶色，感覺曼阿一直凝視著我。

我沉默。敬曼阿茶。我怎會不了解鬼兒必要避開媒體。

「雲阿可以幫〇阿負責了。」

我愛聽自「肉體生命」重生的柔聲，像嬰兒舒暢時的喃哼。

「不讓紫阿親近你。」

我微笑，喝茶。曼阿也微笑，喝茶。

「作姊姊的會照顧好紫阿。」

我更深深的微笑。曼阿換茶、熱茶。不知怎的，今天我讓曼阿泡茶。

「你有一位肉體愛人，唯一的，」曼阿同我相互凝視，「肉體只在愛人面前作最完整的獻身，那影像一再印記在愛人的眼瞳，一生這樣就夠了。」

我凝視著曼阿，曼阿舉杯的手微抖，她喝了一口，同時茶水濺出了許多。

「真正的鬼兒是浪蕩無羈的。」

我拿給曼阿一杯剛泡好的茶。

「有一天，也會去浪蕩。在把『生命』傳給紫阿的那一夜。」

我又聽到那柔中的韌，那柔韌可以全然縈纏一個人。

「你不說話，唯有你了解。」

我跟曼阿碰杯，沉默著喝茶。

「會在浪蕩中重逢。」

我微笑曼阿微笑我微笑。

「肉體的記憶比永遠還久，」話語出自曼阿肉體生命，無需思想，沒有猶豫，「還純粹，愛人。」

肉體激情：身在情長在

我仍在三、五去「心魔」觀看鬼兒。在有意與無意間，看，不像以前那麼專注。

老大T仍然給我那張一人檯桌，碰我眼睛時就浮起笑，不像以前面無表情，但她沒有跟我說什麼，我也不會問。

阿妖仍然疼鬼兒，在心魔。

鬼兒可以滿足阿妖心魔中「最複雜的性慾望」，就鬼兒的肉體看，阿妖「最複雜的」也難得越過一道界線，取悅阿妖的肉體像玩一場「老遊戲」。

很少有阿妖留下來成為妖兒。社會文明削弱了人的本能，連自己的肉體都無能持久「複雜的性」，這時「心靈」是最好的藉口。

也有少數阿妖走到「性幻想之路」，是一條沒有盡頭的路，兩邊是可以赤足奔跑的原野。這樣的阿妖逐步深入「幻想的性」，現實的性不過是引發幻想的燃煤，鬼兒並無不同。

鬼兒與妖兒是絕配。是鬼兒窩的日常。肉體交歡隨著隨時來到的肉體慾望，鬼兒、妖兒同是玩弄或遊戲肉體的能手，交歡的方式隨興著肉體當下的激蕩而變化——那是人世間恆久魅人的「肉體激情」。

可能，是唯一值得人活著的「肉體歡宴」。

可能，是青春忍受不了的肉體狂亂，殉死青春。

可能，是肉體衰老時，生命最大的失落，沒有「任何」可以挽回。

鬼兒、妖兒也聚合離散，因為達不到曼阿的「肉體生命」。棄鬼兒窩而去時以為外面現實至少有「正常的生活」，真的也在「正常」中消失，少數重回鬼兒窩的不久就發現自己已無能耐留下。

我在觀看中的思索，往往止於曼阿。

止於曼阿，無思無想，渾身曼阿。

有一夜，結帳時，我東摸西摸口袋找個零錢，不想摸出了一個紅包。紅包內有一張精緻的紙，上面幾個纖美的字：「深知身在情常在，悵望江頭江水聲。」

我在櫃台愣了一會，回頭我轉送給老大T，「雪阿送我的。」老大T也愣著默了一會，拿去釘在入門處的「壁書」中。

「這幾個字夠付帳了，」老大T凝看我，笑得好深。

肉體親人

有一晚，過九點半了吧，湖阿站到我的檯桌前。

「我不敢坐，怕你罵，——不是剛剛下午才見嗎，」湖阿真的有點慌，一口氣說著停不下來，「我回去陪媽媽吃宵夜，淚都掉媽媽碗裏，我沒洗澡我捨不得洗掉你，上床後一直想著你一人在這裏喝悶酒——」

湖阿一口氣說到身子微微抖起來，也在別的時刻細看過這微微的抖，是我眼睛所見「最美麗的俏」。

「一個人喝酒是享受。」我讓湖阿坐下來。

湖阿一身灰色露肩長裙，寬寬鬆鬆自由自在。黎明前全然迷漫著的，灰。

小T過來。「我們兩人都一樣，」湖阿說。

「一個人喝酒只有一種喝法，」我教湖阿，「慢慢喝，慢慢品。」

「我是叫給哥哥喝的，」湖阿笑得好祕密，「有哥哥，我就不再喝酒了。」

「可惜，都不喝酒，」我微笑，「不酒人生可惜呀。」

「那，我陪哥哥喝，」湖阿好俏，「哥哥喝一杯，我陪一小口。」

湖阿一小口，我也一小口。「哥哥最壞了，我最疼。」

「我不去鬼兒窩了。」我沉靜的，「說不定也不再來看鬼兒。」

「你喜愛怎樣，哥哥，」湖阿雙手捏緊我手我掌，也沉靜的，「俏阿都喜歡。」

當夜，我帶湖阿回孤獨之窩。

「唯一的肉體親人，」我和孤獨對話。孤獨早已感覺到。

在夜的青灰中，指掌撫挲著湖阿，從臉到細微。

不是曼阿的那種渾盈，也不是雪阿那樣纖美的瘦。是一種結實的挺，骨肉勻稱，也乳房有一種好看的翹，一種如海岬美麗的彎度。

細微一俏起來，湖阿便罵俏，「不急，讓哥哥玩個夠——」

許天生的這種「緊」，讓身上每一細微都帶著俏。

孤獨報不平：人家也不急著俏，越不急越俏嘛，誰叫妳叫俏阿，天生阿俏……

我說孤獨話不要一下子講太多，明天嗓子都啞掉。

我讓孤獨和俏阿的肉體玩，她何時睡著也不知。

孤獨最喜歡的還是小肚湖，湖裏有跳來跳去的一顆「跳」。

在山氣中，我凝看著湖阿這裏那裏，指掌貼著肉體這裏那裏，感覺肌膚底下內裏的，內裏俏。

「俏阿，」孤獨也說，「哥哥最疼。」

湖阿跟我同樣在孤獨懷中睡得最安心。

國家圖書館出版品預行編目資料

鬼兒與阿妖 / 舞鶴著.. -- 二版. -- 臺北市 : 麥田, 城邦文化出版
: 家庭傳媒城邦分公司發行, 2005.08
面； 公分. --（舞鶴作品集 ; 5）

ISBN 986-7252-56-X（平裝）

857.7 94012129

舞鶴作品集 5

鬼兒與阿妖

作　　者　舞鶴
責任編輯　林秀梅

版　　權　吳玲緯　蔡傳宜
行　　銷　艾青荷　蘇莞婷　黃家瑜
業　　務　李再星　陳玫潾　陳美燕　馮逸華
副總編輯　林秀梅
編輯總監　劉麗真
總 經 理　陳逸瑛
發 行 人　涂玉雲

出　　版　麥田出版
104台北市民生東路二段141號5樓
電話：(886)2-2500-7696　傳真：(886)2-2500-1967
發　　行　英屬蓋曼群島商家庭傳媒股份有限公司城邦分公司
104台北市民生東路二段141號11樓
書虫客服服務專線：(886)2-2500-7718、2500-7719
24小時傳真服務：(886)2-2500-1990、2500-1991
服務時間：週一至週五09:30-12:00・13:30-17:00
郵撥帳號：19863813　戶名：書虫股份有限公司
讀者服務信箱E-mail：service@readingclub.com.tw
麥田部落格：http://blog.pixnet.net/ryefield
麥田出版Facebook：https://www.facebook.com/RyeField.Cite/

香港發行所　城邦（香港）出版集團有限公司
香港灣仔駱克道193號東超商業中心1樓
電話：(852) 2508-6231　傳真：(852) 2578-9337
E-mail：hkcite@biznetvigator.com

馬新發行所　城邦（馬新）出版集團【Cite(M) Sdn. Bhd. (458372U)】
41, Jalan Radin Anum, Bandar Baru Sri Petaling,
57000 Kuala Lumpur, Malaysia.
電話：(603)9057-8822
傳真：(603)9057-6622
E-mail：cite@cite.com.my

設　　計　黃瑪琍
印　　刷　前進彩藝有限公司

初版一刷　2000年8月01日
二版一刷　2005年8月01日
二版二刷　2018年5月25日
定價／250元
ISBN：986-7252-56-X

cite 城邦媒體 麥田出版

Rye Field Publications
A division of Cité Publishing Ltd.

廣 告 回 函
北區郵政管理局登記證
台北廣字第000791號
免 貼 郵 票

英屬蓋曼群島商
家庭傳媒股份有限公司城邦分公司

104 台北市民生東路二段141號5樓

▼

請沿虛線折下裝訂，謝謝！

讀者回函卡

cite城邦媒體

※為提供訂購、行銷、客戶管理或其他合於營業登記項目或章程所定業務需要之目的，家庭傳媒集團（即英屬蓋曼群島商家庭傳媒股份有限公司城邦分公司、城邦文化事業股份有限公司、書虫股份有限公司、墨刻出版股份有限公司、城邦原創股份有限公司），於本集團之營運期間及地區內，將以e-mail、傳真、電話、簡訊、郵寄或其他公告方式利用您提供之資料（資料類別：C001、C002、C003、C011等）。利用對象除本集團外，亦可能包括相關服務的協力機構。如您有依個資法第三條或其他需服務之處，得致電本公司客服中心電話請求協助。相關資料如為非必填項目，不提供亦不影響您的權益。

□ 請勾選：本人已詳閱上述注意事項，並同意麥田出版使用所填資料於限定用途。

姓名：__________ 聯絡電話：__________

聯絡地址：□□□□□__________

電子信箱：__________

身分證字號：__________（此即您的讀者編號）

生日：___年___月___日 性別：□男 □女 □其他______

職業：□軍警 □公教 □學生 □傳播業 □製造業 □金融業 □資訊業 □銷售業
□其他__________

教育程度：□碩士及以上 □大學 □專科 □高中 □國中及以下

購買方式：□書店 □郵購 □其他__________

喜歡閱讀的種類：（可複選）

□文學 □商業 □軍事 □歷史 □旅遊 □藝術 □科學 □推理 □傳記 □生活、勵志
□教育、心理 □其他__________

您從何處得知本書的消息？（可複選）

□書店 □報章雜誌 □網路 □廣播 □電視 □書訊 □親友 □其他______

本書優點：（可複選）

□內容符合期待 □文筆流暢 □具實用性 □版面、圖片、字體安排適當
□其他__________

本書缺點：（可複選）

□內容不符合期待 □文筆欠佳 □內容保守 □版面、圖片、字體安排不易閱讀 □價格偏高
□其他__________

您對我們的建議：__________

____

小柳子

章小東 著

目次

前言

我唱一個人以及他被流放的命運
……我只求繆斯給我靈感，
讓我能講述這一切是怎樣開始的……

——維吉爾《埃涅阿斯紀》

巫婆

天還沒有大亮，我穿戴整齊地站在飯廳裡那座老式的立鐘旁邊，最後看了一眼在面孔前面晃來晃去的黃銅鐘擺，默默地和它告別，然後別轉身體，推開了母親臥室的房門，拉起來還在睡夢當中的你。這一年你剛剛五歲，我們將踏上飄洋過海的道路，就好像埃涅阿斯一樣。

母親從外面走進來，手裡拎著一只黃表紙的盒子講：「時間還早，讓小獅子再睏一歇。」

我沒有搭腔，只是悶聲不響地低著頭把準備好的衣褲套到你的身上。你的腦袋從左邊掉到了右邊，兩隻腳無力地盪在座椅的旁邊。母親從手裡的盒子當中拎出一雙土頭土腦豬皮鞋，看了看，有些無可奈何地遞了給我。

我把手伸到這雙新皮鞋的裡面，拔出塞在當中的兩團申報紙，然後一下子就套到了你胖胖的小腳上。「嗨，正好！」我說。

「當然正好，這是巫婆自己用申報紙楦好了，剛剛送過來的……」母親說。

「巫婆來過了？她為什麼不進來？」我問。

「她說昨天已經說過再見了，要講的話都已經講透，最後只要你記住了一句話：『樹挪死，人挪活。』熬到小獅子入命了，就算是出頭了。」母親的回答有些顛三倒四。

我聽得似懂非懂，一頭霧水，想起來和巫婆成為朋友還是因為你的這雙腳。那時候到了你剛剛可以穿皮鞋的時候，卻發現你的兩隻胖腳根本塞不進皮鞋。我抱著你走遍了淮海路和南京路，再漂亮的皮鞋都被你頂在腳尖上，好不容易把你的腳塞進去，還沒有踩到地板上，你就張開嘴巴哇哇大哭。

「我怎麼會生出這麼一個粗胚？兩隻腳就好像鄉下人在爛泥上面走來走去的赤腳板？又寬又厚？」我有些氣急敗壞。

母親在一邊說：「不要亂講，腳寬腳厚說明站得穩，將來要做大事體的呢。」

母親總是站在你一邊，你有再大的缺點在她的眼睛裡也會變成優點。可是這個優點給我帶來最棘手的現實就是買不到皮鞋。後來，還是南京路上那家「藍棠」皮鞋店裡的一個老師傅對我說：「這種腳的皮鞋只有到鄉下去買，那裡可能還會有『文革』遺留下來的工農兵皮鞋。」

你實在是給我開了一個大玩笑，大家都知道我是一個最痛恨「文革」的人，為了你的腳，讓我心甘情願地到處尋找「文革」的遺物——工農兵的皮鞋，這種皮鞋又寬又厚，豬皮的鞋面，膠皮輪胎裁剪出來的鞋底，雖然粗劣，卻非常結實。無論水裡還是石子堆裡，你的腳到處亂插，也不見壞，我很快就喜歡上了這種皮鞋。可是這樣的皮鞋在大上海已經找不到了，只有到鄉下，到那些簡陋的農村合作社才有可能「覓到」。就這樣，在一間既賣油鹽醬醋，又賣鋤頭鐵鍬的合作社的供銷社裡，我為你找到工農兵皮鞋。同時，我遇到了巫婆。

事實上，我老早就認識巫婆了。那時候她還不是巫婆，是我小學裡的同班同學，紅顏綠色的橡皮筋紮著兩隻牛角辮子，就住在對馬路上的獵槍店樓上。她的外公是獵槍店的老闆，公私合營以後仍舊留在那裡當資方代理人。

巫婆家的房子相當洋派，三個層面的一幢小樓，二樓和三樓都有寬敞的陽台，後面的落地玻璃門裡面飄逸著雪白的喬其紗窗簾，常常引起過路人抬起頭來張望，那裡面究竟會生出一個怎樣溫馨的故事呢？沒有人知道。我從來也沒有走進過她的家門，那是因為我的保母胖媽不允許我和這家人做朋友，她講：「儂看，獵槍店門口走進走出的人，都好像白相人，不正經的樣子。」

這還是在「文化大革命」之前的故事，我家的後窗隔著馬路對準了獵槍店的大門，大門旁邊的櫥窗裡站立著一支支長短不一的獵槍，獵槍的槍筒是烏黑的，槍托也是烏黑的。據說這些都是觀賞槍，是藝術品。那些進進出出的客戶多數是來觀賞的，舉起槍對準了櫥櫃頂上的動物標本瞄準，然後說一聲：「好槍」！又摸來摸去摸了幾個回合，這才依依不捨地放回到老闆的手中。一次，有顧客問及「子彈」，老闆義正嚴辭地回答：「我們這裡是獵槍店，不是子彈店！」

老闆也就是巫婆的外公了，巫婆按照上海人的習慣叫他「阿公」，大概因為是和槍打交道的，阿公不苟言笑，有些凜然威嚴的樣子。每次面對面看到他，總是想辦法躲到馬路的對面，繞道而行，不敢招呼。

儘管胖媽不允許我和獵槍店的巫婆做朋友，但自己卻和巫婆家的保母姊妹相稱，於是她家的曹阿姨就常常會帶著小時候的巫婆過來串門。曹阿姨和胖媽不同，一副上海人打扮，白淨的面孔上塗滿了雪花膏，腳上蹬了一雙「小花園」買來的黑顏色平絨布鞋。她一來就坐在胖媽的梳妝桌前，仰著臉讓胖媽為她絞臉。胖媽把兩根棉紗線搓絞在一起，上上下下地抽動，發出「呼啦，呼啦」的聲響。胖媽說：「你的皮膚真好，一點也不像一個當保母的人，用針輕輕戳一下就冒出鮮血來了。」

「啊喲，你要死啦，真的用針戳我啊！」曹阿姨尖叫起來。

胖媽大笑：「我只是碰了一下，不料你細皮嫩肉的，一碰就出血啦！」

兩個保母笑著打打鬧鬧，滾落在胖媽的小床上。這時候小巫婆向我招了招手，讓我帶她到花園裡去。因為小巫婆的家是樓房，沒有花園，所以她對我家的花園特別有興趣。她會在我家的花園裡一連串地翻跟頭，她最喜歡的是牆角裡的桑樹，有一次偷偷把幾條扭來扭去的蠶寶寶放到桑葉上，把我膽小的姊姊嚇得發了高燒，胖媽就不許曹阿姨再把小巫婆帶來了。

不久以後，「文化大革命」開始了，獵槍店的老闆第一個被拖到馬路上遊街。八月天裡，紅衛兵捉牢小巫婆的外婆，按在一張條凳上下跪，勒令她一手舉著個簸箕，一手握著根擀麵杖敲打，嘴裡還要叫喊：「我是牛鬼蛇神！」

記得這個不年輕的外婆，身穿春夏秋冬一年四季的「奇裝異服」，最外面還套了一件裘皮大衣，熱得大汗淋漓，那點點汗珠一連串地從鼻尖上滴落在水泥地上，立刻蒸發成一粒泛白的鹼跡。這個外婆大概實在是氣不過，竟然一邊叫：「我是牛鬼蛇神！」一邊還要在後面加上三個字：「哪能啦?!」

一開始，那些殺氣騰騰的紅衛兵大吃一驚，哪裡冒出來這麼一個膽大包天的牛鬼蛇神？回過神來以後便一頓拳打腳踢。小巫婆的外婆不畏強暴，任憑血流滿面，卻更加高聲地把「哪能啦」這三個字一吐為快。不一會連看熱鬧的也忍不住大笑，一些不識時務的人還跟著她一起大叫：「哪能啦」，把那些紅衛兵氣得瞠目切齒，更加惱羞成怒起來，只有蜷縮在一邊陪鬥的曹阿姨瑟瑟發抖。

讓曹阿姨出來陪鬥，是因為紅衛兵發現曹阿姨的丈夫是跟隨國民黨逃到台灣去的，因此曹阿姨就變成了國民黨潛伏下來的特務。幾天以後，來了部警車把曹阿姨捉到監獄裡去了，小巫婆的一家被遣送回到原籍的鄉下，獵槍店變成了紅衛兵的司令部。

從此以後，小巫婆就在我們所居住的淮海路上消失了。

這是一個禮拜天的早上，我還賴在被窩裡，母親就拿了一雙開了口，磨穿底的小布鞋走進來對我說：「儂真要想想辦法為儂兒子的寬腳板買雙皮鞋了，儂幼時的保母奶無奶，三天兩頭在鄉下找人為他做布鞋，還是來不及。儂看，又壞了。」

「好，我再去找找看。」我一邊不情願地起床，一邊已經想好了我的目的地，那就是莘莊。莘莊是我剛剛進初中的時候，被強行送過去接受貧下中農再教育的鄉下。還記得那是穿著草鞋一步步走過去的，草鞋裡粗糙的草繩，嵌進了我的皮肉裡，鮮血滲透了我的兩隻腳。其中刻骨銘心的疼痛，我一輩子也無法忘記。現在同樣的道路，只需要在家門口跳上無軌電車，到了徐家匯再倒換一輛公共汽車就到了。

我在變了樣的莘莊鎮上轉來轉去，鬼差神使一般，轉進了一條泥濘的田間小道。高一腳低一腳來到了半爿倒塌的土牆後面，先看到一棵爬滿了蠶蟲的桑樹，緊接著就聽到巫婆在叫我了。

我並沒有認出來這就是小時候的巫婆，但是她一眼就認出我來了。後來她告訴我，她老早就知道這天我會去看她的。她站在斷牆的裡面，披散的頭髮用一根紫色的布帶捆綁在背後。她看到我就直呼我的小名，然後把我引進了她的院子。

院子裡有一排土坯房，土坯房的正中是一長排的排門板，排門板後面是客堂，客堂裡有一張窄窄的長櫃檯，櫃檯後面是櫥櫃，就好像當年獵槍店的擺設一樣。我還沒有來得及告訴巫婆我想要什麼，巫婆已經從櫥櫃裡拿出一雙寬大的工農兵小皮鞋，放到了櫃檯上面，這以後我們便開始往來。

稱巫婆為「巫婆」，是因為她真的是巫婆。周圍人都這麼稱呼她，她也不生氣。有時候我到她那裡去，前腳剛剛踏進的院子，後腳就跟進來求助的人，有的是因為生病，有的是因為婚姻，還有一次一個遠道的老女人為了一隻小貓的走失。這個老女人拄著拐棍，顫顫巍巍地走進來。她一進門，巫婆就變了一個人，臉也黃了，嘴也黑了，頭髮根根豎起，眼珠子向上翻去，露出一層嚇人的白翳……良久，巫婆開口說話了，她說：「就在你家西邊的茅坑裡，快去，還有救。」

老女人感恩戴德，千謝萬謝，留下一刀豬肉離開了。我說：「巫婆，你也太狠了吧，為了一隻小貓，要人家一刀肉。」

巫婆回答：「無論大事小事一樣要用功夫，你看看我的頭髮，一會兒功夫全變黃了，需要一刀肉才可以補回來呢。」

我抬頭一看嚇一跳，真的！巫婆的頭髮就好像曬蔫的稻草，全部耷拉在她的頭皮上，氣色也變得萎糟貓一般，緊接著她就一點力氣也沒有了，一下子癱倒在竹榻上。我連忙拎起那刀肉，丟進七星灶當中的一口大鍋裡，又用半片葫蘆從水缸當中挖起來一瓢水，來不及加入調料，只是生起大火煮到熟，看著她大口大口地吞嚥下去，不一會兒，巫婆又活泛過來，恢復原樣了。

這以後，只要我有空，就去幫助巫婆煮肉。每次看到她倒在竹榻上半死不活的樣子，我真怕她回不過神來，我讓她要當心自己。她說：「我的命在老天手裡，老天讓我活著，我不敢死，老天讓我死了，我也不敢活。」

聽得我後脊骨汗毛凜凜，我始終也不敢詢問巫婆是在什麼時候，怎麼會變成巫婆的，我想還是不知道的比較好。

這天晌午，我拎著一捆小茴香到巫婆的家裡去。有一點古怪，透過那半片倒塌的土牆，可以看到巫婆的排門板還上在那裡。到了跟前推了推，出來開門的是個面熟陌生的老嫗，看到我她說：「儂來了，我走了。」

說著她拎起一只時髦的坤包，走了出去，我看見她的腳上蹬了一雙「小花園」買來的黑顏色平絨布鞋，一時想不出來在哪裡看到過。我心裡感到有些不祥，一邊大叫巫婆，一邊三腳兩步地跳進黑咕隆冬的客堂裡。

「啥事體啦？失火了嗎？快進來吃肉，紅燒肉，是曹阿姨來幫我燒的，比你的白煮肉好吃多了。」巫婆端了個粗瓷碗從裡屋笑吟吟地走出來說。

「剛剛的女人是曹阿姨啊？怎麼鬼頭鬼腦的也不和我打個招呼？我還以為她把你暗殺了呢！」驚魂未定的我，有些生氣。

「不要誣衊她好不好，她實在是個可憐的女人啊。再說要暗殺我可不是一件容易的事呢！」巫婆把一塊紅呦呦的豬玀肉塞到我的嘴巴裡。然後告訴我說，曹阿姨真的是有個丈夫逃到了台灣，那時候她剛剛結婚，只有十八歲。因為是青梅竹馬，又是相親相愛，小夫婦在最後一個晚上山盟海誓，一生一世不再另娶婚嫁。

想不到那個蔣介石一去不回返，曹阿姨這個原本也可以對著下人吆三喝四的連長太太，一下子淪落成了保母。但是她不氣餒，吃苦耐勞，一夜夜地堅守著，過著活寡婦的生活，倒也太平。不料來了場「文化大革命」，曹阿姨被街道裡的勞動大姊造反派捉了出來，關進監獄，後來又糊裡糊塗放出來了。

這時候的曹阿姨，已經不是當年的曹阿姨了，她渾身是病，遍體傷痛，為了生存又回去做保母。不久她所幫傭的東家女主人暴病嗚呼，那個男人決定娶曹阿姨為續弦。這是個離休的軍人，雖然老朽得已經有些癡呆了，但是每個月的福利還是相當優厚的。曹阿姨千辛萬苦熬到最後，對那個一走就是三十多年的丈夫已經心灰意懶，恰恰這時候天上掉下來了一個大餡餅，起碼可以保證曹阿姨的餘生。曹阿姨忘記了一生一世不再另娶婚嫁的誓言，她結婚了。

沒有想到曹阿姨剛剛結婚，海峽兩岸實行三通，那個守身大半輩子的國民黨老兵回來了！曹阿姨悔恨交集，她和離休軍人一點感情也沒有，離休軍人的子女掌控了所有的錢財，連肥皂草紙也要報帳，曹阿姨完全就是一個不花錢的保母。但是曹阿姨又不能離開這個離休軍人，因為根據當時的規定，配偶是不可以隨便拋棄軍人的，這叫破壞軍婚。於是曹阿姨學會了偷雞摸狗，在日常生活中扣出些小錢，讓巫婆幫她存進農村合作社的銀行。

聽了曹阿姨的故事，心裡生出許多悲哀，人生的艱澀，實在不是可以預測的，常常一腳踏錯，一輩子的後悔。巫婆看我心裡難過，也不安慰我，只是低著頭一個勁地啃紅燒肉。我有些憤憤不平了，說：「喂，曹阿姨把你帶大，視為己出，你怎麼不幫她算算命？真是個沒有良心的巫婆！」

巫婆聽了倒不會生氣，只是唱著說：「人算，算不過天……」

這時候一個大男人心急慌忙的奔進來求醫，說是老婆難產。巫婆便不再理睬我，起身走到櫃檯裡面一張竹匾旁邊。竹匾裡攤晾各種草根和樹皮，我看見巫婆的手在竹匾裡隨便抓了抓，抓出其中的一把就交給了來人，那人連連道謝。我記起來上次有個小孩子發燒，巫婆也是這樣在同一竹匾裡隨便抓了抓，抓出其中的一把就讓孩子的母親帶回去熬藥，我有些疑惑。走出門的大男人回頭見狀，便告訴我：「巫婆的藥很靈，再大的病痛也會藥到病除。」回到房間裡我對巫婆說：「這個人沒有帶肉。」巫婆說：「拿藥不用帶肉，救人一命勝造七級浮屠。」

巫婆對我很好，但是我很難打探到巫婆的故事，只知道她每隔一段時間要到城裡來一次，每次來的時候就會給我帶些鄉下的東西。她和我的母親很投緣，她們常常會說一些我聽不懂的語言。母親年輕的時候和巫婆有些相像，也會看個面相或手相，只是從來也不給自己的子女觀看，她說：「至親的人，看不出來。」

有一天母親告訴我：「巫婆有一個很清秀的兒子，就在這裡讀書。」我大吃一驚，因為從來也沒有聽到過巫婆結過婚，更不敢詢問巫婆的丈夫是從哪裡來的？又到哪裡去了？後來我從母親處得知，巫婆當過兵，還是一個很出鋒頭的文藝兵，只是不知為什麼退役了，也不知為什麼後來會一個人去看守著那間鄉下人的供銷社。

一九八九

一九八九年八月裡的最後一天，老清老早，我就被媽媽從睡夢當中拉了起來。她為我穿好衣褲，又套上新鞋……在這整個的過程中，我始終都在做我的夢。媽媽看著我想了想，最後找出一根寬大的布帶，把我綁定在後背，然後走到外公的遺像前，深深地鞠了三個躬。

後窗底下，已經有一輛黑色的轎車等在那裡了，司機把媽媽四個超大的行李塞進後車座和後車廂。車廂的門高高翹起，司機找出來一根小繩子綁定，接下來，便無聲地靠在車頭上吸菸，這是他最後一次為媽媽開車了。

媽媽背著我走出家門，好婆和姨媽站在窗子裡面用眼睛和我們道別。媽媽說她不知道自己這一輩子還會不會再見到她們，於是用盡自己全身的力氣盯著她們，恨不得要把她們釘到眼睛裡，再也拔不出來一樣。終於媽媽下了決心別轉身體，把我移到胸前，一腳踏進了車廂。

好婆再也忍受不住了，她飛一般地從後門洞裡滾落出來。我以為她會抱著我大哭，但是沒有，她迅速地把一本破舊的外文書籍塞在我的懷裡，她說：「外公的東西，會保佑他的。」

媽媽沒有回答，只是用力地點了點頭，坐進車子，上路了。胸口的書籍硌著我有些疼痛，媽媽抽出來一看是拉丁文的，看不懂，她當時並不知道這就是那部著名的羅馬史詩《埃涅阿斯紀》，她更不知道，自己就是抱著《埃涅阿斯紀》走上了埃涅阿斯的道路。

最大問題是：她不僅不知道自己是抱著《埃涅阿斯紀》走上了埃涅阿斯的道路，還不知道自己為什麼要背井離鄉？前面的道路是什麼？命運將把她帶到哪裡去？媽媽的腦子是混沌的，整個的人都是混沌的。而我更加是在混沌當中，只知道抱著媽媽，媽媽則抱著所有的可以抱得動的家當——背井離鄉。

八〇年代的末期，老天真是發了瘋，把整個的世界翻弄得兵荒馬亂。先是那場嚇得死人的急性甲肝，在上海地區迅速蔓延。幾十萬人罹患疾病，高峰期整整連續十六天。人們不敢上街，不敢購物，甚至不敢相互打招呼，一個個談「肝」色變。

老年人跪在蒼天之下祈禱，青壯年倒在床第上噴吐，女人們在哭泣，男人們軟了手腳。一個嬰兒被他瘦弱的母親舉到巫婆的面前，兩隻小手抽成一團。巫婆從她的針線盒子裡拔出一根納鞋底的鐵針，掰開嬰兒的手指，朝著當中狠狠戳了下去……媽媽說她看見一股黑色的鮮血從那裡流了出來。

黑色的鮮血帶著濃郁的腥臭，滴落到了巫婆腳下的泥土地上，她大叫了一聲：「瘟疫啊！」又別轉身體對著媽媽厲聲道：「你還不快逃？」

媽媽好像沒有經過大腦的思考一般就奪門而出，飛快地奔跑。她跑過了田野，跑過了大街，最後跑進了她已經居住了三十多年的老宅的後門。好婆看見她面如土色的樣子問：「碰到鬼啦？」

媽媽沒有回答，只是直接從好婆手上接過一只銅吊，又從裡面倒出一碗褐色的藥汁，一仰頭，「咕咚咕咚」地灌進了喉嚨裡。又問：「大家都喝過了嗎？」

好婆回答：「都喝過了，騙儂的兒子喝了兩大碗。」

媽媽放心了，喘了口氣。走到水池旁邊，用一塊紅色的藥水肥皂洗臉、洗手、洗脖子。清洗完畢，這才換上清潔的衣褲，走進內屋，把我擁到懷裡。我把兩隻冰冷的小手塞進媽媽的脖子裡，媽媽一嚇，以為我生病了。還好好婆跟進來說：「一定又在洗手了，自從買來了這兩箱藥水肥皂，他就一天到晚鑽在馬桶間裡洗手，把手指上的皮也洗掉了。」

我鬆了口氣，心痛地把你的兩隻小手包到我的衣服裡。母親拎著銅吊又在為剛剛進門的姊姊倒藥水。姊姊講：「你們知道嗎？藥店裡的板藍根、大青葉全部賣光，藥水肥皂、消毒水也全部脫銷了。」

母親說：「幸虧金家老大透露出來的消息，讓我們提前到中藥房搶購了兩麻袋的中草藥，又搬回來兩大箱的藥水肥皂和各種消毒用品，保佑了全家平安。」

金家老大是《食品報》的記者，當年還追求過我，就住在後弄堂裡。那天下班，我看見他鬼鬼祟祟地從小汽車上搬下來大大小小的包包，便好奇地叫住了他，經過軟硬兼施，他才神祕兮兮地說：「快去藥房間，把你口袋裡所有的錢都去買板藍根、大青葉等有關防病毒的東西！」

我以為是做生意，沒有興趣，結果他告訴我說是為了保命。

原來今年稅務局發布新政策，增加外地運進上海的毛蚶的稅收，那些外地的農民便想出來了對策，把毛蚶放在船底，上面鋪張塑膠紙，再在上面鋪上大糞逃稅。上海人吃毛蚶，開水裡燙一燙，帶著血水沾薑醋，鮮鹹嫩滑地就進了嘴巴。這下可好，大糞加細菌一起吃進去，吃出一個甲肝。

那時候的新聞透明度還不高，衛生部門的長官生怕丟了面子，專門批上兩個紅字：「絕密」，金家老大告訴我的時候，再三關照：「絕密」！我別轉身體就把這條「絕密」的新聞，傳播給了所有的親朋好友，包括巫婆。

巫婆坐在院子裡的矮凳上，兩隻眼睛翻看著天上的雲。她說：「玄黃翻覆，狼煙四起，世界要大亂了。」

我不能相信，抬頭看了看藍天上飄流的白雲說：「沒有啊！挺安逸的。」

巫婆不予理會，吐出一句話：「等著瞧吧。」

又過了一年，甲肝事件的心驚肉跳還沒有平息，下班回家，母親站在家門口報告「出事啦！」

這就是一九八九年的東歐劇變。那時候我們全家唯一的共產黨人，老早就退休在家裡陪伴外孫的母親，第一個看到東歐及中歐的一些共產主義的國家發生了動搖，甚至要被推翻。母親顯示出了極度的焦慮，她說：「不得了！看樣子歐洲的社會主義明燈要熄滅了，柏林牆要倒塌了，羅馬尼亞、捷克斯洛伐克、匈牙利、保加利亞、波蘭的共產堡壘都要完蛋啦……」

我譏笑她說：「喂，儂退休的時候不是要求把共產黨也一起退休掉，結果遭到你們黨支部的批評，還不甘心。現在怎麼比共產黨還共產黨啊？忘記了共產黨讓儂吃足了苦頭嗎？」

姊姊在一邊嘟囔了一句：「東歐、中歐離開我們遠著呢，他們那裡翻了天，我們這裡都感覺不到的。」

你在旁邊抱著你的啟蒙教育書，一本印滿了彩色照片的《菜譜》，大叫一聲：「走油蹄膀好吃伐?!」大家一起笑起來，不再繼續東歐的話題。

這時候巫婆來了，她手裡拿了一把艾草和菖蒲，也不和我們說話，就逕自走到大門口，分了一半掛上去。母親招呼她吃飯，她說她的兒子這兩天有些不安穩，擔心要出事，趕著去開導。這時候我已經知道她的兒子在上海一所滿出名的大學裡讀書，今天她特別在看望兒子的途中彎到我家一次，是為了提醒母親當心她的大孫子。母親的大孫子是我阿哥的獨生子，大一學生。

母親送巫婆出去，又在後門口「嘀咕」了好長一段時間，才回到房間裡。回到房間裡也不馬上開飯，而是鑽在報紙堆裡翻來翻去，翻了半天問你：「今天的報紙呢？」

我嚇了一跳，知道又闖禍了。翻了翻小眼睛，做出一副無辜的樣子回答：「不知道。」

「喂，我剛剛看見儂在角落裡用把兒童剪刀在剪什麼？」媽媽捉住我問。

我做出更加無辜的樣子回答：「那是一個外國老頭子，禿頭，頭頂上有個花。我把花剪下來了。」

好婆一聽三腳兩步趕過去，在我的爛紙堆裡翻出了今天的報紙，報紙的頭版是蘇聯最高領導人的照片，今天他正到中國來訪問。好婆大叫一聲：「小鬼頭，這張報紙我還沒有來得及看呢，就被儂剪掉了。儂剪掉的不是花，是人家頭上的一塊胎記。而且是一塊很有象徵意義的胎記。」

媽媽說她猜想，好婆的最後一句話一定是剛才和巫婆在後門口嘀咕的。記起來早些天，巫婆在爐灶上嘩啦嘩啦炒蠶豆，鮮上市的蠶豆清香甘甜。媽媽則坐在灶頭後面為她生火，我看見巫婆的面孔血紅，眼睛也是紅的。我指著她的額骨頭問：「那上面怎麼會突然印出來一塊紅的花？」

她摸了摸回答：「你也有啊，這是上天映照下來的，天地要翻覆了。過兩天來的蘇聯人頭上的胎記才是真的，你會看到蘇聯縮小以後的版圖。」

我聽不懂，媽媽說：「蘇聯要縮小了？什麼意思？再來一次『十月革命』？」媽媽雖然對共產主義早就沒有了興趣，但畢竟是在那個環境裡長大，長期的教育根深柢固，更何況還有「土豆燒牛肉」的引誘。假如蘇維埃社會主義共和國真的瓦解了，布爾什維克這個偶像也就粉碎了，心裡還是有些空落落的感覺。

巫婆從鍋子裡撚出一粒蠶豆吹了吹，然後丟到我嘴巴裡又回過頭去對媽媽說：「災難要來了，我看你還是趕快帶著兒子逃走吧。」

媽媽沒有講話，因為她不知道要逃到哪裡去。巫婆說：「去找你的丈夫啊，找那個五年沒有見面的丈夫——伊啊！」

「不知道伊還認不認得我們呢？」媽媽有些猶猶豫豫地說。

「伊是你兒子的父親，怎麼會不認得你？原本這個月伊要回來看小獅子的，結果老天沒有讓他成行。」巫婆說得就好像是真的一樣。

媽媽笑了：「我都不知道的事，你怎麼會知道的？」

「這個你就不用管了，見面的時候問問伊，就會相信的。」巫婆不再理睬媽媽，繼續翻炒蠶豆。後來爸爸告訴我們，確有計畫回來看看我的事情。

那時候，成千上萬的中國人就好像發了瘋一般，浮躁不安，個個想出國。走在大街上，見到熟人，第一句話就問：「拿到簽證了嗎？」

「快了，快了。」

「好，好！」

這天後弄堂的歌唱家吳老伯伯夫婦急急匆匆地來找好婆，一眼看到我，劈頭就問：「這小人怎麼還不出去找他的爸爸？」

媽媽走進來說：「美領館前面排長隊，上千的人，我帶了個小小孩，擠也擠不進去呢。」

「那也要想辦法啊，今天早上，我四點半就出門了，為我的兒媳婦排到第四位，總算拿到了簽證。現在這個世道不太平，還是快點出去。出去，出去，快點都出去。」吳老伯伯一邊說，一邊把一隻手掌在我面前扇來扇去。好像要把我扇出去一般。

「謝謝你們來，明天早上讓她去試試看。」好婆說著就急急忙忙奔了出去。這是因為她聽到大弄堂外面的馬路上有學生的遊行隊伍走過來，好婆眼明手快，一把就把娘舅的兒子大阿哥從遊行隊伍裡捉出來啦，我連忙跟在後面起鬨。

好婆一邊捉牢大阿哥一邊教訓他說：「你們這些學生是發昏啦？去反對鄧小平？也不想一想，如果沒有鄧小平，你們這些人哪裡有機會讀大學？統統到鄉下去做農民了呢！特別是儂，黑五類的後代，有得苦吃了。」

跟出來的吳老伯伯在一邊幫腔：「學生運動啊？你奶奶是老祖宗了，當年還是組織遊行的學生會主席呢，到頭來發現都是被人利用的。我看你今天住在家裡，不要回學校了，明天和你小孃孃一起到美領館排隊，領了簽證出去。」

「就是啊，儂的爸爸媽媽老早就在加拿大等儂了呢，啥人要儂在這裡遊行、靜坐、絕食、吃苦頭？」好婆心痛地說。

大阿哥笑起來了，他抱著好婆的肩膀輕輕地說：「放心，你沒有看到我們都有一件黃雨衣嗎？到了肚子餓的時候，我們會偷偷換班去吃東西的，外人不會察覺。」

「騙人啊？這就更加不好了！這種事體是最不可以做的，回家！明天排隊領簽證出去！」好婆氣呼呼地說。

「出去啦！出去啦！快點逃啊！不得了啦！『文化大革命』來啦！『文化大革命』來啦！」我在旁邊跳來跳去說。

爸爸的朋友，一個年輕的大學教授從遊行隊伍裡竄出來，一下子把我拎到半空中，假裝嚇唬我說：「這個小孩，怎麼會講出這種話？大逆不道啊！」

我老遠看到，連忙奔過去，把你從這個人的身上搶下來說：「這種腔勢不是『文化大革命』是什麼？你們這些大人還沒有一個小小人講出來的話有道理呢。」

母親見狀一邊把你摟到懷裡，一邊對我說：「出去吧，這裡要大亂了。」

不料第二天，上海的美國領事館關門了。那扇黑色的鐵門上貼了一張通告，既沒有說明原因，也沒有說明這是暫時的還是長期的。許多人在那裡指指點點，卻沒有一個人出來解答問題。我嚇壞了，想起來一九四九年到台灣去吃香蕉的小舅舅，就為了那串香蕉，再也沒有能夠見到自己的父母、妻子和孩子。

想到這裡，我要把你抱到懷裡，你掙脫了，只是把我拉到電視機的旁邊，讓我陪你一起觀看電視。那裡面正在播放你百看不厭的日本卡通片《萬里尋父》。通常你看完了卡通片就會假模假樣地背上一個小布包，然後和大家一一「再見，再見」。一開始大家也就會做出一副認真的樣子，認真地「挽留」，認真地「送行」，最後認真地把你好像英雄一樣「迎接」回來。後來時間長了，沒有人當真了。有一次我正在寫工作報告，你又走過來和我「再見」，我頭也沒抬就回答：「再見，再見，去了就別回來啦！」你愣了，一分鐘以後躲到角落裡抽泣。

這天我摟著你，和你一起看電視，心裡想，假如看完電視，你站起來要和我說：「再見」，我一定跟你走，無論你走到哪裡，我都會和你在一起。

夜裡，你莫名其妙地發起了高燒，母親焦急地踢踏著拖鞋，衝到我的床前，把我拖了起來，我抱起你滾燙的小身體，以為天要塌下來了。那時候還沒有那麼多的出租汽車，我直奔機動車服務站，一個剛剛出車回來的年輕司機，一聽到有小孩子發燒立刻就跟著我走，他把我們送到兒童醫院急診室，又要趕著去送一個孕婦。那個年代的好人多，不會開口先要錢，我想我是遇上了一個勞動模範了。

勞動模範讓我先帶你看病，假如趕得及，他會送了孕婦再回來送我們，結果他沒有來。黑夜裡，我背著打完針的你，從急診室裡走出來，街上沒有一個人、一輛車，我只好依靠自己，一路走回去。頭頂著滿天的繁星，我一步步向前走，你醒過來了。你說：「媽媽，快放下我，儂會累死的。」

我說：「媽媽不會死，媽媽要把你養大成人，媽媽要帶你去找爸爸。」我被自己的話語嚇到，這是我第一次在你的面前表露了我要去找你爸爸的心事。

你沒有注意我的話語，只是說：「天又黑又怕人，路上只有我們兩個人，真可憐。」

我咬了咬牙說：「不要怕，有媽媽就不怕了。」說著我把你抱到了胸前。

你掙扎下來說：「媽媽，我自己走，背背、抱抱再走走……」

我的眼淚流下來了，你只有五歲啊，我的兒子，我一定要帶你去找到你的爸爸。回到了家裡，我發現你的燒退了，而自己卻發起了高燒。

睜開眼睛的時候，巫婆正站在我的旁邊，她披頭散髮地半裸著上身，兩隻手在布滿了血印的胸口抓來抓去，房間裡煙霧騰騰的。我心想：「巫婆這是動了真氣了。」

「大礙嗎？」好婆問。

巫婆的嘴角冒著白沫說：「災難啊！只有一條路，就是帶著這個小人逃離這片土地。」

好婆又問：「什麼時候？」

巫婆翻著白眼，掐指算來算去，最後說：「下週五申時可以拿到簽證。」

這時候，我站在一張小凳子上面，兩隻手緊緊抱著媽媽的腦袋，生怕一鬆手媽媽就會死掉，我對巫婆搖了搖腦袋，示意她輕一點，不要把媽媽吵醒，媽媽太累了。可是媽媽已經醒了。媽媽說：「這一記儂錯了，就算美領館開門了，人家週五的下午一向是不對外開放的，不可能去拿簽證。更何況早些日子我得到了一個拒簽『1Y』（一年之內不得再次進入美領館申請簽證）的通知，怎麼可以再進去？」

巫婆翻了翻白眼說：「我不會錯的，下週五，你會帶著兒子走進美領館的大鐵門，然後在申時拿到簽證。」

媽媽說：「大鐵門關著呢，我怎麼進去啊？跳進去還是鑽進去？」

「堂堂正正地走進去。」巫婆說。

「不可能，」媽媽的話沒有說完，巫婆搶過去說：「也許是美領館的大門忘記關好了，也許是大門倒塌了，總之你就是在那天走進去的。再不相信，到時候我帶你進去好了！」

「喂，你這麼大的本事，為什麼不早一點帶我進去？」媽媽有些生氣了。

巫婆穿好衣服，把長髮梳理整齊，盤在頭頂上，又塗了一遍好婆遞給她的面霜，光光鮮鮮地拎起她的皮包，回過頭來和媽媽道別：「不要多想，就是下週五的申時。再告訴你，今年的中秋節你和你的兒子就都不在這片土地上了。」

媽媽說：「亂講！沒有幾天中秋節就到了，我還要和母親姊姊一起吃月餅呢。」

「你和月餅無緣，到美利堅去啃披薩吧。」巫婆說著便消失在房門背後，任媽媽一個人躺在那裡臭「罵」不回頭。

媽媽的病好了，「下週」也很快就到了，週四的下午，當媽媽已經把巫婆的話忘記得乾乾淨淨的時候，辦公室的電話響了。電話的那一頭，傳過來了一個陌生男人的聲音，他通知媽媽說：「明日下午到美領館辦理簽證。」

媽媽瞠目結舌。

第二天，媽媽帶著我走到那扇關閉的大鐵門的跟前，旁邊一扇小門無聲地打開了，門口一個武裝軍人和氣地向我們行禮，並示意請我們進入。一個西裝革履的美國人正在門廳裡等待我們，他一見面就遞給我一根美式的棒棒糖，我的手伸了出去又縮了回來，因為我害怕拿了棒棒糖就拿不到簽證了，出去找爸爸好像比棒棒糖更加要緊，何況這個美國人就是掌管我可不可以去找爸爸的簽證官。

簽證官迅速地查看了媽媽遞上去的資料，在他查看的過程中，我的眼睛盯牢了那根棒棒糖，想起來爸爸一定會有很多很多這樣的棒棒糖。便爬到椅子上問：「你知道我爸爸是長得什麼樣子的嗎？我想我的爸爸了。」

簽證官看著我一字一句地回答：「我也想我的爸爸了，我們都會去看爸爸的。」

他說完就在我們的護照上「砰砰」蓋下了兩個印章，看著血紅的印章，媽媽鬆了口氣，她知道我就要出去看爸爸了。而我，只曉得那根棒棒糖現在是屬於我的了，於是對著那根呼喚了我很久的五顏六色的棒棒糖伸出手去。簽證官笑了，媽媽也笑了。

這時候牆壁上掛鐘的時針正指著三點三十分——申時。媽媽後來說：這是媽媽命中注定的，也是我的命中注定的。

難產兒

我說過不要母親和姊姊送我到機場，因為我不要和她們說「再見」，我害怕說了「再見」就再也見不到她們了。我只需要天上的父親目送著我，他會看著我，牽著你的小手，一步步走出國門。

這是我有生以來第一次乘坐飛機，沒有想到這個會在雲頂飛翔的鐵盒子，可以裝載這麼多的人。因為是中國民航的飛機，所以大多數是中國人，大家擠來擠去在行李架上搶占地方，又把走廊塞滿，真的好像逃難一樣。

我把你放到靠窗的座位上，幫你綁好安全帶又把你和我中間的把手拎了起來，就好像為我們兩個人製造了一個獨立的空間。你趴在橢圓形的窗子上，起勁地朝著外面張望，我用兩隻手臂圍住你的小身體，閉上了眼睛，默默地朝著這裡的天，這裡的地告別。

周邊的同行者們一個個興奮得要命，只有我一個人沉淪在迷茫之中。我實在是不願意離開上海的。不然的話，早就在伊離開的時候跟出去了。八〇年代初期，出國就好像是成功的標誌，凡是有點志向的年輕人，都要出國深造，特別是到美國去。一家人有一個出國了，那是走起路來也要比別人高出一截的。只有我這個懶人，賴在家裡不願意挪動。

然而命不隨意，注定了我一輩子的飄泊，今天一腳踏出國門，也許一輩子也回不到這片土地上了。身邊不會再有母親、姊姊、朋友，淮海路、新康花園……有的只是陌生的環境、陌生的人以及陌生的語系。天哪，這真是要到一個叫天天不應，叫地地不應的世界裡了。我說：「我有點怕。」

小小的你一聽到我的話，立刻翻轉過身體，抱著我的腦袋看著我，認真地對我說：「媽媽不要怕，有我呢！」

我嚇了一大跳，小獅子啊，你知道嗎？媽媽永遠都不會忘記這一刻，永遠都記住了你的這句話。你是一個很晚才開口說話的孩子，可是一開口，就會在我最沮喪、最無奈的時候，給予我感動，讓我震撼。此刻，我又想起來你第一次開口說話的情景。

那是一個星期天的早上，冬日裡的陽光透過落地玻璃窗照射在飯廳裡的餐桌上。母親帶著保母出去買菜了，姊姊還在睡懶覺，只有你一個人抱著個奶瓶在新打過蠟的地板上走來走去。這一年你兩歲，你很會走路，卻不會講話，你很會吃東西，卻不能離開奶瓶。

我把你拉到身邊，對準了太陽掰開你的小嘴，裡面是兩排整整齊齊的牙齒，還有靈活的舌頭，看不出來有什麼不正常，可是你為什麼不會講話，不能離開奶瓶呢？甚至連雞鴨魚肉都要打碎了，灌進奶瓶裡，通過剪出一個大洞的奶嘴，才會嚥下去。

是不是因為你是難產兒，先天不足？記得你出生的那一年的冬天出奇的冷，連一向不怕寒冷的伊也縮進厚厚的鵝絨棉襖裡，只有我雄赳赳氣昂昂地披了件長毛衣，捧了個大肚子走在大街上。

「我的身體裡面好像要燒起來了，可不可以請我到對面小店喝瓶汽水？」我說。

「不行，小店不衛生，我們還是到『紅房子』吃頓大餐吧。」伊一邊說，一邊朝著街角花園旁邊的西餐館走過去。

店堂裡熟識的領班大聲地招呼著我們，伊揮了揮手說：「先來一杯橘子水和一瓶啤酒，我去洗洗手。」

等到伊從洗手間走出來的時候，橘子水還沒有拿上來，我已經喝乾了大半瓶啤酒，你在我的肚子裡發起了酒瘋。當時，離開預產期還有十多天。原本計畫是吃完午飯，到「小花園」去買雙產後的布鞋，不料半道上，你就要殺出來了。

媽媽躺在救護床上，劇烈的疼痛要把媽媽活生生地撕裂。媽媽告訴我說，她只看到自己的兩隻腳高高地被一個男人舉在半空中，幾個穿著白大褂的醫務人員在她身邊急促地奔跑，他們的軟底鞋毫無聲響地在冰冷的地磚上劃來劃去，她不知道這些人是男是女，只聽到一片雜亂的聲音：「快推，快推，這個小孩的頭髮出來了！」

「不要讓她在救護床上生小孩，這是醫療事故，獎金要敲掉的……」

「舉高，舉高，兩隻腳舉高……」

媽媽聽不懂他們在說什麼，也弄不懂他們這是要幹什麼？是不是要把已經露出頭髮的我又倒回媽媽的肚子裡去？這不是要出人命了嗎！媽媽剛剛想叫「救命」，即刻痛急攻心，兩眼一抹黑，就什麼也看不見了。

「危險！這個產婦的血壓超過一八〇……」

「趕快注射。不然眼睛要瞎掉了……」

「快，快，進了待產室就好了，讓待產室的醫生來負責……」

媽媽聽見自己的床頭重重地敲打在門框上，她的兩隻腳被放了下來，身邊嘈雜的人聲隱退了，取而代之的是醫療器械撞擊在金屬上的聲音。漸漸地眼睛前面呈現出來一方巨大的口罩，口罩把這個人的鼻子和嘴巴一起遮擋，只留下兩隻布滿了魚尾紋的眼睛，從她的聲音裡可以辨別這是一個女醫生。

女醫生的手上握著一支粗大的針筒，針筒上面還帶著根半尺來長的針頭，不由媽媽分說就注射進了她的身體。媽媽感到有些奇怪，她說：「怎麼沒有痛感的啦？」

女醫生回答：「這是陣痛壓過針痛，現在就是在你的身體上拉一刀，你也不會感到疼痛的。」

不記得是什麼人這樣說過：「再漂亮的女人進了產房也會變得牲口一般。」隔壁床上推進來一個女兵，一臉的豬肝色，身上的被單全部掀到地上，四開八叉地光著下半身乾嚎，那聲音就好像是狼發出來的一般。

媽媽咬緊牙齒竭盡全力不讓自己大聲叫喊。女醫生的一隻手指插進媽媽的肛門，媽媽以為世界的末日要到了，終於發出了聲嘶力竭的聲音：「救命啊！我要死啦！」

「快進產房，孩子的心跳減速，恐怕要窒息。」女醫生緊張起來。

「這是難產，要動產鉗！」

幾個護士奔進來，抓住了媽媽床單的四隻角，拎起來就放到了產床上，媽媽的腳抽筋了。有人從暖氣片上抽下來兩條長布袋，套在媽媽的腳上，媽媽說：「我沒有感到溫暖，只是感到憤怒，因為我相信一定是剛剛高舉我兩隻腳的人，害我難產了。想到這裡，我的兩隻手一起掐住身邊穿白大褂的人，整個身體都弓了起來。」

「啊喲，你力氣真大。快把產鉗伸進去，夾住嬰兒的腦袋，小心，小心！好了，好了……」

伴隨著撕心裂肺的疼痛，只感覺到肝腸寸斷，五臟六腑都要從體內瀉出來了，你出生了。我好像沒有聽到你的哭聲，一個渾身是血的嬰兒被拎到我的面前——這就是你。你是被倒轉著拎到我面前的，大概是拒絕倒轉過來看世界，你的兩隻眼睛緊閉著，你的嘴巴半張著，卻沒有聲音。小護士在你的屁股上重重地拍了一巴掌，我大叫起來：「你發瘋啦！這麼大力？」

等不及我跳將起來和她拚命，你張開嘴巴大哭起來。我原本以為這會是世界上最洪亮的聲音，不料就好像一隻小貓在咳嗽。你咳了兩聲以後開始抽泣，這時候我看到一滴鮮血正從你右邊的臉頰上滲透出來。

隔壁床上的女兵得意洋洋地抱起她健壯的嬰兒，我則摟著被產鉗夾傷的你，我的難產兒呀，一想到這裡我的心就痛如刀鋸。你有一雙細長的眼睛，精緻的口鼻，你長得過於清秀。好像上帝就是為了公平，特別在你右邊的臉頰上留下了一整片的傷疤。

女醫生安慰我說：「沒有關係的，過兩天就會好的。」

可是我不能原諒這個把你夾傷的醫生，我知道產鉗的正確位置應該將其左右兩葉置於胎頭兩側，可是現在，產鉗的一葉夾傷了你的右臉頰，那麼另外一葉夾到了哪裡呢？一定是左腦勺！

等到我終於可以起床出門，第一件事就用一方大圍巾把自己包裹得嚴嚴實實，直衝圖書館，在厚厚的塵土當中尋找各類的產科書籍。我很容易就翻找到了這樣的文字：「左腦具有語言、概念、數字、分析、邏輯推理等功能」；「左腦發達的人處理事情比較有邏輯、條理」；「左腦發達的人在社交場合比較活躍，善於判斷各種關係和因果」；「左腦發達的人善於統計，方向感強」；「左腦發達的人善於組織」；「左腦發達的人善於做技術類、抽象的工作」……

左腦如此重要，可是你的左腦在來到這個世界的第一時間裡就受到了傷害，是不是因此你才不會講話，不能離開奶瓶呢？這個難產兒不要是個「戇大」啊，全家人為你焦急。

姊姊的兒子，你的小阿哥，對著你一遍又一遍地說：「好——婆——」

你張大了嘴巴，努力模仿：「婆——咦——」我洩氣了。不會講話就當你是啞巴，可是不能離開奶瓶又算什麼名堂？總不見得永遠都要抱著奶瓶吃飯？我跑遍了上海所有的圖書資料室，甚至必須要出示專門介紹信的徐家匯藏書樓，都沒有找到有關答案。

記得我的好婆留下來的三字經：「玉不琢，不成器。」趁著永遠都視你為全家最大的母親不在家，我今天是一定要動手來雕琢這塊頑石了。我深深地吸了口氣，來到廚房裡，先把早就熬好的雞粥盛進小碗，又找出一把最小號的長柄湯匙試了試冷熱。剛剛要端出去，想起來冰箱裡還有一塊「好時」巧克力，這還是幾天前，伊託人從美國帶過來的。我掰了一塊，拿在手裡。順便從燉在煤氣灶上的陶瓷參盅裡舀出一湯匙參湯放到嘴裡，大概是因為有些心不在焉，我被嗆到了。

我開始咳嗽，大聲地咳，你甩著小腿跑過來，迅速地爬到一張椅子上，輕輕地拍著我的背。我的心痛了，反過身體抱了抱你，突然看見夾在你胳膊下面的奶瓶，我咬了咬牙齒，拉著你的手，把你帶進了廚房外面的儲藏室。

儲藏室是媽媽通常不許我進去的地方，那裡面有很多有意思的東西，比如說媽媽小時候的書包、娘舅的繪畫工具還有姨媽的明信片。可是今天不一樣了，我喜歡的東西都清理掉了，面壁的角落旁邊，安置好了一張條桌和一把圈椅，媽媽一走進去就放下碗勺，把房門反鎖好。我警覺到不妙，拔腿要逃，卻逃不過媽媽一下子把我捉牢。媽媽緊緊地捉牢了我，坐進粗劣的圈椅，先是把我兩隻不斷蹬踢的小腳夾在她的大腿當中，又用左臂圍住了我的身體，左手緊緊抓住我的兩隻小手，這時候的我，已經完全落進媽媽的掌控當中了。

媽媽騰出右手，用那只長柄小湯匙舀一匙雞粥塞進了我的嘴巴，什麼東西梆梆硬地硌在我的舌頭上？我好像殺豬一樣大叫起來。一挺肚皮試圖掙脫。不料媽媽早有準備，用盡全力不讓我得勝。我把塞進嘴巴的雞粥吐了出來，媽媽立刻用湯匙擋住，並重新塞了回去。

媽媽翻來覆去地訴說著：「玉不琢，不成器！」不管我是否聽得懂，她聲嘶力竭地大叫起來：「告訴儂，儂是鬥不過我的，今天一定要丟掉奶瓶，用碗吃飯，一定要學會吃飯！」

我發瘋了，使出渾身解數抗爭，兩顆眼淚從眼睛裡迸發出來，拚足了全身的力氣大叫：「好婆——好婆啊！」

這聲音驚天動地，震耳欲聾，媽媽嚇了一大跳！咦？怎麼一回事？她說：「儂難道會開口說話了！」

這念頭差一點讓媽媽放開雙手，但是她沒有。她後來告訴我說，她的心裡很清楚，這是她第一次對我發飆，不能妥協，不能心軟。她說：「我一定要贏這第一個回合，假如失敗的話，以後就永遠也不會成功。」

媽媽咬牙切齒地不讓自己手軟，更加飛速地把雞粥塞進我的嘴巴，當我意識到沒有人可以來救我的時候，已經精疲力盡了，不得不面對著那把湯匙，一邊哽咽，一邊乖乖地張開了嘴巴，媽媽贏了！

一碗雞粥餵下去了，媽媽大汗淋漓氣喘吁吁，我聲嘶力竭悲痛欲絕。媽媽說：「媽媽罵儂，實在是為了儂好，儂生氣嗎？」

我仔細地剝開那塊巧克力，掰成兩半，一半放進自己的嘴巴，另一半塞進了媽媽的嘴巴。然後捧緊了媽媽的臉說：「不生氣，就是有一點點傷心。」

媽媽目瞪口呆，這是我第一次開口說出一句完整的話，讓她震撼到眼淚也流下來了。她說她永遠也不會忘記這句話，於是緊緊地抱住了我，就好像在飛機上緊緊地抱住了我一樣。

飛機在雲中行駛，很快就進入了黑暗當中。媽媽把趴在機窗旁邊的我抱到自己的腿上，又順便把機窗的下拉式遮陽板關上。我習慣地把腦袋埋進了媽媽的胸口，睜著兩隻小眼睛，直愣愣地盯著頭頂上的閱讀燈。那裡怎麼這麼雪雪亮的啦，有點刺眼。

一會兒，我看見你的小手在座椅的把手上摸來摸去，閱讀燈關閉了。我不清楚這個動作是屬於分析還是推理，只是在心裡冒出來許多安慰，我想說：醫學書上的理論不一定正確呢。

機艙裡的燈漸漸熄滅，周圍變得寂靜起來，偶爾有人咳嗽走動，遠遠地還有一個男人在打呼嚕。我把兩條手臂圍住了你的身體，我習慣這麼做，只要你一躺到我的胸口我就感到安穩。沒有想到很久以後，在你變成大人以後告訴我，你一直記得躺在我胸口的場景，你說你一躺到我的胸口就感到安全，數著我的心跳，好像回到胎盤裡一樣，很快你就睡著了。

你睡著了，事實上你是一個很會睡覺的孩子，到了上托兒所的年紀不能上全托，原因是你只有半天可以在地上，還有半天必須在床上。一個當護士的朋友蘋果看見了說：「這個難產兒怎麼這麼會睡，哭也不會哭，是不是腦袋有毛病啊？」

母親聽了十分生氣，她把你從小床上抱起來，搖了搖，你睜開了眼睛，可是不到一分鐘，打了兩個哈欠又睡著了。母親想了想有些底氣不足，但又不甘認輸，她堅持說：「不哭的小孩才是聰明的呢！我們這是床上英雄，床上英雄要麼不起來，一起來就會石破天驚！」

而我則以為，你不愛哭是因為你臉上的傷疤妨礙了你臉部的抽動。傷心至極的時候，也不過是稍稍咧一咧嘴巴，發出一串咳嗽般的聲音。是不是這是上帝在你人生的一開始，就要你感覺到了人生的犀利？

然而在當時，母親的「石破天驚」實在是準確至極，當你在地上走來走去的時候，精力充沛到了簡直就好像強盜出山。家裡所有的電插座統統找人來封閉，凡是你可以搆得到的東西，包括書報雜誌全部舉到櫥頂。但是你還是不斷地闖禍：用伊從美國寄過來的水槍掃射路人，用小樹枝在晾曬的衣物上亂戳，甚至用一根長棒頭，把新買來的一隻老母雞也打死。在你接二連三地闖禍的時候，曾經是單位裡短跑第一名的母親，都沒有辦法捉住你。你想辦法躲到一個大人想不到的角落裡，幸虧那時候有人發明了一種兒童拖鞋，腳後跟裝了一隻哨子，一步一響。當我把你從犄角旮旯裡拖出來的時候，你一臉的疑惑，看了看自己的鞋子，以後學會踮著腳走路。

想到這裡，坐在飛機上的我，忍不住試著去抓你的兩隻小腳，抓不到，你已經長大了，於是只能抱著你努力讓自己進入夢鄉。當我醒過來的時候發現，機艙裡的頂燈開得雪亮，大家都在準備用餐，而你則已經站在自己的椅子上，反過身體趴在椅背上，和後排的一家人攀談得熱火朝天。

這就是你，要麼不會說話，一學會開口說話，你的話就比誰都多。母親說：「這個小人真是大本事，剛剛生出來三年，就比我這個在這裡生活了三十年的人認得的人還多，連隔壁弄堂裡人的也會去搭訕頭。」

正想著，突然聽到後面一個女人用上海話直呼我的小名，她對著你說：「你媽媽這次是帶著你到科羅拉多去找你爸爸的啊？你爸爸在科羅拉多的哪個城市？」

你剛剛要開口回答，就被我一把拉回到位子上，壓低了聲音說：「儂怎麼可以把家裡的事情都告訴陌生人的啦？當心壞人把儂賣掉！」

「不是陌生人，我是蘋果啊！這是我的丈夫和兒子，我們移民到美國東部去啦，就是在賓州。」後面的女人站起來對我說。我一看，真的是蘋果，這個世界太小了，蘋果就是懷疑你腦袋有毛病的護士朋友，竟然會在飛機上相遇。我連忙站立起來，想和她的家人打個招呼。不料大吃一驚，明明記得蘋果的丈夫是一個強悍的體育教師，老相識了，可是現在怎麼變成了一個胖乎乎的白男人了呢？

蘋果毫不迴避地說：「我和這個老外有個協議，我幫他照顧他的戇大女兒，他負責讓我的兒子在美國上大學，公平合理。」

蘋果最後「公平合理」四個字讓我感到講不出的苦澀，再看看坐在一邊專心致志打遊戲機的大男孩，他是不是知道自己的母親為他付出的一片苦心？蘋果大概感覺到了我心裡的不適，反過來安慰我說：「美國總歸比中國好，更何況我這也是沒有辦法的辦法，小孩子聰明倒是聰明，就是不肯讀書，上個學期大考作弊，又毆打了小朋友，還在學校的音樂室裡放了一把火，要賠一大筆錢，我只好帶著他逃出去了。」

「聰明倒是聰明，就是不肯讀書，」這句話講起來蠻順口的，聽起來有點講不出的不暢。

「逃出去以後怎麼辦？」我問。

「當然是上學啦，在美國讀書要比在中國便當很多，那裡的孩子也比中國孩子笨多了，中國小孩個個是班級裡最優秀的，隨便一考就可以考進好大學，前途無量……」

蘋果還沒有說完，廣播裡傳來機長讓大家繫好安全帶的通知，原來舊金山要到了，飛機準備降落。我連忙把你在座椅上安頓好，自己則閉上了眼睛摟著你的小身體。伴隨著飛機緩緩地下降，心目當中升起來無數的擔憂，「出去以後怎麼辦？」

「出去以後怎麼辦？」我實在是不知道飛機降落下來以後，在我面前將會呈現出來一個怎樣的世界？

戇噱噱

到了美國以後，爸爸第一件事情就是帶我到小學裡去報名，立馬進入了當地的學齡前預備班。這是美國的中西部地區，科羅拉多州一個叫波德的小城，我的埃涅阿斯道路就是在這裡開始的。

媽媽很開心，因為她發現在美國上學真的要比在中國簡單得多，首先是從學齡前的預備班開始，一直到高中畢業都是全民制教育，不用付學費。再加上爸爸是研究生，屬於低收入者，所以我的午飯也是免費的了，後來因為媽媽出去上班，有了一份固定的收入，我的伙食費也只需要繳納牛奶的錢，算是對地區牧場的支持。

學校離開我們居住的研究生宿舍不遠，剛好超過一英里。根據當時地方教育部門的規定，居住在離開學校超過一英里的學生，才可以有校車接送，我便躋身於其中。不過媽媽發現我常常寧可步行也不要坐校車，這是後話。而在一開始，校車確實讓媽媽放心很多。

美國的公立學校和那時候的中國小學一樣，也是按照區域劃分入學的。我所就讀的小學就在研究生宿舍附近，裡面的學生多數是研究生的子女，應該算是好學區。在上海要想進這樣的學校是難上還要加難的。我不知道為什麼媽媽把我送進這個學校是那麼地開心，因為我已經記不得在上海的時候，媽媽為了要送我進托兒所傷透了腦筋。

那時候我已經到了進托兒所的年齡，好婆看到媽媽為我尋找托兒所就在一邊說：「儂阿哥的孩子是『中福會』托兒所出來的，我們家的孩子只進『中福會』，其他地方是不去的。」

「『中福會』啊？談何容易？這是除了花錢送禮，還要有『路子』的。」媽媽說。

「這個我不管了，儂自己去想辦法吧。」好婆以為媽媽不會有辦法把我送進那家可望不可及的特權托兒所，她根本沒有把我要離開她到托兒所去的事情當作是真的，於是，她說完就別轉身體，又對著我讀起那本《菜譜》來了：「走油蹄膀好吃伐？」

媽媽無話可說，只好搜刮腦子裡所有的近鄰遠親、朋友，甚至朋友的朋友……這一天途經淮海路人民照相館的時候，突然看見櫥窗裡有一張樣照，雖然這只是一張半身照，但是一看就曉得照片裡的人的兩隻腳是擺著丁字步的。這個人側身反轉略低頭，然後直視鏡頭。這是媽媽小時候在上海市少年宮「小伙伴」藝術團裡，學過的特定姿勢，再一看是當年的小伙伴露露。

想起來啦，這個露露好像就在福利會工作，打了幾十通的電話，轉來轉去找到在那裡財務科上班的露露。露露問媽媽：「你的兒子嗎？我來想想辦法。」

大概過了一個多月，大家都已經忘記了這件事的時候，露露打來電話說：「辦好了，很不容易的。你要幫他準備一個禮拜的換洗衣物，還有被褥，開學的時候，我陪你送他進去。」

「為什麼要一個禮拜的換洗衣物？」媽媽問。

「喂，你不知道我們中福會托兒所是全托的嗎？小朋友一個禮拜回家一次。」露露說。

「我不要全托，日托就可以了。」媽媽開始後悔。

「不要傻了，中福會沒有日托，只有全托，禮拜一早上八點整，我在托兒所大門口等你。」露露不容媽媽猶豫。

到了禮拜一，我還在睡夢中就被媽媽拉起來了。大包小包拖到托兒所門口，我的兩隻眼睛還是緊閉著的。我根本不知道自己即將離開最親愛的好婆，只有好婆抱著我難解難分。

老遠，媽媽就看到露露已經翹首企足地等在那裡了。她說：「你遲到了，老師會不開心的。」

我沒有回答，心裡直打退堂鼓。在你困思懵懂地還沒有弄清楚是怎麼一回事的時候，露露已經把你交給了當班的女教師，又把我拉出教室。我趴在門上的小玻璃洞洞上，用一隻眼睛張望進去，感覺有一點像探監。透過玻璃，我看到你一個人木呆呆地站在教室當中，莫名其妙地東張西望。整個的小身體，都呈現出一副驚慌、無助的樣子。

「他只有十八個月，我怎麼可以把他一個人放在這麼一個陌生的地方？他心裡會多麼害怕甚至恐慌？」我心痛起來。突然一個小朋友走到你的身邊，伸手推了你一巴掌，你只知道後退不知道還手，兩隻眼睛朝著門洞張望過來。我看見你扁了扁嘴，一副可憐相。

我忍受不了啦！腦子一個急轉彎，顧不得露露的牽扯，一下子就把門拉開，抱起你說：「我們回家！」

我一邊哭一邊往回走，露露跟在我背後拚命罵：「你神經病啊？你以為我把他弄進來是容易的嗎？多少人情啊！好不容易弄進來了，你又要抱回去。兒子沒有哭，你倒哭得像個瘋子。告訴你，我以後再也不管你啦！」

回到家裡以後，母親立刻把你摟到懷裡，好像是迎回來了個打了勝仗的大將軍，拎出來一大奶瓶絞碎的蹄膀，於是你一邊吃又一邊開心地聽母親閱讀那本《菜譜》來了。

就這樣子過了一年多，你會說話會吃飯了，再不送托兒所就會比同齡的孩子慢一拍，一定要把你送進托兒所去。但是我再也不會把你送到那個代表特權的「中福會托兒所」，我對母親說：「他本來就是一個普通的孩子，就讓他和普通的孩子一起，到普通的托兒所去吧。」

說是這麼說，但是真正要做到又是另外一回事，我抱著你，母親跟在我的背後，三人一行到處尋找托兒所。先是到里弄托兒所，母親剛剛踏進那間塞滿了三十多個小孩子的教室，立刻退了回來。她說：「不來事，那個老師自己在打毛線，不要講教孩子，就連管也不好好管。換一家！」

接著我們來到街道托兒所，那間托兒所的老師倒是嚴格，她讓幾十個孩子沿著牆壁坐成一圈，一整天傳來傳去傳一輛玩具小汽車。母親搖了搖頭說：「在這裡，不笨的孩子也會變笨的。」

我為你尋找托兒所，尋到心身衰竭。這天愁眉不展地坐在辦公室，同事老孫問我：「你為什麼不把兒子送到我們單位的托兒所呢？就在我們樓下，又方便又簡單，就是你上下班辛苦一點。」

我一拍腦門跳起來說：「啊喲，我怎麼這麼笨，捨近求遠呢？以前的概念總是以為單位的托兒所就好像放羊一樣，學不到東西的，現在看來地方的托兒所更加差。我辛苦一點沒有關係，只要兒子在我眼睛底下就放心了。」

從這天開始，你就跟著我風裡來雨裡去，上班下班擠公共汽車整整兩年，我們兩個人更加相依為命了。

媽媽單位的托兒所就在媽媽辦公室的樓下，每天早上我們擠在水洩不通的公共汽車裡，媽媽抱著我的身體，我抱著媽媽的腦袋，我害怕媽媽抱不動我，媽媽說：「放心，儂已經被擠得懸空啦，我一點力氣也沒有用呢。」

偶爾有好心的乘客看到，讓一個座位，也有時候我就坐到售票員的工作台上。到了站頭，我從媽媽的身上跳下來，牽著媽媽的手，高高興興地朝著辦公大樓走過去。那時候，實在是我最愉快的了。

還沒有走進辦公大院，就有小朋友叫我啦，胖乎乎的陳老師站在托兒所的門口，她的頭髮一圈一圈地盪在肩膀上，非常好看。看到她，媽媽放開了我的手，我就飛跑過去了。

托兒所的教室裡有一架巨大的鋼琴，比我們家裡的大多了，是三角形的。陳老師彈著鋼琴，讓我們各自發揮唱歌、跳舞。媽媽說：「有點太隨便了吧，一點約束也沒有。」好婆說：「蠻好，蠻好，陳老師有心開拓新式教育，讓小獅子充分發揮自己的想像和創意。」好婆相信這對我以後的學習方式和智力發展都有幫助。

那時候我們沒有操場，因為操場正在大修，那上面堆滿了黃沙和小石子，我最喜歡在上面爬來爬去了。要是讓媽媽看到就不得了啦！一定會把我拖下來，然後塞到浴室裡，從頭到腳地沖一遍，還要板著面孔罵我一頓。陳老師不一樣，她會和我一起爬到黃沙上面，她告訴我：「黃沙可以變成水泥，水泥可以變成新操場。有了新操場，我們就可以有滑滑梯、翹翹板啦！」

我想要新操場，就從黃沙上跳了下來，我告訴媽媽：「我不踢沙子啦，我要新操場。」

因為我講了這句話，陳老師獎勵了我一朵小紅花，我把小紅花舉到媽媽的鼻子下面，媽媽好得意，到處告訴別人：「我的兒子得到小紅花啦！」

「不要太得意了好不好，你過來看看，不說你的兒子是托兒所裡最笨的一個，就說他有一點戇噱噱好了。」新分來的大學生拉拉站在辦公室的窗口前面說。

媽媽走過去一看，原來是我們在下面的花園裡出操，大家排著隊，一二一二向前走。別人都是合著口令甩著小手抬著小腿，只有我拖在最後，同手同腳地像隻小鴨子搖來搖去。

「咦，你的兒子怎麼不會踏步的啦？別的小孩子都很正常，只有你的兒子不對頭，別人會以為我們辦公室出來的孩子是戇大呢。」拉拉說著就從樓上竄了下去，一下子把我捉了上來，當時正值班間休息，辦公室的同事們都起勁起來了，包括辦公室主任，大家排著隊教我踏步。我也起勁起來，故意踏錯，我喜歡這麼多的大人把我圍在中間。

這時候陳老師上來了，她說：「你們幹什麼啦？其實我們都會的，就是被你們這些大人弄糊塗了，不要理他們。」陳老師說著便牽著我的小手回到下面的教室裡。

陳老師把你帶走了，我則在一邊擔憂，腦子裡不斷出現你左腦勺受過傷的鏡頭。

這天下班去接你的時候，看見你正神氣活現地站在小朋友的當中，昂首挺胸地踏步。左手右腳右手左腳，有模有樣。我很開心一把抱住你說：「儂真靈光，媽媽曉得儂是最靈光的喔。」

接著我又轉過身來問陳老師：「你是怎麼教會他的？」

陳老師笑了，她把食指豎在嘴巴當中，看著你說：「噓，這是我們倆的祕密。」一會兒趁你不注意，又回過頭來對我說：「其實他都會的，這是小孩子的心理，不可以直接點穿，而是要繞著點撥。」

事後我把這個故事告訴巫婆，我說：「小小一個人，也會出花頭，要讓大家去注意他……」

巫婆翻了翻她的眼珠子說：「這還是剛剛開始。為了這個小獅子，你有得操心了。你是不可以放鬆的，先要操心到他入命，以後還有沒完沒了的煩惱！」

對於巫婆的話我沒有時間搭理，因為我正要拉著你的小手到復興公園裡去乘電馬。那時候，方圓好幾里地只有復興公園裡有電馬，電馬的生意好得一塌糊塗，許多大人也擠在等待乘電馬的隊伍裡。

你倒有耐心，跟在長長的隊伍裡一步步向前。我怕你累了，把你抱了起來，你說：「媽媽，我自己可以走，只要拉著儂的手我就很開心了。」

我又被你感動了，這就是養兒養女，辛苦付出的最大安慰，我認了。就在我沉浸在感動當中的時候，你已經和前面一對不年輕的情侶混熟了，那個男人把你舉到了肩膀上，你也不害怕，我說：「放他下來吧，他很重的喔。」

男人說：「沒有關係，很過癮的，要不是沒有房子，我們也可以結婚了，說不定也有一個兒子，可以帶他來乘電馬……」

男人的話還沒有說完，我們已經排到了跟前。一放閘，大家都爭先恐後一窩蜂地湧上了電馬的轉盤，各自占領了一匹自己中意的電馬。其實這些電馬都是一樣的，而且放行的人數和電馬相等，不知道為什麼都要像搶的一樣。前面的兩個大齡男女擠在一匹電馬上，你看見了，拍了拍你身後的空檔對我說：「媽媽過來，伊拉兩個人最要好了，坐在一匹馬上，我們兩個人也最要好了，也要坐在一匹馬上，我們要一直一直在一起。」

聽到這些話，我只有更緊地摟抱住了你。天氣很好，太陽曬在身上暖洋洋的。伴隨著音樂，電馬開始移動。前面的男女用力擠在一起，那個女的回過頭來，一臉的幸福，讓我把剛剛還在埋怨他們和孩子軋熱鬧的念頭一掃而光。

十年以後，我回到上海看望好婆，那時候我已經長到一米八十六了。晚間隨著媽媽來到復興公園散步，走著走著我突然發現夜霧當中，一匹匹時起時落的電馬隱隱綽綽地仍舊在那裡轉動，只是周圍已經沒有人排隊了。據說這種遊樂場現在不再時髦，小孩子們迷戀上了昂貴的迪士尼世界。當年絢麗繽紛的電馬，現在已經變得油漆剝落，破破爛爛了。它們在「吱吱嘎嘎」蒼老的呻吟當中，一上一下地挪動。一個駝背的工作人員正無聊地在那裡抽菸，整個畫面讓我看見的是被拋棄。

我長大了，變化了，整個世界都在變化，只有眼面前的電馬還留在原地，這就是生命和無生命的不同。走到近處買了張電馬票，坐在上面感到淒涼。想起來古希臘的哲學家赫拉克利特（Heraclitus）的名言：「人不可能踏進同一條河流兩次」。

還記得最後一次騎電馬，是在我離開中國的前一天。我抓緊了韁繩，神氣活絡地坐在電馬上，放眼望出去：「咦，那是什麼東西啊？」

原來那是一群外鄉人，牽了幾匹小馬駒開闢了一個簡陋的跑馬場。媽媽說：「臭烘烘的，又很髒，我們不去。還是坐電馬。」

我說：「那是活的，真的，有生命的，我要試一試。」

媽媽說：「這種小馬是沒有辦法載重兩個人的，媽媽不可以陪儂坐上去。」

你說：「我不怕，我是一個男人。」最後「男人」這兩個字是好婆教我的。說完，我就從電馬上下來，拉著媽媽一路跑過去了。

到了跟前，我發現那匹小馬比我高大很多，回過頭來看了看欄杆外面的媽媽，我想讓媽媽為我驕傲一下，於是自信地爬到了馬背上，只聽到媽媽大叫了一聲：「慢點，那個牽韁繩的老頭子還沒有過來呢！」

我回答：「放心吧，看牢我！」就一手伸出去抓韁繩，韁繩沒有抓到，抓住的是馬鬃，小馬疼痛得跳將起來，立刻帶動了所有的馬匹一起奔跑。就在我還不知道是什麼事情發生了的時候，整個馬場塵土飛揚。大人叫小人哭，媽媽的臉緊張到了抽筋，她瘋子一般從欄杆上面翻越過來，被一群工作人員攔住。

一時間，風兒在耳邊呼嘯，馬兒在身邊橫衝直撞，我覺得自己就好像是全世界的英雄一樣。混亂當中，那些外鄉人一個個衝進了馬場，奮不顧身地把從馬背上掉下來的孩子搶救出去，又赴湯蹈火一般衝到那些發了瘋的馬群當中，抓住牠們的韁繩，終於控制了危險的局面，一切都在幾分鐘裡發生和結束。

媽媽撲到我的身邊，把我從馬背上抱了下來，她以為我會大哭，但是我沒有。

一個老頭子看了看我說：「這個小孩怎麼這麼鎮靜？」

媽媽緊緊地抱住了我。她後來說：「不知道小獅子這副戇噱噱的模樣是否和他左腦勺受過傷有關。」

但是她不知道的還有，從這天起，我變成了再也不會讓別人察覺自己內心世界裡緊張的人了。很久以後，當我在耶魯大學參加重大考試的時候，主課老師指著我對大家說：「假如大家都可以像小獅子一樣冷靜就好了。」

其實我心裡緊張得要命，只是別人看不出來，我想也許就是當年那些狂奔的小馬，把我面孔上會緊張的神經制伏，以後再也不會挪動？

就好像我到了美國，第一天出去上小學，一個乾瘦的老女人走過來，一把捉牢了我的小手，我企圖掙脫，但是沒有成功，只好服貼，扭轉腦袋看了看媽媽，然後跟在這個老女人的背後走進了教室。媽媽說我臉上呈現的就是在小馬上同樣的表情，只有媽媽看穿了我的內心。

媽媽立馬開始緊張，她說：「小獅子這次不要吃大苦頭了，這個女人有點像脾氣古怪的老處女呢。」

爸爸沒有講話，看得出來他的心裡也在發毛。突然媽媽好像聽到巫婆的聲音：「這還是剛剛開始，為了這個小獅子，你有得操心了……」

媽媽朝著地上吐了口吐沫，想把巫婆的預言吐出去。然而事實不幸被巫婆言中，幾天以後，老師和小朋友紛紛圍著媽媽告狀，說我不會吃飯，這大概是美國人最為生氣的了，因為他們指望每一個外國孩子，看到美國豐富的食物，都會狼吞虎嚥，那才可以充分體現他們的優越。而我卻只會對著這些食物發呆，好像一點興趣也沒有，這讓他們的自尊心大受損傷；接著又說我不會走路等等。最後那個老處女對媽媽說：「不要以為美國的學校是沒有留級的，你要不要和他一起來上課，給他一個特殊的待遇？」

在美國，「特殊」這兩個字並不是褒義詞，通常是形容「戇噱噱」的智商有問題的小孩。

「不要，我相信我的兒子。」媽媽頂著巨大的壓力，咬著牙齒回答，她後來告訴我，她的心裡一直在打鼓，因為我的左腦勺……

爸爸有些沉不住氣了，隔天在課間的時候到小學裡陪我吃飯，那天吃的是「披薩」，從此我學會吃「披薩」，變成了學校裡的吃「披薩」大王。

闖禍胚

飛機上的蘋果說：「美國孩子比中國孩子笨多了，中國小孩個個是班級裡最優秀的。」又看見有文章介紹：「美國的老師和藹可親，從來都是說好話的，他們掌握兒童心理，不會動不動就向家長告狀。」

然而，把你送進學校以後發現，事實完全相反。先是你的班主任，那個老處女，三天兩頭打電話或者是帶條子來告狀。我對伊講：「這種事情怎麼一直會跟牢我的啦？」

還記得在上海的時候，你從我辦公室下面的托兒所一畢業，就進了家門對過的康健幼兒園。這是我放心的，因為我就是從那裡畢業的，經常還拿到年度小紅花。可是你在那裡短短不到一年時間裡，你的班主任老師，一個滿臉雀斑的小姑娘，幾乎每隔一天就要給我打電話告狀。每次電話鈴一響，我就心驚肉跳，這比辦公室主任或者是單位的領導打電話過來還要怕人。看著放下電話發呆的我，拉拉踱著方步走過來問：「小獅子又闖禍啦？」

「這次是吃飯的時候不老實，忘記扶住飯碗，把飯碗打爛了。」

「這次是搬椅子的時候不會小心輕放，把木頭地板砸掉了一塊漆。」

「這次闖禍闖大了，用一把塑膠小勺把小朋友的眼皮劃破了。」

其實上面的這些事情都是可以花錢解決的，就是第三件事有點麻煩。我把你帶到隔壁徐匯區公安局的高牆外面，嚇唬你說：「假如再發生類似的事，人民警察就會把儂捉進去的。」

事後母親把我臭罵一頓：「儂要嚇死他啊？他是因為小朋友罵他，講他的爸爸不要他的媽媽了，才出手這麼重的呢。」

我一聽就把你緊緊抱在懷裡，眼淚也要流出來了。而母親則在一邊鼓勵你說：「不要怕，別人不打儂，儂千萬不要去打別人，別人打過來，儂就要打過去，狠狠的打過去，這是我們家的家規……」

又過了幾天，老師沒有打電話，你倒一個人躲在牆角落裡哭，把你拉出來，再三問你是不是又有小朋友欺負你了，你哭得更加傷心。原來幼兒園的老師牽著你們出去兜馬路，這是那些老師最喜歡做的事情。當你們路過一家賣玩具的小攤販，上面擺滿了盜版的「變形金剛」，小朋友都在那裡大叫：「我有的，我有的，我家裡有的，我的爸爸給我買的……」

一開始你也跟著一起叫：「我有的，我有的，我家裡有的，我的爸爸給我買的……」回到家裡越想越不對，因為你是沒有的，你家裡也是沒有的，你的爸爸沒有給你買過。再一想，爸爸是什麼樣子的也記不得了，於是大哭起來。母親一聽馬上把我推到門外，並大聲地說：「快去買回來，不然就不要回來吃飯！」

最終還是辦公室有個同事的老婆在日本，帶給你一個正宗的「變形金剛」。這時候你發現你的小朋友都沒有，只有你一個人有了。從這天開始，母親教會你：「人，都是會騙人的，不要輕易相信別人。」

不知道當時的你有沒有聽進去，只是舉著那只變形金剛衝過來衝過去。我對母親說：「這個小人精力過盛，我去請個老師過來，教他彈鋼琴。」

母親說：「大概不來事，小獅子坐不牢的。」

結果恰恰相反，你坐在琴凳上，用兩隻拳頭在鋼琴上亂砸一氣，拖也拖不下來。聲音之大，全家都吃不消了，統統逃了出去。母親說：「快點停下來，還是到花園裡去曬曬太陽。」

不料剛剛安靜了一會兒，隔壁的老金就氣急敗壞地過來敲門，人還沒有進來，聲音已經衝了進來：「不得了啦，這個闖禍胚把爛泥塞到我家的水池子的下水道裡，挖也挖不出來，弄得到處是水！」

媽媽正要發脾氣，外面有人敲門，原來是蘋果阿姨來了，蘋果阿姨順便送我一只玩具小飛機，沒有什麼好玩，飛也不會飛，我把飛機放在地板上，砸了兩下，不好了，裂開了，裡面有根小鍊子，可以拉出來，還有兩個長著牙齒的輪子，讓我拔出來看看。還沒有等到蘋果阿姨離開，小飛機已經變成了一堆鐵皮。

蘋果阿姨說：「下次不能再送你玩具了，送你幾條蠶寶寶，活的，嚇嚇你。」沒想到我倒沒有嚇到，把我膽小的姨媽嚇得哇哇亂叫。

我想了想說：「蠶寶寶這麼小就要嚇死人，長大了更加不得了。讓我放到自來水龍頭底下給牠們洗洗澡，淹死牠們。反正將來都會死的，還是讓我先來弄死牠們好了。」

蘋果阿姨說：「這個小人不得了，心狠手辣的。」

這天媽媽還沒有下班，好婆在廚房間裡燒蹄膀，家裡靜悄悄。我想了想，搬過來一把木頭椅子，爬到五斗櫃上，把一只會唱歌、講話的方盒子拿了下來。我老早就對這只盒子發生興趣了，無奈媽媽看得緊，放得老老高。總算今天捉到一個機會，讓我來看看這裡面到底是什麼人在講話？正當我背對著房門，躲在角落裡專心孜孜地用力拆卸的時候，不好了，媽媽回來了！她三腳兩步跑過來，一把就把我拎了出來，大叫一聲：「不得了，闖禍胚！儂怎麼會把儂爸爸當年最寶貝的半導體拆到只剩下一只皮殼子的啦？這只半導體還是儂爸爸在最窮的時候，花費了所有的積蓄，才購買回來的。儂爸爸回來敲殺儂。」

「不會的，這只能說明小獅子的求知欲強。」好婆走出來講話。這種拆東西的事情對我來說簡直就是小菜一碟，有了好婆的撐腰，我就更加天不怕地不怕了。但是我也有苦惱的時候，好婆雖然縱容我，做起規矩來卻是相當嚴厲的。一開始是教我扶住飯碗吃飯，這實在是費了大力氣。

好婆一遍又一遍地說：「飯碗頭是一定要捧牢的，不捧牢飯碗，將來沒有飯吃的呢。」

「吃麵條好了。」我咕噥了一聲。

「麵條也沒有吃，對了，蹄膀也沒有吃啦！」好婆從來也沒有這麼嚴厲過。我扁了扁嘴想哭，好婆不讓步。我最喜歡吃蹄膀啦，為了蹄膀我也要捧牢飯碗。

好不容易連嚇帶哄地把我教會了捧飯碗，不料到了美國，第一件事情就是因為捧飯碗，撞進中西方文化的衝突當中。美國孩子從小就曉得，吃飯的時候，胳膊不可以放在桌子上，更不可以用手把盤子捧起來了。到底是要捧牢飯碗還是不要捧牢飯碗啊？小朋友都笑我，弄得我飯都不會吃啦，乾脆不吃飯。後來爸爸過來陪我吃飯。發現可以直接用手抓披薩，這才讓我放心大膽地吃東西。

吃完了披薩回教室，輕手輕腳地推開教室的大門，不料把裡面的老處女嚇了一大跳，她大聲地訓斥說：「小獅子，為什麼走路像隻蜘蛛一樣？是不是做了壞事啦?!」

我又糊塗了，想起來幼兒園裡的那位雀斑老師對我不會輕手輕腳走路的訓斥，我站在那裡，一隻腳前一隻腳後，連路也不會走了。

講到那個雀斑老師，最後一記下馬威是她把母親叫過去了，她說：「這個小孩子有思想問題！」

母親一聽，氣得眼珠子也要跳了出來了，她立刻反擊說：「這麼小的孩子，你怎麼可以給他扣上這麼一個大帽子？又不是文化大革命！」

原來是這天的回家作業出了問題，那是複述故事。故事原本講的是：有紅黃白的三隻蝴蝶，因為下雨要尋找躲藏的地方，然而紅白黃的三朵花，只接受和自己相同顏色的蝴蝶過來躲雨，不接受其他顏色的蝴蝶，最後三隻蝴蝶寧可淋雨，也不分開躲避。其中的關鍵詞是：「我們都是好朋友，要來一起來，要走一起走。」

不知道為什麼，從你的嘴巴裡出來變成了三隻蝴蝶，各自到各自顏色相同的花瓣底下躲雨，誰也沒有淋溼，最後天晴了，大家又聚集到了一起遊玩。

這是犯了個大忌，忘記了團結精神。雀斑老師指著你的鼻子說：「你看看門口掃馬路的工人叔叔，都是一起上班一起下班的。」

想不到你回答：「我長大了，第一不當工人叔叔。」

全班愕然。

這天下班，我就好像灰孫子一般，被那個雀斑小姑娘大大地教訓了一頓。還好那時候簽證已經到手，心裡打定主意，趕快帶著你逃出去，我就再也不要來操心這種狗皮倒灶的事情了。然而到了美國，這種狗皮倒灶的事情仍舊跟牢了我。總算這天太平，沒有人告狀，你就好像一隻聽話的小貓偎在我的懷裡。這時候伊捧了一只大西瓜從外面進來，不料一進門伊就大叫：「啊喲，你的小手怎麼會弄成這個樣子，什麼人欺負你了？」

我連忙把你藏在背後的左手拎了出來，一時間倒吸了一口冷氣。只看到你的手指完全變成了青紫的顏色，中間還略略癟進去一塊。

「一定是被夾了一記，痛不痛啊？你怎麼不告訴我的啦？」伊心疼地大聲說。

「老師講：『It's OK, OK, OK!』，我也只好說ＯＫ了。」你說。

「什麼ＯＫ！一點也不能ＯＫ的，走，帶你去找那個夾你的人，我饒不了他！」伊說著就一陣風地抱起你旋了出去，我忙不迭地跟在後面。

到了學校門口，爸爸還沒有等車子停穩當，便怒髮衝冠地奔進教室。那個夾壞我的小白人立刻知道大事不妙，連忙逃進廁所，爸爸眼明手快一個箭步竄到廁所門口，一腳就把廁所的門踢了開來。

老處女連忙趕過來，用身體擋住了那個孩子說：「孔先生，不要嚇壞了小孩子！」

「什麼？你還會出來保護小孩？小獅子的手要被夾斷了，你怎麼不會出來保護？告訴你，我們是要到醫院去驗傷的，是要到法院去告你的！這是不能ＯＫ的！」說著，爸爸一邊讓我指出當時的目擊者，一邊記錄了下來。

接著，爸爸開著小車直衝醫院，他抱著我在醫院裡奔上奔下。掛號、拍片子……而我則始終緊緊地抱著爸爸的脖子，有一種說不出的安全。長期以來，我都沒有和爸爸生活在一起，爸爸對我來說是陌生的。心裡總是和他有些隔閡，甚至懷疑他是不是我的爸爸？一直到這一天我才決定：「這個人真的是我的爸爸。只有親爸爸才會這麼心痛自己的孩子。」

等到一切都檢查完畢以後，發現骨頭沒有夾斷，只是皮肉的傷害。但是年輕的女醫生還是仔細地在我的手指上面塗滿了厚厚的藥膏，又包紮起來，最後用一條寬大的紗布帶把我的手吊在了胸前，她和藹可親地說：「現在OK了吧。」

這下真的是OK了呢，我幾乎忘記了疼痛，從爸爸的身上跳了下來，拉著爸爸的手回家了。這時候天色漸黑，還沒有到達家門口。老遠就看到一大一小兩個人影在那裡張望。媽媽一緊張說：「那不是老孫和他的兒子嗎？他怎麼來啦？是不是學校裡又出了什麼事情，他們先過來通風報信？」

老孫是廣州過來的訪問學者，他的兒子比我大一歲，和我在同一學校讀書。因為長得瘦小，性情懦弱，在學校裡常常受到欺負。這天，當我們的小車停到了跟前的時候，老孫立刻迎了上來對爸爸說：「你今天真是為我們大家出了氣了，你知道嗎，那些小洋鬼子，最會欺負新來的中國小孩了，我的兒子每天都被打，有一次被打到出血。老師對他講：OK，OK，還講他是個可愛的好孩子，他連哭也不敢哭。不像你的兒子，會在操場上踢沙子反抗。」

哦喲，不好了，把我在學校裡踢沙子的事情帶出來了，媽媽回過頭來看了看我說：「難怪我們的家門口總有一堆黃沙，掃乾淨了，第二天又堆了起來，原來是儂倒在那裡的呀。有一次，還差一點把我滑一跤。」

停了一歇，媽媽突然又想起了什麼說：「不得了，他們那麼多人，儂一個人怎麼對付得了？把儂打傷怎麼辦？」

我得意起來說：「不怕，打贏了的時候，許多小朋友就會來和我做朋友的，不分是白的還是黑的、黃的，特別是小姑娘，都會圍著我轉，我有不少朋友呢。」

我沒有告訴媽媽，剛剛去學校讀書的時候，不會講英文又沒有朋友，被大家欺負譏笑。甚至每天早上進教室，那些白孩子包括小姑娘，都排著隊地打我踢我。譏笑我衣服穿得不對，鞋子的式樣不對，還要把我的衣服藏起來，把我的學習用具丟出去……有一次我要上廁所，大家把我推來推去，不讓我去問老師，最後尿溼了褲子，又被老師大罵一頓。

這就是埃涅阿斯的道路嗎？媽媽不會知道那時候我所經歷的痛苦，我是那麼地想念好婆，想念上海的新康花園啊。可是我咬著牙齒不要告訴媽媽，因為我害怕媽媽心疼，我不要媽媽為我傷心。看到媽媽開始擔心，我便輕輕地走到媽媽的身邊，抱著媽媽說：「媽媽，不要擔心，我會保護自己的。」

這天晚上，我聽到爸爸坐在床上說：「要在這個環境當中生存，實在不是一件容易的事情。可憐的小獅子剛剛走出家門就要面對暴力，這是我萬萬沒有想到的，將來的道路還很長，不知道他會怎樣對付？」

媽媽說：「將來的事情將來再說，關鍵是鼻子下面的事情。明天我到辦公室裡去查一查，看看有沒有武術學校，送進去學兩招。」

媽媽一向是最現實的，她說她從來不去想將來，也不去追求夢想。爸爸諷刺媽媽目光短暫，媽媽不予理睬，媽媽只相信先要腳踏實地走好鼻子下面的第一步，再是第二步，一步一步地走出去。現在媽媽認為，在這個贏者為王，敗者為寇的世道，只有自己救自己了。

那時候我在華人報社工作，每天和五花八門的廣告打交道，雖然沒有找到專門的武術學校，卻在中文學校裡找到了一個教武術的老師。這個武術老師是一個在美國長大的台灣人。他剛剛從耶魯大學畢業，因為還沒有想好要做什麼，暫時回到父母的家裡休息一下。

大學畢業在家賦閒，在中國不多，可是在美國比比皆是。他的父母是中餐館的老闆，開了一家不怎麼起眼的小食店。後來這位武術老師拋棄了耶魯所學的專業，繼續他父母的餐館業，不過比他的父母成功。大概是因為有耶魯教育的墊底，變成了一位非常成功的中西結合的廚師，白宮裡的宴會也會特別邀請他去主持。這就是在美國，燒燒飯也可以出狀元，而且出了大名。可是在當時，這位名校畢業的大學生，只是待在家裡，順便到當地大學聽聽課，教教武術。

和我一起上班的同事丹丹把腦袋湊過來看了看廣告說：「這個武術老師根本沒有受過專門訓練，一點功架也沒有，我看教武術是不靈光的，最多教教小孩子打架。」

我說：「最好啦，我就是要他教打架，這樣小獅子就不會讓人欺負了。看上去這個耶魯大學的畢業生和小獅子一樣，也是四、五歲的時候到美國來的，也許就是為了反抗小白人的欺負，才學會了武術。」

這天以後，我便每週一次把你送到中文學校去學武術了。不料新的麻煩接踵而來，先是有鄰居來告狀，說你帶領了一群小孩子在垃圾箱上面甩棍棒，把垃圾箱的蓋子也捅出個洞，又有陌生人帶著小孩子來申訴，說你教他的孩子摔跤，一直摔到鼻青眼腫。

這一天吃過晚飯，我正帶著你外出散步，看到伊的師弟爬上爬下糊窗子，原來他家的窗子被野孩子打爛了，因為怕家裡的嬰兒受涼，先用報紙擋擋風。我剛剛要問你是誰幹的，那個師弟連忙說：「不是小獅子，打爛玻璃的孩子都逃走了，只有小獅子老老實實地站在那裡，一看就不是他。」

很久以後我才知道，打爛玻璃的就是你。你告訴我這件事的時候已經是個年輕的科學家了，一天我跟在你後面上車，你一坐上駕駛位就跳了下來說：「哦喲，不好了，車胎被小孩子放氣了。」

「儂怎麼知道的？」我問。

你沒有回答，只是彎下身體，在打氣口裡拔出一根小棍子。看了看告訴我說，當年幹這種調皮搗蛋的事情你是老手，並承認打玻璃的也是你。你說你的童年是相當豐富多彩的，好孩子做過，壞孩子也做過，沒有遺憾的了。看著你現在一副堂堂正正的模樣，想不出來當年那個闖禍胚就是你。

那時候，我以為你是一點希望也沒有的了，只想要你高高興興地健康地長大，根本沒有想到你會成為「藤校」的高材生，更沒有想到你在後來還會讓我到美國國會大廈去領獎。

在你帶給我如此榮耀的同時，我想起來當年最讓我感到恥辱的一件事，這一天我正在家裡烤排骨，電話鈴響了，拎起話筒，裡面傳過來了蕭太太的聲音，不容我開口，一陣臭罵飛了過來：「告訴你，以後不要讓你家的小獅子和我家的點點在一起，他是一個壞孩子，帶著我們點點在野地裡捅地老鼠的窩，點點被人抓住，小獅子倒逃掉了。不許他再捅，一轉身又去捅，明知故犯，這樣下去會把我們點點也帶壞的！」

我無語，你走過來，抱著我，一直到烤箱裡的排骨發出了焦炭一般的味道。

第二天是星期五，我決定到你學校裡去看一看，了解一下你在學校的情況。到了那裡的時候，正值你們的課間休息，老遠就聽到操場上一片喧譁。到了近處，只看見滑梯周圍塵土飛揚。啊喲，這些美國孩子怎麼不會從上面滑下來的啦？一人多高的平台，翻過欄杆就跳了下來，嚇得我連忙閉上了眼睛。

睜開眼睛的時候看到，剛剛那個穿著黃色羊毛衫，跳下來又翻上去的小人就是你！不得了，太危險了，腳骨跳斷可是一輩子的事情啊！「小獅子！儂又要闖禍啦！學校裡的老師到哪裡去了呢？他們怎麼不來管你們的啊？」

你滿頭大汗地跑到我的跟前說：「管的，儂沒有看到我常常會坐在校長辦公室門口的長凳上嗎？那叫反思凳，誰闖了禍就要被罰坐在那裡反思。」

反思凳

「反思凳？什麼叫反思凳啊？」媽媽驚愕地瞪大了眼睛。

十多年以後，當我戴上了牛津大學的博士帽，開著小車回到波德舊地重遊的時候，第一件事情就是帶領爸爸媽媽回到了我的小學，這是我人生當中的第一所學校，推開大門，熟門熟路地穿過走廊，直奔校長室。我看到校長室門口的走廊上，依然面對面地橫臥著兩條熟悉的木頭長板凳。長板凳是用漆成綠顏色的木條釘成的。我走了過去，然後坐下來說：「在我一開始上學的時候，最多的時間就是在這條凳子上消磨的，這就是反思凳。」

爸爸和媽媽走了過來，排排坐到我的身邊。當時正值暑假期間，碩大的學校裡，只有一個打掃衛生的墨西哥女人在拖地板，夕陽從門頂上面的玻璃窗裡滑了進來，跌落在我們的身上。良久，媽媽說：「我怎麼感覺到自己好像回到小時候，做了錯事，被罰到牆壁角落『立壁角』。只不過『立壁角』傾向體罰，而『反思凳』則是腦子裡的清算。」

不知道這個的「反思凳」是誰想出來的，是我們那所小學獨有的？還是全美國共有的？這實在是非常聰明的念頭，再會闖禍的小孩只要坐在上面一、兩個小時，不用教訓，也會變得安靜下來，說不定還會改換了一個人。想起來當年我那副闖禍胚的樣子，幾乎天天都要從反思凳上領出來，不由笑出聲來。記得好像只有一天，我高高興興地跑到媽媽的面前說：「媽媽，媽媽，我今天沒有坐反思凳。」

「為什麼？」媽媽摸了摸我的腦袋，似乎今天有些不正常一般。

「因為今天反思凳坐滿了，老師就放掉我啦！」

媽媽哭笑不得，不料回到家裡，我一放下書包就跑到路口去張望，媽媽追出來問及緣由，原來是我的朋友七訝子還坐在上面呢。

七訝子是個日本孩子，他的爸爸在京都大學教書，學校裡派他過來進修，於是全家都跟過來啦。七訝子是個插班生，第一天上學，就和我打了一架，兩個人在操場的沙坑裡滾來滾去，額頭砸破了，鼻子也打出了血，立刻被那個老處女捉牢，一手一個拎到了反思凳上，等待校長來處理。

這一天校長好像外出開會，把我們忘記了，結果我倆坐在反思凳上特別長久。一開始我們還坐在那裡哼哼唧唧地抽泣，做出一副委屈相，後來哭累了，無聊了，便開始相互打量。我發現這個不會說英文也不會說中文的小朋友怎麼長得和我一樣的呢？黑頭髮黃皮膚，兩隻眼珠子也和我一樣，是漆墨黑的。

我想了想，輕輕地踢了他一腳，他也輕輕地回了我一腳。就這樣，你一腳我一腳，你一拳我一拳，我突然大笑起來，七訝子也笑了，並從書包裡摸出一只變形金剛，這和我的那個是同一品牌的，我也摸出來了，用大拇指在變形金剛的肚子上蹭來蹭去，顯示出同樣的標誌，驗證不是盜版，兩個人就熟識起來了。等到校長回來的時候，只看到兩個英語不通的孩子，正趴在反思凳上用畫畫的方式交流，問及剛才的打架，我們倆早就忘得精光，好像從來也沒有發生過一樣。

很快，我和七訝子就變成了形影不離的好朋友。前幾天，我一個人被捉到反思凳上，七訝子趁著沒人注意，一下子坐到了我的旁邊，陪我受罰。今天我原本也想和七訝子同甘共苦的，只因為反思凳上實在是人滿為患，擠不進去啦！再加上老師也發現了我們的伎倆，有意要把我們分開。

我想起來當年在幼兒園裡三隻蝴蝶的故事，此刻好像也沒有強制性地讓你們複述，你和七訝子卻自覺地做到了：「我們都是好朋友，要來一起來，要走一起走。」不知道是不是符合當年的教育思想。

這天你在路口終於等到七訝子，兩個人開開心心地在停車場上奔來奔去。我和伊站在客廳裡的窗子後面觀看，越看越看不懂，我說：「這兩個小人從反思凳上下來，就好像是老虎出籠，你看，那些小美國人都跟在他們的後面，再也不敢欺負他們啦。」

伊一邊喝茶一邊說：「看上去他們要比美國人矮出一截，身胚也沒有美國人壯，但是你沒有發現嗎？這個小日本人天不怕地不怕，打起架來有一股拚了命的、不怕死的精神，這種不怕死的人是誰見了都會害怕的。」

「很有道理，但這又不是『一不怕苦，二不怕死』，不要走上歪道就好了。」我開始擔心。伊馬上安慰我說：「不會的，你不是一向標榜自己有一套教育方法嗎？」

是的，一想到這裡我馬上把你捉回來，立在爸爸的遺像下面，點著你的鼻頭說：「記牢，儂可以闖禍，但是不可以偷東西，儂可以打架，但是不可以把別人打出血。」想了想覺得還缺少一條，立刻加了上去：「別人好的，儂不一定都要好，但是功課一定不可以落後。」一說完就把你放了出去，不料你剛剛走出去又立馬逃了回來。還把大門反鎖，貼在門背後一動不動。我一嚇，連忙問：「啥事體啦？世界大戰發生啦？」

「比世界大戰還嚇人！」你驚恐未定地說。原來，這天七訝子忘記拉小提琴了。七訝子和我們住在同一個宿舍大院，那對日本夫婦沒有被灌輸過獨生子女的教育，不知為什麼卻和我們一樣，自覺遵循只生一個孩子的規矩。只是日本人對子女的教育非常嚴格，獨養兒子也不放過，說一是一，說二是二，規定好的時間沒有拉琴，那是絕對不能放過的。兩個人齊心合力，把個小小的孩子教訓到赤著腳站在冰冷的水門汀地上，只有「哈伊，哈伊」的份了。

後來和七訝子的母親交流，她說當時有關小提琴的計畫也是大家一起商量決定的，既然是已經決定了的事情，就要做到，這就是她的原則。和七訝子的母親變成朋友以後知道，聽上去他們家裡的大小事情都是通過家庭會議決定的，事實上多數是他們夫婦倆商量好了，再以家庭會議的方式讓七訝子同意，這實在是個好辦法，既民主又專制。

時間過得真快，一轉眼就到了寒冬的季節。這天是週末，早上起床，我拉開窗簾一看就開心得跳了起來，我說：「下大雪啦，今天是週末，我可以到前面的小山坡上去滑雪了！」

話音未落，只聽見「咚咚咚」一陣敲門。媽媽走出去，剛剛把門鎖轉了一個圈，大門就被推開了，緊接著七訝子好像一粒子彈一樣竄到了我們的客廳當中，撲到地板上。媽媽嚇了一大跳，生怕他跌痛，還沒有來得及過去把他扶起來，他倒一骨碌地站到了媽媽的面前，一邊鞠躬一邊說：「對不起，早上好，我是來找小獅子出去滑雪的。」

媽媽低頭一看，只見七訝子光著一雙小腳板，上身穿著一件敞開的滑雪衫，下身卻是一條短褲。媽媽說：「啊喲，你不冷的嗎？快穿好長褲，再去滑雪。」

媽媽一邊說一邊到壁櫥裡，找出我的絨褲遞給了七訝子，但是被他拒絕了。七訝子說：「日本的男孩子都是穿短褲過冬的。」

媽媽對爸爸說：「日本這個民族實在有點不一樣，堅強到了不得不讓人佩服。」趁著媽媽在說話，我已經穿戴整齊，夾著滑雪板，準備和七訝子一起出門啦。媽媽看見了，一把抓我們回來，逼著我們一人喝了一碗牛奶，並吃下去一片塗滿黃油的麵包，這才放我們出門。

到了門口，七訝子把兩隻光腳丫塞進一雙高筒的雪靴裡，我也穿上了我的高幫棉皮靴。在我們坐在地上繫鞋帶的當兒，我看見爸爸遞給媽媽一杯咖啡，媽媽站在門廳裡看著我們說：「他們真是無憂無慮啊，希望他們永遠都會這麼開心。」

爸爸走過來慢悠悠地說：「這是不可能的。」

不久以後好婆過來探親，這是我最開心的了。在好婆面前我是老大，她從來也不會罵我的。可是這次有點不一樣了，她剛剛來的第一天，就看見七訝子和我在停車場上奔來奔去，立刻把我拎了進來，她氣急敗壞地用手指頭點著我的額骨頭說：「儂怎麼可以和日本人做朋友的啊？儂不看看他的眼睛是黑的，他的心也是黑的，日本人是最黑心的人了，當年打到中國來，把我姆媽的妹妹活活燒死了……」

緊接著，也不管我是否聽得懂，就給我大講起那段歷史來了。好婆講故事最大的特點就是象聲詞，於是在轟炸和子彈的呼嘯當中，我第一次認識了這場戰爭。這天晚上，我睡在床上，兩隻眼睛直愣愣地瞪著天花板，媽媽走進來看了看我說：「小獅子啊，開始有苦惱了。」

我沒有回答，只是一骨碌地從被子裡跳了出來，奔到廁所裡，趴在鏡子前面看了半天說：「我的眼睛怎麼也是黑顏色的啦？」

媽媽沒有說話，爸爸在一邊說：「你還小，長大就會變成褐色的了。」

你祖母的母親是個日本人，這是一個除了我的母親和你以外，大家都知道的不是祕密的祕密了。

事後我輕輕地對伊說：「蠻奇怪的，你的眼睛倒不是黑色的，你的母親才是黑色的呀。」

伊說：「這叫隔代遺傳。」

但是在當時這不是一個最讓你苦惱的事情，最苦惱的是，你要在你最摯愛的好婆和最要好的朋友七訝子之間做出選擇。這天下班，伊到丹佛來接我，順道買菜。剛剛踏進中國超市，就聽到一個男人的氣急敗壞的聲音：「要打屁股囉！要打屁股囉！」

我笑起來說：「一定是小珍一家也來了。」

伊問：「你怎麼知道的？」

我說：「大家都知道，這是小珍丈夫的口頭禪，只要他們的女兒一闖禍，不管是大禍還是小禍，當爸爸的就是一句『要打屁股囉』，卻從來也沒有行動。弄得那個小女孩越加無法無天，上次在高速公路上竟敢把車門也打開了。」

「哦喲，這是要出人命的呀！」伊說。

正說著，走到魚攤頭，看見小珍夫婦正帶領著他們的女兒在挑魚。小女孩才過了四歲，長得白白淨淨，卻是調皮搗蛋到了極點，而且天不怕地不怕。此刻，她的兩隻手都伸到魚缸裡去了，弄得到處是水。小珍夫婦正焦急地要把她拉開，她卻一邊笑一邊把水都潑到她爸爸的頭上。

看到我們，小女孩站起來問：「小獅子哥哥呢？」

我說：「小獅子哥哥在校外俱樂部，還沒有回來。」

小珍一聽連忙說：「上學真好，放了學還可以到校外俱樂部，可惜我們的女兒小一歲，我正在讓中國父母想辦法弄一張假的出生證，早一年送她到學校去，我就不用操心了。」

她的話音未落，小女孩已經把蔬菜架子上的西紅柿撥拉到了地上，小珍的丈夫又在狂叫：「要打屁股囉！」

我搖了搖頭，原本想說些什麼，一轉念頭想起來這好像是大多數中國父母的通病。當年在上海，姊姊也是這樣。有一次姊姊的兒子不聽話，姊姊對著他大叫「要打啦」，我在一邊聽不下去了，說：「你沒有力氣，我來！」

不料剛剛把手舉起了，後背就被姊姊狠狠地打了一巴掌，力氣大得一塌糊塗。我感到委屈，母親在一邊笑道：「這就叫多管閒事。」

想到這裡暗自發笑，於是看著正在地上發脾氣的小女孩說：「哦喲，這麼漂亮的小姑娘，弄得好像垃圾堆裡爬出來的，快讓你的媽媽給你擦擦乾淨，對了，這就好看多了呢。」

接下去大家快手快腳地選購了一些中國菜，便各自回家。回家的路上，我對伊說：「嚇煞人了，讓我再要一個小小孩，那是打死我，我也不要的了。」

「小獅子會不會孤單啊？」伊有些憂心忡忡地說。

我說：「不會，現在他有七訝子，將來還會有新的朋友……」

話音未落，小車一個轉彎就進入了家門口的停車場，老遠看到你和七訝子正在那裡大喊大叫。我說：「母親規定小獅子一個月以後要和這個日本人再見，希望小獅子可以處理好這件事情。」

幸虧一個月還沒有到，七訝子父親的進修期滿，就要回到日本去了。這是放假前的最後一天，也是七訝子要離開美國的前一天。過了放學的時間，我還沒有回家。媽媽有些焦急，便決定徒步到我們的學校裡去看一看。外面下著細雨，這在我們所居住的科羅拉多州是很稀奇的事情，媽媽故意沒有帶傘，敞著頭，讓雨霧灑滿了腦袋。在煙雨朦朧的遠處，失去了小朋友們喧譁的校舍，孤零零地站立在那裡。

推開了虛掩的玻璃校門，裡面已經是空無一人了。媽媽是最了解我的人了，她想了想，決定直奔反思凳。果真，老遠就看到了兩個小人一並排地安坐在那裡，這就是我和七訝子。我們已經坐在那裡很久了，正在討論長大以後的事情，七訝子邀請我到日本去，他說他的媽媽是東京最佳導遊，她會帶爸爸媽媽到東京的旅遊景點去遊覽，而我們就可以自由活動啦！講到這裡我們都開心地大笑起來，只是殊不知，這個美好的計畫，始終沒有機會實現。

雨還在繼續，天色漸漸昏暗，我們倆還坐在那裡，彷彿忘記了時間。這時候七訝子的母親也過來了。她無聲地站在媽媽的身邊，兩位不同國籍的媽媽，生怕驚動到我們，只是遠遠地站在那裡，靜靜地注視著溫馨的一幕。良久，那位日本婦女，把食指豎到了嘴唇的中間，示意離開。

走出校門，七訝子的母親和媽媽坐到了室外的廊椅上，注視著霧濛濛的煙雨，各自想著各自的心事。媽媽後來說：「我不知道她會不會和我一樣，想到了那場戰爭，我彷彿看到母親娘家的豪宅，在日本人的砲火之下化為灰燼，好婆的妹妹在烈火當中呼救……」

「我想，今天晚上請你們小獅子來我家吃壽司好不好？」日本婦女說。

媽媽的腦子一下子沒有從戰爭的砲火當中別轉過來，脫口回答說：「不，不大好。」緊接著又加了一句：「我想還是讓他們倆單獨到必勝客去吃一頓『披薩』好了。」

這天晚上，我和七訐子在必勝客的店堂裡一直磨蹭到最後，我們商量好了，離別的時候不要說「再見」，只是相互擊掌，就好像我們明天又會在一起一樣。

七訐子回到日本以後，寫信過來，他說他覺得自己長大了，再也不屬於無憂無慮的小孩子了。每天下課以後回到家裡，教授公寓前面的停車場上空無一人，連一個小松鼠也沒有。他無聊地放癟了所有汽車的輪胎，既沒有大人來訓斥他，也沒有小人來加入他，甚至沒有小女孩告發他，一點點刺激感也沒有。他說他一個人坐在家門口的台階上，想念著反思凳。

七訐子還告訴我，日本和美國完全不一樣，那裡的孩子放學以後，立刻馬不停蹄地背起一個更大的書包，輾轉於各種補習學校和課外學校之間。這些學校從語文、數學、科學、音樂等等應有盡有，孩子們必須在其間把自己一直消耗到精疲力盡，天黑了才能回家。然後還要完成大量的作業。七訐子很喜歡唱歌，記得他在美國的時候，常常對著洛磯山大聲地歌唱，有些沉悶略帶沙啞的童音，讓人感到日本人的剛毅和深沉，他說過他想當個歌唱家，於是我一直很關注日本的歌星，希望有一天可以在那裡找到他。只是不知道在日本填鴨式教育的壓力之下，七訐子後來還有沒有唱歌。

關於反思凳，我寫過一篇作文。刊登在當地的華文報刊上，題目就是〈反思凳〉。〈反思凳〉講的是我和七訶子之間的故事，其中特別講到那場殘酷的戰爭，我說：「我真希望那個時候可以有一個反思凳，大家坐在那裡好好地反思，也許一切就會和平了。」

〈反思凳〉獲得了華文報刊上的作文一等獎，還有一百美元的獎金。我說過這一百元要等七訶子來美國的時候一起去吃披薩，可是沒有機會，這一百元一直存放到現在。

校外俱樂部

七訝子回日本了，每天放學以後，你就一個人到校外俱樂部去消磨時間，一直要等到伊從學校裡回來，才把你接回到家裡。美國這一類的俱樂部很多，從幾十元美金一週到幾百美金一週。當然錢越多就越高級，而平民百姓多數參加ＹＭＣＡ。付上一點錢，就可以讓小孩子在那裡一直待到天黑。

一開始我還以為ＹＭＣＡ就是一個專門提供給小學生的校外活動俱樂部，後來才知道這是基督教青年會，已經有一百多年的歷史了，創立於英國倫敦。那裡除了學生的校外活動室，還有圖書館、運動室、游泳池等等。參加這些活動，都是要另外付費的。

夏天的時候，科羅拉多的太陽就好像不會掉下去一樣，都已經是晚上七八點鐘了，天光仍舊大亮。這天吃完晚飯，收拾了碗筷，你還沒有回來，想起來這幾天你在校外俱樂部學游泳，一定是在游泳池裡忘記時間了。於是換上便裝，步行到校外俱樂部去找你。

校外俱樂部的游泳池不遠，只要穿過前面的大馬路就到了。還沒有走到跟前，就聽到裡面人聲沸揚，高高的滑梯上面不斷有小孩子滑下來。我拔開鐵門上的插銷，自行進入。在這裡不游泳不用買門票，站在旁邊看看是什麼人都歡迎的。大概是天氣有點燥熱，游泳池裡的孩子特別多，周邊的家長也很多，不少是熟人。那個不讓你和她兒子做朋友的蕭太太也來了，他們全家都圍牢點點的弟弟雷雷，看著他在淺水區遊玩。這個孩子長得虎頭虎腦，討人喜歡。

我踮起腳來張望，一眼就看到你和一群小朋友在跳水，遠遠看過去就好像一隻隻小青蛙，上上下下活絡得一塌糊塗。看到我，你興奮地跑過來拉著我說：「今天我學會跳水啦，媽媽儂看我跳好嗎？」

「好的，媽媽總歸歡喜看你的。」話音未落，只看到你單腳踏到跳板上，朝上一蹦就跳到了水中。站在你後面的是點點，他似乎有些猶豫，東歐的彼得奔到他的後面，看見他要跳不跳的樣子，就擠到他的前面去了，兩腳一蹬，用力一跳，竟然把點點也一起帶到了水裡。

啊喲，不好了，點點怎麼咕咚咕咚地吞水啊？兩隻手在水面上抓來抓去，好不容易浮上水面，蘇聯孩子謝尼亞又從上面跳了下來，剛好壓在點點的身上。點點徹底沉下去了，水面上浮起一長串的氣泡，我嚇得大叫起來：「救命！」

彼得聽見了，轉過身體說：「什麼？點點不會游泳嗎？」話音未落就從後面揪住了點點的頭髮，我看見點點刷刷白的小面孔再次浮出水面，鼻涕眼淚一大把，彼得連忙猛擊他的後背，點點終於嗆咳起來。即刻，我忘記了點點的母親罵過你，連忙奔過去，把蕭太太叫了過來。被大家七手八腳拖到游泳池旁邊的點點，一看見他的母親，立刻哭出聲來說：「媽媽呀，我差一點就死了呢！」

不料蕭太太兩條眉毛豎起來，嘴巴一張就劈頭劈臉地罵了過去：「死就死去吧，我還少了煩心。你怎麼這麼笨？什麼都不如你的弟弟，讀書比不上就算了，怎麼游泳也不行？快爬起來滾回家去！」

點點在那裡淅淅瀝瀝地抽泣，卻讓我受到了刺激，我想來想去想不通，他的媽媽怎麼可以這麼無情？一定是多出來的那個小弟弟造成的。這天晚上，媽媽把我安置到了床上，我再也忍不住啦，從被子裡爬了出來，緊緊抱住媽媽說：「媽媽，可不可以告訴我，你永遠也不會再生出來一個小弟弟？」

媽媽愣了愣，立刻就知道一定是點點的事情把我嚇到，連忙回答說：「放心，不會有小弟弟了。」轉眼又開玩笑地說：「小妹妹怎麼樣？」

「不要！我只要一個姊姊！」我叫了起來，神態極其認真。

媽媽大笑，抱緊了我說：「媽媽什麼也不要了，有了一隻小獅子，就是有了天有了地，有了太陽有了月亮。」

媽媽說完就讓我回到被子裡，自己則到廚房裡擦洗爐灶拖地板。我躺在床上，閉著眼睛，卻怎樣也睡不著，點點媽媽的面孔在那裡忽隱忽現。我聽到媽媽在廚房裡忙完了，又拎起沉重的垃圾袋，走出去倒垃圾。公共垃圾箱不遠，只是要穿過前面的停車場。

我起身，趴到窗台上，看見停車場上空無一人，安靜之極。這時候一輛豐田小卡車開了進來，正巧停到了我們的窗子前面。謝尼亞的母親從駕駛座上跳了下來，她爬到車子後面的車斗裡，搬下來一堆大大小小的塑膠袋。然後對著媽媽扯開嗓門打招呼：「孔太太，一直想請你們到我家裡來喝茶，卻一直抽不出空，真是不好意思。」

這是一個典型的俄羅斯女人，據說年輕的時候非常漂亮，就好像托爾斯泰筆下的娜塔莎。可是時過境遷，這個娜塔莎一過了結婚生子女人的幾大關卡以後，就變成一個巨型的娜塔莎了。此刻這個巨型的娜塔莎正氣喘吁吁地站在停車場上，渾身上下散發出來的熱騰騰的氣息，好像要把整個的停車場都升騰起來了。

她把手裡塑膠袋安置在地上，然後迫不及待地問：「孔太太，你有沒有不要的牛仔褲啊，大人小人都可以，再破再舊也沒有關係，只要有個美國的商標在上面就可以了。」

原來這是投機倒把的生意，她在美國收羅舊衣褲，然後運到俄羅斯的老家賺取暴利。我看見她的塑膠袋裡除了牛仔褲以外，還有一件脫了毛的裘皮大衣，媽媽走過去說：「這種東西也有人要嗎？」

她說：「當然，把破舊的地方疊在裡面，然後裝進塑膠袋裡封起來，可以賣很多『蘿蔔』。」

謝尼亞的父親是前蘇聯當官的，後來逃到美國政治避難，整天在家裡喝老酒。謝尼亞還有兩個哥哥，中學生也喝老酒。我最不喜歡到謝尼亞的家裡去了，因為他的家裡除了酒臭就是黴變的舊衣服臭。謝尼亞看上去非常壯實卻無能，也不大會說英文，常常被墨西哥的貝克欺負。蠻奇怪的，貝克喜歡欺負他，他卻還要跟在貝克的後面當跟屁蟲，特別是貝克欺負其他小同學的時候，謝尼亞就在那裡幫腔，這是我最不喜歡謝尼亞的緣由。

謝尼亞經常逃課回俄羅斯，幫他的母親跑生意。好像在美國，他是我的同學裡面唯一讀書留級的人，我已經升入五年級的時候，他還留在三年級。可是十多年以後，我看到一份介紹俄國新貴的畫報，其中一個黑衣黑褲風流倜儻的小開，就是謝尼亞。我把這張照片指給媽媽看說：「怎麼樣，想不通了吧，成功不一定要走仕途。還有當年那個最喜歡欺負謝尼亞的小霸王貝克，儂看，現在變成了謝尼亞的跟班呢，就好像跟屁蟲一樣。」

這真是風水輪流轉。而你的那幫朋友當中，最讓我憐憫的是猶太人的後裔喬舒亞，他有些瘦弱，稻草一般的黃髮貼在腦門上，是個不聲不響對物理很有興趣的孩子。喬舒亞有些小聰明，那時候學校裡舉辦汽車模型比賽，喬舒亞在他的小車的前方加了一塊鐵片，結果這輛小車從斜坡上面滑下去時跑得最快，得了個第一。貝克很生氣，因為他的小車是由他在修車鋪裡工作的父親製作的，也沒有拿到第一，於是就用小石頭把喬舒亞的腦袋砸出鮮血。

這些都是在校外俱樂部裡發生的故事，有一天我到俱樂部裡來接你，老遠就聽到你在那裡和貝克對罵，滿口髒話，你為什麼會變成這樣？氣到我要發昏，只想衝過去狠狠打你一頓，可是走到跟前卻一點力氣也沒有了，眼淚刷刷地流了下來。

這怎麼可能是我們家裡走出來的孩子？要是爸爸在天之靈知道了，一定會傷心的。從那天開始，我就再也沒有讓你去過那家校外俱樂部。我說：「把校外俱樂部的費用省下來，買一個『任天堂』的遊戲機，你自己在家裡玩好不好？」你高興得跳了起來。

日本人發明的「任天堂」，很有些共產革命的思想。其中的英雄，是個最底層的勞動人民——管道工。這個身著紅色服裝的管道工，機智勇敢，一步步地打敗所有的惡霸，最後打掉皇帝才可以獲得全勝。我不知道全世界有多少孩子，都是在這個管道工的影響下長大。我只知道這個「任天堂」在當時非常時髦，除了有個手控電板以外，還有一把可以打鴨子的電槍。

每天晚上吃完晚飯，我們全家都圍坐在「任天堂」旁邊，舉著電槍打鴨子。「任天堂」帶給我們很多快樂，特別在壓力很大的時候，很可以幫助減壓，很可以發洩內心的憤恨。

在「任天堂」帶給孩子們愉快的同時，電視裡正在播放一部極其熱門的動畫電視劇《辛普森一家》，這部電視劇好像永遠也播不完一樣，每天晚上黃金時段都霸占在那裡。故事通過一個美國的中產階級家庭，嘲諷美國的文化、生活、社會等等。看看幼小的你對著電視哈哈大笑，我開始擔心，那個叛逆的主角巴特簡直是個壞胚子，怎麼可以如此堂而皇之地在那裡招搖？美國人的教育怎麼連好壞也不分的啦？

我把我的想法和大家討論，得不到共識，幸虧當時的總統老布希出面表示：「我們希望每個家庭強而有力，希望他們能更像沃爾頓一家而不是辛普森一家。」不過美國不像中國，總統的聲音似乎並沒有權威。幾天以後，《辛普森》竟然公開諷刺總統，真是瘌痢頭撐傘無法無天了。唯有我堅決地擁護總統的講話，不許你穿那件畫著巴特並印有「我是差生而且我很自豪」的T恤。

為了對抗《辛普森一家》，決定找出當年從中國帶過來的動畫片《黑貓警長》。我以為這才是正面教育，可以幫你健康成長。大概是太多時間沒有播放了，老式的錄像帶一下子卡在半當中，螢幕上是黑貓警長走樣的定格。

「這個黑貓警長怎麼變得這麼難看？讓我來幫你們修理一下。」伊走過來幫忙。倒過來倒過去好幾個回合，錄像機終於戰勝了錄像帶，又開始向前。重新泡上一杯紅茶坐到你的身邊，啊喲！這是啥事體啦，手裡的茶杯也差一點打翻，只看到新式武器「砰」一記打出去，「哈哈」一黑貓警長一聲怪笑，小老鼠的屍體橫飛起來，手足分離，鮮血四濺。不得了，怎麼會有這麼多的鮮血的啦？那隻老鼠一翹一翹地狼狽逃命，又窮又餓，到處遭打……不對了，我為什麼會同情起這隻過街老鼠？

回想起來在中國，你最喜歡這部《黑貓警長》了。幼兒園裡的小朋友都搶著扮演「黑貓」，手持一根長木頭，乒乒乒乓欺負弱者，開心得一塌糊塗。這簡直就是正面的教育，負面的效果。但那時候我好像並沒有為你的暴力行為擔憂，因為我自己也沒有意識到這是暴力。現在我完全糊塗了，到底什麼是「好」什麼是「壞」？

我就好像你為了吃飯的時候兩隻手捧不捧飯碗撞進中西方文化的衝突當中一樣，一下子被中西方教育的差異弄得迷茫。後來和你一起回想起這一段時間的成長過程，你說：「其實《辛普森一家》這一類的動畫片，讓我們很小就在笑聲當中辨別好和壞，而《黑貓警長》這一類暴力片，在美國是屬於『兒童不宜』的。」

美國的電影分級很嚴格，從兒童片一直到成人片共分五級：G、PG、PG13、R、NG-17，兒童片裡不僅僅排除了「色情」還包括「暴力」等等。多數人都會自覺遵守，有的電影院門口也有檢查身分證的。

媽媽總歸認為《辛普森一家》是最害人的童話片了，我告訴她，校外俱樂部和校車要比《辛普森一家》嚇人許多。俱樂部裡的輔導員多數是志願者，沒有經驗，而且人數很少，沒有辦法照顧到每一個孩子，那裡面打架、罵髒話，就好像是家常便飯。我罵人的髒話都是在那裡學會的，至於校車那是更加混亂的地方，特別是最後面幾排座位。因為校車上沒有老師，只有一個司機，司機不可能一邊開車一邊看管大家，又是各個年齡段的小孩子都混在一起，高年級的學生在那裡販毒的都有。這就是我不願意坐校車，寧可走路的緣由。聽到這些故事以後，媽媽決定自己每天開車送我上下課。她說：「辛苦是辛苦，卻可以減少很多麻煩。」

對此，我非常感謝媽媽。

因為開車送我，天天穿過一所公立中學。公立中學的前廳有一間朝陽的大房間，正面牆上有一長排落地玻璃窗，所以一眼可以看到裡面。媽媽問我：「這是什麼地方？」

我說：「不知道。」這是我第一次注意中學部，看上去像是一間設施齊全的嬰兒室，除了一排排整齊的嬰兒床以外，還有活動區，坐車、玩具應有盡有。媽媽說：「大概是教工的福利。」

我問：「什麼叫『教工福利』啊？」

媽媽沒有回答，只是自言自語地說：「這裡的教工好像沒有那麼多哺乳期的媽媽，哪裡會冒出來這麼多的嬰兒？讓我去看看。」

這一天我把你送進小學以後，特別到中學部的門口張望，只看到有一些女學生在那裡抱著幼小的嬰兒哺乳。

難道這就是傳說中的學生媽媽？也太年輕了一點吧？真的是學生媽媽呢，她們哺乳之後，直接把孩子交給了裡面的育嬰員，就回到了她們本來的中學生的面貌，蹦蹦跳跳一身輕鬆。這些小媽媽，自己還是一個孩子呢，有的還是初中生，最多十五歲，怎麼就發生了這種事情？好像一點難為情也沒有。

是不是美國人和中國人的生理結構不一樣？我弄不懂。你們低年級的班級裡有一個美國小朋友，小得一點點的小男生，就會躲在樹叢裡，和小女孩親來親去，真是莫名其妙，我為你是個中國孩子慶幸。

正想著，外面走過來了一個中國孩子，竟然也是一個學生媽媽，因為矮小，那個沉重的嬰兒幾乎把她覆蓋，她懷裡抱著嬰兒，背上背著書包，胳膊上還掛著一個巨大的嬰兒包，踟躕地拖著重負向前邁步。我突然動了惻隱之心，快步走過去，幫她抱起了小貝貝。

這時候我看到這個嬰兒小得連眼睛也睜不開，紅通通的，滿臉是皺紋。原來這個嬰兒剛剛生下來三天，美國人沒有坐月子這一說，生了孩子就下地，這個小媽媽算是在家裡休息了兩天，今天是第一天出來上學，學校還派校車，專門去接了她一次。

我不敢詢問她是誰，只是幫她把孩子送進了育嬰室。回到家裡把這個故事告訴伊，伊說：「哦，這是訪問學者老王的女兒，他們夫婦離異，老婆跟了個美國人，女兒沒有人管，不知道怎麼回事，出了這麼檔事情，也不肯講出來嬰兒的爸爸是誰。」

「早先幹什麼啦？怎麼不會去把孩子打掉的啦？這個年輕的媽媽將來的前途都要毀了，會遭受多少歧視啊。」我很為這個當媽媽的擔憂。

「你不知道在這裡墮胎是違法的嗎？沒有生出來的也是生命，墮胎就是殺人！」伊頭也不抬地對我說。

我困惑了，這一次是被美國的法律困惑。可是後來聽說這個女孩子帶著她的孩子讀了個護士學校，畢業以後成為當地最大醫院裡的優秀護士，還當了護士長，比許多乖孩子成功很多，也沒有人歧視她。幾年以後又結婚生子買房子，這就是美國人吧。

我想起來中國人的那句老話「三歲看大，七歲看老」，在這裡怎麼一點作用也不起？不知道是不是東西方的天時地利人和不同，各人走上了各人完全不同的路？

美國很多地方都和中國不同，記起來你小時候每天上學，都要經過一面掛滿了小星星的牆壁，每個小星星裡面還有一張小朋友的照片，這是學校裡每個班級的一週之星。美國小學一般一年分上下兩個學期，每個學期十八個禮拜。一個班級只有十幾個孩子，幾乎每一個孩子都會在一個學期裡上一次「一週之星」。這不是絕對的輪流，卻是絕對的鼓勵。

連你這樣一個皮小人的照片，也曾經掛到了那面牆壁的上頭，為此我和伊特別過去拍照。這就是美國，不知道那個把你的照片掛上去的老師，在那一刻是否意識到，她的一個小小的舉動會給你多麼大的鼓勵？並且影響到你以後的道路？

就好像是那個訪問學者老王的女兒後來說：「那天，一個中國媽媽過來幫我抱孩子，讓我第一次感覺到中國人對我的理解和接受，給予了我抬起頭來的力量。」

這就是正能量的作用了。

糊塗蟲

媽媽最喜歡出我的洋相了，一出我的洋相就會說：「小獅子啊，論及你小時候的糊塗，實在是沒有人可以類比的呀。」

講老實話，在我九歲以前，所有的事情都好像是朦朦朧朧的，整天就生活在雲霧當中。鞋子反穿，襪子穿錯都不是稀奇的事了。這一天是星期五，按照慣例媽媽都會到我們學校來做義工。正巧我要到廁所去，看到媽媽站在失物招領處的玻璃櫥櫃的前面看來看去，滿面孔百思不可其解的樣子。她一回頭看到我，立刻就把我叫到跟前，她說：「這是什麼東西啊，怎麼會高高地掛在這裡啊？」

我一看，嚇得連忙逃到老老遠。那裡面竟然掛著一條我的內褲。內褲是媽媽親手縫製的，正當中還繡了一隻小獅子，不可能搞錯。可是我想來想去想不通，內褲怎麼可能掉在操場上又被掛到失物招領的櫥櫃裡了呢？媽媽把爸爸叫過來，他站到媽媽的身邊和媽媽一起，看著玻璃櫥櫃裡面的內褲，一副抓耳摸腮的樣子。

只聽到媽媽在那裡喃喃自語：「這種事情怎麼可能發生？」

突然。爸爸一拍腦袋說：「一定是換上了新的內褲，忘記了把舊的內褲從長褲裡拿出來，這樣到外面跑來跑去，舊的內褲就從褲腳裡掉出來了。」

爸爸剛剛說完，媽媽就大笑了起來，一直笑到周圍的過路人都停下了腳步，莫名其妙地看著媽媽，最後大家因為媽媽的笑，而一起笑翻。只有我，一個人躲到教室的角落裡去了。

媽媽還告訴我，那時候為了我的糊塗實在是傷透了腦筋。她每天下班回家，第一眼看到我，都會問出一個同樣的問題：「今天中午吃什麼？」

我永遠都是認真地眨巴著眼睛，想了半天，吐出來一個同樣的回答：「想不起來了。」媽媽把我拉到身邊，摸著我的左腦勺，眼淚也要流下來了。媽媽說：「我的小獅子啊，你真的被夾壞了嗎？」

我一點也聽不懂媽媽在說什麼話，只有好婆在旁邊氣不過了，她說：「不要把我們的小獅子當戇大，他只不過是還沒有開竅。」

什麼叫「開竅」啊？突然，就好像是從天上掉落下來的聲音，這是一個會翻白眼的巫婆，巫婆對媽媽說：「為了這個小獅子，你有得操心了。一直要操心到他入命！……」

媽媽記住了「入命」這兩個字，於是一遍又一遍地追問：「小獅子什麼時候可以入命了呀？」

巫婆沒有回答，我蹲下身體，趴在泥土地上挖土。這是在上海一幢洋房的後花園裡，接生婆把我從另一個世界夾出來以後，又在一間放滿了嬰兒的房間裡待了幾天，我想說這間房間有點像火車站，我只是其中等待轉車的旅客，馬上就被好婆抱到這幢洋房裡來了。從此，我的生命就從這裡開始了。

巫婆總歸喜歡說我的根在這裡，可是到底在哪裡呢？巫婆沒有說，我猜想在土地裡，就好像窗子前面的那棵無花果樹一樣。我想看看我的根到底是怎麼樣的，所以一逮到大人不注意的機會，我就在那裡挖土。正在這當兒，巫婆穿著一件紅色線綈被面改制的小褂，一閃身就從籬笆門外鑽了進來，她從我的鏟子底下抓起一把土說：「帶上這把土，這就是你的土，你的命，你的根！好自為之。」

我更加聽不懂了，幸虧媽媽來了。

我從巫婆的手裡抓過那把土，那是在我離開故土的前一天。和巫婆最後說「再見」的情景。

我笑道：「不要這麼一本正經好不好，我又不是不回來了，等我有問題的時候，一定會來找你的。」

巫婆翻了翻眼珠子說：「你我之間，緣分已盡，今生今世不再見面。」

我從鼻子裡「哼」出一聲冷笑，表示了不予相信。而巫婆對我的冷笑回敬了一個白眼，然後把我手中的泥土裝進一個和她的衣服同樣面料的口袋，塞回我的手裡，接著就從籬笆的門洞裡消失了，從此我和巫婆再也沒有見面。

我曾經撥打越洋長途，發送航空郵件，巫婆都沒有回答，差使姊姊前往尋找，回答是「那片農村的土地，早已變成了高樓，過去的景象一去不返，面目全非了。」

我大叫：「巫婆在哪兒？我忘記問她小獅子什麼時候可以入命了呀！」此刻我是多麼希望巫婆出現，可是看起來無緣，再也沒有人可以告訴我你的前路，只好聽天由命了。

啊喲！不好了，我怎麼忘記了那把土放到哪裡去了呢？於是翻箱倒櫃地把個壁櫥弄得好像慘遭搶劫一般。還好，在皮箱的夾縫裡，找到了那只紅口袋。我小心翼翼地拿起來，捧到了陽光底下，先把院子裡褐色的山土挖掘開來，再把我的土撒在當中，我要把我的土和這異鄉的土融合到一起，變成一片滋養你的土地，假如我真的可以變成一片滋養你的土地，奉獻我的全部也在所不惜。

正在我專心致志地完成這一切的時候，你拿著一隻摺得歪歪斜斜的紙飛機從房間裡跑了出來。你開開心心地來到了我的身邊說：「媽媽，儂看我摺的飛機。」說著一甩手，就把手裡的紙片飛了出去，紙片直別別地飛到二樓陽台上。

「啊喲，這是什麼東西打到我了呀？」二樓的陳太太細聲細氣地叫了起來。

我連忙抬起頭來對她說「對不起，對不起。」陳太太也是上海來的，當年老三屆的高中生，因為逃避插隊落戶，長期待在家裡「生病」，後來嫁給了一個老大學生，文革以後，老大學生通過他父親大學裡的同學擔保，自費出國讀博士，陳太太就帶著兒子出來陪讀了。陳家的兒子比你大幾歲，功課很好，文文靜靜的，是大家公認的好孩子，可惜和你玩不到一起。

有一次我到學校裡去接你，回家的路上，看見陳太太的兒子被幾個白孩子打到水溝裡，正想過去把他拉出來，你對我說：「別人欺負我的時候，他最最喜歡夾在當中幫腔，有時候踢我一腳，有時候打我一拳。他的朋友都是學校裡高年級的大亨，其實別人並不把他當朋友，他不過是那些人的跟屁蟲。好婆講，這叫欺善怕惡。」

「以欺負自己的同胞，換來一時安全，這是最不好的了。」從此，我對這個孩子不看好。但是後來這個孩子也有成功，當年的行為大概是應對這個社會必須要的一種方式吧。不過他的母親陳太太，實在是一個非常客氣的上海女人。講起話來斯條慢理，走起路來腳尖腳跟一條線。這天正在打掃陽台，你的紙飛機落到了她的身上。她彎腰拾起已經散了架的紙飛機，用手抹平了紙張看了看說：「小獅子啊，這好像是儂的回家作業啊，快拿下去，明天要交的呢。」

什麼？我還會有回家作業的呀？這是我第一次知道「回家作業」這四個字，自從我上學以來，老師從來也沒有要我們做過回家作業，也許她說了，只是我沒有注意。有時候她會丟一些紅顏綠色的紙頭在我們的桌子上，我順手一塞，就塞進了書包裡。這些紙很牢，撕不開，做紙飛機最好了，可以飛得很遠很遠。

媽媽在一開始倒是天天要詢問回家作業，也會查看我的書包，裡面除了幾張亂七八糟的破紙頭之外，什麼也沒有。久而久之，媽媽便以為美國學校是沒有回家作業的呢！聽到陳太太的話語，才知道那些破紙頭就是我的回家作業。於是還沒有等到我回過神來，她已經「蹬蹬蹬」地竄上樓梯，從陳太太的手裡接過了那張皺皺巴巴的紙頭。

媽媽拿下來的是一張淡綠顏色的打印紙，上面印著幾只大大的氣球，每個氣球裡都有一道簡單得不能再簡單的算術題：1＋2＝？3＋4＝？……這種題目就是回家作業嗎？簡單，太簡單了。用不了幾分鐘就可以完成的。但這畢竟是我第一次做回家作業，媽媽對此非常慎重，她先是幫我把鉛筆削好，再把我抓到水池前面，把手清洗乾淨，最後才讓我坐到寫字桌前面，一本正經地做功課。

半個小時以後，媽媽走過來檢查，發現我正對著那張紙發呆。湊到進處仔細一看，她說：「算術題倒沒有做錯，只是那幾個阿拉伯數字寫得橫七豎八，好像蟹爬。咦，最後一題怎麼沒有做啊？」

氣球外面的有道題目是：「假如全部都做對了，加在一起就可以是一個5！」

「我因為做不來，才停在這裡的。」我說。

「這是什麼意思啊？」媽媽想了想，拖了把椅子坐到我的旁邊，和我一起把紙上的算術題做了一遍又一遍，加減乘除都用上了，那個答案就是沒有辦法變成一個5。看看天色已黑，快到做飯的時間了，趁著爸爸還沒有回來，讓我先到樓上去問問陳太太的兒子。

陳太太出來開門，問清緣由就把她的兒子叫了出來，這個剛剛才被幾個白孩子打到水溝裡的小人，現在已經清洗得乾乾淨淨地坐在那裡做功課。聽了我的求助，便趾高氣揚地快速閱讀了一遍題目，然後不屑一顧地回答：「意思就是加在一起是一個5！」

我還是聽不懂，站在一邊的陳太太也急了，她衝著兒子說：「儂好好回答好不好，不要講外國話，儂的話不要講小獅子聽不懂，就連儂的媽媽我也聽不懂呢！」

「我已經講得很清楚了，意思就是加在一起是一個5嘛！」那個男孩子直起了脖子。媽媽看見他們母子開始爭執，便找了個藉口灰溜溜地叫我下樓了。她說：「以後就是天塌下來，也不去求助了。」

回到家裡的時候伊也回來了，這個我們全家學歷最高的人，看了半天也看不懂你的作業。於是我決定第二天請兩個小時的假，陪你去問問你的老師。第二天的早上，我們一起步行到了你的學校，老遠就看見你的班主任站在教室門口，你舉著那張把我們全家都逼迫到了死角裡的回家作業，朝著老師奔跑過去，我看到女教師笑著向你伸出了一個巴掌，讓你也打開你的五指，然後對擊了一下，我突然明白了，這就是拿到了一個「5」，表示鼓勵，表示成功。

啊喲，這算是什麼名堂啊？如此簡單的一個「5」，差點讓我發瘋。這不是算術題，而是美國人的文化，不了解這種文化，我們這些新移民便常常會弄出笑話。回到家裡和伊談及這件事，伊說：「老早就告訴過你了，不要老是限制小獅子看電視，看錄像帶，這些都會幫助他了解美國文化的呢。」

那以後，我允許你每天都可以看電視了，不過先要看新聞，而且還要記下來，複述給我聽，一開始是複述五條新聞，後來是十條，以後發展到報紙和廣播，這實在是幫助你開闊眼界的好方法。後來習慣了，一直到現在，你還時不時地會在長途電話裡告訴我新聞消息。

至於錄像帶，則是週末的節目，每到那時候，我們就帶你到附近的超市去出租錄像帶。那時候在美國的中部地區，每個賣小菜的超市門口，都會有一排出租錄像帶的櫃檯。到了那裡，伊就和你一頭鑽進去，各尋各的，很快就抱出來一大堆的錄像帶。後來我發現，這是你最開心的了。於是每到星期五，把你從學校裡接回來，就拉著你的小手直接到那裡去挑錄像帶了。

這一天，我們又過來借錄像帶了。已經有些熟識的收銀員看了看你手中的動畫片《*The Land Before Time*》說：「這盤帶子，你已經來借了九次了，租借費早就超過買一盤錄像帶的價格，很不划算，要不要換一盤？」

我嚇了一跳，查看你以往的租借紀錄，真的是一次又一次重複租借了九次。我說：「儂這是有毛病啊？今天換一盤，兩盤好了。」

你搖了搖頭，固執地捧著同樣的錄像帶回家，看了第十遍。

《*The Land Before Time*》講的是一隻名叫「小腳板」的雷龍，因為地震而失去了家園，不得不長途跋涉地走上了尋找新的家園的道路。那裡面的千辛萬苦和不屈不撓，讓你撼動。只看到你筆筆挺地坐在沙發上一動也不動，一遍又一遍地觀看這部錄像。我覺得你簡直就變成了「小腳板」同舟共濟的伙伴，在艱難困苦當中行進。這不就是現實當中的你嗎？

回想起當時的情景，你後來對我說：「我小時候真的有點木訥，一盤帶子重重複複看十遍還要看，儂小時候有沒有同樣的經歷？」

我想了想說：「有是有的，但那是最痛苦的經歷。完全不是自己的選擇，而是強迫性的規定。小學剛剛讀了三年，撞進了那場『文化大革命』。反反覆覆一遍又一遍地閱讀《毛語錄》，一直讀到閉著眼睛也會讀出來啦，還要讀。」

說著我就閉上眼睛給你背了一段「世界是你們的，也是我們的，但是歸根結柢是你們的」，還配上手舞足蹈的動作，不料你聽了笑得前仰後合。你說：「蠻有意思的。儂要感謝這本《毛語錄》呢，儂的認字讀書都是從這本小書開始的，怪不得儂會被譽為『寫情老手』呢，《毛語錄》很煽情的，儂都學到骨頭裡去了呢。」

「不要亂講，媽媽為此吃了多少苦啊？」我剛剛想重複那些老故事，你蹬蹬蹬跑上樓，從你的書架裡抽出一本紅顏色英文版的《共產黨宣言》。

你說：「看，我也有你們那個時候的紅寶書的呢。」

我一看就說：「哦喲，這不是儂姨媽結婚時候，別人送來的『最珍貴』的禮物嗎？那時候結婚，最多的禮物就是這種東西了，因為儂的姨媽是英語專業畢業，送她一本英文版的馬克思著作算是高級的呢，還記得她捧在手裡哭不出笑不出。這種東西丟又丟不出去，放又沒有地方放，現在怎麼會到儂手裡來的？」

你說：「這是姨媽專門送給我，特別告訴我來之不易，要我好好學習的呢。」

我聽了，笑到差一點岔氣。

你說：「不要笑，不要笑，還是蠻有意思的，特別是裡面的翻譯，大概只有那個時代的中國人才會讀懂呢。」

「那個時代」，我一聽到這四個字就立刻有一股說不出的感傷湧了上來，就是那個時代耽擱了媽媽多少美好的時光。先是讀《毛語錄》，後來又「學工、學農、學軍」，最後在應該讀大學的年齡沒有大學可以上，這讓我更加渴望讀書。其實我並不知道讀書是為了什麼，只是因為自己沒有，我就一遍又一遍地說：「我要讀書。」

巫婆翻了翻白眼說：「做夢。」

這是一個陽光燦爛的午後，坐在巫婆的客堂裡的一張條凳上，打開手掌讓巫婆給我看手相，我剛剛講出我的願望，巫婆就把一口剛剛吞進去的茶水噴了出來。之後，她又抓著我的手仔細看了看說：「你是個無命拿『士』的人啊。」

看到我的沮喪，她又把在一邊跳來跳去的你拉了過來，掰開你的小手說：「你的小獅子有『士』，這是一個很大的眼睛，是你們兩家祖上仕途交織積累的……」

不等巫婆說完，我就趕快把你的小手闔上，這個「眼睛」是你的寶貝啊。我開心地把你抱到懷裡。可是在你九歲之前，一想到巫婆的話，我就生氣，一定是巫婆看花了眼。最簡單的算術題，也要掰著小手數來數去，常常還會數錯。因此，我實在沒有辦法把你和「士」聯繫在一起。

早上走出去上班，正巧遇到你的小朋友凱文的媽媽，她對我說：「我們家的凱文聰明是聰明的，就是粗心，這次大考又沒有考好。」

旁邊琳達的媽媽說：「琳達也是啊，聰明絕頂，卻是粗心大意，成績一塌糊塗。」一又來了，我好像聽到蘋果在飛機上也講過類似的話。無論是中國人還是美國人，全世界統一。每一個當媽媽的，都會毫無理由地為自己孩子成績不好找出藉口。我是一個學過教育的人，我很清楚，聰明和粗心不可能完全搭到一起。從來就沒有「粗心」這一說，在我的眼睛裡「粗心」多數來自於不熟練。永遠也不要為孩子的錯誤找出安慰自己的理由，這是自己騙自己。

可是你除了不熟練不會讀書以外，好像還有其他的問題，我又想起了你的左腦勺。我已經軟硬兼施，竭盡全力了。記起來你最小的時候，我在上海的《為了孩子》雜誌上寫過：「我只希望我的兒子是一個愉快健康的人……」我想我只好認了。

但是媽媽你知道嗎？那時候我是最愉快的，儘管學校裡的拿回來的考試成績，多數是3分，偶爾得到一個4分，媽媽就會高興到了就好像撿了個金元寶，走路也要唱山歌了。

這一天，學校的老師又帶了一張條子過來，要媽媽火速前往去見她。這種事情在美國是非常罕見的，一定是嚴重到了要失火的地步。媽媽嚇到膽戰心驚，一個人不敢開車，一定把爸爸抓上墊背。到了學校，憂心忡忡地推開教室的玻璃門，女教師正坐在她寬大的辦公桌後面等待著媽媽。

在美國，中小學老師的辦公桌都設置在各自的教室裡，黑板旁邊的一個角落，算是老師的辦公室了。老師們上課不用走來走去換教室，他們永遠都坐在自己的位置上，等待不同班級的學生過來上課。看上去老師好像省略了許多行走的辛苦，但實際上卻是沒完沒了的工作，整天和學生們綁定在一起。用好婆的話就是「渾身上下都是小孩子的鴨子臭」。媽媽的朋友苗姨就是一名小學老師，她打電話過來說：「那簡直就是要人命的工作，連放個屁也不敢放鬆。你們看看，我的面孔都憋得蠟蠟黃啦。」

此刻，一個面孔蠟蠟黃的白人女教師正坐在她寬大的辦公桌後面等著媽媽。那時候，我的班主任已經從老處女調換成這個年輕的矮女人了。她一看到媽媽就站起身來，繞過了桌子走到媽媽的面前，她說：「按照我們學校的教學進程，這個學期開始，我們要讓學生掌握『偶數和奇數』，不料大半個學期過去了，小獅子的成績還是『0』，這是我們學校裡從來也沒有發生過的，起碼要做對一題吧？怎麼一題也做不出來呢？」

女教師一說完，媽媽就從她的手裡接過那份「0」分的考卷，滿臉通紅地退了出去。媽媽對爸爸說「美國的算術教學有點奇怪，一年級數到一百，二年級數到一千，簡單到了閉上眼睛也能完成。『偶數和奇數』在中國這個數學大國，也要到四年級以後才接觸，五年級的『奧數』練習題裡才會出現類似的題目，小獅子只有二年級，剛剛學會數到一千，怎麼就要做這種題目了呢？」

後來媽媽告訴我，當時她臉紅的緣由，並不是我的0分，而是她自己也講不清楚什麼是「偶數和奇數」。回到家裡尋找所有的數學資料，又到城市圖書館查看，那裡不是「哥德巴赫猜想」，就是高深的數學定義，弄得一向和文字打交道的媽媽滿頭霧水，她說：「我整個人的心情都低落到了地板上，黯然沮喪。」

為什麼？

我要發瘋了！一個小時過去了，又一個小時過去了。桌子上堆滿了廢紙，上面寫滿了1～10的數目字，有奇數和偶數分開的，也有合併的，有打勾的，也有畫圈的，我已經到了聲嘶力竭，渾身發抖的地步，你還是兩隻眼睛茫然地看著我。良久，小心翼翼地問：「為什麼？」

「什麼叫為什麼？1、3、5……是奇數，2、4、6……是偶數！」面對沒有學過除法的你，我感到束手無策，不知道怎樣解釋。這個時候我真正體會到什麼是「黔驢技窮」，正在這當兒，你又做錯了一題，把4寫成了奇數。一時間我忍無可忍，全面崩潰。歇斯底里地轉身撲到廚房裡，拔出一把從上海帶過來切菜的樸刀，「砰」一聲砍進桌面，竭盡全力的咆哮：「儂要是再做錯的話，我就要把儂的手指剁掉一個，成奇數！」

「嘩啦」一聲，大門，房門和花園門一起被推開了，樓上的陳太太，隔壁的小珍還有臨時的房客老劉都衝了進來，一向矜持的陳太太顧不及平時的風度，三腳兩步跳過來，一把抱住了你，小珍和老劉也好像老鷹捉小雞裡的老母雞一樣，把你緊緊保護在身後。

「儂發神經啊?!這是在美國，員警不把儂捉起來，也要把儂的兒子隔離出去，弄不好一輩子也見不到他了呢？」陳太太的聲音明顯比原本高出八個音階。

「好了好了，這種什麼亂七八糟的東西啊？我們不做了，我帶你和我的女兒一起去遊戲場去打遊戲！」小珍說。

「讓我來看看，我來教你。」已經當了奶奶的老劉說。大家七手八腳地把你擁到隔壁房間去了，小珍還熟門熟路地從冰箱裡摸出兩只雞蛋，煮了一碗水泊蛋，說是給你壓壓驚。我則一個人坐在沙發裡，眼淚也要流下來了。

許久，陳太太和小珍都各自回家了，我仍舊一個人坐在沙發裡，遠處的洛磯山疲憊地蜷縮在大地上，無聲地席捲起哀嘆的風，就好像是埃涅阿斯唱起了流亡的歌。黃昏的陰影裡，你輕輕地蹭到我的身邊，把那碗一動也沒有動過的水泊蛋，舉到了我的面前。我的眼淚奪眶而出，反轉身體把你緊緊抱在懷裡。

「小獅子，媽媽實在是最喜歡儂的呀！只是儂怎麼就是拎不清的呢？」

你卻生生地看著我說：「媽媽，不要生氣，我知道什麼是奇數，什麼是偶數了。」接著便豎起了兩個手指解釋說：「2是偶數，一個數字可以把這個『2』，一個個正好放進去的就是偶數，假如最後多出來一個數或者少一個數，就是奇數了。」

「儂怎麼知道的，是老劉奶奶告訴儂的嗎？」我抬起眼睛問。

「不是，是他自己想出來的。」老劉從房間裡走出來說。後來老劉告訴我，這實在是很簡單的道理，只是我們這些大人從來也沒有想過其中的「為什麼」，好像這是想也不要想就是順理成章的事情。只有你一定要問一個「為什麼」，這個「為什麼」把大人都要逼到發瘋。於是老劉和你一起用筆畫來畫去，在老劉還說不出為什麼的時候，你倒自己領悟了，掰著手指頭對著老劉講解了一遍。老劉最後說：「通過教小獅子學習奇數和偶數，我自己也學到了不少東西。」

我不知道你這個「為什麼」是從哪裡冒出來的，也不知道其他小朋友是不是也有這麼多的「為什麼」，一直到你長大以後，你一直習慣問「為什麼」。特別遇到一些高深的題目，明明都是有方程式的，只要背出來，套套進去就可以了，這是我最拿手的了。可是你，卻偏偏要問出一個「為什麼」。

我告訴你，這個「為什麼」常常是只可以意會不可言傳的呢。特別是在大千世界的變化當中，人與人的關係當中，有多少個「為什麼」要你獨自面對啊，這就是最殘酷的現實。但是你不聽，仍舊鑽在這個「為什麼」的牛角尖裡，弄得自己非常辛苦。

然而在當時，當你自己弄清楚奇數和偶數的「為什麼」的時候，你實在是高興的，完全忘記了剛才我對你的發飆。沒有容我對你表達內心的疚愧，只是一個勁地向我解釋你的「為什麼」，又生怕我聽不懂，從廢紙堆裡掏出一張已經塗滿了的奇數和偶數的草稿紙，翻了個面，然後仔仔細細地一邊畫一邊講述，一直講到我閉上眼睛也可以明白其中的「為什麼」。

我閉上了眼睛，聽著你講解「為什麼」，剛剛還糾結在一起的心漸漸舒展開來，我不知道應該感謝誰才好，只知道你自己弄明白了一個「為什麼」！希望這就是巫婆說的「入命」，母親說的「開竅」。

可是，你沒有。

這天我們學校開家長會，美國中西部的小學開家長會，就好像開廟會一樣，大人小孩都可以去。我把爸爸媽媽帶到了我的教室裡，新班主任漢斯先生一看到他們，就把他們帶到了我的座位上，而我則自己跑到操場上和小朋友一起做員警捉小偷的遊戲了。

透過教室的落地玻璃窗。我看到媽媽坐在我的座位上，漢斯先生倒沒有站在講台上，而是在教室裡走來走去，回答各個家長的提問。不一會，爸爸明顯感到有些無聊，低下頭對媽媽說了些什麼，便離開了。我猜想爸爸一定是到休息室裡，找那些他熟識的家長去聊天了。

媽媽隻身坐在陌生的家長當中，樣子有些尷尬，我想回進去陪陪她。正好聽到一個家長在發問：「我的兒子最近好不好？」

漢斯先生回答：「好啊，好啊，他是非常的好。」

我一聽就笑出聲音來了，因為這個家長的孩子是我「反思凳」上的老搭檔了。又有一個家長問：「我的孩子怎麼樣？」

漢斯先生給了一個同樣的回答：「好啊，好啊，他是非常的好。」

我放心了，因為這是大家公認的「壞孩子」。剛剛放學的時候，還特別把所有的東西全部塞到垃圾箱裡了。哦喲，不好了！媽媽想幹什麼？她好像是打消了要向漢斯先生詢問我情況的念頭，而是自己來查看我課桌的台板底下的東西。我怎麼這麼笨，應該也把所有的東西全部塞到垃圾箱的。

美國課桌的台板是向上翻起的，台板翻起來以後，裡面就好像一個小箱子，可以塞進很多東西，只要把台板蓋上就不會掉出來了，很聰明的設計。媽媽把手抓住了台板的兩隻腳，用力向上一拉……我立刻閉上眼睛，只聽到媽媽「啊喲」一聲驚叫，來不及把台板蓋回去，一個個乒乓球大小的紙團已經從裡面湣了出來，落滿在地上。

我彎下身體，撿起一個紙團，鋪展在桌子上，那上面是幾道簡單的算術題，還有一些語文練習等等。和你平時帶回來的作業不一樣，好像都是從同一本書上撕下來的。我越發好奇，乾脆把你台板裡面的紙團全部翻了出來，到了最後，那裡躺著一本撕去大半的書本，書本的封面上有三個數字：「365」。

我把書本翻到最後一頁，正好是365頁，再笨的人也會明白，這一定是學校裡發的課外作業本。一年365天，一天做一頁，一年完成。我把那些紙團一一攤開，我發現你一頁也沒有做，只是一天撕一頁，然後團在台板裡。我倒抽一口冷氣，你的膽子太大了，竟敢逃作業？這是在我們的家族裡從來也沒有發生過的事情！

走廊上響起來嘈雜的腳步，伊拉著你的小手衝了進來。後面是漢斯先生幸災樂禍的聲音：「啊哈，小獅子被他的媽媽捉牢啦！捉牢啦！」聽上去，他好像不是你的老師，而是你的玩伴，甚至是和你一起坐在反思凳上的闖禍胚一樣，這真是讓人啼笑皆非的事情。

抬起頭來，看到你一副戰戰兢兢的樣子，頓時倍感心身衰竭，連發火的力氣也沒有了。我無聲地從包包裡抽出一只廢棄的塑膠袋，把紙團一只一只放了進去，最後是那本被撕去一大半的書。在我完成這些事情的同時，伊始終束手無策地站在一邊，而你則誠惶誠恐地睜大了眼睛看著我。

一路無語回到家裡，我撐起燙衣板，小心翼翼地把小紙團一一燙平，又用玻璃膠黏貼回書本裡。這是一件很繁瑣的工作，因為心裡的糾結，電熨斗幾次燙到了手，很快燙起了水泡。夜深了，伊在檯燈底下撰寫他的論文，而我還在熨燙小紙團。你穿著睡衣跪在椅子上，趴在燙衣板的一頭，提心吊膽地看著我熨燙紙團。我一邊操作一邊感傷：「小獅子啊，儂這麼小就不肯讀書，長大怎麼辦？」

想到這裡，我的眼淚就一滴一滴掉了下來。

從小到大，我最害怕的就是媽媽流眼淚，我輕輕地從椅子上溜到地上，一聲不響地緊緊抱住了媽媽的身子。

媽媽終於把那本書恢復原樣的時候，已經過了半夜。我小心翼翼地從媽媽手裡接過變厚的書本，緊緊抱到胸口。媽媽看了看我，無話可說，獨自回到臥室裡，坐在床上發愁。第二天是星期六，吃完早飯爸爸到圖書館去查資料，媽媽想了想，把我帶到車子裡，綁好安全帶，直接把車子開往丹佛的「五點區」，「五點區」就是大丹佛地區的窮人區了。

在美國，幾乎每一個大城市都會有一個窮人區，那裡多數居住著貧苦的無產者。關於無產者的定義，有這樣的說法：是資本主義社會中不占有生產資料，靠出賣勞動力為生的雇傭工人。但是在媽媽的眼睛裡，雇傭工人和無產者完全不同，雇傭工人屬於勞動者，而無產者則是既沒有技能又不想勞動的遊手好閒的二流子，上海人稱之為「白相人」。這種白相人淪落到身無分文的窮人的時候，就是無產者了。

這天上午，當媽媽的小車開進五點區的時候，那些遊手好閒的二流子們正懶散在街口或者是牆角。他們有的露宿在門洞裡，有的蜷縮在水泥地上。在他們的眼睛裡，看不見一點點生的希望，有的只是死的絕望。頭頂上的太陽倒是公平的，無論是窮人還是富人，都可以享受到同等的溫暖，但是路人的面孔卻是冷酷的，幾乎沒有一個人伸出同情的手。

媽媽的小車緩慢地行駛著，周邊破舊的房屋顯然已經廢棄，大大小小的門窗都被木板牢牢釘死，貧困和潦倒無聲地逼迫過來。這時候我已經嚇煞了。後來聽到媽媽對爸爸說：「小獅子面孔煞白，兩隻眼睛裡全部是驚恐失措的目光。」

我相信媽媽很清楚，媽媽的目的達到了。而我的腦子裡只有一個念頭，那就是：「我不要做窮人。」

回到家裡，媽媽沒有對我說一句話，我已經自覺地坐到寫字桌的旁邊，認認真真地翻開那本「365」，一聲不響地開始做功課。這以後，我每天放學回家的第一件事，就是坐在那裡做功課。

我坐在那裡做功課，越做越認真而且越做越投入。我覺得自己好像進入了另外的一個世界，我似乎變得聰明了，心裡是高興的。媽媽說：那時候看著我一動不動做功課的背影，她第一次感到了欣慰。

學期快到結束的時候，我驕傲地捧著那本填滿的「365」，送到漢斯先生的手裡，漢斯先生大吃一驚：「小獅子，你真的完成了嗎？我們全班二十多個小朋友裡只有五個小朋友完成了呢，你真偉大！」

我沒有講話，可是卻明白了一件事，那就是：在美國讀書，學校裡的老師絕對不會逼迫你，讀書完全靠自覺。回家作業也是可做可不做的，因為這是你自己的事情。後來，當我進入大學的時候發現。我們那個小學的同學，只有四分之一的人進入了高等院校，就和當年完成「365」的比例一樣。大多數小朋友在半途上已經被淘汰，當然他們各自都有自己的出路，其中不乏有人混入五點區的窮人當中。

就在你學會自覺做功課的同時，我們的信箱裡被塞進一封路德教寄過來的信件。收信人的位置上填寫著我和伊的全名，我感到有些奇怪。更奇怪的是，打開信箋，署名的竟然是你！

「為什麼？」我和伊一起大叫起來。這是一封邀請信，邀請我們作為嘉賓，前往路德教堂參加你的洗禮。

記憶一下子把我帶回到三年以前，那是在一個週末的晚上，樓上的台灣學生美珍，早在一個星期以前就和我們約好，要去她的朋友家裡聚餐。說好是聚餐，美珍卻客氣地不讓我們攜帶食物，她說：「你們是第一次來參加我們的聚會，不用帶吃的，很多朋友都在等待你們，也有不少小朋友，只要你們人到了，就是最好的奉獻，大家高興還來不及呢。」

聽到最後一句話，我明白了，這是教會活動。因為這是第一次參加中國人的教會活動，我把你從頭到腳收拾了一遍，弄得乾乾淨淨的，就好像是一個始終躲在我背後聽話的小寶寶。這一天，你確實也表現得就好像是一個始終躲在我背後的小寶寶，別的孩子都在這個教友家的大房子裡跑上跑下，鬧得一塌糊塗，只有你一反常態，坐在我的身邊，聽著大人們說話。其實大人們也在閒聊，我正伸長耳朵在聆聽一位台灣媽媽講解牛肉麵的做法，卻看見你猶猶豫豫地好像要舉手發言的樣子。

「儂是不是要吃東西啊？」我問。你搖了搖頭，那隻手半高半低地舉在那裡。

「儂是不是要上廁所啊？」我又問。你又搖了搖頭，那隻手仍舊半高半低地舉在那裡。

這時候正在說教的牧師注意到你了，他說：「小朋友是不是有話要說？請說吧。」

你站了起來，一字一句地說：「我相信。」

「相信什麼？」我有些糊塗。

「我相信牧師先生講的話，上帝就在那裡。」說著，你指了指頭頂的上空。

我愕然，問：「為什麼？」

伊在遠處看見了，連忙繞過人群走了過來，拉著你的小手說：「這不是幾句話就可以回答的，這是一個非常複雜的問題，要好好學習一下才可以回答。」

「這是一個好主意，你可以先在禮拜天到主日學校去參加學習，了解一下什麼是上帝。」牧師先生認真地說。

伊說了聲「好！」以後，我們就開始計畫了。

第二天，為了給你尋找一間主日學校，我們一行三人穿戴整齊地到教堂裡去了。原本以為很簡單，每個教堂都有主日學校，隨便找一間就可以了，不料到了近處才發現，這裡除了基督教、天主教等幾個大的教堂的不同，還有浸信會、長老會、聖公會等等眾多教堂。而你又非常固執，一間一間的走進走出，就是沒有感覺。於是一連好幾個禮拜日，我們都跟在你的背後，奔波在各個教堂的當中，尋找你的感覺。

幾個月過去了，我已經有些心灰意懶了，我對伊講：「這次小獅子怎麼不會放棄的啦？我已經累了。」

伊回答：「我們雖然都不是教徒，但上帝把幫助小獅子尋找主日學校的機會交給了我們，我們別無選擇，只有遵循。」

終於有一天，你回到家裡，慎重地通知我們，你找到你的主日學校了，那是路德教的禮拜堂。從這一天起，每一個禮拜日的早上，你總是早早地起床，把自己清洗乾淨，然後一本正經地前往路德教堂。一開始，我還以為這不過是你的三分鐘熱度，結果沒有，你很執著，很快就一年過去了。

又是一個禮拜天到了，這天的天氣特別好，我們把你從主日學校接回來以後，直接上山踏青，不一會兒，大家都滿頭大汗了。站在瞭望台上，面對著蜿蜒起伏的山脈，頓感心曠神怡。突然你對我們說：「我要洗禮。」

我一愣，連忙又問：「為什麼？」

你還沒有來得及回答，伊就接過來說：「我們不會反對你，但這是一件非常嚴肅認真的事情，你了解什麼是洗禮嗎？什麼是上帝嗎？什麼是信仰嗎？」

你剛剛要回答，伊又打斷了你說：「不要馬上就回答，好好學習，給你一年的時間，學好了，再來告訴我們。」

一年以後，在我老早已經忘記了這件事情的時候，你卻沒有忘記。你一吹滅了生日蛋糕上的蠟燭，便抬起眼睛對我們說：「我要洗禮。」

伊沒有容你回答去年的問題，直接說：「你知道這件事情的重大嗎？一定要認真對待。一旦決定了就是一輩子的事情，不可以反覆無常，你可以做到嗎？再給你一年時間，好好想一想，想清楚了，就是你的決定。」

現在一年又過去了，你不再徵求我們的意見，而是直接通知我們，你已經安排好了一切，你有你的教父教母，而我們——你的生身父母則變成了你的嘉賓。

入命還是開竅？

這一天，我要受洗了。是我帶著爸爸媽媽，一步一步走向教堂的。到了教堂的門口，對著尖頂上的十字架，我虔誠地畫了一個十字並暗暗地祈禱。這時候聽到媽媽輕聲地對爸爸說：「這是當年巫婆說的入命還是母親說的開竅？」

接下去媽媽又說：「我的母親和好婆都是相信菩薩的，而小獅子到了這個西方世界，開始相信上帝，這實在是我們家族裡開天闢地第一個，很有些『脫胎換骨』的意思。」

媽媽講到這裡，加快了腳步，拉著我的手問：「儂講儂相信上帝，可是儂看見過上帝了嗎？上帝究竟是長得怎麼樣的？是高的還是矮的？胖的還是瘦的？……」

我一聽就嚴肅地回答：「上帝不是用眼睛來看的，是用心來領會的，上帝就在我們身邊……」

爸爸拍了拍我的肩膀說：「看樣子，這是上帝來招喚我們的小獅子了。」

媽媽聽了不再說話，只是跟在我的後面，不知道在想些什麼，我看到爸爸回過頭去，輕聲地對她說：「不要擔心，這是正道，我們應該感到欣慰才對啊。」

媽媽說：「我不是擔心，就是有一點失落，好像小獅子要離開我了一樣，這是他長到這麼大，第一次要進入一個我無法了解的陌生的世界，走上他人生道路上新的里程。回去以後，我也要好好讀一讀《聖經》。」

我聽了，連忙抱住媽媽說：「媽媽，我永遠永遠都是儂的小獅子啊，我不會離開儂的。」正說著，我看到我的教父教母們朝著我走過來，因為我在這個教堂裡參加了三年的主日學校學習，所以我請了每一年擔任過我主日班的班主任，來當我的教父和教母，加上已經退休的牧師。所以我的教父教母團特別龐大，一共有四個教父教母。我便昂首闊步地走在他們的前面，這樣特別的陣容，讓剛剛還在傷心的媽媽也笑起來了。

走進了禮拜堂，教父站在門口問：「你向教會求什麼？」

我回答：「求信德。」

教父又問：「信德對你有什麼好處？」

我又回答：「得永生。」

教父這時候說：「永生就是認識真天主和祂所派遣的耶穌基督，願作祂的門徒，聽祂的聖言，遵守祂的誡命……這一切你都可以做到嗎？」

我說：「可以做到。」

遠遠地，我就看見布道壇上面的洗禮盤裡已經注滿了清水，教友們微笑著迎接著我們，有人把爸爸媽媽領到第一排的座位上，我擔心媽媽會流眼淚，偷偷望過去，她已經平靜了下來，我心定了。接著是做彌撒，最後是洗禮。

洗禮是在神聖的氣氛中進行的，當聖水從我的頭頂上流下來的時候，我真的好像感覺到是從罪惡中淨化出來，在聖神當中獲得新生了一般。禮畢我捧起教父授予我的聖經、蠟燭和紀念塑像……跑到媽媽的身邊。媽媽緊緊地抱住了我，好像一分鐘也不肯分離。我把手中的聖經舉到媽媽的鼻子下面對媽媽說：「這是我的聖經，真皮的封面上印著我的名字，從今天開始，我們一起學習。」

媽媽點了點頭，這以後，我一遍又一遍地給媽媽講解《聖經》的故事。《聖經》和《希臘神話》是西方文化不可分割的兩大支流，讓我在神靈的世界裡不斷地攝取。

我自十六歲開始，便獨自遠行，從美國國家實驗室到耶魯到牛津……無論是我開心的時候，還是沮喪的時候，這本《聖經》都一直在我的身邊，特別是在一個個孤寂的夜深人靜的夜晚，我一次又一次地打開了這本《聖經》。

我真的很感謝這本聖經，要是沒有這本聖經，你的道路會變得更加艱難，在艱難當中，你會迷失。假如一個人活著，卻迷失了目標，那是非常可怕的事情。我對伊說：「信仰還是非常重要的，無論是信仰上帝還是釋迦牟尼，或者是共產主義甚至雷鋒叔叔等等，只要不是歪門邪道、偷雞摸狗而是上進的和陽光的，就是有意義的。」

伊對我翻了翻眼睛回答：「你的這種說法的本身，好像就是歪門邪道。」

之後伊抄錄了契科夫《第六病室》裡安德列．葉菲梅奇醫生的話語，夾在你的筆記本裡，那就是：「在這個世界上，除了人類智慧最崇高的精神表現之外，一切都無足輕重、沒有意思。智慧在人獸之間劃出鮮明的界線，暗示著人類的神聖，而且在某種程度上甚至能取代人類的不朽……」

而在當時，我不予理睬伊的話，拉著你回家，給正在加拿大看望哥哥的母親打電話，母親在電話裡說：「其實入命也好，開竅也好，都不是天上掉下來的，都要靠努力。人人都說一個孩子的成功：三分靠天分，七分靠教育。而我以為：三分靠天分，三分靠教育，四分靠努力。小獅子實在是靠努力才開竅的。再聰明的人，只會誇誇其談的人，不願意努力，還是會一事無成。」

不久以後，暑假來臨了。我們和往年一樣，前往明尼蘇達州的森林湖夏令營，伊在那裡主持語言教學。這是一個語言夏令營，十個不同的語言分成十個村，在那個萬湖之州占領了一大片土地。森林湖夏令營後來十分出名，主要原因是柯林頓總統的女兒切爾西曾經是那裡的學員。

聽說切爾西在森林湖的時候循規蹈矩，平易近人，很有一副白宮孩子的大家規範。這和後來從中國到森林湖來的一個明星的兒子相比，具有天壤之別。那個星二代專橫跋扈到處闖禍，動不動就來一句：「我的爸爸是李××。」這個李××在美國一點優勢也沒有，也不能幫助他的兒子因為犯了夏令營的規矩而不被開除，據說這個孩子在被遣送回國的時候，又在機場鬧事，連航空公司也拒絕他上飛機。這種事情在美國聽也沒有聽見過，很丟中國人的臉，那是後話了。

而在當時，當我們的小車開在通往森林湖的小道上的時候，一個滿臉雀斑的小女孩站在那裡向我們招手，這是艾米莉。艾米莉是你第一次到森林湖的時候就認識的，那時候你們都只有七歲，也是在這條小道上，艾米莉坐在路邊上，告訴我們說她迷路了，我們便把她帶回了森林湖。

艾米莉是明州的孩子，她說她是一個孤兒，爸爸媽媽都死了。我最聽不得這種苦巴巴的故事了，於是便更多地關愛她一些。當時我在食堂裡當大廚，利用職權分給艾米莉一個桌長的官銜，艾米莉立刻得意起來。她好像很享受她的桌長職位，總是最早一個到達食堂，命令她的桌友們排好隊入座。而她自己卻在一邊昂首挺胸地叫著口令，很有領導者的風範。只是不知道為什麼小朋友們都不喜歡她，特別是她的桌友。

這天剛剛開飯，負責洗碗的漢娜急匆匆地跑進來對我說：「艾米莉罰大衛不許吃排骨呢！」

「怎麼可能？」正在為孩子們洗蘋果的我有些不相信。我甩了甩手上的水珠就跑了出去，只看到胖乎乎的大衛坐在角落裡流眼淚，我不由分說拉起他回到廚房裡，特別把一塊超大的排骨放在他的碗裡，大衛笑了。問及受罰的緣由，原來大衛不服艾米莉的命令，不願意把最大塊的排骨讓給艾米莉，艾米莉就乾脆罰他不許吃排骨了，還要罰他擦桌子呢。

這算什麼名堂啊？真想不通在這個現代文明的社會裡，這麼小的孩子就知道利用一點點權力來欺負別人，難道弱肉強食就是人的本能嗎？

媽媽有時候天真得連小孩子也可以騙她。我老早就曉得艾米莉不是好東西，什麼是孤兒，完全是騙人的，大家都知道她有一個當木匠的爸爸，她的媽媽是個酒鬼，小朋友不喜歡她不是因為這些，而是她太自我為中心了，一有機會就想指揮別人。

漢娜也在一邊說：「這個艾米莉到處騙人，為的就是要引起別人的注意，出出鋒頭。」

「這種鋒頭有什麼好出的？大概也算是一種保護自己的方法吧。」爸爸走進來說。

「這種人在我們學校裡多得是，編出一個故事，不要讓別人看不起自己，好像自己很特別，其實什麼也不是。」我嘟囔了一句。

後來隨著年齡的增長，我漸漸發現，這還是因為社會偏見所造成的，只是在美國隱藏的比較深。記得那時候媽媽有個朋友是從新疆來的，最怕別人打聽她的背景和學歷，還會憤憤地指責：「這就是中國人的惡習，美國人就不會關心這種事情。總統的女兒都會出去打工。」其實美國人最注重這些了，只是總統的女兒打工和窮人為生存出去打工完全不一樣，背景和學歷到了越高層越講究。這種事情無論在美國還是中國都一樣，只是表現的方法不同罷了。那時候我剛剛踏進一個新的工作單位，有人過來請我參加party。去了以後才知道，那是牛津幫，外人是不能參加的。這種party對我來說沒有什麼特別，可是沒有參加的人就覺得很神祕。當然，也有人憑藉自己的能力和努力可以改變自己的「成分」，但是很難。媽媽的那個朋友因為自己什麼都沒有，就會變得特別敏感和緊張。

媽媽說：「這種事情，最好木知木覺，少煩惱。」

但是要真正做到「木知木覺，少煩惱」也很難。回想起來，就是當年在最木知木覺的夏令營也做不到少煩惱呢。我告訴媽媽，我是不會和艾米莉這樣的人做朋友的，我和她玩不到一起。站在旁邊的漢娜聽了，讚許地拍了我的肩膀，緊接著我就跟著這個金髮碧眼的大女孩，往湖邊的篝火跑過去了。

因為是白天，篝火旁邊沒有一個人，漢娜打開隨身攜帶的小提琴，面對著平靜的湖水，拉起了門德爾頌的〈e小調協奏曲〉，那優美又華麗的音律，盪漾起一個燦爛又感傷的夢幻世界。

我坐在漢娜的對面，兩隻眼睛專心致志地盯著漢娜。這個洗碗的漢娜頓時變得天仙美女一般，她上身穿著一件因為炎熱而被剪去袖口和領口的T恤，腰間還紮著一條圍裙，然而她渾身上下散發出來的高雅，讓人感覺到她的氣若幽蘭。她好像不是從食堂裡洗碗池子旁邊走出來的洗碗工，而是站在富麗堂皇的演奏廳當中的演奏家，我驚呆了。

漢娜是美國中部的女孩子，爸爸是大學校長，原本在森林湖的法語村學法語，結束的時候聽到我這裡少一個洗碗工，就過來了。一開始著實把我嚇了一跳，想起國內官二代恣行無忌的樣子，連忙拒絕。不料我來不及把廚房門關上，她的一隻腳已經從門縫裡伸進來了。她說：「讓我試一試吧，我不會讓你失望的。」

果然，她一進廚房挽起袖子就幹活，那副架勢比我幼年時的保母胖媽還利索，她不僅把一百多只碗洗乾淨了，還把爐灶、水池、桌面甚至地板全部刷洗了一遍，看到她赤著腳在瓷磚地上蹬蹬蹬地跑來跑去，不由心痛起來，趁她休息的時候，連忙遞給她一大杯果汁，她笑著拒絕了，自己到水龍頭上灌了一瓶白水，一仰頭就咕咚咕咚地喝了下去。

「自來水不衛生呢，至少到爐灶上燒開，才不會有細菌。」我說。

「我們美國的自來水都是經過嚴格的處理，絕對不會有細菌。」漢娜回答，聽起來還是個愛國主義者。我想了想，就把她留了下來。從此，這個美國的官二代，便在我們森林湖的中國村裡擔任了洗碗工。

因為朝夕相處，很快就和漢娜混熟了。這時候我發現，漢娜不僅是個官二代，還是美國頂尖學校耶魯大學的學生。我直言不諱地問她：「你可以進耶魯，是不是因為你爸爸的關係？」

「我爸爸的關係？那最多是軟件。我是靠我自己，我自己的硬件，考進去的。」漢娜有些驕傲地揚起了頭。接著漢娜又告訴我，在美國要想進入名校，那是非常艱難的，除了成績優異以外，還要有社會公益活動、領導才能、體育才能、音樂才能，參加各種各樣的比賽和競爭等等。

漢娜的家教極其良好，她還記得小時候走路吃飯的時候，頭上都要頂著一本書，保持站有站相，坐有坐相。這有點像我在很小的時候，好婆就要求家裡的女孩子要矜持，待人接物都要注重自身的體態和儀表。結果一場大革命把這些統統洗滌，讓我變成現在這副粗頭粗腦的模樣。

漢娜說：「體態儀表還是外在的東西，關鍵是內在，那可不是一天兩天就可以練出來的，而是要長期的累積。」漢娜很小就接觸世界名著了，她對狄更斯小說的分析，讓伊這個曾經專門研究英國文學的人也不得不佩服。還有藝術造詣，這裡面不僅僅是掌握一種樂器，或者是一門技能，而是真正的理解。

夜晚，起風了。我回到住處的時候，伊已經進入了夢鄉，黑暗裡摸了摸你的鋪位，發現你還沒有回來。豎起耳朵傾聽，野地裡伴隨著遠處的風，夾帶著你的呼喊：「漢娜！漢娜！你在哪裡啊？」

不知道為什麼，你的聲音裡有種哀嘆。半夜裡醒來的時候聽到你在流淚，我嚇了一大跳，連忙坐到你的身邊詢問緣由，你搖了搖頭，你說你自己也不知道為什麼。我暗地裡揣摩：「我的小獅子長大了。」

突然，你支撐起身體，抱著我的腦袋問：「什麼叫笑在面孔上，哭在骨頭裡？」

我大吃一驚，沒有回答你的問題，卻反問：「這是誰告訴儂的？」

「漢娜。」你回答。

沒想到這個貌似單純陽光的小姑娘會如此有心計，怎麼樣的經歷，會把她磨練得如此世故？我一時沒有辦法回答你的問題，只是抱著你說：「快睡吧，做個好夢。」

這天以後，我開始注意起這個耶魯女孩。我發現她真的很喜歡洗碗，明明有洗碗機，她卻一定要手洗。一百多個學員，好幾百個碗碟，洗一遍就要好幾個小時。每次碗碟收進來，她就好像將軍一般站在水池子旁邊，甩著膀子，一口氣也不歇息地洗滌。看到她如此投入的樣子，我實在忍不住發問：「漢娜，你怎麼這麼喜歡洗碗？在家裡也是這樣洗碗碟的嗎？」

漢娜一愣說：「沒有，我們家裡幾乎天天請客，做飯和洗碗都是有專門的工人來幹的。」很快她又接下去說：「不過我常常到耶魯的食堂裡義務洗碗。」

「什麼？你在耶魯洗碗？讀書太輕鬆了嗎？」我驚愕地問。本來還想問是不是想表現自己愛勞動，轉念一想：這又不是在中國，要學習雷鋒。更何況她已經進入了頂尖大學，義務勞動不再加分，關鍵是學習成績。

漢娜看到我的疑惑便解釋：「就是因為太緊張了，壓力太大了，我才去洗碗的。我發現只要把兩隻手插進洗滌劑裡，無論是怎麼樣的緊張和壓力，都會隨著清水沖灌到下水道裡。」

要用洗碗來解壓，實在是相當奇特的了。不過後來，到你讀大學的時候，還聽到過學校專門設置一間摔東西的房間，來幫助學生減壓。可見在美國讀書，並不像一開始在飛機上聽蘋果說的那樣：「在美國讀書要比在中國便當很多。」

想起來，中國人稱進入美國的頂尖大學是：「爬藤」。這裡面有著多少壓力啊？這個藤實在不是好爬的呢。那時候我做夢也不會想到，你這個常常坐在反思凳上的闖禍胚也會爬到藤上去。我想你的成功可以給差生們的爸爸媽媽許多希望，也可以給一般孩子很多鼓勵。

平白無故地冒出來了一個光浪頭，是我最不開心的了，因為光浪頭一來，漢娜就不理我了，兩隻眼睛變得會說話一樣，盯牢那隻光浪頭。

這個光浪頭是夏令營裡最吃香的一個男孩子，不知道是為了趕時髦還是早年謝頂，剃了一個光浪頭，很突兀。光浪頭高高大大的，又會表演，又會講話，還會討好女生，好像是這裡女孩子的偶像，無論是當輔導員的大女孩，還是年齡最小的夏令營小姑娘學員，幾乎都是他的粉絲。

不過大家都知道，他正在和醫務室的女護士勾勾搭搭。有一天我的手不當心劃破了，女護士為我貼上了一片護創膏，媽媽看了有些奇怪說：「這護創膏怎麼是圓形的啦？」

爸爸笑起來了，他說：「你不知道光浪頭腳上有雞眼，醫務室裡所有的護創膏都變成圓形的了。」

女護士要比還在大學裡讀書的光浪頭大出好幾歲，兩個人站在一起很不相配，不知道為什麼會攪到一起。每天晚上，夏令營的活動一結束，光浪頭就鑽到醫務室裡去了。這時候，是我最開心的了，漢娜就會和我在一起，給我講故事、講音樂、講藝術，講歷史，甚至講哲學，也不管我聽不聽懂，一股腦地倒出來，我反正不在乎，只是坐在篝火旁邊，聽她講解那些高深的理論。這一切對我來說都是新鮮的，有趣的。而漢娜一邊說一邊惡狠狠地盯著篝火對面的醫務室，兩隻眼睛裡就好像要失火一樣。

這時候爸爸媽媽走過來，爸爸笑著說：「這又不是中南海的燈光，這麼用心幹什麼？」

媽媽搖了搖頭說：「女孩子愛上了不該愛的人，有點可憐。」

爸爸說：「不可能吧，漢娜怎麼會喜歡那個平民子弟光浪頭？他們完全是不一樣的人。」

媽媽說：「這就叫小女孩獵奇，公主愛上了野獸。」

我不知道他們在說什麼，就把這些話翻譯給漢娜聽，漢娜說：「不是愛，是要！只要是最強的，就是我要的。只要是我要的，不管是用什麼手段，我都要得到！」

漢娜在講這句話的時候，臉上的剛毅果決讓我嚇了一大跳。停了一會兒，她又說：「不要看我是一個洗碗工，表面上一點優勢也沒有，但是我是這裡最強勢的。」

我看了看漢娜，她身上那件剪去袖口和領口的T恤，已經清洗到了稀薄，但她渾身上下散發的高貴是無與倫比的。這大概就是她講的「笑在面孔上，哭在骨頭裡」的延伸，用媽媽的話語就是：「表面上的洗碗工，骨頭裡的貴族後代。」

正想著光浪頭走過來，他裝出一副偶然路過的樣子加入了進來。此刻，他呈現出一副風流倜儻的樣子，漢娜則聰明睿智。我想了想，決定做一個小釘子，硬是插在他們的中間。

有一天我自己也不知道是怎麼一回事，竟然去問漢娜：「你知道嗎？光浪頭每天都睡在醫務室裡？」

漢娜把食指和中指絞在一起說：「他們是這個關係，我要的是精神的吻合。我要證明的是，精神高於一切。」

我聽不懂什麼叫精神高於一切，只曉得她和光浪頭精神高於一切的談話，讓我進入到了巴赫、貝多芬、莫札特、舒伯特、蕭邦等等的古典音樂世界裡，長久不忘，也許這就是我長大以後，一直喜歡古典音樂的緣由。

夏令營結束的時候，光浪頭先是在醫務室和小護士擁抱接吻，幾乎到了難解難分的地步，又跑到廚房裡和漢娜擁抱接吻，也是一副難解難分的模樣。媽媽說：「這些美國的年輕人，我是一點也看不懂。」

後來聽說光浪頭真的拋棄了小護士，一本正經地追到了紐黑文，但是我猜想光浪頭出了夏令營就一點優勢也沒有了，他怎麼推得開耶魯大學那扇沉重的大門呢？

馬蒂妮和讀書卡

馬蒂妮是你在三年級和四年級的班主任，應該是瑪蒂妮絲，大概是小朋友們都太喜歡她了，於是無論是在課堂內還是課堂外，都喜歡叫她：馬蒂妮。

但是我第一次和這個大家都喜歡的馬蒂妮見面，差一點大吵起來。我還記得自從你弄清楚「偶數和奇數」，又補足了那本「365」的作業以後，你真的開始知道要讀書了。我便趁機加班加點，託人從上海帶來了各種各樣的小學生算術書教你。現在想想都有些奇怪，為什麼都是算術書呢？大概是因為周圍的中國孩子都在做算術，並且相互比賽，看誰做得多，學得深。很快，有孩子跳級了，這實在是非常光榮的事情。爸爸媽媽帶著個跳級的孩子走在馬路上，得意到了讓別人嫉妒的地步。我想了想有點氣不過，把你按在寫字桌前，自行考核了一遍。很好，我確定你也達到了跳級的水平。

等到了星期五放學以後，我夾著你的算術書和作業本，當然還有我給你的種種考試卷子，滿懷信心地去找馬蒂妮要求跳級。

我直接了當地向馬蒂妮說明了來意，馬蒂妮想了想，讓我坐到她的對面，接著認真地說：「小獅子的算術進步很快，還常常給小朋友們當小老師。但是我不認為跳級對他來講是件好事。」

「可是他的算術已經達到了高一級的水平了，留在原來的班裡是浪費。」還沒有在椅子上坐穩的我，又一下子站立了起來。

馬蒂妮仍舊慢條斯理地說：「學習永遠也不會浪費的，小獅子是個很有求知欲的孩子，對新鮮的知識總是不厭其煩地追究。這是非常難得的好習慣。假如他跳級了，一時間看上去好像提高了，但事實上他必須放棄很多，放棄他的興趣愛好，甚至損傷他的求知欲。太可惜了。」

我反駁：「不會的，興趣愛好是業餘的事情，跳級才是直接上升，對將來讀書升學有好處。」

馬蒂妮說：「是嗎？我不這麼認為。我認為孩子的成長不應該是一條線，而是一個面，一個很大的知識面，這樣對孩子的身心健康都有好處。」

我有些氣急敗壞：「你講的都是一些看不見摸不著的東西，跳級才是有目共睹的，我認為還是要跳級。」

馬蒂妮雖然講起話來仍舊細聲細氣，但就是不肯妥協，她說：「世界是多麼美好，小獅子應該在這個美好的世界裡好好享受。有多少有趣的東西在我們的身邊，正等待著小獅子去採集呢。」

我不服氣，剛剛想開口，不知道什麼時候伊趕過來了。伊在我背後說：「瑪蒂妮絲女士講得很有道理，我們應該好好想一想，什麼才是幫助小獅子成長的最好的方式。」

我立馬想要發脾氣，但又有些氣短。想起來剛剛還在小珍面前吹牛說「我們的小獅子准定可以跳級」的話，現在的結果卻是這樣，實在有些丟面子。

伊在一邊說：「小獅子的健康成長重要還是你的面子重要？」

馬蒂妮正在教室裡的生物角和我講話，她用胖乎乎的手，握著一根玻璃棍子，輕輕地撥拉了一下玻璃瓶裡的壁虎。她說：「你剛剛說壁虎遇到危險的時候，就會自斷尾巴逃掉。不久以後又會長出一條新的尾巴。可這是為什麼呢？」

我還沒有回答，就看見媽媽背著大包小包走進來了，開口就講「跳級」，我不喜歡跳級，因為我喜歡和這個金頭髮綠眼睛的和藹的女教師在一起，她有點像我小時候的陳老師，很好看。

馬蒂妮聽了媽媽的話沒有直接回答，先讓我自己到圖書館裡去尋找有關壁虎的資料，又讓媽媽坐到她的對面。

因為惦記著馬蒂妮和媽媽的談話，我在圖書館有些心不在焉。後來ESL的老師咪咪過來了，ESL是專門幫助新移民學習英語的，那裡的老師都非常耐心。我雖然老早就離開ESL了，但仍舊在課餘時間裡喜歡到咪咪的教室裡，就好像是回家一樣。咪咪陪我在一本百科全書裡找到了有關壁虎的資料，原來在壁虎的身體裡有一種激素，這種激素被科學家們稱之為「成長素」。就好像我們的頭髮、指甲，剪了以後還會長出來一樣，也是因為「成長素」的作用。

至於「成長素」究竟怎麼會發生的，那裡面還有細胞，以及細胞的活動等等，這一切真的很新奇，我不要跳級，就讓我一點一點地去學好了。想到這裡，我便抱起那本沉重的百科全書回到教室裡去了。

踏進教室，我發現爸爸也來了，他一看到我就問：「小獅子，你在做什麼？」

我回答：「我在做研究。」

他聽了驚訝至極，馬上又問：「你在做什麼研究啊？」

我很認真地說：「你們看，這裡有很多關於動物種類的資料，其中鳥是屬於卵生類，人是屬於哺乳類，所以媽媽上次說錯了，媽媽不可能先生出一隻蛋，然後再把我孵出來的，因為媽媽不是鳥。」

不知道為什麼，爸爸聽了哈哈大笑，媽媽則有些進退兩難的樣子，只有馬蒂妮一個人從頭到尾地聽完了我的研究結果，而且提出自己的見解。

接著馬蒂妮拿起我手上的百科全書對媽媽說：「小獅子是我們班裡公認的百科全書。小朋友有問題的時候都習慣過來問他。他有不懂的，就到圖書館研究。他是很會查資料研究的呢。」

這天到了最後，媽媽總算收回了要我「跳級」的要求。我想這是馬蒂妮幫我爭取到的。後來在很長的一段時間內，甚至到了中學以後，我都會被大家公認為百科全書，這和我當年沒有「跳級」有很大的關係，真是受益不淺呢。

雖然大家一致決定不再要你「跳級」，但是在我的心裡又生出來了一塊新的石頭，半夜三更，我坐在床頭久久不能入睡。父親的目光在黑暗裡落定到我的面孔上，我感到寒冷。用力推醒了酣睡的伊，我說：「小獅子怎麼不會讀書，我講的是小說，文學類的書籍的啦？」

伊昏昏欲睡地說：「小獅子的成績已經蠻好了，少讀幾本文學書沒有關係的。睡覺，睡覺，明天你要上班，我要寫論文……」話語未落，他就翻過身體打起呼嚕來了。

我火氣大起來了：「你怎麼睡得著的啦？我們家是文學世家，爸爸如果上天有靈，一定會氣煞。更何況小獅子要在這個國度裡生存，必須掌握好這門功課，才可以有競爭的優勢。」

伊這次真的醒過來了，坐起身子說：「週末帶他到書店去看看，讓他自己挑選。」

其實用不著你自己挑選，我老早就為你決定了。到了週末，我一起床就在廚房裡切了一大盤的牛肉，做了一大鍋的乾炒牛河，一家三口飽吃一頓早中飯便興致勃勃地直駛丹佛的Borders書店。這家書店上上下下有好幾個層面，我抓著你的手直接奔向經典文學專櫃，在那裡一下子就抽出一本大部頭的查爾斯．狄更斯的作品，那是《大衛．考博菲爾》、《老古玩店》和《艱難時世》的合訂本。

伊從我的手裡接了過去，掂了掂分量說：「有點重，太重一點了吧，讀起來不大方便。」

我說：「這是精裝本呢，當然是重的。你沒有看見這三本書和一本書的價錢一樣，很合算。」

伊明顯不贊同的樣子說：「這不是合算不合算的問題，而是合適不合適的問題，這三本書都不是兒童讀物，對小獅子來說有點太深了。」

「不深，不深，我好像就是在十歲的時候讀了《大衛．考博菲爾》的。」我說。

「做夢啊，你十歲的時候是『文化大革命』，哪裡有《大衛．考博菲爾》？起碼也要到十三、四歲的時候才可以偷讀到這一類的書。」伊說。

我不予理睬，舉起這本磚頭一般的書放在你的眼面前說：「靈光吧？很經典，儂一定會喜歡的。」

你看了看封面上畫滿的小人，木頭木腦地點了點頭，大功告成，你被我騙進了。於是手快腳快地奔到櫃檯前，銀貨兩訖，準備回家。不料回過頭看見你，正捧牢了一本彩畫版的動物世界，腦袋就好像要埋進去了一樣。我剛剛要豎起了眉毛，伊搶先一步說：「這本書很有意思，你是不是喜歡啊？」

你點了點頭說：「我想要這本書已經很久了，剛才營業員從裡面拿到降價的書架上，因為當中有一頁被撕破了。營業員說，這本書還可以拿到櫃檯上去討價還價。」

我接過書來看了看，好像比狄更斯的三部頭合訂本還重，反過來查看價錢，原價三十八美元，現價二十五美元，這時候伊已經掏出了二十美元，讓你自己去還個價錢。你開心地去了，很快又開心地回來了。你說你成功了。

我輕聲地對伊講：「我曉得會成功的，你出的價有點高。」

伊回答：「我就是要小獅子成功的，讓他有個自信，將來生活裡這種事情很多，這是他的第一步。你看，我也成功了。」

伊是成功了，我好像不大成功，應該說很不成功。不成功的就是那本狄更斯的小說合訂本，被你捧到家裡以後便一直立在書架裡。好不容易在週末的時候搬下來，放平在寫字桌上，你除了對封面上畫著的小人有興趣以外，裡面的小說就不予問津了。倒是那本動物世界，被你翻來翻去，翻到四隻角都起了毛邊，一點都不嫌重。

伊很得意，我仍舊在焦心。至於你終於會讀文學作品的事情，那是在很久以後才發生的了。

這一天夜晚，丹佛的一家中餐館慘遭搶劫，媽媽作為中國人報紙的記者，必須前往採訪。

因為已經過了午夜，爸爸有點不放心，決定陪媽媽一起去。於是專門請樓上的陳太太定時下來照看我，接著就上路了。

天很黑，媽媽走到門口又折回來，她說：「算了，還是讓我一個人去吧，小獅子獨自在家，我心不定。」

爸爸講：「沒有關係，小獅子已經睡著了。」

你們做夢也沒想到，在你們拜託陳太太下來照顧我的時候，我已經醒了。以後只是閉著眼睛假裝入睡。陳太太看我睡得很安穩，也就回到樓上去煮消夜了。

陳太太輕手輕腳地走了出去，她幾乎是沒有聲音地帶上人門。對我來說，卻好像是天崩地裂，把整個的世界都割裂開來。天怎麼從來也沒有這麼的黑，外面一點點聲音都沒有，安靜到了連洛磯山也睡著了，我以為整個的世界上只剩下了我一個人。

寂寞又害怕，我把腦袋縮進了被子裡，捂到透不出氣來。這時候，我的手突然觸摸到枕頭旁邊的一本書。這是很早以前，在我生日的時候，馬蒂妮特別送給我的。

馬蒂妮送給我書的時候對我說：「我知道你現在沒有興趣，可以把它放在枕頭邊，也許有一天寂寞了，就看看它。然後一頁頁地讀下去，好像看到我一樣。我就坐在你的身邊，給你閱讀裡面的故事。」

這本小說就是《草原小屋》。一件蠻奇怪的事情發生了，在這以前，我曾經好幾次嘗試著閱讀這本小說，可是總覺得一點意思也沒有。有些繁瑣，又有些無聊。一直到這一天——這一天，天好像從來也沒有那麼的黑，外面一點點聲音都沒有，安靜到了連洛磯山也睡著了，我以為世界上只剩下我一個人了。這時候，我擰開了床頭燈，從枕頭底下摸出了這本小說，開始閱讀。

這次的感覺竟然和以前完全不一樣，以前的繁瑣變得那麼親切，無聊卻變得精采，我一下子就進入了小說的故事中。這本書通過孩子天真的眼睛，把美國人家在草原上飽經艱難困苦，勇敢創業的故事，樸實無華地敘述了出來。漸漸地我就好像變成了勞拉家裡的一分子，和他們同舟共濟。這是我閱讀的第一本美國經典文學作品，儘管是兒童作品，卻牽引著我走上了閱讀的道路。

自從閱讀了《草原小屋》以後，就一發不可收，好像是獅子大開口一般，只要摸到一本書便拿過來就讀，當然包括那本大部頭的狄更斯小說合訂本，我會讀書啦。

這一天，我的閱讀小考得了個滿分。馬蒂妮高興得面孔上好像要開出花來一樣。她特別把我叫到跟前說：「你實在是個領悟能力很強的孩子，可是再聰明的孩子也不可能記住所有閱讀過的東西。假如說人腦是個銀行，我們就應該有心地存入我們所得到的知識，起碼填寫一張存入單，這就是讀書卡。」

說著，馬蒂妮就從抽屜裡找出一疊紅顏綠色小卡片，我一看就樂了，我說：「這種卡片在我家裡很多，媽媽說她從小就習慣寫讀書卡了，可惜她生不逢時，撞進一場『文化大革命』，都被銷毀了。僅留下的幾張，現在還常常拿出來讀給我聽，很有意思的。」

馬蒂妮說：「那好，從現在開始，你就努力地幫助媽媽，把她被銷毀的讀書卡補起來。建立一個新的閱讀銀行，重在堅持。」

那一天當我們趕到遭搶的中餐館的時候，裡面一片狼藉，從老闆到打工的都驚恐未定地散坐在店堂裡的椅子上和地板上。其中一個上海老鄉揉著手腕上勒傷的血痕告訴我：「就好像電影裡一樣，所有的人都被匪徒們搜光了錢財、首飾，然後用槍抵押到廚房後面洗墩布的大水池子裡，再用一卷強力膠帶把嘴巴貼牢，還要用繩子緊緊捆紮在一起，動也不能動一動。一個第一天過來做跑堂的，因為口袋裡沒有錢，只有一本新買的書，還被匪徒戳了一刀。」

稍後，上海老鄉嘆息了一聲又說：「這本書是他為兒子買的，兒子剛剛拿到赴美簽證，下個星期才會到達這裡，不料飛來橫禍，老爹為了送他一本書，付出了血的代價，生死未卜。」

這個跑堂已經被救護車拉到醫院裡去了，地上留下了濺滿了血跡的書籍的碎片。伊撿起來看了看，是莎士比亞的《哈姆雷特》。打開夾著書籤的一頁，正是文革期間，我第一次被迫離開母親時，母親偷偷抄錄給我的話：

不要想到什麼就說什麼，凡事必須三思而行。對人要和氣，可是不要過分狎昵。相知有素的朋友，應該用鋼圈箍在你的靈魂上，可是不要對每一個泛泛的新知濫施你的交情。留心避免和人家爭吵；可是萬一爭端已起，就應該讓對方知道你不是可以輕侮的。傾聽每一個人的意見，可是只對極少數人發表你的意見；接受每一個人的批評，可是保留你自己的判斷。盡你的財力購置貴重的衣服，可是不要炫新立異，必須富麗而不浮豔，因為服裝往往可以表現人格；法國的名流要人，就是在這點上顯得最高尚，與眾不同。不要向人告貸，也不要借錢給人；因為債款放了出去，往往不但丟了本錢，而且還失去了朋友；向人告貸的結果，容易養成因循懶惰的習慣。尤其要緊的，你必須對你自己忠實；正像有了白晝才有黑夜一樣，對自己忠實，才不會對別人欺詐。再會；願我的祝福使這一番話在你的行事中奏效！

即刻，我心裡湧上來一股說不出的悲涼，兒時的場景歷歷在目，母親的面孔呈現到眼前，那時候的淒苦怎麼會延續到了今天？這個送書的父親懷有怎樣一份苦心呵？我始終沒有看到過這個父親，但是那本書的碎片一直保留在我的腦海裡，我感覺到了那位當父親的對兒子的愛。他可以找出這麼份禮物，一定也是一個讀書人，只是仕途坎坷，一時落到餐館打工，這裡面包含了多少辛酸苦辣？於是我閉上眼睛，默默地祝願這位當父親的早日康復，父子團聚。

後來，在你讀到《哈姆雷特》裡的這段話的時候，我把那個餐館裡的故事告訴了你，你沒有說話，只知道這一天，你寫下了一張密密麻麻的讀書卡。伊一看，立刻捧出當年自己有關《哈姆雷特》讀書卡來炫耀：「你們看，我也有的呢。」

我有些動容，我說：「媽媽現在是一張也沒有了，但是媽媽從現在開始，可以和儂一起開始，儂寫儂的將來，媽媽寫媽媽的過去。這好像是一個主題的日記，不是為別人寫的，就是為儂自己寫的。寫儂自己喜歡的，也可以罵儂不喜歡的。儂會寫得很投入，很宣洩，儂還會從中看到儂自己，認識儂自己。」

伊說：「有興趣的多寫一點，沒興趣的少寫一點，甚至只要寫一個書名，主要人物的名字就可以了，為的只是留下一個紀錄，告訴將來的你自己，你讀過了這本書了。說不定到了那個時候你又有新的認識，還可以補上去，就好像爸爸一樣。」

一直到現在，你都沒有放棄你的讀書卡，讀書卡變成了你真親近的朋友，你寫得很投入，很放鬆，當然不是寫在讀書卡上了，而是電腦上。你越寫越多，越寫越長，你說你這不是堅持，而是自然的流露。無論是你開心的時候、鬱悶的時候，順利的時候、坎坷的時候，輕鬆的時候、疲勞的時候，你都會自動地閱讀，然後寫下你自己的想法。

你說你很感謝馬蒂妮為你介紹了「讀書卡」這個朋友，這將是你永遠的朋友。

拼字Bee

這天走進教室的時候，覺得氣氛有些不一樣，幾個算是好學生的小姑娘，正圍在一起嘀咕著什麼。我把腦袋湊了過去，那個嗲妹妹伊麗莎白豎起了眉毛說：「小獅子，你擠進來幹什麼！我們正在討論拼字Bee的事情。」

「什麼是拼字Bee啊？」我問。

「哈！連拼字Bee也不知道，回到你的ESL去吧。」伊麗莎白面孔上明顯地呈現出一種鼻子朝天的表情。

正要發作，馬蒂妮走過來了，她說：「拼字Bee就是拼字比賽，一八二五年開始的。最初是隨著著名的《韋氏辭典》的拼寫讀本問世而出現的，以後變成美國一年一度的重大比賽，應該是在中學生當中舉行，可是我們學區為了幫助大家在以後參加正式比賽的時候做好準備，特別仿效，屬於模擬性的拼字Bee。」

接著馬蒂妮又說：「這是全校性的活動，不管你是哪一個班的學生，只要自己報名，都可以參加這種比賽。」

「我可以嗎？」我有些好奇。

「當然可以，每個人都是平等的。我本來就想來鼓動你參加的，大家都應該參加，不要在乎名次，重在參與，參與就是成功。」馬蒂妮說著，就在報名單上寫下了我的名字，並且發給我一大疊道林紙，道林紙上印滿了密密麻麻的英語單字，她說這是要參加拼字Bee的有關資料。

這些資料裡除了告訴大家參加拼字Bee的比賽規則以外，更多的是複習資料。馬蒂妮直接告訴大家，回去以後好好複習，一定要做功課的。這就是我喜歡中西部地區的緣由了，有啥講啥。而在東部，我剛剛進入初中一年級的時候，學校裡鼓動我們低年級同學參加ＳＡＴ的考試，老師說：「考著玩玩的，不計分，用不著準備，只是讓大家去體驗一下什麼叫ＳＡＴ。」

結果每一個同學包括老師的女兒都在家裡挑燈夜戰，只有我糊裡糊塗地什麼也沒有做，甩著一枝鉛筆進了考場。還好沒有出大洋相，十一、二歲的年齡，考到了被科羅拉多州立大學錄取的分數線。那時候，我是多麼地希望回到簡單純樸的科羅拉多啊。

但這是不可能的了，我已經走出了那片純樸的土地，來到了競爭激烈的東部地區，我不得不朝前走了。只是在我的心裡，一直忘不了科羅拉多的學校和老師，特別是馬蒂妮。那天，我一邊把馬蒂妮發給我的拼字Bee資料拿給媽媽看，一邊告訴媽媽說「我要參加拼字Bee啦！」媽媽高興得一塌糊塗，不一會兒工夫，周邊的鄰居、媽媽的同事甚至遠在外地的朋友們都知道了。

這天放學回家，一個陌生的中國老先生走過來，摸摸我的腦袋說：「小獅子，真行，要參加拼字Bee比賽啦！」

我最不喜歡別人摸我腦袋了，好像美國孩子都不喜歡，無奈人小，只好讓他摸了一下。幸虧好婆已經從加拿大回來，她在房間裡聽到有人和我搭訕，立刻拉著我回家。好婆說：「儂媽媽也是高興到了發昏，逢人就講，不過這也是儂第一次給她爭氣，她總算可以抬起頭來走路了。」

我仰著腦袋對好婆說：「放心，我以後一定會為你們爭氣的。」

隔天我去參加了學校裡拼字Bee的海選，這時候我才知道，幾乎學校裡的每一個同學都參加海選啦，只是我以前從來也沒有關心過，真有點像是被排除在外面一般。海選的陣勢非常大，好幾百個學生，並不在乎成績，只是嘻嘻哈哈地擠成一團，做遊戲一樣。到後來，大多數學生都被淘汰下去了。

你過去從來也沒有參與過這種好學生的活動，今年也不知道是哪裡一根筋搭牢了，居然自己報名去參加拼字Bee，把我弄得受寵若驚，這是因為有孩子參加拼字Bee的家長也很光榮。美國的學校就是這點好，無論是優秀學生還是落後學生，只要自己報名就可以參與，多數學生並不知道拼字Bee是什麼意思，不過是為了好玩，為了站在台上出出鋒頭。

你過去從來也沒有對這種事情發生過興趣，我以為你只是隨便一說，過兩天就會忘記了。不料過了兩天，我剛剛下班回到家裡，你就把一張小紙條舉到我的鼻子下面，你告訴我，你海選通過了，還得了一個第五名。我大吃一驚，真的是從頭到腳對著你刮目相看了一番，心裡真的得意起來。

心裡得意歸得意，面孔上卻裝出一副不屑一顧的樣子說：「哦，第五名啊？只有第五名啊？好了，我們怎樣來慶祝一下這個第五名呢？」你的眼睛朝著我翻了翻，因為有好婆支持，你可以不予理睬。果真母親聽到了，給了我一個白眼。

從那天起到正式的比賽時間還相差一個月，在這一個月的時間裡，我就天天叫你「第五名」，「啊喲，第五名回來啦！」、「第五名要去上學啦？」

母親氣得把牙齒咬得咯咯響，她訓斥我說：「不要諷刺好不好！儂以為第五名是便當的嗎？儂來試試看！」

我笑了：「沒有關係，我們的小獅子禁得起，刺激刺激他，他一定會拿到更好的成績。」嘴上是這麼說的，心裡還是相當緊張的，這畢竟是你的第一次出去比賽啊！於是每天晚飯以後就要幫你複習。我發現你和其他孩子不一樣，一旦進入狀態，就全力以赴，兩個小時一口氣，一分鐘也不會歇息。

你讓我坐到椅子上，自己卻非要站在我對面，筆筆挺地伸直了脖子，兩隻眼睛直視著我的額骨頭，用盡全力地拼讀著每一個單字。後來我知道這些都是母親的教育。

母親一向教育我們讀書要有讀書的樣子，要用心用力用腦子，要一門心思，全神貫注。她最反對的就是一邊做功課一邊看電視、聽廣播、吃零食……母親說：「讀書這件事是逃不掉的，用心是讀，不用心也是讀。但是用心就會讀進去，就會把你帶到一個新奇的新世界裡，而不用心就讀不進去，等於白讀。浪費了力氣，浪費了時間。」

我不知道你是否聽懂了母親的話，但是你一直是這麼做的。一直到你戴上了博士帽以後，都保持了這樣的習慣。

我還記得，那天你站在我的對面大聲地拼讀著單字，一個小時過去了，又一個小時過去了，你仍舊保持著你特有的姿勢，拼讀的聲音一聲比一聲響，一直響到驚動了樓上的陳太太。

陳太太拖了雙繡花鞋，踢踏踢踏地從樓梯上下來，推開門說：「哇啦哇啦做啥？我還以為你們夫婦在吵架呢，不料是在為小獅子複習拼字Bee，真好。」

伊從裡屋走出來說：「為了這個拼字Bee，我們連吵架的時間也沒有了。」

陳太太說：「我也要趕快回去幫我的兒子複習了，還有兩天就要比賽了呢。」

陳太太離開以後，我看看也複習得差不多了，這時候母親早就在廚房裡燉好了一大鍋枸杞木耳湯，吩咐大家收工吃消夜。我後來也為你煮過枸杞銀耳湯，你說不如好婆煮出來的好吃，因為好婆用的是黑木耳。

兩天以後比賽開始了，媽媽特別請了半天假，趕到賽場的時候，正巧輪到我們三年級的比賽。這是學區的比賽，不僅僅是我們一個學校。各校的小朋友排著隊，一個一個地走上來。經過海選的洗刷，每一個年級組都還剩下幾十位選手。

想起來昨天晚上，好婆特別讓我不要複習了，早一點休息。媽媽焦急地把一大疊複習資料塞到我的枕頭旁邊說：「人家樓上陳太太的兒子還在廢寢忘食的讀書，小獅子怎麼可以呼呼大睡？還是再讀一些些。」

好婆一把搶出來說：「這種臨抱佛腳的事情最好不要做，小獅子已經複習得很充分了，要讓他有自信心。」說完了又補充了一句：「我是相信他的。」

好婆的這些話一直刻印在我的腦子裡了，後來，無論參加怎樣的比賽還是考試，我都習慣在最後一天早早上床，第二天書包也不帶，拿著一枝鉛筆就進考場了。這次的比賽好像和先前的海選有點不一樣，大家怎麼都緊張起來了？還有小朋友擠在走廊裡不斷地練習呢！我反正是連張紙頭也沒有帶的人，想也來不及想就排在進考場的隊伍裡了。

美國人是很會起鬨的，這種小小的比賽弄得就好像世界錦標賽一樣，每走上去一個小朋友，他的爸爸媽媽就會帶領自己邀請過來的街坊鄰居朋友大聲歡呼。

我曉得我們家最多只有三個人：爸爸媽媽和好婆，沒有想到媽媽的好朋友丹丹也來了，她帶過來一堆中國獨創的塑膠拍手器，聲音響到耳朵也要震聾。周邊的小朋友羨慕得都來向我示好，想從我手裡得到一副。等到我把他們都安撫好了，才發現自己已經拖到隊伍的最後一個了，剛剛走出去又被老師叫了回來，原來忘記別名牌了。總算別好名牌再次走出來，比賽已經要開始了。

我看到媽媽就站在我的正對面，她站得很近，我幾乎可以看到她額頭上的三根白頭髮。我心裡有點難過，這三根白頭髮是怎麼會爬到媽媽的頭上的？我祈禱，讓我的眼睛裡的光，把媽媽的白頭髮染回去。這些天，我都是看著這三根白頭髮，拼讀拼字Bee的單詞的，現在我又盯牢了這三根白頭髮。我盯牢了這三根白頭髮，跟隨著主考老師——老祕書的發音，一個接著一個地拼讀單詞。如果拼錯了就被淘汰。一輪下來，比賽者被淘汰了一半，又一輪下來，又被淘汰了一半，最後只剩下五個人了，我仍舊站在上面，只是已經從最邊邊上挪到了中間。

其實我並沒有意識到，台上只有五個小朋友了，只是專心致志地盯牢了媽媽的三根白頭髮，用盡全身力氣拼讀每一個單字。又有三個小朋友被淘汰下去，最後只剩下了我和伊麗莎白了。

老祕書的嘴巴裡滑出一個新的單詞：「Atlas」。這是複習資料裡沒有的單詞，但是在我閱讀過的小說裡曾經看到。我聽到伊麗莎白打了一個咯楞，下面有人起鬨，我沒有注意，繼續拼讀。「bivouac」，老祕書的眼睛朝著天花板翻了翻，又一個複習資料裡沒有的單詞從她的兩片薄薄的嘴唇裡吐了出來。伊麗莎白又打了一個咯楞，下面又有人起鬨，我還是沒有理會，繼續拼讀。這時候老祕書急急忙忙地讀出來最後一個單詞「Potpourri」，我聽到伊麗莎白用快要哭出來的聲音拼讀了一遍。大概沒有拼錯，因為老祕書並沒有讓她下去，可是考場裡大聲喧譁起來。

校長走上來了，握了握我的手說：「祝賀你，你成功了，榮獲本居三年級組的第一名。」我有點糊塗了，因為最後的一個單詞我還沒有拼讀，怎麼可以榮獲第一名呢，於是認真地對校長說：「對不起，先讓我拼完這個單詞Potpourri，我想我是對的。」然後又轉過身體，對著女祕書說：「謝謝你，琳菲兒女士。」全場驚呆了，一分鐘以後爆發出來雷鳴般的掌聲。

當時我並不知道伊麗莎白已經拼錯三次了，只聽到旁邊有人在說：「小小的孩子本事怎麼這麼大，還會去謝謝琳菲兒女士。只有中國孩子會做出這麼世故的事情！」

這聽上去很有些刺耳，好像鐵勺刮在鋼宗鑊子上一樣。

我有些莫名其妙，還沒有弄清楚是怎麼一回事的時候，媽媽就一把拉我到前面，大聲地問：「儂聽到那個小女孩三次拼錯，怎麼不去責問琳菲兒？她是故意的！種族歧視！」

這倒讓我大吃一驚。為什麼會有這種不公平的事情？我說：「真的嗎？她拼錯了嗎？我真的一點也沒有聽見，只是用盡力氣在我自己的拼讀上了。」

周邊的聽者都大笑起來。一個年輕的黑人家長一個箭步跳上前台，用力地抱了抱我說：「好孩子！這就是我們的顏色，我們的顏色呈現出來的就是我們的真實。」

我緊緊地抱住了你，伊走過來告訴我，要開車趕到學校去開會，丹丹也急著去丹佛的學校上課，於是我和母親便拉著你的手步行回家。外面的天氣很好，風和日麗的，一直到這個時候，你才好像從剛剛緊張的比賽當中回過神來了一樣，跳來跳去地告訴我們拼讀每一個單詞的情節。

路上，不斷地有小朋友和小朋友的家長和我們打招呼，並稱讚你，向你表示祝賀，讓我感到十分驕傲。但是在我的內心深處，琳菲兒三次故意錯誤的裁判，就好像是三粒惡劣的堅果，嵌卡在我的喉嚨口。夜晚，你和往常一樣，在伊已經講述了無數遍的《三國》故事裡進入夢鄉。我無聲地走到你的床邊，擰滅了床頭的小燈，在黑暗當中，久久地注視著你的臉。

我的小獅子啊，殘酷的現實已經展開在你的面前，你要在這個國度獲得成功，一定要比別人好出三倍，你將走上一條比你的同齡人更加艱苦的道路。我怎麼好像是千里迢迢把你帶進了一片陌生的沙漠，讓你背載起沉重的負荷，去走一條忍耐、無助、孤獨的痛苦歷程。這實在是一條艱苦的道路，我的心為此而流血。老早就知道埃涅阿斯的道路上充滿了荊棘，到了跟前才領會到其中的犀利。我哀嘆自己沒有能力來保護你。卻由衷地希望可以用自己的身體為你鋪路，要求換回來的只是你的健康和愉快。

拼字Bee的第二天是星期六，伊說為了慶祝你的第一名，全家到丹佛自然歷史博物館去看恐龍。這是你最喜歡的了，記得還在上海的時候，你姨媽的兒子小阿哥為了背誦課本上的恐龍知識，吃盡了苦頭。他還沒有背出來，四、五歲的你，在一邊已經倒背如流。還會給大家講解有關恐龍的知識。後來出國的時候，小阿哥第一件事就是把這本恨透了的自然課本送給你了，到現在還立在你的書架裡呢。

丹佛自然歷史博物館據說是全美國第四大的自然歷史博物館了，裡面有人類學、地質學、動物學、古生物學等等，珍藏品一百多萬件。你最有興趣的要數其中展出的動物標本、化石、骨架、隕石，不知道是不是和你後來選擇了生物專業有關聯。

那天你一踏進博物館，就拉著我們直衝恐龍標本。這具骨骼我們已經在你的帶領下看了無數遍了，就好像陪你看那盤錄像帶《*The Land Before Time*》一樣，我已經煩透了。但是你仍舊還在那裡仔仔細細地觀看和講解，也只有母親跟在你後面津津有味地聆聽，就好像第一次聽到一樣。

離開恐龍標本的時候，母親把我拉進廁所說：「小獅子講話的時候，儂要好好聽著，腦袋不要轉來轉去心不在焉的樣子。儂要把他當個大人，面孔要對牢他，用點心思，給他一些鼓勵。」

隨後母親又說：「這實在是儂的福氣，小獅子願意把自己看到的點滴都複述給儂聽，對他來講就是加深了記憶，不會看過就忘記。對儂來講也一樣，增長了知識，也加強了你們之間的感情交流，儂要好好珍惜呢。」

走出廁所我們就直接進入了介紹印第安人的展廳，那裡面除了標本、實物介紹以外，還有許多文字資料，母親看了看對我說：「不管儂是不是看得懂，都讓小獅子講解一遍，一方面可以加強他的責任感，另一方面也可以培養他的興趣。」

從那天開始，一直到現在，幾十年過去了，我已經養成了習慣，每次參觀博物館、畫展、藝術展，只要和媽媽在一起，我總歸主動擔任講解員。媽媽後來問我：「媽媽是不是浪費了儂很多的時間？」

我回答：「不會，因為要為儂講解，所以養成了仔細觀察的習慣。有的畫，一眼看過去只有幾條簡單的線，可是越看越有意思，越看越深奧。在耶魯大學讀書的時候，常常壓力大到透不過氣來，我就去博物館看畫，常常會站在同一張畫的前面半個多小時，看到自己也好像融入到油畫當中，心境豁然打開了。」

媽媽說，聽到這些話她非常欣喜，能夠在藝術當中領悟，實在讓媽媽倍感安慰。那時候，我的功課非常繁忙，節假日也不能回家，媽媽就想辦法在網上「拍」個旅館，一家三口聚集在耶魯過個長週末。每逢這種日子，爸爸媽媽除了和我一起出去吃飯以外，還會擠出時間和我一起去看耶魯的博物館。有一次，耶魯大不列顛藝術中心會展出喬治．斯坦布斯的作品，我一踏進大廳就被其中的〈*Lion Attacking a Horse*〉震撼。

我站在這幅巨大的油畫前面，感覺到媽媽就站在我的身邊，這天我沒有向媽媽講解，只是屏息靜氣地久久不能移動。歇息，我聽到我自己的聲音：「媽媽，儂看到了什麼？」

媽媽說：「我看到了漂亮、自信和高傲……」

我說：「可是這些馬上就要被姦汙被摧毀，變成醜陋、腐爛和猥瑣……」

媽媽倒吸了一口氣說：「為什麼？這是文明、智慧和正義啊！」

我說：「文明、智慧和正義算什麼？永遠都是獸性、無恥和邪惡的階下囚。」

媽媽說：「怎麼可以?!我想起來儂十歲時候的拼字Bee……」

我說：「是的，這就是歷史：羅馬帝國的塌陷；這也是現實……」

媽媽繼續說：「一個貴族跌入了貧民窟，就好像我十歲時候的經歷……」

爸爸走過來支撐著媽媽的後背說：「但是，你會爬起來的。想一想，畫家把這個恐怖的殘酷嵌入如此美麗的背景當中，是不是就想陳述這一點呢？」

我說：「這是一個魔幻的主題，畫家第一次把畫筆落到畫布上就入魔了，以後的三十年都不能擺脫，他來來回回在這個主題當中徘徊，於是留下來一大批這個主題的創作，讓後人反覆想像。」

這真的是一個魔幻的主題，以後的很長一段時間裡，這張畫的幻影常常會出現在我的夢魘當中，特別是在我感到孤獨和無助的時候，就會看到那張漂亮到了刺眼的畫面。

新生活

伊總算拿到了博士學位，在美國東部找到了教職工作，新生活開始了。

經過了三天三夜的長途跋涉，我們駕駛著「又航」（美國一家出租公司）租來的車，橫跨了美國。一路上，除了科州以外，又經堪薩斯、密蘇里、伊利諾、印第安納、俄亥俄、西維吉尼亞，好不容易才到達了我們的目的地——賓夕法尼亞的Swarthmore，以後發現，這裡被中國學生簡稱為「絲襪」。

進城之前，先在高速公路旁邊的休息區整休一下。從公共廁所裡走出來，竟然發現旁邊的報架上有一摞新出爐的中文報紙。抽出一張閱讀，頭版頭條就讓我震驚到了跌坐在台階上：「上海『蘋果』因兒子SAT考試失敗——自殺身亡」

上海「蘋果」？哪一個上海「蘋果」？是不是就是那個當年懷疑你腦袋有毛病的後來又在飛機上相遇的護士朋友？怎麼會自殺身亡？一時間，我顧不得妨礙了周邊過路客人的行走，以及地上的齷齪，坐在休息室門口的台階中間，急不可待地閱讀起來。

真的是蘋果呢，記得剛剛到美國的時候還和她通過電話，她告訴我她的胖乎乎的白男人實在是一個很善良的人，五十多歲了，在東部的一所社區大學教算術。早年和他的一個學生結婚，那個學生抽菸喝酒，聽起來好像一個女流氓一樣，後來懷孕了，生下來了一個戇大女孩。按照蘋果的講法，這個戇大根本不是她的丈夫泰迪的孩子，是那個女人和別人弄出來的，完全可以丟出去的，但是好心的泰迪一直把這個戇大放在身邊，而那個親生的母親卻離家出走，一去不回頭了。

老頭子一個人又當爹又當娘，也曾經嘗試再婚，不料所有要娶進來的美國女人，一看到這個戇大統統逃了出去，最後通過婚姻介紹所刊登廣告，找到了蘋果。事實上還是蘋果的前夫先看到的廣告，當時他們的兒子連連闖禍，正當那個小學體育老師一籌莫展的時候，一眼看到了這則嵌在報縫裡豆腐乾大的消息，即刻想出來這個「餿主意」。這是蘋果的原話，蘋果說：「這實在是沒有辦法的辦法了，為了兒子我只好離婚，又和這個白男人結婚了。」

蘋果告訴我說，第一次看見那個戇大的時候，嚇得她飯也吃不下了。二十幾歲的人了，蜷縮在特製的床上，眼鼻口全歪，大小便失禁。要不是想到她兒子的前途，老早就逃出去了。但是看到她的兒子每天高高興興的上學，她便咬了咬牙齒堅持了下來。

蘋果付出的代價是昂貴的，每天天不亮就起床了，先要給這個戇大洗臉刷牙、擦身體、洗屁股洗腳，這些都是老泰迪幫她一起做的。老泰迪出去上班，她就要餵這個戇大吃飯，這是一件非常辛苦的事情，這邊塞進去那邊流出來，一頓飯下來，蘋果累得渾身大汗。接著還要把她換洗乾淨，送戇大到戇大學校去和別的戇大一起參加戇大的活動。

有一天，過來幫助戇大打針的義工，看見蘋果累得摔倒在地上，就說：「你這樣下去會累死的，還是讓她插管子鼻飼好了。」

不料被老泰迪聽見，他趴在門框上哭出聲來，他說：「可憐的茱蒂，這樣不是讓她失去了做人的最後的享受了嗎？」

蘋果一時心軟，連忙安慰老泰迪說：「沒有關係，我一定不會讓她失去做人的最後享受。」

這一天晚上，蘋果坐在床沿上，捶打著痠痛的腰背，正在為自己剛剛的話語後悔，老泰迪抱進來一台蘋果電腦，直接送進了蘋果兒子的房間裡。蘋果說：「我認命了。」

媽媽坐在高速公路休息區裡一所小房子的前面，捧了張報紙皺著眉頭，不知道在閱讀什麼，我叫她，她沒有回應。爸爸一個人圍著我們的「又航」不斷地踱方步，時而把腦袋伸到車子底下查看著什麼。我想了想，獨自爬到高高的車廂裡，找出昨天馬蒂妮送給我的一本小書《小王子》。

要到一個新的地方去開始新生活總歸是開心的，可惜馬蒂妮不可以和我們同行，我在最後一天去看望了她。這是暑假期間。學校裡沒有一個人，馬蒂妮特別在教室裡等我，她把我拉到牆壁旁邊，那裡有我進入這個教室以後的身高紀錄。我用手一格一格地摸上來，好像看到自己在這裡一格一格地長大。

我想起來最先閱讀的《草原小屋》，那裡面的勞拉後來好像是我的姊妹一樣，她的故事就是從搬遷開始的，我也要走上搬遷的道路了，前面會有怎樣的「遠大前程」呢？那裡的小朋友會接受我這個美國中部出來的鄉下人嗎？還有沒有馬蒂妮這樣的老師啊？馬蒂妮說：「聚首離分，這是人生當中不可避免的事情，今後沒有了馬蒂妮，樣樣事情要自己分辨，這是你必須面對的，上帝保佑。」

馬蒂妮說著，便拿出一本早就準備好的法國童話故事原版本《小王子》，我一看就緊緊地抱在胸口了。這本書的英文版我已經讀過好幾遍的，還記得第一次閱讀的時候，我把腦袋縮在被窩裡大哭一場，媽媽嚇得以為我生大毛病了。後來每重讀一次都會流出眼淚，我被小王子的善良感動。馬蒂妮知道我喜歡這本小書，特別找到了原版送給我，希望有一天，我可以用法語閱讀，並在扉頁上寫下了其中的警句：「人只有用自己的心才能看清事物，真正重要的東西用眼睛是看不到的。」

馬蒂妮在送給我這本小書的時候，不知道是不是想到了美國東部學生的競爭要比悠閒的中部地區激烈很多？那裡有「爬藤」這一說，這是我在波德聽也沒有聽到過的。想到「爬藤」這兩個字心裡就開始發毛，我闔上《小王子》從車廂裡跳了下來，讓我把「爬藤」先丟到腦後，到這個空曠的休息區奔跑一下吧。

不料一腳踏下去就踏扁了一只易拉罐，那只易拉罐卡在我的鞋子上拔也拔不下來。這裡怎麼這麼齷齪的啦？到處是香菸屁股廢紙頭，草地上還有一泡狗屎沒有撿乾淨，這在波德是不可能發生的。連我這個在家裡從來也不被媽媽允許到廚房間勞動的人，也冒出來要勞動的衝動。

正在這時候，媽媽老老遠奔跑過來，她一邊跑一邊哇啦哇啦地亂叫：「小獅子，小獅子，儂在什麼地方啊？」一看到我，就緊緊地把我抱在懷裡。抱得我氣也透不出來啦！好不容易放開了我，又莫名其妙地說：「小獅子儂想要什麼？媽媽給儂買，媽媽什麼都給儂買！媽媽是最喜歡儂的！」

我嘟囔了一聲說：「我想要一根小棍子，把這裡的垃圾都撿掉。」看著媽媽一頭霧水的樣子，我又用她習慣的話語說：「我知道儂最喜歡我了，因為我是媽媽的血、媽媽的魂、媽媽的生命……」

我還沒有講完，媽媽就甩了甩腦袋，然後說：「對不起，我有點頭疼。」

我剛剛說完「我有點頭疼」這幾個字，你就用兩隻手按摩起我的太陽穴，你說：「媽媽儂不要頭疼啊，不要生病啊，千萬不要死掉啊！」

我一聽連忙說：「不會的，為了我的小獅子，我一定不會去死的。」我又想到了蘋果。後來我在上海遇到蘋果的前夫，這個已經再婚的男人，一講到「蘋果」這兩個字，神情立刻凝重起來，他說：「蘋果實在是世界上最偉大的母親。」

是的，蘋果的偉大不僅僅是為了自己的兒子，做出了巨人的犧牲，還在於後來她為了那個和她毫無血緣關係的戇大，也會付出無限的母愛。朋友們看到她常常推著戇大在社區裡散步，逛商店，為戇大買衣服、買零食甚至買玩具，這些都是老泰迪也做不到的。朋友說：「煩不煩啊？這種戇大一點感覺也沒有，不要自己給自己找麻煩好不好？」

蘋果說：「誰說戇大沒有感覺的？她也是人啊！她也會哭也會笑的。」

原來有一天，蘋果到戇大學校去接戇大，一看戇大頭上多出來一塊青紫的包，蘋果立刻氣不打一處來，一定是有人欺負了戇大。蘋果一邊向工作人員抗議，一邊仔細地查看戇大的傷口，這時候，戇大突然對著蘋果大哭起來，並叫了一聲「媽媽！」

蘋果說：「我驚呆了，這是兩年以來，她第一次叫我『媽媽』，我當即跑過去，緊緊地抱住了戇大，就好像抱住我自己的孩子一樣。」

我想說：這就是中國人，善良的中國母親。因為這個中國母親，戇大身上發生了奇蹟，她開始發音了。我以為這以後蘋果開始了新的生活，所以有很長一段時間沒有給蘋果打電話了。沒有想到今天在這裡，在這個高速公路旁邊的休息區裡，竟然讀到了這麼一條消息。

我好像聽到過在麻省理工學院、哈佛、耶魯等藤校讀書的學生，因為壓力太大自殺的，而母親為了兒子SAT沒有考好，結束自己生命的還是第一遭。蘋果不是一個內向的人，她和我大多數的朋友一樣快言快語，很難把自殺和蘋果聯繫在一起。今天會為了這個SAT而死，這個SAT一定是把她逼迫到了無路可走，絕望的地步。

SAT到底是什麼東西呀？竟然會活活吞噬了蘋果的生命？看起來這是一個警鐘，蘋果的故事是不是要告訴我，小獅子今後的道路，每一步都是凶險，都是荊刺。小獅子，媽媽為你擔心啊。

其實，早在離開波德之前，伊就不知道從哪裡聽說，東部的學校要比中西部嚴厲很多，每個學生除了成績優秀以外，還要掌握一門樂器，這是爬「藤校」的必修課，可以加一分。伊和我都學過鋼琴，應該可以幫助你。可是馬蒂妮說：「不好，不好，我已經打聽過了，爬『藤』加分，是必須要進學校樂團才算的，一個樂團只有一架鋼琴，小獅子半路出家不容易搶到這個位置。還是拉小提琴好。一個學校的樂隊有幾十把小提琴，只要從小學就進入樂團，便可以一直升上去，這一分萬無一失了。」

我是在離開波德的最後兩個星期開始學拉小提琴的，別的小朋友的小提琴都是從1／4到1／2，然後才晉級到標準型的小提琴，但是好婆從上海託人帶過來的，直接就是一把標準琴。看上去有點大，但是爸爸說：「小獅子個子大，明年就正好了呢。」

小提琴解決了，接下去是怎樣在兩個禮拜的時間裡學會拉琴，而且還要考入學校的樂隊。

媽媽有些洩氣，她說「太難一點了吧，當年我的阿哥學過小提琴，好幾個月都在家裡嘎吱嘎吱地殺雞，從來也沒有拉出來一條像樣的曲子，弄得鄰居都要發瘋。最後，好婆一氣之下，連琴帶譜一起扔出去了。更何況小獅子一點樂理知識也沒有……」

「沒有關係，讓我來試一試。小獅子記憶力很好，悟性也很高，我們一定會成功的。」說話的是四川過來的音樂系的訪問學者魯光老師。

魯老師一向喜歡我，特別是他的太太陸老師，常常給我包小餛飩，我喜歡做他們的學生。不過學小提琴是不可以馬馬虎虎蒙混過關的，因為在一開始，我就向媽媽保證：「放心，我不是娘舅，我一定要學會。」好婆說「講出來的話就要做到」，這是我第一次的誓言，我不能食言。

魯老師嚴肅地把我帶進琴房，那裡除了琴譜的架子以外只有一張座椅。陸老師從樓上走下來。手裡拿著那把已經「打扮」過的標準琴，標準琴的腮托下面綁上了一個小枕頭，陸老師讓我把手輕輕地按在琴頸的指板上，我發現那裡貼著一條條很細很細的分割線，陸老師說：「這是你媽媽的頭髮，幫你分辨不同的聲音，摸著媽媽的頭髮，就好像是媽媽和你在一起拉琴，媽媽會幫你拉出世界上最美妙的音樂。」

我一下子感到溫暖，我真想說一聲：「謝謝你，陸老師。」陸老師在離開琴房的時候，又把那張唯一的座椅帶了出去，她對魯老師說：「你應該陪著小獅子一起站著拉琴，表現出小提琴家的風度。」

魯老師笑道：「好的好的，不過小獅子用不著訓練，就有小提琴家的風度啦。」

因為是暑假期間不上課，於是我就起早摸黑地整天抱著小提琴。蠻奇怪的，我沒有拉過任何的練習曲，從一開始就摸著媽媽的頭髮，直接拉起了魯老師的〈梁祝〉。這是魯老師根據〈梁祝〉改寫的簡譜，他每天教我練習一節，等我把這一小節練熟了再練下一節，然後一節一節地連接在一起，來來回回加上變奏，聽起來豐富又飽滿。優雅的琴聲在媽媽的頭髮上緩緩流淌，我看到媽媽的眼睛裡閃爍著光亮。

明媚的月光在你們的琴聲底下變得淒婉動人，我第一次為這個古老的愛情故事流下了眼淚，不知道為什麼，這支不到十幾節的簡體版〈梁祝〉，在你的手指底下，變得餘音裊裊，迴盪不絕。魯光相當得意，他說從我的頭髮到簡譜都是他的獨創，他到處宣揚他這個沒有辦法的辦法：「狗急跳牆」。第一次嘗試，一舉成功。

後來你就是憑藉著這首〈梁祝〉，你也只有這首〈梁祝〉，在東部順利地進入了學校裡的交響樂團。這可以說明了一件事情，那就是像我們這樣的新移民，以自己國家的文化取勝，常常是最聰明的舉動。

硬著頭皮逼迫你進樂隊，心裡一直感到內疚，明明曉得你很吃力，也不知道有沒有小朋友譏笑你。只是咬著牙齒把你送進排練廳，讓你混入那些從小就經過了嚴格訓練的美國孩子裡一起拉琴。我不知道你是怎樣熬出來的，其中的細節我連問也不敢問，箇中滋味只有你自己吞嚥下去了。

有一天，看著你好像一個小老頭一樣背著提琴從排練廳出來，我忍著眼淚背對著你說：「媽媽曉得儂不喜歡，因此從來也不會要求儂成為一個音樂家。媽媽只要儂『混』在樂團裡，哪怕是坐在最後的一個位置上，不要被樂團的老師踢出去就可以了。」

本來我還想說：「我只要儂在將來爬藤時候，拿到那一分。」可是我說不出來，因為你的壓力已經夠大了。

你在一開始自說自話地站出來競選了班長，這是我沒有想到的。因為長期以來，我總是教育你，有關政治的事情，不要去參與，這是最骯髒的。不知為什麼，這一次你沒有聽我的話，你的競選演講裡有這麼一段話：「我是從中國來的，但是我已經是美國人了。長期以來，大家都把我當作外國人，想方設法地幫助我。現在我認為是我回報大家的時候了，我很願意有這個機會為大家服務。」

你贏了。你告訴我說，這叫「先下手為強」。伊一聽就得意起來了，因為那些天伊正在為你閱讀《隋書．元胄傳》：「兵馬悉他家物，一先下手，大事便去。」

這是你為了不再讓小朋友認為你是一個和他們不一樣的外國人，你率先站立了起來，這實在不是一件簡單的事情。我真想對你說：「小獅子，我們不要爬『藤』，只要你健康和愉快，就是媽媽一輩子的幸福了。」

可是你後來對我說：「我感謝這些壓力，真的，假如沒有那時候的壓力，我怎麼會練就以後的堅韌和頑強？」

你還說：「幸虧我在波德的最後幾年閱讀了大量的書籍，到了東部的第一次功課竟然是《傲慢與偏見》的讀書筆記。」

這讓我有點想不通了，小學五年級的學生，怎麼會去閱讀這本十九世紀英國小說家珍．奧斯丁的小說，是因為要讓你們這些小孩子了解十八世紀末、十九世紀初，保守和閉塞的英國鄉鎮生活和世態人情？

伊想了想講：「一定因為其中錯綜複雜的人物關係。」

我不知道你會怎樣完成你的第一次功課，只看到你畫來畫去，畫了一張蜘蛛網一樣的關係圖，又複印了不少的人物圖片黏貼在一張白顏色的厚紙板上，這叫「故事板」，美國的中小學最喜歡做這種「故事板」了。最後你抄寫了這麼一句話，那就是：「對一個人有成見之後，便無法公平判斷事情的結果。」

當你把一疊二十幾頁的作業交給老師的時候，連老師也開玩笑地說：「小獅子啊，想不到你那只好像垃圾箱一樣的書包裡，抽出來了這麼一份寶貝。」

新的生活開始了，你變得非常繁忙。除了上學讀書、交響樂團的活動以外，還有體育活動、社區活動，以及教會活動，我變得就好像車夫一樣，整天地把你送到這裡和那裡。想起來國內的朋友常常在那裡抱怨，說中國孩子的學習多麼緊張和繁忙。其實美國的孩子也一樣，只不過美國孩子很小就曉得，愛學不學都是自己的事情。他們的腦子很清楚，十八歲以後，假如不繼續學習，那就要自立了。

我們有個朋友是猶太人，他們的孩子十三歲的時候，舉辦了猶太人的成人生日會。生日會結束以後，他的父親讓他簽署了一份撫養合約，其中明文規定：「十八歲以後，假如不再繼續學習，就要離開父母，自謀出路。」

這種事情在美國很普遍，卻讓你嚇到面孔煞白。我一看連忙對你說：「媽媽永遠永遠也不會讓你離開的，無論是什麼時候，只要媽媽在，你就永遠有一個可以回來的家。」

你說：「我知道，我知道。」

可是我心裡很清楚，在你的心底深處又添加了一層新的壓力。

有一天，你的數學小考成績發下來了，我發現少了3分，再一看是老師批錯了，伊講：「算了，少3分不影響總分。」

我還沒有講話，你就在一邊說：「我去要回來。」

你自己出去要成績？這是過去從來也沒有發生過的事情，我說：「要不要我幫儂去要？」

你說：「媽媽，讓我自己去試一試。」

第二天，你高舉著考卷跑到我的跟前說：「我成功了，老師說我是對的，不僅補了我3分，還加了我3分，說這3分是因為我『敢於為自己爭取權益』。」

這時候，我知道了，你已經和你的童年再見了。那一年你十歲，小學五年級學生。

等太陽

好婆來了，做了一隻極其地道的走油蹄膀，啊喲，這蹄膀色澤紅亮，肉質酥軟，又鮮又香。剛剛夾起了一塊，想要放到嘴巴裡，小阿哥拿了個鈴鐺在我耳朵旁邊拚命地搖。煩死人了，快停下來！我伸出手來抓他，差一點從床上掉了下來，原來是個夢，枕頭下面的鬧鐘遽響。

拉開床旁邊的窗簾，外面漆墨黑，太陽還沒有升起來，讓我再閉五分鐘眼睛。好像眼睛剛剛閉上，鬧鐘又響了起來。沒有辦法，這是我進入中學以後自己設定的，五分鐘響一次，一直響到我清醒。媽媽已經在樓下準備早飯了，我知道她頭也沒有梳，臉也沒有洗，從床上跳起來就直接奔到廚房間裡的煤氣灶旁邊，為爸爸烤麵包，為我蒸饅頭，至於她自己，常常只是扒兩口昨日的剩飯了。

想到這裡，我不得不撐起身體，花費五分鐘洗臉刷牙。黑暗當中看了看鏡子裡的自己，頭髮根根豎起，這是因為隔夜洗的澡，頭髮沒乾就上床睡覺了，難怪美國人都是早上洗澡的呢。找出媽媽的頭髮刷子蘸點水，刷了刷頭皮，再花費五分鐘穿戴整齊。衣服和褲子是媽媽昨天就燙好，掛在衣架上的。我對媽媽說：「用不著這麼考究。」

媽媽說：「隔壁人家法國教授的太太，是連內衣內褲都燙得平平整整！」

穿上平整的衣褲，是比沒有燙過的舒坦許多。然後，背上書包下樓。媽媽看也沒有看我，就把午飯盒子塞進我的書包，她自己則從一只巨大的手提包裡摸出一把烏木梳，一邊在頭上扒了扒，一邊跑出去發動汽車。

我抓起饅頭坐進車子開始吃早飯，媽媽就好像每天早上一樣對我說：「開開心心，媽媽相信儂，媽媽喜歡儂。」

這讓我想起來了，我是不應該開心的。故事發生在這個學期開學的第一天，吃午飯的時候，食堂裡擠滿了同學。高大黝黑的克里斯發現旁邊有間空閒的休息室，便推開了玻璃門坐了進去，我也隨之而入。不料當日的值班輔導員，一個數學老師看見了大發雷霆，他當然不會把指責對準克里斯，因為克里斯的媽媽是學區的負責人。但是，我弄不懂的是，好幾個人一起坐在那裡，他為什麼眼睛一轉就盯牢了我。我不服，和他頂撞起來。我永遠也不會忘記當時他眼睛裡的兇狠，兇狠當中還有一種講不出的藐視，我被他激怒了。

最後的結果是：我被從最高的數學菁英班直降到最低的普通五班裡了。我是昨天收到的通知，心裡非常不平，但是我沒有告訴媽媽。我真的希望還可以回到小時候，遇到問題就讓媽媽衝到前面，讓什麼都能幹的媽媽幫我解決其中的所有。但是，我不可以，真的不可以。我必須自己面對，我相信自己一定會在這寂寥的沙漠裡一步步地走出來。

我是憤怒的，媽媽相信憤怒出英雄，媽媽會講出這句話，一定是有切身體驗。想到這裡，我偷偷看了一眼媽媽，她一點表情也沒有，對於我的心事渾然不知。

我看也沒有看你，就知道你有心事，只是咬著牙齒不肯說出來。我心裡很急，但又不能開口詢問，因為這是你自己決定不要告訴我，我應該尊重你。只是因為不知道發生了什麼事情，心裡很糾結。又想起來是我把你從大洋彼岸帶到了這個環境裡，讓你獨自面對艱難，卻沒有辦法保護你，我感到心痛。

我把車子停穩在你的校門口，看著你快速走了出去，你沒有回頭，你的背脊有些僵硬，我的心抽緊了。一個女孩子走過來和你搭訕，後來你告訴我，這個德國女孩問你：「現在是幾點鐘？」

我笑了，我說：「這個女孩子喜歡儂了吧？哪有手上戴著手表還要問儂幾點鐘的？這是沒話找話呢。」作為媽媽對於你身邊另外出現的女性總是敏感的，曾經一度以為那天你是因為女孩子的事有心事。但是很快就發現這是錯誤的，你另外有心事。我沒有辦法忍耐著靜待，決定瞞著你到你的學校去一次，我一定要弄清楚這裡面發生了什麼事情。

隔天我向公司請了兩個小時的假，中午抽空趕到你的學校。透過食堂搖門上面一方玻璃，張看裡面的情況。我想起來第一次送你到托兒所去的情景，也是趴在門上的小玻璃洞洞上，用一隻眼睛張望進去，感覺有一點像探監。那時候看到你可憐巴巴的樣子立刻衝了進去，把你抱回家裡，可是現在已經不可能了，我這個當媽媽的一點辦法也沒有，一點力氣也沒有。

很快，我就在玻璃洞裡看到了你。奇怪了，你怎麼沒有和你的那批菁英班的朋友坐在一起，而是坐在一群不喜歡讀書的差生背後呢？這批人坐沒有坐相，站沒有站相，一邊吃飯一邊還要大聲喧譁，打來打去，我知道你一向和他們無交往，可是現在為什麼會和他們混到了一個角落裡的？

美國的中學常常有菁英班和普通班之分，普通班下面還分Level I普通一班、Level II普通二班等等。美國人不會直接稱之「慢班」，但是大家心照不宣，到了最後就是最慢的班了。一個學生在不同的課程當中，可以分別是菁英班和普通班的學生，但是學生群通常是以數理化等主課的劃分自然聚集在一起的，這裡面學生水平的差距很大。看看你周邊那群學生的吃相，一定是比普通五班的學生還要蹩腳的「慢班」，這讓我心焦如焚。

正想著，冷不防搖門從裡面被推開了，走出來一個滿臉大鬍子的中年教師，他因為搖門打到了我，嚇了一大跳，忙不迭地對我說「對不起，對不起」，而我卻顧不得疼痛，直接詢問你的情況。這時候我已經知道了，他是當日的值班輔導員，也是你的新的數學課的老師——史密斯先生。

史密斯先生倒是客氣的，他先把我請到旁邊的休息室，就是你被打入「慢班」的那間房間，然後又給我倒來了一杯冷水。我坐了下來又站起來，推開冷水，咬著牙齒詢問為什麼？很快我就弄清楚了事情的緣由，我的眼淚也要流出來了，我認為這是種族歧視！想到你在一開始就被排斥到這個社會的底層，將被克里斯這批菁英班的學生拋棄，我完全控制不住了，捂著臉大哭起來，我是最受不了你被欺負的了。

正在食堂裡吃飯，只感覺到後腦勺有兩道目光注視過來。媽媽來了？不可能，她在城裡上班，我一直到現在也弄不懂那天媽媽是怎麼會過來的，我只知道媽媽來過了。下午的第一節課是數學課，和往常一樣，數學課結束以後，我都會留下來和史密斯先生交談。再下面一節課是勞作課，我的那些「慢班」裡的新朋友會幫我完成那些手工作業，他們很能幹，而且樂意幫助我這個笨手笨腳的人。

我留在數學教室裡，史密斯先生拿出一本菁英班的教科書，給我講解那裡的內容。這天因為一直在想媽媽來學校的事情，我有一點點心不在焉。史密斯先生發現了，他問：「你在想什麼？」

「我在等太陽。」看了看窗外永遠陰沉沉的天空，我說。

史密斯先生繞過寫字台，走到我的旁邊沒頭沒腦的地問：「要不要回到你原來的班級裡？我在你踏進這個教室的第一天就發現這是一個錯誤，可是我有些自私，我已經很久沒有像你這樣要學習的好學生了。」

我沒有回答，但是卻證實了剛才的想法，那就是媽媽來過了。媽媽呀，永遠都是最了解我的人，無論我怎樣守口如瓶，她都會發現我的心事。我實在是不想讓媽媽再為我操心了。

還記得第一天踏進「慢班」的教室，上課鈴已經響過五分鐘了，裡面還是亂糟糟的一片。站在教室門口，只看到那裡多數是學校裡的小流氓。他們打架群毆，欺負弱者。平時面對面走過，看到這些人也要繞道而行的，現在卻要坐到一個教室裡上課，心裡有點發怵，我感覺到整個的世界都被黑暗包圍了，這是我第一次意識到別人看我會用另一種的眼光，因為我是一個黃皮。

大概是我的突然出現，教室裡一下子安靜了下來。我做出一副無所謂的樣子，大模大樣地走到第一排的座位上，把書包摔在桌子上，拉開椅子坐了下來。一個領頭的學生拉薩爾一屁股坐到我的桌子上，挑釁地看著我說：「Nerd（書呆子）！你過來做什麼？」

「和你無關！」我掩飾著內心的懼怕，毫無表情地回答。他有些吃驚，卻飛起一腳踢了過來，我跳起來讓開了。教室裡的學生們圍攏過來幫腔，我很清楚我不是他的對手。這時候一個弱小的男孩子從後面擠過來說：「不許欺負人！」

後來我知道這個弱小的男孩子叫威廉姆，威廉姆為了我引火燒身，最後寡不敵眾，被打倒在地板上。我用自己的身體阻擋著拉薩爾拳頭，並把威廉姆扶了起來，我對那個領頭說：「這種欺負弱者的行為是最無能的表現。」

全班譁然，拉薩爾當然不會放過我，還好，史密斯先生夾著他的公事包進來了。那些學生雖然不會服從史密斯先生，卻也收斂了許多。史密斯先生開始上課，他在黑板上寫了一個簡單得不能再簡單的代數題目，然後轉過身體開始講課，可是沒有人聽他的講解。他好像習慣了，也不管有沒有人聽講，只是一個勁地對著空氣，看著天花板背誦他的講義。我無聊地從書包裡摸出一本毛姆的短篇小說，讀了兩行，情緒糟糕到了極點，整個的感覺是：好像再也看不到太陽了。

這天回到公司上班，整個下午都頭昏腦脹，我感到壓力很大，想逃避，想放鬆。但是作為一個媽媽，只要孩子一出生，就失去了放鬆的權利。早就知道在美國東部生存要比在中西部地區更加艱難，上帝啊！為什麼不把懲罰都降落到我這個媽媽的頭上？我願意為我的小獅子承擔所有！

下班的時候，先到中國城去買了一堆中學生數學題集錦之類的教科書。想起來當年我的中學生涯，就是靠自己學出來了，那時候只有一本《數學一百題》，現在是應有盡有。

抱著教科書和中國超市裡剁碎的小排骨，打起精神回到家裡，剛剛把鑰匙插進門鎖，就聽到天搖地動的一聲巨響。「不得了！地震了！」我大叫起來。

你鎮靜地在後窗前面轉過身體說：「沒有，只是那棵樟樹倒塌了。」

我一把把你從窗前推開，看著被樹枝戳破的玻璃說：「這麼危險的地方，儂還站在這裡做什麼？」

你抱著我的肩膀，一聲不響地看著窗子外面的狼藉。這棵兩隻手都抱不攏的大樟樹，足有一百多年的歷史了吧。剛剛搬進這幢連體小樓的時候，你就不喜歡這棵擋在你窗前的大樹，你說：「因為這棵樹，太陽都不來了呢。」

現在大樹莫名其妙地倒塌了，這是什麼兆頭？我抬起眼睛看了看你的面孔，一時間不由打了個寒顫，那裡的冷漠讓我懼怕。你什麼時候變成這樣？可以把外界的一切都和自己割斷？我把手裡的書籍輕輕放到你的桌子上，我發現一連好幾天你都沒有翻一下，而是天天都站在窗前，對著樟木樹的殘骸發呆。

大家都對我說，小孩子到了teen的年齡（英文thirteen到nineteen，裡面都有一個teen），麻煩就來了。明年你就十三歲了，我應該為你做些什麼呢？又想起來了巫婆，打電話讓母親去找她，母親不予回答。這時候我發現你忙得一塌糊塗，每天吃完晚飯，就回到自己的房間，對著電腦拚命打遊戲。看著你如此投入的樣子，我六神無主。我知道我不能去阻止你，因為你心裡太苦澀，你想要放空自己。

想了想，我決定坐到你的對面，翻開自己買來的數學教科書，你不做我做，我開始做數學題。我做數學做得比你打遊戲還投入，就好像回到了我的teen的年齡，一時間忘記了一切。很快做題目就變成了我每天的必修課，好像不做題目就渾身不舒服，甚至把我久患的失眠也治療好了，我相信我都可以去參加「奧數」的比賽了。

有一天，我無意之中從這些題海當中抬起頭來，看著你完全忘我的樣子坐在電腦面前，突然意識到：你每天打遊戲也是一種逃避的方式，你要在遊戲當中逃避殘酷的現實，釋放內心的痛苦。我不忍心阻止你，又不可能支持你。「蒼天啊，祈求你給予我的小獅子力量，讓他自己會從痛苦當中走出來！」

媽媽坐在我的對面，面孔鐵青，我不知道她從哪裡弄出來這麼多的數學題目，我一打開電腦，她就坐過來了。一開始我並沒有注意她的行為，只看見她緊緊地咬著嘴唇，牙齒在那裡留下了一排血印。我站了起來，坐到她的身邊，她竟然沒有察覺。鉛筆在道林紙上刻下了深深的痕跡，她好像把自己的全部都融化到這一個個數字當中。

我的眼睛跟隨著媽媽的鉛筆，不由自主地和她一起做起數學題，我發現自己也加入了進去。媽媽察覺了，並沒有停下她的筆，只是扔給我一張紙，我們一起做題。很快，桌子上的數學題都做完了，爸爸買回來了一本很有意思的智商題，我們三人開始一起做智商題，一本又一本，無止無盡。這個習慣一直保持到現在，在我讀大學、讀研究生，甚至做了博士後，只要電腦裡出現一些新穎的稀奇古怪的題目，我們都會通過Email相互測試一下。

我不知道那時候的史密斯先生是不是出了新花頭，他把我們全班分成四個小組，分別完成不同的作業，每一個人解答各自的問題。拉薩爾和威廉姆還有一個忘記了叫什麼名字的不要讀書的小嘍囉和我分在一個小組裡，他們都是不要成績的，分配下來的一大疊作業被扔在地上。因為是四個人一個成績，如果四個人裡有一個人不能完成，成績就會掉下去。我想了想決定一個人來完成四個人的作業，於是大家都拿到了「A」。

拿到「A」總歸是開心的，特別是對那些從來也沒有拿到過「A」的「慢班」同學來說。現在威廉姆就好像是我的跟屁蟲，時時刻刻跟在我的背後。很快其他小組過來向我示好，他們希望我可以幫助他們拿「A」。我大方地答應了，這就意味著我每天要做十六個人的數學題。再簡單的數學題在規定的時間裡，要以十六倍的速度來完成，不僅需要熟練，還需要準確。我就是在這樣的環境裡訓練了自己，很快變成了神速的做題大王。沒有想到，這是我在「慢班」裡獲得的意外的收穫。

後來我發現，「慢班」的同學多數對學校的態度已經到了放棄的地步，因為成績上不去，一點優勢也沒有，便對教室裡的知識沒有興趣，整個的心思老早已經到了學校的外面。他們在學校的外面建立了不一樣的生活、興趣和世界。這個世界是我進不去的，就好像他們也進不了我的世界。有一次媽媽開車子來接我，一個「慢班」的同學氣喘吁吁地跟在後面，追到跟前，他對媽媽大聲地說：「孔太太，你車子的聲音不對，一定是方向盤的皮帶脫落了。」

這種事情是我一直到現在也弄不清楚的，講起來都是我的羨慕。也有「慢班」的同學對燒飯、對動物……很有興趣，據說費城動物園裡為中國來的熊貓種竹子的，就是我「慢班」的同學。當然，他們中間也有人落進了歧途，最後無所事事，這實在是少數。可是在一開始可以說是學校拋棄了他們，他們也拋棄了學校。

學期快結束時發生了一件事，這天在食堂，「快、慢班」的學生發生衝突，快班的學生提出來一場做數學題的比賽。原本我並不想參與，但是看到那個把我降入差班的輔導員老師正藐視地看著我們。原本同是快班的同學婕西卡用兩根手指轉動著鉛筆，做出一副趾高氣揚的樣子，這是我最憤恨的了。我最不能忍受被人看不起，於是從最後一排走到前面，敲了敲婕西卡面前的桌子說：「來吧，我和你單挑！」

同學們興奮起來，他們起勁地找來了高中裡的數學老師當公證人，公證人當場出題一百道，我看也沒有看就對婕西卡說：「你先做五十題，我再開始。」

全場愕然。

我是憤怒的，特別是面對那個藐視的目光，這目光是我一輩子也不會忘記的。「我一定要贏。」我在心裡說。我開始做題，我做得非常沉穩，鉛筆就好像從紙上滑過去一樣。做到最後幾題，我有意放慢了速度，在婕西卡完成的同時，我放下了手上的鉛筆，「平局」！有人大聲宣布。婕西卡一開始還想跳起來歡呼，可是突然記起來我是讓了她五十題的，便癟下來。她說：「小獅子，我恨你！」

我的那些「慢班」的同學們歡呼起來，我則在大家不注意的當兒離開了食堂，一個人漫步到後操場的角落裡。那裡有一塊孤獨的大石頭，我坐了下來。不知道過了多久，朦朧當中在我的眼面前呈現出來兩扇門，一扇是象牙製作的，一扇是獸角製作的，迷惑?!我的前路在哪裡？

史密斯先生走過來把我驚醒，他說：「這下子，我就是想留你在我的『慢班』，也沒有辦法了。」

朋友間

離開了「慢班」以後，你好像並沒有高興起來，我覺得一個學期的「慢班」經驗讓你改變了許多。小小一個人，剛剛過了十三歲的生日，怎麼會變得這麼成熟？待人接物都好像十七、八歲一樣。很少有人可以看到你的內心世界。你後來自己也對我說：「蠻奇怪的，我怎麼好像有一種看穿了的感覺？」

聽到這樣的話，我很難過，這到底是好事還是壞事？都是那個把你降到「慢班」的輔導員老師害的，我恨他一輩子！我不要你變得那麼沉重，我說過我只要你的健康和愉快。我突然想起來你好像很少在外人面前大笑，更不要說哭了。對了，你已經很久沒有大笑大哭了，上一次流眼淚的時間我都記不得了。

這天隔壁鄰居麗莎老遠和我打招呼，她說看見你和兩個小朋友在校園裡一路走一路笑，開心得一塌糊塗。我十分吃驚，想到你開心的樣子，自己也不由自主地開心起來。再一想，不對！那兩個小朋友是誰？一定又是「慢班」的威廉姆和堪。

威廉姆在你踏進「慢班」的第一天就是你的朋友了，雖然他是一個金髮碧眼的美國孩子，可是他比大多數的孩子都瘦弱，我總覺得他好像吃不飽的樣子。他真的是吃不飽的，甚至是沒有飯吃的，在美國很少有這樣的事情。

居住在我們這個大學城裡的人，很有些自命清高。因為網上統計我們這裡城市居民的平均收入沒有隔壁城市高，所以就冒出來了這麼一句流行語：「隔壁城市的錢多，我們這裡的書多。」很有些阿Q的味道。

但是這個威廉姆既不住在隔壁城市，也不住在我們這裡，他住在這兩個城市的中間。媽媽是個小公司的會計，爸爸好像賦閒在家裡，什麼也不做，整天玩電腦。在美國這種靠老婆吃軟飯的男人還不少呢，他不僅靠老婆吃飯，還會打老婆，這是讓我最討厭的了。

有一天放學，你到威廉姆的家裡去玩，一直到我下班才去接你。我發現他的家裡亂得一塌糊塗，飯桌上隔夜的剩飯還沒有收掉，髒衣服到處都是，一只臭襪子甚至甩在吊扇上。威廉姆的媽媽沒有下班，家裡的爐灶冰冰冷，電燈也沒有點，電子遊戲機倒開得山響，一幫小朋友和那個胖男人玩在一起如火如荼。

回家的路上，我一路無語。這算什麼名堂？我想起來中國人的老故事：孟母三遷。晚上想和伊商量，而伊正在為學生的事情煩躁。頭也沒回就丟給我一句話：「你決定就好了。」

我想了想走到你的房間裡，你正在打電話，一聽又是那個威廉姆。我火氣大起來了，走到你的面前，一把拔掉了電話線。你大吃一驚，這是我在你進中學以後第一次對你發脾氣。我連理由也沒有給你，直接對你說：「不許和這個威廉姆繼續做朋友了。」

我知道你一定會問「為什麼」。所以連你說話的空隙都沒有留給你，連珠炮一般地放出來說：「威廉姆是個沒有家教的小孩，當爸爸的沒有當爸爸的樣子，當媽媽的整天不在家，這種人家是和我們這樣的讀書人家格格不入的！」

「儂已經離開『慢班』了，再也不要和那裡的同學混在一起，那些同學只會拖儂退步！」

「不許問『為什麼』，就是不可以！」

說完，我別轉身體就離開了你。

媽媽一點面子也不給我，就好像瘋子一樣地拔掉了電話線，讓我明天怎麼去面對我的朋友？其實剛剛媽媽弄錯了，和我打電話的不是威廉姆，而是堪，堪告訴我，明天他要去看病，不能到學校去，請我多帶一點午飯，因為威廉姆很可憐，假如我和堪每天不多帶一點飯，他是連午飯也沒有，要餓一整天的。

堪本來也是菁英班的學生，後來因為爸爸媽媽鬧離婚，弄得家裡天翻地覆的，堪情緒很不好，總覺得人生沒有意思，讀書也讀不進，最後就落到「慢班」來了。堪幾乎每天給我打電話，一打電話我就知道他的爸爸媽媽又在吵架了。講老實話，我對這件事一點興趣也沒有，為什麼他會挑中我沒完沒了地述說呢？真煩人，但是我又不能把電話掛斷，只好耐著性子傾聽。這下好了，媽媽把電話線拔掉了，我應該感覺到解脫，可是不。

早些天堪總是說他一點力氣也沒有，飯也吃不下。我一開始還以為他是因為爸爸媽媽吵架影響了他的休息，可是這幾天看起來他好像真的生病了。昨天在西班牙語的課堂裡他竟然睡著了，從椅子上掉了下來，額頭也摔破了，從地上爬起來的時候，就好像戇大一樣傻笑。

本來堪很聰明的，他的數學基礎比我好，我知道他的爸爸是數學教授，從小就被訓練得經常出去參加校際數學比賽。可是現在卻變得連最簡單的數學也做不來了。我看他是思想不能集中，常常在教室裡發呆。堪告訴我，他的爸爸在外面有女人了。這個當爸爸的真是一個王八蛋，太自私了，一點責任感也沒有……

我和堪一起在電話裡罵堪的爸爸，突然聽見電話線的那一頭發出一聲巨響，還沒有弄清楚堪發生了什麼事情，媽媽就衝進來把電話線拔掉了。我無語，看著電話機子開始擔心。

我越來越擔心，偷偷插回電話線，撥打堪家的號碼，忙音，又是忙音……

我想了想，只有求助威廉姆。電話打過去，沒有想到他的那個永遠都坐在沙發裡打遊戲機的爸爸跳了起來，立馬就開車過來，要接我一起到堪家裡看個究竟。我連忙穿上外套，奔到門外，對著媽媽的背影大叫了一聲：「媽媽，我有點要緊的事情，去去就來，不要擔心。」

威廉姆的爸爸精神十足地坐在他那汙糟糟的汽車裡，兩隻手緊緊抓著方向盤，就好像戰士出征一樣。美國人就是這樣的，對隔壁人家的事比自己家的事還要起勁，他們全家都出動了，有點像遊戲機裡的英雄救美人。美國人都有當英雄的情節，不管自己是多麼無能，一有機會表現，絕對不肯放過。此刻我倒有心堪出點什麼事情，不然的話好像有點對不起威廉姆的一家了。後來，我很為自己的這一個念頭感到愧疚。

我正在為自己剛剛的舉動後悔，不知道怎麼收場，你對我大叫了一聲就衝出去了。我當然不會放任你自己，立刻跟到你的背後。我看見你鑽進了威廉姆家的紅車，便迅速轉身發動了自己的小車，小車就好像一粒子彈一般，蹦了出去，咬緊了紅車的尾巴。

威廉姆家的紅車飛速地駛向堪的家裡，老遠就看到那裡燈火輝煌，不得了，出事了，怎麼救護車、救火車還有一輛警車一起停在那裡呢？原來美國有規定，假如打急救電話，沒有說清楚是什麼事情，那是三車都會一起出動的。

當時堪正在給你打電話，他的爸爸把一個花瓶對著他的媽媽扔了過來，堪急火攻心，一下子昏厥。我們趕到的時候，堪的媽媽正護送堪上了救護車，他的爸爸也跟在後面。我惡狠狠地看了這個王八蛋的男人一眼，威廉姆的媽媽則快手快腳地抱起了堪的小弟弟。

手忙腳亂當中，堪被救護車帶走了。剛才還是沸沸揚揚的場面一下子安靜下來，威廉姆的媽媽留下來幫助照顧堪的小弟弟，威廉姆跟著他的爸爸回家去了。站在空無一人的街口，我以為你會責怪我，不料你老遠跑過來，抱著我說：「媽媽答應我，永遠也不會離婚。」

我拍著你的後背，你已經比我還高了，但仍舊像一個小孩子一樣。我想起來幾年前，你要我「永遠也不會再生出來一個小弟弟」，那是因為點點的事情受到了刺激，這次是因為堪父母鬧離婚的事情受到刺激。我不要你受到這種刺激，但是生活就是這樣，常常不盡人意，我實在是沒有力量把你真空起來的。

回過頭來看看堪家門前兩排自動發光的照明燈，聯想起來住在裡面的那對夫婦，那實在是一對最不負責任的父母，怎麼一點也不為孩子想一想？其實在我的周邊這種不負責任的父母還很多，我們現在居住的教授樓的前主人，就是因為離婚才搬出去的。

那是一對印度夫婦，原本以為印度人結婚都是一錘子買賣，一婚定終身，不料那對印度教授在獨生女兒上了大學以後離婚了。有一天晚上我走出去倒垃圾，黑暗裡後門口竟然豎著個人，嚇到我尖叫起來，定下神發現，這就是那個印度人的女兒娜庫莎。那時候，印度人的女兒在普林斯頓大學讀書，回到家裡休假，發現溫馨的家已經沒有了。

於是在夜幕降臨的時候，她就一個人走了回來，遠遠地望著以前的窗口。我讓她進屋，她搖了搖頭，別轉身體離開了。我知道這個娜庫莎在中學裡的時候功課很好，常常名列前茅，所以考入了藤校。可是在大學裡，因為爸爸媽媽的離異得了個憂鬱症，常常無故發呆落淚，最後大學也沒有按時畢業。

我不知道她的爸爸媽媽有沒有感到愧疚，真是作孽。你後來在出門上大學的時候對我說：「那個娜庫莎最可憐了，好不容易『爬藤』成功，回到家裡卻再也沒有家了。」

我知道你的意思，小時候為了會不會再有個小弟弟擔心，我還可以和你開個玩笑，可是現在我不可能一笑了之，只能告訴你這是不可能的事情。其實我一向認為：一個人一旦當了父母，就沒有權利自說自話地拆散家庭，這是一種犯罪，對孩子的犯罪，一定會遭受到上天的懲罰。

堪從醫院裡回來了，可是卻不能正常地到學校裡來和我們一起上課，他得了一種稀奇古怪的毛病：神經性肌無力。我去看他的時候，他躺在床上，虛弱蒼白。我很害怕，他倒反過來安慰我說：「不要怕，我不會死。」接著又說：「還記得傑克嗎？這次在醫院的搶救室遇到了他，他快死了。」

「怎麼可能?!」我驚嚇得差點把手中的水杯打翻。傑克是我初中一年級的菁英班同學，第一天走進教室，就看見一個乾乾淨淨儀表端正的黑人站在門口，自我介紹說：「我叫傑克。」不知道為什麼這個傑克和別的同學有一點不一樣，待人誠懇又很厚道，看上去好像比我們老成很多。

傑克喜歡幫助別人，處處顯示出老大哥的樣子，當我被降低到「慢班」的時候，他特別走過來安慰我。因為他一向是學校裡的紅人，我把他的安慰當作是貓哭老鼠，很有些反感。他是唯一的在我降到「慢班」以後，還會過來和我一起吃飯的人，也會在走廊上偶遇的時候，老遠跑過來向我問好的人。但是抬起頭來看見壁報上掛著的表揚傑克的照片，我就生氣，我恨這種憑藉著膚色處處得勢的佼佼者。

媽媽曾經在華人的報紙上讀到過這樣的文章：黑人功課好一點點，就會比一般人加分很多，而我們黃種人的高考成績線，要比一般人高。媽媽提醒我記牢，小時候的拼字Bee的比賽。傑克的成績很好，特別是文學課。我有一點不服氣。我以為他的優勢就因為他是黑人。

但是我沒有想到傑克是個罹患絕症的腦癌患者。堪告訴我，傑克很早就知道了這一事實，只是他沒有自暴自棄，而是更加珍惜活著的每一分鐘。他熱愛生命熱愛世界，熱愛身邊的所有，他的成績來之不易，他要比一般人付出更多的努力。我更加沒有想到的是，傑克在菁英班上數學課，每次發下來的課外講義，都會有心地多要一份送給我。他知道我的自尊心極強，就請堪偷偷塞在我的桌子裡。

難怪我常常會收到一些菁英班的學習資料，我還以為是史密斯先生對我的特別照顧呢，不料是傑克！想到這裡我起身告辭，我告訴堪，我會到學校裡打聽傑克的消息，我應該去看看他。這天回到學校的時候，已經是傍晚時分了，照理是課外活動的最熱鬧的時間，可是不知道為什麼整個校園空無一人。門廳裡安靜到了讓人懼怕，站在那裡就好像是站在曠野裡一般。不知道為什麼，我感到悲哀甚至想哭。

兩隻腳帶著我無意識地踱步到了壁報前面，抬起頭來一看，立刻目瞪口呆。傑克的照片上面為什麼畫了個黑框？傑克死了？照片下面還有一張訃告，傑克是在三天之前離世的，今天下午正是他的告別會！這是美國人的習慣，去世三天一定要送出去入葬了。我怎麼會這麼糊塗，這張訃告貼出來了三天都沒有注意？真該死，讓我馬上趕到殯儀館去，我一定要去送送這個默默關心過我的人。

緊趕慢趕總算趕到殯儀館的時候，追悼會已經結束。同學們三三兩兩地從那扇黝黑的門洞裡走出來，好像全校的師生都來了，許多不是我們這一年紀的女生都哭得兩眼通紅。我撥開人群擠到最前面，一輛黑色的靈車正在啟動。史密斯先生看到我，什麼話也沒有說，從包包裡摸出一疊打印資料，是傑克最後留下來的數學趣味題，現在都送給我了。

當我把這些數學題拿給堪看的時候，堪說他早就看到過了，因為傑克知道我喜歡這種稀奇古怪的題目，特地收集的，傑克最後對堪說的話是：「希望小獅子可以代替我進入最好的大學。」

這天你回來的時候，面孔上好像刮了一層漿糊，我不敢問你發生了什麼。只好在你的房間外面張望。我看到你把一張張的打印資料疊到一起，然後分別夾進檔夾。正在這時候威廉姆在門口叫你，我走出去開門。不料走進來的是一個和昨日完全不同的威廉姆。

此刻的威廉姆，一身私立中學的制服：藏青顏色的小背心，藏青顏色的西裝褲，腳上穿的不是中學生日常穿的白跑鞋，而是一雙烏黑鋥亮的三節頭皮鞋。看到我的驚愕，威廉姆很有禮貌地笑了笑說：「對不起，孔太太，我因為剛剛從學校回來，來不及換衣服，直接過來看望小獅子，把你嚇到了。」

這時候你從樓上下來，好像成年人一樣和威廉姆握了握手，然後就出去了。你回來的時候告訴我，威廉姆的外婆去世了，留下來一大筆遺產，指定全部留給威廉姆，而不是其他人，特別不是他的爸爸。並指定威廉姆要到華盛頓近郊的一所私立中學讀書，不可以繼續住在家裡了，否則一分錢也不給。

原來，威廉姆的母親出生貴族，家底殷實，不知道為什麼這個大小姐大學也沒有讀，就跟著家裡傭人的兒子私奔了。她的母親極其氣憤，在家族當中宣布：驅逐這個獨生女出門，永世不得回家。為此威廉姆的母親吃足了苦頭。那個傭人的兒子，也就是威廉姆的爸爸，實在是個懶惰胚，整天躺在沙發上看電視打遊戲，威廉姆的母親起早摸黑，辛苦操勞，剛剛三十多歲，牙齒也掉了。我好幾次想問問她有沒有後悔，但是看著她心身衰竭的樣子實在問不出口。

幸虧威廉姆的外婆無意當中發現，她女兒的孩子當中有一個長得酷像外公，這個孩子就是威廉姆。這實在是一件不可思議的事情，就好像小說裡的故事。昨天還是一個你不丟點東西給他吃，就要餓肚子的癟三，一夜之間變成了另一個階級的富人。

堪病重休學了，威廉姆離開了，那幫「慢班」的朋友漸漸和你疏遠了，問及其中的緣由，你笑了笑說：「其實個人有個人的興趣愛好，雖然仍舊是朋友，但是因為興趣愛好不同，而且越來越不同，也就疏遠了。」

這樣看起來孟母三遷好像有些多此一舉，相信孩子並幫助孩子在惡劣的環境裡健康地長大，似乎要比逃避更加重要。仔細琢磨你的話語，其中的關鍵是四個字，就是「興趣愛好」，怎樣把孩子引導到正確的興趣愛好上面，這裡面是有很多的學問，最不可行的就是「硬碰硬」，不同的孩子有不同的方法，這裡面首先要花費的是真心和時間。這對許多父母來說更加艱難，可是誰讓我們為人父母的呢？這是不可推卸的責任。

女孩子

威廉姆離開的時候，和我說的最後一句話讓我一直不能忘懷。還記得那天他穿著一身私立學校的制服，送我走到家門口，站在一棵大榕樹底下，兩隻眼睛若有所思地看著我的頭頂說：「小獅子，你現在還不會成功，等到有一天，你學會了在你說話的時候說出來的是對方想聽到話，你就成功了。」

我嚇一跳，從頭到腳地看了威廉姆一遍，想不出來從癟三到富人，一夜之間就會變得如此世故。我想我是沒有這個天賦，永遠也學不會了，這就是美國私立學校的教育嗎？

這天放學回家，門口停著一輛釘著科羅拉多車牌的越野車，車身上面塗滿了泥漿。還沒有等我走到近處，裡面就跳下來一個粗魯的美國人，他鬍子拉雜，一臉的塵埃，走到我的跟前，和我握了握手。我完全記不得這是什麼人了，因為不敢直接把陌生人放進家裡，就告訴他：「媽媽還沒有下班，爸爸在辦公室，不遠，就在兩條馬路的後面。」

他點了點頭離開了，大概過了大半個鐘頭，他又過來敲門，我從來也沒有聽到過這樣的敲門的聲音，沉悶、巨大，一下又一下。我以為大門要倒下來了，心裡極其害怕。還好，正在這時候媽媽回來了，媽媽一看到這個大男人，老遠就跑過來和他擁抱，並把他請到了客廳的沙發裡，又是倒茶又是煮咖啡，好像還要忙著做餛飩麵。

來者也不客氣，兩隻穿著皮鞋的大腳咔嚓咔嚓地穿過走廊，熟門熟路地在飯廳的酒櫃裡摸出一瓶五糧液，倒出一小杯，一仰頭就對著嘴巴倒了進去。媽媽連忙趕過來，遞給這個男人一小碟花生米說：「托馬斯先生，不要焦急，坐下來慢慢喝。」

什麼？這是爸爸的博士生時候的老師托馬斯？西裝革履風度翩翩的古典文學專家怎麼會變成這樣？我立刻想起來了他的女兒莎拉，是的，就是莎拉。那個隔著池塘，在陽光底下向我招手的莎拉。在我夢裡出現的故事，永遠都是這樣的鏡頭：冬天剛剛過去，莎拉已經甩去了身上的大棉襖，身著紅色的抓絨衫，在草地上跑來跑去。

她叫我去抓她，大聲地喧譁。不知道為什麼，我渾身都發起熱來了，踢掉了腳上的雪鞋，在池塘旁邊的草地裡奔跑。很快我們的腳上都沾滿了爛泥，越來越重，抬不起腳來，被地上的草根絆住。莎拉摔倒了，她哈哈大笑著坐在池塘的對面。

莎拉的祖父是個設計師，專門做花園設計的，早年曾經到過中國，那時候這個設計師還是一個傳教士。不知道是不是去過了蘇州，莎拉出生的那年，他在家裡建造了這座東方式樣的花園。花園裡有座假山，被圍在池塘的中間。我隔著池塘對莎拉喊：「我喜歡這座花園，就好像是人間天堂！」

莎拉在池塘對面回答：「好，那麼就這樣說好了，我要永遠保留這座花園！哪怕是爸爸媽媽把這座房子賣掉了，我也要保留這座花園，我就住在這座假山上等你！」

我以為我的耳朵出了毛病，莎拉為什麼會住在假山上等我？那時候我們都不到十足歲。我抬起眼睛望過去，只看到陽光底下的莎拉通體透亮。褐色的頭髮隨風飄盪，因為奔跑，臉色變得通紅，顯示出花一般的鮮豔。我正想跳起來跑過去，莎拉的母親，一個兇巴巴胖女人走過來，一把拖起莎拉，就往屋子裡走。天空變得陰暗了，媽媽從遠處奔跑過來，一看到我就心痛地把我抱了起來。

「不得了，儂怎麼可以赤腳的啦？要凍出毛病來了。」媽媽說著撿起了我的雪鞋，把我扛到屋子裡，她把我放到前廳的樓梯上，莎拉的母親看見了人叫起來：「腳上都是泥巴，不可以進來！」

媽媽沒有講話，只是把我的襪子褪了下來，又立刻把我的兩隻腳塞進她的衣服裡。那裡面真舒服，又溫暖又柔軟。緊接著媽媽快手快腳地把自己的襪子脫了下來，套到我的腳上。整個的過程，媽媽都是跪在那裡完成的。莎拉則光著腳坐在我的旁邊，我看到她的腳被凍得通紅，長頭髮上沾滿了乾草，不知道為什麼，她似乎有些怨恨地看了我一眼，這時候我感覺到坐在旁邊的她一下子變得很遙遠，比隔了個池塘還遠。

下班回來，老遠就看到一個東北大漢一樣的人在那裡打門。說他是「東北大漢」一點也不過分，他的頭上戴了一頂毛乎乎的裘皮帽，腳上蹬著一雙高幫的雪鞋，說他是「打門」也很貼切，他是用他的拳頭好像是對著仇家一樣地擂了過去。走到近處他大聲叫我，我才發現他是托馬斯。想起來昨天晚上伊剛剛對我說過，這幾天托馬斯會來，沒想到一轉眼他就到門口了，可是怎麼會變成這樣？好像一個壞人，難怪你沒有直接把他放進屋子裡，我的小獅子已經不是小時候的小獅子了，什麼人都會出去搭訕頭的呢。想到這裡，我暗自笑了一下。

其實托馬斯是我們家的老熟人了，伊在科州大學讀博士的時候，托馬斯在東部拿到博士，回到老家任教。看上去蠻威嚴的，修剪得十分考究的大鬍子遮不住他過於年輕的面孔，我們在背後偷偷稱他為「小教授」。

「小教授」和我們關係很好，甚至像朋友一樣，常常到我這裡來吃餛飩麵，一來就在大門口叫我的名字，然後問我要「五糧液」。他的太太就是另外一回事了，聽說是中學同學，後來跟著托馬斯出去讀書，托馬斯當了教授，她便表現出高人一等的模樣，好像笑也不會笑的，我從來也沒有請她到家裡來過。

可是這樣的一個母親，生出來的一個女孩子倒十分可愛，待人很熱情。有一次伊在當了教授以後回科州講課，順便看望小教授，小女孩莎拉就削了滿滿一盤芒果端上來，那芒果之多，讓我吃驚。更讓我吃驚的是，小女孩坐在一邊不斷地把芒果叉在牙籤上，送到我們手裡。這樣的舉動不大像美國人，有點中國人的味道，大概和她爸爸是學中國古典文學的有關。那時候我在心裡還暗想：「假如這個小女孩將來是我媳婦就好了」，又一想：「不對，誰能吃得消她那母夜叉一般的老娘呢？」

那天我們好像沒有看到莎拉的母親，後來伊告訴我，托馬斯和他的老婆分居了，正在鬧離婚。我聽了，態度上一下子來了個一百八十度的大轉彎，我一向是反對離婚的，因為離婚對孩子的傷害太大，而且離婚多數是男人出軌，所以同情起那個母夜叉來了。

這以後托馬斯在電話裡告訴伊：「離婚了，但是並不開心，因為莎拉判給了她的母親。」

我在一邊撇了撇嘴說：「這種男人最不是東西了，甩掉了老婆和女兒，不是一身輕了嗎？還假惺惺地貓哭老鼠。這樣的人再也不要想來我家吃餛飩麵了。」不料這個假惺惺的男人開了一輛老坦克，橫跨半個美國上門來了，而且變得如此潦倒。他渾身疲憊地坐在我家的沙發裡，一杯接著一杯喝老酒。我有點害怕，猜想一定是什麼事情發生了，才會讓他變成這樣。

這時候伊回來了，一點也沒有驚乍，只是陪著托馬斯坐在沙發裡，一杯接著一杯地喝老酒。

媽媽在廚房裡叫我下去吃晚飯，我躡手躡腳地從托馬斯的背後溜了過去，我擔心被他戳穿剛剛騙他出去找爸爸的辦公室。其實爸爸的辦公室在很遠的地方，何止兩條馬路。媽媽一向最懂我了，她在廚房的早餐桌上擺好了我的碗筷，我就可以一個人放鬆地在廚房裡吃餛飩麵了。

媽媽在爐台上又炒了幾個下酒的菜，端到飯廳裡，通向飯廳的搖門搖進搖出，隱約可以聽到托馬斯和爸爸的講話。

「不要急，不會出大事的，一定會找到的。」這是爸爸的聲音。聽上去托馬斯丟掉了什麼要緊的東西，他為此請了半年不拿工資的假，專門出來尋找。

「是的，在一開始我也是這麼相信的，可是經歷了這一個多月，我已經到了萬念俱焚的地步。你都想像不出來我是在怎樣的環境裡進出，那是藏汙納穢骯髒得令人髮指的地方。多數是在貧民窟和流民區裡，常會在光天化日之下就有人吸大麻、注射毒針、進行毒品交易，更不要去說夜幕降臨的時候了。令人心痛的是，那裡面有很多還是孩子，女孩子。」托馬斯的聲音哽咽了。

這時候我已經完全清楚了，莎拉染毒出逃，為了可以拿到昂貴的毒品，心甘情願地充當了毒梟的性奴。我的眼睛裡立刻呈現出那個隔著池塘，在陽光底下向我招手的莎拉。我好像看到她那褐色的頭髮正隨風飄盪，她說過她會住在假山上面等我的，可是現在，莎拉在哪裡呢？

托馬斯又說，有一次他已經追得很近了，幾乎抓到了莎拉的頭髮，可是沒有把莎拉留下來。「我看見她穿著一件袒胸背的連衣裙，坐在一輛敞篷汽車的後座，仰著腦袋喝啤酒，我奔跑著叫她，她回過頭來，想抓住我的手，可是那個開車的毒梟反過身體就用酒瓶子丟我，她用自己的身體去擋，沒有擋住。我被擊中，跌倒在地上，兩隻手都擦破了。但是我看到莎拉的額頭也被打破，滲出了鮮血，我的莎拉出血了！我拚命爬起來，敞篷汽車揚長而去。這時候我聽到她叫我的聲音，就好像她小時候叫我一樣，為了這聲音，我也一定要找到她。」講到這裡托馬斯大哭起來，媽媽立刻跳起來跑進跑出，又是倒茶又是遞毛巾，飯廳裡一片忙亂。我連忙逃到樓上自己的房間裡去了，一個大男人哭起來真的有點嚇人。

托馬斯在飯桌上抱著頭痛哭，我怕你嚇到，趕緊把通往廚房的門關上。還好，你已經吃完了餛飩麵上樓去了。回過頭來看了看可憐的托馬斯，怎麼會發生這種事情？托馬斯說，他和妻子離婚以後，莎拉就跟著她的母親搬到洛杉磯去了。這是被稱為「天使之城」的美國第二大城市，不料也是毒品氾濫的地方。據說美國的多數毒品都是從墨西哥過來的，美國警方非常嚴厲，但是販毒者都是一些要錢不要命的亡命之徒，甚至挖了地下通道，直來直往。

托馬斯的前妻到了洛杉磯以後就嫁了個富翁，這個富翁出錢把莎拉送到了一家私立學校。莎拉的母親以為萬事大吉，出了錢就是盡到責任了，心安理得地和她的富翁老頭子到處旅遊。問題就出在這裡，不是說私立學校不好，而是自己的孩子一定要自己關心，特別是Teen的小孩，似懂非懂的時候，再多的錢也不能代替爸爸媽媽的心，也不能解決問題。這是我的母親一向教育我的，因此，我從來也不會把關心你的責任丟給別人。

莎拉在私立中學很快就被毒販瞄中，該死的毒販經常是從學校裡的學生下手的，他們先是勾引莎拉吸毒，然後上癮，漸漸地，莎拉變得身不由己了。她偷後爹的鈔票，又偷親娘的首飾，等到托馬斯發現的時候，莎拉已經沉淪到了娼妓。

托馬斯一下子從尋找新歡的美夢當中驚醒，他想起來莎拉天真愉快的笑臉，半夜裡坐在床上睡不著覺，聽著窗外呼呼的冷風，不知道莎拉在這種惡劣的天氣會棲身在哪裡？「我心疼，我想她，我決定一定要自己把她找回來。」托馬斯顛三倒四地說。

「員警呢？員警到哪裡去了啦？」我問。

「根據美國聯邦政府提供的統計數字，八〇年代及九〇年代初美國吸毒的人已達到一年有四千萬人左右了，歷屆政府在打擊毒品走私，控制毒品氾濫方面都不斷地努力，禁毒的開支連年上升。我以為托馬斯這樣做是對的，光光員警是管不過來的，我們全體公民都應該關心。」整天和學生混在一起，做慣了教育工作的伊在一邊說。

「那麼明天我請一天假，陪托馬斯一起出去找莎拉。」我起勁起來了。

托馬斯說：「你是吃不消的，我要不是親生的爸爸，打死我也不會去那種地方。你想像不出來有多麼可怕，就好像地獄一般。」

托馬斯為了女兒，在美國中西部的毒窟裡一個一個地尋找，自己也弄得好像吸毒者一樣了，他說：「我現在對生對死對前路對所有的一切都木然了，除非找到莎拉。」

最後，一個曾經和莎拉一起賣淫的女孩子告訴托馬斯，莎拉已經淪落到美國的東部，所以托馬斯又一路追到我們這裡。托馬斯的故事讓我膽戰心驚，晚上把托馬斯安頓好在客房裡，立刻來到你的房間。你已經入睡了，我俯下身體，仔仔細細地凝視著你的面孔，那裡每一個細小的變化，都抽動著我的心。一個孩子的長大，實在是步步驚心，當媽媽的一刻也不能放鬆。我忍不住跪了下來祈禱：「上帝啊，保佑小獅子，永遠也不要遇到這種吸毒的事情啊。」

媽媽進來的時候，我並沒有入睡，我聽見媽媽跪在那裡祈禱。媽媽不是基督徒也不是佛教徒，但是蠻奇怪的，媽媽走到哪裡就信奉哪裡的教，無論是摩門教還是印度教，她都會對著那裡的教堂祈禱。因為我是基督徒，她到了我的房間裡就會真誠地信奉上帝。那副虔誠看上去比我這個真正的基督徒還虔誠，我知道這都是因為對我的愛。

其實媽媽擔心的事情我早就遇到過了，只是我沒有告訴媽媽罷了。我的很多朋友都吸過毒，那股味道令人頭昏。有一天「慢班」裡那個拉薩爾背了書包坐到堪的旁邊，堪提起鼻子嗅來嗅去，然後說：「你走開，以後再也不許背著這種東西坐在我們旁邊。」

堪沒有點穿拉薩爾的書包裡有大麻，拉薩爾也從來沒有勾引我們隨他吸大麻。在初中部，這種吸毒的事情並不稀奇，無論在快班和普通班都有，但是並不像媽媽想像的那樣，會有專門的壞人過來騙我們吸毒。要吸的就自己吸了，並不去強迫他人。我的很多同學都吸過，大多數人不會上癮，只是好奇，試一試。也有一些人上癮了，他們躲在廁所裡，我們走進去，各做各的事，互不干涉。

媽媽絕對想不到的是，她最喜歡的女孩子貝蒂就是一個吸毒者。貝蒂比我高一年級，是個好學生，她很聰明也很能幹。有一年夏天，她決定不帶一分錢從拉斯維加斯搭便車到舊金山去。搭便車就是豎著大拇指讓那些順路的車子停下來，帶一段，再豎起大拇指找下一輛車，這種車子多數是大卡車，開車的都是很粗野的人。貝蒂不是窮人出身，爸爸是個大老闆，她能夠想出這個主意，純屬貴族小姐居高臨下地遊覽窮人的生活，她成功了。回來以後她把這段經歷寫成劇本《流浪漢》，被紐約的大都會採用上演，得意得一塌糊塗。

貝蒂說大麻會讓她興奮，想像力豐富，常常腦子閉塞的時候，一吸毒就開朗了。後來貝蒂考進了哈佛，不知道那時候有沒有再吸毒。吸毒吸到委靡不振的也只有少數人，講起來還是壓力太大。我們這個學校的競爭很厲害，一般人吃不消了，就偷偷去吸毒，麻醉自己。托馬斯坐在我家的飯桌旁邊，怨天怨地怨他的前妻沒有很大的道理，其實最要緊的還是莎拉自己，如果自己可以把握住自己，怎麼可能發生這樣的事情？

自從托馬斯來過以後，媽媽出了一個新的毛病，就是我每天回家，她都會把鼻子伸到我的身上和書包裡聞來聞去。有一天我笑道：「媽媽儂是擔心我吸毒吧，其實吸毒沒有那麼可怕的，爸爸的那些教授同事，不要看他們現在衣冠楚楚，保不住當年都吸過毒的呢！」

「不要亂說，吸了毒還會成功地當上教授？」媽媽嘟囔了一聲，繼續用她的鼻子搜索。

「相信我，我是不會去碰那種東西的，儂不知道我是連聞到香菸都發昏的人嗎？我過敏。不過吸毒和成功不一定成反比，美國的好多知名的上層人物都吸過毒的呢！只是他們不肯承認罷了。」看著媽媽驚愕的眼睛，我說。

家長會

眼睛一眨，你就變成高中生了。學校裡要開家長會了，我是一定要參加的。自從托馬斯來過以後，我怎麼覺得美國的中學就好像是一個嚇得死人的毒窟，我一定要抓緊每一次機會，到你的學校去看看，了解你在那裡的情況。出門之前，你拿出來一張自己畫的指示圖，讓我們按照上面的箭頭一個個教室去尋找。這要比小學裡的家長會複雜多了，小學裡的每個學生都有一個叫「家」的教室，自己的書包和學習用具可以放在那裡的書桌裡。

到了中學，你再也沒有自己的書桌啦，每個學生在走廊裡都有一個固定的櫃子。這只櫃子有一人多高，卻只有半個人寬，裡面有掛衣服的掛鉤，也有放書包的隔板。我從來也沒有去看過你的櫃子，那是因為不知道你的櫃子在哪裡，也沒有你櫃子的密碼，這是你的隱私。在美國，小孩子也是有隱私的。不過你說：「最好不要去看，因為一打開就塞不回去了，裡面的東西都會潽出來的。」

這讓我立刻想起來你小學裡的課桌，就是那張讓我第一次發現了你沒有做功課的課桌。

而現在，因為沒有一個固定的課桌，你每次上課都要先奔到你的櫃子前面，把上一節課的書本放回去，再把下一節課的書本拿出來，上體育課的時候還要拿出專門的衣褲，到更衣室去更換。有時候想想中學生也很辛苦，課間時間就在走廊裡跑來跑去，連喝水上廁所的時間都很緊張。再一想，也許這就是美國的教育有意要培養你們自我管理的能力，從小就這麼習慣了，長大了比較有規畫，不會亂七八糟。

至於你們的家長會，當然也是學校裡精心設計的，為了讓我們這些家長體驗一下自己子女在學校裡的一天，學校安排家長們按照你們一天上課的路線走一圈，一個一個的教室去見老師，了解你們在不同課程裡的表現。

第一間教室是你們的晨課，一個脖子扭傷的老師坐在講台上，他就是你們的班主任了。我以為班主任會和我們個別交談，向我們介紹一下你在學校裡的表現，所以特別早到了一會兒。結果沒有，他的頭頸上箍了個直挺挺的頭頸套，沒有動作地示意我們坐下，等到大家都到齊了，便按照書面說明，介紹了家長會的流程，最多只有五分鐘時間。至於你在學校裡的表現，那是只有各個學科的老師才知道的，這個班主任好像一點責任也不用負的。

第一節課是你的長項：數學，大家亂哄哄地坐到你們的座位上，還沒有停當下來，精幹的女教師竟然發給我們一人一張的考卷，放在我們面前的是印著你的名字的，老師解釋：這是你們明天的小考，先讓我們這些當家長的考一下，考不出來的沒有關係，讓你們明天繼續完成。

這算什麼名堂？將我們一軍啊？高中數學，有一定的難度。還好我是個每天都要面對電腦的人，這種數學題目難不倒我的。於是很快就完成了一大半，伊對我說：「可以了，留一點給小獅子，不要讓他感覺到比別人有優勢。」

我想了想有道理，看看旁邊的家長，多數在那裡抓耳撓腮地搞不定，不由竊喜起來。又一想，萬一我今天做不出來，明天小獅子多難堪啊？看樣子為了你，我還得學好數理化呢！

我曉得今天爸爸媽媽要為我去做一個數學小考，有一點點擔心，畢竟爸爸媽媽離開學校已經多年了，不知道他們能不能對付。不過媽媽常常會因為我的成績沒有達到她的要求，就會一邊譏笑一邊罵我，今天讓她自己去嚐嚐厲害好了。

昨天我們的中考發下來了，我得到了滿分。數學老師麗小姐對我說，這下你開心了吧，你的媽媽一定會大大地讚賞你的。我沒有回答，因為我知道這是不可能的。我得到了滿分媽媽會說：「不要得意，小心下一次，為此你今天要多做十題的『奥數』。」

假如沒有得到滿分，那是更加不得了的事情，不用媽媽訓斥，我也知道自己要老老實實坐在那裡做「奥數」，不然的話是過不了關的。我不知道媽媽怎麼會弄到這麼多的「奥數」題目，好像永遠也做不完一樣。後來我發現，她是和她的中國朋友交換來的。有一個中國人的媽媽，要辛苦很多呢。當然，這次拿到滿分還是開心的，我想了想沒有告訴媽媽，反正今天要開家長會了，讓媽媽自己去發現好了。

當我把一張畫好的家長會的指示圖交給媽媽的同時，我還告訴了她一個四個字的號碼。我看到媽媽習慣地摸出一個記事本要記下來，便急忙阻止了她。我要她記在心裡，不要寫下來，因為這個號碼只有我和我的老師知道，就連我最好的朋友之間也不會互通。我告訴媽媽這個號碼可以查看我們的成績的排名，這些成績都是掛在教室的門口，不用姓名用號碼的。

媽媽一聽到這個號碼有這麼大的用處，立刻轉了轉眼珠子背了一遍，我相信她大概一輩子也不會忘記了，因為對於這種事情，她總是非常起勁的。我想不出來校方為什麼要這樣做，一個人一個名字，現在還要多出來一個號碼，不是多出來的事情嗎？是不是為了減少學生間相互競爭的壓力，但我則認為實際上是一樣的，雖然沒有姓名，成績仍舊一目了然，只是別人不知道罷了。或者是給差生一個心理上的安慰，反正別人不知道最後一名的人是誰。

後來，我的競爭對手大班告訴我，當他曾經是最後一名的時候，就是一路看著我的號碼追上來的。他說這個方法很好，可以暗暗使勁，而且不會傷害自尊心。

講老實話，爸爸媽媽今天去開家長會，我最擔心的還是晨課，因為這是早上的第一節課，我常常是閉著眼睛過去的，那個班主任好像也是閉著眼睛。十分鐘時間，大家一起聽著廣播裡的校長，或者是什麼人不知道在說什麼，而班主任卻一句話也沒有說，就放我們到下一節課去了。我甚至於以為晨課就是讓我們再瞇一會兒，睡睡醒的呢，這個班主任也當得太輕鬆了。

不料有一天，我上了第一節課發現我的一份作業忘記在晨課的教室裡了，於是急急忙忙跑回去拿，正巧晨課的教室裡沒有人。這時候我無意當中發現前面講台上有一本打開的厚簿子，我原本不應該偷看，但是老遠看見那一頁上面正好寫著我的名字：「小獅子，沒有睡醒，神色呆滯，臉色發黃……」

我嚇得跳了起來，原來這就是班主任的工作，不要看他閉著眼睛的，但是在他的眼睛縫裡正緊張地觀察著我們，看看我們有什麼不正常。他是每天都要記錄我們每一個學生的動向的啊，甚至一個女同學手腕上有一條紅印子，是被家暴呢？還是吸毒？看樣子他還是很辛苦的，但是在他的筆下，我簡直就是一個有毛病的人，什麼叫臉色發黃，我本來就是一個黃種人呢。

我不知道他會和媽媽說些什麼，媽媽是最緊張我的人了，要是他亂說一氣，媽媽會被他嚇死的。

數學小考還沒有做完，十分鐘就過去了，數學課的家長會也就算是結束了。接著，我們按照你的指示圖前往下一節課，那是英語課。我看見伊的同事，英語系的教授和他的妻子也進來了。我知道他們有一個女兒也在這個班上。再一看，伊大學裡好幾個同事都在這裡，算起來這些人的子女都和你一般大。一拍腦門突然醒悟，這個中學也算是費盡心機了，想出用號碼代替你們的名字來公布你們的成績。不然的話大家都是同一學校的同事，有教授有行政人員，還有學校裡的工人，假如孩子的成績不好，多沒面子啊。

對了，我倒是希望不要號碼的，因為我剛剛看到你的號碼排在第一，不由沾沾自喜。伊在一邊敲了敲我說：「不要得意好不好，等一下英語家長會給你一個英語考試，你就吃癟了。」

這句話讓我沮喪到頂，美國人衡量一個人的聰明和不聰明是非常簡單的，那就是看這個人的英語好不好，英語好就聰明，反之就是戇大。像我這種一向認為語言不過是工具，只懂單詞不懂語法的人，在這個國度簡直就是白癡。一個人的能力，百分之八十就會因為語言不過關流失。而在中國，從來也不會有一個美國人因為不會說中文而受歧視。我把我的想法和伊討論，伊翻了翻眼睛反問：「假如不是美國人，而是越南人、寮國人、印度人等等來自落後國家的人，不會說中文，是不是也會被中國人看不起呢？」

我想了想無語回答。正在這時候，英語老師走了進來。這是一個年輕的男教師，剛剛立到講台上，那個英語教授的老婆劈頭發問：「為什麼說狄更斯是批判現實主義的作家？」又有人問：「《包法利夫人》的經典之處在哪裡？」還有人問：「文藝復興和希臘、羅馬的古典文化有什麼關係？」

這簡直不是家長會，而是群起而攻之的考問。我看見這個年輕的英語老師緊張得語無倫次，冷汗也冒出來了呢。我對伊說：「在這個大學區裡當中學老師真不容易，碰到你們這些當教授的，真是倒了大楣。不滿意學校的教學可以自己在家裡教，沒有必要在這裡大放厥詞。」

伊笑著回答：「大概是剛剛數學小考考不出，一股惡氣發到這裡來了。」

年輕的英語老師就好像是坐在針氈上熬過了十分鐘，大家離開的時候，我走到他的面前，本來想講幾句好話安慰他一下，結果他看到我反而緊張得手足無措，七顛八倒地詢問：「小獅子在我的班上滿意嗎？開心嗎？他是一個非常聰明的學生，他的英語出奇的好。」

爸爸媽媽一定會去參加英語家長會，這個英語教師蹩腳得很，不知道是從哪個大學畢業的，許多最基本的問題也搞不清。今天一定會被同學的家長開涮。我們這些同學的家長都是什麼人啊？名校的教授，一個比一個厲害。他們和我的爸爸不一樣，爸爸總是謙讓在先，對什麼人都是客客氣氣，弄得他的那個美國同事的兒子，也總是想在我的前面耀武揚威。

「他還小，你就讓讓他。」爸爸說。

「什麼還小，一點家教也沒有。」媽媽說。

而我則想起來了好婆的話：「不是不報，時間未到，時間一到，馬上就報。」

後來，在爸爸拿到終身教授的那天，他到我的房間裡來把好婆送給我的人體模型拆散了，這是我最摯愛的好婆留給我的禮物，我忍無可忍，一把把他從房間裡拎起來，丟了出去。並告訴他，永遠也不要再出現在我的房間裡。我以為他會發大脾氣，結果應了好婆的話：「蠟燭！不點不亮。」

其實我的這點性格都是在「慢班」裡養成的，有時候我還很懷念「慢班」的生活，那裡的同學比較直接，不會來虛偽的一套。還有那個史密斯先生，他會很直接地告訴我：「這道題目我自己也還不懂，讓我今天晚上翻翻書明天再告訴你。」到了第二天，他也會很不好意思地對我說：「對不起，昨天晚上，我的女朋友捉牢我看電視，忘記翻書了。」

我聽了心裡有些不悅，但也是知道了真實。而現在這個快班的英語老師，講錯了也不肯承認，弄得我很看不起他。有一段時間，我看他錯得離譜，想要站出來挑戰他，爸爸媽媽的朋友夏教授知道了，就對我說：「記住，永遠也不要挑戰你的老師。」

這就是中國人啊！今天爸爸媽媽去開家長會，一定會看到我的那些同學的家長們是怎樣讓英語老師難堪的。我就是要讓他們知道美國人的不一樣。可是媽媽後來對我說：「因為這個英語老師是個弱者，假如他有權有勢，儂再看看你的那些同學的家長，那是拍馬屁也來不及的呢。」

媽媽又在這當中偷換了主題，這是媽媽的長項。不過媽媽倒是一個直接的人，她最不喜歡繞來繞去了。早先的時候，我被從「菁英班」降到「慢班」，過去和我一起打網球的米歇爾支支吾吾地想告訴我，他要換一個打網球的搭檔了。米歇爾講話的時候兩隻眼睛盯牢了自己的腳尖，媽媽一看就對我說：「米歇爾在說謊，一定是他的那個假惺惺的媽媽不想讓自己的兒子和『慢班』的同學混在一起。」

米歇爾的爸爸媽媽今天也會去開家長會，現在他們對我非常客氣，只是媽媽討厭他們罷了。

離開了那個可憐的英語老師，我們轉向體育課的教室，半路上遇見米歇爾的父母，我最討厭他們了，特別是米歇爾的母親，自以為是哈佛的畢業生，鼻子翹得老老高。儘管現在他們老遠就和我們打招呼，但是我不會忘記網球的故事，所以板著臉不想搭腔。還好那個壯實的體育老師站在教室門口，一看見伊就好像老熟人一般大叫一聲：「孔教授，家長會結束，我們打一場乒乓，好嗎？」

「好啊，我老早就準備好了，乒乓板也帶來了呢。」伊立馬輕鬆起來。

和體育老師熟識也是一個蠻奇怪的故事，你剛剛進高中的時候，學校裡出花頭，讓每個家長都來參與子女的學校生活，輪流代替自己的孩子到學校裡和孩子的同班同學一起上一節課。上什麼課是抽籤決定的，伊抽到的是體育課。走進教室，竟然是爬牆考試。一時間，我的腦袋嗡一響，真擔心伊摔下來。沒有想到伊這個上海弄堂裡的皮小人，充分發揮了當年爬鐵門的技能，蹭蹭蹭，幾下子就爬到了牆頂，跳下來還覺得不過癮，把體育室裡所有的器具統統玩一遍，給你帶回來了一堆5分，從此和體育老師變成朋友。

你很開心，因為體育課向來是你最不靈光的一門課，但是那個5分是一定要想辦法拿到的。因為到了高中，那是每一門課的每一分都要有紀錄的，差一點點，GPA就拿不到4.0了。這次來開家長會我才知道，GPA是個非常要緊的成績，這將和SAT以及入學申請書一起構成你成功爬藤的三要素，缺一不可。回到家裡，我要好好和你策畫一下有關GPA的事情。

過了體育課是生理衛生課，怎麼會有這種課程的啦？不管男生女生一人發一個人體模型，好像真的一樣，我看了都臉紅。我對伊說：「還好小獅子從來也沒有向我詢問過這種事情，這種課程安排得有點過分。」

伊回答：「一點也不過分，這種課在小學、初中裡就有了，只是你沒有關心罷了。你想想，應該感謝這樣的課程，小獅子才不會詢問我們這種事情呢，這叫做見多不怪了。」

我聽了笑起來，我的小獅子啊，不讓他長大也會長大了的。從生理衛生課的教室裡走出來，又去了物理課、化學課、西班牙語課和音樂課等等。到了家長會結束的時候已經很晚了，伊立在門廳裡和熟識的同事沒完沒了地閒聊。我心裡急得要命，我還要趕快回去，和小獅子討論關於ＧＰＡ的事情呢！於是臉上堆著笑，腳底下狠狠地踢了伊兩腳。不料伊大叫起來，弄得我十分尷尬。這天回家，一路上扳著個面孔，伊倒一副悠然自得的樣子，我更加生氣了。

GPA

媽媽從家長會回來，直接坐到了我的房間裡，對GPA發生了極大的興趣。GPA的全稱是grade point average，意思就是平均分，這是一向有的。只是到了高中，這個平均成績數變得重要起來，因為申請大學的時候是要起關鍵作用。而在之前的初中，GPA再好，再多的獎項，一點用也沒有，最多只能安慰安慰自己。

在美國的一般學校裡計分的方式有百分制和字母分制不同，我們學校採用的是字母分制，最高是A＝4.0，A+是鼓勵，不會加分。A-＝3.7，B+＝3.3……以後都是以0.3的分數減小下去的。由此可見，無論是百分制還是字母分制，最後都會被轉換成GPA的4.0制。

美國的義務教育一共有十二年，小學五年，初中三年，高中四年。小學五年基本上是想幹麼就幹麼，自由自在，老師幫助學生充分發揮自己的愛好。到了初中，我認為這裡是最亂搭的地方，也不知道為什麼躁動得很，吸毒的、吸菸的、男女鬼混的，和老師搗蛋的什麼都有，老師、輔導員根本管不了，一些老師甚至有些害怕學生呢。

然而，一踏進高中，多數同學就好像突然變了一個人，走路講話都變得沉重起來，特別是對GPA十分重視。那天媽媽在離開我房間的時候丟下了一句話：「以前我從來也沒有要求過儂的GPA，從現在開始，沒有4.0不要來看我！」

這不是一件容易的事情，那就是說A-也不可以。原本想反駁，但一看媽媽的面孔，就無話可說。媽媽已經走到隔壁房間為我熨燙明天的T恤了，看著她辛苦的背影，我只有努力。高中的4.0是必須每一門功課都要拿到A，從主課到副課，甚至樂團。

幸虧我在小學的時候就進入了校級樂團，只要不闖禍，樂團的指揮老師是不會把團員踢出去的，可以一路升上去。到了中學，要進樂團就困難多了，好像還要通過種種考試。我很感激馬蒂妮主張我學小提琴，一個樂團的小提琴人數沒有定規，所以可以一直混在其中。媽媽原本的要求是：只要混在最後一個位置上就可以了，但是我發現像我這樣用「混」的同學多得是，比我拉得爛，混在我後面的大有人在，我也就心安理得地濫竽充數了。

問題是我當時並不知道自己的小提琴拉得是一塌糊塗的，媽媽給我請了一個私人老師，名字叫柔絲。柔絲是從歐洲來的，大概是長期移民美國，變得美國化了。她的教學總是鼓勵為主的。我在她不斷地鼓勵之下，變得不知道天高地厚起來。

這一年暑假回上海，好婆不知道從哪裡為我找出來了一個頂尖的小提琴老師，這個老師曾經是上海一家交響團隊的小提琴首席。那是不得了的事情，每次上課都好像要地震了一樣。一個矮矮小小的老頭兒，手裡揮舞著一根小棍子，在我的身邊不停地跳來跳去，地板也承受不了啦，吱嘎吱嘎發出來哭一般的呻吟。

我以為他就要打我了，但是沒有。只是每次一拉錯，他就會狂抓自己原本就沒有幾根的頭髮，大聲地嘆氣道：「你怎麼可以這樣？怎麼對得起我這個七十多歲的老頭子每天來陪你啊？」

弄得我好像犯了罪一樣，我是寧可他打我一頓的。結果我嚇得只好每天都在酷暑裡練琴，一點也不敢怠慢，心裡有著說不出來的怨氣。但是回到美國以後，我發現我小提琴的位置一下子向前移動了好幾個，幾乎要坐到第一排去了。現在回想起來很有些遺憾，要是那時候我可以一直跟著首席學習，也許就會成為相當不錯的音樂家了。

「不可能，儂沒有那樣的命。」媽媽嘟囔了一句。接著又說：「不要忘記，儂很忙，每門課都是要拿到A的，那才是4.0！」

後來我問過媽媽：「假如我那個時候吃不消了，自殺了怎麼辦，大有中學生為了這個4.0自殺的呢。」

媽媽眼睛也沒有抬一抬，一邊燙衣服一邊說：「那不是儂，因為儂是小獅子。」

我無話可說。

你怎麼可能自殺？自殺是有條件的，當年我們家族在特別的年代自殺多人，那是什麼時候啊？那是到了走投無路的地步。最要緊的是家裡最親的人，也沒有辦法給予溫暖。對了，親人的溫暖和鼓勵是非常要緊的，我很明白這一點。因此我在你最小的時候就讓你很清楚：在這個世界上你不是一個人，你的爸爸媽媽是最愛你的，無條件地站在你的一邊支持你的。

但是你畢竟是個小孩子，總有不聽話的時候。在我犟不過你的時候，我就會改變方式，這是我最擅長的了。一次加州朋友阿珍給我打電話，她是一個單親媽媽，有個兒子和你一般大。她說：「兒子最近非常反叛，我說東他說西，還喜歡自說自話在網上購物、買衣服，講講他，他聽也不要聽，現在連話也不跟我說，關係變得冷漠。」

我想了想說：「小小年紀就喜歡在網上購物不是一個好習慣，你應該把他需要的喜歡的東西都買齊了，一方面顯示了你對他的關心，一方面讓他沒有理由去購物。」

阿珍說：「有道理。」

接著我又問：「你說他連話也不跟你說，你有沒有專門挑他不喜歡的話題和他說呢？」

「他喜歡踢足球，我一點興趣也沒有，聽也不要聽。我叫他抓緊GPA，他就像隻死貓，一到了足球場，又好像隻活老鼠。」阿珍說。

我一聽大笑起來說：「喂，你也曉得一點興趣也沒有，聽也不要聽的啦，那麼對他來講，沒有興趣的東西，當然也是不要聽的了。你應該學會迂迴，不要直別別地要他去做他不喜歡的事情，那會讓他產生牴觸甚至叛逆。你要學會彎彎繞，繞來繞去繞到最後在他放鬆的時候才把你要講的真話露出來，這叫軟著陸。向其他的美國家長學習，去買一張太陽椅，每逢他打球就去坐在那裡，當啦啦隊。」

我不過是講了個笑話，不料阿珍真的去買了一張太陽椅，每逢兒子打球，就坐在那裡當啦啦隊了。不久以後，阿珍給我打電話，我發現阿珍不僅和她的兒子關係和好了，而且自己也變成了球迷。她告訴我：「兒子愛打球有他自己的道理，因為兒子在GPA上面一點優勢也沒有，可是到了足球場上絕對的出鋒頭。女孩子都向他示好，他就好像英雄一般，虛榮心得到了充分的滿足。」

阿珍還告訴我，要當這個啦啦隊也不是一件容易的事情，兒子對老娘的要求不僅僅是坐在那裡當啦啦隊，而是在場外也要跟著他們的團隊奔跑，每逢進一個球還要大聲地歡呼。阿珍說：「我的年齡不輕了，又跑又叫實在不是一個『老』媽媽可以身體力行的事情。不過看到兒子在足球場上矯健的身影，忍不住也要跟著他歡呼起來。」

「看起來，我們這代人都是受到晚婚晚孕傷害，弄得現在精力透支，沒有辦法和孩子接軌。」我說。

阿珍立刻反駁說：「很多美國人生孩子的時候年紀也不輕，但是他們對生活有著極大的熱情，『熱情』會讓人年輕，會讓人精力充沛。特別是這種美式足球，對美國人來說，就好像是命一樣。很多祖父祖母級的人都過來當啦啦隊，叫喊起來比年輕人還起勁，興奮得就好像小男孩小女孩一樣。」

阿珍還告訴我，根據哈里斯民意測驗調查（Harris Pell）的結果，美國十八歲以上的民眾，最喜愛運動就是國家美式足球，這項被稱為NFL的運動，已經連續三十年獲得民意測驗第一名了。因此在美國，想要進入上層社會，看得懂足球也是非常重要的呢。在美國的公司裡上班，周邊的白領除了工作之外，交談的就是足球。要想和這些人交朋友、打成一片，沒有足球的知識是不行的。

我想以上這些有關足球的知識，一定是阿珍的兒子教育阿珍的。那以後，阿珍不再盯牢兒子的GPA了。雖然她的兒子最後沒有進入藤校，卻也進入了加州大學的柏克萊分校。畢業以後在一家電腦公司工作，變成一個很有成就的白領工作人員。

我倒沒有在意阿珍的兒子以後會做什麼，而是聽到她講的足球這麼重要，想起來你對足球一點興趣也沒有，是不是一個欠缺啊？

其實我是嘗試過看足球，培養自己對足球的興趣的。當年拉薩爾過生日，特別邀請了幾個好朋友去看費城的足球比賽，我也算其中一個。被邀請到的同學興奮了好幾天，因為這是非常高的待遇，而且是很昂貴的。只有我實在對足球沒有興趣，又不好意思拒絕，只好硬著頭皮去了。

記得去看足球的那天特別冷，冬天裡的寒風就好像小刀子一般地刮在面孔上，生疼。媽媽給我穿了一件爸爸最厚的羽絨衫，也擋不住冷氣。同學們熱氣騰騰地又蹦又跳，恨不得把外套也甩掉，只有我一個人像隻萎糟貓一樣，縮頭縮腦地躲在角落裡，我想不通這有什麼好看。

我從小就沒有體育方面的才能，天生還有恐高症，那種爬牆、爬繩子都是我最棘手的了，跳馬、跳高也不能達標。不像我在上海的小阿哥，學也不用學，就比媽媽花了昂貴的學費，讓我去學打網球的人，還要打得好。可是我的體育課成績倒是不差的，全部是A，連學校裡的運動員也拿不到這個成績。媽媽非常吃驚。我笑著對媽媽說：「這裡有個祕密，就是中國人講的：『忽悠』。」

體育課的A，是我花費了最大力氣才拿到的。我講的這個「力氣」不是體力，而是「腦力」。其他同學，特別是校隊的運動員對體育課的運動項目不屑一顧，還會看不起老師。只有我謙虛好學，在老師面前反覆練習。老師被我感動了，儘管沒有達標，老師也給了我一個A。我是全班唯一拿到A的人，這個A來自於認真的態度。

這讓我發現，態度也是可以拿分的。一開始，我認真的態度只是為了GPA的4.0，可是到了最後讓我體會到，任何的事情，只要花出去的工夫都可以有收穫。鍛鍊身體不是為別人，受益的是自己。幸好我爸爸體育很好，他會常常和我一起做體育鍛鍊，一直到現在，他的仰臥起坐和引體向上都比我靈光，也比很多年輕人靈光。看到他在運動場裡跑步，我很自豪。

媽媽就不一樣了，好婆講媽媽小的時候，家裡有個保母專門抱她，弄得她一直不肯走路。很多人不相信這一事實，以為媽媽是炒作。其實，媽媽就是一個不喜歡走路，不喜歡運動的人。除了逛街，她是一定要開車的。

只要是和運動有關的事情，媽媽都不喜歡。她還會有很多的例舉，例如：什麼什麼人因為運動摔傷了、骨折了、生病了等等。最後總是一句話：各人有各人的能力。

除了和運動有關的事情，媽媽是個能力很強的人，她好像什麼都會做。令我吃驚的是手工。我簡直不能相信她會幫我完成了一項非常複雜的手工作業，這是我最輕鬆拿到的A。手工老師做出來的樣品都比她的差遠了，弄得我很不好意思。

這沒有什麼不好意思的，在家裡，我從來也沒有讓你去做過這種女孩子做的事情。我的好婆講過：「我們家的男孩子是不下廚房，不摸針線的。不然的話會讀不好書，做不來大事。」

可是在你們的學校裡，不管是男是女，樣樣事情不以性別分工，都是一視同仁，都要打分的呢。記得你手工課裡最棘手的功課是要縫製一隻長毛絨的哈巴狗，那是手工加上縫紉機並用的，你縫出來了一個四不像，還好最後一步你帶回家裡來完成了。我相信老師也發現了大多數的學生做不出來，特別是一些其他功課都很優秀的男孩子，對於這些孩子，只好張一隻眼閉一隻眼，放一馬了。

等到拿回去學校交給老師的時候，你的哈巴狗最漂亮。那是當然的囉，媽媽十歲就會踏縫紉機了。角角落落都拼接得天衣無縫了，閉著眼睛也可以得到一個A。那天到你學校去，老遠就看到你的哈巴狗霸氣地站在展示櫃裡最醒目的地方，微微地歪著腦袋，斜著眼睛，好像是在得意地顯示自己的漂亮。伊看見了，先是大吃一驚，然後便大笑起來。

我說：「這有什麼稀奇，你有沒有看到隔壁人家的男人，這些天正在鋸木頭，為完成兒子的木工作業呢。這實在是為難了那個老爸，鋸出來木頭的坑坑窪窪，好像狗啃的一樣。」

再後來，你自己也覺得心安理得了。在你十六歲的那年，你得到一個獎項，去華盛頓的一家實驗室學習，結果看到實驗室裡的一個工程師，一連好幾天都在為女兒做中學裡的科學作業。看起來美國人，也會為了子女的4.0出手的呢。這讓我對許多新聞當中，報導的中學生做出來的科研成果開始懷疑，應該先看看這家人有沒有是這個專業的。可是轉眼一想，也就理解了，還不都是為了孩子嗎？又不是壞事，至於以後，孩子是不是成功，那是孩子自己的造化了。

除了你的手工勞動課以外，我是一點也沒有本事相幫你的了，特別是你的外語課程。在美國，一般中學的普通學生，除了英語以外還要掌握一門外語。我讓你學中文就可以了，雖然你的中文不會像中國孩子一樣優秀，但是和大多數外國人競爭，拿一個A綽綽有餘。

不料我的建議得到了家裡兩個男人的反對，他們異口同聲地說：「這叫浪費時間！」然後紛紛講出自己的理由，認為學習不僅僅是為了A，而是要學到新的知識。我講不過他們，只好說了聲：「好吧，這是你爸爸幫你決定的，放著陽關大道不走，偏偏喜歡羊腸小道，這叫自討苦吃，不過這個A是一定要給我拿回來的！」

後來發現，這種自討苦吃的事情在你以後的生涯當中無數。

我最看不起那種在學校裡選修外語課的時候，用母語來蒙混過關的人了，這對其他不會這門語言的同學很不公平，母語可以在家裡學，沒有必要到學校裡來顯擺。可是後來，在我工作的時候為此吃盡了苦頭。辦公室的同事看到我一路頂尖學校的履歷，找不到茬就來攻擊我的中文不如他的女兒。媽媽說：「一定是他的女兒沒有其他東西可以拿出來和你比，也是可憐。」

這些都是後話了，可是在當初，雖然爸爸和我在不選中文這個問題上達到了共識，可是除了中文以外應該選修什麼語言呢？我們產生了分歧。我一向喜歡法國文學，不要忘記，馬蒂妮送給我的那本法國版的童話故事《小王子》還立在我的書櫃裡呢，我答應過她，總有一天會去閱讀的。

爸爸說：「為了當年的一句話，就要花費這麼長的時間去學一門不那麼實用的語言，太不划算了。」

爸爸認為應該選西班牙語，因為西班牙語裔的人是美國最多的少數民族，每六個美國人裡，就有一個西班牙語裔的人。隨便買一個東西，裡面的說明書多數是一半英語一半西班牙語的，許多城市大街上的路牌和公共交通的告示牌，也是英語和西班牙語雙語標誌的。

為了更好地說服我，爸爸還特別請我去吃了一頓西班牙的小吃叫「Tapas」，其中一道吃橡樹果（acorn）的黑豬玀做成的生火腿，極其鮮美，簡直到了入口即化的地步。為了這道黑豬玀火腿，我最後決定放棄了《小王子》，選修西班牙語。

西班牙語的老師是從墨西哥來的，不知道為什麼她喜歡強調自己是西班牙人，而不是墨西哥人。她很嚴厲，午後的第一節課，是最容易打瞌睡的時候，常常有學生趴在課桌上睡著了，於是她就惡狠狠地揪這個學生的耳朵，這是我在上學以來碰到的唯一的一個會採取「體罰」的老師。

因為西班牙語是副課，並不那麼緊張，讀起來也輕鬆，拿一個A是沒有問題的，我想了想又加修了一門拉丁語。不料拉丁語和西班牙語完全是兩回事，這個通常被認為是「死的語言」，學起來好像要掐死你一樣。是一種非常典型的曲折語。變性、變格、詞態、詞性、人稱、語態、語氣、方位等等等等眾多，一直讀到我腦子也發僵了。

剛剛開學的時候，拉丁語班級裡有六個學生，到了半當中只有一半人了，還沒有到學期結束，只剩下我一個學生。年輕的老師拚命拉住我，因為如果我再逃走，她就沒飯吃了。她是一個臨時工，有沒有工作全靠有沒有學生。我倒不是可憐她堅持學下去的，而是因為我發現，這是一門非常有意思的語言，就好像為我敞開了一扇語言的大門，為我以後學習其他語言都提供了很大的幫助。最後還發現，拉丁語實在是最最實用的一門語言，對考SAT有直接的幫助。

高中裡的老師們

又是一個星期五，下班回家一身輕鬆，專門到中國城買了一條活魚，準備晚上做「西湖醋魚」。我的這條「西湖醋魚」絕對靈光，朋友們都一致公認：就是搜索遍全費城，也端不出第二條這樣美味的魚。想到這裡便得意起來，於是一路走一路高高興興地盤算起做魚的材料。不料到了路口一拐彎，兩隻腳差一點抽筋，手裡的魚也跌落到了地上，不得了！家門外怎麼會停了一輛黑色的警車？走進走出的警員們的面孔一個個到了森嚴壁壘的地步。

小獅子？我的小獅子！腦子還沒有別轉過來，兩隻腳已經跳將起來，三腳兩步地衝進家門。

客廳裡，一個警官正背對著我，坐在你的面前，伊也回來了，坐在一邊。你看到我立刻站立起來，向警官介紹：「這是我的媽媽。」

不年輕的警官客氣地和我握了握手，這讓我心定很多。可是到底是什麼事情發生了呢？

原來，事情發生在你們的學校裡。你們的學校雖然只是普通的公立中學，但是花頭精倒是常常十八出。這一天收到學校的通知，說是最近學校要組織一項新的讀書活動。我知道讀書這件事是不會難倒你的，因為早些天，一位中國過來的文學理論大師，剛剛過來考過你了。他拿出一份美國藍燈書屋《當代文庫》編輯小組，於一九九八年七月間選出的二十世紀一百本最佳英文小說的名單讓你看，你竟然讀過了大半，而且還可以將其中的內容和觀點拎出來，和這位文學大家探討，讓我十分得意。

可是這次的讀書活動不同，是要求學生和家長同讀一本書，而且還要同寫一本讀書筆記，在筆記當中各自擺出觀點想法，討論對這本書的不同的讀後感。這實在是一個很好的主意，不僅僅讓學生們學到了新的知識，同時還加強了父母和子女間的了解和溝通。其實類似的交流，在我和你之間每天都在進行。我說過了，你自小就為我充當了新聞報紙的傳播員，承擔了在博物館等地講解員，等等。後來你又習慣把自己讀到的好書和看到的好電影和我分享，我也會把我的不同想法告訴你。有時候為了一個不同的觀點，互不相讓，還會尋找資料查經據典。這些都不是問題，問題在於：我不會寫。

通常中國人到美國，最大的問題是「說」，而不是「寫」，特別是語法，那本「張道真」的英語語法背得滾瓜爛熟，運用起來比美國人還清楚。只有我，英盲一個，到了美國才開始在公共汽車上跟著一個黑人司機學英語，當然不是書寫，而是口語。我的口語到了不能再口語的地步，是從公共汽車、公共廁所這種最最底層實用的單詞開始的，我以為我的英語只要夠我生存就可以了。難怪後來回國省親，英語專業的姊姊說：「儂講英語從發音到音調語序等等，怎麼都不一樣的啦？」

我告訴她我講的是美國黑人的英語，而且以此自豪，因為非常實用。不料現在遇到了大問題，我不會寫，伊又一天到晚為他的學生奔忙，哪有時間顧及到你的功課？怎麼辦？怎樣才能完成你們中學裡的作業呢？

媽媽愁眉苦臉地看著學校裡發過來的通知發呆，我笑起來了：「媽媽，原來儂也有做不來的事情啊！」

「不許諷刺，誰說媽媽做不來啦？只不過……」媽媽的眼珠子在眼睛裡轉來轉去，沒有說下去。

我更加大笑，我說：「媽媽，儂不用犯難了，我已經解決好了。」其實在一開始我就想出來了一個主意，因為媽媽和我之間的溝通已經夠多的了，我所需要的是美國人的想法。一般來講，美國人的內心世界是很難窺視的，臉上永遠堆著微笑，腦子裡卻是完全不同的念頭，說不定心裡正在譏笑甚至仇恨。我沒有受過這樣的教育，趁此機會，我可以知道他們的看法。當然多數也是虛假的，不過多少可以靠近一些。

我找到了我的班主任，告訴他，我的爸爸的工作非常繁忙，媽媽英語寫作有問題，所以我希望有美國人可以出來，義務幫我完成這個讀書活動，和我同讀一本書，同寫一本筆記。美國人是很熱中於做義工的，一聽到我的要求，很快就有了回應，那是學區裡的負責人，最後的問題就是出在這個負責人的身上。

這個學區負責人叫史蒂文森，他原本是學歷史的，已經有十多年的教學經驗了。很快我就發現，雖然他是西方人，但對日本文化很有興趣。不是一般的興趣，特別是對武士道，他把我叫到他的辦公室，一點也不掩飾地告訴我，他敬佩武士道的精神。我以為他是看透了死亡，有「不怕死」而為主君毫無保留地捨命獻身的精神，結果不是，他是對武士道裡的那把被譽為武士之魂的武士刀到了痴迷的地步。

我們的讀書活動多數是圍繞著日本文學開始的，這並不是我的期望，但後來發現這對我以後了解日本文學很有好處，我們共同閱讀了《我是貓》、《挪威的森林》等等。後來發現他根本沒有閱讀，完全是在聽我講故事。我發現這個事實，是因為我故意把《我是貓》裡的故事情節改編了，他一點也不知道，還在別人面前按照我改編的版本吹牛。

我把這件事告訴了媽媽，媽媽得意地說：「相信了吧，要比媽媽靈光的人不是那麼容易找到的。」

我說：「對不起，媽媽，史蒂文森先生有一樣東西比儂的靈光。」

「是什麼？」媽媽問。

「是刀！武士刀！他對武士刀的精通比儂靈光！」我回答。實際上我並沒有看到過史蒂文森先生的武士刀，只看到過他的一張身著日式和服，橫握一把武士刀的照片。他不是故意要給我看的，而是我無意當中看到他拉開抽屜，放在抽屜裡面的最上一個角落。媽媽被我的回答嚇了一跳，連忙說：「當心點，喜歡這種東西的人，一定很兇，很陰暗。」

其實史蒂文森先生一點也不兇，反而有些懦弱，大概就是懦弱，才喜歡這種威武的裝飾。據說許多發生的中小學裡的槍殺事件，許多持槍者都是學校裡最受欺負的學生，長期的壓抑，讓他們爆發了起來。

有一天，我不知道這天是史蒂文森先生的生日，總之他有些不一樣，是開心還是不開心？我也講不出來。他把我叫到他的辦公室，洗乾淨兩隻手，又把房門關上，這才打開辦公室裡的保險櫃，小心翼翼地從最裡面搬出一根長長的布卷，布卷是灰乎乎的，並不起眼。

史蒂文森先生有些激動，兩隻手都發抖了，他把布卷一層層地打開，到了最後，我看到了兩把武士刀。我並不以為這刀有什麼特別，還沒有我小時候在北京故宮裡買來的蒙古刀漂亮。但是當史蒂文森先生嚯一聲從刀鞘裡拔出刀刃的時候，一股寒氣逼到眼前。我剛剛想把腦袋湊過去看清楚，辦公室的門被大力打開，幾個持槍的員警衝進來，一下子把史蒂文森先生按倒在地下，那把武士刀一點威嚴也沒有地摔到了老遠。

我看見你把手放在聖經上，反覆證明史蒂文森先生沒有要砍殺你的心，只是想在你面前顯擺一下他所摯愛的武士刀。我一聽又氣又急，你是讀書讀得太多了，腦子糊塗啦？又不是《悲慘世界》裡的神父，想要拯救犯人的靈魂。看著我一副氣急敗壞的樣子，你走到我的身邊，兩隻手抱起我的肩膀說：「媽媽，相信我，他真的沒有要砍殺我的意圖，不然的話，我就站在他最近的地方，一點防備都沒有，老早就被他砍到了，怎麼還會一根汗毛也不少地站在這裡呢？」

史蒂文森最後因為濫用學校的公款，私自購買昂貴的日本武士刀，判刑兩年，關進了監獄。我倒有點想不通了，假如他是想要砍殺你，這刑判得太輕了。

伊說：「這就是美國，依法辦事，聽說那兩把武士刀花了四萬美元，算是鉅款了。動用教育基金，當然要法辦的。」啊喲！僅僅是為了私自購買兩把武士刀？才四萬美元？又沒有拿到家裡去，還放在學校裡，屬於學校的財產。這和中國那些貪官相比，這個刑也判得太重一點了吧？

史蒂文森的事件，讓我重新看你。我發現，你變了，你變得有自己的想法了。這些想法不是我和我們這個家庭裡灌輸出來的，而是長期以來社會、學校、老師、周邊環境，還有你所信奉的聖經以及等等讓你變成這樣。我非常感謝這裡面的所有，因為我一個人是沒有這個本事把你教出來的。

但是那時候我一點也不知道，在你和史蒂文森先生同寫一本讀書筆記的時候，你還有一個祕密師傅。你後來告訴我：「我不知道這個師傅在哪裡，是男還是女，我只知道他說他叫湯姆，我猜想這不是他的真名，因為我也用了一個假的名字『本傑明』。湯姆是個詩人，說是在報刊上常常發表作品，我相信。他是個高手，我的文章經他改動一兩個字就變得非常漂亮！我在他的身上學到了很多。」

「嚇死人了，壞人怎麼辦？你們怎麼會搭上的？」我想起來從小受到的階級鬥爭的教育。

「他是壞人，我就也是壞人了。我們是通過網上的詩歌發布開始往來。他有時候也會告訴我他和他孩子之間的分歧，最要緊的是他教會了我怎樣用『心』寫作。」

「後來呢？」

「後來他突然消失了，我沒有辦法找到他，連謝謝他的機會也沒有。不過在心裡我永遠稱他為『師傅』。」

我一點也沒有察覺你自己會弄出來這麼一個「師傅」，只知道史蒂文森先生事件之後，你對科學發生了興趣。一開始我還以為這是因為史蒂文森先生的行徑讓你對文科失望，但是很快就發現，文科和科學在你的愛好當中是並進的。看起來年輕人的精力充沛，愛好是廣泛的。但是我卻開始失落，因為我覺得你離開我越來越遠了，那是個我一點也不能了解的領域，我和伊甚至我們的上一輩都沒有人涉及過這個領域。

在我失落的時候，你就會拿出你的生物課本，給我講解其中有趣的事情，漸漸地我也被你的興趣感染了。有一天辦公室的電腦主機發生故障，老闆不得不提早放大家回家。我趁機到你學校，想看看你在做什麼，那時候正巧是生物課。

我躲在門外偷看，讓我吃驚的是你們中學的課堂次序怎麼這麼糟糕？簡直就是沒有課堂次序。比我在文革期間的中學還不如，亂哄哄的好像是個大廟會，學生們想幹麼就幹麼。咦，你怎麼自由自在地在教室裡走來走去？這算什麼上課？老師呢？老師在哪裡？

老師巴博，正坐在講台後面看著大家喘氣，他已經喘了很久了，一開始大家還以為他的心臟病發作，需要搶救，後來發現他每天都這樣，也就見怪不怪了。於是各自管各自，做些與巴博無關的事情。

克里斯坐在我的旁邊，正在看一本日本連環畫，他說他無所謂，因為他的爸爸就是生物教授，回家讓爸爸一教，就什麼都解決了。另一邊的大班是我的數學競爭對手，他一心想當一名數學家，對其他科目不感興趣，現在正苦思冥想他的微積分。我覺得無聊，順手翻開了生物課本。

這是什麼？五顏六色的一幅畫，好像現代派的作品，旁邊還有一幀黑白照片，那裡面密密麻麻的點點巴巴有些像垃圾。而在當時，我根本沒有想到就是這些「垃圾」，將會和我以後的生活，緊緊連接在一起。我只是站立了起來，對著巴博的辦公桌子走了過去，那上面有一架顯微鏡，我要仔細看一看。

巴博看見我朝著他走過去，兩隻眼睛毫無表情地翻了翻，假如當時他阻止了我，也許我以後的道路就會完全不一樣，但是他沒有，而是讓我直接跨過了他橫在前面的腳。我走到顯微鏡的後面，把眼睛湊了上去：哇！這裡面怎麼有這麼多的東西，一層又一層，這是除了病毒之外具有完整生命力的生物的最小單位——細胞。

細胞是用肉眼無法看見、無法描繪、無法解釋，甚至還有許多是人類迄今為止都無法了解的東西，它們一下子就把我吸引了。這是一個無止無盡無底的，宇宙間的最神祕的世界！這和數學、物理不一樣，是一種看不見前路也沒有後路，完全要靠自己開天闢地去研究的神祕，沒有公式、沒有常規，有的只是尋找和探求。

我把眼睛從顯微鏡上挪開，深深地喘出一口氣。可是那架顯微鏡就好像伸出手來，又把我拽了回去。走來走去好幾次，因為湊在顯微鏡上要彎著腰骺著背，我的背脊開始僵痛，我想坐下來，但是身體後面沒有椅子，椅子被巴博拖到講台後面去了。

巴博總是在上課的時候，花費第一個十分鐘「哼哧，哼哧」走到他的辦公桌旁邊，把他的辦公椅「哼哧，哼哧」地拖到講台後面，然後就一屁股坐下來「哼哧，哼哧」地大喘氣。一直喘到快下課的時候，又站立起來，「哼哧，哼哧」地把椅子搬了回去。

我火氣大了起來，哪裡有這樣的老師，課也不會上，只會喘氣！

「其實，巴博是一個很會上課的人，他還是正宗的生物博士呢。真的上起課來，他會比誰都上得好。不過在我的記憶裡，他好像只給我們上過一堂課。」你說。

那是有一次，校長和學區領導人要過來聽課，這天他西裝筆挺，老早就站在教室門口，給每個學生作揖說：「今天一定幫幫忙，用心聽講，關係到我的加工資，加到工資，我請大家吃披薩。」

實際上這天就是沒有「披薩」，大家也會用心聽講的，因為他的這堂課講得非常精采，他從牛頓和羅伯特．胡克爭執的故事開始說起，然後是牛頓發表了萬有引力定律，胡克一氣之下發現軟木機構是由一個個蜂窩狀的小室組成的，他將這些小室命名為「cell」——細胞。接著巴博又用一個個精采的故事把細胞在不同的條件下產生的不同的作用，講解得有聲有色。以至於一直到今天，你回憶起來都好像發生在眼前一樣。

我聽了越加生氣說：「巴博為了加工資，找出這些亂七八糟的故事騙騙你們，也只有儂被他騙進了。」

「就算巴博是為了加工資騙我們，但結果卻是把如此枯燥的生物講解得那麼生動，讓我看到了枯燥當中的生命，而且這個生命是神祕的，人類將不斷地探索、發現，儂不覺得這是一件令人興奮的事情嗎？」你把腦袋從你的生物課本裡抬起來對著我說。

這時候我發現，你的生物課本怎麼變成了巴博的那本教科書了？你看到我的疑惑的目光便笑起來說：「那天我看見巴博的教科書要比我的課本精采許多，就搬到自己的座位上閱讀。巴博看見了並不在意，只是對著我揮了揮手，我想大概就是允許我拿走的意思。於是老實不客氣，乾脆背回到家裡來讀啦。」講完了又加了一句：「反正他也不用的。」

我有點哭笑不得，心想這個生物老師當得太舒服了吧，一個學期只上一節課，其他時間只會對著你們喘氣，現在連教科書也給你了，還教什麼書啊？想到這裡，我嘟囔了一句：「這叫誤人子弟，儂在他的身上什麼也學不到，儂的成績怎麼辦？」

你想了想認真地說：「媽媽，不要擔心，因為我在他的身上學到了一件在其他地方，哪怕是最好的學校裡也學不到的東西。」

身。」你回答。

「那就是：在沒有人教的時候，自己去學習，去尋找。這個學習方法可以讓我受用終

「是什麼？」我問。

我的小獅子啊，這不是太辛苦了嗎？我好像看到你一個人在荒漠裡，沒有前人的引導，去尋找一條嶄新的路，而且還不知道能不能找到這條路。

很久很久以前，還在波德的時候，一位被人稱之為「男巫」的大作家過來做客，他操著一口山西話說：「我看到你的小獅子在尋找……」

「他在找什麼？」

「無止無盡地尋找。」

「找到了嗎？」

「找了還要找。」

當即我的心就抽緊了，我以為你會去當一名偵探，最成功的就好像是那個美籍華裔偵探李昌鈺，那是一件多麼危險的工作啊？但是偵探的工作雖然危險，尋找的畢竟還是一件原本就有的東西。

而你，你要尋找的是不知道有沒有的東西。對此，我誠惶誠恐。

約翰・讓

約翰・讓和馬蒂妮一樣，是我最重要的老師，一開始就把他們當作了自己最親近的人，所以沒有在他們的名字後面加稱謂。

第一次看見讓，是因為上廁所的時候，發現廁所隔壁有個房間半敞著大門，裡面傳出來大聲的爭執。一個穿著老式西裝，頭髮梳得溜光的老頭，正慷慨激昂地面對著校長在分辨著什麼。從廁所裡走出來，校長已經離開了，而那個老頭則十分沮喪地垂著腦袋坐在那裡嘆氣，這就是讓。

我有點好奇，把腦袋伸進去張望了一下，讓正巧抬起無光的眼睛，對著我看了看，然後招了招手，我就進去了，坐到了讓的對面。

讓好像忘記了是他自己把我招呼進去的，甚至完全忘記了我的存在。我坐在他的對面有點進退兩難，剛剛想再溜出去，讓突然開口說話：「這本猶太小姑娘的日記，你從小學開始到現在一共學過了幾次？」

我不用抬起頭來觀看，就知道是《安妮日記》。記得小學五年級第一次夾帶在回家作業裡，後來到了十三歲那年，也就是在安妮寫日記的年齡，被老師要求重讀了一遍。這些天我看到剛剛發下來的「課程安排」，裡面又有《安妮日記》這四個字，正有些不以為然，但是沒有提出任何異議。因為我知道，在美國這個自由的國度，可以反對任何人，甚至總統，但是不能反對猶太人，好像反對了猶太人就會變成納粹的幫兇，這是不得了的敵對分子了。

那時候讓還不是我的任課老師，但他是我們學校的英語教研組負責人，我想讓這次可以出面反對校長，要把《安妮日記》從教學大綱裡拿掉的先天條件是：他本身就是一個猶太人，他是最痛恨納粹分子的了。他從教學質量的角度提出來：一遍又一遍地重讀這個十三歲的小姑娘的日記，有點浪費時間，還不如騰出時間閱讀其他經典著作。

我表示贊同，讓立刻高興了起來，先是把我轉入他的班裡，又常常在課堂裡和我對話，交換各自對文學作品的不同看法，這好像對其他同學有點不公平，但這就是美國，要學習的無止無盡，不要學習的沒人管你，你可以自由自在，做自己愛做的事情。

還記得讓特別向我推薦了《禪與摩托車維修藝術》一書，這實在是一本非常枯燥的小說？我在這裡打了一個問號是因為我不知道這是一本「小說」還是柏拉圖式的「對話」。讀起來相當晦澀，但那個年齡段的我，越是艱難，越是讀不通，越讓我感覺到高深，也就越是要去攻克的了。我花費了差不多一個星期，把這本又是「禪」又是「維修」又是「藝術」的怪異的書籍閱讀了一遍。

那時候正巧是炎熱的夏天，我就好像跟隨著那對父子和約翰夫婦騎著摩托車從明尼蘇達，跨越美國大陸，到達了加州。因為小時候爸爸開車帶我走過這段路程，更有在曠野裡行駛的切身感受。那裡面尋求生命的意義以及自我的解脫，透過了自然的景色、野外的露營、夜深人靜的談話還有摩托車的維修和日常生活的點滴，統統流露了出來。這是科學與藝術、精神與物質的混合。全書以兩個故事不斷地交叉行進，一個是「我」和兒子，還有一個主角叫「斐德洛」，不斷地在一邊散布著抽象的理論。我後來告訴讓，我注意到「斐德洛」也是柏拉圖《對話錄》當中的一個人物。

對不起，媽媽不喜歡這本書，特別是那個精神病兮兮的斐德洛，執著他的抽象理論，累贅討論著《道德經》、彭加勒、柏拉圖和蘇格拉底還有「禪」等等，他在大學裡教書，卻處處反抗西方哲學的正統觀念，活該把自己逼到分裂。最後一個場景，斐德洛盯著牆壁看了三天三夜，「他的尿液流滿了房間的地板，他也不覺得討厭和羞愧。香菸一直燒著，燙到了手指，然後手指起了水泡。」

這算是什麼東西，一點也不健康，不陽光，沒有美感，簡直就是病態。我認為現實生活已經夠醜陋了，黑暗的東西太多，我希望我的小獅子陽光，快樂，而這個讓，總是推崇這種稀奇古怪的東西給你讀，讓人擔心。

我看過你們的中學生閱讀書單，這是印刷在「課程安排」後面的書目裡的，除了但丁、莎士比亞、塞萬提斯、珍・奧斯丁、托爾斯泰等等作家的作品以外，還有：

美國F.S. Fitzgerald的《大亨小傳》（*The Great Gatsby*）

愛爾蘭James Joyce的《青年藝術家的畫像》（*A Portrait of the Artist as a Young Man*）

英國Aldous Huxley的《美麗新世界》（*Brave New World*）

美國John Steinbeck的《憤怒的葡萄》（*The Grapes of Wrath*）

英國George Orwell的《一九八四》（*1984*）
英國Robert Graves的《我，克勞狄》（*I, Claudius*）
美國Kurt Vonnegut的《第五號屠宰場》(*Slaughterhouse-Five*）
英國George Orwell的《動物農莊》（*Animal Farm*）
英國William Golding的《蒼蠅王》（*Lord of the Flies*）
美國Ernest Hemingway的《妾似朝陽又照君》（*The Sun Also Rises*）
美國William Faulkner的《八月之光》（*Light in August*）
美國JD Salinger的《麥田捕手》（*The Catcher in the Rye*）
英國Joseph Conrad的《黑暗之心》（*Heart of Darkness*）
…………

這個書目還只是普通中學的閱讀書目，假如和那些私立學校相比只是滄海一粟了。其中的覆蓋面之廣，遠遠不是許多中國家長想像的那麼簡單。難怪後來許多憑著ＳＡＴ高分出國留學的中國學生，知識面明顯要比美國學生差一截。只是美國學生也不是人人優秀，這個書目的閱讀規矩和以前一樣，那就是「愛讀不讀」。有的學生畢業以後都不知道有這麼一個書目，而有的學生的閱讀，則遠遠超過了這些，就好像你。

讓對你視如己出，不斷地給你個別指導，因此你在很早就閱讀了《洛麗塔》（*Lolita*），這是俄羅斯裔美國作家弗拉基米爾．納博科夫在一九五五年發表的作品，我是到了成年以後才接觸到。對此我很有些不快，我把我的想法和伊討論，伊說：「這又不是你小時候，『文化大革命』當中，後來就算是家教威嚴，你不也偷偷閱讀了《十日談》嗎？在你現在當了媽媽的腦子裡，那是更加直接的不健康了呢！你是絕對不會讓自己的孩子來閱讀這一類的書籍的。相信小獅子，他會有自己的辨解能力，生活在這個環境裡，這是必須的。」

話是這麼說，但是心裡總有一些犯嘀咕，從那以後我便更加注意你的英語作業了。有一次我在你的書包裡發現一張只寫了半面活頁紙的作業，大概是你在課堂上完成的。仔細讀下去，那是評論諾貝爾獎得主美國作家約翰・斯坦貝克（John Steinbeck）的短篇小說〈人鼠之間〉，短短幾行字，你寫到了人性的邪惡，欺善怕惡的本能，甚至還冒出一個共產主義的思想在平民老百姓當中的滲透，讓我忍笑不禁。

但是轉眼一想，不對頭，這裡面怎麼沒有寫清楚「主題思想、創作方法、寫作機構」等等呢？這些都是我讀書的時候必須要背下來的呀！你那樣的寫法對頭不對頭啊？

在讓的班級裡沒有「對頭不對頭」的這一說法，只有合乎不合乎邏輯。讓最不喜歡的是死記硬背，他說：「我又不是你們幼兒園裡的體育老師，和你們一起丟皮球，上課的時候我把皮球丟給你們，到了考試的時候，你們再把皮球丟回給我。這樣的試卷，我會打零分的。」讓還說：「在我這裡是沒有標準答案的，我講的只是我的想法，而我要的是你們的獨立思考和創造性的見解。」

讓似乎有意引導我們走上和他唱反調的「歧路」，有時候在課堂上我會和他爭論，也帶動了同學們的起鬨，常常把他逼迫到十分尷尬的地步，他反而很高興。為了可以和他對峙，我大量地閱讀。《紅字》、《罪與罰》、《包法利夫人》、《紅與黑》等等這一類的書籍，都是在那一段時期閱讀的。至於《聖經》和《希臘神話》幾乎是每日必讀的。漸漸地，我發現自己在文學的大海裡面不可自拔了。

我不知道這是件好事還是壞事，但書籍確實為我打開了另外一個世界。現實當中的痛苦讓我沉湎於書籍，在書籍裡面。我愈加思考。媽媽以為我不會面對現實，而我則以為自己更加看透了現實裡的世界。讓時常也會贈送我一些他喜歡的書籍，我開始藏書了。

和我的同齡人相比，我的藏書是非常豐富的，媽媽最喜歡讓她的朋友來參觀我的藏書，在我的臥室裡，頂天立地的書架占據了三面牆壁，足有近千本書籍，其中最讓我得意的是，從上海背過來的一百多本「老書」，這是我外公的遺產。

在我第一次回中國省親之前，我的好婆以為沒有後代再會去閱讀這些英語原版書籍了，於是準備捐出去。接收單位來不及高興，半路殺出一個程咬金，就是我，我一把攔住，運到美國來了。我發現外公的英文藏書多數是英國倫敦「EVERYMAN」和美國「MODERN LIBRARY」出版的，他喜歡的是莎士比亞、丁尼生、雪萊、濟慈、華茲華斯和司各特，這些書多數是精裝本。讓看到了說：「這些書非常珍貴，不是一般人收藏得起的。」

我告訴讓：「我的外公是個寫書的人。」

讓立刻說：「這很不容易，你的外公是個作家，他一定讀過很多書，你的爸爸媽媽都是做文學工作的，是不是你將來也要學文科？」

千萬不要！父親在世的時候，就反對我們去走他的道路，哥哥考上清華大學，讓他鬆出一大口氣，因為他很知道文學這條道路的艱難，特別是在他那個年代，弄不好就會變成「右派」。可是我不知道你為什麼會對文學情有獨鍾，我知道這裡是個號稱是自由的國家，但我們畢竟是外國人，別人到底是怎麼想的？不知道！長期以來的禁錮，總讓人心有餘悸，我的小獅子啊，你千萬不要闖禍呵！

這一天吃完晚飯，你很得意地把我們叫到你的房間裡，從書包裡抽出一張英語課上完成的作文草稿，讓我們一起閱讀。我不知道讓為什麼會想出這麼一個題目：「什麼樣的政府才是最成功的政府」。

伊一讀大聲叫精采，而我一看渾身冰涼。小獅子，你真是膽大包天了，你怎麼可以這麼說：「會騙人的政府才是最成功的政府」！接著洋洋灑灑一大篇，我不知道是諷刺還是讚賞，是正面還是反面，論點、論據、論證滴水不漏。不得了，小獅子你這是要闖禍了！

我想起來你最小的時候，被幼兒園裡那個雀斑老師說成是「有思想問題」的小孩，現在真的驗證了。整篇文章從頭到尾都是「思想問題」，弄不好把你當作「反革命」甚至是「敵對分子」抓起來。我越想越擔心，半夜三更睡不著，好像又回到了當年我所經歷的時代，跟在幼年的保母胖媽的後面，在上海一家監獄的鐵籠子裡，看見一個個關押在那裡的反革命，剎那間心驚肉跳，一身冷汗。

從熱乎乎的被子裡跳了出來，用力搖醒呼呼大睡的伊，說：「這一下要出大事了，小獅子怎麼可以交出去這樣一篇批評文章，明天要被員警捉進去的啊！」

「你做夢啊？」伊翻了個身又打起呼嚕。

「你快點爬起來！員警來抓人了！」我歇斯底里大叫。

伊一個骨碌跳了起來，站在地板上，兩隻手抓住我說：「啥事體?啥事體？」

我一屁股坐到伊的被子上，不讓伊再睡回去，然後就好像機槍掃射一般，把我的擔心全部釋放出來。最後說：「這篇文章全部都是反面的論點，沒有一點點的肯定，很不全面，就好像瞎子摸象一樣。」

這一下伊真的醒過來了，伊走到我的面前，摸了摸我的額頭說：「你這是發燒啦？怎麼牛角尖鑽到《涅槃經》裡的瞎子摸象了呢？過去，我們當學生的時候，老師總是教導我們不可以瞎子摸象，要全面地分析，但在現實生活裡，誰不是在瞎子摸象？可以做到瞎子摸象已經很不容易了，只要通過一隻耳朵一條尾巴，把自己的感受、體驗講清楚，就是最有價值的了。」

伊講完了，不由分說把我從他的被子上拖起來，又鑽進被子，回到伊的呼嚕裡去了，而我是一點點睡意也沒有了。趿拉著拖鞋，走到你的房間裡，潔白的月光一如既往地灑落在你的臉龐上。我俯下身體，仔仔細細觀察著你臉上每一表情，在那裡沒有微笑也沒有痛苦，只是坦然自若地平穩地呼吸著。

上帝啊，菩薩啊，神靈啊，老天爺啊，我都不知道祈求什麼好了，我只祈求保佑我的小獅子，我跪了下來。

朦朦朧朧的時候，聽到媽媽窸窸窣窣地跪了下來，我趕緊閉上眼睛，不讓她察覺。我知道她完全是因為她自己的經驗而為我擔心，我不知道怎樣去安慰她，也不可能去承諾把我的思想禁錮起來。我只有一個念頭，那就是：「放心吧，我知道我應該怎麼做。」

第二天放學，遠遠地就看見媽媽來了。我好像有預感她會為了那篇作文，提早下班來接我一樣，便把剛剛發下來的成績單攥在手裡。我從校門口的斜坡上跑了下去，那裡的停車場上，媽媽把小車停在兩條白線的中間，正靠在車頭上和讓交談。看著她滿臉春風的樣子，我相信一夜的陰影已經煙消雲散了，讓一定在那裡誇獎我，因為昨天的作文，我得到了一個A+++。

這是我在讓這裡第一次拿到A+++，通常都是A+，有時候他也會給我A++，而A+++好像是唯一的一次。媽媽總歸會說美國人對中國人是有種族歧視的，她不會忘記小學裡的「拼字Bee」，更不會忘記我被降入「慢班」的事實，但是我不都是通過自身的努力戰勝了嗎？因此我以為只要自身強，別人就根本沒有辦法歧視你了，誰歧視你，就會變得小丑一樣，歧視、譏笑了他自己。

為此，我會相當努力地讀書，特別的是主課英語，我是一定要拚到第一的。再想起來也是上帝愛我，我遇到了一個讓。

讓在這個學校裡已經任課三十多年了，今天上課的時候，他突然指著自己的禿頂說：「你們知道我這裡的頭髮都到哪裡去了嗎？」

因為問得唐突，喧譁的教室一下子安靜了下來。接著他又說：「都是送給你們啦！」同學們哄然大笑，又各做各的事情去了，沒有人再去理會他的話。據說讓本來就是這個學校的學生，大學畢業以後又回到本校來教書，和一個輔導員結婚生子，一直到現在。讓的人生實在是一點意思也沒有，就好像我好婆弄堂口看門的工人，退休的時候，他把他坐的凳子要回去了，他說這是他坐了一輩子的凳子。

聽起來有點嚇人，仔細想想很可憐，這就是人，人生。不對了，我這麼年輕，怎麼會有這種念頭？不要出毛病了。我被我自己的想法嚇一跳，抬起頭來，正看到媽媽對著讓不斷地點頭，一定是被讓的「說教」騙進了，讓在教室裡很少有聽眾，但在家長當中很有威信，他畢竟還是學校裡的核心人物，專門分管輔導員的。

我當時並不知道輔導員有多麼重要，可是到了後來，到了要申請大學的時候，輔導員的辦公室門口的條凳上，就好像我小時的反思凳，天天坐滿了排隊的人，有學生也有家長，這些都是後話了。而現在，媽媽好像早就預料到了這一點，在其他家長的腦筋還沒有轉過彎來要和輔導員搞好關係的時候，媽媽已經和輔導員混得很熟了，特別是他們的「頭」——讓。

課外活動

你的那篇作文就好像是一根魚骨頭，卡在我的喉嚨裡不上不下。於是今天專門請了假，提早下班，趕過來看看你是否安然無恙。一路上心急火燎，連闖兩個紅燈，還好員警沒有看到。

到了你們的停車場，正值放學，學生們一窩蜂地從校門裡湧了出來。正巧讓站在校門口值班，看見我，便滿臉微笑地走了過來。那張笑臉，立刻把我忐忑的心，安撫到了原處。

讓和我很熟並不是因為我刻意的，我也不知道他是輔導員的頭，只知道在他和我講話的時候，過往的老師們都對著他點頭哈腰，於是暗自尋思：這個人一定很重要。我想讓會專門過來和我說話，不是因為客氣，而是因為你的優秀，對此我很有些得意。

讓並沒有和我談論你的作文，只是告訴我，今天你報名參加了校報的工作。我聽了感到有點突然，不知道怎樣看待這件事情。最近幾天，我和伊正在為你的課外活動頭痛，因為在美國考大學要想爬藤的話，除了成績好，還要有組織和領導的才能等等。但是，這種組織和領導才能怎樣才可以表現出來呢？當然只有通過課外活動了。

隔了一條馬路的鄰居王小姐是從香港過來的，嫁了一個美國人，夫婦倆都是哈佛大學的畢業生。他們有兩個非常活絡的男孩子，還在讀初中。這天我到鎮上的公共廢品回收站去扔老酒瓶，路過她家門口，只看見那裡停滿了車輛，還以為王小姐請客吃飯呢。一打聽，原來是這對哈佛夫婦正在舉辦課外學習班，有數學班和棋藝班，每個週末都在家裡展開活動。

「賺錢啊？」我問。

「哪裡是賺錢的？都是免費的，這是為了兩個兒子將來考藤校，預先為他們組織的課外活動，要表現他們的組織和領導才能呢……」她的隔壁鄰居一撇嘴說。

我聽了大吃一驚，酒瓶也忘記去扔了，連忙掉轉車子回家，把正在為學生改作業的伊，從寫字桌旁邊拖起來說：「怎麼辦，人家的孩子這麼小，就開始準備了，小獅子已經是高中生了，不要說沒有組織和領導過這一類的課外活動，連參加一個都沒有，完了，落後了。」

伊站起來，在房間裡走來走去，抓耳摸腮地想不出辦法。想了又想，伊說：「要不，就去參加一個王小姐家裡的課外活動？」

「不好，不好，參加別人組織的活動，等於白辛苦，所有的功勞都給別人了，一定要自己組織一個。」我說。

「有了，我們去捐給他們學校兩張乒乓台，讓小獅子來組織一個乒乓隊，又有中國特色，又可以鍛鍊身體，一舉多得！」伊突然聰明起來說。

我一聽也樂了，連忙幫腔：「太好了，他們學校從來也沒有乒乓隊，開天闢地第一個，有創意。」

「不好。」不料你走進來反對。然後你說：一你不會打乒乓；二沒有興趣。因此，你不會做這件事。一頭冷水潑下來，我和伊面面相覷。看到我們的失望，你又接下去說：「不要為這件事擔心，我自己會解決的。」

沒有想到你的解決方法是參加校報的工作，因為我自己是做報紙的老手，很知道其中的辛苦。我的小獅子啊，為什麼一開始不去唱歌呢？那是站在那裡張張嘴，混到後來，起碼可以當個小組長。

誰說我沒有去嘗試過唱歌？這是我最大的恥辱，我被他們趕出來了。不是每一個人都可以像你朋友的兒子一樣，天生有個好嗓子的。媽媽朋友的兒子，原本什麼都不會，也沒有參加過什麼課外活動，功課也不靈光，後來為了爬藤，突然想起來唱歌，不料嘴巴一張，被發現是罕見的男中音。這下好了，老天愛他，他的男中音為他打開希望的大門。

由此可見，課外活動雖然重要，但不是樣樣都能夠參加的，還是要看自己的能力，有能力的千萬不要放棄，沒有能力的話，還是趁早另謀出路。

至於校報，我在一開始並沒有想到要參加，反而是站在走廊裡，和一群朋友譏笑我們的校報。這張校報辦得也太蹩腳了，從頭到尾通條排版，大標題也不會放在中間。那個辦報的主編，就是媽媽最喜歡的貝蒂。

這幾天，貝蒂的那個《流浪漢》正在紐約公演，貝蒂已經得意到了不知道天高地厚了。剛剛還看到她穿著一件黑色的風衣，握著那個劇本，在校園裡撞來撞去，老早就把校報的事情扔到了腦後。

我們一群人正在大聲譏笑，不料貝蒂站到了我的對面，她挑戰似地盯著我的眼睛說：「有本事就自己動手來做，不要插著手站在這裡講風涼話。」

我有點下不了台，但是嘴巴上不肯放鬆，說：「我把校報辦好了，你有什麼話可說？」

「我就把主編的位置讓給你！」貝蒂大聲地回答。

「好啊！好啊！一言為定！小獅子上！」周邊的同學們歡呼起來，我進退兩難。最後只好當著大家的面，一咬牙一跺腳應承了下來。媽媽這幾天正在為我的「組織和領導」能力而擔憂，而我本身是最不贊同這種為了考大學爬藤校做「假」的，這次實在是貝蒂把我逼到了牆角，無路可走了，不得不跳進了這個為「爬藤」做準備的漩渦。

沒有想到，辦報實在是相當辛苦的事情，這個「假」絕對要做得非常「真」。踏進報社，第一個任務就是讓我去採訪我們學校的足球隊，我想這一定是貝蒂給我的下馬威。明明知道我最不喜歡這種體育活動了，為了那個「主編」的位置，我不得不硬著頭皮，拉開了足球教練辦公室的玻璃門。

「大糞！屁眼！操你……」不料兩隻腳還沒有踏進去，一連串罵人的髒話飛了出來，剛剛想退出去，裡面的一個虎彪大漢已經看見我了，他對著我大吼了一聲：「什麼人？到這裡來做什麼？還不趕快進來！」

我一下子嚇呆了，即刻間不知道怎麼辦才好。大概是他看到我這個陌生人，被他嚇得魂飛魄散的樣子，便把語氣放緩了很多。當他知道了我的身分和來意之後，便嘆了一口氣說：「你來得不是時候，我們的校隊剛剛被隔壁學校踢得落花流水。假如你上個星期來就好了，那是把你爸爸的大學也踢到全線崩潰的地步的。」

看著這位足球教練沮喪的樣子，我這個最不會講立志話語的人不知道怎麼一回事，嘴巴裡蹦出一套一套煽情的豪言，講著講著，我忘記了採訪的任務，和體育教練一起罵粗話，兩個人都感到超爽快。

日子過得很快，漸漸地我有些得心應手起來。這時候同年級的一個女同學跳出來和我作對，她大概早就看中了這個校報編輯的位置，不料被我橫刀奪愛便十分惱火。於是，她自說自話創辦了一份叫做「自己的聲音」的小字報。小字報複印在正反兩頁的打印紙上，每逢校報出刊的時候，她就在報架子旁邊分發她的「自己的聲音」。雖然只有兩張簡陋的紙頭，不成氣候，但總是站在那裡擾民，讓我不舒服。

自從你進了校報，變得繁忙起來，有時候到了吃晚飯的時刻也不見你的蹤影。這天我等到兩眼發花，決定先到你的學校裡去找你，正逢一個中國女孩子站在那裡分發「自己的聲音」。我接過了看了看，不正規、簡陋，卻也算是花盡心思，有點當年文革小報的風範。這時候我知道了，這就是近天來你不痛快的緣由。

再想想這個中國女孩子也不容易，大概只有中國人會想出這樣的點子，歸根結柢還是為了爬藤。想到這裡，我停下腳步，回過頭看了看這個女孩子疲憊的背影，然後便急急找到校報的辦公室。你正坐在那裡發呆，我說：「儂完全可以把她收進來。」

「怎麼收進來？又不是《西遊記》裡的托塔李天王有個玲瓏寶塔。」你說。

「這叫『魔高一尺道高一丈』，不要忘記，儂手裡有張校報，可以讓這份『自己的聲音』在校報裡有一席之地。」我看著你說。

你突然頓悟：「太好了，我怎麼沒有想到？我們可以把她的『自己的聲音』作為一個欄目放進校報裡，讓她負責，給她一個獨立出聲音的地方。」

正在旁邊排版的貝蒂聽見了跳起來，她抱著我的脖子說：「謝謝，太謝謝了！她的聲音再大也是歸攏在校報底下。這件事交給我，我來負責去『收』她。」

很快一切都擺平了，你以此類推，一下子開闢了好幾個專欄，發動大家來辦報，報紙辦得越來越熱鬧，你倒反而輕鬆了。你常常只要在出報之前最後一天，到校報辦公室去審視一下。這時候，你儼然變成了一個名副其實的校報主編，很有領導者的風範。

然而就在這時候，另外一件事情發生了，也是發生在中國學生的身上。

你在前面已經說過了：「在美國這個自由的國度，可以反對任何人，甚至總統，但是不能反對猶太人，好像反對了猶太人就會變成納粹的幫兇。」一般來說在美國，中國人和猶太人沒有很多的瓜葛，可是不知道為什麼，一個中國學生寫了一篇批評猶太人的文章投到校報裡來了。文章寫得不賴，只是措詞比較激烈，講老實話有一點你的風格。

你把文章拿給我看，我說：「這件事要謹慎，特別是和儂的文風很像，千萬不要讓別人以為是出自儂的手。」

我的話音未落，你們校長的小車停到了我家的門口，他十分嚴肅地直接告訴你，這篇文章不可以刊登出來，不然的話，這一期的校報就要停刊。你原本並不是十分贊同這篇文章的觀點，此時因為校長的反對，你竟然犟頭犟腦地為了那個並不熟識的中國同學和校長辯論，我連忙站出來打圓場。

這天晚上，媽媽和我談了很久，她提醒我是外國人，生活在別人的土地上，處處要尊重別人的習慣。她又把小學裡的拼字Bee和初中時候的「慢班」經驗翻出來，重溫一遍。媽媽囉囉嗦嗦地講個不停，很煩人，我真想逃出去。這時候那個寫文章的打電話過來，我告訴他文章不能刊登了，沒想到他二話不說破口大罵，最後還丟下一句話：「膽小鬼，告訴你山不轉水轉，我投別處！」

我本來就沒有看好他的文章，被他這麼一說更加反感，放下電話正要發作，貝蒂過來了，她就是一個猶太人，我以為她會發表自己的看法，但是她做出一副不聞不問的樣子，拿出兩張鎮上小劇院裡正在演出的話劇票，讓我陪她一起去看戲。我想起來了，我的同班同學克里斯和米歇爾都參加了表演，他們曾經多次邀請我去觀看。

克里斯和米歇爾是我剛剛搬到這裡，小學開始的同班同學。兩人的爸爸都是賓州一所藤校的教授，曾經是我最好的朋友。後來長大了，興趣愛好分歧，特別是和米歇爾發生了網球事件之後，我們漸漸疏遠。

我老早就聽說克里斯和米歇爾都熱中於歌劇和話劇，媽媽知道了撇了撇嘴說：「假的，都是假的，還不是為了爬藤做的假。克里斯還好說說，高高大大的，形象不錯，而那個米歇爾，矮得一點點，混在裡面跑跑龍套，也算是一項課外活動了。」

不料事實正好相反，克里斯一進哈佛就不再演戲，而是專攻當時最熱門的學科——電腦。只有米歇爾一如既往，死死抱住表演不放。這實在是一條非常艱難的道路，加上他的外部條件不那麼好，一直都在跑龍套。後來克里斯結婚生子，還當上了公司的主管，而米歇爾卻一直沒有著落，但是仍舊在堅持，也不知道靠什麼生活。可以說克里斯是成功的，他的道路也是正確的，聰明人應該效仿。但是這時候，媽媽卻轉變了對米歇爾的看法，說是要請他過來吃飯。

這些都是後來發生的故事，而當時，我已經被米歇爾的表演感動了。我完全忘記了那是一齣什麼戲，只記得克里斯始終站在舞台最顯要的位置，光彩奪目。而米歇爾就好像是一隻灰溜溜的老鼠，在角落裡竄來竄去，卻認真得一塌糊塗。他好像沒有獨立的台詞，只有幾處合唱，那是他拚出了性命，挺直了脖子在唱歌。謝幕的時候大家都湧到台前，給克里斯獻花，而我則把貝蒂準備好的花束獻給了米歇爾。

貝蒂對我的舉動不能理解，她說：「你不以為克里斯是最偉大的嗎？我剛剛去採訪過他，他從早上六點鐘起床以後是跑步、上學、打球、唱歌、樂隊、演戲、寫作業，有時候還要參加演講比賽、校際比賽等等，每天都弄到十二點鐘以後才睡覺。他的功課雖然不是前三名，但也在名列前茅，很不容易的。」

我笑道：「你愛上他了嗎？但是今天，我真的被米歇爾感動，我認為他才是真實的，沒有一點點摻假。我們，包括克里斯都沒有他的偉大，都沒有他的真實。」

在我和你講話的時候，我就知道你是這個耳朵進那個耳朵出的。當我意識到這一點的時候，便不斷地強制自己打住，可是嘴巴就是剎不住。這是我的脾氣，心裡的想法過不了夜的。正在我越講越起勁的時候，那篇文章的作者打電話過來，我看到你氣得眼睛也要發綠了，還好有貝蒂拉你出去看話劇，回來的時候臉上的怒氣已經煙消雲散。看起來，有時候女孩子的功能要比媽媽強多了。

第二天又是週末，吃過午飯，我正在廚房收拾，突然看到朋友老趙的兒子，抱了一架遊戲機，遠遠地穿過大草坪，朝著我家走過來。到了近處，他很有禮貌地詢問：「小獅子哥哥在家嗎？可不可以和他玩一會兒遊戲？」

我說：「小獅子剛剛上去休息，他昨天睡得太晚了，一個小時以後再來好嗎？」

男孩子的臉上立刻呈現出巨大的失望，他說：「那麼我下一週再來吧，一個小時之後，我就要到王小姐的數學班去學習了，接下來是到中國城去補習英語，晚上還要練習小提琴和鋼琴，明天要去見老師的。教我小提琴和鋼琴的中國老師很厲害，拉不好彈不好琴要罵死我的。對了，還有中文學校功課沒有做好，我還是回去做功課吧。」

「不得了，現在的初中生怎麼變得這麼忙？」我驚愕地問。

「這是我的媽媽要我這麼做的，還有繪畫、跑步、唱歌、踢足球、辯論，反正一張開眼睛除了上課就是課外活動，我一個星期只有一個小時可以玩一玩……」男孩子的話沒有說完，我就聽到你從樓梯上「蹬蹬蹬」地下來了，原來你還沒有睡著，正巧聽到了我們的談話。

你說：「上來，上來，快點上來，你一個星期只有一個小時可以玩一玩，我還能不陪陪你嗎？我不要休息了。」

男孩子一聽高興得眼睛也發亮了，兩隻腳一蹬，脫掉了鞋子，光著腳板就連蹦帶跳地跟著你去玩遊戲。不一會從你的房間裡傳下來了歡天喜地的笑聲，想到這個一星期只有一個小時可以玩一玩的男孩子，得到了放鬆，連我也為他高興起來。

隔天上班，在地鐵上遇到男孩子的媽媽，我說：「你真厲害，把兒子教育得這麼好，簡直就是全能的了。」

她回答：「這也是沒有辦法的辦法，周邊的小朋友都忙於課外活動，我們作為中國人就更不能落後了。」

「你不覺得他太辛苦了嗎？畢竟還是個孩子……」

我的話音未落，她的兩道眉毛就豎了起來，說：「你不知道我為了這個課外活動花了多少錢嗎？都是為了他好，他應該是喜歡的。對了，你的小獅子好像是學校擊劍隊的，他是怎麼被選上的？我要我兒子也去參加擊劍。」

我一聽就想到她兒子滿滿登登的日程安排，再加一個擊劍，不是連那一個星期只有一個小時可以玩一玩的時間都沒有了嗎？連忙說：「你兒子還小，擊劍是高年級的活動。」

義務勞動

學校裡正在準備參加縣裡的花劍比賽，我很快就在預賽當中打敗了對手。矮小的女教練高興得幾乎把我抱起來，這是一個參加過奧林匹克的運動員，後來因為傷痛，不得不退役。教練大概一心想把我培養成一個擊劍運動員，可是她不知道，我參加擊劍僅僅是為了參加一項課外的體育活動，我並不想投入更多的精力。對不起了教練，辜負了你的一片期望。

除了辜負了教練以外，我還辜負了我的爸爸。爸爸是最得意我參加擊劍隊的，每次有客人，他都會把我叫出來，讓我打開手臂，看看我的手臂有多少長。我很知道，我擊劍的優勢就是我的手臂，因為手臂很長，我只要掌握好防禦，對付那些初級的對手，還是比較容易的。我的勝利，多是憑藉著手臂而不是技能。對此，我常常會站在對手位置上，為他們感到不公平。他們當中的很多人，比我活絡多了。

這天我練習完畢，脫下沉重的擊劍服，放在手裡掂了掂，想起來這還是學校裡專門為我訂製的呢，也不知道以後會不會再有一個長手來繼續穿著這件衣服。正想著，貝蒂在窗子下面叫我，我匆匆洗了個澡，換上乾淨的T恤就下樓了。

貝蒂說：「走，到老人公寓去。」

「為什麼？老人公寓好像不是我們校報的採訪對象呵。」我說。

「不是去採訪，而是去義務勞動。」貝蒂回答。

「義務勞動？你一個人去吧，我就不奉陪了。」說著，我停下了腳步。

不料貝蒂別過身體一把捉牢我說：「不要搞錯啊！不是你陪我，是我陪你！」

原來，輔導員告訴貝蒂，我從來也沒有參加過義務勞動，在我的義務勞動表格裡，我是零分，於是就想出來陪我去參加義務勞動的念頭。因為怕我偷懶半路逃脫，貝蒂還讓她的朋友馬丁開了一輛破車過來，捉我一起去。我說：「這麼破的車子，哪裡弄來的？」

貝蒂說：「你用不著擔心，反正不是搶的。」

「那麼是偷的？」我調侃。

沒想到差不多就是偷的，這輛車子停在馬丁家的門口好幾天了，也沒有人來認領，馬丁說：「借來用用，一會兒還回去。」

馬丁說著就一腳踩下油門，老爺車咳咳地喘起氣來，搖搖晃晃地把我們送到了老人公寓。一下汽車，貝蒂熟門熟路地帶著我們直衝食堂裡的廚房。這是休息時段，裡面沒有一個人，不銹鋼的條桌上，山一般地堆滿了一片片的麵包，還有一盒盒的火腿肉、生菜、起司、芥末醬、黃油、沙拉醬等等，原來是要我們完成三百個三明治，明天一大早，老人們要帶出去活動。

我想媽媽在就好了，她只需要一個人就可以很快搞定的，不要忘記她當過夏令營的大廚呢。正想著貝蒂和馬丁已經套上了圍裙，洗完手，開始工作了。我也只好磨磨蹭蹭地跟在後面。

先撕一張保鮮紙，這張保鮮紙怎麼這麼難撕的啦！一定是上面那把帶齒的刀太鈍了，我連拉帶扯地撕下一張，太小了。再撕了一張又撕歪了，貝蒂站在一邊看不下去了，走過來，搖一搖頭，一句話也沒說，手一揚，一張方方正正的保鮮紙就放到了我的面前，然後又回到了她的工作位置上。

我把一片麵包放到保鮮紙上，正要放火腿，貝蒂又從對面跑過來，給我換了一片剛剛烤過一下的麵包說：「先刮一點點奶油，這樣麵包不容易被生菜打溼。」

我這樣做了，又把起司火腿生菜一一放了上去，好不容易用保鮮紙包裹好，發現忘記放沙拉醬了，又拆開重做。這樣反反覆覆，弄得我頭也要發昏了，總算做出來歪歪斜斜的一個，和貝蒂、馬丁的三明治相比，只好自認不及格，而且他們已經做好了滿滿一盤了。

這時候，貝蒂大概也對我失去了信心，她嘆了口氣說：「算了，你就坐在一邊給我們讀書吧，我們兩個人一會兒就可以弄好了。」

我老早就知道考大學還需要義務勞動這檔子的事情，但是卻一直沒有重視。這天朋友從佛羅里達過來送女兒上大學，聽說這個孩子的SAT成績並不好，學習成績也一般。這次可以爬進藤校，完全得益於她的義務勞動。

「你女兒做了多少時間的義務勞動啊？才可以拿到這麼大的好處？」我問。

朋友有些不樂意了，她說：「什麼叫拿到好處啊？首先是付出，我的女兒付出了一千多個小時，為此她還拿到了美國白宮頒發的熱心公益獎，全美國也沒有幾個人可以拿到的呢。」

「不得了！一千多個小時是什麼概念啊？每天做三個小時就要一年多的時間了，高中的功課這麼繁忙，不要吃飯睡覺啦？」嘴上這麼說，心裡卻在想，義務勞動也可以加分，倒是一個捷徑。後來知道這條捷徑並不容易，特別是對你。

這天這個朋友扎扎實實地給我上了一堂義務勞動的課程，她告訴我，每一個美國孩子要想從高中畢業（不僅僅是為了考大學），都要參加義務勞動，而且有規定的時間標準。這個時間不是隨便說說，或者是父母朋友證明一下就可以的。必須是有專門機構的紀錄和證明，還要打分，然後一併送到孩子的學校。也就是說義務勞動必須是為公益、社區服務，自己在家裡擦擦玻璃窗是不算的。

每一個城市和學校義務勞動的時間標準不同，但絕對不是幾個小時就可以敷衍了事的，最少也要一百多個小時，通常是累計兩百個小時以上。義務勞動的目的是讓孩子從小就養成關心別人，關心社會的習慣。

美國高中生還有一個叫National Honor Society（美國國家高中榮譽生會）的團體，這是一個全國性的高中社團，必須是具有一定的學業成績、領導才能、社區服務及道德品質的突出學生才能參加。我一聽，這不就是中國的三好學生嗎？我從來也和三好學生無緣，所以也不敢對你提出過高的要求。我猜想這個從佛羅里達過來的孩子，就是得到了這個NHS的國家獎。一想到需要一千多個小時的義務勞動，我也只有望洋興嘆了。

但是就算放棄NHS，中學總歸要想辦法畢業的呀，只是不知道怎麼才可以幫助你。我想來想去還是偷偷到你的學校去找你們的輔導員，輔導員說：「小獅子啊？他是我們學校的好學生，這點小事我來幫助他解決，放心吧。」

這天和貝蒂和馬丁花費了近三個小時才把三百個三明治全部做好包好，看著桌子上整整齊齊堆放著的勞動成果，貝蒂和馬丁決定把這天的義務勞動時間都算到我的名字上，因為他們老早就完成了他們可以參加NHS的小時了。我想了想沒有答話，在心裡我知道我不會這麼做。我很清楚：不是我自己義務勞動的時間，我一分鐘也不要。我要憑自己的實力，進入藤校，而不是弄虛作假。

星期五的晚飯以後，我對爸爸媽媽宣布：「明天我要去參加義務勞動了。」媽媽笑道：「真的嗎？我們的小獅子要勞動了嗎？要不要我去當助理？」我說：「用不著。我自己會的。」爸爸在一邊說：「你當真了嗎？媽媽這是在諷刺你也不知道。」我嘟囔了一句：「我老早就知道了，但是我已經是死豬不怕開水燙的。反正我就是在諷刺當中長大的。」

大家一起大笑，這時候媽媽倒認真了起來，先是問我在哪裡義務勞動，然後是組織者是誰，多長的時間等等。我告訴她這是學校裡組織的，到社區花園清理垃圾，大概三個小時。媽媽立刻大呼小叫起來：「太長時間了，又齷齪，又辛苦，換一樣好不好？」爸爸卻說：「這是好的，大家一起勞動，比較有意思，也可以看看別的同學是怎麼做的。」

媽媽見沒有辦法阻擋我，便到地下室找出來了爸爸已經不穿的工作服說：「先套一套，回來就扔到救世軍去好了。」

第二天一大早，我就像模像樣地穿戴整齊，隨著學校裡義務勞動隊伍出發了。到了目的地，老天不作美，下起雨來。一個園林工人站在濛濛細雨當中為我們布置了工作：搬石頭，建築花壇。又被媽媽說中了：「又齷齪，又辛苦。」

一個多小時以後，多數同學的動作慢了下來，開始磨洋工，只有幾個好表現的，仍舊圍在輔導員的身邊，「哼哧哼哧」地累到了滿頭大汗。我既不想磨洋工，又不想刻意表現，就一個人在不遠的地方抱起了一塊大石頭，哦喲，有點太重了，好不容易搬到花壇旁邊，慢慢放下去，一不小心，唔哇！壓到了我的手指頭了。

旁邊一個中國女孩子小雨大叫起來：「小獅子，你的手出血啦！」

輔導員聞聲跑過來說：「小雨，快到車上去拿急救包！」自己則緊緊地握住了我的手指。

血很快就止住了，我也沒有感到很疼。輔導員為我包紮好傷口以後，便讓我休息，他說：「不要再勞動了，你已經負傷。」

就這樣，我的義務勞動就以我的負傷而告終。

你灰頭喪氣地回到家裡，我一看你的背影就知道有什麼事情不對頭了。媽媽就是這樣的，哪怕只是聽到你在電話裡的呼吸，也聽得出來你情緒的變化。我走到你的跟前，把你受傷的手捧起來，心痛，但是表達出來的則是：「沒有關係，明天就會好的。」

你說：「我並不因為傷痛而不開心，而是因為真的不懂義務勞動。我今天勞動了一個多小時，實實在在的一個多小時，可是很多同學都在那裡閒聊、玩耍。講講是義務勞動，完全不是發自內心，只是為了那幾個小時而混時間，我不喜歡。」

我說：「每個人都知道是假的，都會作假，只有儂戇噱噱的，一本正經，把手也弄破了，以後聰明點。」

你說：「在這方面，我就是不會聰明的。」

很久以後，你已經從中學畢業了，我看到你們學校裡推出一個新的包括義務勞動的CAS計畫。這個CAS計畫的意思也就是創造、行動和服務。其中還有不少具體的要求：最低不能低過一百五十個小時的活動，每一次活動都要有文字紀錄，這些紀錄包括制訂計畫、具體行動以及總結匯報等等。

我對伊說：「這不是我們在中國的政治課嗎？」

伊接過我手中的資料讀了一遍說：「不大一樣，美國規定了具體的活動，重在『做』字，在『做』的過程中，讓學生創新、鍛鍊和提高。希望學生們除了課本上的知識之外，也學會關心他人，學會和別人合作，這是最重要的了。目的是培養學生全面發展，成為一個具有完整公民意識的人。」

我說：「這樣看來，CAS要比NHS清楚，讓學生清楚義務勞動的宗旨、目標和怎樣去做。」

後來回想起來，你雖然只參加了一個多小時的義務勞動，但是這一個多小時，還是讓你發生了很大的變化。我發現你在平時的學習、生活當中，有心注意起義務勞動來了，並對義務勞動產生了獨特的看法。

有一天，也是一個陰雨的天氣，你帶著我來到了社區公園裡散步，走到那個壓破過你的手的花壇旁邊，你說：「看，這些石頭就是我搬過來的。」

說著你又彎下身體，把幾塊不整齊的石頭搬了搬正。我笑道：「儂什麼時候也注重起公益來了？」

你說：「我一向是注重公益的，我反對的是帶著私心去做公益。」

你在說這句話的時候站直了身體，我突然發現，你怎麼長得這麼高了？我挎著你的胳膊，站在高坡上，透過濛濛細雨，看見不少年輕的中學生在那裡義務勞動，無論是為公還是為私，他們都為此付出了時間和力氣，最後的結果不僅僅是對社區有益處，而且習慣成自然，就好像你一樣，會主動為公益的事情搬一塊磚。

我剛剛想把這些話說出來，你把你的胳膊從我的手底下抽了出去，然後架在我的肩膀上，你說：「別說話，就這麼站著，看著遠處，儂不覺得很美嗎？」

我點了點頭，和你一起沉浸在大自然的美妙當中，以及那些為了大自然而付出義務勞動的中學生的身影裡了。

對不起了媽媽，我從來都是讓你看著我走上領獎台的，為此你感到驕傲。可是這一次，在NHS的頒獎大會上，你沒有能看到我。NHS聽上去是一個很大的獎項，大多數同學都參加了。我想這也是學校裡為我們這些要考大學的學生，在履歷上提供一個亮點。

在NHS頒獎之前，專門負責我們這個年級的輔導員特別找我談話，他說：「小獅子，你怎麼還沒有申請NHS啊？我們都快到截止期了。」

我說：「我是有心沒有申請的，因為我的義務勞動時間還沒有達到標準。」

「沒有關係，我們可以給你的，你只要在申請表上寫個名字，其他事情由我來幫你，好嗎？」輔導員關心地說。

我回答：「不好，我沒有達標就是沒有達標，我不要作假，不要為難你。」

輔導員焦急起來：「一點也不為難我的，只會為難你自己。你知道NHS在報考大學的時候是多麼重要嗎？一般的學生都會想方設法地鑽進去，你的成績差不多是全校第一，又是校報的主編，不參加NHS會遜色很多，你是一定要申請的。」

我笑了笑反過來安慰輔導員說：「不要為我擔心，我相信我自己。我一定要以自己的實力進入頂尖的大學。」

離開輔導員以後，遇上分工組織學生出去參加校際英語、數學、物理比賽的輔導員老師，這個輔導員老師也就是當年把我降到「慢班」去的。不知道從什麼時候開始，他對我特別的客氣起來，老遠看到我，就打招呼說：「小獅子，這次要你幫忙了，大家都說我們這次出去比賽一定要你參加，也算是公益活動……」

他還沒有說完我就回絕了：「對不起，幾年以前我要求參加的時候，你沒有讓我參加，現在我很忙，沒有時間參加這種遊戲了。」說完我就離開了，留下一個不知道在心裡怎樣罵我的輔導員老師，站在走道裡發呆。

後來想想似乎有些過分，應該寬容一些，更顯示自己的大度。只是在當時滿腦子都是媽媽生氣的面孔，媽媽最不開心的是受到種族歧視的委屈了，她說要長中國人的志氣。

離開了那個降我去「慢班」的輔導員老師，迎面又遇上了我的拉丁文老師，我在前面說過了，拉丁文課已經只剩下我一個學生了，她的工作有否，全靠捉牢我這麼一個學生，所以一向對我客氣，後來我們變成朋友了。可是這次不知道為什麼，這個拉丁文老師好像有些什麼話難以啟齒的樣子看著我。

我站在那裡等待她開口，良久她說：「小獅子，我剛剛聽到你拒絕參加校際大賽，但是我正想來求你代表我們學校出去參加校際大賽裡的拉丁文比賽，最好拿到前三名……」

「哦喲，你不要做夢啦！就是用『求』，也沒有辦法讓我擔當起來的。因為你知道我的水平，我總共只學了三個月的拉丁文，其他學校的學生都是學了好幾年了，而且還有一所專門的拉丁文私立學校也會參賽，我怎麼可能拿到前三名？」我很認真地說。

拉丁語老師嘆了一口氣：「看樣子我明年的工作有危險了。」

聽到這裡，我腦子一熱，說：「好吧好吧，我答應你就是了，我想辦法幫你……」

我的話還沒有說完，拉丁語老師已經跳了起來，連連說：「我就知道你會幫我的！我就知道你會幫我的！」

拉丁語老師是高興了，而我卻是自己給自己挖了一個大坑，跳了進去。這實在不是一件簡單的事情。離開比賽只有一個多月了，在這一個多月裡，我起早摸黑，把爸爸大學裡的拉丁語基礎教科書都背了回來，咬著牙齒一本本啃。因為是關係到拉丁文老師的飯碗頭，我不敢怠慢。媽媽半夜三更趿拉著拖鞋走到我的房間裡，她摸了摸我的腦袋嘆了口氣又回去了。我沒有抬頭，我到了連抬一下頭的時間也怕浪費。

終於，比賽的時間到了，我不知道媽媽這天請了假也來了，只看見拉丁語老師捧了許多吃的喝的坐在觀眾席的第一排。我想起來小時候的拼字Bee比賽，還記得那時候是老師站在前面，同學們按次序一個一個地回答，而現在是一個問題跳出來，分別搶答甚至辯論。我把腦子放空，眼睛裡只有拉丁語複雜的變位。

一輪又一輪，幾個小時過去了，比賽進入到了最後的階段。我發現，台上已經沒有幾個選手了，大家都緊張到了極點，這時候我反而鎮定，甚至有些享受這種緊張的氛圍。一直到了台上只剩下三位選手的時候，大家都跳了起來，擊掌歡呼。這時候我才知道，這個拉丁文比賽到了前三就算優勝了，不再繼續。我卻有一種意猶未盡的感覺。

拉丁語老師第一個跳上來抱住我，我想這是我最成功的一次公益活動，我把它算作是我的義務勞動，但是沒有想到的是，這一次的公益活動，在以後給我帶來了巨大的好處。

SAT

ＳＡＴ的考試期限漸漸接近，這是我最緊張最擔心的事情。我知道你已經非常辛苦了，但仍舊咬著牙齒，把一本本複習的資料放在你的寫字桌上。那裡還散亂著拉丁文的書籍，這些都是你為了拉丁文校際大賽，買來的和借來的。

那天我沒有告訴你我會來看你比賽，我是因為你這天早上來不及吃早飯，就奔出去參加比賽，特別給你送兩只包子過去。不料到了學校，老遠就看到拉丁語老師塞給你一大片披薩。這不是中國人的習慣，但是見你一把抓起來就送到嘴巴裡，我也就只能放手讓你入鄉隨俗了。

看著你大口大口地吞嚥著披薩，周邊有同學和你打招呼，那些孩子都是去參加不同項目的校際比賽的。我知道克里斯參加的是英語比賽，大班參加的是數學比賽，你們的校長也來了，走來走去給你們打氣。許多參賽的孩子，手裡都抓著一把把的小紙條，面孔上一點表情也沒有，在做最後的臨時抱佛腳。

你雖然沒有那種狗急跳牆的模樣，這是母親一向灌輸給你的風範。但看到你兩隻眼睛通通紅，兩隻眼圈漆墨黑的樣子，我不由心疼萬分。誰說的：「在美國讀書要比在中國便當很多，那裡的孩子也比中國孩子笨多了，中國小孩個個是班級裡最優秀的，隨便一考就可以考進好大學，前途無量……」

再一想，講這話的蘋果已經不再人世了。此刻，那個把蘋果逼迫到死路上去的ＳＡＴ，正一步步向你逼近。有很長一段時間，因為你要參加這次的拉丁文比賽，我一直迴避和你討論ＳＡＴ，為此我都有些怨恨那個拉丁文比賽，因為這個比賽浪費了你很多複習ＳＡＴ的時間。我知道其中的艱難，而且這個艱難是關係到前途，不然的話蘋果怎麼會絕望？我害怕。

蘋果，蘋果，蘋果的面孔參雜著ＳＡＴ，始終在我的眼前交叉著呈現，揮之不去。這個ＳＡＴ到底是什麼東西啊？會活活把蘋果吞噬？

據說ＳＡＴ是在一九二六年出現的，全稱為Scholastic Assessment Test，簡單地說也就是美國高考，由美國大學委員會主辦，後來我發現中國的孩子也在緊張地準備ＳＡＴ，熟識的家長們就想辦法過來詢問有關事宜，特別是其中的奧祕。原來ＳＡＴ是面向全世界的，全世界的高中生想要到美國上大學，都要參加ＳＡＴ，其成績不僅是入校的關鍵，還是獲取獎學金的重要參考。

在美國，讀書考試都是孩子自己安排的。在中國，這種事情好像不僅僅是孩子，更加是家長的事情。想起來你第一次參加ＳＡＴ的考試，我都不知道。那時候，你被老師騙進不準備就去考ＳＡＴ，結果你真的書也不翻一翻，帶了一枝鉛筆就進考場了。

我不能接受這樣的態度，後來想想，你從小到大，對於學習，多數帶有獵奇、興趣甚至興奮的態度，培養孩子們輕鬆愉快地讀書，大概就是美國的教育刻意的宗旨吧。那一次你拿回來的ＳＡＴ單科成績，平均只有五百多分。一開始還為你感到驕傲，因為滿分也只有八百分，你才是十一歲的小孩子啊。但是從這個成績可以了解到，五、六百分幾乎每一個考生都考得到的。只要填寫清楚自己的基本資料，再回答幾個最簡單的問題，凡是正常的孩子，就是小學生，也可以拿到這個分數。

美國就是這樣，連最差的學生也不會把他們弄得太難堪。五百多分，聽上去不坍台，如果配件好，還可以進入不錯的學校，許多州立大學都會接受。最不濟就到社區學院去，社區學院總歸會接受的。更何況，社區學院也會飛出金鳳凰，伊的導師，一開始就是在社區學校讀書的，後來攻讀博士，成為中國現代文學的首席翻譯家。因此，只要是塊金子，到哪裡都會發光。但是這些話都是對別人說的，輪到自己頭上就會吃不消了，這大概就是蘋果悲慘結局的緣由。

這一年的冬天特別長，淒風苦雨參雜著雪花，還不到下午四點鐘，外面已經漆黑一片了。回到家裡，第一件事情就是把暖氣撥到最高一檔，媽媽嫌不夠，又打開了壁爐，燃燒起乾裂的木材。媽媽說：「老天忘記時間了，再撕兩張日曆紙，就是五月份了呢。」

沒有人答話，爸爸正在苦思苦想為學生出考題，我正在想今天發下來的ＳＡＴ考試介紹。ＳＡＴ的複習在學校裡沒有專門課程，完全靠自己複習預備的，已經有學生開始找校外的補習學校。媽媽對此最不能接受了，她說：「學校裡怎麼不管的啦？指導學生考大學應該是他們的工作！」

爸爸說：「誰也沒有規定中學生一定要考大學的，中學只管中學裡的事。至於中學畢業以後的事情，中學就不管了。讀書讀到這個地步，每一個學生都已經很清楚，考大學不是別人的事情，而是自己的決定，一旦決定了，就要自己負責。」

媽媽看看沒有人支持她，只好自顧自地端上一鍋醃篤鮮說：「沒有鮮筍，蘆筍代替了。在美國做中國飯，要擅長變通。」

我連湯帶肉再加上一勺碧綠的蘆筍，哦喲，鮮得來眉毛也要掉了。突然想到媽媽剛剛講的「變通」兩字，對了，我不一定要按部就班，我有我的特點，我可以自己創造一套複習的方法。想到這裡我對大家說：「我決定了，我不要去參加SAT的補習班，我自己來複習。」

「來事伐？這種性命交關的事情，還是多付點錢，找一家高級一點的學習班。」媽媽說。

「這件事情要慎重，我們都沒有這方面的經驗，不能幫你。大多數美國人的孩子也是上補習班的。不去上補習班，不是比別人少上了一節課了嗎？」爸爸說。

「我決定了，我會自己安排好的。」我覺得我有這個能力。說完了，我就大口喝起湯來了。

晚上，做完了日常的作業以後，我先從一堆媽媽到處給我覓來的介紹SAT的書籍裡，隨便抽出一本，開始閱讀。我是坐在被子裡開始閱讀的，背後的大枕頭把我深深地埋進溫暖的柔軟當中。越來越熱，我以為失火了，是不是媽媽忘記把壁爐熄滅？我聽到爸爸踢踏踢踏地從他的書房裡奔下去，又回上來說：「奇怪了，天怎麼一下子變得這麼熱？」

第二天早上醒來，我先把掉在地上的書本撿了起來，然後拉開窗簾。突然，我驚呆了！窗子外面一片陽光，庭院裡面的櫻花正衝著我怒放。我一時糊塗。哪裡有這樣的事情，冬天還沒有過去，春天還沒有到來，夏日已經一下子逼迫到了家門口。

我感到昏眩，因為這就好像是我，我的童年是那麼短暫，甚至還沒有享受到那四個字「無憂無慮」，就要開始沒完沒了地讀書和考試。還好小時候我做過「壞小孩」，那時候的闖禍搗蛋變成了我最好的回憶。

昨天在飯桌上你宣布「不要去參加SAT的補習班，要自己來複習」。我一聽，腦袋「轟」一聲脹大，當即給科州的丹丹打電話訴苦。今日丹丹打電話過來說：「我幫你去打聽過了，中國城就有SAT的補習班，為期一個月到三個月，是按照課時計算的，兩千美金左右。另外還有美國人的補習班，大概三千美金。我看小獅子不要去補習班，你就多付一點錢，找一個好一點的私人輔導，五千美金。一對一，連入學的申請書也會一併指導你的。」

我把這話告訴你，你一點表情也沒有，我氣得大叫起來：「媽媽這是要花錢的，為儂花錢還要求儂嗎？」

你笑起來了，抱住我的肩膀回答：「不要生氣，也不需要花錢，我自己就可以。」

伊在隔壁房間聽見了，走過來說：「不要逼迫小獅子好不好，相信他會對付的。」我白了伊一眼。想起來你從小到大，都是伊在唱白臉，做好人。每次遇到棘手的問題，都要我出面唱紅臉。算了，話已經講到這個份上了，只好隨你。

好在SAT一年要舉行七次，這倒很有人性，一次不行再來一次。不像中國的高考，一錘子買賣，一考定前途。聽說最近改成兩次，但是春季考試可以選擇的學校和專業很狹窄。大多數學生仍舊擠在夏天。難怪那些家長為此操心至極，除了敦促甚至威逼孩子做功課以外，還要燉補湯買補藥，有朋友專門遠道過來，讓我們開車到美國的補藥專賣店，我問他：「你手裡的補藥單子是從哪裡來的？」

「那是我兒子學校裡流傳的，很有效，凡是吃了這些藥，都可以考上大學。」他很認真地回答。我拿過來看了看，上面多是有毛病的人吃的，從小兒多動症一直到老年癡呆症，看得我哭笑不得。我發現這個朋友自己在美國連一只皮夾了也不捨得買，所有的錢全部花費在這堆藥上了。倒是那個開店的老闆開心得一塌糊塗，一下子賺到上千美元。後來我也不敢問他，這些藥有沒有效。

吃藥這種事情我是不會讓你做的，但是買書借書倒是我的特長，還是先到那家Border書店（沒想到這麼實用的書店後來倒閉了）。而在當時，走進書店嚇了一大跳，那些出版商真會賺鈔票，有關ＳＡＴ考試的書籍，鋪天蓋地堆滿了好幾個書架。那真的是排山倒海的氣勢，讓人懼怕。來來回回在這ＳＡＴ的書籍當中搜索了好幾個回合，總不見得把所有的書籍都背回去啊。不去算計要花多少鈔票，就是搬到家裡也有沒有地方放。更何況我的小獅子不吃不喝不睡，也不可能讀光這些書籍的。

空手而歸，滿心的沮喪。還是去問問王小姐和她的丈夫，這對哈佛大學的高材生，也許有招。王小姐倒是熱心，她說：「當然是普林斯頓大學出版的，那是名校，有優勢。」

又打電話去找你的老師讓，讓說：「Barron's吧，我的兒子就是讀了這一本，後來考上加州理工學院的。」

辦公室裡的同事看到我在午休的時間緊張得飯也不吃，不是上網搜尋，就是打電話諮詢，得知我是為你搜尋ＳＡＴ的書籍時，他們一臉疑惑，有的甚至譏笑說：「這種事情你也要操心的嗎？」

我的同事們，多數是美國最普通的老百姓，他們對藤校沒有概念，更有些人，對子女的前途是不關心的，當然也有少數另類。

媽媽就是這樣的人，急起來好像要去救火，一下班直奔書店，家裡晚飯也沒有人做。爸爸餓得實在吃不消了，自己動手炒了一鑊子蛋炒飯。我好像從來沒有吃過這麼難吃的東西，溼漉漉糊答答。媽媽回來一看就大發脾氣，我只好在旁邊打圓場講：「蠻好吃的，我喜歡這種爛飯。」

到了週末，我決定和媽媽一起到書店去挑選書籍。我讓媽媽先坐在休息處的沙發裡喝咖啡，自己來對付那些五花八門，書天書地的ＳＡＴ複習資料，我一本本地翻閱，最後挑中了一本《10個真正的ＳＡＴ》。

這本書是最有幫助的複習資料，裡面有十份給歷屆學生考過的試題，編輯把這些試題匯集在一起，加以分析，很客觀也很實用。我一直向後來的高中生推薦這本書，可是不知為什麼，以後不再出版，買也買不到了。

我選中了這本書以後，媽媽當然不會滿足，又拖出來了普林斯頓和Barron's等等出版的書籍，一併買回到家裡。這天媽媽好像放下了一樁心事，用一只可以旋轉的專業烤箱，烤出一隻美味至極的鴨子。啃完了鴨子以後，我回到房間裡，打開了我自選的《10個真正的ＳＡＴ》。

我習慣地從第一頁前面的介紹開始讀起，連ＳＡＴ的歷史和發展也沒有放過，我以為這樣的方法很有效。只有真正了解ＳＡＴ，才可以對付好它。一本好的書就會有這樣的功能，不會讓讀書的人感到枯燥，反而很有意思。

讀完了介紹，開始進入「真正的ＳＡＴ」我發現其中的題目並不難，特別是數學。難的是速度。假如不限時間，每個人都可以考到高分。但是題目之多，根本沒有時間思考，必須在幾秒鐘之內甚至一秒鐘裡完成一道題。不要忘記，我在「慢班」裡練就的「飛速做題」，加上在我很小的時候，媽媽就會弄出來一大堆奇出古怪的題目，我們常常在一起比賽，所以我早已習慣。中國人有句話：「熟能生巧」，我想就是這個意思，很有效。

但是對許多人來說，包括美國人，在數學考試當中最困難的還是語言。記得我們鄰居的孩子美國人，從小在私立學校長大，據說還是他們學校的高材生。到了高中，轉回我們學校，結果數學功課一塌糊塗，考試幾乎不及格。問及緣由，原來他的私立學校做的都是計算題，而我們做的多是應用題。其中文字當中的陰謀詭計，經常引誘考生誤入歧途。後來這個同學不得不又回到私立學校去了。媽媽說：「他原本是花盆裡的花，一下子移到野地裡，吃不消了」。

因此在ＳＡＴ當中，無論是「數學」還是「閱讀」，英語都是很重要的。關於「閱讀」是大多數同學最為頭疼的，那裡的詞彙量之大之偏之複雜，當然我講的這些都是要考到七百五十分以上才會遇到。而我發現在複習這些單詞的時候，對我來說最大的優勢就是我學過了拉丁文，加上參加拉丁文的校際比賽。這個拉丁文比賽一點也沒有浪費我的時間，而是「惡補」了一下，此刻發揮了大作用。因為我了解了詞的根本，這是會加分許許多多。

後來，我總結了一下，這些單詞百分之三十來自日常生活；百分之三十來自電影電視和報紙等；百分之三十來自學校裡的課程。最後的百分之十，一半來自名著，最後一半那是需要相當的功夫。我得益於從小就喜歡看大書，又在爸爸和他的文學前輩當中長大，再不靈光也講不過去了。

ＳＡＴ的考試時間終於到了，我想讓你最後一年再去考的，可以充分的準備，但是你說你已經準備好了。聽別人說這種考試在秋季比較難，因為多數頂尖學生都是踴躍在那個時段，到了冬季就會鬆弛許多，大部分的普通學生看看前面優秀學生都考過去了，不考也拖不過去了，這些學生的競爭力相對差很多。

我把這些話告訴你，你說很有道理。但是在這種事情上你從來就有自己的主張，我也管不了你了。因為報名的時間有一點晚，你總歸是這樣，樣樣事情要拖到最後一分鐘。結果我們這個大學區的考場已經客滿，只好歸攏到一個遠距離的考場。一聽到這個消息，心裡有些不快，生怕不是好兆頭。

你倒無所謂，只是考試的前一天，很早地就上床休息了。我反而比你緊張，在樓梯上走上走下，伊終於跳出來說：「你歇一歇好不好？煩死人了。」

我咬緊牙齒不吭聲，眼睛裡跳出來的是你小時候拼字Bee的情景。小獅子，你一定要比美國人好出三倍，才能得到和他們同等的待遇，這就是你一生當中都要面對的競爭。

第二天早上，我像我的好婆當年送我們出去考試一樣，給你煮了一個白煮蛋，在你的面前滾了一下說：「一路順風滾過去。」

你笑起來說：「我會滾的，會滾的。」

我聽到你還在開玩笑，立刻豎起了眉毛說：「儂還不去禱告禱告，求上帝讓儂考好。」這時候你認真起來，你說：「放心吧，我會禱告的，但是我從來也不會去向上帝要不屬於我的東西，我只祈禱上帝把屬於我的東西，發揮到最好。」

我聽了無言，只是率先跳上了小車，伊也快速地坐到駕駛座上，最後才是你慢慢騰騰地上來了。和往常參加所有的考試一樣，你手裡甩著一枝鉛筆，一臉的坦然。

那時候還沒有GPS導路機，他自己畫了一張地圖，七拐八拐倒也是順利，不一會就到達了考場門口。走出車子嚇了一跳，怎麼是在一個墳地中間？陰森森的天空上，席捲著黑雲，更加讓我感到壓抑，剛剛想對伊發作：「為什麼不敦促小獅子早點報名，不能報進我們的大學區，起碼可以報進隔壁的富人區。現在這算什麼名堂？」

你的聲音就好像是對我內心的疑問做出了回答：「這裡是天主教堂裡的教會學校。」

我抬起頭來一看，只看到聖母瑪利亞慈愛地注視著你，讓我感到無限的溫暖。接著你快步地走向瑪利亞雕像下面的校門，在校門口打開雙手，狠狠地做了一個伸展的動作，好像要把全身的力氣都併發了出來一樣，這是你在每次重大考試之前都要做的。很久以後，在一份科學雜誌上讀到這麼一篇論文：人體最大限度地伸展，會最大幅度地激發荷爾蒙的活動，讓人自信，獲得更好的成績。

如坐針氈的一個星期過去了，我已經到了心身崩潰的邊緣，這天，聽說如果多付十幾美金，就可以提早查詢考試的成績。美國人真會賺錢，不過十幾美金就可以解決這麼大的心病，當然不可放棄。

我三腳併兩步地跑到家裡，發現伊和你正坐在電話機旁邊等我，伊講伊已經把錢付出去了，準備好了打電話詢問。我的心一下子跳到了喉嚨口：「上帝啊！請保佑我的小獅子。」

免提電話設定到最大音量，打開家裡所有的錄音系統，屏息靜氣地聆聽了電話的那一頭核對了你的基本資料以後，停頓了一秒鐘，這一秒鐘簡直讓我感覺是漫長到了天老地荒。你的SAT成績終於出來了：滿分。

沒完沒了的考試

得到ＳＡＴ滿分的消息，媽媽一下子癱軟了，好像繃緊了的一根筋突然鬆弛了下來。在我們的中學，已經有十四年沒有學生考到滿分了。所有的老師、輔導員、校長甚至不認識的人都過來向我祝賀。一時間在學校裡，我好像變成了最首要的人物。

媽媽的許多中國朋友聽到了這個消息，都想辦法來打聽其中的奧妙，其實這裡面是沒有奧祕可談的。ＳＡＴ的設計非常合理，不會讓學生考出來個零分，也不會輕易地讓學生考出來一個滿分，每一道題都要用心對待。我講的「用心」，不僅僅是最後坐在考場裡，更要緊的是長期以來用心的積累。臨時抱佛腳是來不及的。我在複習ＳＡＴ之前，曾經為自己畫了一張圖表。每一個項目都有打分，長項短項一目了然，然後重點攻克。千萬不要欺騙自己，要正視自己的不足。我覺得把握好自己，認清楚自己，比最高價位的補習班都有效。

正在媽媽得意到了發昏的時候，她突然發現，考大學，特別是藤校、名校，除了這個ＳＡＴ，還有ＳＡＴⅡ，ＰＳＡＴ和ＡＰ！媽媽這天從中國城買菜回來，蹬蹬蹬地直接跑到樓上我的房間，對著我說：「美國考個大學怎麼這樣麻煩？要比中國考大學複雜很多。每門考試還要付出去五十美金的報考費，一年有多少考生、多少考試啊？那真是一大筆的經濟收益了。」

我笑起來了，我老早就知道SAT只是眾多考試當中的一項，先前考過的PSAT是這一類考試的開始，那以後就沒有輕鬆的日子了。有學生在最後的兩年裡，因為沒有考到高分，就翻來覆去地輪流考試，有一句很難聽的話形容這些人：「考試專業戶」。

變成了「考試專業戶」就不好了，會減分的。SAT考試最多不要超過三次，因為每一次考試的成績都會有紀錄，如果沒有幾分的進步，一大堆爛成績排在那裡，一點用也沒有。講老實話，到了最高分的時候，哪怕是往上增加一、兩分，也是很困難的，這些都是SAT機關算盡的事情。

PSAT聽上去就是SAT的預考，考到高分，可以幫助拿到國家優秀學生的獎學金（The National Merit Scholarship）。其實真正要拿到這個獎學金，是非常複雜的。我們學校一開始有十幾個同學，然後層層篩選，到了最後真正拿到那個大獎的，只有我和大班了。大獎的獎金並沒有多少，只有兩三千美金，有些大學會追加，但多數藤校沒有，只是永遠的榮譽。

SATⅡ是SAT的單科主題考試（subject test），有很多不同的科目。在我們的中學，並沒有要求每一個參加高考的學生都要考SATⅡ，不過要想進好學校的，那是必須的，最起碼要考三門。通常是數學、英語和自己最擅長的科目。因為數學裡有兩項，所以我多報了一門，加上生物和文學都是我的長項，我一共報考了六門。

考SATⅡ和SAT相同的地方是，學校裡沒有安排專門的課程，如果要參加考試，就要自己想辦法複習，媽媽對此最不認同了，她認為這是學校裡最不負責的表現，可是我覺得，學校大概就是有意這樣培養我們的學習能力，將來的道路很長，不可能樣樣都要依賴學校的安排。但是在複習過程當中，我發現ＳＡＴⅡ這門考試的本身，有點重複ＳＡＴ和ＡＰ。對於學習來說，ＡＰ更加重要。

ＡＰ也就是Advanced Placement，即大學預修課程，這在中學裡是有專門課程的，但是一所中學，想要開設這種具有大學水準的課程，必須經過教育部門的驗證。開設ＡＰ課程越多，表示這個學校的水準越高。這也是值得驕傲的事情，那些ＡＰ課的任課老師，好像比其他老師高出一等，自以為是大學教授一樣了。

據說這個ＡＰ的學分。可以帶到大學裡抵學分，但是我的大學沒有。對於這種頂尖大學來說，ＡＰ成績僅僅是入學參考，他們是不會相信一個中學的成績的。還記得我報考了七門ＡＰ，後來因為考試時間的衝突，只考了六門。

那一段時間裡，我和伊就好像救火員，三天兩頭把你在各個考場之間運來運去。一會兒是ＳＡＴ，一會兒是ＡＰ。你進了大學以後我問過你：「你考了這麼多的ＳＡＴⅡ和ＡＰ，到了大學裡，是不是非常出眾了？」

你回答：「還好考了這麼多，不然的話就落後了，我們同一宿舍的室友，平均是六門ＳＡＴⅡ，六門ＡＰ。」

我驚乍地說：「不得了，每個人都考這麼多，你們的大學又不計這些考試的學分，太浪費了。」

你說：「不會啊，儘管我們的大學不計這些考試的學分，但是學到的東西已經記在腦子裡了，對後來的修課很有用。」

你停了停又說：「學習是不會浪費的。」

有一天伊到你的大學開會，我趁機跟過來看看你，正巧迎面遇到一個瘦弱的男孩子。這個男孩一臉的疲憊，你和他打招呼，他也提不起精神，你告訴我說：「這個同學是從偏遠地區過來的，因為在高中裡沒有ＡＰ課，到了大學裡一下子跟不上，非常痛苦，也很吃虧。」

屆時，看著這個男孩子的背影，我久久不能離去。想起來他那在遠方的父母，如果知道自己的孩子這麼辛苦，怎麼還會捨得把他送到這個地方？還不如在當地的學校上學，說不定會是學校的佼佼者呢。又一想幸虧當你在我身邊的時候，辛苦一些，多選了幾門ＳＡＴⅡ和ＡＰ，到了大學裡才可以應付。

講到ＳＡＴⅡ和ＡＰ，最讓我擔心的還是你的生物課。我一直也想不通那個生物老師巴博，為什麼不會被學校開除出去，而且還讓他教ＡＰ課。這是進大學最要緊的了。我前面說過了，他上課的時候只會喘氣，什麼也不會教你們，怎麼辦？

這一天學校裡召開ＡＰ課的家長會，我是一定要參加的。走進教室，氣氛有些緊張，連那個巴博也忘記了喘氣。他一身西裝，神氣活絡地站在講台前面，大講他的ＡＰ班是多麼的重要，是學校裡最高深的生物課了。

一個家長舉手要求：「可不可以介紹一下ＡＰ考試的具體安排？」

巴博竟然愣了愣，然後回答：「考試不考試不是重要的，重要的就是進入我的班，不參加考試也已經很優秀了。」

別人可以被他騙進，我是不會放過他的，會後我走到他的面前，開口就問：「按照你的說法，上了你的課，不用考試也可以通過ＡＰ的囉？」

他看著我竟然脫口回答：「考不過去的學生當然不用去考了，小獅子不行，他是一定要去考的。我還指望他拿個滿分，明年可以讓我繼續教AP。」

我一聽連忙說：「你上課的時候好像書也沒有發，怎麼讓小獅子去考滿分呢？起碼有一本複習資料吧。」

他的回答要讓我厥倒：「唯一的一本書已經借給小雨了。」

我立時氣到要發作，伊在旁邊插話說：「沒有關係，沒有關係，我們自己去想辦法好了。」

回家的路上，我急火攻心，一句話也講不出來，伊也不作聲，兩人一路無語。

爸爸媽媽從學校開家長會回來，聽到媽媽沉重的腳步，就可以知道她又在為什麼事情擔心了，一定是生物課的AP。今天我看見小雨圍著巴博轉悠了半天，巴博一揮手就把一本嶄新的課本借給她了。我沒有過去追問，因為我知道巴博自己也只有這一本書。

聽說小雨想要提前畢業，所以這些考試對她來說更加重要。我想了想就走到隔壁的AP教室，那裡有一個剛剛從大學裡畢業的女教師，她告訴我，她本來就是我們這個中學畢業的，而且也是巴博的學生。她沒有批評巴博的教學，只是說我可以自己過去找她很好，因為到了大學、研究生的時候，這種事情都是要自己來計畫安排，這是一個成功者必須具備的學習能力。

我從這位女教師的手裡接過一大疊的複習資料，走出教室上突然想起來：巴博會不會有意這麼訓練我們，讓我們學會怎樣面對在沒有老師的幫助，甚至沒有書籍的情況下，自己想辦法解決困難？這實在是我在巴博這裡得到的最大的收穫。也是我對媽媽說過的：「這個學習方法可以讓我受用終身。」

我把我的想法對媽媽說了，媽媽立刻反駁：「小獅子，儂太好心了，把巴博想得太好。他實在是一個最不敬業的教師，倒是那個新來的女教師很好，明天我來做一點蘿蔔絲餅送給她。」

媽媽就是這樣，永遠按照「受之點滴報之湧泉」的中國習慣待人接物。事實上到了第二天，還沒有走進教室，我就和同學們把那一盤又香又脆的蘿蔔絲餅吃得精光。這天放學回家，一眼就看到一本生物AP書籍安放在我的桌子上。黃顏色的封面，和巴博借給小雨的那本一模一樣。

「媽媽，儂怎麼會知道就是這一本啊？」我高興地大聲問。

「記住，媽媽想要的東西，總歸不會弄不到的。」媽媽得意地回答。原來是媽媽找到了小雨的媽媽，從那裡抄錄了這本書的名字。

這下好了，書也有了，資料也有了，沒有理由考不好了。這時候我發現這本書很有用，簡明扼要，沒有像其他同類的書籍，繞來繞去把一個簡單的問題弄得非常複雜。後來我向許多人推薦了這本書籍，大家都有同感。我發現這就是想要得到高分的奧妙之一：在選擇複習資料的時候，一本對頭的書籍是非常要緊的，會加分很多。

自從SAT考到了滿分以後，所有這類考試的地點，我都選擇在天主教堂。我迷信這個考場，就好像大班迷信他身上的一件花襯衫一樣。這件花襯衫是他媽媽當年從她的猶太國家帶過來的，還是他的外公的呢，陳舊到了破爛，但是大班認為這是他的幸運服，一遇到重大的考試或者是比賽就套在身上了。媽媽聽到這個故事就說：「看到伐，外國人和中國人一樣，也會有自己的迷信。」

這天AP生物考試的卷子一發下來，我就知道我完全可以掌握的了。我做得相當順手，甚至感覺到有點太容易了。很快就完成了。抬起頭來看看其他考生，一個個還都埋著頭。我想了想，從頭到尾檢查了一遍，又一遍，最後實在無聊了，便站起身來。監考的老師有些吃驚，小聲地說：「你這是做不出來，還是全部做好了？要不要回去再想一想？」

我沒有回答就只是把完成了的考卷遞到她的手上，然後離開了。只聽到背後有個女孩子的聲音：「小獅子，我恨你！」

又是那個婕西卡，我回過頭去，向她揮了揮手，表示再見。

你去參加AP的生物考試時候，我們已經不會像以前你參加SAT考試的那樣，一直等在考場外面。而是趁著你考試的當兒，自己到菜市場走了一趟，正巧遇到小雨的爸爸媽媽。

「聽說小雨要提早畢業了，你們抓得好緊啊！」我說。

「我們哪裡管得了，都是小雨自己計畫的，反正她的課也已經修完了，在中學裡待著也是浪費。小孩子自己要，我們只好支持了。」小雨的媽媽回答。

「她要報考什麼學校呢？」我問。

「這是小孩子自己的事情，她不告訴我們，我們也不好問。」小雨的爸爸明顯沒有說真話。這是一個非常敏感的問題，特別是在現在，在這個最緊張的時段，中國人的同學之間甚至家長之間的交談都很小心。

不料恰恰在這當兒。大班的媽媽迎面走了過來，她哇啦一聲說：「喂，聽說小獅子要到耶魯大學去！」

「誰說的？我怎麼不知道？」我大吃一驚。這是我們關在房間裡討論還沒有決定的事情，她怎麼會這麼清楚？

「這又不是什麼祕密，大家都知道的。」大班的媽媽不屑一顧地回答，然後就走了。留下一個目瞪口呆的我，捧著一包蔬菜不知所措。

還是小雨的媽媽訕訕地打了個圓場，說：「祝賀啊，這麼好的學校，很難進的，小獅子真厲害。」

聽上去有點刺耳，我放下蔬菜，回了一句：「還沒有進去呢，也不知道是什麼人在嚼舌頭。」說完菜也不買了，拉著伊就去接你。

大概是因為一個接著一個的考試，把你訓練得答題的速度飛快。我們的小車到達考場的時候，停車場上空無一人，伊正在埋怨我來得太早了，連他最想要的牛肉也來不及買。我沒有理他，因為我老遠就看到你一個人在墳地裡走來走去，你的背影讓我知道，這次考試又成功了。於是連忙大聲把你叫過來：「快上車，不要在這種晦氣的地方逗留。」

「媽媽，這裡不少墳墓都是上個世紀留下來的呢，老古董了。我猜想，可以躺在這裡的不會是窮光蛋，一定受過相當的教育，他們的墓誌銘寫得非常漂亮，很有詩意。」你一邊說一邊把一隻腳跨進了車子，接著又回過頭去看著寂靜的墓地說：「多麼優美，一點聲音也沒有……」

「上來！上來！快點上來！這裡當然是一點聲音也沒有的，要是發出聲音來，不要嚇死人了嗎？」我一邊說一邊把你拽進車子，然後對著伊大叫了一聲：「開車，快點開車！」

媽媽莫名其妙地大發脾氣，我一開始還以為是她不喜歡我站在墳地裡，後來知道還要加上大班媽媽的話。實際上，我可以大聲地說出我的想法，說明我的自信，在我們的學校裡，只有自信的同學才敢這樣說。媽媽應該為我感到驕傲才對。

下午時分，大班過來和我一起複習微積分，後面還跟著個米歇爾。因為網球事件，媽媽一直對米歇爾耿耿於懷，於是趁媽媽在樓上，我先把他們帶到爸爸大學的教室裡去了。

米歇爾穿著一件紫紅色的T恤衫，上面醒目地印著哈佛大學的字樣。他好像有一打這樣的T恤，每天都穿同樣款式的衣服。有人問他：「喂，你這是要上哈佛嗎？」

「當然，我當然是哈佛的學生，我的爸爸媽媽是從哈佛畢業的，我的爺爺奶奶、外公外婆都是哈佛畢業的，我有三倍的優先權！當然可以進哈佛。」米歇爾得意地回答。

米歇爾在學校裡的成績並不領先，卻可以如此自信，這又讓我想起來媽媽在拼字Bee以後對我說的話：「小獅子啊，你要在這個國度獲得成功，一定要比別人好出三倍。」

米歇爾倒不避諱他的功課不如我們的事實，直言地說：「你們都是聰明人，讓我和你們近一點，可以沾一點靈氣。」

大班對此不予理會，他本來就看不起米歇爾，他什麼人都看不起。我則笑了起來，米歇爾的心底裡還是很天真的，他沒有壞心，有什麼就講什麼，我想我還會把他當朋友。

我和大班都在上微積分裡的最高班，老師愛達非常出色，她的丈夫是一家藤校商學院裡優秀的數學教授。我一直以為愛達在中學裡教書有些委屈，她應該是大學裡的教授。聽她的課是一種享受，再笨的人也會被她一點通，只要進入她的班，微積分AP就好像小菜一碟，多數可以考到5分，我覺得自己是穩操勝券了。

大班看了我一眼說：「你知道我們班的勝券是哪裡來的嗎？你沒有發現數學API考試以後，很多同學都退出了嗎？告訴你吧，都讓愛達『踢』出去的！一開始她會把大多數學生收攏在自己班裡，經過篩選，凡是不能考到高分的，就趁早了斷。這樣她的班級裡的學生永遠是學校裡的頂尖，她也變成我們學校裡的頂尖人物了。」

這時候我看到米歐爾在旁邊尷尬地笑了笑，我想起來米歐爾曾經也和我們一個班級，現在好像在隔壁教室，我有一點同情他了。於是我立刻轉換了話題：「好了，好了，不要去管愛達了，還是趕快複習功課吧，明天讓要去看他的兒子，英語AP課由代課老師來上，據說上來就是小考。」

第二天，那個代課老師夾了一圈考卷進來了，每人一大摞，也不知道是從哪裡拼拼湊湊抄來的，有的地方還抄錯了。我站起來指出，同學們開始起鬨，代課老師生氣了，他一甩手說：「這堂課我不上了，你來上吧。」說完他就走出去了。

我心想：這堂課你本來就沒有上，只是找來一堆亂七八糟的題目給我們做，你不上就不上好了。可是又一想不對，他到校部告狀我就倒楣了。這時候，我站起來走到講台前，對著大家宣布：「下課。」

等到同學們都離開了，我便找到代課老師的臨時辦公室，對著他說：「請你回去上課吧，我不行，大家不聽我的，都逃走了。」

我給足了代課老師的面子，也讓同學們逃掉了一次考試。最開心的是大班，他又弄通了一道微積分的難題。

最後的中學生

這天早上睜開眼，伊就提醒我說：「今天下班不要到其他地方兜圈子，直接回家，小獅子學校要開家長會，是要穿正裝的。」

「當然，當然，小獅子的家長會，對我來講總歸是最要緊的。但這不過是高三年級的家長會，明年才是畢業典禮，為什麼這麼隆重？」我有點想不通地問。

「這不僅僅是家長會，還是頒獎會，小獅子在高中裡所有的獎項都會在今天頒發。」伊回答，看看我仍舊一面孔的疑惑，伊又說：「這就是美國高中學校的周到了，你想想，下一個學期開始，他們這一年級的中學生都要出去申請大學了，所以高中就把能發的獎項都發出來，讓這些學生手裡有王牌，可以在申請學校的時候打出去。」

「我知道了，一定會提前回來的。」我一邊說一邊起床，然後是和往常一樣，匆匆準備早餐，出門送你上學，自己上班。到了辦公室，坐在電腦前，思想一直不能集中，不斷地開小差：「我的小獅子到底會有多少張王牌呢？」

你從十六歲那年的暑假開始，連續到華盛頓附近的美國國家衛生研究院，作為榮譽生在那裡學習。這算是一張王牌。還記得你第一次出門遠行，我一個人站在那張空落落的床前，直流眼淚。伊走過來說：「你要堅持住啊，要給小獅子打氣，這是他第一次出征，一定要成功。」

「好像小了一點，別的孩子都還在家裡打遊戲機呢！」我百般心疼地說。

「忘記了拼字Bee的故事了嗎？小獅子一定要比別人好出三倍，才可以成功！」

「這是一條多麼艱辛的道路啊！」說完我就大哭起來了。

伊連忙在一邊安慰我說：「小獅子能行的，他一向都是最優秀的。」

你確實是最優秀的，從你進高中起，就進入校報工作，一路做到主編，這絕對也是張王牌。

接下去是你的SAT的滿分、眾多的SATⅡ和AP的滿分，等等等等。哦喲，我都數不過來了，按照道理我應該是安心的了，可是「不」，我仍舊加倍地操心，因為米歇爾。

前面已經說過，美國進大學有校友優先權這一說，假如這個孩子的父母或直系親人是這個學校畢業，以後又經常捐款給這個母校，哪怕他們的成績不那麼好，也絕對會有優先權。中國人開後門還要偷偷摸摸，這裡是大明大方，理直氣壯。按照沒有明文規定的規定，你們學校一般一年只有三、四個學生可以進入哈佛、耶魯和普林斯頓，我們這些沒有根底的外國人，一點優勢也沒有，真怕米歇爾一類有優先權的學生把你擠下去。米歇爾算是單純的，直言相告，還有多少隱蔽在那裡具有優先權的學生呢？讓人擔心。

這時候我想起來了小慧，她也是上海來的，住在南費城，別人為了孩子都想方設法離開那個地區，搬到白人區，或者是送孩子進私立學校，可是她沒有，反而把孩子送進了最最黑人區的學校，她自我調侃說：「我去接孩子的時候根本不用費力氣找，再遠也可以一眼看到一點白。」

那時候還為小慧擔心，現在想想她真是聰明，因為在那裡的競爭相對減少很多，假如能夠在那個學校出類拔萃，本身就是一張王牌，沒有優先權也變成有優先權了。後來，小慧的孩子成功地進入哈佛。

這天，我整個的人都被王牌和優先權的事情攪得頭昏腦脹。

今天的家長會在學校裡的大禮堂舉行，這是我上學以來最隆重的一次，許多同學的爺爺奶奶也來了。輔導員讓我們這些三年級的學生在前廳裡排好隊，等待家長們先行入座。

我已經忘記了上一次我們三百多個學生聚集在一起是什麼時候了，這裡面有很多同學都是從小學開始就在一起的。雖然平時每天見面，可是因為今天是學期結束，相對放鬆，一時間把前廳弄得沸沸揚揚。

後背被人猛擊一拳，回頭一看是大班，他把我拉到一邊，然後一臉的認真對我說：「小獅子，聽說你下個學期就要離開中學，到大學裡去修課了，我感到很有些失落。」

我剛剛要解釋我並沒有畢業，還是一個中學生，他把手指豎在嘴唇中間阻止了我說話，自己接下去說：「我想告訴你，我很感謝你。我怎麼會碰到了你？從頭到尾，自始至終較著勁地競爭。我好像一口氣也不敢歇一歇，生怕被你甩下去。有時候我比你多出一分，還沒有笑出聲來，你又超過了我一分。弄得我無法放鬆，累得要死要活。最後，我們倆的數學在同學們當中變得遙遙領先。因此，我真的感謝你，要是沒有你，也許就沒有我的今天。」

「對我來說也是一樣的，甚至更加應該感謝你，因為我沒有數學的家庭背景，要不是你一直在旁邊刺激我，我怎麼會有動力堅持到現在？其實你比我強，你是抱著研究的態度在學習，我相信你會成為一個數學家……」

我的話還沒有說完，突然聽到校長在廣播裡呼叫我的名字：「小獅子，小獅子，馬上到校長室裡來一次！」

哦喲，這個聲音聽上去嚇煞人，就好像小學裡叫我坐到反思凳上去一樣。周邊的同學們都回過頭來看我，大班也顯示出不是好兆頭的模樣。我強作鎮靜地對大家說：「沒有關係，我去去就來。」

我不知道自己是闖了什麼禍，校長要在大庭廣眾裡把我叫出來，站在校長室的門口，我深深地吸了一口氣，然後推開了那扇玻璃門。我看到：校長正笑容可掬地站在巨大的寫字桌後面。

一看到我，校長立刻快速地繞過寫字桌，走到我的面前，然後伸出右手和我握了握。他握得很有力度，虎口堅硬，兩隻眼睛看著我，好像充滿了讚許？祝賀？還是驕傲？總之讓我感覺到了他對我的信任。然後，他沒有讓我坐下，而是從寫字桌上拿起一塊獎牌。獎牌是木製的，深褐色的橡木框當中鑲嵌同樣質地的黑色硬木，黑色硬木上刻寫著我的名字，名字是金色的。

不得了，我拿到了我們學校最傑出的男生獎，就好像Valedictorian獎，按照道理獲得這個獎項的學生要在畢業典禮上講話，但是因為我們這個學校的競爭太激烈，而且家長多數是附近名校的教授、同事，家長之間也會有競爭，因此校委會修改了這個獎項的規則：不在公開場合頒獎。

校長慎重地把獎牌交到了我的手裡，我想起來，從他的手裡我已經接到過了無數的獎狀，幾乎可以貼滿我房間裡所有的牆壁甚至天花板，可是把這些獎狀全部集中在一起，也沒有這塊

「黑色的巧克力」沉重。

我們這些家長在大禮堂坐穩以後，就看到學生們排著隊，從兩邊的側門一個一個走來。這時候，你不知道從哪裡鑽出來了，站到我的身後，把一個黃色的牛皮紙信封塞進我的包包裡，並在我的耳朵邊輕輕地說：「千萬不要打開，回去再看。」

旁邊一個學生看見了，便問：「這是什麼？」

你回答：「巧克力。」說完就回到你的隊伍裡去了。

你是知道媽媽的脾氣的，越是不讓我打開，我的心裡就越想打開，終於忍受不住啦，偷偷溜到廁所裡，關上小門，坐在馬桶上，小心翼翼地拆開了信封。哇！我興奮得差點要從馬桶上掉下來，我知道你是優秀的，但沒有想到你會在三百多個學生當中拿到第一。特別是在這個白人的世界了，作為中國人，能夠名列前茅就很不容易了，竟然可以拿到Valedictorian！

一時間眼淚嘩嘩地流了下來，眼睛前面又冒出來琳菲兒在拼字Bee上的三次誤判；以及在初中部莫名其妙地被打入「慢班」……正在不知道是感傷還是感動的時候，只聽到伊在女廁所外面哇啦哇啦大叫：「喂，你是不是掉到馬桶裡去啦？快點出來。小獅子拿到本屆生最大的獎『哈佛大學讀書獎』！」

「最大的獎在我的包包裡呢！」我真想大叫一聲，但是我沒有，只是咬緊了嘴唇一路小跑回到大禮堂。這時候我看到你的手上已經抱滿了一大摞的獎狀，除了哈佛大學讀書獎以外，還有辦報紙的獎、領導才能的獎、生物學獎、金鑰匙獎等等等等，我緊緊地抱著我的包包，忍不住大笑。

你從台上走下來的時候我還在大笑，伊看著我說：「你好了沒有，謙虛一點好不好，別人以為你發精神病了呢。」又回過頭去拿起哈佛大學讀書獎發給你的一本圖書，對你說：「真好，真不容易，你會不會改變你的主意，去報考哈佛呢，你很有優勢的。」

你想了想沒有回答，只是快步地走到我們的後一排座位上，那是病休在家的堪坐在那裡。你真心地對堪說：「對不起了，我把本來應該屬於你的獎項拿走了，你比我聰明也刻苦，這獎應該屬於你。」

堪和你擊了一掌說：「小獅子，不要這樣說，你獲得了你應該得到的。祝賀你！明年我一定會振作起來，把這些獎項一一抱回家的。」

後來堪真的戰勝了疾病，鍛鍊得相當強壯，而且成為一名哲學家。

回到家裡，我把你的獎牌放在爸爸的遺像對面，我要讓爸爸看到你的成長，要讓爸爸保佑你健康地長大。

這天家長會結束以後，我沒有和爸爸媽媽一起回家，而是一個人在校園裡轉了一圈。先是來到了後操場的角落裡，那塊孤獨的大石頭仍舊孤零零地坐在那裡，想起來這些年，每當我煩惱、疲憊甚至孤獨的時候，我都會來到這裡，坐在這裡。我不知道這塊大石頭是從哪裡來的，也不知道它是什麼時候就開始坐在這裡的，但是我知道這塊大石頭見證了我在中學裡所有的生活。

想到這裡我站起身來，因為我還有很多事情要做，我要去清理我的櫥櫃，自從我進入中學這個櫥櫃就一直跟著我了，對不起，我好像從來也沒有清理過。這一次我要徹底地清理乾淨，因為這是我最後一次打開這個櫥櫃了。下個學期開始，我要離開這裡，到爸爸的大學裡修課。

我是在高中三年級的時候，完成了所有的高中課程，並且修完了我們學校開設的所有的AP課程。按照道理我可以和小雨一樣提前畢業，可是我想起來當年馬蒂妮反對我跳級的理由，這實在是給我帶來了許許多多的幫助，我想我真的很感激馬蒂妮。

我把我的想法和爸爸媽媽說了，我希望高中的最後一年可以修一些自己想修但是將來在大學裡不會去修的課程。這裡面有：法語、老英語、佛教、概率等等。我老早就說過了我一直想學的是法語，而不是西班牙語。爸爸學校的法語非常強，我一定要利用這個機會。選修老英語是因為對文學的愛好，這不是熱門的課，一共只有四五個學生，非常好。我最不喜歡亂亂哄哄，大家擠在一起上課了。選修佛教課是因為這裡的教授是世界級的，明年就要到哈佛去了，不修他的課太可惜。至於概率，這是我最不喜歡的，曾經讀過一篇論文，其中講到中國人沒有「假如」，還運用了很多概率的理論，我很想了解。

後來的事實證明，我在高中的最後一年到大學裡選修的課程，因為沒有壓力，讀得很輕鬆很開心，是我最愉快的讀書時光了。我發現大學生和中學生是不一樣的，大學生更多的是現實，中學生更多的是幻想。啊呀，我最美好的，人說是「金色」的年代，很快就要和我再見了。

開學的第一天，我一邊想一邊穿過熟悉的校園，走進老英語的教室。年輕的教授看到我，如釋重負地鬆了口氣，然後開始自我介紹。這時候我才知道他剛剛從研究院畢業，他說他很幸運，這裡的教授生孩子，休假六個月，再加上我這個中學生過來修課，正巧湊滿可以開課的人數，他就過來了。至於下個學期，他就不去想了，他根本不知道自己的下一份工作在哪裡，甚至不知道居時會不會有飯吃。

「昨天，我的同學，也是一個老英語的博士畢業生，被WAWA開除了。」他用非常悲觀的語調結束了開場白，同學們面面相覷。

WAWA是什麼？是我們這裡的一個連鎖店，賣賣飲料、三明治，順便加加汽油。老英語的博士生怎麼會落到WAWA打工？還要被WAWA開除？只能說明人生的慘烈了。這倒要讓我好好想一想，想一想我的前路應該怎麼走。

你要到伊的學校修課，應該是天經地義的事情，本來你們的中學就和伊的大學有協議，最優秀的中學生可以到大學選修課程。加上伊是終身教授，家屬可以免費修課並拿到學分。但是真正到了具體落實，還要經過一番周折。特別是老英語，據說那裡的很多教授連學生都快沒有了，卻仍舊還要擺出一副鼻子朝天的樣子。

這天伊把你高中4.0的成績單遞到那個系主任的面前，他皺了皺眉頭說：「這不可以說明問題，我們接受的必須是最優秀的中學生。」

伊笑了笑，心想4.0已經是你們學校最高GPA了，還要什麼才是最優秀呢？因為都是同事，雖然不熟，走在路上也是面熟陌生。於是又拿出你SAT、AP等等的滿分成績。系主任立馬鬆弛下來說：「這就可以了，這就可以了。我們很榮幸可以得到小獅子這樣的優秀學生。」

看來，硬件的堅硬要比軟件的關係更加重要。記起來每年夏天回國，總是在高考以後的發榜前夕。那些在大學裡任教或者是相當地位的朋友們的手機，常常會在我們敘舊的時候突然狂響。幾乎都是親朋好友或者直系或者轉託過來，要求進入「擴招」，聽上去這是個新名詞，但這個新名詞下面包含的是巨額的鈔票。

姊姊說：「儂不懂的，儂已經是外面人了，現在許多學校都有擴招的名額，這些名額就是為學校創收而設定的。名分規定要付錢的，鈔票被接受了，就是一粒定心丸。」付了鈔票的家長們見了面大嘆苦經，一講就是：「複雜，複雜，學生之間會搞詭計，老師也有偏愛……」

你在一邊聽見了問：「中國人進大學都是要靠家長送錢，學生明爭暗鬥的嗎？假如成績硬，所有的硬體裡都挑不出毛病，還需要這些嗎？」

我拍了拍你的臉頰，只想說：「我的小獅子啊，不是每一個媽媽都這麼幸運，有儂這麼個自立的小獅子的。」

其實，我並不比中國的媽媽少擔心，只是擔心的方式不同，表現的方法也就不同了。在美國，無論如何我們都是外國人，一張面孔擺在那裡，別人總歸會用不同的眼光看過來。這時候找關係沒有關係，花錢財沒有巨款，就是有關係有巨款也沒有用，沒有人會來接受，這時候只能自強。

你是老早就意識到了這一點，爸爸媽媽已經是竭盡全力為你創造了可以創造的條件，但是路必須你自己走。

講老實話，你在伊學校裡修課的時候，也是我們全家最輕鬆的時候，首先不用開車送你啦，你所有的活動都在校園裡，我們就住在校園裡面，常常在校園裡散步。那時候，你經常和我交談，我感覺到了你的成熟，但是我卻一直弄不懂：美國的中學是怎樣把你磨練成這樣的？

一直到你進了大學，有一天晚飯以後，我和伊無意當中散步到附近的電影院，看了一場邁克爾．霍夫曼導演的《皇家俱樂部》，當場震動。後來我建議中國的爸爸媽媽，有機會的話都去看一看這部電影。因為美國的中學就是這個樣子的呀，我後悔當初沒有更多地了解你，沒有能更好地幫助你，於是站在電影院門口撥響了你的電話。

電話的那一頭傳過來你沉穩的聲音：「媽媽，生活會教會我們每一個人生活下去，這是誰也替代不了的。」

面試

自從考過了SAT以後，我的信件遽然增多，都是一個個大信封，從全美國各個大學寄過來。一打開，先是露出一封精美的邀請信，通常都是那個大學校長的親筆簽名，然後是一大本介紹他們學校的印刷品，這些印刷品華麗到了奢侈，通本照片，紙張厚重、牢固，媽媽說：「這種紙頭怎麼這麼好的啦？撕也撕不開，太浪費了。」因為媽媽捨不得扔出去，這些太浪費了的印刷品，至今囤積在我家的地下室，滿滿登登好幾箱。更加浪費的還有大大小小的碟片，這種東西有害於環境衛生，是不能隨便扔在垃圾箱裡的，只能躺在角落裡積灰了。

這一天爸爸從信箱裡拎出來一封皺皺巴巴的從中國寄過來的信件，這不是一份印刷品，而是一封真正的信，上面手寫著我的名字。媽媽一看就說：「一定是個女孩子寫的，怎麼會從中國寄過來？」

我看也不用看就知道是貝蒂寫來的。貝蒂憑藉著一張大王牌——紐約大都會上演了她的劇本，一時間名聲大噪。哈佛大學看也不看她其他功課的成績，就直接把她收了進去了。這就是一張王牌的堅硬，可以超級受用。不過也不容易，紐約大都會是什麼地方啊？不要說是一個中學生，就是一個專業人士，也很難躋身其中。我要是哈佛的招生人員，也會毫不猶豫地把她搶進來的。

貝蒂進了哈佛大學以後，發現那裡有個到遠東去支教的項目，她決定在大學生活開始之前，先去中國一年。我以為學文學的就是這樣，一時興起不顧一切。不料貝蒂在來信中說，她到中國去有很大的因素是因為我，她想了解一下生我的地方。其實她去的地方和我出身的地方一點關係都沒有，她在信裡說：「這個地方雞比人多，電話只有一部，我所帶過來的文具用品，甚至日常用品都送給當地的小孩子了。」

信是寫在一張從牆上直接「偷」下來的廣告紙上面的，貝蒂娟秀的小字擠在「專治『暗疾』」的幾個大字當中。媽媽一看就大叫起來：「太齷齪了，快點丟出去！」

我大笑，一邊走到門口外面的陽台上打開了「信紙」。太陽底下，看不出這張紙頭本來的顏色，髒兮兮的只有一半，大概寫著寫著發現這半張紙實在太小了，於是字跡也就越寫越小。到了最後幾乎看不出來，我找出好婆來的時候用過的放大鏡，看見在撕裂的紙張的邊邊上，擠在一起的一句話簡直要嚇死人：她說她準備等我一年，明年和我一起在哈佛開始讀書。

誰說我要去哈佛的？這樣一來我更加不要去那裡了。貝蒂一向關心我，可是我不喜歡有人管著我。不過信裡面的一個建議倒是提醒了我，那就是我應該把「面試」這件事擺到日程安排當中了。

面試是申請大學的一個重要的步驟，特別是那所心裡最想要去的夢中大學，這是一定要去面試的，還要不斷地和他們溝通，讓他們知道自己是多麼地愛這個學校，爸爸說：「就好像是『求愛』。」

後來我發現，面試對自己來說，是非常寶貴的鍛鍊機會。這個鍛鍊是從預約開始的。我在一開始先打了個電話，到最近的一所藤校預約一下，電話鈴響了三下，那裡有個女生的聲音響起來了。了解到我是預約面試的，她便問：「你的父母是不是這裡畢業的？」

「不是。」

「外公外婆或者是祖父祖母呢？」她繼續問。

「不是。」

「對不起，我們現在沒有這樣的安排。」說完了，只聽到電話的那一頭「的韻」一聲，然後就是「嗡——」的撥號音了。

我好像是在黑暗裡，被打了一記悶拳。

聽了你的故事，我大笑起來。現實總算告訴了你什麼叫現實。你一向反對我要你當心點「優先權」的忠告，現在是自己撞到南牆了，應該回頭。這時候伊走過來說：「有毛病啊？兒子碰了鼻子，你有什麼開心的？還是一起來討論討論下一步的安排。」

我以為伊會建議你先到哈佛去，因為哈佛是伊的夢中學校。自己錯過了機會，就把希望寄託在你的身上了。出乎意料之外，伊沒有，伊建議你先去一所最近的，你最不想去的學校，當然這個學校不能太差，必須對你以後的面試有幫助。

我又笑起來了，說：「這樣的學校大概只有隔壁的女校了，名氣很大，派頭不小，就是不會要小獅子。」

你說：「好的好的，我無所謂。」

伊說：「嚴肅一點，尊重別人也是尊重自己。」最後大家一致決定，到稍稍再遠一點的一所文理學院去初試一下。電話打過去，很快就預約好了時間。之後，我又抓著你上書店，購買了有關書籍，回家以後全家分頭「做功課」。

所謂的面試是應該包括：參觀校園、了解教學情況、旁聽一兩節課。然後再去面試，這樣可以在面試的時候掌握主動。另外還有一件事很重要，通常也是我們這些比較靦腆的中國孩子容易忽視的：那就是如果面試的工作人員和陪伴孩子去面試的父母相遇，這個孩子必須大方地向工作人員介紹，當父母的也應該大方地上前握手致謝。

得知這一條不成文的規定，我當即便說：「我就想辦法不去看到這些工作人員好了。省得講話講錯，影響到小獅子的前途。」

你說：「沒有關係，反正對我來說是個鍛鍊，對你來說也是個鍛鍊。」

這時候，我又發現，面試還要分兩種，一種是走出去，到那個學校去，在那個學校的校內進行面試，另一種是在當地，就在自己家附近，接受這個學校校友的校外面試，你後來自己也變成了這樣的一個校外面試員。可是在當時，我掐指一算，不得了，這是要通過多少次的面試啊？不斷地見面、講話、微笑、握手，到了最後，真的變成死豬不怕開水燙了。這大概也就是美國文化的一部分，生活永遠都在人和人的交往、面試當中遞進。

「我知道，不管是校內還是校外，兩者都要預約，而且同樣重要。」你一邊閱讀一邊說。

「還有微笑！」我說。我想起來，早幾天朋友的孩子去考駕照，差一點煞車當油門，油門當煞車，自己也知道犯了好幾個錯，結果考官說：「我喜歡你的微笑。」就讓她通過了。

想到這裡我急起來了，因為我知道你最不喜歡虛假的微笑，這是要吃虧的，於是說：「微笑是很重要的，不管是真誠的還是虛假的，都可以帶來同樣的效益。」我本來還想說：「這就是這個國家的虛偽的文化，在生活裡的呈現。」

可是我想了想又嚥回去了，世界何處不是一樣的呢？

我花費了好幾個晚上，把有關資料通讀到滾瓜爛熟，我想我是準備好了。這天就在爸爸媽媽的陪同下，驅車來到了預約好的學校。這是一所文理學院，校園非常漂亮，面試的辦公室坐落在鐘樓下面。美國多數的大學似乎都有一個城堡似的鐘樓，或者是尖頂的教堂，就好像是這個學校的地標一樣，所以不會迷失，很快就看到了面試的地方。

媽媽在汽車裡睡覺，爸爸在校園裡轉來轉去，我一個人對著鐘樓走過去。這是我的第一次面試，到一個不是我夢中的學校去面試，為此我沒有穿西裝，但是打了領帶。因為我知道這是對別人起碼的尊重。我踏過了草坪當中的步行道，來到辦公室的門前，沒有敲門，大門就打開了，開門的是個年輕人，他好像是在窗子裡看著我走過來的。

我來不及把有關的面試程序操練一遍，他就問出來一個在所有的面試書本上都找不到的問題：「你不是誠心過來面試的吧？」

不容我分辨，他又連珠炮一般地說：「你爸爸的學校是全美國文理學院前三名，我們這裡最多第八名；你有你們學校最高的GPA，又有SAT的滿分，你根本不會到我們這個學校來，是不是過來練習的？」

我嚇了一跳，幾乎到了張口結舌的地步。這種我們在家裡商量的事情他怎麼會知道？一時間全部的腦細胞都發動了起來，真的是腦子急轉彎。嘴巴一張就跳出來一大段從來也沒有準備過的心裡話：

「你講的很對，我爸爸的學校是全美國的文理學院前三名，我們家又住在校園裡，可是換作你，你會要到你爸爸教書的學校去讀書嗎？在家裡他是你的爸爸，在學校裡他是你的教授。你讀得好了，不是你的功勞，而是因為你有一個爸爸在這裡當教授；你讀得不好了，不僅僅是你的錯，還會連累到你的爸爸，別人會指責你爸爸有這麼一個笨蛋的兒子……」

我換了一口氣又說：「這個學校的排名是沒有我爸爸學校的排名高，但仍舊是個優秀的學校，你應該為你的學校驕傲。而且我覺得這個學校更加適合我，因為我的長項除了文學之外還有生物，我知道這裡的生物非常出色，有實驗研究室，這就比爸爸的學校高出一籌，而且這裡和英國的牛津大學有合作，將來可以到那裡去深造。我可以告訴你一個祕密，牛津大學才是我真正的夢中學校。但因為他們那裡是文理分校的，不能滿足我在大學低年級的時候文理兼修的要求，所以我想在這裡先讀好大學，再到牛津——我的夢中學校去讀博士。」

講到最後，我自己也驚呆了，我怎麼可能一口氣說出這麼多的話，而且在一個陌生人前面公布了自己心裡的祕密？還好他沒有在意，只是被我的話講得激動起來，他大聲地對我說：「對，對，我是應該為我的學校驕傲，謝謝你的肯定。我可以告訴你，我們學校的大門永遠對你敞開，所有大學的大門都會為你敞開。」

「謝謝！」我說。這天回家，我第一件事就是給這位面試我的年輕人手寫了一封感謝信，這封信寫得非常真誠，一點也沒有虛假，就好像我離開他的時候的微笑，完完全全的真實。

講老實話，我心裡還是有一點點想你到伊的學校，畢竟是在家邊上，就算住在宿舍裡，也只有幾十步的距離。我腳一抬就可以看到你了。而且這個學校在美國在西方是相當有名，口碑絕對不會比哈佛、耶魯差。有一次伊從中國回來，海關人員一看到伊是這個學校的教授，立刻肅然起敬，立馬放行，旁邊普林斯頓的教授也沒有這樣的待遇。

美國的大學大體可以分為兩種，一種是帶研究生院的大大學，一種是不帶研究生院的小大學，大大學裡分公立和私立，私立大學裡面才有藤校。而小大學多數是私立的，好壞直接排名。我常常譏笑伊永遠是老三。伊講：「老三是容易的嗎？全美國上千個小大學裡排名老三也是非常頂尖的，這裡面要把教學質量、教授水平、學生優秀以及學校的經濟實力等等綜合在一起，才可以評定。」

關於大大學和小大學的不同，在我這個外行眼睛裡很簡單，大大學的教授多重研究，小大學的教授除了研究之外還要重視教學，好的教授對待學生就好像是對待自己的孩子一樣。伊的學生會坐在伊的辦公室，嘀里嘟囔把自己的喜怒哀樂統統倒出來，有的話是連對自己的父母都不會說的。於是又哭又笑，伊還要在辦公室準備好一盒紙巾，專門提供給這些小孩子擦眼淚，也有學生會跑到家裡來，問伊要吃冰淇淋。這些學生畢業好幾年以後仍舊常來常往，如果需要，教授也會幫助寫推薦信，許多學生結婚生子都要來信相告。

而大大學就不一樣了，有一次你在大學的時候，我們在飯館吃飯，恰逢你的老師坐在隔壁餐桌上。我讓你過去打一個招呼，你說：「誰認得誰啊？三百多個學生上大課，從來不點名。」我當時就開始擔心，將來求學求職，誰來幫忙？結果你們這種學校的學生，自己有自己生存的方法。

講到點名，是小大學最嚴厲的地方，上課點名，遲到早退缺課都要扣分。功課倒不一定逼牢限時交出，推半幾天扣幾分也就通過了，不會弄出一個零分。伊常常說：「當教授又不是學生的敵人，目的是幫助他們進步，幫助他們學成。」

伊還說：「學生也不容易，很多孩子弄得灰頭土臉，眼睛永遠是紅的，應該更多地愛護他們。他們的家長更加不容易，昂貴的學費都是辛苦賺來的，怎麼忍心讓他們白白扔掉？」

大大學就完全不一樣了，講好了交作業的時間，這天一到半夜十二點就把電腦裡收件的程式關閉，講起來是統一設定，就是跪下來，機器也不會讓步，一個零分這麼產生了，一個學期的課白讀。我罵這些教授太不人性，他們也有他們的理由：「現實生活當中從來沒有人性，到了社會上就知道老師的苦心。」

有朋友在大大學任教，他們說：一到學期結束，大考成績一發出去，馬上關機逃走，不容學生有半點討價還價的餘地。

大大學的學生，就在這種環境之下被鞭策成人。當然我這裡所指的大大學，都是一些頂尖的學校。

在眾多的面試當中給我最大震動的還是我爸爸的大學，應該說我就是在這個校園裡長大的，又在這裡修課，甚至可以說這裡的一草一木都是我熟識的。可是沒有想到我在這裡第一次感悟到了什麼叫夢中學校。

這天早上醒來的時候，天光大亮。因為是週末，可以在床上多賴一會兒。這時候只聽到媽媽在樓下把鍋碗瓢勺弄得乒乓亂響，其中還參雜著叫我起來的聲音：「小獅子，小獅子！不要忘記面試！」

對了，今天預約了爸爸大學的面試，這是為了媽媽才這麼做的，媽媽不想我離開她。因為招生辦公室就在咫尺，我拖著雙拖鞋便出去了，卻被媽媽一把揪回來，換好行頭，重新出門。一路上埋怨媽媽讓我起得太早，不料還沒有到門口已經看到有人在排隊。排在我前面的是一個乾乾淨淨的女孩子，一看就知道不是我們這個地區的。她手裡捧著學校的介紹，還不斷在記事本上做筆記，認真得有點過分。

排隊排到跟前，女孩子緊張起來，手忙腳亂地不知道在找什麼，這時候她向我投過來懇求的目光說：「對不起，我還沒有準備好，你可不可以先行？」

我笑了笑就一腳跨進面試的房間，因為面試的工作人員都是熟識的，走過場一般就出來了，一看那個女孩又和別人換到了後面。我不經意地要把發給我的資料丟掉，不料那個女孩子見了立刻撲過來，捧起我剛剛出手的紙張，寶貝一樣地抱到懷裡。眼睛裡的是指責？怨恨？藐視？完全不是先前的緊張。我在那裡一下子感覺到，這就是夢中學校。我想大學就應該招收這樣熱愛這個學校的學生，我也應該對我的夢中學校懷有這樣的愛心。

我說過了，我是在最後一分鐘發現我真正的夢中學校——牛津大學，不能滿足我文理雙修的願望，所以目光轉回了美國。一開始選中耶魯還是因為耶魯的外觀和牛津擁有相同之處，古老的建築，讓我產生幻覺。儘管那些建築物都是人工做舊的，仍舊顯示了歷史的沉積。我喜歡古典的氛圍，被那裡的假象迷惑。

於是我想，這裡應該是我的夢中學校了。先是預約了耶魯的校外面試，那是一個十年前畢業的耶魯校友，現在是附近一個大公司的律師。她把我讓到她辦公室的寫字桌對面坐下，然後兩隻銳利的眼睛一直盯到我心裡發毛。突然她問：「你是怎樣看待『義務勞動』的？」

我的後背一陣痙攣，該死，怎麼會哪壺不開提哪壺？直戳我的短項？後來哈佛大學的面試者也提出一個同樣讓我心悸的問題，就是：「你對『朋友』這兩個字的看法？」我不知道為什麼這兩個學校校友的眼睛都會如此銳利，一下子就抓住了我的腳後跟？這些都是書本上找不到的面試題目，一直到後來，自己也當上了耶魯大學的校外面試員以後，我才知道其中的奧妙。

這就是我在做校外面試員的時候，在面試之前都會仔細閱讀來者的資料，最擅長的就是雞蛋裡面挑骨頭，我們是什麼人啊？經過這種世界頂級學校的訓練，什麼針尖大的瑕疵都逃不過我們的眼睛，這是要當心的。

經過了大大小小幾十次的面試，我發現一般來講校內面試比較講究禮儀，多數涉及對學校的看法，切身的感覺。而校外面試看上去比較隨意，有一次我還碰到一個面試我的人，把腳都翹到茶几上了。但問出來的問題卻是犀利，具體。

最後，無論是校內還是校外，面試以後都要給那個面試你的人寫一份謝卡，表示感謝。以後有什麼新的成績、進步、活動，甚至想法都要找理由去匯報一下，按照媽媽的話是：「沒話找話。」

按照爸爸的話是：「時不時地給這個人發封電信，表明你的『愛』有多深，這就是不屈不撓的『求愛』。」

看學校

在美國，申請大學出去「看學校」是大多數家庭都會做的。一是讓孩子了解以後四年的生活學習環境，二是讓那個學校了解自己，留下一個好印象。（那個帶著大家參觀的講解員說不定也會起到很大的作用。）

而對於我來說，看學校是緊張當中的鬆弛，對於伊來說，則是鬆弛當中的緊張。這是因為伊在心裡仍舊想把你的選擇從耶魯拉到哈佛去，為此伊也不怕辛苦啦，一次又一次開著我們的小車，從哈佛到耶魯，又從耶魯到哈佛。而在這來來回回的旋轉當中，你也好像猶豫了，一時拿不定主意。

這天晚上，你們兩個人又在討論這件事了，我在浴室裡洗澡聽到電話鈴狂響，於是大叫：「喂，都聾子啦？」

沒有人理我，只好溼漉漉地跳出來接電話，原來是丹丹：「有點事情要你們幫忙，還記得錢先生嗎？他就在我身邊，讓他自己和你講吧。」

結果錢先生接過電話語無倫次地什麼也講不出來，還是被丹丹接過去繼續敘述。錢先生是科州一所大學裡的化學教授，夫婦倆都是中國的少年大學生，後來在英國拿了博士，在丹佛找到教職。他們有個女兒和你一般大，錢先生對她的教育極為嚴厲。樣樣功課都抓得很緊，還要拉琴、跑步等等。據說跑步跑得一兩個月就要跑壞一雙鞋，我感覺到錢先生是把女兒當作兒子養了。

女兒也爭氣，到了高中通過競選拿到學生會主席，這在中國人當中是很少的。但是不知道是生理原因還是心理原因，女兒在高二以後感到有些力不能及了，不是女兒不努力，而是更加賣力，但是成績仍舊上不去，不僅拿不到第一第二，連拿前十名也很困難。

丹丹那時候就告訴我：「錢先生的女兒也真是給他養到了，好強得一塌糊塗，一天到晚讀書，常常看到她一嘴的燎泡，還在那裡熬夜。」因為錢先生就住在丹丹的對面，丹丹常常看到那裡的燈光徹夜通明。於是丹丹就對錢先生說：「不要逼得太緊了……」話沒有說完就被錢先生接下去：「小孩子自己要的，我們從來也不管她的。」

但是無論是逼的還是自己要的，女兒的功課仍舊在下降，終於有一天被數學ＡＰ的老師勸退了。錢先生氣到眼睛發綠，但是他是聰明的，一咬牙想出來了一個好主意：提前畢業！

這實在會加分很多，因為弄不好女兒的成績還會下降，所以保住現在的成績和政績等等，再加上提早畢業，就是一張大王牌。儘管ＳＡＴ只有考到七百四十分一門，但也被錢先生的夢中學校——美國最厲害的理工學院錄取。丹丹說：「小姑娘去讀這個學校完全不是她自己的願望，她說過喜歡文科的。」

但是無論女兒的願望是什麼，錢先生是成功的。我聽到了立刻過來訓斥你：「看看人家小姑娘，出色吧！哪天你也進了這麼好的學校，媽媽走路也要唱山歌了。」

「這個學校啊？我是不要去讀的，那天我去參觀這個學校，想去上個廁所，門一開，一泡大便等在馬桶裡。你不是最講究運氣的嗎？這叫什麼運氣？」

我大笑：「這叫黃金萬兩，好運好運啊。」就在我們的說說笑笑當中，錢先生夫婦把女兒送到了東部。一個學期還沒有過去就出了大事情。

這個學校是出了名的厲害，我們去參觀的時候，有學生坐在走廊裡的地板上已經睡著了。這裡的學生除了智力上要頂尖以外，體力也要過得硬，不然的話真要昏過去。

錢先生的女兒馬上就發現自己心餘力絀了，半夜三更，一道數學題怎麼也解不出來，早就完成作業同屋的女孩已經一覺睡醒，她走過來看了看說：「你怎麼還在做這一題啊？你這樣下去到明天早上也做不完，算了，拿我的去抄一抄吧。」

壓力大到了快要窒息的地步，打電話回去，錢先生在電話裡說：「沒有關係，堅持下去，我最相信你了，我家的女兒是最棒的。」

這以後，小姑娘很少在電話裡哭訴了。錢先生以為女兒已經適應，正得意到了四處宣揚自己的成功，準備在聖誕節接女兒回來，大擺派對的時候，學校裡寄過來了一封信。

信裡詢問了錢先生一個問題。那就是：「還要不要保留女兒的學籍？」

這是什麼意思？原來女兒早就已經私自從理工學院逃出去了，聽說躲在賓州州立大學一個同學的宿舍，所以電話就打到了我這裡。我渾身冰涼地站在那裡聽完了錢先生的故事，一時間說不出一句話來。得出一個結論就是：孩子上大學，要緊的不是選擇最好的大學，而是選擇最適合這個孩子的大學。

小獅子，你在選擇學校的時候媽媽一定不會干涉你，無論去哪裡，只要你開心，你喜歡就好了。

信箱裡躺著一封從西部寄過來的信，奇怪了，這所加州的理工學院怎麼會看中我的？我好像從來也沒有申請過呢。本來想直接扔進廢紙箱，可是摸上去有點單薄，不像是宣傳資料，於是有些好奇。拆開來一看不由大笑。

這是一封校長的親筆信，手寫的。上面這麼寫著：「我知道我的上一封信已經被你丟到了垃圾桶裡，我也知道你甚至看也沒有看我們的介紹。可是我還是要給你寫信，我要告訴你，我們的學校並不是你想像當中的那麼不好。」

接下去有學生的介紹：「在我們的學校裡，讀書、睡覺、找朋友，這三件事情只能做兩件……」

我把這封信給媽媽看了，媽媽朝著牆角落看了看說：「這個校長好像在我家裡安裝了監視器，他怎麼會知道我們已經把他的信丟到了垃圾桶裡？看樣子這個學校是不能去的，離開家裡又那麼遠。」媽媽主要的意思是在最後一句話。

「我本來就沒有想去申請這個學校，這種非常堅硬的學校不是我的菜，我想我還是到耶魯去。」我說

「儂已經最後決定了嗎？」媽媽抬起眼睛來問。

「還沒有。」我回答接著又說：「爸爸說這個週末再去看一看。」

「再去看啊？我看得眼睛裡都要長出老繭來了。」媽媽說。

這時候爸爸走進來了，他說：「別人都是學校挑你，小獅子可以出去挑選學校，實在是小獅子的福氣了，還不快趁機享受？」

「好了，我無所謂，我反正就在汽車的後座上安心睡覺。這兩所學校都是最好的，關鍵是小獅子自己的感覺，只要是他喜歡的就是最佳的選擇。」媽媽自從要幫錢先生找女兒以後，變化很大，似乎不再整天把「藤校」這兩個字掛在嘴上了。

但是我知道，媽媽仍舊在為我擔心，擔心的問題還是大班對我說的：「我們的問題仍舊在於：那些成績不如我們，但是家裡有優先權的人。」

大班和我一樣，也是新移民，他的爸爸媽媽來自以色列。他說他已經打聽過了，我們學校的學生家長裡面沒有從麻省理工學院畢業的，他希望我可以和他一起去那裡，避免去和那些有優先權的同學競爭。我告訴他，我不會去申請理工學院，因為我不會走理工的道路。我相信大班一定會成功的，他非常強。

「我相信你也會成功的，你一定會憑藉自己的實力進入你最想去的學校。」大班對著我的肩膀擊了一拳說。

我們又上路了，這次我們準備一路「看」過去，先是穿過那家最先拒絕你面試，後來又邀請你去面試的那所當地的藤校。我看到那裡的學生們正三個一群五個一堆地在校園裡走來走去。很快我就發現了一個現象，這裡的學生們多數以膚色分類，白種人和白種人在一起，黃種人和黃種人在一起，其中日本人、韓國人、中國人也有分開。我覺得很不錯，孩子們很放鬆，就好像在家裡一樣。而你卻說不喜歡，因為你從來就是和大班等等在一起的，假如和中國孩子在一起，你是話也講不通的了。

然後，我們直奔耶魯。耶魯大學仍舊一如既往地典雅、端莊，這裡和先前看過的藤校不同，那所藤校開闊，敞開，一腳踏進去路路通。而耶魯是由一個個大院組成的，這些大院就叫「學院」。學院和學院之間不能通行，進進出出全靠刷卡才能開門。看著那些脖子上掛著硬卡的學生，真有說不出的羨慕，想像著不久以後，你也可以成為他們當中的一員。

耶魯大學的學生走起路來像充軍，一隻腳剛剛踏出去，另外一隻腳已經跨到了前面，一面孔的嚴肅，就好像一個個都要去當總統。伊陪你去聽課了，我一個人漫步在校園中心綠草地裡，秋日的草坪已經失去了生命的跡象，突然想起來英國豪斯曼（A.E.Housman）的詩句，「So leave alone the grass that I am under......」我不由低下頭，感傷起來。就是偉大的詩神，到了最後，不也只是躺在青草的底下了嗎？

耶魯的校園就是這樣的，處處會讓人感覺到歷史的沉積。這天晚上，我們下榻於紐黑文市中心的Omni旅館，拉開厚重的窗簾，下面是耶魯的校園，伊和你都呼呼大睡，只有我一個人坐在黑暗裡想像著這裡三百年以前的故事。那時候只有我一個人不知道，這裡的「古老」都是假的，人工做出來的。

第二天我們前往哈佛，途經美國詩人艾米莉．狄更生的故居，那裡有久居美國小大學第一名的Amherst，畢竟是第一名，很有派頭，長長的步行道，從坡底下一直通到中央大樓，伊和你已經站在高高的坡頂，我還在半當中喘氣。心想：「哦喲，你最好不要選中這裡，老娘想來看看你也會被這條斜坡累死。」

正想著，旁邊有對夫婦指著你對我說：「這是你的兒子嗎？一看就像是耶魯的學生！」我想你大概真的會變成耶魯的學生呢！於是立刻謝了他們。離開了Amherst以後，伊很想到Wellesley去看一看，當即遭到我和你的反對：「女校啊？不要浪費時間了吧。」

二比一，伊只好放棄說：「你們不知道這個學校培養出來的女孩子多麼有風度，要是我有一個女兒一定是首選Wellesley。」

「做下輩子的夢啊！」我大叫，你大笑。

不一會，哈佛到了。畢竟是世界名校，人來人往極為熱鬧。你們聽了一節課以後，我們就穿過校園，想到教授的辦公室去看一看。這時候我發現這裡每一個通道的盡頭都會有一扇小鐵門，這些鐵門之小，使你不得不側轉了身體才能過去。

我想起來耶魯的大門，那是又高又大，我曾經用兩隻手一起去拉，還是很難拉開。「我來，我來。」在耶魯的校園裡，你總是幫我開門，伸手一拉，龐大的鐵門帶著沉重的呻吟就打開了。

我當時就說：「這扇門真重，沒有力氣是拉不開的。這就是耶魯，不花點力氣是進不來的呢。」

現在看到哈佛的大門，又小又窄。我又說：「要擠進這扇門也是不容易。」

伊在一邊聽了說：「哈佛和耶魯都以門多著稱，可是哈佛的門小，小得要讓人擠過去；耶魯的門大，大到讓人推不動。最後的結果都一樣，很難進去。」

你一本正經地說：「我這個人又高又大，擠不如用力氣。」

這次到哈佛和以前有些不一樣，以前到了哈佛廣場，總有一種亂亂哄哄的感覺。這天我們聽完了一節課的時候，正值午餐時間，爸爸的朋友歐斯卡教授和他的夫人帶我們到一家僻靜的印度飯店吃午飯。啊喲，這是我有生以來吃到的最有味道的一頓印度飯，那個咖哩的味道，從我的頭頂心一直辣到腳底板。

歐斯卡是位大教授，我趁機向他提出一大堆的問題。他很耐心，一點架子也沒有，讓我感到非常有親和力。就在我們大談古典文學當中的《山海經》的時候，歐斯卡夫人大笑起來，她對我說：「你是第一個我看到的可以和歐斯卡先生吃飯吃得一樣快的人，這麼辣的咖哩飯和菜統統吃光。肚子也要燒起來啦。」

接著她又說：「你們先到辦公室裡去繼續聊，我們吃不過你們，不和你們PK。」

歐斯卡教授一聽就站立起來，帶著我穿過了校園，來到了他的辦公室。按亮了電燈，我一眼看到書架的下面一層上，站立了一本兩百多年以前的善本書，我直接走過去蹲了下來。歐教授看見了，也走過來蹲在我旁邊。

他說：「你眼尖，這是我這裡最珍貴的書籍之一，還是我在牛津大學讀研究院的時候找到的。」

我說：「我也有一本，是我的外公留給我的，我還以為是孤本呢，沒有想到在這裡看到了同樣的一本，不過我的那本明顯沒有這本保護得好。經過了太多的磨難了。」

「那就要更加珍惜，假如要修補的話，最好不要用化學材料。」然後他又給我講解了修書的技巧，技巧還沒有說完，話題又轉向書本裡的內容、歷史，以及文學的歷史、經典等等，我已經忘記了自己是在哪裡，甚至忘記了我們一直都是蹲在地上。等我想到應該站起來的時候，兩隻腳都麻木了。

我站起來了，面對站在身邊的歐斯卡教授，佩服到了五體投地。我想如果可以成為他的學生，應該是一生當中的幸運。正想把這個意願流露出來，不知怎麼一回事，我忘記了禮貌，問出一句：「歐斯卡先生，可以告訴我，你的本科是哪裡讀的？」

歐斯卡先生完全沒有在意我的唐突，脫口而出：「耶魯，耶魯是我的母校。我永遠也不會忘記那裡嚴謹的教學，給我打下了扎實的基礎，那裡還有一個非常強勢的Directed Studies……」

當我的一隻腳跨出印度飯店的時候，我就感覺到嘴巴裡有什麼東西不對頭了，對著鏡子一看，不得了！滿嘴的燎泡，嘴唇腫得像兩根香蕉。伊看著我大笑，我也忍不住大笑起來，對著朋友說：「看樣子你們哈佛真的是厲害，周邊的飯店都貨真價實，好吃但是要付出代價。」

朋友笑道：「這還不算厲害的，我們已經習慣了。厲害的是這裡的咖啡，特別是招生辦公室的咖啡，你去喝喝看，保證你到明天早上也不要睡覺。」

這就是哈佛了，真的是樣樣厲害。我又想起來朋友錢先生的女兒，因為賓州州立大學離開費城甚遠，需要好幾個小時的車程，沒有辦法幫助他們，也不知道現在他們怎麼樣了。想著想著已經走到了哈佛的辦公樓，踏進去看到你和歐教授談得正投緣，不忍心打擾，又退了出來。

按照朋友的指點，我們來到了招生辦公室，前廳裡有很多學生和家長在等待，等待面試或者是等待導遊的學生來帶領大家參觀。我們因為都已經經歷過了，只是從咖啡壺裡倒了兩杯墨黑的咖啡。準備連夜開車回家，你們明天都要上課，我也要上班，這就是我們的生活，一站又一站，馬不停蹄。

傍晚之前，告別了哈佛的朋友們，我們的小車又轉上了高速公路。到了天黑盡了的時候，我們途經耶魯，伊好像看穿了你的心裡，又把小車開進了這座糾纏著讓你放不下的校園。校園裡一片寂靜，各個學院裡學生宿舍的窗戶卻燈火通明。伊和你站在圖書館的台階上，我則遠遠地坐在沒有出水的女生碑的旁邊。

這是一大片橢圓形的黑色花崗岩，好像桌面一樣。桌面的中間有一個圓孔，應該有水不斷地從那裡湧出，然後一輪一輪地朝著整個的桌面漕出去。水波暗示著自一八七三年以後，女生在這所大學裡的軌跡。可惜這天沒有水，不能感覺到她們在這薄水裡流動的美感。

黑色的夜幕，讓我更加感覺到有一股凝重和深沉逼迫過來。我想找到我應該讀大學的年代，可是在這一片漆黑當中我看不見，用手摸過去，感覺到人數不少。這些都是幸運的女生，我只能在黑暗當中，投出一個錯過讀大學的女生的羨慕的眼光。

正想著。聽到你們父子走過來的腳步，看不見你的面孔，可是我很清楚，你已經決定了你的最後選擇。

Essay

自從我正式宣布了要申請耶魯以後，媽媽就開始催我填寫申請表格了，那個時候的申請表都是手寫的，後來可以打字，在網上發送，要簡單很多。

申請表格裡的項目很多，最要緊的是一篇五百個字的essay。也就是一篇申請大學的文章。有人SAT考好了，面試也沒有問題，最後卻跌倒在這篇essay上。這種故事媽媽聽得太多了，所以又緊張起來。她想了想，還是遵循她的老方法：先到她所信任的Border書店，一去就是大半天，回來的時候車子還沒有停穩，就大喊大叫：「快點，快點出來幫忙！」

我和爸爸一起跑出去，不看就知道，一定是一大摞的書籍。搬到房間裡大家一起翻看，多數都屬於理論上的講解，不大實用。只有一本又小又薄的，也不知道是哪家出版社出版的小冊子，十分經典。裡面收集了二十幾篇essay，從頭到尾讀了一遍，可以看到其中的奧妙。那就是一定不可以讓別人代寫，要以自己切身的經驗和感情，用媽媽的話是：「動心動肺，真實誠懇。」

媽媽的朋友是個藤校的年輕教授，她告訴我們說，在她剛剛進校的時候，曾經被動員到招生辦公室幫忙，閱讀essay。她說：「這種事情最辛苦了，老教授是不肯去做的，只好讓我們這些小字輩義務勞動，雖說發給一定的補貼，但是和損失的腦細胞相比，絕對不值。」

她講起到當時的情景，一直到現在還是心有餘悸：每天早上眼睛一張開來，就要坐到辦公室裡，然後有打掃衛生的工人搬過來一箱一箱的洗衣服的筐子，裡面就好像山一樣裝滿了essay，鋪天蓋地。從早讀到晚，讀到腦筋打結，兩眼一抹黑。

「要指望自己的essay從中跳出來，一定要寫得精采，寫得特別，這樣的話才能讓我們睜開眼睛，打起精神。」她說。

「不要在我們面前耍小聰明，到哪裡去抄一段，或者請人代寫，不要忘記我們這些人是怎樣出來的，這種事情絕對逃不出我們的眼睛，弄不好毀了自己的全部。」她又說。

我笑起來了，我說：「無論是SAT、AP、面試、essay等等，走過報考大學的每一步，都會給自己帶來很大的益處。就好像是自己給自己上了一課。所以我很珍惜這裡面的每一個過程，我會自己寫的。」

因為自己知道要珍惜，所以十分認真。essay有五個題目，可以任選一題。媽媽走過來說：「我看見範文裡有一篇essay寫的是自己的祖父是個名人，然後在祖父身邊受到了良好的教育等，這個祖父是不是可以給他加分？儂也可以寫寫儂對外公……」

「不好！不好！外公已經去世了這麼多年，不要再把他拉出來，讓他安息吧，他太辛苦了。我也看到了儂講的那篇文章，一定不是出自美國學生的手，這不是美國人的習慣。」我打斷了媽媽的話語。其實我知道媽媽自己也不喜歡把外公頂在頭上的。為了我，她是不顧一切了。

但是媽媽的話卻給了我另外一方面的提示：我不要寫大人物，因為大家都喜歡寫大人物、英雄氣概。讓我從小人物著手，他們雖然不能成為大人物，但仍舊活著，最低限度地活下去。媽媽常常說：「一個人的能力有大有小，就好像狗一樣，大狗會大叫，小狗會小叫。聲音再小，也是要叫兩聲的。」媽媽以為她自己就是在掙扎著的小狗，聲音小，但是也要拚足力氣叫一叫的。

爸爸笑起來了，他說：「你的聲音還算小啊？再響的話，天花板也要翻身啦！」

而我認為在我們的生活裡，在我的身邊。幾乎都是那些只會小叫的小人物，他們的聲音小到幾乎聽不見，但是仍舊在抗爭。如果可以在這些人的身上找到發光點，就是精采，就是特別，一定會更加震撼人心。

在我上海的老家，就有這麼一個人。

「他過來敲門的時候，把我的好婆嚇一大跳……」你的essay是這樣開始的。當你把這篇完成了的essay送到我手裡的時候，我正在做一隻走油蹄膀。結果站在爐灶旁邊完全忘記了鍋子裡的蹄膀，最後把一隻蹄膀炸到漆墨黑，只能丟到垃圾桶裡了。

五百個字，一個字不多，卻讓我看到了一個小人物的掙扎、抗爭和無奈，最後還是要向前。沒有半句花稍的詞語，呈現出來的只有一句話：「活下去有多好。」真實加上真情，我這個寫情老手也被感動了。

小獅子！我扔掉了鍋鏟，緊緊地抱住了你。當夜就把這篇文章傳給了專門幫別人讀essay的王小姐。第二天一大早上班之前，王小姐過來「砰砰砰」敲門，大門一開，她激動地抓著我的手不斷地說：「祝賀你，祝賀小獅子，他成功了。」

「這話怎麼說？八字還沒有一撇的事情，怎麼可以講他成功了呢？」我說。

「啊喲，我是什麼人啊?!人稱我有讀essay的慧眼啦，我一看就曉得小獅子功底，這種事情不是臨時抱佛腳可以抱出來的，是長時間的積累，藤校要的就是這樣的學生！」王小姐說。

這天你把文章帶到學校裡，請讓讀，讓讀了比你拿到ＳＡＴ的滿分還激動。

當日，你們畢業班的輔導員打電話給伊，邀請我們到他的辦公室。在美國的高中裡，每一屆畢業生都有一個專業的輔導員，這個輔導員的責任非常重大，其中之一，就是要幫助每一個想上大學的學生都找到他們最理想的大學。

在美國不存在輔導員會不喜歡自己的孩子，或者是沒有送禮得罪了輔導員等等，因為在美國，這個輔導員的學生考到藤校、頂尖大學甚至只要是考上大學的越多，也就是這個輔導員的業績越大。這直接關係到輔導員的名譽地位甚至收益，有的輔導員直接公布自己的業績，在校外擔任輔導員，賺錢。所以沒有輔導員會自己和自己作對，因為他是和學生綁在一起的。

我們到達你們輔導員辦公室的時候，他正和一對中國家長趴在桌子上，緊張地計算著什麼，原來這家孩子ＳＡＴ的考分不夠高，但是又想要到藤校去學習。輔導員想來想去，突然發現如果這個孩子到美國不滿一定的天數，可以用托福成績報考大學。這對在美國讀過書的中學生來說方便很多啦，於是就把家長叫過來，一天一天的計算，終於達到了目的。我知道這個輔導員老師的女兒和你們同屆，最後自己的女兒沒有進到藤校，別人的女兒進去了一樣高興。

這天你們的輔導員老師把我們叫過去是告訴我們，根據他的經驗，他認為你不需要報很多學校，除了你最想去的學校以外，只要再報一個「安全」學校就可以了。這時候讓走進來，他說：「小獅子用不到『安全』學校啦，假如耶魯不收小獅子，那麼他們就要關門了。」

我連忙謝了謝讓對你的信任，但是另一方面仍舊懇求他給你多寫幾封推薦信，因為在沒有拿到錄取書前，心裡仍舊發毛。讓說：「那實在是浪費錢，每申請一個學校就要多交出去五十美金，有學生因為心裡沒有底，一下子申請了十幾所大學，那就是五、六百美金丟出去了。」

「講老實話，我們這些輔導員老師心裡都很清楚，根據學生的成績和essay等等，大體上都可以預測這個學生的去向。我們會在學生申請大學的時候告訴他們，我們的預測，一般不會出錯。」輔導員老師在一邊說。

接著輔導員老師又加了一句：「小獅子這次的essay實在是沒有話講，很加分。」這樣看來essay實在是很要緊的呢。

那篇五百個字的essay也稱之為：「統一文章」，意思就是這一篇文章可以作為這一年申請所有大學的essay，這是一定要認真的。Essay寫完以後，就要開始應對各個學校的小文章了。其實這些小文章稱不上是文章，應該只是回答問題，限定幾十個字最多一兩百字不等。寫這些小文章絕對不比那篇essay簡單，甚至要更加當心。學校就是根據這裡面的一點一滴來了解一個真實的你的。

記得最通常會有「為什麼選擇了本校？」或者是「為什麼喜歡本校？」之類的問題。這裡面最忌諱的就是從網上找來一大堆的介紹。

「這種東西我比你更加清楚，說不定就是我寫的呢！我為什麼還要你來重複一遍給我讀呢？我最不要讀的是大家都知道的。」媽媽的朋友——那個在藤校招生辦讀過essay的年輕教授說。

她還告訴我，這個問題一定要回答得具有個體的經驗，這種個體的經驗是別人代替不出來的。其實申請表格裡會冒出這些問題，也就是想要窺視到學生的內心。這些小問題各個學校都不同，也是根據各個學校的特點來設定的。對此我很感謝我的爸爸媽媽一次又一次地開車帶我到各個學校參觀，讓我對這些學校都有著自己的看法。

其中有一個問題很讓我費腦筋，竟然問我：「你最喜歡什麼？」看似簡單。但是後面有一條好幾行字的解說：「不可以和你的學習有關，不可以和你的課外活動有關、不可以和你的義務勞動有關，不可以和你的交友有關，不可以和你申請學校有關……」最後還有一句話：「五十個字回答。」

讓我坐定下來好好想一想。不得了！我發現這些年好像除了學習、辦報紙、擊劍、拉琴、到實驗室裡做實驗等等，就好像沒有其他的事情和喜好了。我們這一代人是不是有點可憐啊？寧可和媽媽一樣經歷一場「文化大革命」……

「閉嘴！」媽媽震怒。

「吃飯，吃飯，吃完飯再動腦筋。」爸爸在飯廳裡催促。

對了，我想起來了，吃飯，吃東西不是我最開心的事情嗎？

媽媽一聽就直接反對：「不可以！不可以！不可以！人家還以為來了一個吃客了呢！要浪費多少食品啊！」

「蠻好，蠻好。這又不是三年自然災害，在乎這點食品。生活當中吃飯就是一件很重要的事情，我們還是先吃飯吧。」爸爸說。

可是後來爸爸知道我真的用「吃飯」回答了這個問題的時候，著實嚇了一跳，他說：「你的膽子也太大了一點吧，沒有想過後果嗎？」

我說：「我想過了，我也研究過了，這是我的真實想法。更何況耶魯是很重視吃飯的，他們還有一個吃飯俱樂部。忘記了嗎？我小時候的『打架』老師，就是那家著名的『藍生薑』飯店的創主，也是耶魯的畢業生，後來白宮特別請他去掌勺國宴呢！」

真是行行出狀元，「藍生薑」的主廚居然是耶魯大學畢業的，當個大師傅還要去讀耶魯，有點太浪費了吧，後來想想「藍生薑」這樣大的成功，大概也只有耶魯的學生可以掌控。由此可見，小時候辛苦一些，考進一個好學校，還是值得的。

後來因為你的成功，再加上伊本來就是大學裡的教授，每到申請入學的時節，總有朋友，甚至朋友的朋友，轉託過來要求幫忙指點。我常常自嘲：「我們家變成免費資訊站啦，要是開一個私人輔導公司，一定賺錢。」

你說：「這種事情早就有人來找過我，一個學生要付給我五千美金，都被我謝絕了。這種事情不是隨便說說就可以的，關係到一個人的前途。就好像儂以前說的那樣，要動心動肺，真實誠懇。我現在做不來，我實在太忙了。而且我不會敷衍了事，我不要害人也害己。」

我知道你很忙，常常是飯也不能按時吃，覺也不能按時睡，這就是科學家的生活。而且你又過於嚴厲，當年你在牛津大學講課的時候，女學生都要被你訓斥到出眼淚。不過不知道為什麼下一個學期，這些學生又要來選修你的課。

伊就不一樣了，對於年輕學生總是極其耐心，所以有essay送過來，伊總會仔細閱讀，然後提出意見。他的意見多數是肯定的，有時候實在看不下去了，也會很婉轉地指出，鼓勵為主。

弄得那些求教的人還以為自己真的不錯呢。當然伊對待自己的學生是另外一回事。

我笑伊內外有別，伊說：「那些中學生還是小孩子，不能把他們打得太狠，有些家長在家裡已經很嚴格了，到我這裡再不給予慰勉，那會讓孩子感到一點信心也沒有。到了大學裡就不一樣了，不嚴格一點，等於誤人子弟。」

想想也有道理，特別是那句「有些家長已經要求很嚴格」，讓我想起來早上六點鐘就起床一直忙到半夜十二點以後才睡覺的克里斯，還有那個一個星期只可以玩一個小時的老趙的兒子……

因此，那個當年在飛機上說「在美國讀書要比在中國便當很多」的蘋果，實在是大錯特錯。

在美國考大學好像比中國考大學的項目多得多，沒完沒了。除了SAT還有SAT II、AP等等，這裡面還沒有包括PSAT。再要加上義務勞動、音樂、體育……最後加面試和essay，簡直就是沒有一點點喘息的時間。還不如中國，一次性考試，最多訂個旅館，住上幾天，一個星期也就過去了。

我正在越洋電話裡慷慨激昂地發表著闊論，姊姊就在電話的那一頭丟過來一頓訓斥：「儂沒有看看這裡的中學生有多苦，一大早起來上自習，上了自習去上課，上了課以後去補課，補了課以後再補課……小小一個人壓力大到笑不出來，這才叫沒完沒了呢。」

我無話，看起來無論是美國的孩子還是中國的孩子都是一樣，都在拚命，只是美國的孩子拚得很釋放，中國的孩子很壓抑。

我正在實驗室，媽媽打電話過來說：「對不起小獅子，媽媽這次要煩儂了，就是丹丹的兒子今年申請商學院，儂一定要幫他看一看essay。」停留一下她又說：「因為是丹丹，別人我是不會來煩儂的。」

「我知道，我知道，但是我是很兇的，他吃得消嗎？」我說。

「不管了，讓丹丹先看，為了他好就是了。」媽媽咯楞噔一聲，就把電話掛斷了。

這天半夜回到家裡，打開電腦開始閱讀這個中學生的essay，讀了第一小節就可以看出來這是一個非常單純的大男孩。但是裡面問題一大堆。我開始回信：

首先，我要感謝你對我的信任，特別和我分享你的essay。我喜歡你的誠實，尤其是其中強烈的忠誠感。你讓我看到了你描寫的很多細節，其中有漂亮的文采。

但是你不要忘記你的essay是面對著大學裡的專業的招生成員。讓我們試著站在他們的立場去面對你的essay。

你想要報考的大學是一所菁英大學，他們正在篩選成千上萬的考生，其中大部分的考生已經被拒絕。不在我們討論的範圍。我們要討論的是以下三種，他們的名字被分成三堆：

什麼樣的考生是會被簡單接受的呢？那是GPA得到4.0的，SAT滿分的，SATⅡ和AP都是高分的，各種活動超過八個以上的，還有拿到傑出國家獎勵的等等（或是他們的爸爸媽媽是校友，捐獻過了巨款）。他們的名字被放在第一堆。

接下來的一堆是各種成績都具有相當不錯的分數，也做到了一定小時的社區服務和參加了各種活動，對於這些人來說，essay的質量就是非常重要的了。因為他們要更加多地呈現出自己的**突出**，和別人**不一樣的人性化**的一面，他們做到了。

最後是將被拒絕的一堆了，不幸的是，他們的成績和業績看起來都和第二堆非常相似，他們就是從第二堆裡被踢出來的。問題就是出在essay上了。

好了，我現在要告訴你，你的essay就要被放到第三堆裡了。因為，我的眼睛一張就看見了兩個別字。是的，五百個字裡只有兩個別字，有什麼關係？把你放到第三堆有點太不公平了吧？但是在現在這個社會裡，就是這樣的不公平，假如我在我的科研報告裡寫了兩個別字，那就會拿不到研究基金（要拿到這個基金，只有不到百分之十的機會），也就意味著，我會沒有工資。

生活就是這樣嚴峻，那一群招生成員，現在正虎視眈眈地盯著你的essay，他們不是想幫助你，把你拉進他們的學校，而是想方設法地在你的essay裡找錯。他們這樣做也是他們的工作，因為他們要把最優秀的學生從眾多的優秀的申請者當中篩選出來。

因此你現在趕快坐到電腦前面，仔細地閱讀你的essay，從頭到尾地檢查一遍。你會說你已經檢查過了，不對！你用的是電腦裡的程式檢查的，因為這些程式，只會查出錯字，不會查出別字。你必須用你的人腦，這是什麼程式也代替不了的。

可以了，現在來看看你的essay的內容，其中講到了你的ＧＰＡ、各種的活動，寫得不壞，你好像是想展示一下自己的業績，但是不要忘記這些內容在你的簡歷裡都敘述過了，招生成員沒有興趣再重讀一遍。

在你的essay裡好幾次出現了你家的飯桌，你說每當你在外面遇到艱險、困難的時候，你知道家裡的飯桌總歸是安全的，溫馨的，你可以回到你的家裡。看上去你有一個美好的家，你寫得很有人情味。但你必須要小心這一點，你把你家的飯桌形容成了一個避難所。不要忘記，你所申請的是一所非常嚴格的商學院，商學院的學生絕對是要在競爭最激烈的商業場上拚鬥的，要有「打不死」的精神，怎麼可能允許你退回到家裡的飯桌旁邊？

現在，讓我們來談談申請學校的essay的最基本的要求：

一、正確的拼寫和語法；

二、凝聚力和邏輯性；

三、永遠是正面的形象，不可以出現負面的詞句。要有積極向上、不畏艱險的個性，這將讓你在大學取得成功。這是非常重要的，招生人員要確保你有力量和性格在大學裡取得成功。順便提醒一句，假如這個大學的學生在大學裡堅持不下去，半途而廢了，是要影響這個學校的聲譽和排名的。校長大概第一個就會把招生辦的人拎出來試問。你要很清楚，在這個資本主義的美國，成功就是意味著永遠的積極，永遠的向前奮鬥。沒有人喜歡抑鬱，倒退，有意志弱點的人。請注意，商學院的學生尤其如此。

不幸的是，你的essay沒有反映出這些。請不要見怪，我將在這裡使用了一些苛刻的字眼，我想告訴你：這篇essay不能幫你進入商學院，你選擇了錯誤的方向，你必須重寫。尋找，設置你的essay，以真實的故事打動招生成員，讓他們在閱讀你的essay的時候，發出「哇」一聲的驚嘆。

最後，你是不是要重寫essay掌握在你的手中，不過我勸你考慮我的建議。

還有一件事，就是希望你利用「early decision」（具有約束力的提前錄取），因為在最近幾年大多數的「early decision」占據了大多數的招生名額。

丹丹的兒子聽從了我的所有的建議，最後他成功地進入了商學院。

寫在發榜之際

小獅子啊，你累了嗎？昨天下班回來，看到你正在電腦上打遊戲，我沒有打斷你，只是站在房門口看著你，有一種欲哭無淚的感覺，我感到心痛。我幾乎想不起來上一次你打遊戲是什麼時候了。為了那些沒完沒了的SAT、SATⅡ、AP等等大學入學考試以及有關活動，我以為你已經忘記了還有打遊戲這一項娛樂。可是此刻，你狠狠地敲打著鍵盤，就好像是把這些年欠缺的娛樂全部補回來。

鍵盤在你手指底下激烈地碰撞著，我聽到了你內心的煩躁。明明知道這是最無聊的遊戲，卻仍舊是全心全意的投入，你這是有意要在這無聊當中消磨時間，甚至是生命！我想我應該走過來阻止你，可是我不忍心。因為我知道此刻正是你最緊張的時刻，你很煩躁。還有幾個小時，你的Dream學校就要發榜了。

牆上電子鐘的長針無聲地一步一步向前邁進，我則好像聽到很多很多年以前，上海家裡那座老式掛鐘的鐘擺，發出的巨大呻吟。那時候我正在等待，等待恢復高考以後的第一次大學發榜，我以為那是我生命裡唯一的希望。

我和我的同齡人一樣，經過了漫長的黑夜，幾乎到達了絕望的境地。我知道，假如我再重複一次那些年的故事，你會在心裡抱怨我的囉嗦，你會放空自己，閉上你的耳朵，或者是讓我那些動心動肺的故事從這個耳朵進那個耳朵出。此刻，我只想告訴你一個我從來也沒有告訴過你的事實真相：我落榜了。

我沒有進入我所夢想要進入的「一本」，甚至二本、三本都沒有進入，而是落入了一所我最不想進入的學校。我彷彿一下子跌入到了萬丈深淵，從頭到腳冰冰涼，面子全無。我好像一根木頭，直別別地從窗前的椅子上站立起來，又從儲藏室裡拖出一根沉重的鐵拖把，開始拖地板。

鐵拖把在乾澀的打蠟地板上抗爭，我的手臂痠痛到了麻木。我當時並沒有意識到這意味著我的道路將更加的艱難，只是咬緊嘴唇，任憑鮮血染紅了牙齒。屆時就像是拚出性命，也要把地板上的汙垢拖擦乾淨。母親和姊姊都不知道怎麼安慰我，小心翼翼說出來的話語好像離開我非常遙遠。我認為她們講的都是大道理，和我一點關係也沒有。

終於，母親發起了脾氣：「這算什麼名堂？落榜又不是末日，讀大學也不是唯一的道路。面子算什麼？你要做你自己要做的事情，而不是別人要你做的事情。」停了一歇母親又說：「你不是喜歡美國的長篇小說《白鯨》嗎？那個作者Herman Melville連中學也沒有讀完，十二歲就輟了學也能獲得成功。」

這以後，我在小學裡當過老師，在大學裡坐過辦公室，後來也從我所夢想要進入的「一本」拿到了文憑，可是到了那個時候，這張文憑對我一點用場也沒有了，我已經懂得讀大學並不是唯一的道路，我要做的是自己要做的事情，而不是別人要我做的事情。回過頭看看，這些年一路走過來，我是這樣想的，也是這樣做的，我對得起自己了。

現在，在你緊張地等待你的大學錄取通知的最後時刻，媽媽給你寫下這幾句話，不要嫌棄媽媽的囉嗦，媽媽只是讓你知道：夢想大學並不是唯一的道路……

希望你放鬆並做好你自己。

愛你的媽媽

又及：一分鐘之前，通過電子郵件，你的Dream學校給你發出了錄取通知書，我的眼淚一下子流了下來。做媽媽的最知道你為此付出的辛苦，但是媽媽要想說的是：這並不代表你的成功，你只是開始了一個新的啟程。媽媽又要開始焦慮，多少好孩子，一旦進入自己的Dream學校，就以為人生的目標已經到達，甚至只是為了外表的包裝，放棄了做自己，這實在是最大的失敗，媽媽好擔心。

Dream學校的大門為你敞開了，萬花叢中隱藏的是荊棘的暗道，很容易就會被誘惑進入歧途。你要頭腦清楚，做好你自己。同時媽媽還要提醒你，今後你要一個人在耶魯那扇沉重的大門裡走進走出，不是一件容易的事情。你在中學裡是數一數二的高材生，只有一個大班和你競爭，可是將來，在將來的四年裡，你的周邊個個都是大班，媽媽擔心。

此刻，媽媽站起身體，一個人走到樓下，為你端出來一杯咖啡。

小獅子啊：這是媽媽最後一次給你端咖啡了，因為從今以後你就要離開媽媽，獨自面對一個全新的社會，你要自己為自己端咖啡了。回想起來，在這之前媽媽為你端了十多年的咖啡，很對不起，媽媽教了你媽媽的所有，卻始終沒有教你怎樣端咖啡。

可是端咖啡這件事情不是媽媽可以教會你的，而是要你自己去領會，自己去學會的。漸漸地你會知道，什麼時候、什麼地方可以端到咖啡，你也會懂得是要加糖還是加奶，不要燙到自己也不要喝一杯過期的咖啡。

這實在不是一件簡單的學問，媽媽學了一輩子也沒有學好，媽媽只是祈禱，讓我的小獅子可以成功地為自己端出來自己的咖啡，而且學會為別人端咖啡。

到了那個時候媽媽就可以安心了。

國家安全部的來信

這是一個初夏的午後，風和日麗，清爽宜人。我坐在臨街的窗前，透過亞麻的窗簾，看見郵差正走過來。那是一個年輕的墨西哥女孩，肩膀上斜背著一個超大的郵包，郵包大到好像要把她整個的人都要拽到地上去了。

她是你初中裡的同班同學，忘記了有沒有讀高中，只記得很早就輟學結婚生子了。她現在的丈夫也是你的同學，好像還比你們小兩歲，是個修路的工人。冬天鏟雪，夏天修路。這種體力勞動者的工資不比大學生甚至研究生、博士生少。去年聖誕節的時候你在市中心恰巧遇到他們，那個當丈夫的熱情至極，持意請你在酒吧裡喝了一杯，很有主人翁的風範，以後沒有了來往。我似乎看見一輛大卡車和一輛小轎車在高速公路上擦肩而過，行駛在完全不同的車道上。

不過年輕的郵差一點也不在乎，她沒有開汽車，也沒有騎自行車，而是步行。每天都可以看到她樂呵呵地背著個大郵包，努力地挺著高高的胸脯，大聲地和路人們打招呼，好像對生活賦予她的一切都極為滿足，這不就是應該的態度嗎？也是美國這個社會裡最正常的現象了，我真為她高興。

此刻，郵差一步步踏上了我家的台階。還記得這個女孩子第一次看到我的時候，老遠就咧開了鮮紅的嘴唇，露出一排雪白的牙齒。她叫我「空太太」。因為美國人講中文沒有四聲，孔太太在她的嘴裡就變成「空太太」了。我告訴她我沒有冠夫姓，她說一個門牌號一個姓氏對她來說比較容易記牢，難怪以前署名給我的信件常常會失落，好在後來混熟了，她就會笑嘻嘻地把那些放錯郵箱的信件給我拿回來。

可是今天有些不一樣了，面孔有些嚴肅？還是有些迷惑？她的手裡握著一小捆用橡皮筋紮起的信札，一步一步踏上了我家的台階。她舉起信札看了看，又抬起頭看了看我家的門牌號，終於立定在那裡……

「喀隆咚」，信札掉進我家那只黃銅郵箱的聲音，要比我想像當中要大出許多。

我跳了起來，快手快腳地抓起一個剛剛出爐的咖哩麵包，追出去想送給這個小姑娘。打開大門，卻發現那只大郵包已經消失在隔壁人家的綠茵小道上了。

我想了想沒有喊住她，只是把咖哩麵包塞進了自己的口中，騰出手來到郵箱裡取信。不料，我的手剛剛拔出信箱，就大叫起來：「啊喲，我的老天！這是怎麼一回事啊?!」

隨著我的叫聲，嘴巴裡的咖哩麵包一下子跌落到了地上，握著信札的手便僵硬在那裡了。我的後背一陣發冷，雙腳一軟，一屁股坐到了花壇上。

我的兩隻眼睛盯牢在手心裡緊攥著的信札上，最上面的是一個雪白的信封，沒有貼郵票，只有一個郵資已付的印戳。收信人的位置上清清楚楚地打印著我們夫婦的名字，而發信人的位置上竟然清清晰晰打印著這麼幾個字：國家安全部。

我嚇昏了，坐在大門前的水泥花壇上。一時間頭腦錯位，二戰時期日本人被關進集中營的故事撞入眼簾，雪白的信封被我扔到草地上，不敢觸摸。

不知過了多久又回過神來，想了想二戰老早已經變成歷史，更何況我也不是日本人。於是輕手輕腳地站起來，慢慢彎下身體，撿起了這只雪白的信封。我屏息靜氣地再次查看了一下這只信封，終於從頭上取下一只髮夾，小心翼翼地插進信封裡：「哇！！！」

我簡直不能相信自己的眼睛了，原來這是你得了大獎，將被公費送到英國的牛津大學攻讀博士，國家安全部門的這封信是通知我們當父母的要到美國的國會大廈去領獎。進入國會大廈的中心，是要經過嚴格的安全檢查的。

媽媽打電話過來的時候，我剛好完成了畢業論文，我已經有一天兩夜沒有睡覺了，眼睛看出去，街上的人都變得金光燦爛的。掛斷了電話，我便走出校門站在樹蔭底下透氣。四年以來，我第一次有一種如釋重負的感覺。路易走過來哭喪著臉地告訴我，他的手在做實驗的時候燒傷了。

路易是我最早的室友，那時候我們八個新生擠在一套學生宿舍裡。當中的公用房間很大，旁邊睡覺的房間很小，每兩個人一間，還是上下鋪的。我因為生病最後一個到學校報到，剩下的一個鋪位當然是最差的了。媽媽以為有一點種族歧視，怎麼會專門把兩個有色人種放在一起？就這樣，我這個亞洲人就和路易這個非洲人住到了一起。

我們八個室友的家庭背景各異，性格脾氣相差甚大，只是在外表上個個都做出一副紳士風度，時間長了原形畢露，盛夏的時候放肆到了赤身露體，媽媽來的時候都不敢走進來。

我一直弄不懂路易是怎麼會考進耶魯大學的，加拿大來的賈斯丁說：「因為是非洲人。」賈斯丁和路易同修一門寫作課，這實在是非常要緊的課程。無論原本的寫作功夫有多深，最好都再修一次，這關係到終身的職場。我因為在一開始就進入「Directed Studies」，失去選修寫作課的機會，很有些遺憾。

路易在修寫作課的時候，整天跟在賈斯丁的背後，讓賈斯丁幫他改文章，賈斯丁不耐煩了，乾脆幫他寫作業。有意思的是，最後路易的成績是A，而賈斯丁只得到了A-。路易和我同修物理課的時候，也常常來抄我的作業。他不會直接來打攪，而是安安靜靜地等在我的門口，那時候我已經不和他同住一室了，多數是在我出門的時候才發現，他已經等候多時了。我不是想說路易懶惰，不努力，他的中學是拉丁學校，物理不是長項。但是他的成績很好，眼看著成績要掉下去了，他就會坐到教授的辦公室裡「磨」。

這天路易在實驗室不小心打翻了酒精燈，驚慌之中又用一塊蘸著酒精的抹布去擦，結果闖禍闖大了。本想罵他真是笨蛋，但是看到他那兩隻被紗布纏繞的手，忍不住可憐他。我忘記自己的疲憊，對他說：「你先去休息吧，一會兒我到實驗室去的時候，會把你的實驗做完的。」

「謝謝了，不然的話，教授要把我踢出去的。」路易說。

「不會的，你總歸有辦法拿到A的。」賈斯丁和傑克遜抬著一箱子的啤酒走過來說。路易有些尷尬，訕訕離開了。

這時候賈斯丁又說：「聽說路易已經拿到那家最好的醫學院的錄取通知了，小獅子，今天你幫我見證，那就是我說了：如果將來我重病，就是死也不能讓路易給我開刀，那是不死也要被他開死的。」

傑克遜大笑說：「我也同樣。他不把酒精燈打翻在我的肚子裡就算是大幸啦。」

傑克遜是美國的豪門之後，家族裡有過一個總統，只是這個總統不幸被槍殺，好像兇手至今還是個謎。大概是有種使命感，傑克遜一開始就決定要從政。我遇到他的第一天，看到他拿著一本簽名本，到處讓人簽字支持他競選學生會主席。那時候剛剛進校的新生，誰都沒有心思關心這事。我已經從他的身邊走過去了，看著他到處碰壁的樣子，又走了回來，在他的簽名本上寫下了第一個名字。

我後來問你：「假如有一天傑克遜真的當上總統了，他還會不會記得儂是第一個支持他當學生會主席的人？」

你回答：「做夢，除非到了那個時候，我對他有利。」

這就是美國，你老早就看穿了。我還記得傑克遜到處遊說要競選學生會主席的時候，正是你去報到的第一天。那幾天，你這個從來也不生病的人莫名其妙地生了一場大病，所以拖到報到的最後一天才去學校。

一路上我百般地感傷，百般地擔憂，甚至為你一車子的行李怎樣可以搬進宿舍而煩惱。三個多小時的車程，讓我的五臟六腑都翻江倒海起來。總算到了耶魯大學的校園，小車還沒有停穩，就看到一排精幹的年輕人站立在我的前面，他們便是你的室友了。這些人一轉眼七手八腳地把你的行李、書籍、書架甚至還有一個小冰箱一起搬到了四樓，我只好遠遠地跟在後面，傑克遜也在一邊。

「這麼高的大樓怎麼沒有電梯的啦？啊喲，累死我啦！」我開始抱怨。

「這是老房子，每一個層面要比一般房子高很多，四層樓的房子要比六層樓還高。」伊在一邊拖著我說。

好不容易爬上頂樓，上氣不接下氣地扶著樓梯的扶手喘息，伊則忙不迭地直衝洗手間，不料一隻腳剛剛踏進去，馬上就縮了回來。伊說：「不好了，走錯啦，這是女廁所！」

「沒有錯，沒有錯，耶魯宿舍的公共廁所都是男女合用的！」一個高挑的女孩子從廁所裡跟出來說。

我和伊立刻呆若木雞。「等一等，讓我進去看一看！」說著我便搶先一步踏進了廁所，裡面果真有一個西裝筆挺的小夥子站在一個半掩的衛生間裡小便。我好像犯了罪一般，躡手躡腳地鑽進了他隔壁的馬桶間，先是把小木門仔仔細細地關上拴好，然後輕輕地半蹲了下去。

「不行，我不能放鬆……」我繫好褲子走出來苦著臉對伊說。

「哈哈哈……」伊大笑起來。

「你們在笑什麼？」你從你的宿舍裡走出來問，我們誰也沒有回答，只是笑著跟你走進了你的房間。先看見一條橫著的走廊，那裡靠牆放著一排鞋櫃和衣架，走廊的兩頭有兩個寬敞的公用房間，每個房間又有兩個臥室，每個臥室裡住兩個學生，這一套宿舍有八個室友。

公用房間側面的牆壁當中站立著一座十分霸氣的老式壁爐，雖然老舊，依然很有派頭。正對面有一排巨大的鋼窗，讓我感覺有點像上海新康花園的老家，只是新康花園的窗戶外面沒有這麼一個寬大的窗台。窗台原本是歐洲式樣花壇，裡面有土沒有花。我從來也沒有看到過這麼牢固的花壇，剛剛幫你搬東西的室友們正一個個爬到那裡，坐在上面吹風。

「啊喲！這個窗台已經有一百多年的歷史了吧？這麼多人坐在上面吃得消伐？太危險了，跌下去命也沒有了。儂不許做這種事情啊！」我說。

「放心，我有恐高症。」你說。

「耶魯大學的宿舍怎麼會這個樣子的啦？臥室這麼小，還是上下鋪，像兵營一樣。」我看了看你的房間說。

「我從來也沒有睡過上鋪，蠻有隱私的。」你有意安慰我說。

「摔下來就沒有隱私啦。」我反駁。

媽媽還在那裡抱怨，爸爸已經和我在公共房間裡一起查看起那本被稱為「史上最新、最綜合、最可靠的指南」——《*Zagat Survey*》雜誌，尋找吃晚飯的地方了。媽媽看看她的抱怨沒有了市場，便一個人在我的房間裡搬上搬下地忙碌起來，爸爸對我使了個眼色，意思是這種時間最好不要去打攪她，弄不好撞到她的火頭上，正好被她臭罵一頓。

等到我再次回到房間裡的時候，眼睛一亮，媽媽已經快手快腳地把一個五斗櫃靠在床頭的牆邊，上面是書架，一直延伸到屋頂，書架邊邊上還夾著一個床頭燈，我可以在上鋪開燈看書，自如地伸手拿書拿筆拿電腦。媽媽得意地說：「看到了吧，這是媽媽在文革期間，『掃地出門』的時候練就的獨門功夫：把最小的地盤，變成最大的空間。」

這時候住在對過房間的阿甘把腦袋伸進來說：「啊喲，你的房間怎麼變大了啦？」媽媽一聽更加得意起來，但是一看他的面孔立刻收斂了笑容，只是禮貌地對著他點了點頭。阿甘離開以後媽媽說：「這個人滿面孔的鬍子，有點兇相，離他遠一點。」

大鬍子阿甘是從美國最南端的小鎮過來的，他的媽媽開了一輛破舊的別克汽車，衣著打扮也非常樸素，待人接物倒別有一番風度。大鬍子對她很敬重，上下樓梯的時候，總歸攙扶左右，看得媽媽也嫉妒了起來，忘記了一開始讓我離他遠一點的話，而是一再要我像大鬍子一樣懂得孝道。想起來，當初填寫入學資料的時候，有一欄專門要求學生填寫家裡汽車的牌子和年份，至今也不知道是什麼意思。

媽媽當時不知道大鬍子阿甘是一個罪犯的兒子，不然的話一定嚇煞。大鬍子的父親是個毒販，家境一度相當殷實。他的母親也有過財大氣粗的時光。後來販毒事發，鋃鐺入獄，從此這家人的狀況一落千丈。不過大鬍子奮發向上，也能考進耶魯，並沒有因為家庭背景受到影響。大鬍子阿甘非常推崇馬克思，不僅僅通讀《資本論》，而且對其中的理論深究到了精髓，這在我們耶魯也是罕見的。他還常常在公共房間裡教育我們，很有左派領袖的風範。我以為他會成為無產階級的政治家，沒想到最後，他是我們室友當中第一個走進壟斷資本集團，專門為大資本家成功辯護的律師。

那天，就在媽媽教育我關於「孝道」的時候，爸爸插進來說：「一切收拾妥當啦，趁著天色還亮，先到院子裡看看周邊的環境吧。」

我們耶魯大學的新生一進校就被分配到十二個住宿學院當中，我被分配到西利曼學院，據說是十二個住宿學院中最大的一個。耶魯大學稱宿社為學院很特別，好像在其他大學沒有這麼一說。哈佛大學稱宿社為House，也是獨此一家。

我所在的西利曼學院裡有自己的餐廳、圖書館、健身房、琴房、洗衣房、活動室、學生廚房等等完備的設施，還有院長、學監、駐院學者和Fellow（研究員）。其實每所學院都一樣，只是建築風格不同。每所學院都設有自己的討論課程，舉辦自己的社交活動和院長茶會，其他學院的學生也可以來參加，包括食堂也是公開開放，只要憑學生卡就可以來吃飯。

西利曼學院東南西北有四個大門，包圍在宿舍大樓中間的是個正方形的庭院，有點像個巨大的天井。媽媽說：「知道嗎？幾年前一個早先畢業的大學生因為懷舊回到西利曼的校院裡漫步，就站在這個天井當中，仰天長望，正巧一架直升飛機落到他的頭頂上，從此在這裡長眠。」媽媽說完就把我們拉到牆角邊。

我還想繼續下去，告誡你走路要當心，伊在一邊打斷了我話說：「你媽媽怎麼總歸會聽到這種不三不四的小道消息的啦？誰知道是真是假？」

我正要反駁，西利曼學院的學監迎面走過來了，這個人的兩隻眼睛碧碧藍，光禿禿的頭頂四周還剩著一圈可憐巴巴的小毛，有一點滑稽。他那個乾枯身體和那隻鷹鉤鼻頭，讓我想起來十七、十八世紀歐美小說裡兇狠的老學監。我輕輕把這個想法向伊透露了，伊笑道：「這是名列世界前茅的頂端大學，又不是當年的孤兒院，別胡思亂想了。」

老學監聽不懂中文，也不知道我們在說些什麼，他大聲地邀請我們到學院的院長家裡去喝下午茶。原來學院的院長就住在這個宿舍大院的東南角上，高高的台階上面有一幢相當豪華的大洋房，寬敞的客廳和餐廳裡掛滿了世界名畫。

因為這是最後一天的新生報到，院長在家裡擺滿了點心、飲料，歡迎學生和家長前往品嚐。我們進去的時候，裡面已經人頭濟濟，熱鬧非凡了，女院長和她的丈夫站在門口迎接客人。

後面傳出來布賴恩．克雷恩的鋼琴和小提琴二重奏。我被吸引了過去。踏進那間大得可以開舞會的起居室，只看到當中擺著一架龐大的三角鋼琴，一個頂著一頭雜亂無章的頭髮，左右腳反穿一雙尖頭皮鞋的男青年，正坐在那裡彈奏。旁邊是一個樸素的中年婦女，這個女人短髮齊耳，穿戴整齊，下巴頦底下夾著一把古色的小提琴。

有人輕聲地告訴我：「這是一對母子，媽媽當年也是耶魯的學生。」怎麼可能？這兩個人的外表不搭到了水火不容，但是他們的神情卻是好像是天地合一，他們似乎忘記了周圍的一切，以及一起演奏的合夥人，甚至自己，完全投入到了音樂之中。

大家都在餐廳裡捧了個紙盤子走來走去拿吃食，只有我一個人站在這對母子的背後。那悠揚到了就好像是在哭泣的鋼琴和小提琴，時而和諧時而抗爭，時而相輔相成又時而分崩離析，淒淒婉婉地拽著我不放。

窗外秋風瑟瑟，淅淅瀝瀝地下起了小雨，新英格蘭的紅葉一片片地從樹枝上跌落下來，把褐色的泥土點綴得斑斕多彩。這是夏日的死亡，我一時間看呆了，只想說：「假如我是一棵樹，我願意被種在這裡。」

正想著，你和一個渾身是肌肉的壯小夥子走到我的面前，你說：「這是卡特，我們是一個宿舍的室友，他住在我的對面房間，足球運動員。」

我腦筋一下子轉不過彎來，明明記得我讓你在入學調查表格上寫清楚，不要和運動員住在一起，怎麼會冒出這麼一個室友了呢？

室友們

卡特後來變成我最要好的朋友，他絕對不是媽媽想像的「四肢發達，頭腦簡單」的運動員。耶魯大學的新生需要學兩年的外語，除非可以通過同等資格考試。我因為不想在外語這一塊花費時間了，所以在報到的第二天就去參加法語考試。我發現卡特也去參加了考試。和我們一起去考試的還有一個女孩子，不是我們學院的，是在大門口遇到的。她的手裡拿著法語考試的複習資料，對著我們點了點頭，我們就一起走過去了。

女孩子金色的頭髮在初升的太陽底下閃閃發光，我因為大病初癒，兩隻腳有點發軟，卡特開始亢奮，手舞足蹈地一刻不停。進了考場，分頭坐下，考試延續了兩個小時。我和卡特都通過了，女孩子沒有通過。不知道為什麼我有一點沮喪，好像要是自己不通過更好。

這天晚上我要到我的郵箱裡去拿「Directed Studies」的資料，我是興奮的，因為我把耶魯當作我的夢想大學，就是為了這個「Directed Studies」。耶魯大學每年招生一千餘學生。「Directed Studies」又從中錄取一百餘人，有人稱之為是「龍中龍」。現在我被「Directed Studies」錄取了，第一反應就是想告訴歐斯卡教授，謝謝他給我的指導，可是又害怕被誤認為是炫耀，於是只有在心裡向他表示致敬。

我過去拿資料的時候天已經漆墨黑了，西利曼學院裡面的每一個窗戶都燈火輝煌，而走出那扇沉重的鐵門，外面的世界幽黑寂靜。我夾著一大摞鉛印的資料走在無人的大街上，心裡布滿了祥和。

就在我春風滿面情緒高漲的時候，突然間一根棍子捅到了我的腰間，一個陌生的聲音在我背後響起：「不許動！不許回頭！把錢丟在地上！」

第一反應是：「我遭到傳說中的搶劫了。」

幾乎沒有經過大腦的思考，我已經把口袋裡的二十美元丟了出去。回過頭來一看，氣到我七竅生煙！竟然是一個小癟三，站在那裡騎著一輛兒童自行車，飛速地逃跑。我怎麼一點龍的風範也沒有了啦?!想到這裡立刻轉身去追，不料被正出門的路易一把抓住。他說：「小心，弄不好他有槍，被他打死是不值得的。」

我看了看他的黝黑皮膚說：「你也害怕的嗎？」

「當然，不管是什麼顏色的皮膚，被子彈射中的結果是一樣的。」他回答。正說著，壯實的卡特手裡拿著二十美元回來，他說：「那小子被我截住打了一頓，一點點大的一個人，還想搶劫？搶我們耶魯的學生？」

「還是小心為妙。」路易再三說。

「好了，無論是小心還是不小心，錢已經拿回來啦，小獅子請客！」卡特說。

我說：「好！請你們吃披薩。」

「不好，喝啤酒！」卡特說。

「怎麼可以？我們還不滿二十一歲！」我說。

「沒有關係的，只要不出這扇大鐵門就可以了，你沒有看見鐵門裡面巨型的垃圾箱裡裝滿了空酒瓶。你以為喝酒的人都超過二十一歲了嗎？」卡特說著又掏出二十美元，他讓路易幫他扛回來了一大箱的啤酒。我問他們：「酒店裡的人怎麼會賣給你們的？」

路易毫不忌諱地說：「是高年級的輔導員去買的。」

這個輔導員長得英俊瀟灑，典型的美國成功者的形象，據說他就是著名的「骷髏頭」社團的成員。人人都說進入這個社團是很榮耀的事情，但是卡特就是吃不消裡面的規矩「逃」出來的。記得卡特被他們用一只骯髒的安全帽盛酒，灌到爛醉，又尿尿到他的身上，還要自己罵自己是「小狗屁」等等，卡特說：「這種侮辱人的折磨我受不了，放棄啦！」

卡特放棄了，大鬍子卻一直想進去，他把自己打扮得小丑一般，底線也沒有，什麼丟失尊嚴的事情都做得出來，就是進不去。我在旁邊看他可憐，讓卡特想辦法幫幫他。卡特說：「這是沒有辦法幫忙的，我得以進去是因為我的爸爸在這裡當學生的時候，就是祕密社團的成員，我一進這個學校便被他們拍進去了。你看傑克遜什麼事情都沒有做，也進去了，這裡面有家庭背景的關係，還是讓大鬍子斷了這個念頭吧。」

他的話讓我感覺到：現實社會裡，人和人之間的差別。要想真正進入這個社會的上層，難！

你就是在那個時候學會喝酒的，因為看到你壓力太大了，我也不再限制你，只要不去吸毒就好。其實你的壓力也是你自己找出來的，為什麼不和路易一樣，修一些簡單的課程呢？還有那個嚇死人的「Directed Studies」，我在中國人的網頁上看到介紹，說那是「指導自殺」。

你後來告訴我，你們這一屆的「Directed Studies」大班裡，百分之九十以上的學生來自私立學校或者是特別的學校，而你這樣一路從公立學校出來的學生寥寥無幾。第一天上課走進教室，每一個學生都從老師的講台上拿一本天藍顏色的練習本，坐進去才知道這是要在上面完成課堂作業的。你從來也沒有經過這樣的訓練，只聽到周邊的同學刷刷地在本子上寫字，不一會兒一本寫完了，又上去再拿一本。而你在一開始，連一本也寫不完。

接下去是閱讀，一個星期一千五百頁的原版作品，其中除了文史哲以外還有宗教、藝術等等。還好你在中學的時候讀書讀得多，不然的話真的連吃飯睡覺的時間也沒有啦。

這天你過生日，因為早一個星期看望你的時候，在廁所的澡盆子發現有一個好像煤氣罐一樣的鐵桶，你笑著告訴我們說：這是你的室友們為你準備的生日禮物：老酒！到時候會用管子泵進你的嘴巴。

我聽了一嚇，連忙決定在你生日的當日驅車前往耶魯，把你帶出去慶祝。不料到達耶魯的時候恰逢你們考試，只看到教室裡的學生一人一張桌子，所有的書包資料統統丟在門外，大家埋頭寫字。那個考官面孔鐵板，手裡拿著一根小棍子來回巡視。時間一到，考官叫了一聲「停」字，聲音不大，考生們倒被他嚇一跳，連忙把手中的鉛筆丟到地上。假如還想賴皮寫幾個字，只看到考官手裡的小棍子一掃，手裡的鉛筆就飛出去了。

小獅子啊，你不是自討苦吃嗎？在中國考大學雖然困難，但是進了大學就相對輕鬆。那天你從考場裡走出來看到我們，笑都不會笑了，伊立馬發動汽車，把你拖到紐約時代廣場上最高級的旋轉餐廳，席間你差一點睡著。看得我要出眼淚，你反過來安慰我說：「沒有關係，我會戰勝的。」

「儂這是要戰勝誰啊？儂說過最大的敵人是儂自己，這是儂永遠也戰勝不了的呀！」

「我一直在朝著這個方向努力，這就是一個人活著的意義。」你說。

聽到這裡我無話可說。又有一天我們在紐黑文最有名的披薩店門口排隊，後面有人指指點點說：「這個人是『Directed Studies』的呢。」話語當中全是羨慕。當時，我真想告訴他們：「這裡面的辛苦實在不是一般人可以忍受的。」

回到家裡不久，卡特的爸爸給我打電話：「孔太太，我準備請假到耶魯去一趟。卡特和小獅子這一幫學生，為了開夜車讀書的時候不打瞌睡，吃藥啦！」

「不得了！毒品嗎？」

「毒品倒不是，但是『是藥就是毒』。我馬上過去制止他們……」

卡特的爸爸來了，第一件事情就是把我們辛辛苦苦從各處收覓過來的提神的藥物，甚至食品店裡買過來的提神飲料，全部扔了出去。他用自己當年在耶魯讀書的切身體會告訴大家「健康最要緊」。他要我們吃飯只吃八分飽，半夜裡實在堅持不住了，就帶我們到校園裡走一圈，或者是趴在冰冷的水泥地上做俯臥撐。

卡特的爸爸來的時候，傑克遜已經有好幾天沒有回來了，我們有些擔心。卡特的爸爸出去找他，回來說：「不要擔心，這是一個有志向的孩子，要做大事情的。」

傑克遜回來的那天，卡特的爸爸正好離開。卡特的爸爸離開之前，不知道從哪裡找出來一塊很專業的醫用肥皂，好像知道傑克遜回來的時候會臭氣熏天一樣。我們聯手把傑克遜推到浴室裡，又把他換下來的衣服直接從窗子裡扔到了大街上，傑克遜忙不迭地把腦袋從窗口伸了出去，對著下面街上的什麼人大聲地說了些什麼，衣服就被搶走了。

當傑克遜乾乾淨淨地從浴室裡走出來的時候，我們沒有想到故事還沒有完。傑克遜慎重地向大家宣布：「我有七個好朋友要過來看我，他們會在我們的公共房間裡住一個星期，請大家忍受一下，不要去報告學監，一個星期以後，我請大家喝啤酒。」

「什麼人啊？哪裡來的？七個人？太擠一點了吧？還要住一個星期？」大家七嘴八舌地詢問。

傑克遜不予回答，只是不斷地強調，他會請大家喝啤酒，後來又加碼到了再去飯店吃一頓飯。卡特說：「要去就去League of Union！」

那是耶魯最高級的餐館之一，我以為傑克遜不會同意，不料他眼珠子轉了幾轉以後說：「一言為定！」

我立刻在暗地裡大呼不妙，這麼苛刻的條件都會答應，一定不是好兆頭。果然不出所料，傑克遜的「七個好朋友」竟然是七個流浪漢，馬路上直接走進來的又髒又臭的流浪漢！他們踏進宿舍的第一分鐘，我就感到要窒息啦！那股氣味簡直可以把整幢房子都抬起來了呢！

大家群起而攻之，把傑克遜揪到卡特的房間裡差不多就要打他。「求你們了，我真的不是胡鬧，我這是在做我的研究，我要寫一篇有關美國社會裡的流浪漢的論文，我已經和他們在大街上流浪了整整一個星期了，你們看到我自己也變成流浪漢啦。現在我想讓他們到我們這個美國的最高學府來住幾天，看看他們會有什麼變化。」

傑克遜的眼睛裡充滿真誠，我第一個被他對學習執著的態度打動。卡特是個性情中人，看得出來他也開始動搖。有人說：「七天太長了，影響大家的休息和學習，最多三天。」

「五天。」傑克遜說。

「……」

「我下跪好不好？最少四天，不然就沒有意義了。」傑克遜到處作揖，比他當時想競選學生會主席的時候還要猴急。我走了出去，卡特也跟出來了。我說：「這個人弄不好真的要想當總統呢。」

卡特說：「我的肚子好痛。」

你在電話裡告訴我，卡特經常叫肚子痛，我說：「一定是喝自來水喝出毛病來了。」記得一開始，我給你買了幾十箱的飲用水搬到你的房間裡，因為我知道東部的水管老舊，水龍頭裡放出來的自來水不衛生。卡特看見了對你說：「為什麼買水？美國的水不能喝的嗎？我打出生就喝自來水。」

你沒有回答，你知道卡特是一個很典型的美國人，他非常愛國，一直愛到美國的水，就好像那個森林湖裡洗碗的耶魯女生漢娜。你沒有理睬卡特，只是自顧自地喝你的飲用水，而卡特堅持在你面前喝自來水，一直喝到有一天，他生病了。我去看你的時候，他正在嘔吐，我給他用電水壺煮了一杯蔓越莓的果汁，又酸又澀地灌了下去，立馬他就感覺到好多了。這時候我發現卡特消瘦了許多，已經沒有當時的四肢發達的腔勢了。

你說：「卡特放棄足球啦，為了這事，他的爸爸氣得不理他了。」

「其實，不踢足球也是好的，只是不踢足球也不會一下子變得這麼瘦弱呢。叫他多吃一點飯。」我按照中國人的習慣說。

「他不是不吃飯，是吃不下飯。」你說。

「這不好，人是鐵飯是鋼，他不要出毛病就好。」我開始為卡特擔心。

卡特真的出毛病了，他的病並不是喝自來水喝出來的，而是在放假的時候到秘魯去學習語言，吃了那裡的生魚片，吃到一種奇怪的蟲，大家都吃了，只有他一個人出了毛病。那時候他的專業是語言，他有語言天賦，已經學會了十幾種語言了。我以為他會變成一個語言專家，語言教授。但是他沒有，他生病了。

我不知道一條蟲的危害會這麼大，卡特吃藥打針最後是開刀，完全變了一個人。這一天我路過耶魯，繞道過來看看你，正巧你正在實驗室。我問卡特：「小獅子的實驗室在哪裡啊？」

卡特站在太陽底下，雪雪白。他想了想回答：「是這邊，不對是這邊，這邊，這邊……對不起，我真的不知道。」

「沒有關係，我也是一個方向感很差的人。」我用力地抱了抱這個大小夥子。

我把這個故事告訴你，你說：「卡特的媽媽也來了，急得一塌糊塗，生怕他要吃飯的時候找不到地方，或者是沒有錢，她就把周邊飯店發放的預付券都買了，希望他到處可以有飯吃。」

我說：「這就是當爸爸媽媽的，一路要操心，一點點不當心就會出大問題。小獅子，儂什麼時候可以讓媽媽安心啊？」

卡特生病讓我受到了刺激，人真是渺小無能，就好像媽媽說的一點點不當心就會出大問題。卡特是個那麼健壯的人，說垮就垮了。

但是我已經沒有時間為他的事情煩惱了，我自己也正面對著最棘手的問題。這天。我直挺挺地躺在床板上，兩隻眼睛盯著天花板，我已經這麼躺著好幾天了，因為我面臨的是一個嚴峻的問題，必須做出選擇，選擇專業。

耶魯大學的學生是在二年級的時候，面對專業選擇的。我說過我在一開始放棄了牛津，就是因為在英國不可能支持文理同修，但是在美國也有極限，到了一定的時間就要二選一了。當然有些專業可以雙修，不過根據我們那個高年級輔導員的話（他畢業以後，公司派他回耶魯來招兵買馬）：「我們公司要的是扎實的基礎，不要表面的花架子，雙修必定會削弱精力，結果兩門課的基礎都會打折扣。」

這是我贊同的，而且心裡很清楚：就算現在做一隻鴕鳥，縮著腦袋不去想這個問題，可是總歸有一天要面對社會，嚴酷的現實不會讓你模稜兩可，必須堅定清晰地邁出自己的腳步。不然就要走冤枉路，甚至摔個大跟頭。

我說過文學是長在我的骨頭裡的，就好像是老祖宗不散的陰魂，始終糾纏著我；可是科學，又是我無法捨棄的，世界的奧祕，宇宙的神奇，以及人，對了，眼面前就有這麼一個活生生的人：卡特，健壯如牛的卡特，因為一條蟲變得好像麵條一般，這是什麼緣由？我講的是緣由，不是現象，不是吃藥打針可以解決的，我要找出緣由，感知的緣由。我要尋找！

「我看到小獅子在尋找。」

「他在找什麼？」

「無止無盡地尋找。」

「找到了嗎？」

「找了還要找。」

看起來，這就是我的命了。奇怪，我怎麼也相信起命來了？我從床上坐起來，穿好衣褲，朝著實驗室走過去。我不知道自己為什麼會朝著那裡走過去，因為我當時的老闆已經捲鋪蓋走人了。他沒有拿到研究經費，實驗室倒閉了。

經費是個巨大的問題，特別是在經濟蕭條的時候，變得越來越緊張。許多優秀的科學家，把大部分的精力投放到申請經費當中，申請經費要比科研更加要緊。這很不正常。世界還怎麼可能進步？有誰還會為科研獻身？甚至出現了弄虛作假。這實在是科學家最大的恥辱，不應該稱之為科學家。

前景是茫然的，就好像我踏進那間被遺棄的實驗室的時候，裡面一片狼藉，沒有前路。我想辦法跨入進去，一張翻倒的桌子堵塞了走廊。透過夕陽映照的灰塵，突然看到落地窗的旁邊站著一個人，我一抖：「不得了，有人要自殺！」

想起來夏天在賓州的一家實驗室裡實習，第一天上班，就有人從樓上跳下來，是因為沒有拿到經費，科學家走向死亡，神聖的事業正在倒退，人類的罪孽和悲哀。

這是不是一個晦氣的兆頭？可是我決定了，我不下地獄誰下地獄？

失敗，又失敗，失敗在我的現實生活裡是定量的模式。我從來沒有學會欣賞大而化之的抽象的話題，特別是模糊和曖昧的語言，我永遠無法理解這些東西怎麼可能驅動和影響激情。我欣賞的是感知。

難怪媽媽驚慌失措了，因為我選擇的是無路的方向。

走向國會大廈

自從收到那封要到國會大廈去領獎的邀請，我便興奮到了失眠。回想起這四年以來，你所走過的歷程以及我點點滴滴的操心。現在得到這樣的結果，總算看到你付出去的回報，可以鬆一口氣了。伊在旁邊講：「你最好不要這麼想好不好，小獅子的成功應該是他新的起點，他會更加努力向前的。」

伊一講完便倒頭就睡，立刻鼾聲如雷。而我則坐在床上久久不能進入夢鄉。望著窗外的星斗，想到一開始曾經為你一個人睡在上鋪擔心，生怕你半夜裡滾下來。你從小習慣獨自睡大床，翻來滾去自由慣了，不喜歡受到束縛，後來事實證明，你在上鋪睡得很好。又想起來那時候看到你的室友們個個都是百裡挑一的優秀生，如狼似虎非常厲害，你一直在校園裡長大，十分單純，不知道會不會被別人欺負？後來發現，你就是在這樣的環境裡磨練到了漸漸成熟。

現在四年過去了，你得了個大獎，不僅要到英國的牛津大學攻讀博士，還要請我們到美國的國會大廈去領獎！我一天天地扳著手指計算日子，又跑進跑出為你置辦新的行頭，把你裝扮得從頭到腳煥然一新。伊對你說：「看看你媽媽，興奮得東南西北也不認得啦！」

我不予理睬，只是抓耳撓腮地總算等到了領獎的當天，一大早我就催著大家洗澡穿衣。不知道為什麼，你老是礙手礙腳地堵著我的道。我說：「儂啥事體啦，差一點絆了我一大跤。」你結結巴巴地說：「我，我手裡的一個實驗正在緊張關頭，我不去國會大廈了，你們自己去好不好？」

「什麼？儂怎麼會動出這麼個腦筋？做實驗的日子以後天天都是，到國會大廈去絕不是想去就去的事情，儂是不是腦子不清楚啊！」

想起來近幾年你常常會在我最得意的時候掃我的興，有一次我們在耶魯旁邊的中餐館吃飯遇到熟人，我正想讓別人看看你是耶魯的學生，不料眼睛一眨，你把那件印有「耶魯」標誌的雨衣脫了下來。你說：「這個人的女兒不是耶魯的，不要刺激人家。」

後來我發現這也是耶魯學生的風範，不會像其他藤校的學生，喜歡在車子上、T恤印出來一個自己學校的標誌。就好像《大亨小傳》裡的主角，明明是耶魯畢業，卻只是低調地聲稱自己來自紐黑文。可是這次你是有點過分了，哪有為了實驗，放棄領獎的？我氣到了七竅生煙。

你連忙說：「不要發脾氣，今天只不過是可以受到美國參議員的接見，將來總有一天，我一定要讓你們看到英國女王。」

伊在一邊說：「小獅子不去一定是他的這個實驗太重要了，沒有關係，我們自己去吧。」停頓了一下伊又說：「你還可以不要顧及小獅子的面子，自說自話地到處亂竄。」聽到這話我開心起來，就好像一只洩氣的皮球又被充起氣啦。

先是換上一件織錦緞的旗袍，這件旗袍從中國訂做過來以後還是第一次上身，又穿上英國品牌Clarks的鏤花皮鞋，同事的妻子是當地市長夫人的私人裁縫，特地為我設計了一只手提包。這只手提包怎麼放也不會倒翻，正面還釘了一朵同樣面料的太陽花。就這樣，我既大氣又有中國特色地坐進小車，和伊一起去國會大廈，為你領獎。

華盛頓的大街看上去筆筆直，但是小車開到路口常常會一下子沒有了前路，要轉過一條橫街才能繼續下去。總算到了國會山的跟前，卻找不到請柬上注明要走的邊門。圍著那幢雄偉的建築物繞來繞去，好不容易發現濃密的綠茵後面遮擋著一條石板小路，小路的盡頭有一扇半掩的小鐵門，推門進去，兩個荷槍實彈的軍人正威嚴地站立在那裡。他們十分仔細地驗證了我們的身分，核對了所有的證件，終於立正行禮放行。

一腳踏進去，先是一條狹窄的走廊，原本以為國會大廈的辦公重地，一定是森嚴壁壘鴉雀無聲。不料穿過狹窄的過道，走進大廳，裡面亂哄哄地就好像一個菜市場。那時候正值總統大選，遊說的、拉票的、辯論的。共和黨的麥凱恩大概是從廁所裡走出來，立刻被記者們發現，他們有的舉著攝像頭，有的舉著麥克風在走道裡面一起奔來奔去，把這個小個子的麥凱恩團團圍住，緊張得一塌糊塗。

這種場景不是隨隨便便可以看到的：「小獅子啊，別人想鑽都鑽不進來，儂這是放棄了一個多麼難得的機會啊！」

媽媽，我放棄到國會大廈去領獎，除了要做實驗以外，其實還有一個原因，這是我自己也想不通的事情。這一天我和你同時拿到了獲獎的通知書，我是在我耶魯的郵箱的旁邊打開這封國家安全部的信件的。那時候雖然已經接近傍晚，因為是夏天，仍舊天光大亮。我站在林蔭道上，隨意地撕開信封。就在這時候，這個時候，我突然感覺到後肩上被人不重不輕地拍了一下。我倒抽一口氣，心想：「這是啥事體啊？傳說中的祕密社團？我畢業也要畢業了，還會被他們看中？」

我慢慢地轉過身體，一個穿著布衣布褲的年輕人站在我的對面。這種服裝一看就是無牌的，意思是只有專門的地方才可以訂製，也只有專人才可以到那裡去訂製，不是一般人可以買到的。

大家知道，很多人喜歡追求的名牌，有些人還恨不得把個名牌的商標頂在腦門上。我的室友當中就有這麼一位，他是從佛羅里達過來的，後來成為那裡議員的祕書，他就喜歡這種生活。在耶魯讀書的時候，整天趴在電腦前面研究名牌，一個學期下來，要在那裡花費幾千美元，看著他好像是名牌店的產品一般，實在有些愚蠢。

愚蠢的還有他不知道，真正的名牌是無牌，甚至尺碼也沒有。穿著這種無牌的人非常隨意，他們以隨意的無牌，來表明了他們的身分。

我是因為內衣內褲都由媽媽親手縫製，一度被室友們誤認是那個級別的人。後來卡特生病，媽媽為卡特縫製過一件襯衣，做工特別精緻，明線都是手縫的。卡特高興得晚上睡覺也捧在手裡，只有出去會女朋友的時候，才特別穿上身。

現在這麼一個穿著正宗的無牌服裝的男人就站在我的面前，他看上去一臉的嚴肅，他想要幹什麼？不要用這種居高臨下的眼神對牢我，我是最不吃這一套的。想到這裡，我的兩隻眼睛直視過去，相信那裡面流露出來的是一副無所謂的目光，這是我最隨意的習慣。

他開口說話：「凱瑟琳祝賀你，她會在你領獎的當日到國會大廈去。她想先告訴你，她很高興。」

停頓了一下他又說：「我還想告訴你，她一直很關注你。」

說完他就轉身離開了，留下一個我，站在林蔭道上呆若木雞。良久，我搖了搖腦袋，讓自己清醒過來，看了看空空落落的周邊，簡直不能相信剛才發生的事情，我以為我做了一個夢，但是手裡多出來一份實實在在的賀卡。

我把賀卡打開，裡面沒有一個字。「這是什麼人啊？在我的記憶裡好像沒有這麼一個叫凱瑟琳的女生，是不是弄錯人了？」

這時候路易迎面走過來，他聽到我的喃喃自語便說：「你這是得了健忘症了啊？凱瑟琳就是那個一年級的時候，幫你把棉襖從實驗室裡拿回來的女同學，我不是告訴過你，她自己說自己叫凱瑟琳的嗎？」

「對了，是有這麼一回事，可是我一直也沒有弄清楚這個凱瑟琳是誰，你也沒有講清楚。」我努力回憶。那天我實驗做了一半，老師讓我過去談計畫，回來的時候，路易說一個很有風度的女孩來看我，以為我已經回宿舍，就把我的棉襖送回去了。當時雖然已經開春，但是太陽落山以後仍舊是寒冷的。我一路打抖回宿舍，暗自臭罵：「什麼人多事，讓我飽嚐凜冽的寒風？」

現在回過頭來想想，有可能是媽媽，只有媽媽會想出來找一個女孩子過來關心我，讓我先問問媽媽吧。

你打電話過來的時候，我正在皮鞋店裡挑選皮鞋，我這個人買東西向來簡單，就是買鞋子非常疙瘩，因為我本來就不大會走路，鞋子不合腳就更加痛苦。你的電話打過來，不斷地問我「凱瑟琳」、「凱瑟琳」。

「什麼凱瑟琳啊？我怎麼會知道儂在大學裡的事情？去問卡特，他是儂的哥們，好事壞事都是他和儂一起做的。」說完我就掛上手機，繼續挑選皮鞋，這可是我要到國會大廈去穿的呢，不能馬虎。

皮鞋挑好了，現在我穿的就是這一雙，咯噔咯噔地踏在國會大廈的大理石地面上。周圍的牆壁上掛滿了巨幅的油畫，多是極品，卻沒有人專心欣賞。大家奔進奔出，一個個摩肩接踵，就好像有什麼大事要發生一樣，弄得我也激動起來了。讓我先到廁所去一下，一會兒可以集中精力領獎。

從廁所裡走出來的時候，共和黨的麥凱恩正好就在我的旁邊，於是一眨眼我也被包圍到了當中。近距離地看見這個競選總統的矮老頭一頭白髮，面孔上的皮膚已經鬆弛，淡雅的剃鬚液雖然有一股宜人的清香，卻仍舊掩蓋不了皮膚下面冒出來衰老的氣味。如此一個老外公，應該在客廳的壁爐旁邊喝喝咖啡，卻不甘寂寞，硬是要出來競爭，實在有點太辛苦了吧。

伊伸手把我從人堆當中拉出來說：「你忘記自己是來幹什麼的了？再看下去自己的事都要耽擱了。」

我笑了，一邊說：「這個老先生很難勝出」，一邊跟著伊尋找頒獎的大廳。其實這間大廳並不大，只是很高，高到要仰直了腦袋才可以看到拱形的尖頂。那上面畫著聖經裡的故事，天使在空中飛翔，當中有一個華麗的水晶大吊燈。

「這裡怎麼沒有椅子的呢？新皮鞋有一點擠腳，我想坐一坐。」我說。

「只有站直了才會顯示出你這身打扮，大家都站在那裡喝酒。沒有人坐著的。」伊說。

我一看，這是真的。五、六十個賓客手持玻璃杯，三人一堆五人一群地面露微笑地站在那裡閒聊，表面上勝似閑庭漫步，心裡面不知道在想些什麼，這就是所謂的高層次的社交活動，我也算是領教了。

有人搖起鈴鐺，大家肅靜，西裝筆挺的參議員在他隨從人員的前呼後擁之下走了進來，他打量了一下前排十七位年輕人（應該是十八位，因為你缺席。這時候我才知道，獲得這個榮譽的大學畢業生，這一年全美國只有十八位），然後，這個政界首領故作幽默地說：「嗨，看上去你們都是很普通的人嘛，沒有什麼特別，怎麼會到這裡來的？」

「哈哈哈……」參議員帶頭大笑起來，大家自然或者不自然地跟著大笑，只有我突然感到鼻子一陣發酸，因為我知道你實在不是「哈哈哈」就可以到這裡來的。

參議員走到大家中間，和大家一起舉杯，整個氣氛熱鬧起來。一個端莊的少婦走到我的前面，溫柔爾雅地和我碰了一下酒杯，她微笑著好像想說什麼，欲言又止地別過身體離開了。看著她的後背、光溜溜的頸脖和高高的髮髻，我對伊說：「這個女人的眼睛裡為什麼好像包滿了淚水？」

伊說：「不要胡說八道好不好？這是一種新式化妝。」

卡特站在我的對面，嘴巴張得老老大，眼睛盯著我的面孔說：「你真的不知道凱瑟琳是誰嗎？」卡特現在恢復了許多，除了肌肉沒有以前發達，腦子已經活泛起來了。

「……」

「就是那個開學的時候，和我們一起去參加法語考試的女孩子啊。」

「你怎麼知道的？」

「怎麼可能不知道？她是我的同鄉，而且後來她天天早上在我們西利曼門口等你，送你去上課，大家都以為你們在約會呢。早知道你連她的名字也不知道，我就可以去追她了。」

「啊喲，是這個人啊？」我驚愕地叫出聲音。我想起來了，就是那個金頭髮的女孩子。

還記得那時候Directed Studies的課程，總歸喜歡安排在早上的第一節課，起個大早走出西利曼學院的大門，就看見和我們一起去考試的女孩子站在那裡了。看上去她不是住在我們一個學院的，是對過的蒂莫西．德懷特學院的，這個T．D學院是我們西利曼學院的「敵手」，每年我們都會有一次爭奪院旗的戰鬥。以前好幾位總統在耶魯讀書的時候，都住在T．D。

女孩子對著我點了點頭，我們就一起朝著耶魯大學最高處的教室走過去。空氣是清晰的，清晰到了我可以聞到她的頭髮裡有一股陽光底下乾草的味道。太陽還沒有升起來，耶魯還在沉睡，寂靜的綠茵樹下只有我們兩個人。

一開始我還以為她是和我同修一門課的，可是到了教室門口，她和我說了聲再見，便消失在拐彎角的後面了。漸漸地我們熟識起來，我就把我在Directed Studies裡的內容複述給她聽，當然參雜了我自己的觀點，我的觀點是偏激的，常常在課堂裡引起爭論，她倒不在乎，只是安靜地聽著，這有點像我的媽媽。偶爾，也會提出自己的想法。

我們談得很多，從文學歷史哲學，一直談到了藝術，我發現她和我一樣，摯愛的是古典，那時候時興的是「隨身聽」，我就把我「隨身聽」裡的音樂給她分享，我看到她站在街口，側著臉龐，眼睛裡充滿了沉浸在藝術殿堂裡的享受。

回想起來那都是大學一年級的時候發生的事情，四年以前我是那麼年輕，年輕到了不知道世界上的事情每天都在變化，上帝給予一個機會，假如不去抓牢，就會流失，永不復返。凱瑟琳就是這樣，我甚至都不知道她叫什麼名字。一開始是不好意思問，後來熟識了，就更加開不了口，因為這種事情是應該老早就知道的。

春天即將來臨，我感到功課的壓力越來越大，常常有些煩躁。早上的陽光變得庸俗起來，反而懷念深冬裡的天寒地凍。女孩子仍舊一如既往，每天站在那裡，微笑著等待我推開西利曼學院的大門。我仍舊不知道她叫什麼名字，見面的時候只是「嗨」一聲，就開始了重複前一天的路程。

我的話越來越少，甚至不想說出一句話，腦子裡全是每一天都要發生的考試。有一天我發現她也在沉默，我問：「你在想什麼？」

「不要講話，就這樣，什麼也不要講，永遠永遠，每天都一樣，不要變化……」

「當然，天天都是一樣。」我心不在焉地回答。

這天下午，就發生了棉襖的事情。第二天的清晨，我推開了西利曼的大門，原本應該是女孩子站立的地方，空無一人。我拍了拍腦門，讓自己清醒，仍舊沒有人。女孩子就好像是空氣一般蒸發了，再也沒有出現過。

「這是不是一個夢啊？」我搖了搖腦袋說。

卡特說：「這不是夢，凱瑟琳把棉襖送過來的時候我正要出門，這是凱瑟琳第一次也是最後一次來我們宿舍。她本來是想來和你告別的，但是你不在，她只說了一句話『上帝的意願啊』，說完就離開了，我並沒有想到她第二天就被轉校轉走了。」

記起來那時候卡特的厚棉襖已經寄回家裡，因為他正準備到智利去。於是就盼著我回宿舍，然後穿我的棉襖出門。所以那天卡特一看見我的棉襖回來了，顧不得多問，穿上就出去上晚間課了。後來他放假的時候回家，參加中學同學的訂婚，這個同學是當地的「官二代」，不料未來的新娘竟然就是凱瑟琳。

我不想重複我的心情，這天我到酒吧喝到爛醉。一個不年輕的醉醺醺的女人坐到我的身邊，她說：「你以為你很聰明，進入了美國的最高學府就可以和我們一樣了嗎？最多在美國的東西兩岸，會撿到一點點我們丟棄的骨頭，可是你到我們美國的深處去看看，你們什麼都不是，你們什麼都沒有！」「你，你是永遠也擦不掉你身上的顏色的！」這個女人說完了最後一句就從椅子上溜了下去，醉到不省人事了。後來還是我想辦法把她拖到了她的凱迪拉克的豪車裡的。

半路上，我幾次要把她扔在馬路上不管，有一次幾乎已經把她扔在地上了，她突然睜開了眼睛，叫了一聲：「傑米」。很快，我知道了，傑米是她的哥哥，因為愛滋病死亡，一年以後她的父母也相繼離去，現在這個世界上，她已經沒有親人了，她看著我頭頂上的星空，伸出兩隻手，好像在乞討著什麼。她說：「我有錢、有很多很多的錢，都是我的爸爸媽媽哥哥留下來的，可是錢有什麼用？沒有親人、沒有友人，甚至沒有一個人要理睬我，在這個世界上，我是一個陌生人，陌生人啊！上帝，我好冷，冷到要冰凍了呀，有誰可以給我一絲溫暖？一絲光亮？不然的話，就讓我到我的爸爸媽媽哥哥那裡去吧！」

我打了一個寒顫，她的寒冷，透過了冷漠的空氣已經傳染到了我的身上。這個世界就是冷漠的，無論是什麼膚色都會感受到同樣的冷漠。我不知道是可憐她還是可憐我自己，我想到有一天，我的爸爸媽媽都離去了，我不是和她一樣，也會變成一個陌生人了嗎？

我的頭，痛到要爆裂開來。

第二天，路易知道了這個故事，以為我還在為我的膚色苦惱，他走過來坐在我的身邊說：「小獅子，無論我們再出色，再優秀，也沒有辦法改變我們的膚色。這是沒有辦法的事情。」

這幾句話，把我原本已經拋擲腦後的「種族歧視」這幾個字，又勾引出來了，我冷笑了一聲說：「對不起，你我不一樣，你是一個黑人，至少還是一個人。是的，你們也有被歧視，被譏笑，甚至在那些人的眼睛裡你們都是笨蛋。但是他們不敢公開欺負你們，還要給你們一定的好處，擄擄你們的順毛。因為你們會反抗，動不動就跳起來大叫種族歧視，這是你們的權利。美國是一個崇拜權利的國家，只要你有權利，就會有一席之地。」

可是我們算什麼？就好像黑格爾在他的《歷史哲學》裡講的：「中國人都缺少自己獨立的人格」，這是什麼話，中國人是沒有靈魂的機器？他還以為：中國人，人與人之間沒有一種個人的權利，自貶自抑的意識便極其通行，他指責：中國人以撒謊著名，隨時隨地都能撒謊，朋友欺詐朋友……他把中國人看作是卑微的、馴服的和自願賣身為奴的……

我一直弄不懂中國人為什麼會喜歡黑格爾，是不是因為馬克思，忘記了黑格爾從根子上否定了中國人？弄得那些歐洲人看不起中國人，他們表面上是友好的，但骨子裡看中的只是中國人口袋裡的錢。他們把一些劣質的商品推銷給中國人，因為中國人最容易被騙進。

中國開始強大，有錢，我們這些在國外的黃皮隨之揚眉吐氣了。但是一些中國人就是不爭氣，來到國外旅遊時吐痰、擤鼻涕，在大街上撒尿都不算出格的了，竟然在科學的領域出現了欺騙，他們作假、抄襲，剽竊。這種行為在外國的敗類當中也有呈現，但是中國人大明大方，不知廉恥。我真害怕，怕我自己有一天也會變成這樣的壞人。現在我開始相信起黑格爾來了，悲哀……

畢業典禮的那天，路易拿到了你們學院的第一名。對此，你的室友們一個個表現出來的都是快快不服。特別是賈斯丁，他在校園裡大聲地說：「這個人是第一名啊？那麼我就是第一名的老師啦！」

卡特也說：「無論是在學業還是在能力方面，我們學院裡比他優秀的人多得是了。」

只有你一個人走過去向他祝賀，你對我說：「我早就猜到路易會拿到第一名的，他就是有這樣的本事的人。能夠有這個本事去拿A的人也是不容易的，實在是社會競爭當中的高手呢！」

我聽了很感傷，我知道這就是不公正的事實，但是卻不得不面對。將來你走出這扇校門，你還會遇到很多的路易，這就是人生。那時候不會有傑克遜、卡特等等站出來說話，媽媽也不可能衝在前面為你開路，一切都要靠你自己。

畢業典禮剛剛結束，大家都紛紛走散，我坐在空空落落的草坪上面，呆呆地凝視著拋成一地的花朵，心裡氾濫起一股凋零的感覺。我想說：「假如我是一朵花，千萬不要做被拋棄在這裡的花。」

這時候脫下了畢業袍子的卡特，已經換上運動服裝，在大街上跑了一大圈回來。

他笑著對我說：「我渾身都是臭汗……」

我沒有理會，迎上前去，用力地抱了抱這個孩子。我說：「卡特，你不知道我有多麼地感謝你，在這四年裡，你就好像小獅子的兄弟一樣支持他。作為一個獨生子女的媽媽，最擔心的就是孩子遠離父母的時候的寂寞，你都幫我解決了。」

我覺得我說得有些多餘，無論卡特是不是聽進去，我只是把我想說的話都說了。你的室友當中卡特是我最為關心的，他雖然不是獨生子女，但是他的媽媽也非常疼愛他。有一次學期結束，卡特的媽媽和我一起過來為你們打掃房間，她發現卡特把平時的髒衣服都堆在牆角裡，最下面的竟然發霉到了和牆壁黏在一起。這就讓我發現，卡特實在和你有很多的相似之處，而且更加不拘小節。

然而如果卡特真的和你一樣的話我就要哭了，自從那條秘魯的蟲鑽到他的身體裡以後，便再也不肯出去，據說要一輩子和他在一起了。卡特原本想到國家情報機構工作，但是因為他的身體不允許，卡特不得不放棄了這個念頭。後來卡特突然從語言學專業轉向宗教，而且虔誠得一塌糊塗。有一天清晨，你看到他光著腳跪在房間裡的木頭地板上，祈求上帝原諒，原諒他早一天在吃晚飯的時候，面對豐盛的食物忘記了禱告。

卡特跪在那裡，慘白的晨曦跌落在他瘦骨嶙峋的背脊上，你被他感動，你說這是上帝叫到他了。

畢業以後，卡特一直在耶魯一家老教堂的地下室裡抄寫經文資料，不計報酬不計時間。我再次看到他的時候，他頭頂上的頭髮也沒有了。但是他的心態是平靜祥和的。我和當年畢業典禮的那天一樣，用力地抱了抱這個已經不是孩子的孩子。

沒有結束的結束

我站在《白鯨》的作者赫爾曼．梅爾維爾書桌的前面，書桌對面是一扇老舊的小窗，窗子外面是一片敗落的乾草地，草地不可以用一望無際來形容，只是在草地的盡頭橫臥著一望無際的山脈。

我的兩隻眼睛緊緊盯牢那些山脈，企圖窺視出來這些層層疊疊的山脈，賦予梅爾維爾的靈感。梅爾維爾自己認為，就是這些山給予了他寫作的魂，他就是看著這些山，寫下了被譽為美國乃至世界文學經典之一的《白鯨》。但是半個多小時過去了，我什麼也沒有感覺到。

梅爾維爾是在他的父親去世以後輟學離開了學校，當過農夫、水手、小學教員等等。早年創作的小說相當暢銷，就在這時候，他花費了十七個月的時間，寫出來一部第一年只有賣出去五本的《白鯨》。

這本小說以後，梅爾維爾的人氣每況愈下，後來出版商甚至拒絕給他預付稿費。但是他不後悔，他寫下了這樣的文字：「……我寫不成了——因為它『無利』可圖。可是要我改弦更張不這麼寫，我辦不到。」

是什麼力量支撐著梅爾維爾就是窮困到死，「無利」可圖也不改變？博物館裡一位滿臉掛著皺皮的老嫗對我說：「那就是山，坐落在伯克郡的紀念碑山！一天，他在那裡偶遇了《紅字》的作者納撒尼爾·霍桑。因為暴雨，他們滯留在一座山洞裡，雨過天晴以後，有人看到他們遺留在那裡的空酒瓶，卻沒有偷聽到他們之間的談話。只是梅爾維爾下山以後，他的寫作方法完全改變了，開始了他不朽的《白鯨》。」

梅爾維爾是在一八九一年去世的，一直到七十年以後，幾乎到了被人們徹底忘記的時候，才又被認可，這裡面到底發生了什麼故事？

「我要上山去看看！」我說。

「有一點危險……」媽媽說。

「我要上山去看看！」

「碰到野獸怎麼辦？」媽媽又說。

「我要上山去看看。」說完，我拍了拍媽媽的背脊，然後別轉身體，一頭鑽進了幽怨陰深的山間小路。小路越來越狹窄，頭頂上參天大樹越來越濃密，就好像是一隻魔鬼的手，遮擋住了頭頂上的天空。壓抑，難呼吸，我開始昏眩。

前面是懸崖峭壁，後面是萬丈深淵，我走到了岔路上。我怎麼會落到這樣的境地？我沒有辦法停息，這裡沒有停息的落腳地。我也沒有辦法後退，那是死的靈魂。我只有手腳並用，像一隻壁虎一樣緊緊貼在蒼白的石英岩上向前。我知道任何一個小小的疏忽都會導致失敗，甚至滅亡。

沒有路，這就是我的前程！這些年來，我不是一直都在朝著沒有路的方向攀岩嗎？常常感覺到一頭撞進了無縫的石壁被Bounce回來，咬了咬牙齒又重新開始。這就是我自己選擇的科學。

我趴在岩石上喘了喘氣，一隻巨大的紅蜘蛛正虎視眈眈地盯著我，無數的蚊子、小咬包圍著我，遠處彷彿還有不知名的動物在注視著，就好像是期待著我摔倒下去，立刻過來嚙啃我的屍體。這時候我感覺到右腳曾經摔裂的膝蓋骨隱隱作痛，這是在一年以前發生的故事……

一年以前，你打電話過來的時候，我剛剛從你西部的住處回到東部的家裡，還沒有放下行李，電話鈴就狂響起來。伊拎起話筒，神色嚴峻，看了看我，對著話筒說：「媽媽馬上就過來。」

你在實驗室裡腳骨摔傷了，我拎起了沒有打開的拉桿箱，又登上了回程的飛機。這些年從美國的東部到西部，來來回回，乘坐飛機對我來說就像是乘坐公共汽車一樣。不年輕的航空小姐遞過來一瓶礦泉水，我一口氣吞嚥了大半瓶，心裡仍舊失了火一般。

伴隨著飛機巨大的轟鳴，我不知道是閉著眼睛還是睜著眼睛，朦朦朧朧地似乎聽到在我離開中國之前，巫婆在我耳朵旁邊說：「為了這個小孩，你有得操心了……」

我打了一個寒噤，一下子清醒過來，筆筆挺地坐在座椅上，兩隻眼睛直別別地盯牢前方，我以為我全部的神經都快要繃斷了，終於情不自禁地叫出聲音來：「爸爸呀！給我力量啊！」

我是一個三歲失父的孩子，從小到大沒有得到過，也不可能得到爸爸的呵護，此時此刻我真希望自己可以像埃涅阿斯一樣，降到地獄，就是上刀山下火海也在所不惜，求爸爸告訴我的前路，我有點吃不消了。

當飛機停穩在聖地牙哥飛機場的時候，天空已經漆墨黑了。抬起手來，打了一輛計程車，回到你的住處，早上為你準備的飯菜還留在冰箱裡。冰箱的門上貼了一張便條：「我在實驗室，大概要到明日清晨，開車過來接我。」

小獅子啊，你這是發瘋啦?!骨頭也摔裂開來，還要站在那裡通宵達旦地做實驗，這是為了什麼？值得嗎？回想起來，當年你決定選擇科學的時候，我心裡就打鼓。在我們家族裡，你實在是開天闢地的第一個。假如你選擇了文科，再困難我們也可以幫助你，可是現在，最多為你開開汽車。

把手擱在你的紙條上面，撫摸一下你剛剛從醫院裡出來的時候留下的字跡，百感交集。假如你沒有上藤校，沒有拿到大獎到牛津去，我現在也許根本用不著花費這麼大的力氣，付出這麼多的操心。做一個普通人就好，假如別人這麼說，一定會被指責是吃不到葡萄就講葡萄是酸的。可是現在你什麼都拿到了，你走過了一條最輝煌的讀書的道路，吃到了最大的葡萄，最後的結果卻是一無所有。你沒有普通人的悠閒，沒有在花前月下的浪漫、沒有酒吧裡的瘋狂、沒有小家庭的溫馨，你有的只是沒完沒了重複的實驗，以及競爭。

科學裡的競爭是激烈的，甚至是齷齪的。老早就聽說過有些學校的學生在實驗室的時候，連廁所也不敢去上，生怕對手在他離開的時候，塞點什麼東西到他的實驗裡。你聽了對我說：「人心沒有這麼壞，科學是最神聖的事業，其中的嚴謹嚴肅是不可以參雜半點的虛假。欺騙和惡搞最後都不會有好下場。」

我立刻反駁：「不要太天真好不好？忘記了嗎，你的一個朋友在他畢業以後，他的導師馬上跳出來和他作對？想方設法搶走他的成果。而且那個導師還混得很好，到處發表演講，把自己偽裝得好像是個天才一樣。」

我一下子把心裡憋了很久的話語放了出來，一出口就後悔了，因為我知道這是你的最痛。當時那個導師的手下偷偷告訴你這些事情的時候，你不讓自己相信，後來當面證明這一事實，你就好像生了一場大病，你說你沒有想到，人比老虎還要兇，會吃自己的兒子。

有朋友從國內過來對我說：「『售後服務為昨天；銷售服務為今天；開發工作為明天；科學研究為後天。』小獅子可惜了，這麼聰明的一個孩子選擇了科學。誰會為『後天』沒有影子的事情付錢啊？也不知道有沒有結果，小獅子會很苦……」

難怪許多中國朋友逼牢他們的孩子選擇可以直接賺錢的專業，這些都是當爸爸媽媽的苦心。此刻，我想起來赫爾曼・梅爾維爾「無利」可圖的堅持，窮困當中的堅持。我想哭。

人為財死鳥為食亡，我不要這樣演繹我的人生！但是道路是艱難的。記得上班的第一天，我在停車場上找到了我的車位，這是離開實驗室最遠的一個位置。我無所謂，因為我知道一頭鑽進實驗室就再也看不到天空了。加州的天氣陽光燦爛，每天上下班可以在戶外步行三十分鐘，雖然不能達到鍛鍊的效果，但可以呼吸一下新鮮的空氣，我的心情是愉快的。

一路上，不斷有車輛開出開進，人們匆匆地從車子裡出來，又匆匆地朝著實驗室的方向行進，好像每一個人都肩負著重任，緊張得一塌糊塗。夾在這些科學菁英的當中，感覺有點飄飄然起來。不一會兒，兩隻腳就好像踏在彈簧上面一樣，輕巧地踏入了實驗室的大樓。

不大正常，辦公室裡的氣氛為什麼這樣緊張？四周圍投射過來的目光為什麼都是敵意？警戒？絕對沒有歡迎。一個棕褐色頭髮的年輕人走到我的面前說：「喂！告訴你，不要過來問我任何問題，也不要指望我會幫助你。我最恨的就是和你這種沒有價值的人講話，浪費我的時間。你做不出來就表明了你是個笨蛋。這裡是全美國最頂尖的研究院，你以為你會成功嗎？滾回你的老家去！」

我一下子懵掉，就好像五雷轟頂，當頭被擊中一大棒。在我的生命裡，從來也沒有人這樣無理地和我講過話，我受到了傷害。立刻想到好婆說的：「別人打過來一定要狠狠地打過去。」

但是此刻，我已經被傷害到了一點回擊力氣也沒有了。我走出去洗手，想在廁所裡鬆弛一下。等我再次回到辦公室的時候，只有一個加拿大過來的博士後比斯利等在那裡。這時候我已經知道，剛才那個棕褐色頭髮的人叫布拉特，我將和布拉特、比斯利在同一個辦公室工作，而且是同一個研究小組。

我做出一副什麼也沒有發生過的樣子和比斯利打了一個招呼，比斯利立刻滿臉堆笑地湊了上來說：「我知道你是牛津過來的，那裡的學生非常優秀，歡迎你加入我們的隊伍。」停頓了一下他又說：「冰箱裡有一些蛋白，我過濾了一遍，但是沒有提煉出來，也許你可以。假如成功了，就可以開始你以後的實驗了。」

看上去他的神情是真誠的，但是我卻從中聽到了挑戰，這種笑面虎最兇了，惡鬥即將開始，我不可以輸。等我從冰箱裡搬出來那「一些」蛋白的時候，才真正體會到這場惡鬥的凶險。這「一些」蛋白混在上千個小格子的蛋白和「垃圾」當中。要把這「一些」有用的蛋白從這上千個小格子當中分解出來，是一件非常繁瑣無聊的事情，而且一不小心就會前功盡棄。

我走回辦公室，遠遠地就聽到那裡發出了刺耳的奸笑，布拉特的聲音：「還是你厲害，他起碼要跌在這些蛋白裡一個多星期，到了那個時候，再犀利的獅子也會銳氣全無。」

比斯利說：「這是上千個小格子，混在裡面『垃圾』當中的蛋白大概只有一兩個是有用的，連我自己也不知道在哪裡。」

布拉特說：「就讓這隻從耶魯、牛津出來的獅子跌死在那些沒有價值的蛋白裡吧，也許他根本找不到那兩個有用的蛋白。」

我別轉身體就回到實驗室裡，開始工作。我選擇了一種老式得已經沒有人再會使用的方法，那還是我十六歲那年，在國家實驗室裡，一個老科學家教我的，記得那時候他一邊教我一邊說：「有時候在手足無措的時候，就讓我們回到最原始的當中，這不僅僅是方法，還是老祖宗留給我們對人生的態度。」

漸漸地，在這些蛋白的分解當中我平靜了下來。我做得很順手，幾個小時以後，我再次回到了辦公室。我直視著那兩雙奸詐的眼睛說：「我找到了，而且已經開始了下一步。那兩個蛋白，很快就會變成最漂亮的水晶。」

這天一直等到第二天的清晨，也沒有等到你的電話。我就好像一隻熱鍋上的螞蟻，在房間裡走來走去，最後再也按捺不住，發動了汽車，直衝你的實驗室。汽車前台上顯示的是清晨四點，我把車窗打開，冰冷的空氣讓我清醒。小獅子你在這個實驗室和那兩個蛋白已經糾纏了快一年了，你說你要把這兩個被別人丟棄的蛋白變成有價值的水晶。媽媽不會懷疑你，可是你為此付出太多，現在把腿也獻出來了，媽媽心疼。

很快我的小車停穩在你實驗室大樓的前面，推開鋥亮的玻璃大門。熟識的墨西哥看門人打了個哈欠對我說：「小獅子在電腦室，正和芝加哥的實驗室對話。」

我知道你的實驗結果，必須送到芝加哥，通過雷射光束的驗證，這是最緊張的時刻，我深吸一口氣，走向神祕的電腦室，還沒有打開大門，就聽到裡面發出的卡在喉嚨裡的歡呼聲。迫不及待地破門而入。只看到你坐在電腦前面一張高高的座椅上，受傷的一條腿架在旁邊的架子上。此刻，你的兩隻眼睛裡發射著光芒，聲音都顫抖了。你說：「媽媽，我成功了。」

我緊緊地抱住了你，所有的埋怨和責怪都化為烏有，一句話也說不出來了。有人走過來祝賀你，可是我卻看到這一年以來，你受到的委屈和打擊，你失敗過，一次又一次，但是你不放棄。

你把食指豎到嘴唇中間，示意大家小聲。因為，這一次送出去了十幾個實驗結果，只有你一個人是成功的，這表明許多人好幾個月的努力都付之一炬了。你很為這些人難過，包括那個布拉特。

我有點氣不過，那是競爭對手，「敵人有什麼可以同情的，假如今天失敗的是儂，他笑都來不及了呢。忘記他是怎樣『歡迎』儂的？」我說。

「媽媽，不要這麼說，他是因為沒有底氣，才做出那樣的姿態。假如我看見一個處處比我強勢的人，我也會心虛的。他那樣講話只能夠說明，他的教養有問題。難堪的是他自己。」你說。

這一天，你一直忙到下班的時候才離開實驗室，我看著你拖著受傷的腿，一步一步地捱到車子旁邊。我心疼到了恨不得摔傷的是我，讓媽媽代替你受苦好了。後面有人超過了你，甚至撞到了你，我憤怒了！為什麼？這麼多人健步如飛，摔瘸腿的只有你一個？

「上帝是公平的，這麼多人都在研究，今天拿到結果的只是我一個。」你說完，就讓我把小車開到了海邊。太陽已經掉下去了，黑色的天空把最後的光亮逼迫到了海的盡頭，漸漸地，再也沒有了。

起風了，遠處，看不見的大海的深處，風兒聚集起吞吐著白沫的浪頭，就好像一條條陰險的毒蛇，無聲地朝著海岸線滾動。一排又一排，無止無盡，前仆後繼。當它們的身體撞擊到了岩石上的時候，立刻消失了。好像鑽進了黑暗裡的石縫當中，窺視著我們，時時刻刻都會撲將上來，狠狠地咬上一口，這就是現實。

「儂要小心，有人會嫉妒的。」我說。

你沒有回答，只是伸手擰開了車子裡的Bose音響，立刻俄羅斯著名音樂家Scriabin的演奏充滿了密封的小車。小車隔絕了空氣裡的寒冷和外界的嘈雜，世界上好像只剩下了Scriabin。我彷佛看到這個瘋狂的音樂家坐到了我們的面前，對著我們割裂了他的雙手，鮮血順著他的指尖一滴滴地流淌鋼琴的琴鍵上，當即，豐富、清澈、柔和以及犀利的旋律一直震撼到了靈魂。如此視熱愛為生命，到了瘋狂的地步，讓我打了一個寒顫，我很害怕。偷偷瞄你一眼，發現你已經完全忘記自我，徹底地沉入Scriabin當中。

差不多二十個小時，飛機上的座位變得越來越小，渾身上下沒有一塊肉是舒服的，我以為再也不可以回到地面上的時候，墨爾本到了。我到這裡來是為了參加一個國際會議，我將發布我的研究成果。

因為早到了，會場裡沒有幾個人，一眼就看到了我在牛津的導師，他是一個很有紳士風度的人，想起來在他身邊學習的時候，除了專業，學到了更多的是看「人」，他教給我許多對待生活的態度。他不慌不忙地走到了我的對面，和我握了握手說：「我真心地為你高興，不過在這裡有很多是你的同行，凡是同行就是競爭對手，包括你在美國的導師。」

他停頓了一下又說：「其實他是很可憐，壓力很大，和他一講話，就可以感覺到他神經質到了極點，我認為他已經發瘋了。」

「奇怪了，是他把我送進現在的研究所的，我一直不知道他為什麼會把我送到他的競爭對手那裡。這個新老闆相當強勢，他的工作方法是：一個課題出來了，讓大家都去做，誰先做出來就是成功。其中的競爭不是日日夜夜，而是分分秒秒，倒也是有效。這更讓我體會到了贏者為王敗者為寇，最現實的體驗。」我說。

「到哪裡都一樣，這時候就要看良心了。」這個英國紳士用拳頭敲了敲自己的心臟，又敲了敲我的胸口。

這時候我已經知道了，我的研究成果一出來，許多人差一點點昏倒。法國的一個研究所，他們已經在這個課題裡苦苦研究了十四年，今天卻讓我一下子發表出來，難怪這些法國人看到我氣不打一處來。

紐約一個和藹的老教授走過來，他很仔細地觀看了我的資料，然後不斷地稱讚了我。牛津導師小聲地對我說：「小心，他的一個得意門生也是這個領域的研究者，已經好多年了，據說馬上就要出成果了，讓你搶先了一步。」

「我為這個學生難過，其中的艱難困苦是我最知道的。我希望他的學生也可以把他的研究成果發表出來，也許對其他研究者有幫助。」我說。

「會的，你看他的導師這麼仔細地查看了你的資料，一定不會放過你。」

「你說的就是剛才那個和藹的老先生嗎？不會那麼兇狠吧，不過我的研究成果如果對他有幫助，我是非常高興的，這些資料都已經發表了，大家都可以運用。假如我的資料對大家來說是有價值的，我不就是為人類的發展做了一件有益的事情嗎？」

「你有這樣的心態，我為你驕傲。我很放心，你會有更大的成功。」牛津導師最後說。

我本來告訴他，離開了他以後，我已經在這個競爭的社會裡摔打得遍體鱗傷，長進了很多。我還想告訴他，不要認為我成功了，事實上過去的都已經過去，我又變得nothing，什麼都沒有了。可是我什麼也沒有說，我想他是懂我的。

我感覺到自己爬在紀念碑山的岔路上，處處是凶險。我說過了我沒有辦法停息，這裡沒有停息的落腳地。我也沒有辦法後退，那是死的靈魂。我只有手腳並用，像一隻壁虎一樣緊緊貼在蒼白的石英岩上向前。

至於上到前面是什麼？我不知道。我會不會爬到最上面？我不知道。我只知道我爬的是沒有路的方向，也許一輩子也爬不上去，只希望我的腳底板底下留下來的腳印，無論是正確的還是不正確的，都會讓後面上來的人得到借鑑。

這是我自己的選擇，沒有辦法……

後語——我的故事開始了

小獅子啊！很奇怪的事情發生了。

一開始你是我的孩子；可是不知道從哪天開始，你變成了我的朋友；又不知道從哪天開始，你變成了我的老師。我不斷地從你身上得到新的資訊，學到新的東西。有時候，你的姨媽從上海打電話過來會說：「是不是小獅子又在教育儂啦？」

我無語，我想歷史大概就是因此而發展的。我不會忘記在一開始，我的情緒敗落到了極點，坐在你牛津的博士生宿舍，對著空白電腦螢幕，一天又一天，我的手指是僵直的。那時候，我工作了十餘年的公司倒閉了，我被下崗。我不知道如何開始我今後的故事，不知道怎樣才能不要荒廢我的餘生。

你過來了，把手擱在我的後背，後來你告訴我，在這之前，你已經注視著我好久了，你說我一動不動地盯著電腦，後背上塗滿了蒼涼。

那時候你剛剛從你的導師那裡回來，你把掛在胳膊上的Subfusc（學生制服）遞給了打掃衛生的女人，女人殷勤地用軟刷刷了一遍，就掛到衣架上去了。

這個女人原本是牛津郊區的農婦，男人還在家裡種地，她便出來做工。有點像中國的保母，不過她們做事要比中國的保母巴結很多。第一次看見她跪在地板上擦地板，我難過得差一點跪到她的旁邊和她一起幹活。

可是後來她不斷地問我：「你們什麼時候可以回你們的老家去了？」言語當中滲漏的是說不出的優越感，甚至歧視，我便不再搭理她了。倒是你早已習以為常，就是看到她把手伸到你的馬桶裡擦洗，也不會不好意思，只是她離開的時候，放一個二十便士的錢幣在門口，那個女人便感恩不盡，一點優越感也沒有了。

此刻，當你看到那女人把你的Subfusc掛到衣架上以後又吩咐說：「拿到樓下的洗衣店去乾洗一下，週末要參加酒會。」

女人聽了，便捧起Subfusc下樓了。這件Subfusc實在是件蠻奇怪的衣服，有點像披風，只是豎起了兩只高高的肩膀，就好像鳥的翅膀一樣。然而就是這件奇怪衣服，顯示出來的是一個人的身分，你的博士生的身分就表明出來了。於是在牛津這個處處以身分為標誌的學府裡，每逢要緊的活動，就都要披上這件Subfusc，甚至到食堂裡吃飯。

等到那個女人下樓以後，你從酒櫃裡拿出一瓶Porto，斟滿了酒杯，喝了一口，又遞到我的唇邊，我閉上眼睛。頃刻間，那厚重、令人昏眩的Porto就好像鮮血一般，滲透到了我的全身。你開口說話：「走吧，到圖書館去一次。」

我站起身來，跟在你的背後，穿過空曠的校園，走進一條通往地下室的走廊。你用一把特殊的鑰匙打開了門鎖，又一個門鎖……

我們走進了一間無人的閱覽室。你說：「媽媽，儂一個人先在這裡坐一下，我去找一本書。」

你走開了，我坐了下來。我是靠著背後的石壁坐下來的，冰冰冷的石壁一直滲透到背脊的裡面。我想放鬆，放鬆不開來。不知道過了多少時候，你回來了，你說：「小心，儂壓到我老朋友的腦袋了。」

我嚇了一跳：「哪裡有儂的老朋友？」

你拍了拍我背後的石壁說：「在這裡。」

這時候我才發現，剛才背靠著的石壁，竟然是一具石棺。抬起頭來巡視，發現在這間閱覽室裡，橫臥著許多石棺。

「牛津大學怎麼會有這樣的安排，圖書館放在墓室裡面？」我驚魂未定地說。

你說：「試想一下，假如這些石棺裡的人都會坐起來，那是怎樣的場面啊？」

「儂不要嚇死媽媽好不好？」

你沒有接茬繼續說：「這些人在這裡已經躺了三百多年了。他們也有過精采的人生，只是現在不會再發出聲音，把他們的故事永遠埋葬。我常常在情緒低落的時候，身體疲憊的時候坐到這裡來，企圖和他們對話，可是再也沒有回音，很可惜。」

停了一停你又說：「媽媽，為什麼不在儂可以說話的時候，把儂的故事寫下來呢？為什麼自己要給自己留下人生的遺憾呢？」

我沮喪地回答：「媽媽試過了，但是沒有成功，因為我沒有受過正規的訓練，我也沒有學過小說的原理。我擔心不能連貫。」

「寫作是沒有定規的，就好像是一個人從point A走到point B，置於當中的path，就是故事，就是小說了。儂不是曾經想寫塞萬提斯的傳記嗎？他最精采的小說《唐吉訶德》就是小說的原本。在一開始，唐吉訶德滿懷夢想，雄心勃勃地從point A開始，出去尋找他的騎士，一路碰壁，最後又回到了point A，但這已經不是他的出發的point A了，而是他的point B了。他的雄心折斷了，夢想破裂了。這一切是怎麼會發生的？精采的就是發生在這條path上的故事當中。仔細讀起來，那裡的故事都可以獨立成篇，情節和情節之間也沒有內在的聯繫，特別是人物，那裡的人物，除了唐吉訶德本人和他的隨從以外，都是直進直出，甚至連一個交代也沒有，就一下子消失了，找也找不到了。認真想想，這不就是生活的原版嗎，就連最最親愛的好婆，不也是話也沒有說一句就離開了麼？生活，這就是最真實的生活。」

我提起耳朵，繼續聽下去：「寫下來，不要顧慮小說的人物、情節和環境，更不要被其中的原理、結構等束縛，回到三百年以前，在小說的原始森林裡，跟著儂最原始的感覺，一個字一個字地寫下來。那裡面有好婆、太好婆，有童年、青年，還有上海和美國……不要把它當作小說，那只是儂的紀錄，歷史的紀錄，心的紀錄。為我而寫，為我的後代而寫，因為我們需要知道你們這一代所走的路，就好像需要知道三百年以前，唐吉訶德那一個時代的社會經濟、政治文化和風俗習慣一樣。」

我的心平靜了下來，再次打開電腦，這時候天空當中突然響起了渾厚的鐘聲，這是牛津教堂裡的鐘聲。這鐘聲每到夏日都會敲響，一響起來一遍一遍就好像不會停止一樣，從敞開的窗戶外面衝進房間裡的每一個角落，又一串串地滯留在天空當中迴盪。

一時間我整個的人，整個的靈魂，都好像被這個從中世紀裡延續下來的古老的鐘聲震動了。推開窗戶，頭頂上是一片蔚藍的天，似乎潑上了小時候在上海的文具店裡零售過來的純藍墨水，這種顏色讓人感到心顫。據說只有在牛津的夏日，才看得到這種顏色的天空。

我把我電腦的底色調整到和天空一樣的顏色，然後按下鍵鈕。

天亮了，下雨了，我的故事開始了。這裡面的故事都是真實的，人物是虛構的。假如你發現其中的人物很像你，那一定不是你，只是你也許有過類似的經歷，純屬巧合——

我唱一個人以及他被流放的命運

……

我只求繆斯給我靈感，

讓我能講述這一切是怎樣開始的

……

——維吉爾《埃涅阿斯紀》

麥田文學 287

小獅子

作　　者　章小東
責任編輯　賴雯琪　張桓瑋

國際版權　吳玲緯
行　　銷　艾青荷　蘇莞婷
業　　務　李再星　陳玫潾　陳美燕　枡幸君
副總編輯　林秀梅
副總經理　陳瀅如
編輯總監　劉麗真
總 經 理　陳逸瑛
發 行 人　涂玉雲

出　　版　麥田出版
城邦文化事業股份有限公司
104台北市中山區民生東路二段141號5樓
電話：（886）2-2500-7696　傳真：（886）2-2500-1966、2500-1967
E-mail：bwps.service@cite.com.tw
發　　行　英屬蓋曼群島商家庭傳媒股份有限公司城邦分公司
104台北市中山區民生東路二段141號2樓
書虫客服服務專線：(886)2-2500-7718；2500-7719
24小時傳真服務：(886)2-2500-1990；2500-1991
服務時間：週一至週五09:30-12:00；13:30-17:00
郵撥帳號：19863813　戶名：書虫股份有限公司
讀者服務信箱E-mail：service@readingclub.com.tw
歡迎光臨城邦讀書花園　網址：www.cite.com.tw
麥田部落格：http://blog.pixnet.net/ryefield

香港發行所　城邦（香港）出版集團有限公司
香港灣仔駱克道193號東超商業中心1樓
電話：(852)2508-6231　傳真：(852)2578-9337
E-mail：hkcite@biznetvigator.com

馬新發行所　城邦(馬新)出版集團【Cite(M)Sdn. Bhd】
41, Jalan Radin Anum, Bandar Baru Sri Petaling,
57000 Kuala Lumpur, Malaysia.
電話：(603)9057-8822　傳真：(603)9057-6622
E-mail:cite@cite.com.my

封面設計　好春設計・陳佩琦
書名題字　張充和
印　　刷　前進彩藝有限公司

初版一刷　2015年12月

定價／360元
ISBN：978-986-344-280-6

城邦讀書花園
www.cite.com.tw

國家圖書館出版品預行編目資料

小獅子 / 章小東作.-- 初版. -- 臺北市 : 麥田出版 : 家庭傳媒城邦分公司發行, 2015.12
面；　公分.（麥田文學；287）

ISBN 978-986-344-280-6

857.7　　104020439